KADIR I
EL AUDITOR DE LA MUERTE

Iron Sherman

ADVERTENCIA

Ésta es una novela de ficción. Los temas, acciones y personajes, son imaginarios. Cualquier parecido con personas, instituciones y hechos reales presentes o pasados son pura coincidencia. Sin embargo algunos sucesos, individuos, datos históricos, ciudades, organizaciones y cosas, son verdad.

El Autor ha usado licencias literarias e inexactitudes premeditadas para evitar que personas o instituciones pudieran sentirse afectadas, aun sin intención del escritor, que si fuera el caso, expresa públicamente sus disculpas.

Con toda seguridad, el inteligente lector, sabrá distinguir la fantasía de la realidad.

Atentamente,
IRON SHERMAN

DEDICATORIA

Con todo mi cariño para

Gregor, Lolita,

Alice,

Iron, Erik, Kiev,

Nietos

y

demás Familia.

AGRADECIMIENTOS

El autor reconoce y agradece las valiosas opiniones y consejos expresados por todos sus queridos familiares y amistades, que han enriquecido el contenido de la obra, especialmente a los eficientes detectives números 1051, 1856, 1906, 1912, 2014 y 3011, a las distinguidas y guapas señoras socias del Handkerchief Club (Club del Pañuelo) Alice, Boris, Elke, Shellup, Willer, Milestone y Charyn; Astrid A. Anthony L., Benny R., Christian C., George S., emitiendo un respetuoso saludo a sus colegas de la noble y leal profesión de Contador Público Auditor, así como a los Organismos Profesionales, de Gobierno, Humanitarios y Empresas Privadas mencionados en este libro.

Declaro mi gratitud también a los Editores por su confianza y apoyo.

Atentamente,
IRON SHERMAN

PERSONAJES PRINCIPALES

- Kadir Aiza, Contador Público y Master en Administración, Supervisor de Auditoría en la Firma "Hartford, Mellon & Fletcher" de la ciudad de Nueva York. En sus ratos libres, asesino profesional.

- Salvatore Gaetano, Magistrado de la Suprema Corte de los Estados Unidos.

- Benjamín Weitzner, Fiscal General de los Estados Unidos.

- Ruth Weitzner, hija de Benjamín.

- Jovanka Malajevic, Médico, voluntaria en Misiones Humanitarias Internacionales.

- Ethan Warner, Jefe de Grupo de Agentes Especiales del FBI.

- Rodion Petrovic, criminal y genocida Serbio.

- Caridad Hernández, estudiante de Contabilidad en Cuba.

- Vincenzo Totti y Luca Di Marco, mafiosos Sicilianos, asesinos profesionales.

- Cecil Hartford, Walter Mellon y Kirk Fletcher, dueños de la Firma Internacional "Hartford, Mellon & Fletcher".

- Helen Kelly, hija menor de John Kelly, Jefe Directo del Auditor.

- Tao Lin, mesera de restaurante.

- Muviro Wamba, Dictador de País Africano y asesino de su pueblo.

- Coodlidge Westwood III, Médico sin escrúpulos, hijo único del súper millonario "Cody" Westwood II.

- Mireille Duclaud D'Arcy, dueña de la Boutique "Stuffs".

- Georges Samper, Doctor, Jefe de Cirugía del New Hope Hospital.

LONG ISLAND, NEW YORK

B enjamín Weitzner, Fiscal General de los Estados Unidos, finalmente tomó la decisión de asistir a la cena de Salvatore Gaetano. Le disgustaba hacerlo, porque tenía la convicción de que el Juez era tan honorable como Vanessa, la dueña de la mejor casa de citas internacional de todo el Estado de Nueva York, arrestada seis meses atrás.

No obstante, la curiosidad por conocer la mansión había podido más que el profundo desprecio hacia el anfitrión.

Ya veremos, se dijo a sí mismo, si logro descubrir alguna pista por pequeña que sea, para meterlo a la cárcel, como un tributo post mortem a Sam Weitzner, su tío, quien había sido un esforzado Agente Especial del FBI, que persiguió sin éxito durante los años 30 a Vito Gaetano, progenitor del Magistrado.

— Ben — le dijo dulcemente— tenemos que ir. Nuestra hija, recién llegada de Suiza, necesita conocer chicos por aquí. Sabes muy bien que a esas fiestas, acuden muchos jóvenes de las mejores familias de Washington, Nueva York y Nueva Jersey. Su bellísima esposa Sarah, terminó por convencerlo de asistir.

— Pero si sólo tiene 14 años, mujer — defendió con tibieza.

— Papacito, quiero ir — suplicó Ruth a su padre, entornando los hermosos ojos azules, estampando un sonoro beso en su mejilla.

El Procurador se sintió de repente como aquel bravo toro de lidia de la corrida que presenció en la Plaza de Las Ventas en Madrid, en sus recientes vacaciones, cuando el brioso animal de cuatrocientos cincuenta kilogramos de músculo y fuerza, herido con media estocada de la espada clavada en su sangrante morro, fue vencido por una suerte taurina conocida como el "descabello" — cuchillada profunda en el cerebro del valiente astado— causándole la muerte instantánea.

La monumental plaza es la más grande de España y tercera en capacidad de espectadores (más de 23,000), atrás de los cosos de México y Venezuela, utilizada también para presentación de artistas de talla internacional, como Shakira, The Beatles, Maná, Iron Maiden, Raphael, Joaquín Sabina y muchos más, hasta como cancha de tenis para la Copa Davis.

En consecuencia, la Familia Weitzner acudiría a la cena, escoltados por dos ayudantes del Fiscal General.

El anfitrión se alegró de ver a sus invitados, políticos, funcionarios, diplomáticos, hombres de negocios, banqueros, todos acompañados por hermosas esposas e hijas y apuestos jóvenes de la mejor sociedad.

La crema y nata, pensó. Su mirada se detuvo en la mesa de los amigos de Álvaro, su hijo muerto.

El Magistrado Salvatore Gaetano, era un Juez que había acumulado una larga cadena de sentencias absolutorias a criminales de la peor ralea. Narcotraficantes, asesinos y toda suerte de delincuentes millonarios, obtenían su libertad por meras deficiencias de procedimiento. Un arresto mal hecho, sin orden previa, evidencia obtenida sin las formalidades legales, declaraciones y confesiones obtenidas por la Policía con violencia o cualquier error por insignificante que pareciera, era aprovechado por los abogados defensores para librar de la prisión a sus clientes.

Por supuesto que con larga experiencia en la Administración de Justicia, fundaba cada caso de la manera más conveniente. En ocasiones mostraba una dureza ejemplar, condenando a un infeliz con el máximo rigor, no porque aplicara la Ley adecuadamente, sino por la necesidad de disimulo.

Dueño de una gran fortuna, los fines de semana vivía en una magnífica casa situada en Lynnbrook, exclusiva zona residencial del Condado de Nassau, Long Island, elegante suburbio de la ciudad de Nueva York. Era un pequeño pueblo con grandes mansiones arboladas, donde hacía años se habían asentado numerosas familias de ascendencia Italiana, Escandinava y algunos Hispanos. El 220 de Maple Avenue, era la casa de los padres de Kadir, justo a media cuadra de la residencia del Juez.

La familia del jurisconsulto sufría con frecuencia agresiones verbales y físicas del "Signore Gaetano" como gustaba que le llamasen. Su esposa Enrica había nacido en Calabria y su educación campesina le había enseñado a soportar el mal carácter y fuerza física del marido, limitándose a sufrir en silencio. Álvaro, hijo único, era también una víctima y repetidas veces lucía moretones, fracturas, hasta quemaduras en la piel, como resultado de la "Justicia Doméstica" aplicada en su hogar.

Álvaro, Kadir y Arturo, formaban una terna cuya amistad provenía desde los seis años, cuando se conocieron en la escuela elemental. Se habían convertido en niños inseparables, que eran casi invencibles en básquetbol, béisbol y fútbol.

Aquella tarde, a sus catorce años de edad, el grupo de amigos había logrado convencer a tres jovencitas de la exclusiva Academia Sainte Monique para su primera cita. Las habían invitado a pasear por el lago.

En punto de las cinco de la tarde, las tres agradables adolescentes se presentaron en el lugar acordado, luciendo todavía sus llamativos uniformes escolares de tipo Escocés. Las faldas a la rodilla, mostraban sólo una parte de sus bien torneadas pantorrillas de piel muy blanca, pues el resto de la pierna era cubierto por una gruesa media de color verde irlandés.

Los corazones se aceleraron al máximo cuando sus amigas se acercaron y les saludaron con un tierno beso en la mejilla. Esperaron casi dos horas en el embarcadero. Álvaro nunca llegó, ni llegaría jamás a ningún lado, su padre, lo había matado a golpes.

El funeral de Álvaro fue espectacular. La ceremonia oficiada por el mismísimo Arzobispo de Nueva York, reunió en el cementerio a unas quinientas personas de los más exclusivos círculos de Abogados, Empresarios, Políticos y Funcionarios Públicos, que llegaban en una increíble caravana de lujosas limusinas negras. El informe de la autoridad, había dicho que Álvaro se despertó en medio de la madrugada y al bajar a la cocina cayó por las escaleras, fracturándose el cuello.

Todos creyeron la versión del "accidente". Todos, menos Kadir.

Tenía escasos diez años cuando a Gregor, su padre, lo nombraron Consejero Militar adscrito al Consulado General de México en Nueva York, viviendo inicialmente dentro de la ciudad en un departamento en Park Avenue. Su madre, Doña Dolores, extrañaba la pacífica vida suburbana de la Ciudad de México donde tenía una casa rodeada de bellos jardines, salpicados por gran variedad de plantas. Los geranios, rosas, claveles y hortensias daban un hermoso espectáculo multicolor, que Doña Lolita se encargaba de mantener en máximo esplendor.

Los añejos árboles frutales, Robles y Sauces, completaban el bellísimo entorno de su hogar, por lo cual, no tardó mucho tiempo en organizar la mudanza de su familia del atestado centro de Manhattan, hacia Lynnbrook.

En las reuniones sociales del Consulado, Kadir había conocido a Arturo Garibay — hijo del Consejero Cultural Mexicano— con el que entabló una sólida amistad, pues Arturo era el mejor estudiante de su grupo en la Rockville School, acreditado plantel donde asistían hijos de prominentes personajes de los Negocios y del Gobierno. Allí había conocido a Álvaro Gaetano, el regordete hijo único del "Honorable", Juez de la Corte Suprema de los Estados Unidos de América.

Recordaba las innumerables ocasiones en que su amigo había faltado a clases, argumentando toda suerte de enfermedades inexistentes, que siempre le dejaban cicatrices, sobre todo en el alma. Álvaro creció siempre con el temor a su padre, aunque lo respetaba y puede decirse que hasta lo amaba, pues nunca reveló a nadie, salvo a la pequeña pandilla que formaban Arturo y Kadir, los crueles castigos y torturas que su padre infligía a su madre y a él.

La mamá de Álvaro, la Signora Enrica, había muerto un año antes en circunstancias no muy claras. Los rumores en el vecindario decían que la santa señora se había suicidado ingiriendo barbitúricos que la llevaron a un sueño del que nunca despertó. Hubo versiones que aseguraban que había fallecido a consecuencia de una tremenda paliza que su esposo le había propinado, por haberle echado a perder el finísimo traje Ermenegildo Zegna color azul, que iba a lucir en la recepción que el Presidente de los Estados Unidos ofrecería en Washington D.C., con motivo del Día de la Independencia.

Sea cual fuere la verdad, nunca hubo denuncia ni delito qué perseguir. Su cadáver fue cremado en ceremonia íntima y sus cenizas enviadas a Italia, eso sí, en una bellísima urna de madera con incrustaciones de oro y plata.

Todo eso recordaba Kadir. ¿Cuántas veces la Signora Enrica agasajó a la camarilla con exquisitas comidas Italianas y helados? ¿Y la gran variedad de pastas que la señora preparaba en enormes cantidades que los muchachos devoraban con rapidez? La banda echaba de menos a la Signora Enrica, no sólo por las riquísimas comilonas, sino por su gran bondad. Se pasó toda su vida aconsejándolos y tratando sin éxito, de convertirlos en verdaderos creyentes de la fe Católica.

Y ahora también Álvaro había muerto en circunstancias, para él, sospechosas. Conocía muy bien a su amigo "El Gordo" como le decían, para saber que no podía haber sido tan torpe como quisieron presentar su muerte.

Estaba seguro que lo había asesinado el padre, y con ello había segado la vida de dos personas al menos, Álvaro y Doña Enrica. ¿Quiénes seguirían? Había que detenerlo de cualquier manera.

Otros miembros de la gavilla eran Sergei Rodinov, hijo del Primer Secretario del Consulado Ruso, siempre misterioso y callado; Guillermo Mancinni vástago del Director del Royal Trade Bank, quien presumía todo el tiempo de los autos deportivos de su genitor, Paolo Scarpia, crío de un influyente líder camionero de la Costa Este y como su padre, insolente y bravucón; y Javier Elizondo gran nadador conocido como el "Tiburón", orgullo de su padre Mexicano, entrenador del Equipo Olímpico de Natación en su País.

El Magistrado, recibía en su residencia la visita de numerosas personas, a veces grupos grandes, a veces pequeños, y con frecuencia de viajero aéreo, a hermosas y discretas chicas rubias y pelirrojas que eran su debilidad.

Por eso, no era nada extraño ver entrar a la Mansión por los enormes portones de hierro automatizados, a vehículos que iban desde la clásica limusina hasta descapotables Europeos. Al pasar las rejas aparecía una calzada con suave curva a la derecha haciendo desaparecer de la vista tras la tupida cortina de abetos y robles, a los autos que circulaban por ella.

A un costado de la espectacular casa estilo Victoriano, había una hermosísima piscina decorada con motivos Griegos y Romanos donde atendía a sus invitados. No pocos jugosos negocios se cerraban allí, entre bocadillos de caviar Beluga y tragos de champaña. Sí señor, al Juez, le gustaba vivir bien.

Pero el rincón favorito era su jacuzzi al aire libre. Lo había mandado a construir con mármol proveniente de las entrañas de Carrara y estaba equipado con un barcito muy bien surtido de bebidas importadas.

La inmensa riqueza de que hacía gala no era novedad, ha cía tiempo que los Departamentos de Justicia y de Impuestos lo habían dejado por la paz, al comprobar la herencia de terrenos, edificios y muchos millones de dólares que recibió de su mafioso padre, que prudente y legalmente invertidos, aumentaban su fortuna cada día.

El corrupto Funcionario solía ofrecer dos grandes fiestas en su casa cada año. Una el día de su cumpleaños y la otra después del Thanksgiving Day (Día de Gracias), antes de Navidad. En ambas fechas, agasajaba espléndido, a los selectos invitados a base de exquisitos platillos de la cocina internacional, supervisados con esmero por dos exclusivos Chefs de Cuisine provenientes de los mejores hoteles categoría especial de la ciudad de Nueva York, el Plaza y el Mandarín. En los festejos, las champañas Taittinger, Cristal, Dom Pérignon y los mejores tintos de la Toscana, Piamonte y Sicilia; Ribera del Duero, la Rioja y Jumilla; Burdeos y el Ródano, Valle de Napa, Australia y Sudáfrica, corrían como caudalosos ríos.

Pero esa noche la gala era especial, planeada fuera del calendario habitual, el Magistrado estaba particularmente contento. Hacía varios meses que había dejado el hipócrita luto que guardaba por la muerte de su hijo Álvaro y tenía otro par de motivos que alegraban sus días; uno era la enorme posibilidad de ser nombrado Chief Justice of the United States (Presidente de la Suprema Corte de los Estados Unidos) y por otro lado, aquella hermosa becaria recién llegada al Alto Tribunal llamada Candace, dejó de resistirse aceptando ser su amante.

Sí, el Signore Gaetano estaba muy feliz.

Entre los invitados asistieron, como siempre, los amigos de su hijo Álvaro, pues al Juez le interesaba mucho que la opinión pública del vecindario le favoreciera. Quería dar la imagen que seguía recordando con cariño al hijo muerto, a través de sus mejores amigos.

Tenía el convidante un enorme perro bóxer que era su mayor orgullo. El animal era en efecto, un hermoso ejemplar que había dado al amo la satisfacción de ganar varios campeonatos en California.

La bestia era imponente. Su color marrón con manchas negras y ojos inyectados de rojo sangre, le daban un aspecto feroz y... lo era.

Cuatro años atrás, había atacado a Kadir causándole grandes heridas en la pierna derecha que estuvieron a punto de dejarle inválido. Recordaba aún los fuertes dolores, sufrimientos, que había padecido y la venganza que se grabó en su alma de niño, pues el dueño del perro se negó a matarlo.

Un año después, "Boy" como llamaban al can, arremetió enfurecido sobre el frágil cuerpecito de Dolly, la hermosa jovencita sobrina del Juez, destrozándole ambas piernas con profundas mordidas que le dejarían grandes cicatrices.

En esa ocasión tampoco el propietario eliminó al peligroso animal. Kadir con la pureza de chiquillo amaba en secreto a Dolly y almacenó otra causa para alimentar su deseo de revancha.

New York City

En la fría celda de la Auburn Correctional Facility, una de las prisiones de máxima seguridad del Estado de Nueva York — donde en 1890 se realizó la primera ejecución mediante la Silla Eléctrica— Calogero Piazza, otrora "Capo di Tutti Cappi" de las mafias de Nueva York, Detroit y Chicago, rumiaba su rencor.

A sus ochenta y nueve años, enfermo de la próstata, diabetes y con hipertensión arterial que promediaba 180/120, no hacía otra cosa que pensar todos los días cómo castigar al corrupto funcionario judicial.

Lo había engañado completamente. No sólo se había embolsado los cien millones de dólares depositados a nombre de su amante en cinco diferentes bancos de las Islas Cayman, sino que traicionándolo, intervino y obtuvo de los Associate Justices (Magistrados Asociados) el cambio de veredicto de "Not Guilty" a "Guilty" (No Culpable a Culpable) condenándolo a cincuenta y cinco años de prisión, sin posibilidad alguna de apelación o reducción de sentencia.

Por si fuera poco el daño hecho a su persona, el Ministro Gaetano había promovido con gran interés, la persecución y encarcelamiento de otros jefes mafiosos de menor rango, desmantelando las redes de putrefacción dentro de la Policía y prisiones, acabando, así fuera en forma transitoria, con el tráfico de estupefacientes, apuestas ilegales, pornografía infantil, prostitución y contrabando, medidas que le habían ganado el reconocimiento y admiración de sus Conciudadanos, Congresistas, Senadores y Dueños del Gran Capital.

Sí señor, el Magistrado tenía todo para ser el Presidente de la Suprema Corte de los Estados Unidos, sólo faltaba su nominación por el Primer Mandatario de la Nación y la ratificación del Senado.

El dignatario sabía del riesgo enorme de traicionar a la Mafia. Pero se sentía seguro y fuerte. Había valido la pena.

Otto Schlütter purgaba una larga condena embaucado por Salvatore. Había sido un personaje poderoso e influyente en las decisiones del mismísimo Vicepresidente de la Reserva Federal de los Estados Unidos.

Aconsejaba al Alto Funcionario sobre si convenía o no subir las tasas de interés, si debía recomendar al Departamento del Tesoro subsidios a los productores del campo o al combustible, si era necesario intervenir para salvar al sector inmobiliario amenazado por la insolvencia de las hipotecas, incrementar el techo de la deuda nacional, etc. etc.

Tenía un asiento en el Consejo Permanente del Banco Mundial y Asesor Económico de la New York Stock Exchange (NYSE) que comercializaba diariamente millones de acciones de las principales compañías petroleras, de energía eléctrica, telefónicas, acereras, tabacaleras, mineras, de transportes y de otros sectores industriales del Índice Dow Jones y empresas de Alta Tecnología (NASDAQ).

La Bolsa de Valores de Nueva York (NYSE) es el mayor mercado de valores del Mundo, con un volumen de transacciones anuales de más de veintiún mil millones de dólares.

La palabra "Bolsa" tiene su origen en un edificio así llamado en la población de Brujas, Bélgica, en el siglo XIII, que ostentaba en su fachada la pintura de tres "monederos" o "bolsas", escudo de la familia "Buerse" anunciando el local donde se realizaban transacciones mercantiles. La ciudad de Brujas fue una de las principales de Europa por su condición de puerto de comercio de textiles y diamantes.

En América, este organismo se formó en 1817 por un grupo de 24 comerciantes y corredores que firmaron un acuerdo denominado "Buttonwood Agreement" estableciendo las reglas para comercializar las acciones que en ese tiempo se compraban y vendían libremente. Después de la Primera Guerra Mundial, la NYSE se consolidó como la principal casa de bolsa del Mundo rebasando a la tradicional Bolsa de Londres.

La Institución no tiene fines lucrativos en sí misma, planeada para organizar y facilitar operaciones entre compradores y vendedores de acciones emitidas por las empresas afiliadas —más de 500 de las más fuertes— su mecanismo es complicado y se maneja por un Consejo de Directores integrado con Un Presidente, los Intermediarios, (Brokers) y diez representantes del público: Directores de Empresas, de Fondos de Jubilación y Académicos.

El 24 de octubre de 1929, conocido como "Jueves Negro" se produjo una de las mayores caídas de la Bolsa, provocando la llamada "Gran

Depresión" de los Estados Unidos, ocasionando quiebras de negocios y hasta suicidios de personas que perdieron todo.

Se dice que cuando la Bolsa de Valores de Nueva York estornuda, las demás Bolsas del planeta, enferman de pulmonía.

Es increíble imaginar que a diario grandes fortunas cambian de manos, algunas crecen y otras caen o desaparecen, influyendo los factores económicos, políticos y sociales, hasta por fenómenos naturales, que ocasionan volatilidad en las monedas, la confianza o desconfianza del público, para que una o varias compañías puedan arruinarse y declararse la bancarrota real o provocada.

Los intrincados mecanismos para hacer subir o bajar el precio de las acciones, sólo son conocidos por los especialistas, puñado de ejecutivos financieros que dirigen las empresas autorizadas por el Gobierno Federal para comprar y vender títulos por cuenta y orden de sus clientes, cobrando su comisión.

Cuando Mr. Schlütter fue acusado, Gaetano le sacó mucho dinero y después lo sentenció en la última instancia a la cárcel, por muchos años.

Como es natural los inversionistas en su mayoría son o están asesorados por expertos en el manejo del dinero, como los responsables de los Fondos de Pensiones y Fideicomisos que tienen en sus manos los ahorros de miles y miles de personas, por lo que siempre están muy atentos a la oferta y demanda, así como a los factores de rentabilidad y seguridad.

Una prolongada huelga de obreros en una fábrica, puede ser motivo suficiente para que sus acciones registradas en la Bolsa de Valores, bajen de valor.

Asimismo, si una empresa petrolera da a conocer haber ganado una licitación internacional para buscar petróleo en Países emergentes, es motivo suficiente para que sus propias acciones suban de precio.

Las políticas públicas implementadas por los gobiernos sobre ampliaciones o reducciones de presupuesto, aumento o reducción de tasas de interés, nuevas leyes sobre la salud, empleo y vivienda, hasta tensiones por agravios internacionales o atentados terroristas, determinan así sea en forma transitoria, que suban o bajen los precios en el mercado de capitales.

Pero como en todo lo humano, no hay perfección. Siempre han existido grupos de estafadores a la alta escuela, denominados "delincuentes de cuello blanco" en alusión a sus impecables camisas. Son personas extraordinarias, inteligentes, educadas y amables, hasta simpáticas, pero al fin, genios del mal.

En la famosa batalla de Waterloo, un espectador privilegiado que atestiguó la derrota de Napoleón a manos de los ejércitos aliados al mando del Duque de Wellington — dice la historia— salió a todo galope, reventando sucesivas monturas, pagando un alto precio por cruzar el Canal de la Mancha, para cabalgar de nuevo hacia Londres e informar a los banqueros Rothschild de la victoria inglesa, quienes de inmediato, comenzaron a vender con urgencia sus acciones en la Bolsa de Valores a bajo precio.

Los demás agentes de Bolsa, conociendo la calidad de información de los Rothschild, interpretaron que los enemigos Franceses habían ganado la guerra, apareciendo el pánico en el mercado financiero que cayó a los peores niveles jamás vistos.

Mientras que otros Agentes anónimos, compraron a precios irrisorios, los Títulos de Deuda del Gobierno Británico, incrementando las enormes riquezas de la familia Rothschild.

Otro grupo de pillos profesionales, se especializa en maquillar información de la contabilidad y finanzas de empresas afiliadas a la Bolsa, ocultando pasivos, alterando utilidades, efectuando toda suerte de maniobras contables y jurídicas para engañar a los inversionistas haciéndoles creer que los negocios iban viento en popa, cuando estaban muchas veces al borde de la quiebra.

De vez en vez, una importante compañía era declarada en bancarrota, afectando gravemente el bolsillo de los tenedores de las acciones.

Estos enormes fraudes, desataban un gran escándalo en los círculos financieros, prensa y sociedad, acusando a uno o varios ejecutivos de las empresas fraudulentas como chivos expiatorios, condenados, claro que sí, con sentencias a las que nadie les daba seguimiento y reducidas posteriormente por algún Juez Federal, cayendo en el olvido después de unos meses.

Un ejemplo de este tipo de especulación salvaje, lo constituye una de las mayores estafas de la historia cometida por el presidente de una firma de inversión que lleva su nombre fundada en 1960, llegando a ser una de las más importantes de Wall Street — la calle del muro— como se le conocía en la ciudad de Nueva York desde 1609, al estar separada por una pared de madera que colocaron los comerciantes Holandeses.

Bernard "Bernie" Madoff, próspero banquero, corredor de bolsa, asesor financiero y coordinador jefe del mercado de valores, fue detenido acusado de fraude por la increíble cantidad de ¡¡cincuenta mil millones de dólares!! Hoy purga condena de 150 años de prisión y el gobierno sólo pudo recuperar ¡¡diecisiete mil millones de dólares!!

Salvatore Gaetano, Juez del más Alto Tribunal, había sido uno de los grandes beneficiados, ganando fortunas por apoyar unas veces a los acusados y Abogados defensores, y en otras dándoles la victoria que deseaban los Fiscales, imponiendo elevadas penas a los defraudadores.

Recién obtuvo una gran suma, traicionando a una de las mayores empresas energéticas del País.

Podía decirse que el Magistrado tenía amigos y enemigos por igual.

Long Island, New York

Dos días antes de la anunciada fiesta extraordinaria que ofrecería el funcionario judicial a sus relaciones, Kadir estudiaba un plan para ajustar cuentas con el perro guardián, que había estado a punto de arrancarle la pierna derecha.

Su padre, que le había reclamado con energía al dueño del peligroso animal, obtuvo el reembolso de los gastos médicos y la promesa que "Boy" quedaría confinado dentro de una especie de corral en el interior de su residencia. — Por esta ocasión las cosas permanecerán así — advirtió Gregor.

— El Embajador mismo, me ha pedido calmar el asunto y ya que afortunadamente tus heridas han sanado del todo, quisiera que olvidaras el incidente.

— Papá, no puedo hacerlo — replicó.

— Es necesario hijo, se ha hecho una especie de Justicia divina, bastante sufrimiento ha tenido creo yo, con el infortunio de su sobrina, "La Muñeca".

Al muchacho le resultaba muy difícil contradecirlo, así que optó por disciplinarse en ese momento, comprendió que no podía olvidar el deseo de represalia. Se lo había prometido él mismo y en silencio a "La Muñeca".

Conocía al dedillo la mansión. Decenas de veces había estado de visita junto con sus amigos para jugar tennis y nadar en la bella piscina que adornaba el jardín contrastando el azul de las aguas con el verde de los árboles y arbustos.

La recámara de Álvaro, semejaba una master suite de hotel Five Stars (Cinco Estrellas). La puerta de doble hoja era de roble macizo con manerales dorados, que daba paso al amplio recibidor con finos muebles tapizados en cuero color beige. Una gran alfombra roja que de tan mullida al caminar, daba la sensación de hundirse en ella.

Dentro de la habitación, cerca de la ventana que daba al jardín sur de la casa, estaba el escritorio de Álvaro, escoltado a sus espaldas por espléndidos libreros, retacados de buenos libros que nunca leía. Enciclopedias completas, obras de Shakespeare y Byron alternaban con Platón, Sócrates, Aristóteles y otros clásicos Griegos.

En sección aparte iluminaban el recinto: Voltaire, Pasteur, Maquiavelo, Cervantes, Leonardo Da Vinci, y muchísimas obras más que harían el orgullo de cualquier biblioteca Universitaria.

En el rincón, una mesa de juego hexagonal con sus sillas de cuero negro y hacia la derecha un mueble que escondía el refrigerador surtido siempre con jugos de frutas, yogurt, agua, leche y gaseosas, donde Álvaro y sus amigos gustaban de reunirse a planear las pequeñas fechorías que cometerían con alumnos y maestros novatos en la Junior High School (Secundaria).

Las tareas escolares, eso sí, las realizaban en una gran mesa ovalada para doce personas, tallada, como todos los muebles por hábiles manos de artesanos en finas maderas estilo Inglés.

Cada lugar tenía su propio ordenador para facilitar el trabajo de los estudiantes, conectado a un sofisticado sistema para búsqueda de información mundial.

Cierto día, Álvaro les mostró orgulloso una magnífica arma, que sacó de una pequeña gaveta oculta en el librero donde reposaban cuatro pesados volúmenes sobre la Historia de Roma.

— Miren — dijo Álvaro— mi padre me la regaló. La trajo de su último viaje a Italia.

Kadir la reconoció enseguida.

Se trataba de una pistola Sig Sauer calibre 9 mm. Una preciosa obra de ingeniería Militar desarrollada por el Gobierno de Suiza en colaboración con un fabricante Alemán para su producción en serie, que por su calidad y eficiente desempeño era la pistola Oficial del Ejército Suizo y de otros Países, incluso en El Vaticano, era el arma autorizada para el uso de la llamada Guardia Suiza, encargada de la vigilancia y seguridad al servicio del Pontífice Romano.

Su afición hacia las armas, era cosa antigua.

Muy joven y con la oposición de Doña Lolita, su padre le había enseñado el manejo y los peligros que entrañaban las armas de fuego.

— Hijo mío — dijo Gregor — hoy conocerás las armas de fuego.

— ¿Qué son?, ¿para qué sirven?, ¿qué peligros representan?, las precauciones para su uso, funcionamiento y cuidados, pero sobre todo, la responsabilidad que implica el tenerlas y manejarlas.

— El peor enemigo de la humanidad, es la ignorancia, pues en su nombre, se cometen cada día crímenes que van desde muertes individuales hasta verdaderos exterminios, porque el ser humano, ha sido incapaz de aprender a convivir como personas, ignorando los valores universales que todos los grandes pensadores, filósofos y religiosos, han tratado de inculcarnos desde el principio de los tiempos.

— Si tú manejas un automóvil sin saber — continuó diciendo Gregor — con seguridad tendrás un accidente donde puedes morir o quedar lesionado para siempre y también puedes ocasionar la muerte a otras personas.

— Así son las armas.

— Si conoces su teoría, práctica y sobre todo, la responsabilidad de tenerlas, podrás evitar darle un mal uso, y prevenir un accidente de fatales consecuencias en manos inexpertas.

Gregor tenía una gran colección de revistas especializadas en todo tipo de armas, así como libros sobre su funcionamiento, limpieza y mantenimiento, que el joven leía con sumo interés. Ahí leyó sobre escopetas, rifles, pistolas, revólveres y municiones.

Sí, conocía bien la P220, la Sig Sauer propiedad de Álvaro, "El Gordo".

Una vez cada dos meses, su padre lo llevaba al Club de Tiro, que pertenecía a la Asociación Americana del Rifle, donde se efectuaban prácticas de disparos y algunos concursos, como el famoso *Torneo del Pavo*, competencia donde los mejores tiradores tumbaban siluetas y ganaban un exquisito pavo relleno.

Le gustaban esos paseos, pues tenía la oportunidad de convivir unas horas con su ocupado padre y sentía la emoción de compartir con él una afición que los unía y sobre todo, ver a su papá contento y orgulloso, como aquel otoño cuando cumplió 13 años y que llevó a casa un gran pavo ganado en el concurso de tiro con rifle de aire, superando a varios experimentados cazadores y deportistas que acudían para entrenarse.

— Hijo — le había dicho Doña Lolita— es el pavo más sabroso que jamás comimos, ¡Felicidades!

Eran las 6 de la tarde cuando Kadir se alistaba para acudir al festín. Había luchado contra sentimientos encontrados durante una semana. Una parte de él, exigía la venganza largamente acariciada, pero la otra parte de su ser, le aconsejaba prudencia, olvidar y perdonar. Estuvo a punto de no asistir, le parecía una burla siniestra que Gaetano hiciera una fiesta, con el pretexto de recordar a su manera la alegría de su hijo muerto — que aseguraba el viejo— estaría muy feliz en el cielo viendo a todos sus amigos reunidos.

Tomó la decisión. Claro que asistiría, para golpear al Juez donde más le podía doler. Esa misma noche, mataría a su perro.

Después de asearse, se rasuró la incipiente barba y bigote, aplicándose en el rostro la fina loción Santos de Cartier, que rebajó con un poco de agua, pues todavía recordaba los ardores de la piel cuando por vez primera se afeitó a ras.

Se probó la camisa y los gemelos de oro que le había regalado Doña Lolita en su cumpleaños 14, colocándose con cierta dificultad la faja del smoking Armani, también obsequio de su mamá. Se contempló por un instante en el espejo y sonrió satisfecho. Había practicado varias veces su gesto de inocencia.

En el bolsillo derecho del pantalón, guardó un par de guantes de látex y en la bolsa de la chaqueta escondió tres cartuchos 9 mm de punta hueca, robados del mueble armero de su padre, idénticos a los que había mostrado Álvaro, un año atrás. En la bolsa izquierda introdujo un pequeño frasco de plástico hermético de los usados para medicinas conteniendo una pequeña cantidad de aceite para limpiar pistolas, un trozo de tela de algodón y una horquilla doble ue tomó de una peineta de su madre. Cerró la puerta del cuarto y salió de la casa.

Afuera, estaban llegando los demás miembros de la pandilla y cruzando la calle, penetraron a la residencia del Juez, por la puerta auxiliar. El mayordomo, un Siciliano sesentón llamado Rocco conocía a la perfección a los muchachos a quienes saludó con afecto.

— Benvenutti piccotti — dijo riendo.

Los jóvenes impecablemente vestidos le recordaban a Rocco, los pequeños mafiosos que paseaban con su fina ropa en las plazas de Sicilia, presumiendo ante las mujeres.

Siendo las 7.30 de la noche comenzaron a llegar los selectos invitados, descendiendo de lujosos automóviles y SUV's, (camionetas) algunos blindados, tripulados por fornidos choferes guardaespaldas que aparcaban en el sitio destinado para visitantes. Los hombres vestidos con elegancia para la ocasión y las mujeres luciendo los modelos de última moda que dictaba no más de media docena de famosos diseñadores internacionales. Los aretes, collares y pulseras de diamantes parecían rivalizar con el brillo de las estrellas que adornaban esa noche la bóveda celeste.

En la entrada principal de la casa, había una gran escalinata de blanquísimo mármol traído de Macael, en el sur de España, conocida como la Ciudad del Oro Blanco. El mármol fue utilizado por vez primera en obras decorativas por los Hititas, en Yamesek, Turquía, allá por los años 1600 a.C. La señorial escalera rematada en su izquierda por la imponente escultura de Rómulo y Remo amamantados por la loba y a la derecha no menos espectacular, el Vesubio en erupción, ambas figuras iluminadas con reflectores de luz indirecta que mostraban fantástico realismo virtual.

Dos atléticos Agentes vestidos de civil, luchaban por no asfixiarse con los apretujados cuellos almidonados, ceñidas corbatas pajaritas negras, chalecos y sacos ajustados de los trajes de etiqueta alquilados por el Departamento de Policía, revisando lo más amable que podían las invitaciones de los convocados. Tres lindas edecanes se apresuraban a recibir los costosos abrigos de las gentiles damas en pieles de marta, mink, zorro azul y chinchilla, que guardaban con esmero en un clóset especial, equipado con aire acondicionado y rejillas de ventilación, provisto de ganchos para colgar forrados en seda color verde musgo.

Al pasar los invitados por el magnífico vestíbulo circular, dos cámaras ocultas grababan en alta definición imágenes de cada uno de los asistentes y un dispositivo secreto detector de metales, registraba a todos sin ellos saberlo.

El Capitán Declan McKenzie, amigo y cuñado del Juez Gaetano, le aconsejó tener de seis a doce elementos de seguridad vestidos de paisano dentro de la residencia, para cuidar a los importantes invitados y de él mismo, cosa que rechazó con firmeza, explicando que estarían presentes suficientes guardaespaldas de sus amigos y además varios influyentes periodistas de la prensa escrita, radio y televisión que darían cuenta detallada del evento.

— No, de ninguna manera — dijo el Togado— agradezco tu preocupación, pero no es conveniente que ante la opinión pública me presente como temeroso. Al contrario, la imagen que deseo proyectar al pueblo Americano es, aparte de mi capacidad y honradez a toda prueba, el valor y aplomo, con lo que seguramente verán con buenos ojos mi nombramiento como Presidente de la Suprema Corte de los Estados Unidos.

— Permite entonces que cuando menos, revise tu lista de invitados y coloque un arco detector — dijo McKenzie.

— Concedido — aceptó, palmeando con afecto la incipiente encorvada espalda de su cuñado.

— Además, no olvides que tengo personal de toda mi confianza y el fiel perro guardián, a quien ya conoces — soltando una sonora carcajada.

El Capitán McKenzie endureció el gesto. Cómo no recordar al maldito lebrel que en un par de ocasiones y jugando, en presencia de la familia, le había destrozado a mordiscos los pantalones del uniforme reglamentario, que por miedo había empapado en orines.

Once estatuas magníficas de divinidades Romanas esculpidas a escala humana en mármol negro marquina, montadas sobre bases cuadradas, distribuidas de manera equidistante, adornaban el asombroso recinto, identificadas con placas empotradas en oro macizo:

Diana, Diosa de la Caza; Minerva, Diosa de la Sabiduría y de la Guerra; Venus, Diosa del Amor y la Belleza; Ceres, Diosa de la Cosecha; Aurora, Diosa del Amanecer; Vesta, Diosa del Fuego; Flora, Diosa de la Tierra y sus Frutos; Averna, Diosa del Infierno; Envidia, Diosa de la Venganza; Fortuna, Diosa de la Suerte y Juno, Diosa del Matrimonio y la Maternidad.

Al joven Álvaro, le había costado una bofetada de su padre, cuando se atrevió a decirle que la entrada a su casa más bien parecía un museo.

El salón, de doble altura, estaba coronado con una cúpula hermosísima formada en mosaico bizantino laminado en oro de 18 quilates, que hacía fabulosa combinación con el blanco piso de mármol.

Al fondo, una escalinata central dividía el fastuoso hall en dos, como colosales brazos apoyando los pasillos superiores que conducían a las habitaciones privadas.

Los postes base, sostenían unas falsas antorchas que iluminadas por electricidad parecían fuego de verdad.

El peralte y huella de los escalones, también en mármol de Macael, estaban forrados en su parte central, de una gruesa alfombra color rojo sangre, dejando 6 pulgadas descubiertos los flancos produciendo un maravilloso contraste.

La alfombra se ajustaba a cada peldaño, con unas varillas de yugo en oro de 12 quilates.

Los grandes ventanales verticales con cristales emplomados hechos en Florencia, completaban con sus destellos multicolores aquel lugar, que no obstante el lujo, desprendía una atmósfera de vacío y soledad.

Una veintena de muebles circulares, para acomodar a diez personas cada uno convenientemente distribuidos en el espacioso jardín, junto a la alberca, lucían manteles de color champagne combinados con el cubremantel de encaje blanco importado de Brujas. Las sillas eran blancas, de tipo imperio y madera maciza. En el centro de las mesas, pequeños arreglos de flores recién cortadas daban el toque de belleza y frescura.

Hacia la derecha del lado opuesto a la alberca, varios bufetes rectangulares decorados a modo, ofrecían a los comensales los deliciosos manjares surtidos por la casa italiana Torresani Catering, bien conocida por su calidad y eficiencia. Los meseros, floristas, músicos y demás trabajadores, habían sido investigados por el Capitán McKenzie y sus muchachos, pasando como todos, por el arco detector de metales.

Kadir había pensado y no se equivocaba, que si lograba asesinar al bravo animal, se desataría una verdadera cacería para investigar y castigar al culpable de la muerte de la querida mascota. Era *vox pópuli* que Gaetano parecía querer mucho más al valioso can, que a su propia familia.

Un programa de televisión le había proporcionado la idea de sesgar las investigaciones de la Policía hacia otros escenarios posibles, así que con antelación recortó algunas letras mayúsculas y minúsculas de tres periódicos de la ciudad en varios tamaños para pegarlas a una hoja de papel bond con un mensaje anónimo directo al Juez, borrando las huellas de sus dedos.

Después de todo, ¿quién de los numerosos enemigos habría tomado venganza?

Al centro de cada mesa, finos pliegos de papel arroz anunciaban el menú:

Primo Tempo:
• Huevos de Codorniz.
• Paté de Ganso Salvaje.
• Tabla de Quesos y Carnes Frías Tutti Mundi.

Secondo Tempo:
• Caviar Beluga.
• Salmón Noruego.
• Arenque.
• Cangrejo de Alaska.
• Camarones al Whiskey, con pancetta (tocino) y a la
   Diabla.
Tercero Tempo:
• Langosta de Maine a las Brasas.
• Filete de Avestruz en Salsa de Ostras.

Como Platos Especiales:
• Rodajas de Pez Globo Japonés.
• Cucaracha de mar, Coatzacoalcos Style. Esta última
por recomendación de Gregor, excéntrico manjar de
carne muy blanca con textura y mejor sabor que la
langosta.

Pero el menú no terminaba ahí, lo completaban:
• Filetes de Jabalí y Venado.
• Cortes de carne de ganado Aberdeen/Angus y Hereford
preparados al gusto.
• Pescado Blanco del Nilo.
• CatFish (Pez Gato o Bagre).

- Red Snapper (Huachinango).
- Pámpano a la Sal. Otra recomendación de su vecino
Gregor, quien hizo énfasis en que llevara costras de sal
en grano y relleno de finas hierbas que le daban un
  sabor delicioso.

Cumplir con esta última sugerencia, para los cuatro Chefs fue una faena, debieron romper con un martillito las fundidas y endurecidas conchas saladas recién sacadas del horno y efectuar una especie de cirugía al pescado, para retirar escrupulosamente la piel y esqueleto, dejando sólo los lomos para ser devorados por los comensales.

Para los amantes de las aves, había desde coq au vin (pollo al vino) hasta pichones en salsa blanca y faisán al champagne, sin faltar las jugosas costillas de cerdo y cordero.

No menos de 20 postres cerraban la cena, entre ellos:

Cerezas flameadas al Tequila.

La Tarta Tatín.

Pastelería Francesa.

Turrones de Alicante y Jijona.

Helados Italianos de todos sabores.

Como excentricidad, ofrecían buñuelos Mexicanos bañados con miel de caña, que tanto gustaba a la extinta Doña Enrica; una montaña de fresas gigantes bañadas en chocolate cerraba la exhibición. Finalizaban el festín, dos grandes y relucientes cafeteras italianas que no dejaban de preparar capuchinos, expresos, macchiatos, negros y turcos.

Los vinos y licores no se quedaban atrás: champañas Dom Pérignon, Cristal, Taittinger, Bollinger, Louis Roederer y una inmensa variedad de vinos, entre ellos los carísimos tintos Château Lafite Rothschild de diferentes cosechas; Romanée Conti, Petrus, Screaming Eagle y Pingus. Whiskies escoceses Chivas Regal, Grand Old Parr, Douglas XO, Queen Anne, Johnnie Walker etiquetas negra, dorada y azul, Buchanan's 18 años y Glenfiddich, este último de una sola malta; Vodkas Rusos Beluga Noble, Putinka, Stolichnaya Elit, Sobieski Estate, Russian Standard Platinum, los Polacos Wyborowa Exquisite, Absolut y Purity de Suecia;

Grey Goose y Ciroc de Francia, Lokka de Turquía y Laguna Azul de México. Rones: Medellín Añejo de Colombia, Cubanos Havana Club y Varadero; el hoy Dominicano Matusalem; Zacapa y Botran hechos en Guatemala; el Myers y Captain Morgan de Jamaica; el Flor de Caña de Nicaragua y de México el Potrero y Bacardí.

En las elegantes invitaciones, una de las cuales había recibido Gregor, con semanas de anticipación, se anunciaba el fin de fiesta con cohetones y fuegos artificiales, muy probablemente hechos por artesanos Mexicanos residentes en Chicago o Los Ángeles. Un grupo de virtuosos músicos de cuerdas, lanzaba al aire, bellísimas composiciones de Mozart, Schubert, Verdi, Donizetti, Bizet y Vivaldi.

Las mesas mostraban tarjetitas con el nombre del invitado, sentados al gusto del alto Magistrado, para evitar en lo posible, confrontaciones ideológicas o políticas, pues los comensales pertenecían a las altas esferas del Gobierno y los negocios, afiliados casi por partes iguales, a los partidos Demócrata y Republicano.

La mesa nueve, fue destinada en exclusiva para los jóvenes amigos de su hijo Álvaro y en ella tomaron su lugar.

El tratar de conseguir una buena pareja de baile a la hija del Fiscal General, formaba parte del plan concebido por el Juez Gaetano para tener de su lado al Funcionario si las cosas se ponían feas. Empezaba a molestarle un poco su conciencia, por los crímenes y corrupciones que había en su pasado y su mayor temor en ese momento, lo representaba el duro Ministro de Justicia.

Kadir, sin darse cuenta le facilitó las cosas al Magistrado aceptando con agrado el papel de chambelán y guía social juvenil de Ruth, porque además de ser una hermosísima doncella, destacaba por su inteligencia, sencillez y bondad. Recordó fugazmente el proverbio Mexicano "*a quién le dan pan que llore*".

Sin embargo no era su intención aprovecharse, aunque pensándolo bien, le serviría de pantalla mientras mataba al perro. Después de todo, quién podría sospechar de una pareja de distinguidos jóvenes… Pero no, no deseaba involucrarla. En el momento indicado la dejaría con el grupo de amigos, para ir al baño. Estaba seguro que los muy envidiosos, la atenderían felices de la vida.

La festividad era ruidosa, docenas de personas parloteaban intercambiando fuertes abrazos, atendidos por un pequeño ejército de eficientes meseros que lucían blancos smokings y manos enguantadas revoloteando en derredor de las mesas ofreciendo las exquisitas viandas, vinos, champaña y licores.

El joven pistolero sabía que a los postres, el invitante ofrecería un discurso que algún otro convidado, se encargaría de contestar. O podrían ser varios. Escuchar y aguantar una sarta de mentiras, promesas y adulaciones recíprocas era el precio que todos tenían que pagar por la comilona.

En recompensa a los sufridos oyentes, se anunciaría el baile de gala y como fin de fiesta, los esperados fuegos artificiales terminando con el disparo de un pequeño cañón de salvas que Gaetano disfrutaba accionar en selectas ocasiones como el Día de la Independencia, para demostrar su patriotismo barato.

La orquesta de 24 elementos lanzó las notas de Funiculi Funicula, alegre tarantela que tuvo el efecto de romper el hielo y varias parejas se lanzaron a la pista, canturreando.

Eran las 11:20 p.m., y la gran celebración acabó. Los invitados habían cenado, bebido, charlado, cantado y bailado; todo ello con gran entusiasmo incluso Michael Capelli, Senador Republicano por Nueva Jersey había elogiado tanto a Gaetano, que se interpretó como un lanzamiento de Precandidatura a la Presidencia del Máximo Tribunal del País, que en caso de ser nombrado por el Presidente de los Estados Unidos, contaría con el apoyo de su Partido en la ratificación por el Senado.

Muy atento a lo que acontecía, Kadir esperaba el momento oportuno para enfrentar al enemigo canino. Normalmente seguro de sí mismo, había repasado el plan una y otra vez.

Durante la cena y el baile se había mostrado medio ausente de las conversaciones, incluso contra su costumbre, no había elogiado ni la belleza de Ruth, ni el exquisito perfume que la envolvía, con aroma a flores silvestres y cítricos.

¿Podré hacerlo?, se preguntaba. Su cerebro libraba una batalla. Por un lado su deseo incontenible de venganza y por el otro, el miedo. El miedo a fallar y morir destrozado por la bestia maldita, amenazaba con paralizarlo. Se imaginó que lo descubrieran y la cólera de que era capaz el Magistrado. ¿Qué sucedería?

En punto de las 11:45 p.m., justo antes de media noche, el maestro de ceremonias invitó a todos los presentes a pasar al espacioso jardín para disfrutar el espectáculo de cohetones que al estallar en el aire en diversas figuras, llenaba con cientos de efímeras estrellas el cielo nocturno. Los colores rojos, naranjas, azules, blancos, verdes y morados, hacían las delicias de los comensales.

A la primera explosión multicolor, Kadir pretextando ir al baño se disculpó y discretamente se escabulló hacia el interior de la residencia.

Con rapidez, pero con aplomo, cubrió la distancia que separaba el jardín del hall principal, cuidando de no voltear hacia atrás, pues de hacerlo resultaría sospechoso, ágil, eludió las cámaras de vigilancia que bien conocía, subió por la colosal escalera y se dirigió con paso veloz al cuarto de su amigo Álvaro. Antes de abrir, se colocó los guantes de látex y oteó para cerciorarse que nadie le seguía. Entró cauteloso, accionó el mecanismo del estante de libros y asió con firmeza la magnífica pistola Sig Sauer, cerrando el escondite sin hacer ruido. Con la habilidad digna de un armero, revisó el cargador.

Estaba completo. La frente perlada de sudor contrastaba con la fría temperatura de la estancia. El pulso se aceleró y por un instante sintió náuseas. Logró calmarse, al recordar una vez más, la fiera imagen del perro "Boy" destrozando su pierna derecha y las dos piernas de Dolly, "La Muñeca".

Entreabrió la puerta y aguzó el oído. Nada. Sólo el intenso sonido de los cohetes que hacían retumbar los muros de la casa. Salió por una escalinata que comunicaba los aposentos principales con las habitaciones de servicio y la ayudantía. Había visto a todo el personal mirando como bobos hacia el cielo. Pasó por los cuartos como una exhalación y consultó el reloj Rado de carátula fosforescente. Eran las 11:52 p.m., le quedaban sólo 8 minutos para completar su misión.

La perrera había sido colocada en el interior de uno de los garajes, donde guardaban dos cuatrimotos Honda, cortadoras de pasto John Deere y un par de motos acuáticas Sea Doo con sus respectivos remolques galvanizados. Al verlos, no pudo evitar recordar cuántas veces Álvaro disfrutó de la compañía de sus amigos en esos vehículos, pero ahora, estaba muerto, asesinado por su propio padre, el Magistrado Salvatore Gaetano.

Un ladrido como venido del infierno lo estremeció, y quedó ahogado por el ruido de los cohetes. El joven, haciendo acopio de todo su valor, cortó cartucho, se aproximó al animal, que furioso, tiraba de la cadena que lo aprisionaba, tratando de zafarse.

Por un instante, miró con terror de adolescente los ojos inyectados en sangre y los enormes colmillos que destilaban líquidos babeantes por la rabia. Apuntó el arma con cuidado esperando una buena serie de explosiones en el jardín, cuando el enorme y fuerte animal, rompió su cadena y se lanzó sobre Kadir, que retrocediendo tropezó con algo y cayó de espaldas. Justo en el momento en que el perro saltó sobre él, disparó directo al corazón.

Por una fracción de segundo el cuerpo de 60 kilogramos de músculo puro, pareció detenerse en el aire, cayendo pesadamente a sus pies. La bala 9 mm Parabellum de punta hueca, había partido en dos el corazón del "Boy".

Faltando tres minutos escasos para la media noche, había limpiado el arma, reponiendo el cartucho quemado, con la precaución de buscar y recoger el casquillo que, saltarín, estaba a dos metros de su pie izquierdo. En seguida, caminó con rapidez la ruta que había recorrido antes y llegó al dormitorio de Álvaro. Repitió el procedimiento y colocó en su lugar la formidable Sig Sauer.

De inmediato fue al baño de la planta principal e introdujo el dedo índice en su boca y tocando las amígdalas provocó el vómito de lo cenado. Se lavó con esmero y usó el desinfectante bucal, dejando con toda intención, un pequeño rastro de su malestar en toallas desechables apiladas en el elegante basurero. Al volver a la fiesta, trató de localizar a Ruth en el maremágnum de la salida y no reparó, que a sus espaldas, la joven damita balbuceó:

— ¡Nice Shoot! (¡Buen tiro!)

— ¿Cómo dices? — respondió asombrado.

— ¡Well done guy! (Bien hecho amigo), lo he visto todo — diciendo esto sonrió con inocencia y besándole en la mejilla se fue corriendo como una gacela joven para alcanzar a su padre, el Fiscal, dejando a Kadir confundido y lleno de dudas.

— Espera — pidió— ¿Qué es lo que viste?

— Lo que dije — respondió— y además te felicito. ¡Dolly también es mi amiga!

Había ido a la cama a las 3:00 a.m., después de haber despedido al último invitado. Estaba feliz, todo había resultado a la perfección. Durmió tranquilo, soñando con su oficina como Presidente de la Corte Suprema de los Estados Unidos. Para el día siguiente, sábado, planeaba levantarse tarde, darse un baño en el jacuzzi privado y llamar a la joven masajista Japonesa. Desayunaría un zumo de toronja y huevos Benedictine, terminando con una taza de café bien tinto, traído desde Colombia. Más tarde se vería con varios amigos en el University Club, para tomar un buen Escocés con hielo.

Nada de eso pudo hacer.

A las 7:30 a.m., el mayordomo, llamó con insistencia a su habitación. Pietro, el jardinero, encontró al perro muerto, nadie había visto o escuchado algo. El tipo lanzó un alarido, en bata y pantuflas corrió como poseído hasta el segundo garaje para contemplar a su fiel compañero, el perro consentido, a su "Boy", muerto en medio de un gran charco de sangre semiseca. Las negras hormigas del jardín enloquecidas, subían y bajaban del cuerpo del pobre can devorándolo lentamente.

— ¿Quién fue? — bramó el Juez, crispando los puños.

— ¡Juro por Dios que he de encontrar al culpable y le daré justo castigo! ¡Lo perseguiré toda la vida, si fuese necesario!

¡Le haré pagar caro su artero crimen!

— ¡Ustedes, partida de inútiles, los despediré a todos! ¡Malditos! ¡Mil veces malditos! — rugió.

Desesperado abrazó al valioso animal sin importarle que se manchara de sangre y tierra seca su impecable albornoz blanco, de algodón Turco. Cogió por el cuello al asustado jardinero y lo zarandeó hasta casi asfixiarlo. De no haber sido por la enérgica intervención del mayordomo, lo hubiera matado.

— Excelencia, Pietro no tiene culpa de nada — gritó Rocco el mayordomo — Cálmese, por favor.

— ¡Hijos de putana, los encontraré! ¡Los mandaré al infierno yo mismo!

Los guardias de seguridad, el mayordomo, chofer, jardinero y los demás sirvientes de la casa, contarían después que el curtido Salvatore Gaetano, derramó más lágrimas que cuando murieron su esposa e hijo.

Tuvo que esperar un día para iniciar las averiguaciones sobre el allanamiento a su residencia y el cobarde asesinato del fiel perro guardián, pues tanto había sido su disgusto que enfermó del estómago y la presión sanguínea se había elevado a niveles riesgosos para la salud.

No obstante, apenas el Médico de la familia abandonó la casa, hizo varias llamadas en franca rebeldía a las instrucciones del facultativo.

La primera fue a su Secretario, ordenando cancelar todas las citas y compromisos para los próximos tres días. Debía informar al Presidente del Alto Tribunal de su indisposición por motivos de salud.

Llamó a Candace, la bella becaria y asistente personal, informándole de su ligero malestar.

— Ya sabes amorcito cómo son los medicuchos. Te prohíben todo. Estaré en casa un par de días. Te extrañaré mucho y… pórtate bien — sentenció.

La tercera llamada fue para el Capitán Declan McKenzie Jefe de la Policía Metropolitana, pidiéndole que acudiera enseguida a su casa.

— Es urgente. Algo raro sucedió anoche. Ven tan pronto como puedas — concluyó.

La cuarta llamada fue para Cesare Vitti, un hampón de medio pelo, especialista en trabajos sucios. Estaba muy relacionado con el bajo Mundo y carecía de escrúpulos. Había sido un investigador privado mediocre, siempre apurado con los pagos de la renta, teléfono y secretaria, hasta que decidió emplear sus conocimientos y contactos para espiar a parejas infieles, cobrar alquileres atrasados a fuerza de amenzas y golpes a gente pacífica, así como vender protección a bares y prostíbulos de mala muerte.

El Magistrado no pudo encargarle nada. La viuda de Vitti le informó con fingido pesar, la trágica muerte de su marido.

Un mes atrás se presentó en la casa de un tipo, para cobrarle los elevadísimos intereses vencidos de un préstamo hecho por un usurero.

El sujeto no pudo pagar y Cesare lo mató a golpes allí mismo, delante de su familia.

Al retirarse, recibió en la espalda una lluvia de perdigones de acero, disparados por una vieja escopeta empuñada por la abuela.

Declan McKenzie, organizó una verdadera cacería para capturar a él o los responsables de la muerte del perro propiedad de su amigo y protector, el Juez Federal, Salvatore Gaetano.

En el fondo, se regocijaba de que el maldito podenco estuviera muerto, cosa que a él le hubiera dado mucho gusto asesinarlo.

Casado con su hermana, estaba sumamente resentido por el ataque del salvaje animal a su hija Dolly, "La Muñeca", como la conocía toda la familia.

Interrogó a todos y cada uno de los posibles sospechosos, teniendo buen cuidado de no herir los sentimientos de los selectos invitados que asistieron a la cena.

Ordenó la detención inmediata de todas las personas que habían estado antes y durante la fiesta, desfilando por la comisaría los meseros, bartenders, mozos, choferes, floristas, electricistas, carpinteros, sirvientes, porteros y en general, todos aquellos que se le ocurrieron.

Hasta los agentes encubiertos y los patrulleros uniformados, fueron interrogados, en ocasiones utilizando la violencia y el polígrafo. Los personajes importantes fueron invitados a declarar y previo su visto bueno, en sus propias oficinas.

Sus investigaciones no arrojaron ninguna novedad. Nadie había visto ni escuchado nada. El can había muerto de un solo disparo de una potente arma de fuego calibre 9 mm Parabellum, con bala de punta hueca que destrozó el corazón del bravo boxer.

Su olfato de viejo Policía le gritaba que el responsable tenía que ser alguien de adentro de la casa. ¿Quién hubiera podido entrar a la residencia con tanta seguridad? Las cámaras de vigilancia no mostraban nada sospechoso, fuera de varios invitados que habían entrado a los baños de la casa, algunos a vomitar, lo cual hasta cierto punto era normal, pues se habían encontrado restos de otros vómitos en varias partes del jardín.

Los días pasaban y McKenzie no tenía nada. Pensó en sembrar evidencias y acusar a un mozo o jardinero de la residencia. Sentía verdadero pánico de la reacción de su temido cuñado. Sin embargo algo le molestaba.

¿Quién podría detestar al Juez Gaetano de tal modo para hacerle sufrir de esta manera?

¿Quién o quiénes pudieron tramar una venganza así?

La verdad, la dolorosa verdad, es que el cabrón tenía tantos enemigos que tendría que arrestar a docenas de sospechosos. Así lo comprobaban los rústicos recados hallados. ¿Y si alguien de adentro, deseaba deshacerse del perro?

Tal vez Pietro, el jardinero, la primera víctima a quien mordió el temible animal o el señor Newman, el cartero que varias veces fue atacado o el empleado de la compañía telefónica, al que dejó una marca en el brazo.

Cierto que también el feroz can había hincado sus colmillos en la pierna de Kadir, causándole graves heridas, ese altanero y antipático joven que se atrevió a discutir con él cuando en un rondín de supervisión, quiso arrestar por la fuerza a un grupito de mozalbetes, por jugar en la zona prohibida del césped… mmm…

— ¡¡Claro!! El jovenzuelo tenía motivos para sacrificar al perro, recuerdo que siempre gritó a los cuatro vientos "algún día me vengaré matando a esa bestia".

Pero algo no encajaba, ¿cómo un púber, adolescente, casi niño, podría haberlo cometido de un solo balazo con excelente puntería? ¿Y el casquillo que nunca apareció? ¿Acusar al chamaco menor de edad sin pruebas?

Vaya problemas que tendría, su padre es Militar y miembro del Cuerpo Diplomático.

— Quedaría como un estúpido ante mis Superiores, la prensa y la sociedad entera... No, eso es imposible — dijo McKenzie — ¡¡Esto lo hizo un profesional!!

La investigación poco avanzó. El resultado apuntaba a docenas de sospechosos, enemigos que se había ganado el Juez. Sin duda, alguno de ellos contrató un asesino profesional.

Los peritos que efectuaron con rigor científico la reconstrucción de los hechos en la residencia no hallaron ninguna pista o evidencia para culpar a nadie. Buscaron huellas de calzado, que con el ir y venir de los empleados domésticos y del propio Gaetano, contaminaron el sitio haciendo imposible cualquier identificación.

Calcularon matemáticamente la distancia del disparo, 7.5 yardas, a juzgar por la posición del lebrel; practicaron la necropsia, causa de la muerte: disparo por arma de fuego calibre nueve milímetros directo al centro del corazón, trayectoria de abajo hacia arriba, con orificio ampliado de salida en la parte central de la espalda, sin recuperación de la bala de acero de punta hueca, que por la potencia de fuego habrá viajado unas doscientas o trescientas yardas, actualmente perdida entre la tupida vegetación de la zona.

Revisaron la cadena rota buscando indicios, pero nada, un eslabón de acero que sujetaba el collar de cuero, cedió a los tirones, como pudieron observar examinando el poderoso y lastimado cuello del perro.

Para terminar, nadie de los presentes la noche de los hechos vio nada ni escuchó la detonación. Los detectives suponen (y con razón) que se hizo aprovechando el ruido de los fuegos artificiales. La conclusión, fue obra de un experto asesino solitario.

¡Vaya Profecía de los Investigadores! En pocos años más el joven Kadir se convertiría en EL AUDITOR DE LA MUERTE.

Aunque la matanza del mamífero cánido era un tema menor, el asunto se complicaba cada vez más.

Los interrogatorios estaban colmando la paciencia de algunos altos Ministros del Gobierno Federal, Embajadores y miembros del Cuerpo Diplomático que estuvieron presentes en la fiesta celebrada en la residencia de la prominente Autoridad de la Suprema Corte de los Estados Unidos.

Por disposición Constitucional, los casos donde se involucre a esas personalidades, deben ser atraídos por el Poder Judicial Federal.

Por esta última y poderosa razón, Benjamín Weitzner, Fiscal General de la Nación, estaba muy pendiente de las investigaciones del Jefe de la Policía de Nueva York, que depende del Ayuntamiento de la ciudad.

Cuando el Capitán McKenzie presentó su Informe acusando al pobre jardinero ante el Fiscal asignado al proceso, sintió un gran alivio.

Por fin tenía algo que ofrecer al Juez que continuaba furioso repartiendo presiones y amenazas con desemplear a todo el personal del Precinto.

Benjamín Weitzner que sabía la verdad, pues se la había contado su hija Ruth como testigo presencial, sonrió complacido cuando leyó las conclusiones.

La investigación era ridícula. Mira que acusar al honesto trabajador a todas luces inocente, confirmaba la ineficiencia e inmoralidad del Capitán McKenzie por sus ansias de obsequiar un trofeo para apaciguar a su belicoso cuñado.

Rechazó tajante la acusación, ordenando poner en libertad de inmediato al detenido.

Al día siguiente solicitó al Alcalde de la ciudad de Nueva York la destitución del Jefe Policíaco con cargos de incompetencia, corrupción y por fabricar pruebas en contra de persona inocente.

El suceso fue cerrado, con la consiguiente rabieta del Magistrado Gaetano.

CHIC AGO, ILLINOIS

Había llovido toda la semana, pero ese día, jueves, apareció el Sol. A las 8:00 a.m., Kadir dejó su habitación en el Hotel W situado a la orilla del Lago Michigan. Tenía una espléndida vista panorámica de esa maravilla natural, donde millones de metros cúbicos de apacibles aguas bañaban la costa de la ciudad. Era impresionante ver cómo el lago se extendía hacia el norte y sur, como un océano sin fin.

Corría el mes de septiembre y soplaba un ligero viento helado, pero insuficiente aún para ponerse abrigo. Llevaba un elegante traje completo color azul marino, chaleco gris perla y corbata roja de seda. Completaban su atuendo, mocasines negros bien lustrosos.

Salió del hotel y decidió caminar por la calle Erie hacia el lugar donde se encontraría con aquel viejo amigo de su padre, el Fiscal General de los Estados Unidos, ahora retirado, quien lo invitó a desayunar en el lujoso Hotel Wyndham, que había ganado el Premio de Cuatro Diamantes por ocho años consecutivos.

Miró su reloj. Tenía tiempo suficiente. En el camino, compró un ejemplar del Chicago Tribune que destacaba en su primera plana las más importantes noticias del día : Baja en la Bolsa de Valores, promesas de los políticos en turno, aumento en los precios del combustible, actos de corrupción, crímenes y ataques terroristas, guerrillas en algún País Sudamericano — nada nuevo — pensó el Auditor.

Se acomodó en una mesa situada al fondo del restaurante Caliterra y comenzó a hojear el diario, sin concentrarse demasiado en su lectura. Breves minutos después, en punto de las 8:30, se acercó caminando con alguna dificultad, su anfitrión el Ex Fiscal General, Benjamín Weitzner, a quien escoltaba una mujer radiante, que reconoció enseguida.

— Ruth, estás hermosa. Don Benjamín, ¡qué gusto verlo! Gracias por su invitación.

— No me llames Don Benjamín, siento que me añades algunos años, sólo dime Ben — concluyó.

— ¿Nos acompañas verdad? — pidió Kadir a la beldad.

— No puedo, lo siento mucho. Tengo algunas cosas que atender hoy, pero me encantaría cenar con ustedes — dijo con discreta coquetería.

— Llámame si puedes — y sonriendo con una gracia maravillosa, besó a su padre en la frente y se fue caminando, mostrando un andar digno de una Top Model.

— Te veo bien muchacho. Han pasado algunos años. Sin embargo quiero decirte que conozco tu trayectoria como estudiante y ahora como un brillante profesional. La firma donde trabajas es una de las mejores del País y creo que tendrás un gran futuro allí. Los principales socios, amigos míos, pronto estarán en proceso de retiro por su voluntad y requieren de gente joven como tú, que inyecte sangre nueva a las rancias estructuras que ahora tienen…

— Ben — interrumpió con delicadeza — quiero que sepas que comparto de corazón el dolor que has tenido por el mortal accidente que sufrió tu querida esposa. Mi familia y yo estamos contigo.

— Desafortunadamente mi padre fue llamado por el Canciller para consultas urgentes en la Ciudad de México y yo me encontraba iniciando Auditoría a una empresa Petrolera en Dubai. Sentimos muchísimo no acompañarte en persona como hubiésemos querido. Aún así…

— Fue un homicidio — corrigió secamente.

— ¿Qué dices? No lo sabía — reaccionó — ¿Y los culpables?, ¿los atraparon?, ¿están en prisión?, ¿cómo fue?

— Calma hijo, calma. Te lo explicaré todo, lo prometo. Pero no aquí y ahora, todavía es muy doloroso para mí. El objeto de invitarte a desayunar… bueno, fue idea de Ruth, con la que estuve de acuerdo para ofrecerte un buen trabajo en nuestras empresas, pero… no sé…ahora creo que sería desperdiciar tu potencial... — dudó el ex funcionario.

— Habla, por favor.

— Será mejor que te cuente todo en casa, ¿podrías visitarnos en La Florida? Tenemos una propiedad en Fort Myers, el clima en invierno es mejor ahí — y concretando su invitación, anotó en una tarjetita la dirección y teléfonos.

— ¿Te parece bien el jueves de la próxima semana?

— No puedo, pero dentro de treinta días estaré en Orlando, para revisar la Contabilidad y los Impuestos de un par de Hoteles de cinco estrellas. Creo que podría verte en esa ocasión — concluyó.

El desayuno fue servido y ambos se limitaron a tomar café y jugo de toronja. El apetito se les había ahuyentado. Al medio día, el Auditor llamó a Ruth para invitarla a cenar. Acordaron verse a las 7:30 p.m., en el restaurante del Edificio Hancock. Enseguida llamó para la reserva.

Fiel a su costumbre de adelantarse siempre a sus citas, llegó 20 minutos antes y pidió una mesa cerca de la ventana. El restaurante situado en el piso 95 del imponente edificio, dominaba con la vista gran parte de la ciudad de Chicago. Grandes ventanales colocados en derredor ofrecían el soberbio espectáculo del inmenso Lago Michigan y de toda la gran metrópoli.

En punto de las 7:30 p.m., Ruth hizo su aparición. Lucía espléndida con sweater cuello de tortuga color vino, una falda recta muy corta de lana gris, rematada con mallas lisas a juego, botas de cuero y chaqueta, negras. Una boina Francesa color tinto, coronaba sus rubios cabellos peinados al azar. Cuando lo besó en la mejilla derecha, Kadir se estremeció.

Nunca la había visto tan bonita. Sus ojos azules, eran una mezcla de cielo y océano, que calificó como de salvaje inocencia y retadora dulzura.

Para colmo, envolvía su hermosa figura un aroma delicioso. La numerosa clientela, no pudo menos que voltear a verla y sintió por vez primera en su vida, el aguijón de los celos.

— Shalom — dijo ella.

— Shalom querida, estás bellísima.

— Gracias, tú no estás tan mal como suponía. Se ve que sigues haciendo ejercicio, como el tiro al blanco con... ¿perros? — dijo soltando una risita de complicidad.

— Hace unos años te felicité por hacerlo. Ahora mi felicitación es doble. Tal vez el animal no necesitaba morir, pero el miserable gusano de Gaetano, ése sí merecía el sufrimiento que tuvo.

— Bueno, son cosas del pasado. No me arrepiento y lo volvería a hacer si se tratara de castigar al malvado Juez

— resolvió.

El capitán y dos meseros se presentaron con sus nombres, preguntando si apetecían bebidas.

— Un Manhattan, por favor — pidió ella.

— Vodka Zubrowka, jugo de naranja y agua gasificada para mezclar, gracias — solicitó él.

Segundos después, el capitán volvió con los menús, recomendando las costillas de cordero al horno y la ternera provenzal. Los dos meseros, revoloteaban cerca de la mesa, colocando panecillos recién horneados, mantequilla, frasquitos de aceite de oliva extra virgen, pequeños trozos de queso Parmigiano, sirviendo grandes copas de agua helada.

Pasada la pequeña revolución, volvió el Jefe de meseros para anotar los pedidos.

— Regrese en unos minutos por favor.

Casi de inmediato llegaron las bebidas y por fin la pareja pudo brindar a sus anchas.

— ¡Por la fortuna de estar con la Diosa de la Hermosura!

— ¡Por tus éxitos como Contador Público Auditor! — manifestó ella y dando rienda suelta a sus impulsos, rubricaron

sus respectivos brindis a grandes risas.

— Bueno, ¿qué es de tu vida?, la conozco muy poco — mencionó Ruth.

— No hay nada extraordinario. Después de cursar High School, cambiaron a mi padre a la Capital del País, donde ingresé a la Universidad Nacional Autónoma de México para estudiar Contaduría Pública. Lo que aquí en los Estados Unidos, se conoce como Certified Public Accountant, o por sus iniciales, CPA. Una vez graduado, fui admitido en la Universidad de Harvard para cursar Master in Business Administration conocida por sus siglas MBA (Maestría en Administración de Negocios) podrás imaginarte que con más de quince millones de volúmenes que tiene la mayor Biblioteca Académica de los Estados Unidos, me la pasaba estudiando…

— Eso no lo creo — interrumpió — pero en fin, continúa por favor, y dime, ¿por qué el nombre de Harvard?

— La Universidad se fundó como New College en el año de mil seiscientos y pico, cambiando su denominación en recuerdo a su benefactor John Harvard, un joven clérigo que donó obras de texto y un poco más de quinientas Libras. Sin embargo es bastante más reconocido Charles Eliot, quien hizo muchísimas cosas cuando ocupó la Presidencia de la Universidad, para colocarla entre las mejores del Mundo con cerca de veinte mil estudiantes provenientes de todos los rincones del Planeta — terminó explicando el Contador

— Es una verdadera Ciudad Universitaria, ¿la conoces?

— No he tenido la oportunidad, pero conozco algunos tipos pesados egresados de allí, como tú podrás comprender

— atacó ella, riendo.

— En realidad siempre tuve deseos de ingresar a la Universidad del Ejército en mi País, pero mi padre y madre se opusieron con tenacidad. Así que tomé la opción de una profesión pacífica, para darles gusto, pero también es interesante y muy rentable. Y aquí me tienes, siempre vestido con traje y corbata, que me parece un artículo innecesario que atormenta el cuello en época de calor. Son costosas y totalmente inútiles, salvo para los que se suicidan con ellas— dijo riendo.

— Te ves muy bien de corbata. Hasta pareces una persona decente y... atractiva — guiñando con gracia el ojo izquierdo.

— A propósito, te compré una — sacando de su pequeño estuche una fina corbata, diseño de Hermès, color cereza con discretas rayas grises en diagonal.

Kadir tragó fuerte y no pudo menos que... enmudecer. No se le ocurrió nada. Sólo alcanzó a balbucear un muchas gracias... quería disculparse, decir que había metido la pata, pero un dulcísimo roce de los labios de Ruth en su boca, lo hizo callar. Lleno de vergüenza, extrajo de su bolsillo un pequeño estuche que entregó tímidamente a la bonita joven.

— ¡La Estrella de David! Está preciosa — exclamó. La fina alhaja en oro blanco de 18 Karats (quilates) contrastaba de maravilla con el diamante rojo en corte de Corazón empotrado en el centro de la joya.

— Si ésta es la manera de disculparte, puedes hacerlo diario — dijo la muchacha, besándolo de nueva cuenta, ahora con mayor emoción, sin importarle las miradas de envidia de los comensales.

Prosiguió: — Cuando estudiaba el último semestre, fui contactado por el representante de una Firma Internacional de Contadores y Consultores ofreciéndome una entrevista de trabajo. Me trasladé a

Nueva York donde apliqué para la categoría de Auditor Junior, por no tener suficiente práctica. El puesto me interesó y firmé contrato cuando terminé mis estudios.

— ¿Y por qué te llamaron? — dijo ella en tono angelical.

— No lo sé, también lo pregunté, pero no me dijeron nada certero, habiendo cientos mejores que yo. Explicaron que la

Firma acostumbra enviar buscadores a las mejores Universidades para reclutar recursos humanos calificados…

— Ruth perdona, te estoy cansando con mi aburrida vida

— se disculpó — Es tu turno.

— No, nada de eso — dijo ella con un gracioso gesto — como recordarás, cuando nos conocimos en Long Island estaba recién llegada de Suiza, a donde me enviaron mis padres, pues como hija única y desempeñando mi progenitor el peligroso cargo de Fiscal General de los Estados Unidos, deseaban evitarme cualquier riesgo de daño físico o secuestro, por tantos y tantos enemigos del Estado.

— Seis semanas posteriores a la fiesta del maldito Gaetano, retorné al internado en Suiza, hasta completar High School. Siempre quise ayudar a Ben, de modo que tendría que ser Abogada, cosa que nunca aprobó mamá quien me pidió no hacerlo, con toda la dulzura y cariño que era capaz. Adoré a mi madre así que cambié mi decisión y estudié Psicología en Francia, haciendo la Maestría en Conducta Criminal.

— Al regresar a Nueva York — continuó— instalé mi consultorio en un edificio de la familia en Park Avenue. Soy una loquera reconocida y estoy a tus órdenes, por si algún día necesitas camisa de fuerza, eso sí, ¡a la medida! Ja, ja, ja

— celebró.

Hicieron una pausa para ordenar la cena. Ella pidió ensalada verde y rodajas de cordero al horno. Kadir, avocado con angulas y una rebanada de atún fresco a la plancha término medio. Cuando el mesero se enfilaba a la computadora para registrar el pedido a la cocina, ella lo llamó y agregó una botella de Château Ausone cosecha 2004, excelente vino tinto francés, que haría un espléndido maridaje con la comida.

Continuaron conversando con inteligencia y llegados los platillos, los devoraron.

Ninguno de los dos aceptó postre, pese a la insistencia del

capitán, quien recitaba emocionado: Ciruelas al brandy, crêpe suzette, el clásico strawberry cheesecake, crème brûlée, iceberg de coco y piña, chocolate volcano...

— Gracias, gracias — cortó él— Sólo traiga dos dark coffee, una botella de champaña Bollinger muy fría, y fresas medianas por favor.

— ¿Recuerdas a Dolly?

— Claro, ¡cómo olvidarla! Te confieso que me gustaba mucho — soltó— ¿Qué es de su vida?, ¿sabes algo?

— Le gustabas a Dolly tú también, ella me lo dijo. Se suicidó hace dos años. Es muy triste...

— ¡Demonios! No me digas que nunca superó aquel accidente con el perro.

— Por desgracia así fue. Las heridas como sabes, le interesaron los tendones de ambas piernas, destrozándolos. Como resultado, cojeaba y necesitó de prótesis para poder caminar, sufriendo intensos dolores en el invierno. Además las cicatrices en sus bellas piernas nunca pudieron borrarse y mira que la atendieron expertos Doctores en Cirugía Estética. Parece que las burlas y apodos que le hacían sus compañeros y los fracasos sentimentales le afectaron tanto, que un buen día tomó todo un frasco de píldoras para dormir.

— Lamento no haberla podido ayudar profesionalmente

— aceptó la Psicóloga con amargura.

— Maldito Gaetano, él es el culpable. ¡Algún día le ajustaré las cuentas! — rugió fuera de control.

Como un poder curativo instantáneo, las manos de la nena tomaron las del varón, estrechándolas con fuerza, devolviéndole la calma.

— Tranquilo amigo, llegará el momento. Dios lo castigará, te lo prometo — dijo.

— ¿Por qué no me cuentas más de tu trabajo? — rogó— Vamos amigo puedes hablarme de cualquier tema.

Pero Kadir ya pensaba en cómo hacer pagar al desgraciado por lo hecho, mientras que ella seguía tratando de convencerlo para hablar.

— Recuerda que a partir de ahora, soy tu terapeuta personal — arremetió con simpatía la bella muchacha.

— ¿Qué aficiones tienes? Música, deportes, mujeres. Sí, te atrapé,

conoces a muchas mujeres. Tienes el tipo clásico de gran embaucador
— terminó haciendo un encantador mohín de fingido disgusto.

— Si no hay más remedio — se resignó el Auditor, continuando su
relato.

— Después de un tiempo y trabajo intenso, conocí las entrañas
de muy diversos giros de negocios. El Despacho está organizado por
Divisiones Especializadas que atienden una, a las Compañías Petroleras
y Petroquímicas, otra a Bancos y Compañías de Seguros; distintas
se enfocan en las Industrias del Acero, Petróleo, Energía Eléctrica,
Cemento, Mineras, Automotrices, Aviación, Navieras y diversas
más en las Fábricas de Electrodomésticos, Equipos de Cómputo,
Cadenas de Supermercados, Centros Comerciales, Hoteles y Tiendas
Departamentales, por mencionarte tan solo algunas. Además esos
negocios forman parte de enormes consorcios con sucursales, filiales y
subsidiarias en toda la Tierra, así que viajo constantemente.

— Wow — exclamó — no tenía idea del tamaño de esas
responsabilidades. No debes tener mucho tiempo para ti, pobrecilla de
tu novia— indagó ella con planeada inocencia.

— El Despacho principal se llama Hartford, Mellon & Fletcher,
con sede en Nueva York y mantiene una gran Red de Sucursales y
Corresponsalías en las principales urbes del Planeta — mencionó el
Auditor dejando pasar la indirecta.

— En México, lo representa el despacho De la Peña, Vázquez y
Asociados, que goza de gran prestigio profesional y que por coincidencias
de la vida los conozco muy bien, como que hice mis prácticas escolares
y profesionales con ellos.

— Cada año, Hartford, Mellon & Fletcher me envía a la Ciudad
de México para supervisar los trabajos de los clientes que compartimos
y debo decirte que siempre me causa una gran emoción retornar a mi
Patria, ver a la familia y visitar a los antiguos Maestros y Jefes.

— Cuando cursé los últimos tres años en la Facultad, trabajé
medio tiempo aprendiendo mucho con ellos, pues la Firma atendía a
clientes selectos de la Industria Cervecera, Embotelladoras de Refrescos,
Fabricantes de Maquinaria, Herramientas Industriales y Agrícolas,
Ranchos Ganaderos, Granjas de pollos, Instituciones Financieras,
Hoteles, Restaurantes, entre otros.

— Recuerdo con alegría haber conocido a una gran Actriz y

Cantante del Cine Internacional quien se encontraba hospedada en un Hotel categoría Five Stars. El Gerente, un Judío Americano nacido en Cuba, nos invitó a la Suite donde la preciosa rubia daría una conferencia de prensa.

— Te confieso que cuando estreché sus hermosas y suaves manos, tuve una sensación de placer, sólo comparable a cuando tomo tus manos entre las mías — concluyó, mirándola a los ojos.

— ¡Basta de juegos! Me estás tomando el pelo, tengo muy malas referencias sobre ti — atacó la bella.

— Bueno — dijo — me has descubierto.

— Te he mentido, pero sólo en la parte que la tibieza de tus manos son iguales a las de la artista. Las tuyas son mucho mejores, ¡lo juro! — y diciendo esto, se inclinó para besar con ternura las blancas y finas manos de Ruth, que aceptó complacida el homenaje.

— En cuanto a tener novia, todavía no he conocido a la mujercita adecuada, a veces pienso que tú…

— No tan de prisa jovencito. ¿A cuántas mujeres les habrás dicho lo mismo? ¿5, 10, 20? Lo último que deseo es formar parte de tu colección aunque papá dice que…

— Continúa por favor, ¿qué dice tu papá? — urgió.

— Que eres un mujeriego, pero aun así un buen partido. Y los dos rieron de buena gana.

— Será mejor que prolongues tu crónica, no quiero arriesgarme a caer en tus redes — declaró seductora.

Resignado, siguió.

— Tenemos muchísimo trabajo. Eso sí, la firma tiene pocos clientes de Gobierno, pues además de ser mala paga, para obtener contratos tienes que participar en licitaciones y trámites complicados y lentos — finalizó su perorata — ¿Y tú, qué me dices?

— Comencé mi práctica profesional asesorando a la Oficina del Fiscal de Distrito, describiendo posibles móviles y perfiles de los delincuentes, pero después me pedían participar en los interrogatorios de los detenidos, cosa que nunca acepté hacer directamente. A cambio, enseñaba a los Detectives a formular las preguntas y las diferentes actitudes para lograr confesiones. Ya sabes, por ejemplo, los papeles del Policía malo y del bueno y otros eficaces métodos Psicológicos.

— Con el transcurso de los años me di cuenta que había una gran reincidencia en los delitos y que ciertas conductas criminales no mejoran, que es necesario separar, previos estudios de cada caso, qué mente criminal puede cambiar para bien y cuál no. Por desventura tengo que decirte que en la gran mayoría de los delitos graves, no hay arrepentimiento sincero ni redención. La Ley tiene que cambiar. Los Jurados y los Jueces no deben cuidar más la forma que el fondo, como sucede en la actualidad, ¿no crees?

— De acuerdo contigo, pero espera un poco, has evitado toda la noche hablar de tu vida sentimental, ¿tienes novio?

— No en este momento — dijo con firmeza— por supuesto desde High School y después en la Universidad, conocí algunos muchachos con los que salía en plan de amigos. Sólo

hubo uno que en verdad me interesó.

— Se llamaba Mario, Mario Mendelsberg, hijo de un buen amigo de mi padre. Era un gran atleta y fue seleccionado para participar en competencias Internacionales. Intervino la adversidad y murió en la explosión del autobús en que viajaba, por un atentado terrorista. ¿Lo recuerdas? — sostuvo ella, sollozando. Dos lágrimas brotadas del azul profundo de los ojos de Ruth, surcaron sus hermosas facciones. Rápido como un rayo, le ofreció su blanco y fino pañuelo con aroma de genuina Lavanda Inglesa. Lo siento, no quise afectarte —se disculpó— y con estimación le dio un ligero apretón de manos, retirándolas de inmediato.

— Estoy bien — musitó — sólo que a veces es bueno soltar lo que llevas dentro. Me siento mejor. Olvidemos este asunto.

Sinceramente apenado, cambió la conversación.

— ¿Practicabas algún deporte en la Universidad además del arco?, ¡supongo que habrás flechado muchos corazones! — exclamó para cortar el hielo. ¿Qué dices? — Bien sabes que el león cree que todos son igual que él— replicó con fingido enojo.

El Contador aprovechó el momento para llenar las copas de champaña y brindar de nuevo ¡C'est la vie!

FORT MYERS, FLORIDA

El Auditor cumplió su palabra y visitó la casa de la Familia Weitzner. La ciudad está situada al suroeste de La Florida y es sede del Condado de Lee. De vocación turística y descanso, es centro de entrenamiento de los equipos de baseball Boston Red Sox (Medias Rojas de Boston) y Minnesota Twins (Mellizos de Minnesota) y en el área, existe más de un centenar de campos de golf.

Estaba muy impresionado con las imágenes y fotografías que Benjamín Weitzner, el Fiscal de Hierro, ahora retirado, le estaba mostrando. Ruth, prudentemente después de la cena, se despidió con toda cortesía, plantando en su cachete derecho un beso húmedo, un poco apasionado, sintió él.

— Los dejo solos chicos — dijo irresistible — me esperan tres consultas por la mañana que presiento serán extenuantes.

— Buenas noches… — y se alejó como flotando, dejando como siempre una estela de su delicada eau de parfum.

— ¿Y bien? ¿Qué pretendes decirme con todo esto? ¿Puedo saberlo? Vamos al grano por favor — cuestionó con creciente curiosidad.

— Ten paciencia amigo mío —respondió— es una larga historia. Como sabes, provengo de una antigua familia que por diecisiete generaciones han sido comerciantes, que después de muchos años de trabajo honesto, austeridad en los gastos y sabias inversiones, lograron acumular un importante capital. Siendo yo hijo único, podía haber disfrutado del dinero y darme la gran vida sin trabajar, sin embargo el deseo por entrar a la Universidad para estudiar Leyes era mucho más importante para mí.

— El abuelo y mi padre, desearon siempre que estuviera con ellos aprendiendo el negocio de diamantes, oro y joyería al mayoreo y menudeo para que a su retiro, pudieran continuar las empresas con éxito. Buen disgusto les causé a los dos, cuando decidí inscribirme en la Universidad. Recuerdo que habiendo aceptado a regañadientes mi partida, insistieron en que al menos cursara estudios en alguna calificada

Escuela de Negocios con la esperanza que al regresar con un Título Universitario, ayudara a que las Compañías continuaran creciendo con prosperidad y mayor control.

Y haciendo una pausa, preguntó Benjamín — ¿Sabes por qué estudié Derecho? Porque en ese entonces creía a ciegas y admiraba el Sistema Jurídico de este País. Pasaba las horas embelesado en la Biblioteca leyendo a los clásicos Griegos y Romanos, pasando por los autores Alemanes, Ingleses, Franceses e Italianos. Por ese tiempo veía a la Justicia como la Perfección del Ser Humano. Los principios de: Ius sum cuique tribuere (darle a cada quién lo que le corresponde), Alterum non laedere (no hacer daño a nadie) y Honeste vivere (vivir honestamente) latían en mi corazón y como si fuera un guerrero armado de una espada en llamas, vencería en buena lid a la maldad y al crimen.

— La Ley y la Justicia eran mis armas, casi puedo decirte que fueron mi Religión, hasta que… — y rompió en sollozos.

Kadir se estremeció. Le afectaba demasiado ver derramar lágrimas a su amigo y guardó sabio silencio.

— Disculpa, a veces no puedo controlarme. Creo que me estoy haciendo viejo.

— Quizá si me dices qué te atormenta, te sientas mejor. Soy todo oídos — sentenció, ofreciéndole un vaso de whiskey Chivas Regal con dieciocho años de añejamiento.

Reconfortado, continuó su relato.

— Durante más de cincuenta años trabajé muy duro. Primero como ayudante de Abogados, después como Counselor (litigante) y después quise conocer el otro lado de la mesa ingresando al Departamento de Justicia como Auxiliar de Fiscal en varios Distritos a lo largo y ancho del País — tomó otro sorbito de whiskey y siguió explicando:

— ¿Recuerdas el caso de aquel asesino en serie que aterrorizó a tres Estados? Bueno, pues yo lo perseguí hasta lograr su arresto y ¿sabes cuál fue su condena? Sólo cuatro pinches años en una Institución de Salud Mental y conoces también, los múltiples abusos sexuales y violaciones de menores por parte de algunos malos Religiosos.

— Tuve en mis manos esos casos y pedí como Fiscal la pena máxima para esos delitos. Todos los trabajos de investigación se fueron a la basura cuando el Tribunal de Apelaciones aplicó una multa millonaria y obligó a trabajos comunitarios a los culpables. ¡Te imaginas que purgaron su condena barriendo calles, cuando debieron pudrirse en la cárcel!

Al decir esto, su rostro se volvió rojo y Kadir intervino de nueva cuenta para calmarlo.

— Vamos, son cosas del pasado. Hiciste muy bien tu trabajo. No puedes culparte de los errores y corruptelas de atemorizados miembros de algunos Jurados y tal vez de las Autoridades Superiores.

Pero Ben estaba ya sin freno, exaltado, apuró de un solo trago el resto del vaso y remató.

— Amigo, ¡vi docenas de casos donde protegieron mucho más los derechos de los delincuentes, que a las víctimas! ¡Sí, como lo oyes, el Sistema de Justicia es una maldita y sucia cloaca!

— ¡La ignorancia, mala fe, corrupción y hasta la política han hecho de la Justicia una mierda!

Al oír los gritos de su padre, la rubia bajó trotando las escaleras y lo abrazó con cariño. Le dijo cosas dulces al oído y como por arte de magia logró controlarlo.

— Papá, recuerda tu presión arterial. No es bueno para la salud que te emociones tanto. Si no te calmas, será mejor que le pida al amigo que se retire.

— Si eso ayuda a tu padre, me voy en el acto. Lo que menos deseo es hacerle algún daño.

— No, espera muchacho. Discúlpame otra vez. Te ruego que te quedes un poco más. Me ha hecho bien desahogarme —cruzando una mirada de inteligencia con la hija, que otorgó su anuencia y creyó el invitado, su beneplácito.

— ¿Les parece que esté presente? — habló con gran simpatía, rellenando los vasos con whiskey.

— ¡Claro que sí! — contestaron a coro los dos hombres.

Ruth corrió al bar y extrajo dos cigarros legítimos Cohíba que les ofreció a condición de fumarlos al aire libre en la terraza, ella les acompañó con una copa de cognac.

— Comprenderás que ya para entonces — continuó Ben — estaba al máximo hartazgo y decepcionado de mi trabajo.

— Y llegó mi gran desgracia. Varios meses atrás logramos condenar a una mafia de transportistas que extorsionaban por dinero a los trabajadores del volante y a los llamados hombres-camión, que son modestos ciudadanos que conducen su propia unidad.

— Los procedimientos gangsteriles eran amenazar, golpear, incendiar sus vehículos y matar a los inconformes. Fue una de esas esporádicas victorias donde los Jueces aplicaron todo el rigor de la Ley.

— Una mañana, mi esposa salió en su automóvil al supermercado y jamás volvió. El chofer de un pesado camión pasándose la luz roja la impactó, provocándole la muerte instantánea.

— ¿Imaginas mi dolor y frustración? Con todo el poder que fui capaz de acumular, investigué los hechos y capturamos al conductor. Había sido un homicidio por Contrato, planeado por los malditos hampones en prisión.

— Mis amigos, se excedieron un poco para hacerle firmar la confesión y este motivo fue suficiente para que el Juez anulara el juicio, como si fuera más importante que el crimen mismo.

— Confiado en la Ley, el Fiscal apeló a la Corte Suprema del Estado y después a la Suprema Corte de los Estados Unidos, pero nada pudo hacerse. El Juez Gaetano — viejo conocido nuestro— intervino en persona para que dictaran su libertad.

— Me imagino que gozó con ello, pues has de saber que siempre quise encerrarlo, es muy mala persona.

— Nunca pude probarle nada importante, aunque gracias a fundadas sospechas y las pesquisas de mi gente, logramos evitar la aberración que suponía poner a la Justicia de la Nación entera en manos de un delincuente de cuello blanco, de la peor calaña.

— En efecto, logramos filtrar a la prensa que el padre de Gaetano fue un mafioso en los años de la Prohibición y había tenido líos con la Justicia, en especial con el Departamento del Tesoro por evasión de impuestos.

— Cuando lo acusé de enriquecimiento inexplicable, él y su grupo utilizaron toda la influencia y dinero para sobornar a Funcionarios de altos niveles y el señalamiento no prosperó, porque extrañamente el Subsecretario del Tesoro, ordenó desistirse de toda acción. Ahora comprendes cómo están los asuntos — remató Benjamín.

— ¡Es un asco! ¡No tenía idea hasta dónde están llegando las cosas!

Ben leyó en los ojos del Auditor, el genuino sentimiento de

indignación y creyó ver el deseo de hacer algo para remediar la situación, así que volvió a la carga diciendo en voz baja — creo que te estoy abrumando demasiado y tienes el derecho de pensar que estoy loco y padezco algún tipo de paranoia.

— Sólo te pido tenerme la confianza que Gregor tu padre, me ha dispensado todos estos años. Si te han cansado mis relatos, sólo tienes que decirlo. Un simple bostezo tuyo servirá para callarme la boca. Es tu última oportunidad. Si no lo haces, tu castigo será escucharme hasta el final. ¿Qué me dices? — invitó.

— Aunque me estuviera cayendo de sueño, no bostezaría jamás. El final no me lo perdería por nada — replicó el profesionista.

— ¿Ni por nadie? — preguntó fascinante Ruth.

— Bueno, siendo así… creo que estoy en dificultades, yo…

— Sólo bromeaba — dijo a risotadas — ya estaba pensando que era un mueble con sus atractivos físicos a la baja. Creo que puedo soportarlos un poco más a los dos.

Ben dio una larga calada al cigarro y siguió adelante, hablando de todo un poco. Kadir captó de inmediato que deseaba cansar a su bella hija y enviarla a dormir para continuar conversando en forma confidencial. El viejo miró la carátula de su reloj Omega de oro con números romanos, que sacó del bolsillo, pausa aprovechada por la chica para salir huyendo de la terraza, rumbo a su recámara.

— Por hoy he tenido suficiente aburrimiento, los veré mañana muchachos — Bonsoir (Buenas noches) — dijo en francés, la Psicóloga.

Asegurándose que su hija estaba en los aposentos y no podía escucharlos, retomó la palabra.

— Como lo mencioné en Chicago, mi hija ha venido insistiendo en contratar a un excelente profesional de la Contaduría Pública para supervisar los negocios familiares que francamente han progresado bastante, y se supone que en esta reunión te haré formal invitación para trabajar con nosotros, que por supuesto no aceptarás por tener fuertes compromisos y expectativas donde laboras, la proyección internacional, bla, bla, bla.

— La verdad que esto ha sido un pretexto para hacerte una propuesta mucho más importante y trascendente. ¡Demonios es media noche! debo descansar, no sin antes dejarte la tarea.

— He dispuesto una Fundación para la Preservación de los Valores Humanos, con una millonaria cantidad de mi fortuna personal, que al cabo de los años crecerá por los intereses generados en los Bancos. El Presidente de la Fundación soy yo, pero convencí a Ruth de la nobleza de sus fines y aceptó ser la Chief Executive Officer (Directora General)…

— Ben — interrumpió el Auditor — sigo sin comprender el porqué me dices todo esto… Si necesitas algún consejo financiero, de contabilidad, administración o de impuestos, sólo tienes que pedirlo. Ayudaré con mucho gusto a través de la Firma, que cobraría algunos dólares o bien a título personal, en cuyo caso sólo te costaría… otra deliciosa cena, con la asistencia de ella — declaró atrevido.

— Escucha bien hijo — le dijo con estimación — puedo pasarme días, noches completas hablándote y comprobando con videos, fotografías y recortes de periódicos toda la sarta de mentiras, trampas, violación a las Leyes y el orden, corrupción, impunidad, política y tráfico de influencias que suceden todos los días e impiden en muchos casos, impartir Justicia y castigar con rigor a los culpables.

— Los resultados están a la vista. Cada día se cometen cientos y cientos de delitos de todos calibres, desde jóvenes casi niños que asisten a las Escuelas y matan a sus compañeros y maestros, las calles infestadas de vendedores de drogas, los crímenes pasionales y por dinero, asaltos a bancos, familias donde los hijos asesinan a sus padres o viceversa, hasta los actos terroristas en este País y en el Mundo entero.

— En conclusión, las Leyes y sus Instituciones no son ya suficientes. Para colmo, grupos pseudodefensores de los Derechos Humanos, presionan a los Gobiernos para abolir la pena de muerte, lo cual quiérase o no, es un mal necesario que frena un poco la ola de violencia que vivimos.

Ben hizo una pausa para beber el remanente de su whiskey. Kadir hizo lo mismo.

— Necesitamos hacer Justicia nosotros mismos. Quisiera que aceptaras colaborar con esta Fundación. La paga sería estupenda, sin contar la satisfacción de ¡enviar al infierno a los peores delincuentes! — exclamó Weitzner.

— ¿Me estás proponiendo ser un asesino?, ¿no es precisamente lo que quieres combatir?, ¿qué diferencia habría entonces con otros matones a sueldo?, ¿por qué yo?, ¿tienes micrófonos escondidos aquí?, ¿quieres incriminarme?, ¿qué daño te he causado?

— ¡No! — gritó.

— Ahora comprendo todo... ¡Me has engañado!, no lo esperaba de ti. Lo siento, no soy la persona que tú quieres. Voy a hacer de cuenta que no escuché nada.

— Claro, todo muy bien montado. Has realizado una magnífica comedia.

Casi me convences. Buenas noches — profirió, azotando la puerta al salir, dejando al Ex Fiscal, estupefacto.

MEXICO CITY

Era el mes de enero y el Auditor tomó el vuelo directo de Miami-Ciudad de México, para después abordar el avión de Interjet con destino al puerto de Veracruz.

Veracruz fue el primer Ayuntamiento de América en tierra continental, fundado por el Capitán Español Hernán Cortés, quien conquistó vastos territorios imponiendo el nombre de la Nueva España, el idioma Castellano y la religión Católica en los trescientos años de ocupación. Por ironía del destino, los conquistadores Españoles llegaron por la ciudad a la que denominaron la Vera-Cruz y años después, con la Independencia Nacional, atrincherados los invasores en el islote de San Juan de Ulúa, se rindieron a las fuerzas del Capitán Sáenz de Baranda, abandonando el País exactamente por Veracruz.

Veracruz ciudad, está llena de historia y ha sido testigo de importantes gestas. Fue sede de los Poderes de la Unión, bastión liberal en las batallas contra los conservadores, cuna de las Leyes de Reforma, ha sido invadido en cuatro ocasiones por ejércitos extranjeros y tantos y tantos episodios de la vida nacional.

El centro de la antigua ciudad, es considerado histórico y en él se pueden admirar bellos Inmuebles Coloniales de la clásica Arquitectura Ecléctica predominando el Neoclásico Español, entre los que destacan el Palacio de Gobierno, la Catedral, los edificios de Correos, Ferrocarriles, la antigua Aduana Marítima estilo Art Nouveau, la Fortaleza de San Juan de Ulúa, el Baluarte de Santiago, el Museo de la Ciudad, el Teatro Clavijero y otros más. En sus portales, se disfruta el espectáculo único, donde aparte de comer ricas botanas o tapas, es increíble ver cómo coexisten en armonía grupos que interpretan a la vez, música de mariachis, tropical, norteña, sones jarochos, huapangos, tríos y marimbas.

Es un espectáculo emocionante, si a todo ello se agrega el ingrediente de las bellas señoritas que pasean en la Plaza de Armas y la gran cantidad de quesos, embutidos, puros, vinos y licores de importación, ofrecidos por vendedores callejeros.

La zona suburbana se llama Boca del Río, la cual se convirtió en pocos años, de ser una aldea de pescadores, a un importante desarrollo de Fraccionamientos y Condominios de Lujo, Clubes de Golf, Hoteles, Restaurantes y Casinos. En este Municipio se asientan también los grandes Centros Comerciales, así como cuatro de las mejores Universidades: La Universidad Veracruzana (Pública); la Universidad Autónoma de Veracruz Villa Rica (Privada), llamada así en honor a la fundación de la ciudad que Cortés bautizó como "La Villa Rica de la Vera-Cruz"; el Instituto Tecnológico de Veracruz (Público) y otra Institución de signo religioso con el nombre del navegante Genovés, descubridor de América.

El Estado de Veracruz, es considerado de los más importantes de la República Mexicana y su slogan promocional lo retrata fielmente: "Veracruz, el Estado que lo tiene Todo".

Y es verdad, posee un extenso territorio con altas montañas, valles y praderas que surcan caudalosos ríos, cientos de kilómetros de playas y selvas tropicales. Su economía abarca desde la pesca, ganadería, agricultura, industria forestal, minería, petróleo y gas natural, hasta las industrias de transformación, acerías, turismo histórico y de aventura con deportes extremos, puertos de altura con gran movimiento comercial de importación y exportación, astilleros y mucho más, que le hicieron denominarse Veracruz, "Granero y Yunque de la Nación".

Al llegar al Aeropuerto Internacional "General Heriberto Jara", sonrió al ver que lo esperaban sus seres queridos, a quienes los abrazó con amor. Doña Lolita, su madre, lo cubrió a besos. Gregor le dio un apretón de manos tan fuerte que sintió que oprimía un bloque de concreto. Saludó también a Juan, fiel ayudante de sus padres.

La Lincoln Navigator gris plata que abordaron, hizo doce minutos a la residencia con vista al mar, enclavada en el fraccionamiento Costa de Oro de Mocambo.

— Hijo, es una gran alegría para nosotros que estés aquí.

¿Podrás quedarte algunos días? Nos darías una felicidad enorme — sentenció Gregor.

— Claro, espera a probar lo que he cocinado para ti — expresó Doña Lolita abrazándolo con mucho cariño.

— Sólo puedo estar un par de días. He venido a una diligencia pendiente con una fábrica de tubos de acero y es urgente mi reporte personal en las oficinas centrales del Despacho — concluyó.

— Bueno, aprovechemos el tiempo. Habla con tu padre en lo que reviso la cocina, pero eso sí, por la noche me llevarás a la reunión semanal con mis amigas, quiero presumir — amenazó Lolita con simpatía.

— Le llamamos el Club del Pañuelo, pues de cuando en cuando algunas de ellas o sus invitadas cuentan tristes historias familiares, por lo común relacionadas con enfermedades, problemas de los hijos o con las empleadas domésticas; y la sesión se inicia con estas palabras: — ¿A quién le toca llorar hoy?

— Claro que no siempre es así, nuestro pequeño club participa con fuerza en tareas de auxilio a la población de escasos recursos económicos, llevándoles a las colonias marginadas agua potable, alimentos enlatados, artículos de aseo y limpieza, medicamentos, ropa y algunas cosillas más… por otra parte es ocasión para chismear un poquito — concluyó sonriendo.

A las siete de la noche Doña Lolita se despidió. La reunión del Club del Pañuelo (como le llamaban en broma) era en casa de la señora Pacheco, a quien le decían con estimación sus amigas, "La Generala". Era esposa del General de División Adolfo Pacheco, Ex Comandante de una Zona Militar.

"La Generala" los recibió con gran afecto.

— ¿Cómo está tu padre? — preguntó la señora Pacheco— Ha sido una lástima su retiro anticipado del Ejército, siempre fue muy buen amigo de mi esposo, que al retirarse también, ahora se aburre de lo lindo. Le he metido al Club de Golf, para que se ocupe de algo.

— En el caso de Papá la culpa es de Mamá. Lo quería tener más tiempo para ella — replicó— Parece que fuera de un par de kilos de sobra, goza de magnífica salud y pueden ahora viajar un poco más juntos. Está contento.

Después de un pequeño bombardeo de preguntas sobre su trabajo, estudios y hasta estado civil, besó a su madre y a cada una de las señoras presentes cerrando con un chiste su intervención.

— ¿Saben cuál es la diferencia entre las palabras lastima y lástima?

— ¡El acento! — respondieron a coro las señoras — Es una palabra

esdrújula con acento ortográfico. Una profesora jubilada ufana abundó:
— La diferencia radica en que lastima es hacer daño voluntaria o involuntariamente, mientras que lástima es sentir compasión y piedad por otras personas, animales, cosas, o por sí mismo.

— Respuesta equivocada, la diferencia es... ¡El principio y el final del matrimonio! — y salió por piernas antes de la reprimenda de Lolita, que lo fulminó con la mirada.

En el estudio de Gregor, decorado al más puro estilo otomano con tapetes ricos en textura, color y butacas de cuero color tabaco, Kadir inició la inspección: elegantes libreros hacían esquina, repletos de colecciones de libros de Historia, Geografía, Filosofía, Leyes y Economía. Abundaban revistas especializadas en armas y municiones. En la pared opuesta, grandes fotografías amplificadas de la Familia y colgados los Títulos Profesionales, Distinciones Académicas y Deportivas de sus hijos. Cuadros al óleo representaban la Batalla de Waterloo, la Batalla de las Termópilas, la Batalla de Puebla, la Batalla de los Campos Cataleúnicos y la Invasión a Normandía. El lienzo de mayor tamaño, representaba la gran Batalla de Constantinopla, cuando el Sultán Turco Mohamed II derrotó a los Ejércitos Cruzados.

El muro principal lucía una espléndida pintura de Lolita y Gregor el día de la boda. La altura y corpulencia de él, contrastaban con la aparente fragilidad de ella, quien según confesaba, tuvo que subir a un banquillo cubierto por el largo del vestido, para no parecer tan bajita de estatura, en comparación con su marido.

Observaba el cuadro con detenimiento. Agradeció a Dios el haberle dado una hermosa familia. Con todo, era un creyente de Dios, pero no de las Iglesias. Atrapado entre Oriente y Occidente, tenía un gran respeto por los Principios y Doctrinas de las tres Grandes Religiones: el Judaísmo, Islamismo y Cristianismo; pues todas ellas predican el Bien y tratan de la Superación Humana para ser cada vez mejores. Los Principios de Justicia, Equidad, Moral y Amor, eran las constantes de las Religiones que él consideraba Instituciones creadas por el Hombre, con Mandamientos, Ordenanzas y Costumbres, dictadas por sabias personas, muy valiosas sin duda, pero que no tenían nada de Divino.

Para comprobarse a sí mismo la hipótesis, le era suficiente los cambios hechos — por los hombres — a las creencias, mitos y liturgias al paso de los años.

En algunas épocas por ejemplo hubo Sacerdotisas, después por decretos de no sé quién, se impidieron; monogamia y poligamia, prohibida y permitida; celibatos y matrimonios; sacrificios y penitencias, etc., etc.

Hundido en sus reflexiones, no escuchó a su padre descender las escaleras y entrar al salón.

— Hola hijo. No quise interrumpir tus pensamientos, pero tenemos que aprovechar el tiempo, antes que regrese tu mamá y te acapare nuevamente. ¿Te apetece un café? ¡Te llevaré a disfrutar uno de los mejores del Mundo! — señaló Gregor.

— Claro papá me gustaría mucho. Sólo que por esta vez, yo conduciré, puedes despachar a su casa a tu ayudante, creo que no lo necesitaremos más por hoy.

Gregor aceptó de buena gana y juntos se enfilaron por el Boulevard Ruiz Cortines, hacia el famoso Café de la Parroquia ubicado en el downtown (centro de la ciudad).

Condujo despacio y explicó lo mejor que pudo el dilema de aceptar o no el contrato, empezando por contarle lo que hasta hoy había ocultado. Detrás del Contador Público Auditor, con Maestría en Administración y cursos diversos de Posgrado en Impuestos y Finanzas, estaba por nacer un asesino profesional, silencioso y eficiente.

— Padre — dijo con el corazón en la mano — Me dejé convencer por nuestro amigo Ben. Sé que tú también crees en la Justicia y sabrás perdonarme. Si hubieras visto las fotos de las víctimas que me mostró, la cantidad de injusticias que se cometen a diario, los salvajes crímenes contra niños y mujeres que no reciben castigo. Y luego lo de su esposa. Te juro papá que de otro modo, nunca hubiera aceptado su propuesta.

Concluyó su exposición y miró el rostro de su padre en busca de un gesto o reacción que le permitiera adivinar la aprobación o rechazo de los "Contratos".

Intuyó un severo interrogatorio de tercer grado. Gregor endureció los músculos de su cara y dijo con gravedad:

— Hijo, toda mi vida he tratado de hacer lo que he considerado justo, a veces sesgando un poco las normas de conducta que nos han sido impuestas por otros hombres. Así te eduqué, luego no me extraña en absoluto la voluntad que tienes para seguir los dictados de tu conciencia.

— Mi formación Militar ha permitido ver más allá de lo que miran los civiles. No justifico las guerras, pues lo ideal es que los hombres vivan en paz, pero se entienden cuando las fuerzas del mal atacan y amenazan a la gente de bien, es el momento de enfrentarles y acabar con ellos.

— Te digo todo esto porque estoy de acuerdo contigo. No es para sentirme orgulloso, ni tampoco tú deberás estarlo, pero la Justicia y el Bien deben prevalecer a cualquier precio, como el ser Bombero o Policía, ese trabajo ¡alguien tiene que hacerlo!

— Como dijo un hombre sabio: "Para que el mal triunfe, basta que los buenos no hagan nada".

Dicho esto, Gregor lo abrazó con fuerza y sentenció: — A tu madre, ni una sola palabra, para ella sigues siendo el jovencito que iba a ser acólito en la Iglesia ¿lo recuerdas?, ja, ja, ja.

— Por supuesto papá, creo que probarme en la sacristía el uniforme de monaguillo — que parecía falda — ¡ha sido una de las mayores vergüenzas que he sufrido! — y estalló a las risas.

— Debes saber — continuó — que Benjamín Weitzner, nuestro buen amigo el Fiscal, me habló de la Fundación en memoria de su queridísima esposa Sarah. Igual que a ti, me convenció de la bondad y utilidad para la Sociedad en su conjunto, financiar las buenas obras de asistencia a los niños huérfanos, viudas de Policías y funcionarios judiciales caídos en cumplimiento del deber, así como la construcción de viviendas baratas para la gente sin hogar, el Patrocinio de Servicios Médicos gratuitos y surtido de medicamentos a bajo precio a la población sin Seguridad Social, son tan solo algunos de sus logros asombrosos, encomiables, sin omitir sus valiosas aportaciones para la Educación con Ciencia y Humanismo, el combate a la pobreza extrema, dando agua y alimentos en varias partes del planeta.

— Estas importantes acciones deben ser aplaudidas y apoyadas por los colaboradores digamos, especiales, como nosotros.

— Una vez me ofreció el trabajo a mí — siguió exponiendo Gregor — pero lo rechacé con la mayor cortesía, no por estar en desacuerdo sino por considerar que a mi edad, no podría hacerlo tan bien como tú.

Con todo afecto lo tomó del brazo derecho apretando con fuerza y dijo: — Ya lo sabía. Ben siempre consultó y me mantuvo al tanto. Claro que vi las fotografías. A mí también me convenció. Lo hubiera hecho yo con menos años encima. Hay una guerra por delante y en toda guerra hay bajas. Te comprendo a la perfección y ¡¡estoy contigo para ayudarte hijo mío!!

— ¿Qué dices Padre? — preguntó con sorpresa — Debo pensar que... ¿estás de acuerdo con lo que estoy a punto de hacer?

— ¡Sólo mientras no pierdas el camino!

— En la vida debemos aprender que el Bien y el Mal, son conceptos a veces subjetivos y de cuándo en cuándo, surgen personas que se autoproclaman árbitros para clasificarlos. Lo que en algunos lugares de la Tierra es Malo, en otros es Bueno y viceversa. ¿El haber enviado a matar y morir a cientos de miles de jóvenes en las dos guerras Mundiales, ha sido Bueno o Malo? Depende de quienes lo juzguen.

— El bando ganador está convencido de haber hecho lo correcto, sin importar que no sólo hubo millones de muertos, sino quedaron heridos permanentes miles y miles, ¡muchos de ellos inocentes!

— ¡Demonios!— exclamó — ¿Conocías todo esto?, y yo pensé que...

— Yo te recomendé hijo mío. Espero me perdones algún día, pues tu vida puede ser un infierno, sin embargo piensa siempre que la raza humana necesita de vez en vez, a semejanza de las plantas, una buena poda, apartando de raíz la mala hierba. Puedes contar conmigo. ¡Te apoyaré en lo que sea! — exclamó.

Conmovidos hasta las lágrimas, se fundieron en un abrazo fuerte y tierno a la vez, como dos soldados que van al combate.

Más tarde en la residencia sin decir más, en silencio, vaciaron sus copas de cognac y dieron una buenas caladas a sus cigarros puros TE AMO, hechos a mano en la risueña población de San Andrés Tuxtla, Estado de Veracruz, México, que ostentaban cada uno, un delgado anillo de papel dorado que decía: "Elaborado especialmente para Gregor", leyenda que acostumbran imprimir los fabricantes para agradar a sus clientes.

A las diez en punto y después de haber charlado hasta por los codos, llegó Doña Lolita, que parecía rejuvenecida, siempre le hacía bien platicar con sus amigas.

A tono de disculpa dijo: — ¿Habéis cenado ya? Dejé instrucciones a Nicole para que los atendiera — la cocinera en realidad se llamaba Nicolasa, pero era feliz que la llamaran por su nombre en Francés.

— Si desean algo más pídanlo al restaurante porque yo estoy agotada. ¡Mañana espero agasajarlos! ¡Les preparé una sorpresa! — acto seguido depositó un gran beso fugaz en la frente a su hijo y a Gregor en los labios, retirándose a sus aposentos.

New York City

Coodlidge Westwood III, era un Médico mediocre. Había estudiado en los mejores Colegios y Universidades Privadas de la Nación, logrando ingresar y evitar que lo echaran gracias a las espléndidas donaciones de su padre, Coodlidge Westwood II propietario de dos millones setecientos mil acres con magníficas tierras por toda la Unión Americana en los Estados de Nebraska, Wyoming, Oregon, Washington, Texas, Colorado, New Mexico, Maine y otros, dedicadas a la Agricultura, Ganadería y la Industria Forestal, convirtiéndose en uno de los mayores productores de leche, carne, huevo y madera del País, con exportaciones a varias Naciones.

Extendió sus dominios hacia Brasil, Canadá y Australia donde adquirió enormes extensiones de bosques y praderas. Sus compañías constructoras urbanizaban y fraccionaban el dos por ciento de la superficie habitacional de los Estados Unidos, y ganaban cada año las mejores licitaciones y concursos para las obras de puentes y autopistas en el Continente Americano.

La gran cadena de Restaurantes de Pizzas, Hamburguesas y Hot Dogs de su propiedad, inauguraba ese mes los establecimientos números novecientos ochenta y novecientos ochenta y uno, en las ciudades de Wichita, Kansas; y Louisville, Kentucky; con planes para el año entrante de abrir trescientas tiendas en ciudades de México y Canadá, así como mil doscientas más en Centro, Sudamérica, Kuwait, Qatar, Dubai, China, Korea, Singapur y Japón.

Westwood nieto, había estudiado Medicina por capricho de su abuelo, Coodlidge Westwood I que había sido un buen Médico de pueblo ampliamente reconocido, pero también por su deseo de sobresalir en una profesión de gran trascendencia. Siempre había visto el importante papel que desempeñaban los Médicos que eran apreciados y respetados por toda la sociedad.

Fanático de las series de televisión donde en muchas de ellas, los Doctores eran protagonistas principales, fantaseaba con ser uno de ellos, sobre todo aquel Cirujano Plástico que hacia maravillas con los cuerpos femeninos, convirtiéndolas en bellísimas esculturas vivientes. Eso le encantaba y como pudo fue pasando uno a uno todo los obstáculos Académicos, siempre apoyado por su padre, ya con profesores particulares, ya con regalos costosos, aparte de proporcionarle toda la ayuda posible en libros, ordenadores, inscripciones a toda clase de Cursos, Conferencias y Congresos Médicos Nacionales e Internacionales. Cuando Westwood III se graduó en ceremonia privada, hubo comentarios de corrupción, que no pasaron de ser rumores.

El New Hope Hospital era uno de los mejores Centros Médicos de la ciudad, sostenido con sus propios recursos y por las importantes donaciones de buena cantidad de empresas y ciudadanos filántropos orgullosos de participar en una Institución de gran calidad en la práctica de la Medicina, la Educación Médica y la Investigación Científica.

Los tres socios principales de Hartford, Mellon & Fletcher pertenecían al selecto grupo de inversionistas del Hospital que además hacían donativos anuales de ocho dígitos cada uno, deducibles de impuestos, que les otorgaba asientos en el Board of Trustees (Consejo Directivo).

Coodlidge (Cody) Westwood padre, fue invitado a unirse al grupo de inversionistas que tuvieron la visión de construir un Hospital Privado no demasiado grande, más bien mediano, que funcionaría con la precisión de un reloj Suizo, con propósitos de ayudar a los pobres y ganar dinero con los ricos.

Los socios pensaban que era posible "hacer el bien y vivir bien" aplicando en sus actos el famoso "justo medio" del Filosofo Griego Aristóteles.

La invitación para aportar dinero al Proyecto, la había formulado Walter Mellon, quien atendía los negocios de Westwood y le conocía bien.

La descripción de un bronco caballo salvaje de las praderas era exacta para Westwood padre, pero Mellon sabía que aun el más cerrero, era posible domarlo y él, como su consejero de confianza se encargaría de hacerlo.

Pese a las protestas de otros socios, Mellon logró convencerlos para aceptar a su recomendado. El cheque por cuatrocientos cincuenta millones de dólares de "Cody" Westwood II decidió el asunto. Sería ingresado como Socio, pero no querían verlo entrometerse en el Consejo de Directores.

Cuando el Hospital se inauguró por el señor Gobernador del Estado — que donó el terreno — Westwood II se acercó al Alto Funcionario comunicándole su deseo de contribuir con trescientos millones de dólares para los Centros de Retiro para Adultos Mayores en Situación de Pobreza, que su distinguida esposa tenía el propósito de construir, en varias partes del Estado.

El Mandatario le agradeció la donación satisfecho, pre- sintiendo que tarde o temprano, le cobraría el favor. Conocía la naturaleza humana, no en balde era Político.

El cobro fue temprano. Westwood padre sabía que las credenciales y curriculum vitae (Historial) de su hijo único no podían avalar un cargo de responsabilidad dentro del New Hope Hospital.

Visitó primero a su Asesor Financiero y de Impuestos, Walter Mellon. Le pidió su apoyo para colocar en el Hospital al "orgullo de su nepotismo" el Dr. Coodlidge Westwood III. Mellon lo escuchó con paciencia y prometió llevar su petición al Pleno del Consejo, ofreciéndole cabildear con otros Consejeros para lograr mayoría y conseguir el objetivo.

Los Doctores que pretendían ingresar al Honorable Cuerpo Médico del Hospital, eran cuidadosamente seleccionados por un Comité que evaluaba la preparación científica y experiencia de los Candidatos, ética profesional y vida privada.

Cuando el solicitante era aceptado se le asignaba un elegante espacio vacío en la Torre de Consultorios, para que el nuevo inquilino lo adaptara a sus necesidades particulares y lo decorara al gusto, otorgándole un contrato de arriendo con renta moderada por dos años, al término del cual, el Médico debía pedir su renovación por igual tiempo, acompañando constancias de haber tomado los cursos de Educación Médica Continua impartidos por el New Hope Hospital o por cualquier otra Institución de prestigio.

El Comité de Admisión, revisaba de nueva cuenta el expediente, analizando el número de Cirugías practicadas y los resultados, emitiendo su decisión inapelable. Si el Candidato no era aceptado debía desocupar de inmediato el consultorio, para dar paso a un nuevo Médico de la larga lista de espera.

Walter Mellon tuvo que recurrir a sus mejores argumentos para convencer a sus estimados socios Cecil Hartford y Kirk Fletcher, quienes evocando al sabio Rey Salomón, decidieron confiar en el buen juicio de Mellon, quien resolvió poner al chico Westwood en un sitio donde no pudiera hacer daño a pacientes del Hospital, es decir un puesto Administrativo. El "Board of Trustees" o Consejo de Directores, recibió también la petición del Señor Gobernador para apoyar "si no existiera inconveniente" el ingreso del Dr. Coodlidge Westwood III, que por fin fue aceptado como Asistente Administrativo del Departamento de Cirugía.

Los Miembros del Consejo, hubieran preferido nombrarlo "Director General de Asuntos sin Importancia" si tal cargo existiera.

Desde su primer día de trabajo Westwood III se ganó el desprecio y hasta el odio del personal. Su comportamiento déspota y prepotente, lo hundió ante sus compañeros.

Su Jefe, el Doctor Georges Samper, se quejó en varias ocasiones con sus Superiores de que el nuevo elemento llegaba tarde, se ausentaba de la oficina cuando le daba la gana, acosaba a las enfermeras de buen ver, en pocas palabras irresponsable y de pésima conducta.

Las últimas hojas caían de los robles que ahora casi desnudos, poblaban el parque, presentando un gris y tristón panorama. Sentado en una de las frías bancas de hierro forjado estaba Kadir, saboreando aromática taza de chocolate caliente. Estaba solo con sus pensamientos, era un momento donde meditaba sobre su vida.

En un primer análisis descubrió que estaba satisfecho, lo había tenido todo: familia, salud, trabajo, dinero, amistades y diversos amores, que cada uno, en su momento le habían dado gran felicidad. ¡Las quería a todas! Sería fantástico como sus remotos antepasados Turcos, que tenían Harem.

— ¿Qué falta? ¿Cuál es mi futuro? — se interrogó sin encontrar una respuesta.

Con los primeros copos de nieve, echó a andar sobre la acera de la Quinta Avenida, levantando la solapa del abrigo de piel sobre su cuello para contrarrestar el frío del atardecer. Miraba los iluminados y llamativos aparadores de las tiendas sin ningún interés. Aburrido, decidió entrar a una pequeña boutique que ofrecía en sus vitrinas camisas, corbatas, cinturones y otras prendas para caballero.

Pero no fue la calidad de la mercadería ni las marcas lo que llamó poderosamente su atención. Dentro del establecimiento estaba una señorita, a lo lejos sensacional que los expertos ojos del Auditor descubrieron tras los pulidos cristales del aparador.

Un timbre ding dong sonó al tiempo de abrir la puerta. La muchacha acudió solícita para atender al cliente.

— Hola — ¿puedo ayudarle? — dijo ella, sonriente.

— Espero que sí, gracias — respondió él.

— Adivino que viene por la promoción— ¿no es así?

— No lo sé— ¿quisiera explicarla por favor?

— Estamos liquidando el inventario y puedo ofrecerle descuento del veinte por ciento sobre el precio marcado, no importa su forma de pago — concluyó la atractiva dama.

El hombre oía pero no escuchaba, observaba con detenimiento el bello rostro de la mujer, sobre todo sus ojos verde esmeralda que le recordaron sin querer, el tono del mar Caribe.

— Con mil demonios — pensó— su parecido con Jovanka es sorprendente. La misma cara, el mismo cabello, el mismo cuerpo…

— ¡Ey amigo!— ¿Dónde está? No me ha prestado siquiera un segundo de su atención — reclamó la chica — ¿Se siente mal?

— No, discúlpeme por favor — imploró— es sólo que algunas preocupaciones me asaltaron, pero ¿podemos comenzar de nuevo?, se lo ruego. Me llamo Kadir — extendiendo la mano.

— Soy Mireille y lo haré con gusto si promete estar atento, quiero que aproveche nuestras ofertas — replicó ella con un gesto encantador.

Durante los siguientes cuarenta minutos, le mostró un montón de finas mercancías, ofreciendo una tarjeta de plástico impresa con el logotipo del negocio para obtener puntos acumulativos por sus compras.

Tuvo el propósito de adquirir varias cosas, que no necesitaba, pero sólo compró un par de camisas, prometiéndose regresar en otra ocasión. La intención del Auditor era comprar de poco en poco y tener pretexto perfecto para visitar varias veces a la bellísima moza y tratar de ganar su amistad.

Galante, volvió a la boutique una semana después, a la siguiente y a la siguiente, convirtiéndose en un estupendo cliente.

Para entonces, charlaban de cosas intrascendentes como dos buenos amigos. Ella le confesaría posteriormente que lo que más admiró en él, además de las fantásticas lociones que usaba, fue que mostró seguridad en todo momento y su buena educación. No podía equivocarse, estaba frente a un completo caballero. En estos tiempos — pensaba ella— tan difíciles de encontrar.

Una tarde, al liquidar el importe de lo comprado, se demoró un poco al tratar de pasar la tarjeta de crédito de Kadir. Éste, extrañado se acercó a la caja y preguntó si tenía algún problema con su crédito, a lo que la linda muchacha con una gracia angelical respondió bromeando:
— No hay ningún problema con tu crédito, pero estoy verificando si con la crisis Nacional, el Banco ¡no ha quebrado todavía! — y ambos rieron de buena gana.

— A propósito, ¿sabes qué muchos Japoneses están en contra de la Donación de Órganos?

— No lo creo — dijo ella — es una noble campaña para que otros seres humanos…

— ¡Los distribuidores Yamaha! — interrumpió y volvieron a reír como niños.

A esas alturas del partido, estaba enterado que Mireille no sólo era la vendedora Estrella de la boutique, sino su propietaria. En la tienda era auxiliada por otra joven delgada mujer, más bien flaca de senos pequeños y nalgas desinfladas, que recelosa, lo trataba con desdén, tratando de sabotear los intentos de simpatía, no pasándole sus llamadas ni mensajes cada vez que podía.

Presentía dificultades con aquella extraña mujer de nombre Sandra. Pareciera un sufrido personaje de algún drama teatral.

En sus visitas a la tienda, el joven Auditor notaba la dura mirada de Sandra, que lo escudriñaba, como tratando de encontrar algo para mal informar a Mireille y abortar la naciente confianza. Decidió ignorarla y concentrarse en lo importante: alimentar su buena relación con la deliciosa dueña.

Era el mediodía y el Contador digitó el número telefónico de su nueva amiga. Tuvo buena y mala fortuna. La buena fue que la linda doncella que frisaba los veinticinco años, atendiera la llamada, sin pasar por el odioso filtro de la esquelética Sandra. La mala suerte fue que la señorita rechazó de plano la invitación a cenar que le propuso, sin darle al pretenso ninguna razón. Simplemente dijo:

— ¡No, Gracias!

Apenado y dolido, después de insistir en dos ocasiones utilizando todo su encanto, optó por la retirada estratégica. "La batalla contra las mujeres, es la única que se gana huyendo", decía Napoleón. Kadir se despidió con la mayor amabilidad que pudo y colgando el teléfono incrédulo, dio rienda suelta a su frustración.

— Me lleva la chingada. ¿En qué parte me equivoqué?

¿Estoy perdiendo el toque? ¿Conocerá la parte oscura de mi vida? ¿La maldita momia ayudante de la tienda, habrá intrigado sobre mí? ¿Estará comprometida?

— Maldición — masculló — creo que lo eché a perder. Una mujer tan bonita, debe tener no uno, sino tres docenas de admiradores. ¿Qué me hizo imaginar que estaría disponible? Ahora sí que he metido la pata — concluyó.

La Perseverancia era uno de sus valores. Estaba acostumbrado en los negocios, a convertir un "No" rotundo en un "Quizá" para terminar en un "Sí". ¿Por qué no intentarlo otra vez? En esta oportunidad, cambiaría de técnica.

Una semana después, con la herida cicatrizada, el joven marcó el número celular de la nena, para no arriesgarse a una negativa de su fea empleada.

— Hola Mireille, soy Kadir.

— Hola — contestó la chica— Ya no vienes por aquí, extraño tus compras — bromeó ella.

— He estado atareado en el trabajo, pero muy satisfecho con los artículos que he adquirido en tu negocio, te felicito, son de excelente calidad — afirmó él.

— Quiero disculparme contigo por haberte invitado a cenar. Te ruego humildemente aceptes mi error con la promesa de no insistir en ello. Jamás quise aprovecharme y si lo hice, fue de buena fe, no quiero que me recuerdes como un patán. Nunca tuve el propósito de ofenderte y no te molestaré más. Hasta siempre… — se despidió el joven.

— Disculpas aceptadas — dijo ella con firmeza — ¿Tu propuesta para ir a cenar todavía está en pie? ¡Me encantaría ir contigo!

Al otro lado de la línea se quedó mudo.

— Hello, hello, ¿me escuchas? — preguntó afligida.

— Perdón, me quedé sin aliento, no esperaba que tú…

— Deja a un lado las boberías, dime cuándo, dónde y la hora. Quiero una disculpa frente a frente — remató endulzando la voz, que erizó hasta el último de los cabellos del rondador.

El viernes siguiente, pasó por ella a la Boutique en punto de las 6:30 p.m. Tenían reservación en el Restaurante "Mi Cocina" de la calle Jane en el renovado Barrio del Meat Market, donde antaño era el mercado de carnes.

El Alcalde de la ciudad de Nueva York, había emprendido un fantástico plan de rescate y modernización de esa zona de la gran urbe, para convertirla en un centro de atractivos turísticos, con galerías, tiendas de prestigio y elegantes restaurantes.

Era un lugar para disfrutar de la Alta Cocina Mexicana dentro de un ambiente romántico, pidiendo permiso Kadir para seleccionar la comida que conocía bastante bien, teniendo cuidado de solicitarla con poquísimo picante para no lastimar el delicado estómago de Mireille, quien se deleitó por primera vez en su vida, con los exquisitos sabores de los platillos de ese País, rociados con estupendas "Palomas" —bebida preparada con Tequila reposado, mezclado con refresco de toronja, en vaso con hielo escarchado con sal —

A la luz de las velas, contó su historia. Era hija única del feliz matrimonio formado por Hubert Duclaud y Carole D'Arcy, que llegaron a los Estados Unidos cuando ella tenía escasos cuatro meses de edad. Sus padres fueron propietarios de importantes viñedos bañados por el Río Rohne (Ródano), produciendo vinos blancos y tintos de calidad.

Ellos sufrieron cuando niños, la invasión y ocupación Alemana a Francia, en la Segunda Guerra Mundial y posteriormente, temían que por la tirante situación de la llamada "Guerra Fría", la Unión Soviética y sus aliados pudieran desatar en Europa la Tercera Guerra Mundial con resultados catastróficos.

Un buen día, vendieron todo y con su capital llegaron a vivir a Norteamérica, que les pareció el lugar más seguro y lleno de oportunidades.

A la primera cena, siguieron varias más. Estaba entusiasmado y procedía con extremada cautela. No deseaba pasar por otro rechazo, por lo que invitaba una semana sí y otra no, a la hermosa joven para que ella no sintiera ningún tipo de presión. Habían transcurrido dos meses desde su casual y afortunado encuentro y el Contador Público no echaría por la borda lo avanzado, por sus ansias de tenerla.

— Calma— se repetía con frecuencia— ella es especial. Educada severamente en Colegios Católicos, entendía muy bien que los hombres buscaban siempre tener sexo con las mujeres a su alcance valiéndose de toda clase de trucos y artimañas.

Carole, madre de Mireille, le había advertido sobre la virginidad como algo muy valioso de la mujer que sólo debía darla a su esposo, la noche de su matrimonio.

Hubert, su padre, había realizado un buen trabajo como protector de su doncellez. Sin importar la cantidad de ofrecimientos de trabajo que su hija recibió al salir de la Universidad de Loyola, el buen señor siempre tuvo la determinación de que su heredera no trabajaría jamás, bajo las órdenes de ningún hombre, porque consciente como estaba de la gran belleza de la infanta, sabía que tarde o temprano, sus Jefes tratarían de seducirla. Así había sido siempre en las oficinas y fábricas.

El respetable Monsieur Hubert Duclaud podía contar media docena de experiencias personales, que ahora le llenaban de pavor.

El matrimonio Duclaud-D'Arcy convenció al retoño que lo mejor era tener su propia empresa, cuestión que ella accedió con cierta facilidad. Descartaron los negocios de comida, hotelería, decoración, muebles, artículos electrónicos y muchos más. Al final, por sugerencia — orden— de Duclaud, decidieron montar una pequeña Boutique, muy bien situada, con el objetivo de establecer varias sucursales en otros puntos de la ciudad.

— Papá, sobre la Boutique quisiera dedicarla a la venta de ropa y artículos para caballeros exclusivamente.

— Claro que no— rechazó Monsieur Duclaud— una tienda así debe ser ¡de ropa y accesorios para dama! No entiendo tu actitud.

— La niña tiene razón. Por si no lo sabes, los vestidos, zapatos y demás cosas que usamos las mujeres, requieren de gran visión y experiencia de la moda, que pasa con rapidez.

— Es un negocio muy complicado, necesita de un enorme surtido de modelos, tallas, colores, estilos y además te daré dos fuertes razones, a ver si las entiendes Hubert: La primera es la competencia. El noventa por ciento de las tiendas de esta Quinta Avenida y de la zona comercial son para mujeres. Las grandes marcas de diseñadores internacionales se han posesionado del mercado femenino. Y la otra, es que la nena tendrá mayor oportunidad de tratar con elegantes caballeros que irán a comprar a la Boutique. De lo contrario, sólo conocería mujeres — defendió la buena madre, sorprendida de la inusitada rebeldía hacia su esposo.

Mireille por su parte, explicó a su progenitor acariciándolo con amor: — Papacito de mi alma, tengo veintitrés años, no querrás que tu hijita vista santos ¿verdad? Quisiera casarme antes de los treinta y llenarte de nietos, ¿no te agradaría? ¡Imagina al pequeñín Hubert II correteando por el jardín contigo!

— Sería fantástico— reconoció Hubert— pero sólo quisiera varones, ¡ya tengo suficiente con dos mujeres como ustedes! — recordando los problemas que según él habían dado a sus padres las tres hermanas que tuvo.

Atónito por la valiente oposición de la madre y los ruegos de su amada hija, Hubert aceptó dedicar el naciente negocio a ropa y accesorios para caballeros, a condición que el personal fuera exclusivamente femenino.

Una buena tarde, Kadir invitó a Mireille a presenciar un partido de baseball. Sorprendida, la bella muchacha aceptó, advirtiendo que no conocía nada del juego.

Fueron al Yankee Stadium en Queens. El enamorado caballero utilizó los asientos del palco que el Despacho Hartford, Mellon &

Fletcher adquiría para toda la temporada, disponibles para ser utilizados por sus Ejecutivos a discreción, para atender a clientes, proveedores, banqueros y amistades.

Cuando llegaron al Estadio el espectáculo se había iniciado, se jugaba la parte alta de la tercera entrada, con pizarra de tres carreras a una a favor del equipo visitante, los Boston Red Sox.

— ¿Cuántos goles han anotado? — preguntó con candor, acostumbrada a ver fútbol soccer con su padre.

El caballero disimuló una risita y trató de explicarle el juego, que ella entendía a medias, formulando algunas preguntas acertadas.

A la media hora, casi era una experta con excepción que en dos ocasiones celebró las jugadas del equipo visitante, ante las protestas de sus vecinos de palco.

Comieron hot dogs y bebieron cerveza, como los demás aficionados. Mireille se asombró al calcular los miles de litros de cerveza que consumía el público.

Al término del partido que ganó el conjunto local New York Yankees, Kadir compró tres gorras y llaveros como souvenirs, que le parecieron regalos maravillosos, para ella y sus padres.

— Oh, gracias amigo, no era necesario. Le he hablado tan bien de ti a papá, que está ansioso de conocerte. Creo que te aprecia ya.

— Cuando quieras, encanto — dijo él, percibiendo una señal de alarma en su cerebro, que no deseaba ni podía establecer una relación demasiado seria con la familia. No, todavía no, tenía importantes asuntos que atender primero.

— ¿Puedo hablarte algo confidencial?

— Por supuesto — respondió— estoy para servirte.

— Gracias amigo — dijo ella— se trata de mi negocio. La Boutique tiene dos años de funcionamiento y Sandra a quien ya conoces, es mi empleada de confianza desde su inicio.

— De un tiempo acá, ha estado actuando en forma extraña y he detectado algunos faltantes de efectivo y mercancía, que me hacen sospechar del personal de la tienda.

— Tu despacho, ¿cobra muy caro por una Auditoría? — preguntó con ingenuidad, no podía saber el inmenso tamaño de la firma donde él trabajaba.

— Seré tu Auditor particular. Eso sí, mis honorarios son muy elevados. Haré la revisión con mucho gusto un día domingo y te cobraré digamos… un buen fin de semana en Martha's Vineyard, ¿has estado allí?

— No lo conozco, pero mis padres fueron el verano pasado, no pude acompañarles por el negocio — aclaró la chica— Me contaron maravillas del lugar, acepto el trato.

El domingo siguiente a las ocho de la mañana, Kadir se presentó en la Boutique "Stuffs" acompañado de seis jóvenes auditores con aspecto de estudiantes salidos de la Academia de Policía.

Sin importar que fuera su día de descanso, vestían traje completo y corbata, con el cabello recortado y lustroso calzado, saludando con extrema cortesía.

Hechas las presentaciones, giró algunas instrucciones a los muchachos que de inmediato hicieron un corte de caja y el inventario físico del almacén.

Checaron las cuentas por cobrar y por pagar, revisaron la contabilidad y el pago de impuestos, supervisaron el manual de organización y métodos, verificaron la propiedad de los activos fijos, prepararon cartas de confirmación de saldos a clientes y proveedores, practicaron las conciliaciones de los estados de cuenta bancarios, revisando además los sistemas de cómputo y archivos.

Todo ese trabajo lo hicieron en ocho horas. Parecían máquinas de revisión. A las cinco de la tarde, se retiraron en silencio del establecimiento comercial.

— Las primeras conclusiones las tendrás por escrito en un par de días — afirmó— ve preparando tu equipaje.

— Lo haré gustosa cuando vea los resultados, espero no sean tan malos.

Mireille nunca imaginó el grado de descomposición que tenía su empresa. Cuando leyó los primeros informes tuvo una mezcla de incredulidad y enojo. Su asistente era toda una fichita. Tenía dos años de trabajar en la tienda y durante los últimos doce meses se dedicó a robar, primero en pequeña escala que posteriormente incrementó. Valiéndose de la confianza que la dueña depositó en ella, alteró notas de venta, falsificó entradas al almacén, hizo pagos de facturas apócrifas y sustrajo finas mercancías del inventario, destruyendo evidencias.

Llorando de rabia, consultó con su padre el camino a seguir. Hubert, reaccionó encolerizado, y quiso denunciar a la infiel empleada ante las autoridades. Llamó a su Abogado quien recibió la información y procedió a presentar la acusación ante los tribunales. Después de un corto juicio, la malvada mujer fue sentenciada a cinco años de prisión sin derecho a libertad condicional.

A la señorita Mireille, le dolía más que el dinero perdido, la traición de Sandra.

La había conocido en la cafetería donde la chica era mesera. Cada vez que le servía, mostraba una amabilidad extraordinaria, colmándola de atenciones, conversando unos instantes.

Cuando necesitó personal, no dudó en ofrecerle trabajo en su Boutique; escondida tras las gafas, parecía una buena persona con muchas ganas de trabajar y mejorar su vida. Durante casi un año, Sandra mostró eficiencia y honradez en el trabajo, que le facilitó conseguir la confianza absoluta de la propietaria, delegando las funciones de gerencia a la asalariada y ahora su amiga.

En ocasiones, cuando no había clientela, conversaban sobre asuntos de mujeres. La simpatía y buen carácter de Sandra la divertían, sin notar jamás sus preferencias sexuales, quien mantenía relaciones lésbicas con varias prostitutas y mucho menos sospechó del insano e involuntario sentimiento de amor que había despertado en la mente de la dependienta.

La Gerente de la Boutique tenía la enfermiza pasión de hacer suya a Mireille, esa era la verdadera razón del maltrato hacia Kadir; ¡Sandra estaba celosa del joven Auditor!

La relación de amistad pura entre los jóvenes seguía viento en popa, en ocasiones empañada por la idea — cada vez más frecuente de Mireille— de otorgar perdón a la presidiaria.

Usando todo tipo de argumentos, trataba de convencerlo de los terribles sufrimientos que estaría pasando Sandra en los seis meses que tenía internada en la cárcel.

— Amigo mío, ¿no crees como yo, que ha padecido suficiente castigo?

— ¿Verdad que todos podemos cometer un error?

— Después de todo, sólo es una pobre mujer indefensa y me ha dicho que es el único sostén de su anciana madre. Creo que lo Cristiano es perdonarla y que la vida le dé otra oportunidad. ¿Estás de acuerdo?

No contestó de inmediato. Tomó tiempo para reflexionar. Él mismo, siendo un asesino consumado se preguntó si merecía una segunda oportunidad.

Volvió a preguntar si estaba conforme para otorgar indulto a la empleada infiel.

— Creo que no lo merece. Ha mordido la mano que le dio de comer. Esta clase de seres no cambian y si tiene otra ocasión, apuesto que volverá a dañarte. Conozco muy bien a ese tipo de personas — rebatió y agregó — estás demostrando tener un grande y noble corazón. Es tu decisión, te apoyaré en lo que sea.

— Gracias — dijo ella— siento que me liberé de una voluminosa carga de conciencia.

La discusión con sus padres fue tormentosa, al finalizar, se salió con la suya, como siempre.

Al día siguiente, la joven instruyó a los Abogados para presentar el desistimiento ante las autoridades, dándose por recibida de la reparación del daño.

Dos semanas después de la liberación, Sandra se reunió con su antigua pandilla para planear venganza.

Era un jueves por la noche y Kadir había invitado a Mireille al Teatro Majestic de la calle 44 para presenciar la exitosa obra "El Fantasma de la Ópera" que cumplía 23 años y casi diez mil representaciones, siendo la pieza con mayor duración en cartelera en la historia de Broadway, que ha ganado 600 millones de dólares en New York y más de 3,000 millones de dólares a nivel internacional, vista aproximadamente por 80 millones de personas.

Las magistrales actuaciones de los actores, la extraordinaria música de Andrew Lloyd Weber interpretada por magnífica orquesta y maravillosa escenografía con los mejores recursos de la moderna tecnología, hicieron las delicias de Mireille, que emocionada hasta las lágrimas, oprimía llena de sentimiento, la mano de su compañero.

Kadir consideró que era el momento para hablarle de su naciente amor y la abrazó con el mayor cuidado, temiendo que se rompiera como frágil cristal entre sus brazos.

Le susurró al oído un — I love you (Te amo) — besando suavemente sus manos y mejillas. No pudo contenerse más y ofreció sus rosados y húmedos labios entreabiertos, que el varón succionó con maestría, arrancando dulces suspiros a la hermosa muchacha.

Salieron felices tomados de la mano primero y abrazados después, caminando al estacionamiento, intercambiando bellas frases de amor. Subieron por el ascensor al nivel cinco sección D y caballeroso, abrió la portezuela de su camioneta para dar paso a la dama, quien se arrellanó satisfecha en el mullido asiento de piel.

Muy contento, el hombre rodeó el vehículo disponiéndose a abordar cuando un tremendo golpe en la espalda casi le estalla los pulmones. Sintió el dolor punzante de una costilla rota, desplomándose, girando por instinto para esquivar el siguiente golpe que se estrelló sobre el pavimento con sonido apagado.

Giró la cara para ver a su atacante. Eran dos fornidas mujeres que empuñaban sendos bates de baseball hechos de madera. No pudo evitar el siguiente garrotazo que le hizo añicos los huesos cúbito y radio del brazo izquierdo. Con dolores insoportables, el herido se retorcía en el piso como serpiente, tratando de librar una muerte segura. Arrastrándose, se metió debajo de la camioneta mientras las féminas se daban gusto golpeando todo, cristales, lámina, faros.

El Auditor alcanzaba oír los gritos de terror de su pareja y los chirridos de las llantas de otros vehículos que huían despavoridos ante el asalto. Haciendo acopio de sus últimas fuerzas bajó su mano derecha hasta el tobillo y sacó la Pietro Beretta Bobcat calibre .22 long rifle, que siempre portaba por precaución y apuntando a las pantorrillas de sus atacantes les sorrajó dos disparos que dieron en el blanco.

Las canallas cayeron al piso aullando de dolor como perras heridas, instantes que aprovechó para rematarlas con dos balazos en la cabeza a cada una.

Reptando, salió de su improvisado escondite y miró fugazmente el cuerpo paralizado de su novia, oyendo pisadas que se alejaban rápido del lugar. En la media luz adivinó por su figura quien era: ¡la maldita puta de Sandra!

Fuera de sí, se incorporó lo mejor que pudo y apuntó la pequeña pistola: cinco metros, diez metros, a los doce metros disparó con rabia la última bala del cargador, escuchando el grito de dolor y el golpe seco de un cuerpo al caer.

En un esfuerzo sobrehumano levantó del piso los siete bullet shell (casquillos de bala) que junto con el arma confió a su flamante novia.

— Guárdalos en sitio seguro, no le digas a nadie por favor. La fuerte descarga de adrenalina, hizo que la joven sacara fuerzas para dominar su miedo y como pudo acomodó en el asiento delantero a su amado inclinando el respaldo, colocándole el cinturón de seguridad.

Víctima de intensos dolores, entregó a la asustada chica su teléfono celular con instrucciones de llamar a su amigo el Doctor Georges Samper pidiendo verlo en las oficinas de Hartford, Mellon & Fletcher, lugar al que debía conducirlo, que aceptó a regañadientes, pues lo razonable era llevarlo directo al Hospital más próximo.

En su camino de salida del estacionamiento, vio por un instante el cuerpo de la ramera. Nerviosa y aturdida, no pudo evitar pasarle por encima, gritando de terror. Kadir se deleitó oyendo crujir los huesos bajo las ruedas.

— Cálmate nena, por favor, haz exacto lo que te digo, te lo ruego linda… — suplicó desmayándose.

Mireille con el corazón latiéndole con fuerza, circulaba por calles secundarias cuidando de no toparse con ninguna patrulla. Respiró aliviada cuando el Portero del elegante edificio abrió la entrada del Garaje, reconociendo el vehículo del "Jefe Kadir", como le llamaba afectuosamente. El Vigilante no se sorprendió. Era frecuente que los altos funcionarios del Despacho H, M & F acudieran a las oficinas en horas inhábiles, aunque al ver los faros rotos y abolladuras de la camioneta, pensó en una colisión.

Bajando la rampa, estacionó el maltrecho vehículo en un apartado rincón, hacia donde ya se dirigía el Guardia, corriendo.

— Demonios — dijo el empleado de Seguridad — ¿Qué ha pasado? ¿El Jefe está bien? ¡Llamaré a una ambulancia de inmediato!

— ¡No lo haga! El señor y yo hemos sido asaltados por pandilleros. He cumplido sus órdenes como me dijo avisando al Doctor Samper, quien debe estar por llegar aquí en cualquier momento. Vaya a su lugar y esté al pendiente — dijo con inusual firmeza Mireille.

El Guardia obedeció. Por un instante pensó en hablar a su Oficial Superior, pero no lo hizo. Olía algo raro en el asunto, pero si eran las órdenes del "Boss" (Jefe), las respetaría, recordando las buenas propinas y obsequios que siempre le daba para él y su familia en Navidad.

Dos bocinazos del Lincoln blanco del Médico indicaron al conserje que debía abrir la puerta, penetrando el vehículo al garaje con rapidez.

El galeno aparcó junto a la camioneta de su amigo y presuroso le recostó sobre el asiento con ayuda de la muchacha, procediendo a cuidadosa auscultación. Kadir abrió los ojos y reconociendo a su amigo saludó débilmente: — Hola matasanos, gracias por venir. Te ruego revisar primero a Mireille, yo… — y volvió a perder el conocimiento.

El Doctor Samper, terminó la revisión de ambos y sacó de su maletín un frasquito de pastillas blancas. Dio una a la beldad.

— Es para los nervios preciosa, están destrozados. Es lo único que tienes, no así tu compañero, lo trasladaré al Hospital. Es necesaria una revisión profunda.

Ella le hizo saber la negativa de Kadir de ir a un Hospital, pero ya el Médico estaba hablando por teléfono preparándolo todo.

Esa noche en el Sanatorio, el Doctor Samper atendió a su amigo, con los estudios de Radiología completos y reparación de las fracturas. Fuera de eso, el herido no presentó ningún otro cuadro o complicación. El Doctor insistió en checar también a la muchacha, que argumentaba no tener nada. Sin embargo accedió, arrojando el examen resultados satisfactorios, sólo presentaba algunas pequeñas cortadas en el antebrazo derecho y arriba de la rodilla donde se incrustó un cristalito.

— Todo está en orden — dijo Samper, autorizando el traslado del paciente a casa de la chica, que lo solicitó con insistencia. Antes, prescribió y surtió en la farmacia analgésicos, antiinflamatorios y un ligero sedante para dormir. No hubo huesos expuestos ni heridas sangrantes, luego no requirió antibióticos.

El hombre de Ciencia no pudo dejar de admirar como honesto y auténtico caballero, la serena hermosura de Mireille, exclamando hacia sus adentros — ¡Qué clase de suerte tiene este cabrón!

El buen Médico acompañó al Auditor hasta el hogar de su bellísima pareja, ubicado en el Penthouse del edificio cuyo primer piso ocupaba en parte, la Boutique.

— ¡Mon Dieu! (Dios Mío) — exclamó Hubert — ¿Qué ha sucedido?

— Nos tenías afligidos nena, ¿por qué no llamaste? Nunca llegas después de medianoche — reprendió Madame Duclaud.

El doctor Georges Samper era lo que se llama stereo (estereofónico). Su sangre Francesa le llegaba por ambos canales: por parte de Padre y Madre, por lo que se apresuró a tranquilizarlos hablándoles en francés.

— S'il vous plaît, n'ayez pas peur. Mireille et Kadir vont bien. Ils ont été victimes d'une agression à main armée et je les ai examinés à l'hôpital. Ils ont seulement besoin de repos, une alimentation légère et dormir. Je suis à votre service à n'importe quelle heure. S'il vous plaît, n'hésitez pas à m'appeler si vous avez besoin de mon aide. Je rentre demain matin.

(Por favor no se asusten. Mireille y Kadir están bien. Han sido víctimas de un asalto y les he revisado en el Hospital. Sólo necesitan reposo, alimentos ligeros y dormir. Estoy a su servicio sin importar la hora. Por favor tengan la confianza de llamarme si me necesitan. Volveré por la mañana), concluyó Georges Samper, dejando su tarjeta de visita. Les ruego comunicarme cualquier cambio y vigilar la temperatura. En caso de fiebre tendré que administrarle antibióticos.

Al siguiente día, las pálidas paredes color de rosa de la habitación le parecieron extrañas a Kadir, quien sintió un terrible dolor en la espalda y pecho al tratar de incorporarse. Le dolía todo el cuerpo, y el brazo izquierdo inmovilizado desde el hombro. Un fuerte vendaje apretaba su pecho y la cabeza le daba vueltas.

Alarmado, trató de levantarse de la cama, consiguiendo un intenso dolor en el tórax y espalda que lo hizo sudar frío. En un minuto pasaron galopando por el cerebro las imágenes de la noche anterior, comenzando a reconstruir los hechos. Su mente analítica repasaba las escenas más importantes: El teatro, El Fantasma de la Ópera, los dulces besos, el estacionamiento y el asalto.

Vagamente recordaba esto último, había sucedido todo tan rápido... exprimiendo su memoria volvió a vivir el ataque, los traicioneros golpes por la espalda, las fortachonas mujeres que lo apalearon, ¿o eran travestis? Y los disparos que había hecho, defendiéndose. ¿Las habría matado? ¿Dónde quedó el arma?, ¿y los cartuchos quemados? Se preocupó muchísimo y sin darse cuenta, subió el tono de voz hasta convertirla en grito pronunciando el nombre de su amada.

Un pelotón de personas entraron en la habitación con Mireille al frente, seguida de una distinguida dama y dos caballeros, uno de ellos luciendo su impecable bata blanca de Médico con el logotipo del "New Hope Hospital", bordado en colores azul y rojo sobre el bolsillo superior izquierdo de la casaca.

La centelleante luz roja y el sonido de la sirena de la ambulancia, abrían paso entre el tráfico poco denso por la hora, transportando al Hospital a una "persona de raza Hispana, sexo femenino, de 28 a 32 años de edad, delgada, presentando herida en la espalda a la altura del pulmón derecho, con orificio al parecer, por bala de pequeño calibre sin salida, abundante sangrado y signos vitales críticos, fractura de fémur y pelvis con posible estallamiento de vísceras, causadas por atropellamiento de vehículo.

Los paramédicos trataban de mantenerla viva, aplicando oxígeno y suero para nivelar la presión sanguínea, finalizó su informe por radio, el ambulante a cargo de la unidad móvil. En el quirófano cuatro del New Hope Hospital, el equipo de cirujanos y anestesistas se preparaba para luchar por salvar la vida de la infeliz mujer, que agonizando quiso articular algunas palabras. El Médico principal acercó su oído a los marchitos labios de la joven que emitía quejidos y frases inaudibles, logrando escuchar algo que al Doctor le pareció incoherente: — mmm, ayy...fu....ayy, k...a...uhh, d... — muriendo en el acto.

Georges Samper distinguido Médico Cirujano especialista en Traumatología y Ortopedia, ocupaba la Jefatura de Cirugía del New Hope Hospital. Estaba confundido y preocupado.

Acababa de leer el Parte Médico de la noche anterior y no comprendía nada.

Georges releyó varias veces el reporte nocturno que tenía frente a él, analizando cada frase. La muerte de la mujer estaba clara, pero las frases entrecortadas que pronunció: "ayy...fu...ayy, k...a...uhh, d..." ¿Qué significaban? ¿Tenía algo que ver en la muerte de la chica baleada y atropellada, su amigo Kadir?

Lo que más intrigaba al Cirujano era la coincidencia. Inteligente como era no creía mucho en ellas.

La llamada a su celular la noche anterior, hecha por una joven desconocida, no sólo le había arruinado los planes para salir con su nueva amiguita, sino que presentía estar metido hasta el cuello en serias dificultades.

La Ley Estatal y el rígido protocolo del Hospital, obligaban al personal Médico a reportar a sus Superiores, todo lo sucedido dentro de las instalaciones, con especial mención de los pacientes admitidos por el Departamento de Emergencias, siendo obligatorio para la Directiva del Hospital, poner en conocimiento de las Autoridades los casos ingresados por herida de bala, arma blanca, explosivos, venenos y toda clase de accidentes. La Ley prevenía sanciones penales en caso de inobservancia.

La falta de cumplimiento de lo anterior, era suficiente para enjuiciar al responsable y despedirlo de su empleo. La Junta de Honor de la Asociación Médica del Estado decidiría la sanción profesional al culpable, que pudiera llegar hasta la suspensión temporal o definitiva para ejercer la Medicina.

Samper optó por no precipitarse. Tomaría la decisión de avisar o no a la autoridad, dependiendo de lo que investigara con su amigo.

El herido se deslumbró al ver a Mireille. Le pareció más bella que nunca. Sin gota de maquillaje, sus rasgos faciales eran tan naturales como frescos pétalos de flores. La dura mirada de los demás miembros de la comitiva, le hizo reaccionar de inmediato, habría problemas.

— Hola dormilón, ¿cómo te sientes?

— Adolorido del cuerpo y alma querida, puedes comenzar

contándome las cosas que pasaron mientras estuve fuera de combate — solicitó el fracturado paciente.

— ¿Por qué no relatas tú lo sucedido? Estoy seguro que a todos nos gustaría saberlo — terció rudamente el Doctor Samper.

— Monsieur, soy el padre de Mireille y esta linda dama es mi esposa. Bien haría usted en explicar algunas cosas.

— Tal vez no se sienta bien todavía, creo que deberíamos esperar un poco antes de interrogarlo, ¿apetece un poco de té? — dijo la mamá, rompiendo un poco el hielo.

Los demás estuvieron de acuerdo con la distinguida señora, aceptando además tazas de la aromática bebida. Sólo el Doctor pidió quedarse un rato a solas con el herido, so pretexto de revisarle las lesiones.

— ¿En qué nuevo lío te has metido ahora? Para tu información, hay una mujer que murió en quirófano víctima de disparo con arma de fuego calibre .22, que le interesó el pulmón con trayectoria en la región dorsal en tangente, rompiendo una arteria pulmonar cerca del Mediastino y que también fue atropellada, con fractura de fémur y pelvis. Sus vísceras quedaron destrozadas, como si un pequeño camión le pasara encima.

— El noticiero de la televisión mencionó que dos mujeres murieron esa noche en el mismo estacionamiento por heridas de bala y qué crees, los proyectiles fueron del calibre que mató a la mujer llevada al Hospital. ¡Qué coincidencia!

— Como si fuera poco, momentos antes de morir, en preparación para cirugía, la mujer alcanzó a decir algunas frases entrecortadas, como "mmm, ayy…fu….ayy, k…a…uhh, d…" y expiró. ¡Segunda coincidencia!

— Y luego tenemos que esa noche, más o menos a la misma hora, recibo una llamada de tu parte pidiendo presentarme con urgencia en las oficinas de Hartford, Mellon & Fletcher, en vez de haberte llevado directo al Hospital. ¡Tercera coincidencia!

— Por último tu camioneta. Esa noche la vi en el estacionamiento maltratada, como si hubiera chocado. Por cierto que esta mañana ya no estaba en su lugar, parece que el eficiente guardia de seguridad la desapareció. ¡Cuarta coincidencia! Y ¡Bingo! ¡Tenemos un ganador! ¡Ése eres tú maldito mentiroso, habla de una buena vez! — terminó su fogoso discurso el Doctor Samper.

— Escucha bien mi estimado matasanos, porque lo que contaré será negado en careo de ser necesario — advirtió Kadir — no interrumpas y por favor, escucha hasta el final. Después podrás tomar la decisión que consideres conveniente.

— Lo primero que debes saber es mi relación con Mireille. Hemos estado saliendo a pasear en plan de amigos y hasta apenas ayer, nos hicimos novios. Precisamente habíamos cenado y la llevé al Teatro para disfrutar la función del Fantasma de la Opera. Al salir del edificio, en el estacionamiento, fuimos atacados por una pandilla de maleantes encabezada por una mujer ex empleada de confianza que fue despedida, por los robos y fraudes cometidos contra la Boutique de mi amada.

— Los actos ilícitos fueron descubiertos por nuestros competentes Auditores y mi Informe certificado fue contundente ante la Fiscalía y el Juez, que la sentenciaron a cinco años de prisión.

— Pasados seis meses, los buenos sentimientos se impusieron y giró instrucciones a sus Abogados para otorgar perdón y con ello liberaron a la infiel asistente. Es claro que lo sucedido, fue una venganza contra nosotros.

— Por lo tanto, mi estimado amigo, ella y yo, actuamos lisa, pura y llana, en defensa propia. Ningún Jurado nos condenaría por ello.

Narró a su amigo Médico, los pormenores del asalto, los disparos del arma de fuego y al tocar el tema del atropellamiento, hizo una pregunta directa al Doctor.

— ¿Cuál fue la causa de la muerte de la mujer que ahora sabes se llamaba Sandra?

— Las dos lesiones eran mortales por necesidad. La bala perforó el pulmón derecho causando una hemorragia tal que se ahogó en su propia sangre. Por otra parte, la fractura de la pelvis junto con los intestinos, hígado, páncreas, bazo y vesícula, a punto de paté le provocaron shock (golpe) hipovolémico, que es una pérdida severa de sangre y líquido que anula la capacidad de bombear del corazón — pontificó el brillante Médico— no pudimos salvarle la vida.

— Bueno, ¿qué piensas hacer? — dijo — En nombre de nuestra amistad, te ruego excluir de todo esto a Mireille, tendrás que explicarle que la muerte de Sandra, no fue por haberle pasado encima la camioneta, sino que fue el balazo que yo le di. ¡Te lo pido como un gran favor!

— Descuida amigo, ya lo había pensado. No sería de ninguna utilidad culparla de homicidio imprudencial — reconoció el Doctor.

— Creo que todavía tengo unas pocas horas para decidir si reporto el caso o no, a las Autoridades. Conoces muy bien las consecuencias que pudiera tener. Ya te avisaré. En todo caso, te sugiero silencio absoluto, ¿OK?

— OK — aceptó, percibiendo nuevamente la generosa ayuda de su amigo.

Una de las mejores Enfermeras del New Hope Hospital era Melba Collins. Había dejado pasar la primavera y casi todo el verano de su vida, dedicada con intensidad primero a los estudios y después a la práctica sobre el cuidado de enfermos, obteniendo casi todos los Registros, Certificaciones y Diplomas que avalaban sus amplios conocimientos y experiencia.

La Dirección Médica, la había promovido ocho meses atrás como Jefa de Enfermeras del Área de Cirugía, valiosa auxiliar del Doctor Georges Samper, titular del Departamento.

El amor a primera vista existe, claro que sí. La mejor muestra de ello fue la fuerte emoción y admiración que sintió Melba hacia el famoso Doctor. No daba crédito a su buena suerte, tenerlo tan cerca como lo había soñado tantas veces, desde que el Médico impartiera conferencias en la Universidad.

Y ahora la vida le compensaba todo el esfuerzo por destacar en la profesión. Melba Collins se prometió poner lo mejor de ella para aprender más cada día y cumplir cabalmente con las órdenes de su exigente Jefe adorado, sin escatimar tiempo para estar siempre a disposición, ¡para lo que quisiera!

El Día de la Secretaria se festeja en los Estados Unidos. Esa fecha es laborable pero se acostumbra que los Jefes premien a sus Auxiliares Femeninas con algún pequeño obsequio acompañado por lo general de una bonita tarjeta donde le expresan agradecimiento por la diligente colaboración y los mejores deseos por su felicidad. Ese día los restaurantes están repletos, por los que invitan a comer a sus Secretarias con sentimientos que van más allá de la simple amistad.

En la ocasión, Georges tuvo la delicadeza de obsequiar a Melba, un hermoso arreglo de flores con una tarjetita reconociendo sus méritos firmando un sencillo Love, que en lenguaje coloquial significa aprecio. Melba casi tuvo un orgasmo, interpretando ¡que por fin!, su indiferente Superior, ¡se había fijado en ella!!!

El Médico era un Sibarita. De su sangre Francesa heredó la educación, caballerosidad y valores. La Liberté, Fraternité, Égalité, eran verdaderas normas de conducta del Cirujano, principios Universales que no estaban reñidos de ningún modo con su vida cosmopolita, gozando a plenitud de los placeres mundanos. Se podría decir que era el prototipo del "American Way of Life" traducido como Modo de Vida Americano o el "Sueño Americano", que todos quisieran realizar.

Soltero de 27 años y sin compromiso serio con ninguna mujer en especial, gustaba de vestir ropa fina, comer, beber muy bien y salir con diferentes muchachas cada fin de semana para practicar el antiguo deporte del sexo o acompañantes sin compromiso, a distintos sitios al aire libre o bajo techo, siempre de primera clase.

Por supuesto en el New Hope Hospital, personal femenino de empleadas administrativas, enfermería y hasta de intendencia, se disputaban en silencio los favores del Doctor Samper, quien nada egoísta, prodigaba sus amores con esplendidez, cuestión que llenaba de rabia ciega a Melba Collins, quien sentía tener una especie de lugar preferente entre los afectos de su querido Jefe.

Con todo, cada vez que la Collins se enteraba de un nuevo romance por efímero que fuera del buen Doctor, lo disculpaba en su fuero interno, porque tenía la seguridad que al final del camino, su Jefe, cansado de aventurillas, se daría cuenta del valor que ella significa en su vida y terminaría por pedirle matrimonio o por lo menos, vivir juntos para siempre.

Melba se esforzaba cada día por hacer mejor el trabajo. Organizada, metódica, eficiente, oportuna, honrada, siempre dispuesta a sacrificar sus horas de descanso cuando el Jefe la necesitaba, le recordaba sus citas, enviaba flores a sus adversarias cuando Samper se lo pedía, compraba regalitos en la joyería para complacer a la amante en turno y mucho más, comisiones que sufriendo en silencio, cumplía con puntualidad.

Por ello, cuando leyó la tarjeta de felicitación del Día de la Secretaria que le entregara en persona el Doctor Georges Samper, se llenó de júbilo, que compartió con el resto del personal de oficina, incluyendo al Doctor Coodlidge Westwood III, Asistente Administrativo del Departamento de Cirugía.

Después de sesudas reflexiones, tomó su decisión. Reportaría a las Autoridades competentes por los conductos ordinarios, todos los detalles relativos al ingreso de la paciente, los esfuerzos por salvarle la vida y la naturaleza de las heridas que le habían causado la muerte, sin mencionar las balbuceantes frases incoherentes que pronunció la muchacha en su agonía. Estaba seguro que nadie, pero nadie en el Hospital, entendería jamás que su amigo estuvo involucrado.

Ésta fue la solución que encontró para salir del embrollo, cumplía con su deber hacia las Autoridades del Hospital y judiciales, sin ninguna responsabilidad para él; al mismo tiempo, protegía a su amigo y por añadidura a la bellísima mujer que lo acompañaba. Todavía sin proponérselo, el ayudar a la dama desconocida, pesó más en su decisión, que el propio Kadir.

El mismo día que el Galeno comunicó los hechos sucedidos en el Hospital, aprovechó para "visitar a su amigo" que convalecía en el confortable lecho de la recámara de Mireille. Al entrar, no pudo reprimir un gesto de disgusto que pasó casi imperceptible para los presentes, cuando la hermosa rubia en apretados jeans y playera deportiva, llevaba a la boca de Kadir trocitos de fruta y sorbitos de leche descremada, que a Samper le pareció un mimo innecesario y exagerado.

Después de los saludos de rigor, el Médico les informó lo que había hecho, asegurando que el asunto podía darse por terminado, porque además, la muerte de las otras dos mujeres por herida de bala no podrían conectarse, primero porque fueron llevadas a otro Hospital y segundo y lo más importante, el proyectil que mató a Sandra, encontrado en su cuerpo en el New Hope Hospital, era de calibre y arma diferente.

Miró atónito al Doctor. ¿Cómo era posible, si él disparó a las tres asaltantes con la misma pistola?

— Escucha bien pedazo de tonto — dijo el Médico— tuve que utilizar una munición del revólver del velador de mi casa. El buen viejo es un antiguo gendarme hoy jubilado, que acostumbra — para mantenerse en forma — hacer prácticas de tiro en el sótano, que recordarás cuenta con un pequeño pero eficiente stand de tiro, con pequeñas montañas de arena y siluetas metálicas.

— Tú has estado varias veces allí, ¿lo recuerdas verdad? Pues bien, he tenido que ampliar un poco el agujero en el cadáver, mencionando en el reporte final la bala de calibre .38 especial. Espero que valores mi ayuda en toda su extensión, me he arriesgado mucho por USTEDES — enfatizando esta palabra.

— Muchas gracias Doctor — dijo emocionada — claro que apreciamos su valiosa intervención, pues nos ha salvado de por lo menos un juicio difícil y publicidad negativa. Quedamos en deuda con usted para siempre.

— A propósito, ¿dónde quedó la pistola y los casquillos? — inquirió Kadir.

— Reposan en el fondo del Río Hudson, los he tirado allí — afirmó la bonita mujer.

El Auditor comenzó a notar que las miradas y explicaciones del Facultativo, las dirigía a su novia, y él su amigo de varios años y compañero de aventuras, empezaba a formar parte del mobiliario de la habitación. Tampoco le pasó inadvertido el gesto de contrariedad del Médico cuando ella le llenaba de atenciones al darle los alimentos en la boca. ¿Es que Samper se estaba enamorando de Mireille?

¡Por supuesto!! Para comprobarlo, tomó cariñosamente la sonrosada mano de su novia y la acarició con una mezcla de ternura y pasión, atrayéndola hacia él depositando un besito mordelón en los labios de su amada, sin dejar de observar el descompuesto rostro del Doctor.

— Seguro estoy que podré pagar tus honorarios amigo — anunció — haz el favor de enviarme la cuenta a mi oficina y puedes añadir una nueva raqueta de tennis para mejorar tu juego y ganarme por lo menos una vez en la vida. Además pagaré la cena.

— Así será, a condición de invitar a tu novia, quien debe ser una buena deportista a juzgar por ese precioso cuerpo — dijo arriesgado Georges— jugaré con ella, pues estarás fuera de circulación por orden Médica, ¿digamos medio año?

— No soy muy buena jugadora pero sí entusiasta, ¡acepto! — desafió la rubia, no dando tiempo al galán de pronunciar nada.

La Fiscalía, en constante lucha contra las numerosas pandillas y sus guerras, drogas, mafias, terroristas y otras lindezas, no disponía de muchos Detectives. El Departamento había sufrido un recorte en el presupuesto asignado por la Ciudad que por descabellado que parezca, estaba en dificultades económicas. Por otra parte, la muerte de las tres mujeres prostitutas y viciosas Hispanas, no quitaba el sueño a los investigadores.

Terminadas las diligencias de levantamiento de cadáveres, necropsias de Ley y la identificación de los cuerpos, los Agentes dedicaron sólo una semana para tratar de aclarar los homicidios, siguiendo la rutina establecida para estos casos: buscar testigos, huellas, evidencias, elaboración de retratos hablados — en su caso— y su difusión, tomar declaraciones, checar videos de seguridad, presionar a sus soplones, interrogar a familiares y amistades de las víctimas, pruebas periciales de balística, revisión de modus operandi (forma de actuar) en la Base de Datos de sus computadoras, cruzar información con otras dependencias del Gobierno, como Tráfico, Migración, Seguridad Social y Privada, Bancos, Hipotecarias y Tarjetas de Crédito, terminando por elaborar su Informe y cerrar el caso. Next (siguiente), diría el Comandante, ordenando remitirlo al archivo, junto a otros expedientes no aclarados.

Para Coodlidge Westwood III, no pasaba desapercibido el fuerte y silencioso sentimiento de amor que la Collins profesaba al Doctor Samper. No entendía que una mujer pudiera soportar tanta indiferencia y hasta desaires de su Jefe. Por otra parte lo consideraba un tipo inferior, que ocupaba el alto cargo dentro del Hospital, según él, por influencias y servilismo. Lo había visto actuar frente a los Directores y estaba convencido que aparentaba algo que no correspondía a la realidad.

¿Por qué no entendía el miserable doctorcillo que si le daba la gana podía ponerlo de patitas en la calle? Varias veces se quejó con su padre, "Cody" Westwood II pidiendo su cabeza, a lo que increíblemente, el viejo se negaba a intervenir. En el fondo, "caballo salvaje", deseaba que el inútil de su hijito, "sufriera" un poco y se convirtiera en un verdadero hombre.

Siendo el Jefe, Samper exigía a Westwood eficacia colmando su paciencia, pues a diario le reprendía por sus errores y falta de dedicación en el trabajo, llenando de notas malas el expediente del tipo.

La antipatía natural fue aumentando día con día, para convertirse en creciente envidia y odio hacia el Doctor Samper. Ya tendría ocasión de vengarse, castigando al desgraciado.

Westwood III comenzó por acercarse a Melba. De vez en vez, la miraba y le sonreía. En ocasiones, buscaba coincidir con ella en la cafetería del Hospital a la hora del lunch invitándole una dona o un vaso con jugo de frutas.

Melba estaba fascinada, pues nadie en el trabajo le había dispensado atenciones, así que en poco tiempo, hizo amistad con el apuesto caballero encargado de la proveeduría y pagos del Departamento de Cirugía.

A poco andar, le confió algunos pequeños secretos de su trabajo junto al Doctor Samper, que ella consideraba intrascendentes y hasta divertidos, como aquella vez que entró de prisa y le dio un portazo en plena cabezota al Médico, que requirió una gran bolsa con hielo para bajar la hinchazón, o cuando en horas inhábiles, encontró en la sala de descanso a dos enfermeras jóvenes dando masaje completamente desnudas a su Jefe, hasta ese día — ante sus ojos — ícono de la moral y las buenas costumbres.

Relajada, la Collins no se dio cuenta del siniestro brillo en los ojos de Westwood.

Unos días después, recibió halagada, la invitación para cenar. Acordaron el viernes siguiente y la llevó a un sitio encantador, lleno de flores, en el barrio de Soho.

La zona del Soho, se llama como el mismo barrio de Londres, Inglaterra, pero en Nueva York es un conjunto de exclusivos restaurantes, galerías de arte, boutiques y costosos departamentos que habitan ejecutivos jóvenes de prósperas compañías, que gustan de la "Bon Vivant" (la buena vida), conocidos como los "Yuppies".

A principios del siglo pasado, el barrio era conocido como "Hell's Hundred Acres" (Los Cien Acres Infernales) que albergó varias fábricas de hierro fundido, convirtiéndose después en vecindario de rentas baratas para artistas de medio pelo.

Esta zona actualmente restaurada, está situada en "South of Houston Street" (al sur de la calle Houston), de allí su nombre SOHO.

Westwood se las ingenió para que la casi otoñal hembra se sintiera a gusto, corriéndole atenciones que la pobre mujer no había tenido nunca. Al terminar la cena le compró un rojo clavel ofrecido por una anciana, pagándole con un billete de cinco dólares, regalando el cambio a la vendedora. El detalle fue apreciado por Melba Collins, que le reveló la bondad de su anfitrión.

No pasó mucho tiempo para que hablara más de la cuenta. Solitaria como era, no tenía oportunidad de conversar con nadie, pero ahora tenía un amigo que le escuchaba con toda paciencia. Así que cada vez aflojaba más la lengua. Hasta que sucedió lo previsto, la Collins se desbocó y ya no tenía secretos para su nuevo amigo.

De esta forma, obtuvo no sólo informes de las actividades profesionales y personales del Doctor Samper, sino también copias de documentos confidenciales como Estados de Cuenta del Banco, de sus Tarjetas de Crédito, cartas de sus amiguitas y reportes Médicos del Hospital.

Varias noches, analizaba los documentos en su poder, tratando de hallarle alguna evidencia culposa. Dicen que "el que busca, encuentra" y Westwood III tuvo su recompensa. Y de qué modo, por fin tenía la oportunidad de joder al antipático, prepotente y odioso Jefe.

Georges Samper, Jefe de Cirugía del New Hope Hospital, trece meses atrás protegió por amistad, a un Médico Cirujano Plástico que había modificado las facciones de la cara de un prófugo de la Justicia Mexicana.

Tarde se habían enterado, que el paciente era un criminal que en su Patria, practicaba abortos clandestinos. Durante la anestesia, gozaba introduciendo a las infortunadas mujeres que caían en sus manos, toda clase de objetos por anos y vaginas, para "aliviar" por momentos su impotencia sexual crónica.

El hijo de la gran puta era un impostor, falsificando Títulos y Grados para dar confianza a sus víctimas. Había "estudiado" únicamente dos años en la Escuela de Medicina Veterinaria donde lo dieron de baja con deshonra, resultando un verdadero carnicero que en muchas ocasiones vio morir desangradas a las desdichadas mujeres.

Durante el procedimiento, les tomaba fotos y videos que vendía en el mercado porno de Internet.

Los Jueces habían emitido sentencias contradictorias de inocencia y culpa en las dos Instancias, pero al final la Corte Suprema declaró No Culpable al Cirujano Plástico, poniéndolo en libertad, aunque el Hospital le pidió su renuncia para evitar mayor escándalo.

Hubo sin embargo, sospecha de complicidad. El Doctor Samper, Jefe de Cirugía del New Hope Hospital asombrado por la grave omisión que cometió su amigo, sustrajo el formulario que contenía los datos de identidad, trabajo y procedencia, tratando de minimizar la falta que permitiera al amigo, tener alguna defensa.

En efecto, la parlanchina Melba Collins confió al Doctor Westwood III que los antecedentes del paciente, el tipo de operación de la cara, ocupación y lugar de procedencia, debieron ser confirmados y hacerlos del conocimiento de la Superioridad para su investigación.

Una de las consecuencias de los ataques terroristas de Septiembre 11, fue la Creación y Reforma de diversos Ordenamientos como la Ley Patriota y otros, con Estrategias y Procedimientos que endurecieron los Controles establecidos en Puertos, Fronteras, Aeropuertos, Espacios Aéreos, Marítimos y Terrestres en toda la Nación, extendiéndose hacia toda clase de Autoridades, Instituciones y Empresas.

Tratándose de Cirugías Plásticas para cambiar total o parcial el aspecto físico de las personas, era obligación de los Médicos y Hospitales poner en conocimiento de las Autoridades: El Expediente Médico completo y fotografías de frente y perfil que mostraran El Antes y El Después de los pacientes, porque los peores asesinos y terroristas deseaban nuevos rostros para evitar ser reconocidos y arrestados por la Justicia.

Cuando los Detectives que lo perseguían, penetraron a la Suite del Hospital para detener al recién operado criminal, hubo un pequeño escándalo, pues los agentes lo sacaron vestido con pijama, bata y pantuflas por la puerta principal, con vendajes en la cara y la cabeza cubierta por una toalla.

Al Cirujano Plástico, otro grupo de Agentes, lo aprehendió en su consultorio del piso 8, quien enterado de los cargos, no presentó resistencia. Sólo pidió le permitieran dar aviso al Doctor Georges Samper, su Jefe, pues tenía varios pacientes intervenidos y no podía dejarlos así.

Todo ello le contó una Melba Collins cada vez más amargada y desilusionada de Samper, que incorregible, seguía manteniendo aventuras amorosas con todas las hembras que podía, ¡menos con ella!!

Con la información proporcionada por la señorita Melba, el Abogado del Doctor Coodlidge Westwood III no tuvo problemas para acceder al voluminoso expediente del caso.

Los cargos formulados al Cirujano Plástico, amigo y compañero de estudios del Doctor Samper en la Universidad, las Actas de las Sesiones del Comité de Honor del Hospital, las Discusiones y Acuerdos del Consejo de Directores, las Investigaciones y Alegatos de la Fiscalía, de los Abogados Defensores, las Sentencias de los Tribunales, los recortes de los Diarios, todo, estaba allí, a su disposición.

En su lujoso departamento de la Trump Tower, el Doctor Westwood III rumiaba su revancha.

Le acompañaba su Abogado de planta encargado de arreglarle sus problemas: líos de tráfico, arrestos por conducir ebrio, insultos a la Policía, riñas en bares de postín, acusaciones por violación y de paternidad, que nunca llegaban a juicio por las jugosas cantidades de dólares entregadas en compensación.

— ¿Qué quieres hacer con esta información? — inquirió el amanerado Jurisconsulto cruzando la pierna.

— Quiero vengarme del Doctor Georges Samper, quien es mi Jefe sólo por sus lambisconerías — mintió Westwood

— No sabes las humillaciones que he tenido que soportar. Es un bellaco. Quiero verlo en prisión, ¿has oído? ¡En la CÁRCEL!

— ¿No es más fácil despedirlo del Hospital? — opinó el Consejero.

— Ya lo he intentado varias veces, pero mi viejo cabrón no ha querido mover un dedo para apoyarme. El muy tonto todavía cree en Santa Claus.

— Mira que pedirme que me parezca y haga todo como él, ¡es un desperdicio de vida! Pero está aferrado y quiere que yo empiece desde abajo. ¡Como idiota! A veces me da lástima el pobre anciano, a sus años y sigue trabajando. ¡No ha podido vivir nada! En confianza te digo, que si no fuera por los miles de millones de dólares que voy a heredar, ya lo hubiera mandado ¡a la chingada!! Ja, ja, ja, — exclamó Westwood.

— Se me ocurre que voy a filtrar información a la prensa por conducto de otra persona de mi confianza — dijo el Letrado — con copia a la Fiscalía de Distrito en forma anónima, aunque debo decirte que de este modo es difícil que actúen, es más efectivo si alguien testifica.

— Tengo a la persona indicada — dijo entusiasta Westwood, pensando de inmediato en Melba Collins — es la Asistente Principal de Enfermería y brazo derecho de Georges Samper. La admiración que le tuvo se convirtió en desprecio, ¡estoy seguro que comparecerá!! ¡Aleluya!.

— En tu lugar le regalaría una nueva casa para asegurar su valiosa cooperación, ¿de acuerdo? — finalizó el Consejero Legal, encendiendo un carrujo de mariguana Golden.

— Desde luego que sí — aclaró Coodlidge — siempre ha querido vivir en los suburbios, pero además te encargarás de depositar en su cuenta bancaria quinientos mil dólares como seguro de vejez y su silencio, inclinándose sobre la mesa para inhalar una línea de cocaína.

—Además, una sorpresa para ti: te acostarás con ella digamos como un Bono especial, aunque debas apartar telarañas para llegar a su cosita, ja, ja, ja, ja.

— Eres un perfecto pendejo — dijo el Abogado, continuando metiéndose drogas y alcohol los dos cabrones toda la noche, hasta embrutecer.

Ajeno a lo planeado en su contra por el par de viciosos, el Doctor Samper seguía las rutinas, alteradas ahora por la inesperada presencia en su vida, de Mireille.

Tenía semana y media de pensar en ella con una frecuencia tal, que por vez primera olvidaba consultas programadas a pacientes que acudían a seguimiento postoperatorio.

El dilema sobre cortejar a la novia de su amigo o hacerse a un lado por doloroso que fuera, estaba acabando con sus nervios.

¿Qué era lo correcto? "Tan bueno el Pinto como el Colorado", reza un refrán Mexicano que Samper había escuchado muchas veces de parte de su clientela de ese lugar.

Esos eran Kadir y Georges. Enamorados de cuanta mujer bonita conocían y como buenos rivales deportivos, varias veces habían luchado por conseguir el amor de alguna chica conocida por ambos, con victorias a veces para uno, a veces para el otro.

Era posible que el marcador estuviera empatado entre los dos jóvenes, así que la competencia podría continuar, decidió Georges y que ¡gane el mejor!!

MEXICO CITY

"Uno" llegó a la ciudad. El vuelo regular de la línea aérea se había retrasado por casi dos horas, razón por la que necesitaba tomar alimento. Acostumbrado al lujo y refinamiento de los grandes restaurantes, tuvo el antojo de comer típica comida local, hallando un establecimiento donde preparaban una pila de carne de cerdo ricamente condimentada que giraba despacio hacia un quemador a gas, despidiendo un aroma delicioso. Como ciudadano de Mundo que era, consideraba que el consumir carne de cerdo, no lo haría ni más bueno ni más malo de lo que era, rechazando, como en otros temas, las prohibiciones impuestas por Religiones, escritas por hombres comunes y corrientes que nada tenían de divino.

El devorar los "tacos" le causó un doble placer, pues aparte del sabor exquisito que hacía tiempo no probaba, observaba con interés las torneadas pantorrillas de una comensal próxima. La mujer de unos 26 años, estaba como él, fuera de lugar. Vestía un traje sastre azul marino de falda corta, blusa blanca de escote alto, que ocultaban unos senos turgentes luchando por salir a respirar aire fresco.

Divertido por sus apreciaciones, no advirtió al sujeto de aspecto oriental que tomó asiento a su espalda, quien sacando de entre sus ropas un filoso cuchillo, lo colocó con precisión en su garganta al tiempo que sujetándolo del brazo lo conducía fuera del local, emitiendo sonidos incomprensibles. Permaneció quieto, sentía el filo del arma presionando sobre su piel, sin reaccionar con violencia, porque bien pensó que si la intención era matarlo, ya lo habría hecho; bastaría un solo movimiento y estaría degollado, sangrando a borbotones como animal en rastro de carnes, por lo que accedió a darle su cartera y reloj, creyendo un vulgar atraco. En una décima de segundo, el asaltante tomó las prendas mirando los billetes aflojando un poco la presión del cuchillo sobre el cuello, tiempo suficiente para que "Uno", con enérgico y ágil movimiento — digno de un cinta negra como él — torció la mano del oriental con fuerza para llevar el punzante instrumento hasta el bajo vientre, clavándolo en el muslo izquierdo cerca de la ingle del ladrón, quien lanzando un chillido cayó de bruces.

La extraña mujer aprovechó la confusión y los gritos de la gente para esfumarse, recogiendo la billetera y el reloj caídos, deslizando una tarjetita al mesero acompañada de un billete de 10 dólares con instrucciones de entregarle junto con los objetos al desconocido caballero que evitó el asalto, orden que el empleado se apresuró a cumplir.

"Uno" agradeció el detalle obsequiando dos billetes de 50 dólares en pago de la cuenta y gratificación, saltando ligero hacia el pasillo de mayor tráfico, fundiéndose con una masa de pasajeros, desapareciendo al momento.

El taxi lo dejó en Antara, un lujoso Centro Comercial al poniente de la ciudad. Cuando el auto se alejó lo suficiente, salió por la otra puerta, caminó un par de calles a la derecha, torció una hacia la izquierda y se detuvo en una caseta de teléfono simulando una llamada, vigilando atentamente, se convenció que nadie lo seguía, abordó un vehículo de alquiler y le indicó el distante Centro Comercial Santa Fe, a 5 kilómetros al oeste. Bajó del coche de alquiler y se introdujo a una tienda departamental donde compró un traje nuevo azul marino, una camisa blanca y una corbata gris a rayas, de marcas comunes y corrientes. Se metió al vestidor para cambiarse y leyó la tarjeta que el mesero le había hecho llegar. No le sorprendió que estuviera escrito con recortes de prensa:

CO— 14   55584331090
María

Arrojando la bolsa conteniendo el conjunto deportivo que vestía al recipiente de basura del almacén, se trasladó al sur de la ciudad. Hotel Radisson, de alto precio pero accesible donde a nadie le llamaría la atención. Resultaba más fácil identificarlo y localizarlo si estuviera alojado en un hostal barato, pues su presencia, solía no pasar inadvertida en lugares así.

Se conservaba fuerte y atlético. Hacía ejercicios todos los días por espacio de 30 minutos, estuviera donde estuviera, con alimentación moderada y la ingesta de líquidos; los tacos Mexicanos del mediodía, fueron un exceso calculado.

Procuraba mantener bajo perfil. Por lo general amable, nunca conversaba más de lo necesario. No formulaba ni contestaba preguntas, y las pocas veces que lo hacía, tenía respuestas convincentes que en la mayor parte de las veces, eran mentiras.

Su verdadero nombre era Kadir. Los antepasados de su Padre fueron descendientes de Turcos Selyúcidas, nativos de Izmir (Esmirna), que trabajaron en fábricas de acero, pieles, cueros y textiles, labores que conocieron a la perfección, terminando por mezclarse con los Judíos Españoles Sefarditas, que muchos años después, huyendo de las guerras, iniciaron un silencioso éxodo hacia el Nuevo Continente, acompañados por numerosos Españoles Republicanos y Libaneses, que en México fueron oficialmente bienvenidos por su entonces Presidente, General Lázaro Cárdenas.

La denominación Sefardita, Sefaradita o Sefaradí, se aplica a los Judíos que poblaron España, (Sefarad, Lejano) y descendientes hasta la actualidad. Las comunidades más grandes vivieron en Sevilla, Segovia, Barcelona, Toledo y otras ciudades Hispanas.

Como es conocido, a mediados del siglo XV, España expulsó a los Judíos que se dispersaron al Mediterráneo, Los Balcanes y Asia Menor, con asentamientos importantes en Istambul, Izmir, Salónica, Belgrado, Bucarest, Alexandria y otras ciudades del Imperio Turco. Por ese tiempo, la Iglesia Católica desató la criminal persecución Religiosa por Europa y sus Colonias en América, operada por la llamada "Congregación para la Preservación de la Doctrina de la Fe", que en realidad era un espurio tribunal responsable de castigar a los acusados de herejía y brujería, confiscando sus bienes materiales, enviando, "en el nombre de Dios", a los infelices a la hoguera y ser quemados vivos para su "purificación".

La familia de Kadir, liderada por su abuelo Hillak, valoraba las acciones de Kemal Atatürk, líder y patriota que transformó el régimen político de Imperio absoluto a República democrática, proyectando a Turquía a la modernidad; se estableció en un pequeño pueblo llamado Atlixco, perteneciente al estado Mexicano de Puebla, dedicándose en pequeña escala, a los negocios de textiles y pieles de vacuno en lo que eran verdaderos artesanos, fabricando tapetes, ropa, calzado, sillas de montar, cinturones, suéteres y otros artículos. El padre de Gregor, pronto se dio a conocer como productor de toda suerte de fornituras Militares, fundas para pistola y botas para el Ejército, de gran calidad.

A principios del siglo XX, estalló la Revolución que costó un millón de muertos, iniciando con el levantamiento armado de Francisco I. Madero y la renuncia del Presidente de México General Porfirio Díaz Mori, quien en noble y patriótico gesto, prefirió entregar el poder para evitar un baño de sangre entre los Mexicanos. A bordo del vapor "Ipiranga" salió del puerto de Veracruz con destino a Francia. Dice la historia que en su partida, fue objeto de una multitudinaria y afectuosa despedida por parte de un gran número de hombres y mujeres, que no obstante su dictadura de 30 años, reconocían que pacificó y modernizó al País, realizando importantes obras en puertos, ferrocarriles, carreteras, puentes y fábricas.

Al triunfo de la Revolución Mexicana, se consolidaron varios caudillos, como Emiliano Zapata, Venustiano Carranza, Álvaro Obregón y el famoso Doroteo Arango, alias Francisco (Pancho) Villa, quien invadió por primera vez el suelo de la orgullosa nación de los Estados Unidos de América, en su ataque a la ciudad de Columbus. Por ironía del destino, cuando el dictador Díaz partió al destierro México vivió los peores momentos de su historia. La ambición desatada entre los Jefes Revolucionarios ocasionó terribles traiciones, asesinatos políticos y una guerra civil que desgarró al País entero, sumiéndolo en gravísimos problemas.

Gregor, el padre de Kadir, había aprendido los principios básicos de la comunicación por radio por mera afición a una tecnología naciente. Sin embargo descubrió que tenía facultades y conocimientos para entender y descifrar la clave Morse del telégrafo y la incipiente radiocomunicación, por lo que se alistó en el Ejército Mexicano en la Escuela de Ingenieros Militares, donde aprendió sobre explosivos, minas, manejo de toda clase de armas, artes marciales, construcción de caminos, puentes, trincheras y servicios de Inteligencia Militar.

No fue difícil para él enseñar y entrenar a su vástago, quien a sus diez años sabía disparar, desarmar y limpiar los viejos fusiles Mauser de fabricación Belga y la pistola tipo escuadra Colt Government calibre .45 de manufactura Norteamericana, reglamentaria del Ejército Mexicano.

Gregor se retiró del Activo, no sin antes haber servido al Ejército en las Comandancias Militares de los estados Mexicanos de Jalisco, Michoacán, Guanajuato, Sonora, Durango, San Luis Potosí y en la capital de la República, adscrito al Ministerio de Relaciones Exteriores como Consejero Militar del Consulado de México en New York.

El pequeño Kadir escuchaba extasiado los relatos de su padre sobre las historias que le contara el abuelo. Cuando se creyó que la Nación Mexicana estaba en paz, nuevamente parte del País se tiñó con sangre. Las tropas del Gobierno Federal libraron tremendas batallas hasta vencer a los rebeldes "Cristeros", que se habían levantado en armas defendiendo la libertad Religiosa hasta rayar en el fanatismo, azuzados por clérigos que veían amenazado su gran poder que los gobiernos postrevolucionarios habían limitado y hasta prohibido. La Iglesia, rezagando su misión espiritual, se dedicó al terrenal sistema de acumular riquezas, propietaria de bienes inmuebles, ranchos, bancos, industrias y negocios, gozando de gran influencia política y social.

Quedaba impresionado de la gran cantidad de muertes, envidias, traiciones, crímenes y toda clase de podredumbre humana, pues hasta los religiosos seguían engañando, matando con lujo de crueldad, tal vez recordando que muchos años atrás, atormentaron y asesinaron a muchísimas personas en el tiempo de la "Santa Inquisición", vil mancha en la historia de la Iglesia Católica, que hasta el Papa mismo ha pedido perdón varias veces.

Como Mexicano, cumplió con el Servicio Militar, obteniendo el Permiso de las Fuerzas Armadas para realizarlo en el Primer Regimiento de Infantería de Marina, acantonado en la Ciudad de México. Tenía 17 años de edad y la razón para alistarse antes de cumplir los 18 años, fue su inquietud por tener la Cartilla Militar con la que pudieron otorgarle Licencia de Conducir para Automóvil.

Su gran afición por aprender todo lo relacionado con la Milicia, lo hizo disfrutar como pocos, los duros ejercicios de entrenamiento. El Cuerpo de Infantería de Marina tenía el dogma de ser los "Primeros en Llegar, Últimos en Salir".

Siempre recordaría con emoción, el día que el Comandante les habló de la Élite de las Fuerzas Armadas: El Batallón de Asalto. Y cuando solicitaron voluntarios, fue de los primeros en apuntarse. El entrenamiento fue muy completo desde conocer, desarmar, limpiar y armar el fusil, prácticas de tiro, acondicionamiento físico con caminatas y carrera a campo traviesa, técnicas de supervivencia, maniobras pecho a tierra en el lodo de los cerros y barrancas de la carretera a la ciudad de Toluca, el escalar rocas y el descenso a rappel utilizando cuerdas que con la fricción, no pocas veces quemaban la palma de las manos, karate y combate cuerpo a cuerpo con cuchillo, sable y bayoneta calada.

Y cuando terminaban los ejercicios, las faenas de los arrestados, que siempre había, para guardar el armamento en cajas de madera rústica, subirlas a los transportes y al llegar al cuartel, lavar cristales o letrinas. Pero la recompensa era enorme. El sentimiento de estar cumpliendo con algo importante para sus vidas y para la Patria, era reconfortante, así como la atracción de las amigas hacia el Uniforme de Soldado y qué decir del Uniforme de Gala, usado para las ceremonias y desfiles. Él y sus compañeros de Sección, hacían chuza en los bailes.

Siempre quiso continuar en el camino de las Armas y pidió repetidas veces ingresar al Heroico Colegio Militar, alentado por su Padrino, un General de División compañero de Armas de Gregor, su Padre, quien siempre se opuso con energía y sólido apoyo de Doña Lolita.

Las cicatrices que ganó en el Batallón de Asalto, los juegos de Fútbol Americano y peleas callejeras con pandillas, lejos de causarle complejos, le hacían sentirse cómodo en las reuniones en albercas y playas pues le favorecían con las mujeres, que infalible, preguntaban por la causas, dando pie a explicaciones románticas, no siempre ciertas, con el propósito de impactar a las chicas extranjeras, especialidad de Kadir y sus amigos.

Sentado en un confortable sillón de cuero color marrón, Kadir disfrutaba de una deliciosa taza de café de Cuetzalan, hermoso villorrio del estado de Puebla, que tenía excelente fama en el mercado. Gustaba de beber ese café. Le recordaba la tierra donde nació su madre, hija de Don Agustín, su abuelo, rico terrateniente de ascendientes Hispanos, que mezclaba en una sola tienda toda clase de abarrotes y ultramarinos, artículos de ferretería y telas. Vendía además café en grano y molido, proveniente de sus fincas cafetaleras. Tenía también la primera fábrica de refrescos embotellados de la región, producción que alcanzaba para la época, la fabulosa cantidad de cien cajas diarias con veinticuatro botellas de cuarto de litro, sabores de limón, naranja, piña y el novedoso sabor de café, mismo que resultó un fracaso, pues a la gente le agradaba disfrutar el café caliente.

Todos esos recuerdos, los tenía presentes. Quería muchísimo a su madre Doña Lolita, que le contaba todo el pasado, a quien admiraba por su bondad y que no obstante su aparente fragilidad, poseía una gran fortaleza física y moral, a prueba de bombas. Era una dama fervientemente religiosa, educada en el seno de una familia Española, donde la Iglesia era importante. Allá, en donde las escuelas, hospitales y hasta los tribunales, eran religiosos.

Ella le enseñaba sus oraciones y le hablaba de la vida de los Santos a Kadir, que nunca creyó en su totalidad. Le fomentaba los valores universales de paz y bien, del perdón a los enemigos, a desterrar el odio y la venganza de los corazones, el amor al prójimo, cosa que el muchacho cumplía con toda puntualidad al tratarse de prójimas.

Se desempeñaba con éxito como Contador Público Auditor en la prestigiada Firma Internacional "Hartford, Mellon & Fletcher" con sede en la ciudad de Nueva York. Al mismo tiempo cumplía — con la eficacia de un reloj suizo— con los "Contratos" que la Fundación Weitzner le asignaba, cobrando elevados honorarios.

Su más reciente "trabajo" había sido sin cobrar, pero muy gratificante.

Conoció de la inmensa crueldad del Sheriff Don Jaworski, quien al frente de sus hombres atrapaba docenas de inmigrantes Mexicanos que intentaban penetrar en los Estados Unidos por la frontera de Arizona. Su maldad no tenía límites. No sólo pisoteaba los elementales Derechos Humanos sino que aplicaba torturas físicas y mentales a los pobres desventurados que caían en sus manos. Jaworski gozaba de una gran popularidad, había sido reelecto por quinta ocasión y su pasatiempo favorito era la cacería de indefensos seres humanos.

Cada semana en su Condado, invitaba a pequeños grupos de prósperos granjeros a participar en las matanzas de personas que de manera ilegal cruzaban la frontera en busca de trabajo, cobrándoles eso sí, diez mil dólares por cada Mexicano muerto.

Además, obtenía buen dinero por la "venta" de niñas y jovencitas a pederastas y burdeles. Para su personal satisfacción cada semana seleccionaba una, a la que azotaba y violaba, cometiendo los más atroces abusos sexuales contra ella, terminando por asesinarla y enviarla al incinerador.

Jaworski era un hombrón hijo de emigrantes polacos, de

1.95 metros de altura y casi 130 kilos de peso. Podía tener entre 48 y 55 años de edad, calvo, de nariz enrojecida por el abuso del alcohol y grandes orejas que le habían ganado en la escuela el apodo de "Dumbo", como el elefantito volador de los cuentos, sobrenombre que le molestaba mucho y a los pocos que lo habían dicho en su cara, les costó fractura de nariz...

Sonó la alarma de su reloj y dio un respingo. Decidió posponer sus recuerdos y concentrarse en la entrevista. Había llamado a "María". La dirección acordada era en el Centro Histórico de la ciudad. Para allá se dirigía, pero pensándolo mejor, calculó el riesgo de entrar en terrenos desconocidos y caer en una trampa.

La reunión se daría en el sitio señalado por él, cuidando de llevar una leontina — cadena que sujetaba el reloj de bolsillo— que hoy parecían anticuadas, usadas por los caballeros elegantes en la época de los años 20's hasta los 50's. En su caso, la leontina era un arma mortal.

Mandada a fabricar en Alemania, el metal era un acero al alto carbono, capaz de resistir un esfuerzo de hasta cien kilos sin romperse, además de que el reloj constituía una esfera que al golpear, brotaban finos dientecillos que se hundían con facilidad entre la piel, provocando múltiples cortaditas que dolían y sangraban. Un golpe en el cuello, pudiera seccionar finamente la arteria yugular y cercenando los párpados del oponente, podía dejarle ciego.

El bolígrafo, contenía un mecanismo de aire comprimido que escupía lancetas — como pequeños alfileres— impregnadas de cianuro que penetraban hondo en el tejido corporal, haciendo circular el veneno en el torrente sanguíneo a gran velocidad.

Por último, su querido reloj de pulso Rado, había sido modificado y manipulando los botones en una secuencia de tres toques lentos, dos rápidos, cuatro lentos y uno rápido, se convertía en una pequeña granada de fragmentación que detonando cerca del adversario, podía causar daño suficiente para ponerlo fuera de combate.

Caminó dos calles e hizo señas a un taxi. Pidió que lo dejara en el Hotel Nikko. Se trasladó a pie, al cercano Hotel

J.W. Marriott.

Hizo una llamada del hotel. La cita sería ahí, en su terreno, a lo que "María" se opuso tenazmente.

— Es gente muy importante — dijo la mujer— y por lo que vas a cobrar, bien podrías venir al quinto infierno

— sentenció.

— Escucha linda — dijo con firmeza — Es a mi manera o no hay nada. ¿Has entendido? No he sido yo el que busca empleo, ustedes me contactaron, ¿recuerdas? Si no estás aquí en el bar en 40 minutos, me iré de la ciudad. ¿Está claro?

— OK — respondió "María"— espero lo valgas — Y cortó la comunicación.

En el exclusivo bar del hotel, Kadir pidió lo de costumbre. La hermosa vista del Bosque de Chapultepec y del Castillo, imponía un sello de paz y tranquilidad. La fortaleza muy bien conservada de Arquitectura Ecléctica, combina el estilo Neoclásico, Colonial Español y Art Nouveau, encerrando una intensa historia. Había sido Palacio Presidencial, bastión Militar y ahora Museo. Fue residencia del Emperador Maximiliano de Habsburgo con su joven y bella esposa Carlota, durante el breve tiempo en que, parte de los Mexicanos decidieron ser gobernados por un Noble traído de Austria

apoyado por el ejército Francés de Napoleón III.

La aventura Imperial preparada por el Partido Conservador, sufrió su primer descalabro el 5 de mayo de 1862, cuando las tropas Mexicanas al mando del General Ignacio Zaragoza derrotaron en la Batalla de Puebla al ejército Francés, considerado en esa época como de los mejores del Mundo.

¡Las Armas Nacionales se han cubierto de Gloria!, fue el mensaje que el General Zaragoza envió al Presidente Benito Juárez.

Fue increíble cómo un Ejército compuesto por indígenas de Zacapoaxtla, ciudadanos, obreros, campesinos y tropas regulares, pudieron vencer a los disciplinados y bien pertrechados soldados Franceses, encabezados por los temibles Zuavos, fieros batallones de infantería con fama de invencibles. Pero al final, el valor y coraje de los Mexicanos se impuso. Fue la primera batalla de una guerra que México ganaría hasta 1867, cuando el Imperio fue derrotado para siempre, terminando con el fusilamiento del Emperador y de los traidores a la Patria. Un General, antepasado de Kadir por parte de su Madre, había sido el Fiscal Militar en el juicio de Maximiliano, Miramón y Mejía.

Se había consumado la libertad y la Justicia… sumergido en estas reflexiones, "Uno" consumió los últimos minutos antes de su reunión.

Cinco minutos después apareció la rubia, recordaba muy bien

sus hermosas piernas, ahora enfundadas en un pantalón negro muy ajustado sostenido por una cadera perfecta, mostrando una franja de piel blanquísima de la esbelta cintura adornada por un ombligo — también perfecto — con un pequeño piercing de diamante.

Una chamarra deportiva roja que ostentaba el logo del hotel Mirage de Las Vegas, cubría la camiseta amarillo canario con un bordado en lentejuelas blancas y rojas en forma de flor que, pensó el Auditor, era una verdadera prisión para sus senos, ya conocidos por él fugazmente en el aeropuerto. Lo saludó con familiaridad y un roce de labios en su mejilla.

— Hola señor misterio — habló provocativa "María".

— ¡Qué tal preciosa! ¿Vienes sola?

— Claro que no, después de ver lo que hiciste al pobre chino sería una locura — dijo riendo.

— Mis compañeros y yo creímos conveniente tomarnos esa copa que nos has ofrecido en una suite que hemos alquilado ya mismo. Espero que no tengas inconveniente.

— ¿Les han asignado ya la habitación? — preguntó, alias "Uno".

— Supongo que sí, los dejé en el Lobby — dijo la hermosa.

— Estoy de acuerdo, pero me ocuparé que nos cambien de suite. No quiero sorpresas de micros y esas cosas — adujo el Auditor.

— Como quieras — dijo sonriendo— ¿vamos? — Y sin más lo tomó del brazo y se dirigieron a la recepción.

Allí los esperaban dos sujetos. El de mayor edad, era un hombre robusto de cabello cano con aspecto de ejecutivo próspero, a juzgar por su abultado estómago, era sin duda el Jefe.

El otro tipo de mandíbula cuadrada y ojillos inexpresivos debía ser el guardaespaldas. Parecía luchador de carpa callejera, se notaba incómodo con el traje y la corbata multicolor lo asfixiaba. El tipo parecía un "chile relleno", exquisito platillo de la cocina Mexicana, regordete y con apretado forro de una mezcla de harina y huevo.

"María" hizo las presentaciones y "Uno" pidió hacer el cambio de habitación de inmediato, cosa que el Jefe aprobó sin dificultad.

Subieron a la suite, instalándose en la salita.

— En este País, las Leyes no conceden valor probatorio a las grabaciones de audio. Aun así, quisiera tener esta conversación sin ropa, sólo en batas de baño. ¿Estáis de acuerdo? — dijo "Uno"— En nuestro negocio, señor mío, ninguna precaución está de más.

— "María", ¿quieres ordenar una bata más? El cuarto de baño ya tiene dos.

— Claro que sí — aceptó ella digitando el botón del teléfono whatever whenever (lo que sea, cuando sea.)

El gordo ordenó a su ayudante salir de la suite y vigilar la puerta, procediendo a servirse un whiskey doble en las rocas.

— Es autoservicio, sírvanse por favor.

"Uno" galantemente atendió a "María" quien sorprendida, le pidió vodka Belvedere con dos hielos, mismo trago que él se preparó añadiendo unas gotas de limón.

Cuando la mucama llegó con la bata faltante, habían charlado de cosas intrascendentes, procediendo a desnudarse en el cuarto de baño por turnos.

Así que en la suite, estaban reunidos el hombre gordo "José", "Uno" y "María". En un concurso de mentiras, los tres habrían asegurado por lo menos, un segundo lugar.

La junta se desarrolló rápido. "José" se limitó a explicar, que lo buscaron por recomendación de un Alto Ex Funcionario del Departamento de Justicia de los Estados Unidos.

La paga sería magnífica y los detalles se le proporcionarían en una próxima reunión en La Florida.

"Uno" no preguntó nada, adivinó con quién y dónde sería el encuentro. ¿Cuándo? Ya le avisarían.

"José" pasándose de listo, ordenó a su gorila escolta, seguir al pedante jovenzuelo, darle alcance, discutir con él por cualquier motivo, incluso golpearlo sin piedad. Necesitaba comprobar de qué estaba hecho el tipo.

La responsabilidad de contratarlo para el peligroso trabajo que preparaba junto con sus socios, hacía indispensable una demostración. De tal suerte, que si alguno de los dos muriera en el pleito, no importaría en lo más mínimo. Ambos eran desechables.

"Uno" salió en su camioneta por la puerta del estacionamiento de la Avenida Campos Elíseos. Al llegar a la esquina se detuvo prudente, para dejar paso a los automóviles en preferencia, cuando un fuerte impacto en la parte posterior lo lanzó hacia atrás. De no ser por el descansa nucas y el cinturón de seguridad, se hubiera lastimado en serio las vértebras cervicales.

Molesto con el imprudente conductor, salió del vehículo sólo para recibir un tremendo derechazo en pleno pómulo y una patada en el estómago que lo derribaron, ante la mirada atónita de conductores y transeúntes que se alejaban a toda prisa del lugar.

En el suelo, "Uno" se fortificó con sus piernas para bloquear un segundo puntapié lanzado por uno de los dos atacantes. Debilitado por la fuerza de los golpes, sacó de entre sus ropas el bolígrafo "especial" y sin dudar un instante, hizo escupir la lanceta envenenada en la cara del hampón, cerca de las comisuras de la boca que gritaba insultos al por mayor.

El segundo asaltante, sacó su revólver y disparó dos veces sin acertar, a un hombre que se movía en el suelo como una lagartija gigante, que de pronto apareció frente a él, oyendo silbar una especie de cuchilla que se incrustó justo en el ancho y grasiento cuello, cortando la vena yugular externa izquierda.

El delincuente no sintió nada en el momento, cuando la presión del finísimo chorro de sangre brotó como impulsado por una bomba de agua. Una fracción de segundo después, cayó al suelo entre espasmos y convulsiones, dándose cuenta de que estaba muriendo.

Limpió su leontina con el pantalón del muerto, en realidad era muy poca la sangre pegada a la delgada cuchilla. Abordó la Range Rover y se fue del lugar a velocidad moderada. A ocho calles del lugar, entró en un estacionamiento público y salió caminando para tomar un taxi. El chofer de su papá, recogería la camioneta unas horas más tarde.

Hay tantos hechos de violencia en las grandes urbes, que un par de muertos, más o menos, no hacen diferencia. Sobre todo, si tienen antecedentes criminales. Se puede afirmar que a la Policía le tiene sin cuidado.

"Uno" reflexionó. Lo habían puesto a prueba. Ahora que aprobó el examen, sintió tremendas ganas de conocer a los sinodales. Por supuesto que los vería en La Florida.

PRESCOTT, ARIZONA

El Sheriff Jaworski, acostumbraba salir a pescar los fines de semana. El sábado por la mañana partía de su casa muy temprano a bordo de la camioneta Ford Lobo color blanco, con el logotipo del Condado en ambas puertas.

En la amplia batea de carga, transportaba dos depósitos de gasolina de diez galones cada uno para su lancha, una Trophy Bay Boat 2101 especial para la pesca.

Por rutina, a las 8 a.m., pasaba a la gasolinera del kilómetro 3.5 de la carretera al lago Havasú para llenar el tanque de gasolina de su vehículo y los dos contenedores de combustible.

La razón por la que se abastecía siempre en esa estación, era la dueña, una joven recién viuda, que se había resistido al acoso del Sheriff durante varios meses, pero que a últimas fechas, aceptó tener relaciones con el patán, no por amor, sino por tenerlo de su lado, su entrega era por temor. Además, el ruin sujeto, nunca pagaba el carburante.

A seis millas de la estación de gasolina, la carretera serpenteaba entre unas lomas de montaña, que hacían disminuir la velocidad de los vehículos de las 45 millas de la carretera a 20 en el sinuoso tramo del camino.

Esa mañana, el Alguacil había acariciado las firmes nalgas de la viuda, prometiéndole al volver, un enorme pez que sería cocinado por ella como a él le gustaba, los lomos limpios a la parrilla, bañados en una salsa de aceite fino de comer con rodajas de ajo fritos y dorados.

Después, él se encargaría de hacerla gemir de dolor y placer, introduciendo la punta de su tolete golpeador en la vagina, antes de penetrarla como bestia con su inflamado pene. "Uno", se estacionó una media hora antes en un reducido saliente del camino, ocultando su vehículo tras una loma. Pecho a tierra, tras unos espinosos arbustos esperaba el paso de la camioneta blanca de Jaworski. La pronunciada curva en forma de pera, obligaba al conductor a reducir la velocidad para no derrapar en el camino y posiblemente volcarse. Aguardó con paciencia. El calor parecía derretirlo por momentos. Bebió agua del envase que portaba y continuó esperando, consultando su reloj. El Sheriff no daba muestras de aparecer. El francotirador se preguntaba si llegaría a su cita con la muerte.

El inconfundible sonido del cascabel de la serpiente, lo hizo voltear. Entonces la vio, enorme, majestuosa, dispuesta a morder. Como un relámpago, la víbora lanzó su ataque contra la pierna, hundiendo sus venenosos colmillos en el resistente cuero de la bota sin penetrarla.

Agradeció a Dios que el mortal veneno no llegara a sus carnes. De un salto, se incorporó golpeando al ponzoñoso animal con la culata del rifle, accionando el arma, sobre el ofidio, estallándole la cabeza con un certero disparo del Remington 700 de 5 cartuchos en doble hilera calibre 7.62 mm.

Tendido sobre la arena cubierto con ramas, el asesino profesional continuó su vigilia.

Veinte minutos después, la blanca camioneta apareció en el horizonte. La primera curva la tomó a velocidad inmoderada, haciendo chirriar los neumáticos.

Al aproximarse a la segunda el conductor disminuyó drásticamente la aceleración y circuló despacio por la cinta asfáltica, pasando frente a "Uno", que agachado no perdía detalle del vehículo.

Cuando la Ford Lobo se alejó a unos veinte metros, se incorporó y en posición de combate apoyó el arma sobre el bípode Harris, apuntó a través del visor Leupold táctico y disparó en dos ocasiones sobre los depósitos de gasolina, causando tremenda explosión con fuego, que consumió en pocos minutos la camioneta y al ocupante.

¡El Sheriff hijo de la gran puta, ardía en su infierno particular!

Cuarenta minutos más tarde llegaron al sitio los escuadrones de Policía y Bomberos.

El vehículo estaba calcinado en su totalidad. Los rescatistas solamente encontraron carne carbonizada irreconocible, los huesos, la estrella metálica del Sheriff, la hebilla del cinturón y el revólver .357 Magnum, deformados por el fuego.

Nunca se pudo establecer con claridad la causa del siniestro. Todo apuntaba a una fuga de combustible, que incendió el motor, ocasionando fenomenal estallido por la cantidad de gasolina que portaba el Sheriff en forma imprudente. Las potentes balas que atravesaron los bidones de combustible y la carrocería, como cuchillos la mantequilla, yacían bajo las desérticas arenas a buena profundidad.

A su funeral, sólo asistieron cinco personas incluyendo al Ministro y el enterrador, así de apreciado era entre su misma gente. Una de las presentes fue la joven y acosada dueña de la gasolinera que escupió sobre la tumba.

Los rancheros, cómplices del Sheriff, fueron los primeros en negar conocerlo.

Tras una investigación solicitada por la Cancillería Mexicana, los capturaron y sentenciaron a largos años en prisión.

La viuda vendió el negocio y se mudó a otro Estado.

La esposa e hija del pésimo elemento, que lo abandonaron años atrás, ni siquiera se enteraron.

MEXICO CITY

Por la sala de urgencias de la Cruz Roja había ingresado un desconocido, posiblemente ciudadano chino quien sufría una gran lesión en la pierna izquierda, cerca de la ingle. El filoso puñal que "Uno" le había clavado en la riña del Aeropuerto, partió en dos el suave tejido y penetró hondo las carnes, rompiendo la arteria femoral produciéndole abundante hemorragia. Los paramédicos, colocando torniquetes al herido en la ambulancia, habían logrado detener muy poco la pérdida de sangre.

Con los signos vitales bajos, llevaron al herido directo al quirófano quien terminó muriendo a los pocos minutos.

El inspector que acudió para hacerse cargo, interrogó a los Médicos, Enfermeras y Paramédicos. Todos declararon lo mismo. El hoy occiso, no había podido decir una sola palabra ni tenía identificación alguna, por lo que el Agente del Ministerio Público cuando finalmente llegó, con un bostezo ordenó el traslado del cuerpo a la morgue para la necropsia de Ley.

El Teniente de Detectives Francisco García, leyó el parte con desgano. La noche anterior trabajó hasta muy tarde y había reñido con su mujer, el hijo reprobó el examen final de Física y para colmo, su suegra estaba de visita. Así que haciendo a un lado el cansancio, huyó temprano del domicilio rumbo a la Comisaría.

El Informe lo había elaborado su ayudante, Gustavo Gutiérrez, conocido en el Cuerpo como "Gutierritos" — en recuerdo al sufrido personaje del Cine y la Televisión Mexicanos— quien siendo muy eficiente pero falto de carácter, era dominado por todos.

Como siempre, Gutierritos narraba los hechos con precisión matemática reparando en detalles que otros por supuesta simpleza, omitían. Llamó la atención del Teniente García, la parte: "¿qué hacía un tipo oriental sin documento alguno, armado de un cuchillo en el restaurante del aeropuerto? ¿Por qué habiendo varias personas de edad madura y algunas mujeres, escogió por víctima para asaltar a un hombre joven y corpulento, que a la postre resultó su asesino? ¿El tatuaje que mostraba en el pecho de una cabeza de serpiente entre el fuego lanzado por un Dragón, era sólo estético para el muerto o significaba que pertenecía a alguna organización criminal? La mujer elegante que presenció todo a decir de testigos, ¿quién era?, ¿en dónde se encontraba ahora? Y la más importante, ¿quién era el hombre atlético que desarmó y mató al asaltante?

Todas estas interrogantes molestaban a García, quien malhumorado, pidió a Gutierritos una taza de café bien tinto y su primer habano de la mañana.

El noticiero nocturno de la televisión, daba cuenta detallada de los peores acontecimientos del día. El conductor, un tipo soberbio y petulante, se lucía con ese tipo de noticias. Se podría decir que de los 60 minutos de programa, la mayor parte la dedicaba a presentar escenas sobre accidentes, homicidios, escándalos políticos, delitos, marchas, protestas, vandalismo y otras. La nota roja era su especialidad. Sentado en un mullido sillón giratorio, detrás de una mesa de cristal, todos los días informaba con voz chillona en cadena nacional a un público cautivo estimado en varios millones.

El tipo gesticulaba y representaba a la perfección su papel, muy bien pensado por sus superiores: con el Gobierno, un elogio y dos golpes, con los demás, sólo golpes.

El locutor siempre alarmista, parecía disfrutar del sufrimiento y la preocupación de los demás, mostrando los cadáveres calcinados en incendios o de personas semiahogadas por inundaciones, en una palabra, hacía de la noticia un festín.

Esa noche, narraba con supuesta emoción, la cobarde agresión a un ciudadano presumiblemente de origen chino en el Aeropuerto Internacional Benito Juárez de la Capital del País, mostrando su fotografía tomada en el depósito metropolitano de cadáveres, invitando a la audiencia a colaborar con las autoridades para su identificación y criticando con toda mala fe, la ineptitud de las Autoridades Aeroportuarias y Detectives, por no tener ninguna pista del crimen.

— Si usted amable espectador, sabe quién es el oriental, ayude a la

Justicia, llame a este programa, bla, bla, bla — concluyó López Durán, la estrella del canal de televisión con mayor audiencia.

Kadir miraba con interés la escena del levantamiento del herido y su ingreso al nosocomio. Le parecía extraño que la víctima en cuestión, lo hubiera atacado en la terminal aérea y más aún, que no pudiera ser identificado, pues López Durán había pregonado hasta el cansancio que las yemas de los dedos de ambas manos, habían sido quemadas con ácido hacía tiempo, borrando sus huellas digitales y su lengua, cercenada.

Inmerso en sus reflexiones, se quedó dormido. Mañana sería otro día.

En la esquina de las calles de Londres y Niza de la colonia Juárez, se levantaba un edificio que albergaba las oficinas centrales para México, Centro y Sudamérica, de una importante compañía transnacional, fabricante de las mejores cajas fuertes, puertas de bóveda para bancos, blindaje para vehículos, alarmas y otros equipos de seguridad.

Había asistido varias veces al frente de su brigada de Auditores y llegada la hora, casi siempre aceptaba la invitación de los directivos de la empresa para disfrutar de la buena mesa en los mejores restaurantes del barrio, conocido como la Zona Rosa.

En sus visitas de Auditoría a la fábrica Mosler, tuvo la oportunidad de conocer la producción de cajas fuertes y las imponentes moles de acero que hacían de las puertas de bóveda, una garantía de seguridad para proteger el dinero, valores, joyas y documentos de sus dueños.

Había escuchado de labios del Ingeniero en Jefe de la planta que en contra de la creencia general, las cajas fuertes y las puertas de bóveda protegían sus contenidos contra el fuego y en menor escala contra robo.

Las especificaciones de las normas internacionales y de la propia empresa cuidaban que los contenidos guardados resistieran temperaturas hasta de 1200 grados centígrados durante dos horas. Ningún incendio que se tuviera memoria podía alcanzar esos grados de calor de manera constante durante ese tiempo, pues disparadas las alarmas, el humo y las lenguas de fuego, servían de aviso a los cuerpos de bomberos, escuadrones de rescate y extinción de incendios. Pruebas de Laboratorios de prestigio

Mundial, certificaban lo anterior, que garantizaba a sus propietarios hallar intactos sus documentos luego del siniestro.

Otra cosa era la protección contra robos. Por lo general, se recomendaba a los clientes que el dinero, joyas y títulos valor, los depositaran en las arcas de los bancos y sólo dejaran en sus cajas fuertes y bóvedas caseras, documentos de propiedad raíz, libros de contabilidad, contratos y otros papeles que no interesaban a los ladrones. Por si fuera poco, los técnicos de la planta le habían mostrado cómo aperturar las cajas blindadas, sin conocer los números de la combinación. Por lo general, las personas que van a robar, tratan de atacar la cerradura, los goznes y la puerta misma, utilizando toda clase de taladros, herramientas y hasta explosivos en pequeñas dosis, sin saber que es precisamente el frente, el área más protegida. Un profesional, inicia su ofensiva por la parte de atrás de las cajas fuertes y por los muros tratándose de bóvedas, que con excepción de las bancarias, casi todas las paredes son de tabique y muy vulnerables al cincel y martillo.

Intentar abrir la combinación sin saber los dígitos, es punto menos que imposible, pues el sistema de apertura, posee de 3 a 4 discos con numeración del 0 al 99, que hacen millones de posibles combinaciones numéricas, aparte de que algunos modelos poseen mecanismos de relojería para abrir a determinada hora programada— terminó satisfecho su explicación el Ingeniero Zolliker, Jefe de Producción de la compañía.

El diario del mediodía hacía un sucinto relato en la sección Policíaca sin destacar demasiado la noticia del chino muerto. El comentario final del reportero llamó la atención de Kadir. El periodista afirmaba que el difunto no tenía consigo ninguna identificación, que las huellas digitales le habían sido borradas hacía tiempo y la lengua amputada — cosas que ya sabía por el noticiero de la noche anterior— pero había una última frase que lo dejó boquiabierto. El cuerpo presentaba un tatuaje extraño que nadie pudo identificar todavía. Nadie excepto el Auditor, que por la descripción y fotografía respectiva correspondía a un Dragón que con lenguas de fuego, quemaba a la gran Serpiente. El tatuaje de los antiguos Tong, formidables guerreros chinos de raíces antiquísimas, presuntamente extinguidos.

Los Tong surgieron como una organización criminal al servicio de los Emperadores. Eran reclutados, entrenados y fanatizados como soldados que no pertenecían al Ejército regular del Soberano, pero que actuaban a su servicio desempeñando los más sucios y crueles trabajos contra los inconformes que manifestaran rechazo o rebeldía para cumplir con la autoridad "divina" del Monarca.

La fórmula era muy simple. Si el Ejército regular sofocaba una rebelión, era necesario asesinar a cientos o tal vez miles de siervos en su mayor parte campesinos ignorantes. Esas acciones eran observadas por los pueblos vecinos, Mongoles, Tártaros y Japoneses, que sólo esperaban un pretexto para invadir China y hacer la guerra.

Con su Ejército clandestino — los Tong — el Emperador podía eliminar a sus enemigos y parientes, disfrazándolos como ataques de bandidos, sacrificando a uno que otro en la plaza pública, como escarmiento y acto de Justicia.

A cambio de los efectivos servicios de los Tong, el Tirano y su régimen les daban carta blanca para la producción y comercio del opio, prostitución, la extorsión y venta — o mejor dicho— el alquiler de protección a las familias nobles, que lo pagaban con grano, tierras o esclavas.

Tanto fue el poder que acumuló la Secta, que fuera de control arrasaban con Provincias completas y se convirtieron en una amenaza real para los Gobernantes. Fue entonces que ordenaron su aniquilamiento, desatándose varias sangrientas guerras civiles, donde los Reinos vecinos temerosos de las bandas de asesinos, apoyaron con soldados al Emperador hasta acabar con ellos. O al menos eso se creyó.

La aparición misteriosa del chino en México, hizo suponer que había surgido de nuevo el peligro amarillo: Los Tong.

El restaurante Luau, era muy concurrido por los ejecutivos de las importantes corporaciones del lugar, donde también Kadir gustaba de los exóticos y bien condimentados platillos de la Alta Cocina Cantonesa.

Al medio día, decidió comer allí y buscó a Tao Lin, su mesera favorita.

Se acomodó en una mesita cerca de la escalera de hierro forjado que ya mostraba el desgaste de la alfombra y por un momento disfrutó de la relajante sensación de tranquilidad que le proporcionaba la música de fondo oriental y la vista de un hermoso estanque con una cascada, donde pequeños chorros de agua se deslizaban en medio de pedruscos de roca volcánica y los obesos peces japoneses de color rojo nadaban perezosamente. Completaba el cuadro de paz y armonía, una pagoda de piedra montada sobre una isleta y delicados faroles de papel en color naranja.

La conversación entre la empleada y cliente, versó sobre los nuevos platillos del restaurante, al tiempo que probaba un poco de las frituras de harina con salsa de soya y una taza del aromático té, ordenando media ración de pato glaseado con un toque de picante, huevos de codorniz en salsa de langosta y el dulce de arroz con arándanos.

Al despedirse, con la barriga llena, el hombre dejó junto a la propina de 15% sobre el consumo, su número de teléfono celular de tiempo aire prepagado. Tao Lin le llamaría más tarde de una cabina pública como en otras ocasiones.

La Chinita terminó su turno de camarera a las seis de la tarde, hizo cuentas con la administradora para checar que todas sus comandas habían sido pagadas e ingresadas a la caja, firmó su hoja de servicio y fue al estrecho vestidor para mudarse de ropa.

Guardó con cuidado su uniforme en una cesta de bambú para la lavandería, marcó su salida en el reloj checador y salió del establecimiento rumbo a la avenida Insurgentes, que era la estación del Metro más próxima.

Podía utilizar el metrobús, que la dejaría justo frente a su destino, pero sabía por los tres años que tenía trabajando en Luau, que los encargados vigilaban a sus empleados de cerca. Sabían dónde vivían, quiénes eran sus familiares y amistades, cuáles sitios frecuentaban, si eran adictos al tabaco, alcohol, juego o drogas, como un pequeño cuerpo de seguridad que lo investigaba todo, lo sabía todo de su personal.

La camarera amaba al Auditor. Se había hecho costumbre desde hacía dos años ya, cada vez que viajaba a México, se ponía en contacto con ella y juntos disfrutaban algunas horas libres que podían dedicarse. Sus paseos al parque de Chapultepec con el hermoso lago, la visita a los interesantes museos de la ciudad y exposiciones temporales, las caminatas por el campus de la Universidad Nacional, surcar el lago de Xochimilco en "trajineras" (típica canoa que el lanchero impulsa hundiendo una gruesa vara en el fondo) entre otros, eran momentos que ambos gozaban.

Tao Lin era una espléndida joven de veintitantos años, alta y delgada como un junco, ágil como un felino. Pocas veces mostraba sus admirables pantorrillas — propias de las orientales— que la mayor parte del tiempo escondía tras unos estrechos jeans. Su cara, siempre libre de maquillaje, era un óvalo perfecto donde sus ojos un poco rasgados proyectaban un verdor aceitunado mezcla de brillo atigrado y una candorosa flor de loto. Sus blusas de seda con motivos chinos, se ceñían a la perfección al torso, donde era fácil imaginar la lucha de sus senos por liberarse de la forzada prisión.

La joven mesera saltó al vagón justo al tiempo que se escuchaba el timbre de anuncio cinco segundos antes de que cerrara las puertas, acomodándose en un asiento del fondo para observar si la seguían. Respiró profundo y se tranquilizó cuando el tren partió a gran velocidad. Descendió en la estación Chapultepec, subió la empinada escalera y salió a la superficie.

Caminó unas calles fingiendo mirar aparadores y entró a un cafetín para comprar una tarjeta telefónica de prepago de 200 pesos. Al salir, hizo detener a un taxi, que la llevó al Centro Comercial Perisur. A su llegada, llamó del interior a su amado.

— ¿Hola? — contestó "Uno".

— Escucha amol estoy en Pelisul, tienda Sanbolns, ¿la conoces?, ¿dónde estás?

— Sí — afirmó él — estoy cerca por casualidad.

— Entonces ven aquí, espelo en puelta al estacionamiento, aplesúlate, ¿quieles? Muelo pol velte — pidió la Chinita.

— Llegaré en no más de 20 minutos, tal vez un poco menos — respondió "Uno".

El Hotel Radisson estaba justo frente al Centro Comercial. "Uno" salió de su habitación 10 minutos después de haber colgado el teléfono. Necesitaba hacer tiempo para despistar a su amiga. Confiaba en ella, pero no tanto como para poner en riesgo su propia seguridad. Sabía por experiencia que nadie o muy pocas personas podían soportar un interrogatorio bien hecho, con las técnicas — tormentos— adecuados.

De manera que caminó hasta el Mall cruzando por el paso peatonal elevado, fundiéndose con un pelotón de personas que circulaban por allí de prisa.

El lugar del encuentro estaba bien iluminado y pronto la identificó, destacaba por su belleza y personalidad oriental, como un árbol en medio del desierto.

— Hola princesa — le dijo suavemente — ¿qué sucede?

— Vámonos de aquí, pol favol, tengo que decilte es impoltante — replicó ella.

— Claro, pero antes te compraré un abrigo, ¡estás temblando de frío igual que yo! — ordenó "Uno".

Gentil, la tomó del brazo, entrando al Palacio de Hierro tienda departamental.

Tao Lin protestó pero se dejó llevar, escogiendo un ligero abrigo de lana color beige y su pareja eligió el propio en azul marino. Equipados contra el frío, salieron al aparcamiento de taxis, ordenando al chofer llevarlos al Hotel Presidente Intercontinental, situado al lado opuesto de la ciudad, pidiendo mesa en el elegante Restaurante Alfredo di Roma.

Cenaron una Ensalada Caprese y el famoso Fettuccini Alfredo, deliciosa pasta que preparan en exclusiva en ese restaurante, ordenando una botella de buen vino tinto Callejo, que el Capitán descorchó con alegría.

El amable mesero les entregó un Certificado de Calidad numerado por saborear el célebre platillo, ante el asombro de la Chinita que abrió desmesuradamente sus ojos rasgados, como pocas veces lo hacía.

Llegado el tiempo del postre, "Scorpio" preguntó con mucho tacto: — A ver preciosa, ¿qué te preocupa?

— Amol — dijo la bella— hace unos meses te conté que glupo amigos gelente lestaulante donde tlabajo comel allí,

¿veldad?

— Seguro que sí, lo recuerdo — afirmó el muchacho.

— Y también ¿lecueldas que Jefe pidió atendel siemple esa mesa? — detalló ella.

— Sí, seguro — aceptó él.

— Ellos hablaban Cantonés y yo, no domino bien. Tengo años hablal Mandalín y bueno, vivo en México, hablo español.

— ¿Y bien? — interrumpió el Contador.

— Semana pasada loglé entendel discutían mejol manela de gualdal cien millones de dólales ¡en efectivo! — dijo tratando de abrir un poco más las rejillas que eran sus ojos.

— Demonios, es una buena suma para almacenarlos bajo el colchón. Necesitarán una bodega — señaló "Uno" con seriedad.

— O una casa — dijo la muchacha — Oí dilección, en Lomas Chapultepec, balio muy elegante.

— ¿Por qué me lo dices? — se extrañó el Auditor.

— ¡Polque podemos lobalo amol mío! Tú y yo siemple juntos, con algo dinelo sucio — remató la hermosa chica.

En ese momento, Tao Lin, estaba presa de una gran emoción. En su mente se amontonaban los recuerdos de su infancia miserable.

La venta que de ella hicieran sus padres a un maldito mercader de carne humana para no morir de hambre, los horrores que pasó en el viaje soportando a los marineros borrachos y el trabajo duro en los burdeles de la costa noroeste de México, huyendo hasta llegar a la capital.

Consiguió trabajar de mesera en un café de Chinos de la calle Dolores, conociendo a su protector Yan Hong, un obeso y vicioso Chino de Shanghái relacionado con dueños de restaurantes, lavanderías y tiendas de ultramarinos en la ciudad.

Hong la hizo su esclava explotándola como puta de primera clase entre amigos y parientes ricos.

Un día la llevó a comer al Luau, recomendándola para el trabajo de camarera y amante exclusiva, a cambio de un jugoso pago en efectivo del encargado del restaurante de lujo.

La joven soñaba con dejar atrás todo el pasado, que pese a su corta edad, arrastraba como una enorme "Black Berry" como era conocida en su tiempo la bola de acero encadenada al tobillo de los esclavos, nombre hoy aplicado a una maravilla de aparato de telefonía móvil por ser inseparable de los usuarios, como la referida bola de acero.

— Dime que lo halemos mi amol, ¡dímelo pol favol! — imploró.

Notando su excitación, "Uno" la calmó diciendo: — Nena, lo haremos, lo haremos pronto.

Súbitamente, el esquelético y alto Jefe de Inspectores hizo acto de presencia en la Comisaría, entrando como tromba al privado tomando por sorpresa al Teniente y a su personal. De inmediato, a gritos, blandiendo el periódico como garrote, exigió información actualizada sobre el homicidio del Chino. La Embajada de ese País, solicitaba total esclarecimiento de los hechos con la aprehensión y castigo a los culpables.

— ¿Has encontrado al asesino? — bramó el flaco.

— No señor, todavía no, pero le prometo que... — argumentó García.

— Mira pedazo de estúpido. Si para mañana no tienes al criminal, puedes despedirte de tu trabajo y pensión, junto con toda la bola de pendejos a tu cargo. ¡Eres una vergüenza para el Gobierno de la ciudad! ¿Has entendido?

— Sí, ssí, síí claro que sí señor — respondió el Detective.

Cuando apenas se largó el Supervisor, García borró de su rostro el gesto de preocupación, mascullando maldiciones contra el pinche flaco puto desnutrido de cagada, esbozando una gran sonrisa. Hoy mismo encontraría al responsable, así tuviera que fabricar pruebas, como muchas veces lo hacía.

En efecto, al día siguiente, presentó a los medios a un chulo detenido la noche anterior por traficar droga y que portaba pavoroso revólver Smith & Wesson calibre .357 Magnum, ambas infracciones muy graves a Leyes Federales. Hizo un trato que el delincuente no pudo rechazar: se declaró culpable del homicidio en defensa propia, pues hubo testigos de que el ciudadano oriental atacó primero. A cambio, no presentaría al detenido ante las Autoridades competentes que le formularían cargos por los delitos Federales de venta de estupefacientes y portación de armas prohibidas, reservadas para el uso exclusivo de las Fuerzas Armadas. En un ambiente Nacional donde el Gobierno luchaba intensamente contra el crimen organizado, era claro que el padrote recibiría una larga condena en una cárcel de alta seguridad junto a los peores criminales que lo golpearían y sería violado sin misericordia, hasta convertirse en "perra" de alguno de ellos.

Por el contrario, si el sujeto cooperaba y con atenuantes esgrimidos por los Detectives, el trasgresor de la Ley obtendría una benigna sentencia del Juez, de quizá unos dos años en una de las nuevas prisiones de modelo experimental, donde los reos gozan de alguna libertad y comodidades, para que con trabajo y terapias Psicológicas, se rehabiliten. Cumplidas sus tareas, tienen la posibilidad de salir bajo palabra después de seis meses, para ser reincorporados en la Sociedad. Si por algún evento, no se le concediera, lo dejaría en libertad en la primera oportunidad mediante fuga arreglada.

Eran las once de la mañana y Kadir estaba en el quinto piso del edificio de departamentos que mostraba el conocido rótulo de SE RENTA. La inquilina del departamento, se mudaba de la Ciudad de México a Cuernavaca, una metrópoli mucho más pequeña con magnífico clima todo el año y a sólo 40 minutos de la capital por autopista.

Estaba de moda que familias de clase media alta y los más adinerados, compraran propiedades en esa bella ciudad provinciana para gozar de paz y tranquilidad, casi imposibles de conseguir en la gran urbe de más de doce millones de habitantes.

Lució su mejor sonrisa de esa mañana y poco después del medio día, salió con el contrato de arrendamiento por sei meses pagados por adelantado. La viuda señora Zimmer man, se alegró de ayudar a un estudiante México-Turco-Sefardí, ante sus ojos bien parecido, que venía a terminar su Tesis de Maestría, ofreciéndole presentarle a sus nietas en la primera oportunidad.

Inició la vigilancia. Había comprado un telescopio Zeiss Photoscope 85 con cámara fotográfica digital y poderoso lente Zoom, que le permitía tomar imágenes en secuencia sin ninguna dificultad, con la capacidad de acercamientos nítidos.

Estuvo observando a diferentes horas del día y de la noche. Aproximadamente cincuenta metros separaban la casa vigilada de su apartamento.

Todos los días, anotaba sus observaciones en un cuaderno, utilizando códigos que almacenaba sólo en su cerebro, sobre la presión sanguínea que a diario se checaba con un pequeño aparato electrónico para medir el comportamiento diastólico y sistólico. Escribiendo hora y fecha, si eran del rango de 110/60 a 130/80 se consideraban normales, más altas o más bajas eran anormales y requerían de mayor atención, de tal suerte que si por desgracia alguien ajeno lograba echar mano de su libreta, encontraría notas de carácter médico. Una dotación de pastillas Blopress Plus y Concor, completaban el disfraz.

La cámara fotográfica equipada con potente lente telescópico infrarrojo de última generación era compacta. Tan pequeña que la portaba siempre en el bolsillo de la chamarra deportiva o en su chaqueta de vestir.

Al tercer día de su paciente vigilancia, observó con toda claridad un automóvil de marca común, nada llamativo, que se introdujo al garaje accionando el control remoto del portón eléctrico de la residencia a las 2:32 a.m. Desde su observatorio elevado, pudo percatarse que de la cajuela del sedán gris, tres hombres al parecer orientales, extraían varios bultos de lona que — pensó— contenían billetes. Los fotografió con la maquinilla hasta la entrada de la residencia desapareciendo de su vista. Minutos más tarde, la luz de la habitación norte se encendió por unos momentos para después retornar a la oscuridad.

La noche posterior, pero una hora antes, se repitió la extraña operación. No dudó más. Estaban almacenando el dinero en el lado norte de la segunda planta.

Cuatro días después, poco antes de las 12:00 de la noche, los moradores de la casa cometieron su primer error, corrieron las gruesas cortinas mirando hacia la calle y por unos instantes se pudo apreciar una gran puerta de bóveda en acero sólido que desafiante, mostraba el logotipo inconfundible Mosler, la marca de las mejores cajas fuertes y puertas blindadas que había en el mercado. Kadir sonrió. Justo la marca que tan bien conocía y que fabricaba uno de sus clientes.

Al día siguiente, cambió de objetivo. Ahora examinaba con atención a quién pertenecía la casa que lindaba al sur con la residencia de los chinos. Con poco esfuerzo descubrió a sus dueños. La casa era habitada, según supo después, por el matrimonio Lasky.

El buen señor Salomón Lasky, era el Rabino de la principal Sinagoga de la lujosa zona residencial y su esposa Esther, era una activa cincuentona que apoyaba sin condiciones a su esposo, con obras de caridad muy importantes para su comunidad.

Siendo el Rabino la principal Autoridad Moral y Religiosa del fraccionamiento, estaba lleno de ocupaciones, pues gustaba de visitar otras Sinagogas y presidir toda clase de celebraciones Judías: las Circuncisiones, los Bas Mitzvah y los Bar Mitzvah (ceremonias para celebrar la madurez de los adolescentes, 12 años para niñas y 13 años para los niños) con implicaciones morales y legales bajo la Ley Judía —como poseer bienes y contraer matrimonio— Bodas, Funerales y otros tantos eventos Religiosos y Estudios de la Toráh, que lo obligaban a mantenerse fuera de su hogar por muchas horas y a veces días completos, excepto el Sabbath (Sábado) día de descanso, de alegría, de reunión con la Familia y alabanza a Dios "pues en seis días Yavé hizo el Cielo y la Tierra, el Mar y todo cuanto hay en ellos, pero el séptimo día descansó, bendijo el Sabbath y lo hizo sagrado".

En sus ausencias, siempre le acompañaba su esposa Esther.

No obstante que tenía vecinos muy ricos, el Rabino vivía sencillamente. Él era el chofer y el jardín lo cuidaba Esther. Sólo una anciana llamada Deborah, atendía la casa lo mejor que podía saliendo a las 6 p.m.

La decisión de cobrar la "donación involuntaria de fondos para las buenas obras" a los Chinos, fue producto de varias noches con profundas reflexiones. Por más que se pensara, la conclusión seguía siendo la misma. Era un robo, un vulgar robo, razonó.

¿Por qué tendría que traicionar los principios que le fueron inculcados desde niño? ¿Qué razón poderosa podría ser válida para cometer tal ilícito? ¿Habría una justificación para echar mano al dinero ajeno? Convencido que el dinero era mal habido, se dijo *"Ladrón que roba a ladrón, tiene 100 años de perdón"*.

Dudó un momento, era fácil echarse atrás, pero no, después de todo, lo estaba haciendo por ¡Tao Lin! ¡Claro! Ése era motivo suficiente.

El impulso de ayudarla a salir de esa mala vida, su deseo de hacer una buena obra, rescatarla del vicio y la prostitución… sí, definitivo, lo haría por ella, había sufrido bastante y a su juicio, era magnífica muchacha que merecía una oportunidad. Con el dinero, podría dedicarse a un trabajo honesto en cualquier sitio y alcanzar la felicidad que el destino hasta ahora le negaba.

Así, convencido del todo, sintió que soltaba la pesada roca que venía cargando en su conciencia y se dedicó de lleno a planear el robo perfecto.

En los bajos del edificio, funcionaba un pequeño y exclusivo bar donde acudía una selecta clientela compuesta en su mayor parte por elegantes señoras jóvenes del rumbo, que rivalizaban entre sí en belleza, vestidos, bolsos, zapatos de diseñador y finísima joyería, llegando a bordo de magníficos automóviles clase premier, algunos con chofer uniformado. El lujoso Ladies Bar de estilo minimalista, ostentaba el nombre de la famosa serie de televisión Desperate Housewives (Esposas Desesperadas) y lograba su cometido. Era el lugar de moda para el coctel de mediodía, acompañado de

riquísimas tapas al más puro estilo Español.

La dueña del lugar, buen cuidado tenía de incluir en el petit menú, bocadillos de la cocina Kosher, para satisfacer a su numerosa clientela Judía.

Por las tardes, la variedad de capuccinos, expressos y lattes, acompañados de pastitas finas de piñón, nueces y almendras, alternaban con las copas de champaña y licores Italianos, Franceses y Españoles.

La pequeña pero bien surtida cava ofrecía muy buenos vinos blancos, rosattos y tintos. Su propietaria presumía que "Desperate Housewives" era uno de los pocos lugares, donde se podía beber una botella de buen vino de Israel.

Usando un peluquín rizado de color castaño clarísimo, hecho en Francia, Kadir entró al bar y escogió una mesita próxima de un grupito de señoras cuarentonas todavía muy atractivas, que despreocupadas practicaban el antiquísimo arte del cotilleo. El Auditor había observado que una vez a la semana, la distinguida esposa del Rabino se reunía con sus amigas y había diseñado un plan para hacerse de las llaves de su residencia.

Ordenó al mesero un Vodka Zubrowka con Coca-Cola Light y un vasito con agua mineral para mezclarlo. Le gustaba esa bebida. Es un vodka de gran calidad, elaborado con los mejores granos de los campos de Polonia, destilado con la mejor tecnología de Europa y cuyos espíritus neutros purísimos, eliminan los aldehídos — residuos causantes del dolor de cabeza de los bebedores al día siguiente— dando como resultado un gran licor que competía con sus similares en Rusia, Finlandia, Suecia y Francia.

El vodka Zubrowka, contenía en cada botella un delgadísimo tallo que según afirmaba el fabricante, era el alimento de los bisontes en las praderas. Verdad o no, lo cierto es que ese talluelo, del espesor de un fideo, añadía un exquisito sabor y teñía el transparente blanco de la bebida, con un delicado tono ámbar, como orín de recién nacido.

— Shalom — dijo a sus espaldas una risueña señora Zimmerman.

— Shalom — contestó el joven.

— ¿Qué hace mi universitario favorito en este bar? ¿No deberías estar estudiando? — preguntó la señora.

— Es sólo un pequeño break (receso) — respondió— espero no molestarles.

— Por el contrario querido, te presentaré a mis amigas. Estarán encantadas de conocerte — sentenció la simpática viuda.

— Muchachas, él es Kadir, mi nuevo inquilino, es un joven prometedor, tiene un magnífico trabajo y está terminando su tesis de postgrado en finanzas. Ellas son mis amigas Mexicanas: Guadalupe, Aurora, Alicia, Rosario, Guillermina, Elsa, Pilar y Mercedes, todas tienen hijas en edad de casarse — concluyó la señora Zimmerman, haciendo sonrojar al pobre muchacho, que ya resentía la dureza del examen de las damas, que no cesaban de reír — y ella es Esther, esposa de nuestro Rabino.

Hechas las presentaciones, el "estudiante" elogió su buena suerte de conocer a tan distinguidas damas, poniéndose humildemente a su servicio y convivió un rato con las agradables señoras que formularon toda clase de inteligentes preguntas y hablaban con fluidez de temas de fondo. Presentó sus disculpas por tener que retirarse, recibiendo una cordial invitación de las presentes para platicar en alguna otra ocasión.

Centró su atención en la señora Esther, esposa del hombre de Dios, sentada junto a las guapas señoras. Posó su mirada en el *Neverfull* de Louis Vuitton que colgaba de la silla. Al pasar, con toda intención, golpeó el bolso que al caer al suelo hizo rodar el celular, las llaves, monedas y un sinfín de pequeños objetos que nadie explicaba cómo diablos las féminas pudieran guardar tantas cosas en su interior. Fingiendo a la perfección una gran pena por el incidente, ofreció mil descargos por su torpeza y raudo se apresuró a recoger los objetos caídos para devolverlos al interior de la bolsa de la señora esposa del Rabino.

Se dirigió al baño y sacó de su bolsillo ocho pequeñas barritas de jabón tomando la impresión de cada una de las llaves, operación que le llevó unos dos minutos. Salió del baño y pasó por el mostrador de pastelería, donde sin titubeos pidió un suculento Pay de queso con nuez, que llevó a la mesa de la agraviada, mostrando una sonrisa y cara de niño después de una travesura; simultáneamente introdujo las llaves en el bolso de Doña Esther y estuvo bromeando un poco sobre diversos temas que le valieron las risas de las respetables señoras.

Salió del bar despacio y se dirigió a su departamento. Al día siguiente en una cerrajería de otro rumbo de la ciudad, obtendría el juego de llaves de la casa del Rabino.

Llegó el gran día o mejor dicho, la gran noche.

El Rosh Hashaná o el Año Nuevo Judío es celebrado por las comunidades Israelitas con diversos actos religiosos, cívicos y sociales. El Rabino Salomón Lasky y su esposa Esther preparaban el acontecimiento con anticipación y organizaban a la perfección los eventos. El Festejo contempla desde luego el toque del Shofar (cuerno de carnero) durante los largos rezos de arrepentimiento, preparación para el Juicio Final, meditación de buenos pensamientos y propósitos de virtuosas acciones para el año que inicia, celebrándolo en todos los hogares con magníficas cenas, después de los servicios Religiosos.

La Sinagoga principal se llenaba a tope y los creyentes asistían ataviados con sus mejores vestidos. Causaba admiración y daba gusto ver en el templo reunidos como verdaderos hermanos a importantes industriales, comerciantes, banqueros, funcionarios de Gobierno y gente común, hombres, mujeres y niños, conviviendo fraternalmente como una gran familia. Ese año, el Rabino y su esposa habían invitado al Excelentísimo señor Embajador de Israel, quién había confirmado su asistencia, razón por la cual casi toda la tarde y parte de la noche, la Policía del Sector nueve de la ciudad debía concentrarse en el perímetro de la Sinagoga para reforzar la vigilancia y seguridad del ilustre personaje y sus acompañantes.

Kadir lo había escuchado de labios de la esposa del Rabino, en su más reciente visita al bar "Desperate Housewives" pues la respetable dama, lo había contado a sus amigas con orgullo. La noche de la celebración, no tuvo ninguna dificultad para entrar a la casa del Rabino, utilizando su flamante juego de llaves. Eran las 22 horas, sabía que tenía hasta la media noche para preparar el robo a la casa de los Chinos, que autosugestionado, lo denominó en su cerebro como: "Contribución involuntaria para las buenas obras".

Armado con un par de guantes de látex, una pequeña linterna LCD, un estuche de bolsillo con las mejores ganzúas y una microcámara digital inalámbrica a control remoto de última generación, presuroso salió al jardín posterior de la casa, y escaló como gato callejero, el muro que lo separaba de la residencia de al lado.

Durante los días y noches que había montado la vigilancia, la paciencia tuvo por fin, su recompensa. Observó que los Asiáticos evidentemente tenían mucho tiempo guardando y sacando dinero, se sentían muy confiados en la seguridad que les proporcionaba la bóveda y la puerta MOSLER FS-4 con protección contra fuego hasta por 4 horas.

El blindaje de acero al alto carbono de dos pulgadas y el sistema de doble combinación, la hacían casi inviolable. Sin embargo, para su fortuna la puerta era de modelo atrasado y no tenía temporizador. Con los números correctos se podía abrir a cualquier hora. No mostraba tampoco el foquillo indicador de activación de alarma. Abrirla sin conocer las combinaciones numéricas suponía atacarla con potentes y ruidosos taladros, cortadoras de acetileno, ácidos muy corrosivos, herramientas pesadas y hasta explosivos como el Semtex o el C-4, que eran de uso exclusivo del Ejército.

Aun teniendo todo lo anterior, hubiera necesitado que la casa permaneciera vacía por muchas horas y sin vecinos incómodos para hacerlo así. No, no tenía ninguna posibilidad. Necesitaba conocer la combinación.

Revisó varias veces las cintas grabadas durante su vigilia, notó que antes y después de efectuado el movimiento del día, es decir, de la noche — pues lo hacían a distintas horas, pero siempre de madrugada— la custodia de la casa estaba a cargo de un par de empleados en apariencia desarmados, que la pasaban en el salón principal jugando el tradicional ajedrez, naipes o un complicado juego Chino semejante a una competencia de ábacos, también veían mucha televisión. En ocasiones por la mañana, abrían las ventanas por el calor.

Con decisión, saltó hacia el jardín de la casona que ofrecía una pobre iluminación y utilizando dos ganzúas, maniobró con cierta destreza la cerradura de la puerta de servicio que se aperturó con un ligero chasquido. Ahí supo que el dinero pagado al cerrajero por enseñarle un poco del oficio y venderle el estuche de ganzúas había sido una magnífica inversión.

El cerrajero, hombre solitario y cansado, aunque un poco reticente y desconfiado al principio, pues no quería líos con nadie, estaba retrasado en el pago de la renta y necesitaba comprar medicamentos para él y su esposa. Los 50 mil pesos que le ofreció Kadir, por cinco clases intensivas, le cayeron de perlas.

Una vez en la cocina, oteó hacia todas direcciones. Cauteloso, avanzó hacia la sala y vio a lo lejos a dos guardias envueltos en una especie de nube mortecina que jugaban entusiasmados, apostando pequeñas cantidades de dinero. Opio, pensó, posando su mirada en la shisha o hookah humeante (pipa asiática para fumar simultáneamente dos o más personas).

Fue a la escalera principal y subiendo con rapidez, llegó al cuarto de la bóveda, trepándose en una silla colocó la microcámara digital en el techo, justo encima de la pesada puerta, ajustándola para ver por encima de la mirilla la combinación. Presionó con firmeza el dispositivo para obtener la máxima adhesión. Sonrió satisfecho. La microcámara de color claro parecía una simple imperfección del techo.

Las combinaciones MOSLER venían equipadas con un bordo de acero llamado "protección contra espías" que hacía imposible que otras personas aun presentes en la habitación pudieran ver los números marcados, pues el bordo de acero, tenía una diminuta abertura que sólo los ojos del que abría la caja, podía ver de arriba hacia abajo.

Agudizó el oído por un instante… nada. Oyó las risotadas de los orientales y con velocidad salió de la residencia. Ya en el domicilio del Rabino, tomó asiento en un cómodo sillón de descanso y repasó paso a paso su incursión. Siempre usó los guantes de látex, no rompió nada, la silla fue devuelta a su lugar, cerró la puerta de servicio, los zapatos de suela de goma eran tan lisos que no dejaban ninguna marca. Sí, todo había salido bien hasta ahora. Con pensamientos positivos abandonó la casa. Miró el reloj, aún quedaban 25 minutos para las 23 horas.

Tres noches después, repitió la silenciosa operación recuperando la microcámara. Volvió a su departamento y con ayuda de un compacto juego de equipos electrónicos vio la grabación. Las imágenes mostraban a una persona que a diferentes horas manipulaba la combinación de la blindada puerta.

El Chino giraba rápido el volante varias veces a la derecha, "limpiando" la combinación. Enseguida y lento daba 4 vueltas a la izquierda buscando el número 3. Ahora giraba el disco en 3 ocasiones a la derecha hasta el número 62. Dos vueltas a la izquierda al número 24. Para terminar, un giro a la derecha hasta detenerse en el número 91. La segunda combinación con idénticos movimientos eran por su orden 7, 55, 33 y 86. Compró en la papelería varios bolígrafos de distintos puntos y tintas y anotó en su libretita los números, codificándolos como si fueran pagos normales. Así, el primer número era $326.50 por concepto de lavandería. El segundo, $624.00 por concepto de servicio telefónico. El tercero, $248.75 por gas y el cuarto de $911.60 por energía eléctrica.

A continuación anotó los datos de la segunda combinación y terminó colocando dos conceptos falsos encabezando la lista y tres más, finalizándola. Así llenó pacientemente con números de su invención, dos hojas de su libreta.

Cualquier persona que mirara los apuntes, sólo vería una aburrida relación de gastos personales comunes y corrientes. Esbozó una mueca de contento, estaba a salvo en caso de extravío y de la curiosidad de la viuda Zimmerman.

El resto de la semana lo dedicó a leer, las dos docenas de libros que sobre Administración, Finanzas e Impuestos, había adquirido antes de ocupar el departamento. El disco duro del ordenador portátil Toshiba de 256 Gb, estaba cargado de complicada información que Kadir había capturado directo de los libros. Si alguien lograba acceder a su computadora, encontraría datos muy congruentes con la supuesta Tesis de Maestría.

Con frecuencia salía con ropa deportiva, para estirar las piernas uniéndose a grupos de hombres y mujeres jóvenes que trotaban en el parque cercano, haciendo una vida normal. Después de su ejercicio salía rumbo a las oficinas corporativas del City Bank que recién había adquirido un antiguo Banco Mexicano y estaban atareados con la Información Contable y de Impuestos, que la firma Hartford, Mellon & Fletcher debía autenticar ante el Banco, los Gobiernos Mexicano, Estadounidense y los Accionistas. Era un trabajo arduo, complejo y delicado. Una operación de esta naturaleza podría llevarse meses.

El Yom Kippur (Día del Perdón) es una fecha muy importante en el calendario Judío. La ceremonia comienza con el Ayuno en el Ocaso y termina al anochecer del día siguiente. Es un día sagrado, donde ningún Israelita hace otra cosa que ayunar, meditar y orar. Su tema central es la expiación de culpas y la reconciliación con los hermanos. La comida, bebida, perfumarse, lavarse, relaciones conyugales y llevar zapatos de cuero, está prohibido. Se cree que es emular a los

Ángeles del Cielo.

Salomón Lasky y su esposa Esther estaban muy ocupados con los arreglos, sobre todo porque habían confirmado la asistencia a su Sinagoga, distinguidos representantes de varias Religiones que deseaban estrechar lazos de amistad y respeto, como algo Ecuménico.

Kadir se había provisto de todo lo necesario para robar en la residencia de los Chinos.

A las nueve de la noche, entró al hogar del Rabino donde tomó de la despensa, doce bolsas de plástico negro para basura, convirtiéndolas en cuatro talegas triplemente reforzadas mediante el sencillo procedimiento de introducir dos dentro de una.

Aguardó imperturbable cerca de una hora, dando tiempo a que los guardias Chinos terminaran de cenar en la cocina y se fueran a la sala como de costumbre, a jugar su pasatiempo favorito.

Cuando el Contador penetró por la puerta de servicio de la casa, una rata de buen tamaño, que devoraba restos de comida, saltó del fregadero, rompiendo algunos platos, obligándolo a salir con prontitud al jardín y tumbarse tras un macizo de bambúes.

Los vigilantes irrumpieron violentamente metralleta en mano, sólo para ver correr al enorme roedor hacia su agujero en la alacena.

Armados con palos los Chinos acorralaron al animalito y lo tundieron a golpes entre chillidos de la rata, que moribunda, sangraba de la cabeza.

Los orientales, al fin supersticiosos, no quisieron recoger el animal, ni mucho menos limpiar la sangre, lo haría el personal encargado del aseo por la mañana.

Pegado al suelo como estampilla con la mano derecha sobre la culata de su pistola Glock nueve milímetros con mira láser y silenciador, esperó diez minutos sin mover un solo músculo, controlando la respiración, con los ojos y oídos en alerta.

Cuando consideró tiempo suficiente, se arrastró como serpiente silenciosa hasta la puerta ya bien conocida y escuchó con atención. Los centinelas al parecer habían vuelto a la sala para reanudar su juego entre exclamaciones y aspavientos que el intruso juzgó bromas sobre la tensión que vivieron. Al ver y oír que los cancerberos se sirvieron sendos tragos de licor para contrarrestar el susto, decidió que era el momento. Como un relámpago duplicó la operación, entrar, subir y accesar a la recámara, concentrándose en la apertura de la bóveda.

Con manos expertas enfundadas en guantes negros de látex de doble capa resistentes a rasgaduras, marcó los números de las combinaciones gemelas, abriendo la pesada puerta de acero con un chirrido de goznes por falta de lubricación. Quedó estático por un segundo. Sus ojos y boca se abrieron enormes. Nunca, salvo el día que tuvo acceso a la bóveda del Banco Central Americano, había contemplado tanto dinero en efectivo.

Superado el impacto, volteó hacia atrás y escuchó lo que le parecieron pisadas en la escalera. Ahora continuaban por el pasillo con dirección a la bóveda donde él se encontraba. Usando toda su sangre fría, cerró la puerta blindada y se agazapó detrás de un sillón. Tenía lista la pistola. Uno de los guardias armado con un rifle AK-47 entró a la habitación y fue directo hacia la puerta MOSLER. Comprobó dos veces que estaba bien cerrada y se alejó gritando algo en su lengua a su compañero, que Kadir interpretó como: ¡todo en orden!, ¡a seguir bebiendo camarada!

El ladrón dejó pasar otros cinco minutos que le parecieron horas, antes de repetir la ceremonia de apertura. De nuevo se maravilló de tener a su alcance toda esa fortuna. Tenía que ser dinero de origen ilícito. De lo contrario estaría en los Bancos.

Ahora la decisión era: ¿cuánto dinero debía tomar? Con relativa calma comenzó a llenar las cuatro alforjas engrosa   das escogiendo billetes de alta y mediana denominación, en dólares americanos y en euros, dejando de lado, las monedas y lingotes de oro.

Satisfecho, pulsó las bolsas, podía con ellas; cerró la puerta de la bóveda, atando con el lazo la boca de cada envoltorio y con las cuerdas enrolladas en su cintura, bajó por la ventana el numerario hacia el jardín de la residencia.

Cuando se disponía a descender por la escalera, escuchó el sonido impaciente de un claxon en la puerta principal. Tenía que salir de la casa antes que los faros del vehículo iluminaran el jardín y descubrieran las bolsas de basura y a él mismo. Los custodios medio borrachos se movieron con lentitud hacia el portón, permitiéndole unos segundos más para bajar, arrojar por encima de la barda los morrales y saltar cual atleta el muro divisorio.

A salvo en la morada del Rabino, secó el sudor de la frente, se sentó en el suelo de la cocina y escuchó con atención. A juzgar por los gritos del recién llegado, los guardias la pasarían muy mal.

Había indagado al planificar el robo, que la parte posterior de la residencia del señor Lasky colindaba con un badío. De los poquísimos lotes de terreno sin construir en la elegante colonia Lomas de Chapultepec.

En realidad estaba ocioso porque un par de meses atrás, sus propietarios habían decidido demoler una vieja casona para proyectar un edificio de lujosos departamentos.

No hubo dificultad alguna para que los sacos llenos de billetes volaran por segunda vez esa noche sobre la barda, ahora del Religioso y cayeran en el solar. Trepó la barda y de inmediato tuvo que tirarse a un hoyo.

Una patrulla apareció a lo lejos con sus inconfundibles destellos azul y rojo. El auto policial lanzó un rayo de luz halógena del potente reflector que pasó a centímetros de su cabeza. Llamó la atención de los Agentes las cuatro bolsas de basura dentro del terreno.

— Ricos de mierda — dijo el Oficial de mayor rango a su compañero— ¡arrojan basura donde sea! Revisa las bolsas, puede que encontremos algo útil. Esta gente desecha cosas buenas que podemos usar o vender.

El conductor estacionó la patrulla y descendió del vehículo, se disponía a cumplir la orden del Superior cuando cegados por el fulgor, varios ratones chillando salieron disparados en varias direcciones.

— ¡Vete al carajo! ¡Hazlo tú!— gritó con asco el chofer abordando el automóvil.

— ¡Era una broma estúpido novato!— dijo el Oficial — ¡Ya lo sabrán todos en el Precinto!

Justo en ese instante, la radio avisaba de una balacera en conocida discoteca del rumbo. Encendieron la sirena y se alejaron con velocidad.

Los Agentes de la Ley, no repararon en la elegante "todo terreno" Cadillac Escalade color blanco estacionada frente a la casa de al lado. Después de todo, en el fraccionamiento, no era de llamar la atención. Las había por docenas.

Veinte días después del atraco a la casa de los Chinos en las Lomas de Chapultepec, "Uno" con astucia, había filtrado información de manera anónima a la Jefatura de Policía Metropolitana, a la Agencia de Investigaciones Federales y a las Oficinas de Recaudación de Impuestos.

Las denuncias fueron escuchadas por las Autoridades, en especial las Fiscales; quienes montaron un operativo conjunto con las fuerzas de seguridad, para allanar la residencia, confiscar la cuantiosa fortuna y arrestar a los ocupantes por lavado de dinero, delincuencia organizada, evasión Fiscal y varios delitos más.

Los medios informativos mostraban una gran cantidad de dinero en efectivo. La suma encontrada que fue reportada en el hallazgo fue más de 200 millones de dólares americanos y euros. Kadir sabía, que quizá el personal judicial guardó algo para sus muy privadas pensiones de retiro.

Él mismo, había tomado casi 20 millones de dólares, en su intrépido saqueo. Se convenció de la bondad del atraco, sería para ayuda social. Por un momento recordó las leyendas de Robin Hood en Inglaterra y Chucho "El Roto" en México. ¿Acaso no eran héroes populares que habían robado para aplicar esos dineros a obras buenas? Sin pensarlo más, se auto absolvió y decidió no volver a poner en tela de juicio su proceder.

Una bella acción, fue rescatar a Tao Lin del pantano que era su vida y de los sufrimientos que había tenido que soportar. Ahora, radicando en Calgary, Canadá, tenía el dinero suficiente para ahorrar y emprender un pequeño negocio que le permitiera vivir con dignidad el resto de sus días.

Con ayuda de amigos de su padre, le había conseguido nuevos documentos de identidad, según ellos había nacido en Topolobampo, Sonora, de nombre Juana Martínez Romero, soltera, de ocupación costurera de fábrica.

Por valija Diplomática había transportado el dinero a un discreto banco Canadiense de Nova Scotia, donde estuvieron encantados de recibir las divisas Norteamericanas a nombre de Kadir. A la linda mesera, le daría sólo siete millones de dólares que invertidos a renta fija, sería dinero suficiente para vivir y ahorrar. Proveerle de mayor dinero era peligroso para los dos.

Le preocupaba el ataque sufrido en el Aeropuerto Internacional Benito Juárez de la Ciudad de México.

Él no creía en coincidencias o equivocaciones. Misterio... Había identificado al atacante Chino por el inconfundible tatuaje de los Tong.

Pero, ¿Cómo se enteró el sujeto de su llegada a México? ¿Cómo lo habían descubierto?

Sabía que de no solucionar las cosas, vendrían otros atentados contra su persona. Algo andaba mal, muy mal, concluyó en sus reflexiones.

El único cabo suelto era Tao Lin. ¿Dónde estaría ahora?, ¿qué sería de su vida?

"Uno" estaba seguro que ella era la única pista que lo podría ligar a la mafia China y era peligroso.

¡Claro!, era posible que la Chinita se descuidara derrochando muy pronto el dinero, se fijaron en ella, la detectaron, haciéndola confesar. Pensó en buscarla, escarbar y resolver el asunto de manera definitiva.

CALGARY, CANADÁ

La ventisca húmeda y fría de ese sábado en la tarde, azotaba con furia en el parabrisas del Jeep Commander, rentado a nombre de la Firma subsidiaria Canadiense con domicilio en Toronto.

A medida que se acercaba al pequeño poblado de Airdrie, en el Distrito suburbano ubicado al norte de la gran ciudad, el corazón de Kadir se aceleraba. Tenía días con la preocupación de no saber nada de su protegida. La había llamado a su casa varias veces de teléfonos públicos, sin éxito, aumentando sus niveles de angustia.

Así que decidió visitarla proveído de un disfraz con el que parecía típico joven principiante vendedor de seguros y repleto portafolios cuyos papeles desordenados parecían reventar el maletín. En el fondo descansaba un pequeño revólver Derringer Midget de doble cañón, ultracorto, que sin embargo alojaba dos balas calibre .38 Special.

El arma esencialmente utilizada por mujeres de la vida galante, sostenida por una banda elástica en el muslo, es por su pequeñez casi indetectable. Pero su potencia de disparo a quemarropa era formidable y proporcionaba a las féminas seguridad personal. Sabido es que en tal ambiente, borrachos, proxenetas y rufianes buscapleitos, nunca faltan.

Localizada la calle, se estacionó a tres cuadras de distancia y por espacio de dos horas visitó varias casas de las calles Edmond, Easterbrook, Elsmore, Elderwood, Edendale y otras, ofreciendo sus servicios como Asesor de Seguros, fracasando en los intentos, pues los moradores sólo recibían a visitantes extraños con cita o recomendación.

Si hubiera alguna investigación, a nadie le parecería fuera de lugar, que un novato quisiera vender Seguros de puerta en puerta, en varias manzanas a la redonda.

Con el frío calándole los huesos y los pies cansados, llegó al número 1015 Erin Drive. Con un abrigo y sombrero gastados por el uso, parecía un auténtico vendedor callejero. Las gafas metálicas redondas le imprimían un aspecto profesional. Tocó la campanilla varias veces, sin obtener resultados.

Regresaría otro día.

En la casa de al lado, el chofer de una camioneta que ostentaba el anuncio de "Royal Chimney Cleaners" (Limpia Chimeneas Reales), le gritó:

— No hay nadie, parece que se mudaron.

— ¿Sabe a dónde? Debo entregar a la señora un cheque como reembolso de la Compañía de Seguros.

— No lo sé amigo — dijo el chofer, alejándose con lentitud. Volvió a la camioneta y puso a funcionar el motor; sintió que la calefacción le devolvía el color y el ánimo también. Pisó suave el acelerador y tomó el regreso cruzando la Highway Queen Elizabeth II, registrándose en el motel "Super 8" del

Boulevard East Lake.

Instalado y luego de darse una ducha caliente, pidió al Room Service un sándwich de pavo con ensalada rusa y un litro de leche descremada, que devoró al instante.

Relajado, marcó el número de Ruth.

— Hola preciosa, ¿adivina quién habla? — bromeó.

— Esa voz de vago la reconocería siempre — festejó— ¿qué hay?

— Necesito tu ayuda para localizar a alguien, ¿puedes hacerlo?

— Eso depende — dijo— no quisiera auxiliarte para encontrar alguna de tus aventurillas.

— Claro que no — protestó fingiendo enojo— ¡Esto es algo muy serio!

— No te creo nada, ¿por qué no me dijiste que conocías a Jovanka?

Al Auditor casi le da el soponcio. Un nudo en la garganta le impidió contestar.

— Cuando le hiciste el amor, ¿pensabas en mí?, ¿te pareció mejor que yo? Sabes, ella me narró al detalle la manera como se conocieron en el Aeropuerto de Paris. Tu gentileza de llevarla a Angola en el Jet particular, bien portado como un caballero auténtico, ¡se nota que no te conocía grandísimo cabrón!

— Espera linda, yo sólo…

— Déjame continuar — se impuso Ruth— y luego su terrible experiencia cuando fue secuestrada en la selva por bandidos, su violación, la venta al prostíbulo y el rescate. Debo reconocer y felicitarte por esa valiente acción. Gracias a Dios pudiste liberarla, si no es por ti, la pobrecilla Jovanka estaría trabajando a tiempo completo como puta en asquerosos burdeles. Fue ¡una hazaña! Y esas atenciones, cuidados, soporte moral y sexo que le prodigaste al regreso en Paris, bueno, qué puedo decirte, fue lo máximo para la mujer, ¡no sabes cómo te idolatra la muy cabrona!

— Cuando amenazó con regresar por ti, de plano le confesé que ¡pronto me casaré contigo!, así que "Sayonara", "Ciao", "Arrivederci", "Good bye", "Hasta la vista, Baby"; le dije adiós en varios idiomas ¡para que lo entienda de una buena vez!

— ¡Mi veredicto es que eres culpable! Aunque con atenuantes. Por lo tanto he tomado la decisión de perdonarte, pues es un hecho que ella se lanzó sin saber, claro que tú y yo… de cualquier manera habíamos terminado, ya no estoy enfadada contigo y menos con ella, pues por fortuna ahora está a miles de kilómetros de tus garras, te odio — cerró con dulzura.

— Para colmo te amo tanto que creo nada puede separarnos permanentemente. ¿No lo crees?

— Por supuesto amor mío, te has convertido en una de las razones de mi existencia. ¡Te adoro! — expresó en tono convincente — Ya lo explicaré… perdona… la conocí cuando me mandaste al averno, yo…

— Pero ahora estoy en medio de algo complicado, ayúdame por favor.

— Está bien, sólo dime qué deseas.

— Estoy buscando a Tao Lin, que ahora se llama "Juana Martínez Romero", está desaparecida. Fui a su casa esta tarde y me informaron que al parecer se ha mudado, no saben dónde — susurró.

— Humm, una mujer. Razón tenía yo. No vaya a ser otra putita… Bueno, dime la ciudad y su último domicilio, la buscaré en los registros de tráfico, tarjetas de crédito, libros de extranjería, cuentas de supermercado, suscripción telefónica, compañías de electricidad, oficina de impuestos, televisión por cable, hasta la administración de hospitales y cementerios, por si acaso. Aunque te advierto que lo haré mañana, hoy has interrumpido el Sabbath.

— Gracias tesoro, te prometo que…

— No prometas nada. Es mejor así — y apuntó los datos que le dictó.

El Auditor pasó la mañana del domingo descansando sus pies adoloridos todavía por la caminata del sábado anterior, compadeciendo a los sufridos Carteros.

Al medio día cogió un taxi y pasó por la avenida Erin, siguiendo de largo hasta la calle Allen, con la esperanza de ver alguna señal o persona en casa de "Juana Martínez". Desanimado, pidió al conductor detenerse en la pequeña tienda de conveniencia, donde adquirió una botella de Vodka y jugo de naranja. Regresó al motel, se preparó un generoso trago y esperó la llamada de Ruth.

Encendió el televisor y estuvo mirando un rato el juego de béisbol, los Toronto Blue Jays (Azulejos de Toronto), perdían tres carreras a una. Era un deporte que conocía bien. Le gustaba verlo y practicarlo. Había jugado desde la Secundaria hasta la Universidad y en su oficina organizaban de vez en vez partidos amistosos entre los diferentes departamentos.

Recordó con cariño las veces que su padre lo llevó a los estadios a presenciar grandes batallas deportivas, en especial al parque del Seguro Social en la Ciudad de México, para ver a los Diablos Rojos, contra el Águila de Veracruz. Los dos eran tremendos equipos y alineaban a grandes peloteros Mexicanos y Extranjeros. Gregor le contaba hazañas y anécdotas muy interesantes, como aquella acerca de Lino Donoso, pitcher Cubano zurdo que lanzaba a gran velocidad. Sus disparos al home, eran precisos y hacían abanicar a los bateadores contrarios con bastante frecuencia. No era fácil para nadie conectarle sólido a pelotas que viajaban a una velocidad de 90 millas por hora o más.

Casi siempre que Lino Donoso era el pitcher del Águila de Veracruz, perdían los Diablos Rojos de México. Era un verdadero espectáculo ver el duelo de esos equipos rivales, le comentaba su papá.

El béisbol se estableció como deporte profesional en la capital de México desde 1928, en el llamado Parque Franco Inglés. Fue remodelado y denominado Parque Delta, casa de los Azules de Veracruz y Diablos Rojos de México. En 1955 se vendió al Gobierno Federal que construyó el Parque del Seguro Social, cerrado a mediados del año 2000 cuando en otro rumbo de la ciudad, se construyó el "Foro Sol", moderno estadio donde se juega béisbol profesional actualmente. El antiguo parque es hoy moderno centro comercial.

Quién le iba a decir que muchos años después, en uno de sus viajes a Veracruz, conocería por casualidad al viejo pelotero caribeño, ya retirado, que administraba un bar.

Hablaron una hora de béisbol y Kadir le ofreció patrocinar un equipo de jóvenes pagándole un decoroso salario por sus servicios como manager (entrenador). Cuando Lino aceptó, se dieron la mano como buenos amigos.

Durante varios años, Lino disfrutó dirigiendo equipos juveniles, ganando campeonatos hasta su muerte.

El timbre del teléfono, interrumpió el placentero viaje al pasado y Kadir tomó el aparato con cierto temor, presentía malas noticias.

Al otro lado de la línea, Ruth hablaba muy quedo, casi inaudible.

— Tengo malas y buenas noticias, querido. Tu paloma voló, ha puesto en venta su casa y vive ahora con un Chino de pésimos antecedentes. No me equivocaba, es una puta. La buena noticia es que está viva, enciende tu celular, te envío los datos completos— y colgó.

Agarrado por sorpresa, tardó un minuto en reaccionar.

¡Maldita sea! ¡La estúpida China no sabe lo que hizo! ¡Ha puesto en riesgo todo!, ¡incluso los siete millones de dólares depositados en su cuenta!

"Uno" colgó el teléfono con rabia.

¿Cómo demonios Tao Lin había sido tan pendeja para arriesgar su propia seguridad, saliendo de su escondrijo y poniéndose en manos de un cabrón desconocido? ¿La habrán obligado a ello?, era un enigma.

Tomó su abrigo y salió de la habitación, azotando sin necesidad la pobre puerta.

Con los informes que le proporcionó Ruth, se dirigió a la avenida 23 NW cerca del Tuxedo Park en el corazón de "China Town" (Barrio Chino), no tardó mucho en localizar el sitio donde con suerte estaría Tao Lin. Tomó sus precauciones, primero pasó en camioneta por el frente observando el edificio de madera verde descolorido de tres pisos.

En la planta baja estaba la tienda de antigüedades, y baratijas que exhibía un gran letrero en Inglés y Chino, anunciando CASA PEI.

El tendejón parecía vender de todo, había lámparas, jarrones, sedas y porcelanas, apiladas sobre la entrada.

Una segunda inspección la hizo caminando, después de todo aparentaba a la perfección un cansado vendedor de Seguros. Llevaba el gastado portafolio lleno de papeles que escondían el pequeño revólver Derringer Midget calibre .38 Special.

Era temprana hora de la tarde y "Uno" observó con curiosidad que los comercios comenzaban a cerrar. Un transeúnte comentó acerca de una mascarada o algo similar.

En efecto, se trataba de un magnífico desfile con docenas de flautas, tambores y cohetes, lleno de colorido, con serpientes y dragones de papeles amarillos y rojos que portaban con entusiasmo grupos de jóvenes que cantaban, reían y saltaban con extraordinaria habilidad de acróbatas.

Una docena de chicas abrían la parada con vistosos estandartes rojos y negros.

Resultaba común en el Barrio Chino este tipo de espectáculos pagano— religiosos, que los comerciantes organizaban: el Año Nuevo Chino, la Liberación de los Mongoles, la Celebración de la Rata, del Perro, del Dragón, o con cualquier pretexto para festejar y llamar poderosamente la atención de propios y extraños, para aumentar sus ventas.

Decidido, entró a la tienda del señor Pei, se interesó por el precio de una figura que siempre le había gustado. Era verde, en imitación jade y representaba algún ser de la mitología China. Era un perro grande y robusto con el hocico abierto, patas como garras y en la cabeza mostraba unos picos parecidos a espinazo de dinosaurio.

Pagó la suma convenida después del breve regateo que forma parte del ritual entre los mercaderes orientales.

En tanto empaquetaban su compra, preguntó a la joven dependiente por "Juana Martínez Romero", mostrándole su fotografía.

Nerviosa, la empleada negó conocerla casi sin mirar la fotografía, muy rápido a juicio de "Uno", dándose prisa por terminar y entregar el pedido.

Presionó un poco a la chica.

— Fíjese bien, por favor. Necesito verla para entregarle un cheque de casi doscientos dólares, es un reembolso de la Compañía de Seguros. Ella es mi cliente y ha mantenido baja siniestralidad.

— Tenel que hablal con amo Pei — dijo por fin, la Chinita. Un asiático gordo y alto, cerraba en esos momentos las pesadas cortinas metálicas del establecimiento. A una seña de la chica, acudió a su lado. Era lo más parecido a un luchador de Sumo.

— Lleval con patlón — pronunció, dirigiéndose a la puerta de salida.

— Pol aquí — dijo el sirviente.

Subieron la desvencijada escalera de madera, que rechinaba como gritos de dolor, cada vez que pisaban un peldaño.

— Buenas tardes, honorable señor Pei — saludó "Uno", notando a sus espaldas al guardia.

— Buenas tardes — respondió Pei— ¿Qué se le ofrece? Si es periodista, vendedor o pide ayuda, le digo ahora que no me interesa.

— Sólo tomará un momento, le agradezco su tiempo — dijo "Uno" con firmeza.

— Sucede que tengo que entregar a una clienta de mi Compañía de Seguros, un cheque cercano a los doscientos dólares, por una bonificación de primas. La busqué en su casa y sus vecinos me informaron que aquí trabaja, ¿podría llamarle por favor?

— Puede dejármelo a mí. Se lo daré cuando la vea.

— Lo siento señor Pei — dijo con humildad— con todo respeto, tengo que dárselo en mano y necesito que firme de recibido, ya sabe cómo son las Compañías.

El aludido jaló un cordón rojo de seda para llamar y con la otra mano acarició la culata de su revólver brasileño Taurus.

Al instante, detrás de una cortina de bolitas de cristal, apareció Tao Lin, se le veía delgada y triste.

Al verlo, no pudo controlarse y corrió a sus brazos sollozando.

— Mi amol, te cleí muelto, fuelon a matal…

El comerciante sacó su arma y disparó sobre el Auditor. El proyectil silbó a escasos centímetros de su oreja derecha, incrustándose en la garganta del gigantesco guardaespaldas que estaba muy cerca de él. El Chino no alcanzó a disparar otra vez.

La pequeña Derringer rugió en la mano de "Uno". La poderosa bala calibre .38 se hundió en medio de los ojos del señor Pei, como cuchillo en mantequilla.

En la calle, el sensacional desfile pasaba con estrépito. El sonido de cornetas, flautas, tambores y gritos ahogaron los disparos.

— Vámonos, rápido — exigió "Uno". No sin antes abrir las gavetas del escritorio, tomar dinero, desordenando y tirando documentos, rompiendo a patadas vitrinas y muebles. Por último, arrojó al piso de madera, cuatro lámparas de aceite que iluminaban el lugar, desatándose un gran incendio.

— ¿Hay otra salida por detrás?

— Sí, pol sala de fumal — dijo la princesa Oriental.

Corrieron tomados de la mano, hasta llegar al fondo de la tienda. El cuarto de fumar, era un lugar prohibido para ella, el señor Pei se reunía ahí con sus amigos y socios para fumar opio.

Bajaron por la escalera metálica de incendios, que los llevó a un callejón pestilente. Botes de basura por doquier, con algunas cucarachas que sin asustarse con su paso continuaron tragando con ansia los restos de comida.

Al llegar a la calle principal, se unieron con fingido entusiasmo a la parada, para separarse del bullicio tres calles adelante. Dando un rodeo, volvieron a la camioneta y se fueron al motel. En el trayecto, ella mimosa, trataba de explicar desordenadamente la situación.

"Scorpio" no dijo una palabra, rechazando con gentileza las caricias de Tao Lin, pues tampoco quería herirla.

— Estás enojado, ¿veldad? — gimió la muchacha.

— ¿No debería estarlo? — respondió con energía.

— Oh mi amol soy idiota. ¡Te julo nunca pensé hacelte daño, no sabes lo agladecida que estoy contigo, eles lo único bueno que me ha pasado en vida, lo eché a peldel, peldóname, peldóname, puedes castigalme o pegalme si quieles, lo melezco! — y empezó a llorar como poseída.

La contempló por un instante, le dieron ganas de echarla a la calle a su suerte, pero él no era así.

Por el contrario su carácter era de protector.

Sabía que aunque la había rescatado de nuevo de gente mala, no habría garantía de que la esbelta joven cayera otra vez en sus manos.

Algo tenía que hacerse.

Pero eso sería a partir de mañana, por hoy, calmarla y escuchar con paciencia lo sucedido ocuparía varias horas de esa noche.

Pidieron la cena al cuarto. Los moteles sólo tienen de comer cosas sencillas y rápidas, ordenaron una pizza grande con vegetales y atún, dos cervezas y café bien tinto.

— Tao Lin — dijo "Uno" lo más tranquilo que pudo— por favor explícame todo, yo te ayudaré. Voy a preguntar cosas exactas, quiero respuestas directas y verdaderas, ¿está bien? Creo que lo merezco.

— Pol supuesto, ¿qué quieles sabel plimelo?

— ¿Por qué abandonaste la casa segura, para irte a vivir con el asqueroso tipo?, además, ¿qué hiciste con tu dinero? Y por último y muy importante, ¿hablaste con alguien sobre el asunto de México?

La hembra respiró profundo dos veces y empezó su relato.

— Mi vida, no tienes idea abulido y cansado vivil población extlaña, no conoces nadie y sientes miedo llegal la noche, escuchal luido difelente, vel y sospechal de todos, no podel hacel vida nolmal.

— Un día salil a caminal sin quelel llegué balio chino esta ciudad. Nostalgia hizo entlal tiendas y cafés, tomando té, aboldó señol paleció caballelo, tendlía alededol de 50 años, pelo limpio y distinguido.

— Ela señol Pei, ofleció tlabajo en tienda y flancamente nada malo en ello, fue un elol. Al poco tiempo pidió vivil con él, negalme golpeó con saña, no podel leglesal a casa y sin dal aviso a nadie. Me esclavizó dalse cuenta ninguna pelsona me buscaba, no tenía a nadie. Hice silvienta, cocinela y concubina.

— Un día pol semana leunía en fumadelo de opio con valias pelsonas. Yo atendía sopoltando humo y malos ololes que tenían. Viejo Pei alentaba pala que malditos hombles tocalan senos, pielnas y nalgas, bulándose.

— Llegal soblino de Pei, joven alto y musculoso, mostlaba tatuajes en blazos, el amo Pei — como gustaba que le llamasen— me alquiló con él. Nada valielon plotestas, poseyó con fuelza bluta, después atacalme golpes de cintulón.

Todavía tengo huellas de golpizas, mila — mostrando cicatrices en las piernas y espalda, causadas con la hebilla metálica de la cincha.

— Malditos sean — rugió — ¡Hoy pagaron con sangre, lo que te han hecho!

Tao Lin, interrumpió su historia. Grandes lagrimones surcaban sus aún bellas mejillas y temblaba como una hoja. Secó sus lágrimas, la besó en la frente y la mantuvo abrazada por unos segundos, ofreciéndole afecto y un vaso con agua.

— Quisiela algo fuelte. ¿Es posible?

— Claro pequeña — extrayendo de su maleta una anforita de Vodka con el escudo Ruso y el rostro de Lenin en altorrelieve en colores rojo, blanco y dorado que siempre le acompañaba, regalo de Caridad, la hermosa Cubana.

La China tomó dos sorbitos y continuó.

— Ese hijo de glan puta, me obligó dale dinelo, nadie sabe foltuna que me diste está segula en banco, lo único que llevé taljeta plástico, donde cada mes coblo tles mil dólales inteleses invelsión.

— Dulante cuatlo meses, tipo obligaba a entlegal dinelo. Una noche llegó bolacho dio glan paliza. Flactuló naliz y mano izquielda, pidió más dinelo, tenía deudas de juego lo matalían si no pagaba.

— Amenazal sacalme ojos si no conseguía dinelo lápido, no podía decile de invelsión. En ese momento pala flenal toltula, decile amigo mío en México ela administladol de pequeño capital dejalme mis padles, y se encalgaba envialme dinelo.

— Ablió caltela y encontló — ¡Oh cuanto lo siento!— fotoglafía tuya y mía con fondo castillo Chapultepec en México.

— ¿La lecueldas?

— Un momento — pidió "Scorpio"— ¿cómo fue que me atacaron en el aeropuerto?, ¿sabía el sobrino de mi viaje?

— Clalo que sí, anunciaste última vez que hablamos anoté en agenda siemple tengo en bolso, día y hola llegada tuya, pensaba lecibilte pol solplesa.

— ¿Señaló el tipejo, si pertenecía a alguna organización criminal?

— Además de imbécil es mudo, alguien coltó lengua cuando niño.

— Perfecto, ya lo sabía — comentó el Auditor.

— ¿Le notaste algún tatuaje raro, algo como un dragón y una serpiente?

— Sí, tenía glabado en pecho. Me dijo en hoja papel lo hizo a los quince años. Lo vio en muestlalio Centlo Tatuajes. El Contador reflexionó por un momento, los Tattoo Shop, mantenían un gran catálogo de toda clase de dibujos y símbolos, que numerosas personas se hacían grabar en la piel soportando el dolor.

Era común ver a jóvenes y adultos de ambos sexos luciendo en brazos, pecho, espalda y otras partes de su cuerpo, swásticas nazis, sin serlo, emblemas religiosos o esotéricos, corazones, alegorías, calaveras, fauces de animales, o cualquier otro signo de preferencia intimidante, hechos artísticamente a colores.

Por todo esto, "Uno" se tranquilizó.

El Chino que mató en el Aeropuerto de México era un simple ladrón. No pertenecía a los Tong.

La roca que venía cargando, por fin la había tirado.

Por la mañana, le consiguió un billete de avión a Vancouver, para conectar con el vuelo a Hong Kong, donde Tao Lin tenía familiares.

El dinero se lo enviaría al Banco Hong Kong Shanghái. Bajo la enérgica administración comunista, los tratantes de blancas, casi habían desaparecido, ejecutados, en prisión o huyeron.

Nunca más su protegida correría peligro.

La hermosa Chinita quiso hacer el amor para despedirse, pero "Uno" se encargó de convencerla para olvidar el pasado y volver a empezar una nueva vida, que iniciaría justo ahora como una mujer decente.

No pudo evitar, sin embargo, un largo beso apasionado, al decirle adiós para siempre.

ZAMBAWE DEL SUR, ÁFRICA

Hacinados en un corralón rodeado con alambre de púas, yacían hombres, mujeres y niños, muchos niños de las tribus Ziri y Tambar tomados prisioneros por soldados del régimen dictatorial de Muviro Wamba, siniestro personaje conocido mundialmente por sus excesos contra la población civil.

Un año atrás derrocó mediante un sangriento Golpe de Estado al Presidente, que tras muchos años de guerras internas había logrado imponer la democracia y emprendido reformas para beneficiar a su pueblo, asesinándolo junto con sus Ministros y Familiares; después de someterlos a infames torturas.

A la esposa del Gobernante, le arrancaron los ojos color verde que conservaba en un frasco con formol en su oficina. La mano derecha del Presidente, le fue amputada con un certero golpe de machete y la tenía en exhibición con la leyenda: "la mano traidora que firmó Leyes contra el Pueblo". Las tribus Ziri y Tambar, eran leales a la República y enloquecido por el poder, el nuevo "General Wamba" inició un baño de sangre para exterminarlos.

Silenciada la prensa local y expulsados del País los corresponsales extranjeros, por "difundir mentiras", el Mundo poco se enteraba de esos terribles sucesos.

Monjas, misioneros y periodistas Nacionales, fueron los primeros en ser mancillados, cortados y asesinados.

Cerradas las fronteras y puertos por milicianos, muy poca gente logró escapar para contar las atrocidades cometidas por Wamba.

La comunidad Internacional, protestaba con debilidad por el genocidio, mientras miles de seres humanos morían acuchillados o de hambre, sed y enfermedades.

La Unión Mundial de Naciones, se limitó a "condenar enérgicamente" al régimen de Wamba, pero el cacique, buen cuidado había tenido de "invitar a salir del país por su seguridad", a los pocos turistas y hombres de negocios extranjeros, para no tener ningún problema con sus Gobiernos.

Un valiente corresponsal del New York Times, que se encontraba de vacaciones, alcanzó a salir del país, tragándose la memoria de su cámara fotográfica envuelta en una bolsita de plástico y dio a conocer lo que ocurría en Zambawe del Sur.

Un año después, ganaría el prestigiado Premio Pulitzer.

Ben mostró a Kadir, algunas de esas fotos así como docenas de cuerpos en otros lugares del planeta donde aparecían víctimas de violaciones, mutilaciones, torturas, asesinatos con hachas, sierras, cuchillos, granadas, armas de fuego, bombas, herramientas y otros utensilios mortales en manos criminales, que contemplaba horrorizado, sin poder creer que pudiera existir tanta maldad.

A la gravedad de los casos se agregaba, que en la mayor parte de las veces, los culpables no son detenidos.

Y si los encuentran, son condenados a penas irrisorias o puestos en libertad por defectos en la investigación o por corrupción de Funcionarios Judiciales.

— Es tan malo nuestro sistema de Justicia, que en muchas ocasiones, los abogados argumentan "locura temporal" de sus defendidos, logrando que los blandos Jurados los envíen a Centros de Rehabilitación Psiquiátricos que poco piden a hoteles bien montados.

New York City

El grupo de Auditores había hecho un gran trabajo profesional que les llevó once meses, por lo que el Supervisor consultó con John Kelly de la Oficina Central si podían tomarse una semana de vacaciones pagadas, quien le indicó que Cecil Hartford, Presidente y Director General de la firma, estaba contento.

Los mil novecientos millones de dólares de honorarios más gastos, que facturaba por los servicios de Auditoría Financiera y Administrativa, al Grupo de las diez Compañías Petroleras más grandes del Mundo, cubría con obscena facilidad, el pequeño lujo de la vacación solicitada.

— Adelante Kadir, descansen y disfruten. Los gastos van pagados por nuestra cuenta.

Los 13 miembros del grupo de Auditoría, escogieron destinos diversos. Tres fueron a Hawaii, dos a las Islas Fidji, tres a Roma y cuatro a París.

La decisión de "Scorpio" fue ir a Londres.

En pocos días el General Muviro Wamba, Presidente de Zambawe del Sur, visitaría la Capital Inglesa, para una reunión con el Primer Ministro y hablaría en el Parlamento.

Ese mismo día por la noche abordó nuevamente el Gulfstream que rugiendo, rodó por la pista, despegando con elegancia como una gigantesca águila color plata.

LONDRES, INGLATERRA

Una hora antes de aterrizar en el Aeropuerto de Heathrow, Kadir solicitó al representante del despacho en Londres, el alquiler de un automóvil Aston Martin DB9 Vanquish de 12 cilindros y 48 válvulas, que abordó con alegría. Siempre quiso manejar ese auto. Pequeño y esbelto, pero rápido y poderoso. Le permitió acelerar en la autopista los primeros 100 metros en sólo 4.8 segundos, reduciendo la velocidad con prudencia para evitar una infracción de tráfico. Lo que menos deseaba era llamar la atención.

Escogió un hotel de categoría, pero sin lujo extremo, cerca del Parlamento, registrándose con su verdadero nombre. Después de todo era Ejecutivo respetable de una Firma Internacional de Auditores, doblemente respetable y conocida en Londres.

Salió a caminar por la orilla del Támesis, deteniéndose para admirar la enorme rueda mecánica conocida como "el ojo de Londres" que giraba despacio, subiendo y bajando, haciendo las delicias de niños y parejas de enamorados.

Se compró un helado de chocolate con nueces de macadamia. Casi nunca los comía. — Pero qué caray, estoy de vacaciones — se dijo a sí mismo.

Sentado en una banca, disfrutó del mantecado, como lo hacía de chiquillo, cuando paseaba de la mano de sus padres. Al terminar el riquísimo sorbete doble, se levantó para seguir su caminata.

Tenía sólo la mitad del plan para ajusticiar al "General" Wamba.

La prensa local de la tarde, destacaba los datos biográficos de Muviro Wamba. Había estudiado para Maestro en Gran Bretaña, causando baja por sus pésimas calificaciones y temperamento violento, gran aficionado a la caza y a las mujeres, bebedor en exceso, vicioso jugador de cartas y orador fogoso.

Consultó su reloj, con rapidez se dirigió a un negocio de fotocopiado con servicio de Internet.

Localizó en los poderosos buscadores Google, Yahoo y Bing, la ficha médica de Wamba, la cual halló luego de perder tiempo encontrando sin propósito, otras informaciones sin sentido.

Los datos se almacenaban en una página del Reino Unido, y no sólo guardaba los de Wamba, sino los de todas las personas que viajaban a Inglaterra, pues con las epidemias y pandemias por bacterias y virus portados por los innumerables visitantes procedentes de todos los rincones del planeta, las Autoridades Inglesas habían decretado una Barrera Sanitaria que comenzaba con Certificados de Vacunación e Historial Médico, con énfasis en los que llegaban de Asia, África, Australia, Centro y Sudamérica.

Para los excesos de su ritmo de vida, Muviro Wamba estaba en lo ordinario saludable. Sólo padecía de un trastorno genético cardíaco conocido como Comunicación Interventricular, donde se mezclaban peligrosamente la sangre oxigenada "limpia" de un ventrículo, con la no oxigenada "sucia" del ventrículo opuesto. Su problema era operable con los riesgos naturales — hoy bastante disminuidos — en una cirugía de corazón abierto.

La segunda afección era todavía más seria. El desgraciado criminal padecía de alergia a las Abejas.

Kadir se documentó en la Sección de Medicina de la Real Biblioteca Británica, sobre los riesgos y cuidados que debía tener un paciente así, relativos a su actividad física y mental, alimentos, bebidas y medicinas.

Encontró que la Miel de Abeja, tan nutritiva y buena para la salud en la mayor parte de la gente, era en cambio, un agente peligroso y en muchas ocasiones letal para ese tipo especial de sensibilidades. La reacción alérgica producía un Shock Anafiláctico bloqueando las vías respiratorias con baja en la presión sanguínea y grandes probabilidades de sufrir un mortal paro cardíaco.

El recinto de la Cámara de los Comunes, mostraba la asistencia de casi la totalidad de sus 688 Miembros, así como del público trepado en las galerías, ansioso de escuchar al controvertido personaje.

Afuera, grupos de jóvenes activistas se arremolinaban enseñando agresivas pancartas: ¡LÁRGATE ASESINO!, ¡WAMBA MALDITO

PERRO, VETE A TU CASA!, ¡ARDERÁS EN EL INFIERNO BESTIA!, y otras lindezas.

El día anterior en la feria del Green Park había adquirido por dos libras una diminuta cerbatana, que arrojaba pequeños dardos con punta de goma y cabía en la palma de la mano.

En la tienda de conveniencia de una estación de gasolina, compró un paquete de pan tostado, un frasco de miel de abeja extra virgen, una barra de mantequilla pura de vaca, un paquete de pancakes y una boquilla para cigarrillos tipo Targard — micro cilindro metálico para retener alquitrán y nicotina. En la tabaquería del hotel, pagó por una pipa común.

En su cuarto revisó las amenities, encontrando como siempre, un pequeño estuche de hilo y agujas para coser.

Abrió el improvisado botiquín en el baño y tomó la cinta adhesiva para pequeñas curaciones. Con paciencia y cuidado rodeó con la cinta la mayor de las agujas que alojó después de saturarla en miel, en la punta del microfiltro y lo introdujo en la cerbatana, cuidando de no aspirar, pues si lo hiciera, la aguja de acero terminaría en su esófago.

Durante largas horas se pasó practicando la distancia, la fuerza del aire que debía imprimirle y la puntería para dar en el blanco.

Resultaba difícil acertar. Tres horas y cincuenta y cinco minutos más tarde con sus pulmones a punto de reventar, "Uno" logró dar en el objetivo diez veces consecutivas. Las agujas tenían un alcance máximo de 10 yardas. A mayor distancia perdían potencia, no darían en el blanco ni tampoco la aguja tendría la fuerza para penetrar la piel.

"Uno" decidió que la distancia ideal para lanzar la aguja sería de 3 a 6 yardas.

Estaba listo. Por último, zafó la chimenea de la pipa y la incrustó en el extremo de la cerbatana, que adquirió la apariencia de un accesorio para fumar tabaco, vulgar, como la vestimenta de su dueño.

La sesión en la Cámara había sido anunciada para las 11 de la mañana hora de Greenwich. Desde las 8.00 a.m., había comenzado el ajetreo de cámaras de televisión, cables, micrófonos, el lento proceso de pasar por los arcos de seguridad y revisión de toda clase de objetos de mano, tal como sucede en los aeropuertos.

Scotland Yard y el MI5 (Servicio Secreto Inglés) destinaron doce agentes infiltrados entre el público, para prevenir cualquier tipo de atentado. Al Gobierno de Su Majestad le preocupaba la seguridad de su huésped y sus intereses económicos y políticos en aquella Nación Africana.

"Uno", fiel a su costumbre de llegar siempre temprano, tuvo ocasión de preguntar cuál era la sección de los ciudadanos simpatizantes del Partido Laborista. Tomó asiento en la primera fila de la izquierda, muy cerca del pasillo de acceso a la tribuna y esperó.

Vestía un pantalón de mezclilla barato, camisa gris a cuadros y una chaqueta café desteñida, que no ocultaba sus años de servicio.

Los anteojos pequeños y redondos a la John Lennon, una gastada gorra de lana gris, zapatos deportivos de baratilla, la barba negra y crecida al igual que el bigote, completaban su ropaje. Lucía como gente del pueblo, hijo de cualquier trabajador de minas o de ferrocarriles.

Media hora antes del evento, el salón hasta ahora semivacío, comenzó a llenarse. Los Diputados iban y venían, saludaban, se abrazaban, reían, hablaban con un desorden tal que resultaría imposible callarlos, pensó "Uno".

En punto de las 10:30, el Ujier dando dos sonoros golpes con su Bastón Ceremonial en el piso de madera, anunció la llegada del Primer Ministro, quien fue recibido entre aplausos y abucheos por igual, quien desfiló hacia su lugar con gran dignidad.

El Presidente de la Cámara, hizo sonar la campanilla que anunciaba el inicio de la Sesión solemne, logrando lo que parecía imposible; conseguir mutis en aquella mezcla de mercado popular y circo.

A las 11.20 horas y después de haber pasado la Lista de Asistencia, Lectura del Orden del Día y las intervenciones de dos Diputados, se otorgó el uso de la voz al Primer Ministro quien anunció la presencia del Excelentísimo señor Presidente de Zambawe del Sur, General Muviro Wamba, quien hizo su entrada triunfal acompañado del Jefe de Protocolo, 2 agentes del MI5 y 3 auténticos gorilas como guardaespaldas.

Al momento los Diputados Laboristas gritaron consignas en contra del visitante, silbaron, patearon el suelo rítmicamente haciendo un ruido ensordecedor, mezclándose con el desesperado llamado a la cordura y silencio por parte del Presidente de la Cámara que inútil, repicaba la campana.

En la tribuna de la izquierda Laborista, los jóvenes aprovecharon para sacar pancartas y lienzos con leyendas ofensivas de rechazo al régimen dictatorial coreando: KILLER, KILLER, KILLER.

En lo que pareció una sola maniobra, "Uno" sacó la pipa cerbatana, quitó la pequeña chimenea, colocó la aguja en el microfiltro y sopló con todas sus fuerzas.

La aguja se clavó en la parte posterior del cuello, inoculando la miel sobre el torrente sanguíneo. Con un movimiento reflejo, Wamba, apartó de un manotazo la zona afectada lo que creyó un mosquito, haciendo caer la delgada aguja al suelo, donde sería casi imposible de hallar, como en un pajar.

Después de casi tres minutos de rechiflas y protestas, el Presidente de la Cámara amenazó con desalojar a los alborotadores y se produjo un poco de silencio, suficiente para otorgar el uso del micrófono al líder Africano.

Su mensaje lleno de mentiras, pretendía hacerlo ver ante la Nación Inglesa y por ende, la Comunidad Internacional, como un Jefe de Estado que trataba de imponer en su País, el Orden, la Paz, Justicia, Democracia y prosperidad de su Pueblo, combatiendo a las bandas de rebeldes y criminales, causantes de las mayores infamias y muertes de la población de su agobiado País.

Por tal motivo ofrecía convocar a elecciones democráticas libres en la primera oportunidad, solicitando la comprensión y apoyo del Banco Mundial, de los Países Ricos aglutinados en la Unión Europea y del G8 (Grupo de los 8 países más poderosos en lo económico, político y militar).

Minutos después, los noticieros de televisión de todo el Mundo, mostraron a un "General" Wamba, pálido, sudoroso enseñando una ligera hinchazón en los gruesos labios resecos, que respiraba con dificultad.

Perdida la voz y el equilibrio, cayó de bruces como tocado por un rayo, ante la mirada atónita de varias personas del auditorio, que asustados por los guardaespaldas que desenfundaron sus armas, corrieron siendo sometidos y apresados por los agentes de la Ley.

El infarto fulminante rompió el corazón de Wamba, quien murió a bordo de la ambulancia justo llegando al Wellington Hospital.

En franca avalancha humana, los presentes se dirigieron a las puertas quedando vacío el recinto en pocos minutos. Caminando apacible, "Uno" arrojó al río, la cerbatana, respirando ufano. Mission Accomplished (Misión cumplida).

La prensa escrita y la televisión ocuparon grandes espacios y tiempo para enterar el desafortunado ataque cardiaco del General Wamba, provocado al decir de la parte Médica, por la prolongada tensión y ansiedad, que impactaron en el defecto del corazón del Estadista.

Una Comisión formada por representantes de la Unión de Naciones, viajaría de inmediato a Zambawe del Sur, para restablecer la paz y convocar a elecciones democráticas.

FORT MYERS, FLORIDA

A miles de kilómetros de Londres, en su casa de La Florida, Benjamín Weitzner y su hija brindaron con champaña.

Cada cual tenía sus propios motivos.

El Ex Fiscal General, por el gozo que le produjo enterarse de la muerte de Wamba; y Ruth, por el solo placer de ver contento a su padre, imaginando una nueva ganancia en sus cuantiosas inversiones en el mercado del gran dinero.

"Uno" verificó el saldo de su cuenta bancaria en las Islas Cayman.

Había recibido el pago de treinta millones de dólares, más un depósito adicional de veinte millones como prima.

¡Con cinco mil millones de coños, es excesivo! —exclamó— Si no conociera muy bien a Benjamín Weitzner, pensaría que desea incrementar mis ahorros para contraer matrimonio con su preciosa hija, pero claro que no es así, él no se prestaría a ese tipo de juegos.

Deseo hacerla mi esposa y estoy dispuesto a convertirme al Judaísmo si fuera necesario, la circuncisión me la hicieron cuando bebé, así que es un avance.

Pero todo a su tiempo, no puedo realizar ese sueño mientras estoy activo en los "trabajitos" de la Fundación, sería exponerla demasiado.

Al imaginar actos de venganza contra ella y la familia, se le erizó el vello de la piel.

Soy realista y conozco la capacidad ilimitada de recursos humanos, políticos y financieros de los enemigos... al pensar esto, regresó a su memoria el atentado donde perdió la vida su amadísima novia Mireille, arrollada por una motocicleta cuando corría en el parque. Y no eran profesionales del crimen, terminó sus reflexiones, llorando como niño.

HOUSTON, TEXAS

El vestíbulo del Hotel Westin Oaks se encontraba atestado de viajeros que en vísperas del Thanksgiving Day — Día de Gracias en América— llegaban de todas partes para compartir la tradicional cena familiar.

La festividad, tercera en importancia sólo después de Navidad y la Independencia, reunía como por arte de magia a familiares y amigos, muchos de ellos distantes, que recorrían centenares de millas para estar juntos. Otro gran motivo del entusiasmo popular, eran las grandes ofertas y rebajas de precio que los comerciantes ofrecían a sus clientes. En efecto, resultaba todo un espectáculo ver a las multitudes frente a las puertas de las principales tiendas de Departamentos, esperando con ansiedad las once de la mañana, para literalmente, entrar en tropel arrasando a su paso a los pobres empleados encargados de los almacenes. Los dueños habían tenido que instalar un sistema de apertura automático y a control remoto, para evitar — como había sucedido ya— que empleados murieran aplastados por la ansiosa y salvaje muchedumbre.

En el sótano del gran Centro Comercial Galleria, justo al lado de la pista de patinaje en hielo, se encontraba un pequeño restaurante Francés llamado La Madeleine, famoso por sus extraordinarias sopas de tomate y cebolla al más puro sazón Alsaciano. Las ensaladas y el pollo rostizado constituían un verdadero templo de sabor y la pastelería era de primera. Los precios eran bajos pues no había meseros. Los clientes tomaban una charola y recorrían la barra que mostraba tras un cristal los alimentos.

Las mayoras de cocina, servían los platos elegidos con prontitud y abundancia. Al final de la línea estaba la caja y cada cliente después de pagar, cargaba su bandeja dirigiéndose a cualquier mesa disponible. Sin duda se trataba de un concepto de *fast-food* (comida rápida), pero muy al estilo Europeo.

Después de hacer su democrática fila, "Uno" se acomodó en una mesita lejos de los despachadores automáticos de refrescos, donde se encontraban también las servilletas de papel, cubertería de plástico desechable, azúcar, sal, pimienta, Ketchup y picante salsa Tabasco.

Cuando atacaba la espesa y riquísima sopa de tomate, salpicada de crotones fritos en aceite de oliva, llegó Ben, quien sólo pidió una sopa de cebolla gratinada, pan negro integral y un vaso de vino tinto de la casa. Era un consumado gourmet y saboreó por unos instantes el contenido del tazón, dando dos o tres cucharazos al caliente caldo.

— Estarás de acuerdo conmigo, que estos Franceses ¡sí saben cocinar! — dijo Ben.

— Cien por ciento de acuerdo. Te veo contento y hasta rejuvenecido. ¿Ha venido Ruth? — interrogó, delatándose.

— Claro que sí — respondió el anciano — sólo que ya sabes, prefiere hacer unas compritas antes que comer. Con suerte se nos unirá después… habrá que calcular un par de horas.

El enamorado pensó en llamarla a su teléfono celular. Necesitaba verla, estaba urgido, pero prefirió no mostrarse tan ansioso.

— Bueno ya vendrá — dijo en voz alta — mientras tanto debo informarte que el asunto Africano salió muy bien, aunque eso ya lo sabes, ¿verdad?

— Por supuesto y te felicito. Me enteré que el hijo de la gran puta estuvo en terrible agonía quince minutos antes de irse al infierno. Merecía sufrir por lo menos veinticuatro horas más. Quiero saber los detalles, me los contarás más adelante, tengo entendido que el asesinato fue muy original, expresó Ben.

— Tengo otra misión. Esta vez es más complicada, pero el pago es mucho mejor y la satisfacción, mayúscula. Estoy hospedado en la habitación 1021 del Westin Galleria, ella está en la 1023, por favor, no te confundas — dijo con sorna— ¿a las 4 p.m., está bien?

— Estaré en punto — informó el Contador, despidiéndose en el acto.

A las 2:30 p.m., Kadir llamó quedo a la puerta de la habitación de Ruth, pronosticó que Benjamín estaría tomando la siesta, costumbre que su padre Gregor, había contagiado a su amigo, hoy Ex Fiscal General de los Estados Unidos.

La nena, tomada por sorpresa, estaba recién duchada. Había visto por el ojillo de la puerta el rostro del muchacho y por un momento, no supo qué hacer. Si abría de inmediato, se arriesgaba a que su amado la conocería sin arreglar el cabello, sin gota de maquillaje y si no abría, el galán podía retirarse sin verla. Resolvió el dilema abriendo la puerta y disculpándose, corrió hacia el cuarto de baño para estar presentable. No podía saber aún que al Auditor le gustaban las mujeres mucho más al natural, sin cremas, ni afeites.

La preciosidad salió radiante, pensando haber impuesto una especie de récord de velocidad en lo que arreglos femeninos se refiere, pues sólo demoró quince minutos.

Asombrada al ver que su enamorado estaba en un cómodo sillón con la televisión encendida y dormía como un angelito, lo contempló a sus anchas. Le quitó los zapatos y lo cubrió con una manta, depositando en la frente un tierno beso de amor.

Como impulsado por un resorte el poderoso brazo derecho del hombre rodeó la estrecha cintura de la joven atrayéndola con cariño, se contemplaron por un instante y en forma natural unieron sus bocas primero con ternura y después con gran pasión largo tiempo contenida. Kadir corrió sus labios hasta el blanco cuello, acariciando los muslos, que magníficos se pegaron a su cuerpo.

En un arranque temerario, le tocó el pecho, provocándole enorme suspiro. Con manos expertas desabotonó la blusa de seda natural color naranja, dando paso a dos hermosos volcanes a punto de erupción.

Se quedó boquiabierto. La mujer era lo más parecido a una diosa.

Recuperado el aliento, procedió a quitarse la ropa con la inesperada ayuda de Ruth que embriagada de placer, retiró el cinturón del pantalón de Kadir, quien apenas tuvo tiempo de servir las copas de champaña, correr las cortinas y apagar las luces. La bella resultó una agradabilísima sorpresa. No se imaginaba la ternura y fogosidad casi animal que desbordaba. Se amaron como locos.

No sólo tuvieron sexo. Con gran entusiasmo se entregaron física y espiritualmente con todo. Integrándose como pareja perfecta, hicieron el amor, intercambiando dulces palabras que brotaron de sus mentes y corazones.

— Ruth eres virgen, perdóname, no lo sabía, no quería hacerte daño.

— No te disculpes. Mi pequeño tesoro lo he guardado siempre para ti. Soy un bicho raro, pero así es. Como te dije cuando nos conocimos, he tenido varios novios pero a nadie le había permitido mayores libertades.

— Me prometí que el día que lo hiciera, sería únicamente con el amor de mi vida. Ése eres tú querido. Sé que tal vez para ti no signifique gran cosa, pues eres de lo peor, has tenido amantes por docenas creo yo…

— Mi amor, por favor no sigas. Suponiendo que así fuera, que no lo es, nunca me había enamorado de verdad. Te quiero con toda mi alma.

Retomando la acción, rindieron tributo al amor en la alfombra como salvajes, disfrutándose como si fuera la primera y última vez en la vida de ambos, pronunciando cálidas palabras que brotaban desde el fondo del alma de los jóvenes amantes, haciéndose las promesas más puras y sinceras de los enamorados y que por los caprichos del destino, casi nunca se cumplen a plenitud.

Al terminar la segunda ronda amatoria, se quedaron dormidos.

"Uno" despertó sobresaltado y miró su reloj; casi era una hora después de la cita con su amigo. Disculpándose, se aseó, vistió a toda prisa y salió de la habitación, golpeando con los nudillos la puerta contigua, que se abrió de inmediato.

Ben había perdido la esperanza de reunirse con Kadir y solicitó al Room Service, unos cafés latte con galletas de vainilla, aceptando los motivos y disculpas de su amigo. Una hora de retraso no era nada, comparado con la importancia del asunto a tratar.

— Existe un personaje muy lejos de aquí — inició el Ex Fiscal — culpable de la tortura y muerte de cientos y tal vez miles de seres humanos.

— Con el pretexto de la Guerra Civil que se encuentra librando, emprendió una campaña de exterminio que ha llamado "limpieza étnica".

— No exagero al decirte que sólo se compara con la persecución y muerte de Judíos en los tiempos de Adolf Hitler o las matanzas de campesinos en la revolución bolchevique, ordenadas por Iósif Stalin.

— La Unión de Naciones, destacó alguna presencia militar en la Ex Yugoslavia, que ha resultado insuficiente. Esas Fuerzas de Paz, han sido atacadas y destruidas incluyendo las asistencias humanitarias de la

Cruz Roja Internacional y otras Agrupaciones de Ayuda, eso te pinta la bestialidad del tipo — continuó diciendo Ben.

— Recientemente, sus tropas han bombardeado sin compasión escuelas, hospitales, iglesias y campamentos de refugiados, causando mutilaciones y muertes de poblaciones enteras de Serbios y Croatas musulmanes. ¿Aceptarías ayudar a la Fundación en este asunto? — preguntó— El hijo de la gran puta se hace llamar "General" Rodion Petrovic.

— Hasta sin pago alguno lo haría — dijo con firmeza.

Cincuenta minutos más continuaron hablando del tema en el cuarto, cuando por fin apareció la rubia, deslumbrante, quien a modo de disculpa les preparó en el cuarto sendos vasos con hielo y Baileys, crema Irlandesa de Whiskey, en botellitas que cogió del frigobar.

— Vaya con la niña — se quejó Ben— hace una hora te esperaba, si fueras médico el enfermo estaría muerto.

— Perdón papacito, no te enojes conmigo, las mujeres necesitamos tiempo para arreglarnos. El baño, escoger vestuario, secado de cabello, pintura de uñas y labios y otras cositas requieren paciencia. ¿No te agrada el resultado? — besando a su padre con amor.

— Ah, hola Kadir, gusto de verte amigo — saludó intercambiando miradas de complicidad.

PARÍS, FRANCIA

La Doctora Jovanka Malajevic estaba al frente de la Misión Humanitaria Internacional — IHM por sus siglas en inglés— que asistía en forma voluntaria a la población civil de países devastados por las guerras, hambrunas, terremotos, inundaciones y otras desgracias naturales.

Este año, el grupo Médico y de Enfermeras, respaldado por la Unión Internacional para la Paz y el Desarrollo, integrado por Delegados de 40 Países, había decidido actuar en Zambawe del Sur, alertada por las pocas publicaciones que informaban de los crímenes contra la humanidad perpetrados por el régimen dictatorial del "General" Muviro Wamba. El escaso material publicado en Occidente, mostraba la ferocidad y encarnizado afán de exterminar a las Tribus Ziri y Tambar mediante crueles acciones contra la indefensa

población.

El problema principal consistía que las fronteras estaban cerradas y no estaba permitido el ingreso del personal extranjero.

Fue necesaria la presión de los Organismos Económicos Internacionales para que el Gobierno de Zambawe del Sur, admitiera de mala gana, la visita de las Brigadas Humanitarias de Salud, pues de lo contrario, le sería cortado el oxígeno financiero que tanto necesitaba el dictador para pagar a sus tropas y mantenerse en el poder.

Jovanka había deslizado el rumor de un brote del virus Ébola, mortal por necesidad, para terminar de convencer a la manada de animales que dirigían el País.

En el aeropuerto Charles de Gaulle de París, la Doctora Malajevic conoció a Kadir.

Ella luchaba con desesperación por conseguir pasaje para Angola, el sitio más próximo a su destino.

De allí se transportaría en lo que fuera para dar alcance a su grupo de trabajo que cuarenta y ocho horas antes había emprendido el peligroso viaje.

La empleada de la aerolínea explicaba con toda paciencia a la joven Doctora que debido a la huelga de sobrecargos de otras líneas aéreas, no podía conseguirle un asiento antes de los próximos cinco días, a lo que Jovanka se opuso tenazmente, solicitando en nombre de su Organización Internacional, un asiento en el próximo vuelo.

Kadir observaba divertido a la hermosa mujer enojada, cuyas tensas facciones la hacían ver todavía más bella.

Rendida por la discusión y resignada a la espera de varios días, se dejó caer en el asiento de la sala, pensando el siguiente paso. El Auditor esperó un poco antes de acercarse a la bonita mujer.

Conocía bien, que por regla general, los pasajeros suelen desconfiar —justificadamente— de las personas extrañas en las terminales aéreas, trenes y autobuses.

Calculando el momento oportuno, respetuosamente se presentó, entregando una de sus tarjetas de visita con toda cortesía.

La señorita Jovanka acostumbrada a los acosos y engaños de todo tipo de hombres, rechazaba por sistema, cualquier cosa que le ofrecieran.

Al levantar la vista, se encontró con el rostro sonriente y amigable, que de inmediato le inspiró confianza. Le pareció un caballero por sus modales, lenguaje educado y vestimenta deportiva, pero elegante.

Después de breves minutos de charla, "Scorpio" le ofreció el transporte que necesitaba hasta Luanda, capital de Angola, explicando su presencia profesional para auditar a la Compañía Petrolera del Estado, representando a la firma Hartford, Mellon & Fletcher, de la ciudad de New York, viajando en el avión particular propiedad del Despacho.

— Perdón, pero no pude dejar de escuchar la prisa por llegar a su destino y tenemos espacio para tres personas más, podemos llevar a otros de sus colegas.

— Agradezco mucho su gentileza pero viajo sola, estoy rezagada de mi grupo de trabajo, es por ello la urgencia... hay tantas necesidades por allá – finalizó la Doctora.

La hermosa dama no podía creerlo, pero aceptó complacida el "ride" (aventón), dando gracias a Dios, por solucionar su problema.

Excusándose un momento para visitar la toilette (baño), hizo una llamada al número que indicaba la tarjetita de Kadir, preguntando por él.

La amable voz de la telefonista de la firma Neoyorkina anunció que se encontraba de viaje con regreso dentro de diez días.

— ¿Algún mensaje? — finalizó.

— Por favor, diga que le llamó la Doctora Malajevic, gracias.

Muy contenta y convencida de la verdad, se reunió con su nuevo amigo para viajar juntos.

LUANDA, REPÚBLIC A DE ANGOLA, ÁFRICA

El poderoso Gulfstream de la compañía redujo la velocidad y la aeromoza indicó a los pasajeros que debían abrocharse el cinturón y prepararse para el aterrizaje en el aeropuerto "Quatro de Fevereiro" de la ciudad de Luanda. Habían transcurrido seis horas desde el despegue, tiempo suficiente para que se enterara por boca de la propia Doctora Malajevic de las terribles desgracias que en ese desafortunado País estaban ocurriendo. La Médico Cirujana habló muy poco de su vida privada. Por su parte, el Auditor no soltó prenda, evitando mencionar cuestiones personales.

Al tocar tierra, el par de amigos desconfiados, tal vez intuyendo infortunados pasados de cada uno, intercambiaron teléfonos y correos electrónicos, prometiendo reunirse algún día. Jovanka, no podía imaginar lo pronto que sería.

Tras cumplir con las formalidades de Migración y Aduanas, ambos se dirigieron a la ventanilla de cambio de moneda convirtiendo sus dólares americanos en "Kwanzas", a razón de 75 por dólar. Se despidió con un afectuoso apretón de manos, reteniendo por un par de segundos aquella mano inmaculadamente blanca, suave y tibia que le ofreció Jovanka.

— Arrivederci, hombre misterioso, mil gracias — dijo la Doctora lanzando con su dedito un beso al aire, caminando rumbo a la salida pasando frente a pequeños comercios que ofrecían cestas, cerámica, máscaras y esculturas en madera y marfil.

Cuando se alejó en el Aeropuerto, "Uno" la contempló con admiración y respeto. No abundaban las mujeres como ella, todo idealismo, fuerza, decisión, conocimientos y carácter, pero además con una gran belleza física, como pudo apreciarla en todo su esplendor.

El blanco uniforme de Médico, se ajustaba a la perfección al atlético y flexible cuerpo, como el de una leoparda, esbelto y firme. "Scorpio" adivinaba pantorrillas y muslos de gimnasta, rematados por unos glúteos redondos y perfectos. Subiendo por su cuerpo se reducían las medidas abruptamente en la cintura y ascendiendo, coronaban con dos senos preciosos medianos, que calculó cabían en la palma de sus manos. Los ojos verdes eran enmarcados por cejas naturales sin depilar, la nariz recta, riquísima boca de labios semicarnosos y dientes blanquísimos que antojaba comérsela a besos, hacían de Jovanka una candidata ideal para ganar cualquier concurso de belleza Internacional.

Concentrado en el diagnóstico físico, siguió con la descripción intelectual. Sin duda era brillante Médico Cirujana, se había graduado con honores en una de las mejores Universidades de Europa y su práctica profesional era tan variada como cabellos en su linda nuca. En efecto, renunciando a la comodidad de un consultorio dentro de la ciudad, había escogido servir a la Humanidad allí, donde nadie quisiera ir. A los Países del llamado Tercer Mundo, donde ella en la práctica Científica Médica, tenía que luchar a toda hora no sólo contra las enfermedades, plagas y epidemias, sino contra el fanatismo y la ignorancia, pues en algunas regiones del globo, la Medicina era territorio sagrado de brujos y curanderos.

Jovanka le contó que más de una vez, había estado sometida a torturas y en peligro de muerte en aldeas innombrables. Estuvo a punto de ser cocinada viva y devorada por caníbales en Islas cercanas a Nueva Guinea y sin embargo su gran espíritu de lucha y fortaleza física, la habían sacado adelante.

"Uno" no pudo más que sentir un gran respeto y aprecio por aquella valiente y ejemplar mujer, prometiéndose buscarla hasta el fin de la Tierra si fuese preciso, la necesitaba como compañera. Era la clase de mujer inteligente, que no pregunta nada, no presiona, no empuja, con la que desearía estar siempre, podría ser otra esperanza a largo plazo, la esposa perfecta para compartir el resto de su vida, sin el millón de complicaciones que significaría el matrimonio con Ruth, a la que amaba con locura y sin embargo, por su "trabajo" de asesino, ¡no debía, ni podía fructificar! y que quizá en este momento lo hubiera mandado merecidamente, al diablo.

Cuando la perdió de vista, sintió un hondo vacío en su pecho. Esbozó una mueca que quiso ser sonrisa. La vería muy pronto. Más rápido de lo que él pudiera pensar.

Con sus limitados recursos, la Doctora Malajevic pudo adquirir un destartalado camioncito Japonés Isuzu, con aspecto de reliquia de la Segunda Guerra Mundial, que contra todo pronóstico funcionaba. El motor sumamente gastado emitía tosidos y explosiones, despidiendo volutas de humo negro por el carcomido tubo del escape.

Cociéndose a fuego lento por las altas temperaturas de la zona y sin la comodidad del aire acondicionado, la valiente amazona contrató a un jovencito para servirle de guía, obteniendo con dificultad en el Hotel Trópico, un mapa del País y otro del Continente Africano.

Las jornadas por venir, no eran nada agradables. La Doctora tendría que recorrer el inmenso territorio de Angola de Oeste a Este, atravesar la frontera de Zambia hasta Kalabo y allí, cruzar las Provincias del Oeste y del Sur arribando a Lusaka, donde con suerte lograría un vuelo a su destino.

Kimbo, el muchacho guía advertía en su poco Inglés a la patrona, sobre todos los peligros del cansado viaje. La Doctora creía conocer los riesgos. Aparte del calor, polvo, traqueteo del camino y fallas mecánicas del viejo vehículo, debían pasar por aldeas miserables con poblaciones hambrientas que eran una amenaza para la seguridad de los viajantes, con la probabilidad de sufrir atracos, lesiones y secuestros. Ignoraba la bella Jovanka, que su linda figura forrada en fina piel blanca, era súper codiciada en esas tierras. Veinticinco años de guerra civil, habían destrozado la economía de Angola. La producción agrícola y la explotación de yacimientos de petróleo y diamantes estaban desorganizadas y no obstante sus abundantes recursos naturales, los ingresos per cápita de sus habitantes se encuentran entre los más bajos del Mundo.

Los campesinos se niegan a trabajar las tierras por el peligro que representan los cientos de minas explosivas que permanecen aún enterradas, por lo que dependen de la importación de alimentos.

Durante casi dos siglos, Angola fue uno de los lugares favoritos para el comercio de esclavos por parte de los Portugueses, criminal actividad que por desgracia, no ha desaparecido del todo, en algunos Países se ha "modernizado".

Al segundo día de recorrido, la caravana fue asaltada. Una docena de bandidos armados con palos y filosos machetes, colocaron grandes troncos en la carretera para detener el camión. Como perros hambrientos arrasaron con toda la comida y agua, golpeando con saña al joven guía, que inútilmente trató de defender a la dama. Un par de sonoras bofetadas en la cara de Jovanka, bastaron para derribarla y estuvo a punto de ser violada en tumulto, salvada por la enérgica voz del líder del grupo, quien al notar su gran belleza la reservó para sí, y después de gozarla un tiempo, venderla a magnífico precio en el burdel principal de Luanda, la ciudad Capital, por lo menos pediría 800,000 Kwanzas — unos diez mil quinientos dólares americanos.

Era fin de semana y en las calles de la ciudad, la población se entregaba por completo a la música y el baile, olvidando un rato la pobreza extrema en que vivían. El exclusivo Club de Extranjeros estaba a reventar. Con todo y la inestabilidad social, el año anterior Angola había recibido a más de doscientos mil extranjeros, entre técnicos, vendedores de bienes y servicios, banqueros y turistas.

Como todas las noches de viernes, la gerencia del Club ofrecía como atractivo principal — el debut de algunas sensacionales hembras nuevas— aparte de los conocidos bailes de chicas semidesnudas que se retorcían en un tubo vertical colocado de piso a techo, al ritmo de música de flautas y tambores, haciendo ágiles contorsiones propias de gimnastas o cirqueras.

Jovanka Malajevic, Doctora en Medicina por la Universidad de la Sorbona, estaba a punto de ser iniciada —contra de su voluntad— en el rito del Striptease, desnudo total ante la mirada del público de hombres, en su mayoría borrachos que gritaban bajezas a las pobres mujeres.

Ella se había resistido con todas sus fuerzas, soportando torturas físicas y psicológicas de sus captores. Había pedido morir muchas veces al Cielo antes que la deshonra total padeciendo infames violaciones por el jefe de los secuestradores y el dueño del congal, quienes la poseyeron brutalmente varias veces. Cuando con una cucharilla le vaciaron los ojos a Kimbo su joven guía, desangrándolo hasta morir y amenazaron con violarla entre diez sujetos y cortar su clítoris, no tuvo fuerzas para soportarlo, aceptando bailar desnuda frente a la enardecida clientela. Por primera vez en su historia personal, la Doctora que dedicaba su existencia a conservar las vidas humanas, deseó la muerte, la más lenta y dolorosa posible, a sus esclavistas.

Los Estados Financieros de la formidable Compañía Petrolera, mostraba ingresos y utilidades excelentes. Los accionistas y el Gobierno local, socios en el negocio de exploración, perforación y explotación de crudo, estarían felices al saber que las reservas probadas de hidrocarburos ascendían a más de cuatro mil millones de barriles de petróleo y unos siete mil millones de metros cúbicos de gas natural.

El Balance General, los Estados de Resultados y Cash Flow (Flujo de Dinero Inmediatamente Disponible), mostraban cifras espectaculares. El Informe Certificado de la respetada firma Hartford, Mellon & Fletcher, haría que las Acciones cotizadas en las Bolsas de Valores de Nueva York, Londres, París y Tokio, subieran como espuma. Kadir estaba satisfecho y no mostró objeción en aceptar la buena parranda que los Ejecutivos de la Empresa le invitaron.

Después de la cena, sus anfitriones lo llevaron al Club de Extranjeros en la Avenida "Dos Combatentes", asegurándole una gran diversión, explicando que todos los fines de semana, había un gran ambiente, finalizando con la subasta de las mejores putas del lugar.

Los petroleros eran clientes frecuentes del antro y todos los viernes sin falta tenían reservación en mesa de pista. Al llegar, el gerente acudió a recibirles, conocía muy bien las generosas propinas que daban los nuevos ricos.

Libaron a discreción. EL AUDITOR DE LA MUERTE, siempre alerta, sobre todo en lugares desconocidos, bebía con moderación, escuchando las historias amorosas de sus compañeros, inventadas en su mayor parte. Las mujeres ejecutaban sus bailes cerca de ellos, rozando los senos desnudos en caras y cuerpo provocándoles, para hacerlos introducir en el diminuto calzoncito, un billete como recompensa.

Con una seña, el dueño del lugar ordenó la suspensión de la música para anunciar el debut de una maravillosa criatura importada de los fríos bosques del norte de Europa: — Con ustedes, la bellísima ¡Princesa Grettel!!

Los hombres, eufóricos dieron la bienvenida a la "Princesa" con gran entusiasmo, gritando y aplaudiendo a rabiar.

No era para menos, Jovanka portaba un minúsculo bikini azul cielo que dejaba ver la mayor parte de su hermosa anatomía.

La muchacha lucía tímida y triste, apenas movía su cuerpo cuando volvió la música, tratando de no cometer torpezas que podían costarle dolorosos castigos.

Estuvo a punto de salir corriendo y pedir auxilio, pero un fornido guardia negro bloqueaba la salida. La luz de los potentes reflectores en la cara, no le permitieron ver enseguida a los ocupantes de las mesas cercanas al escenario.

Los músculos de la cara y de todo el atlético cuerpo de Kadir, se tensaron como cables de acero al reconocer a Jovanka. No podía creer lo que miraba.

Apretando los puños quiso bajarla del estrado y cubrirla con su camisa, de sus enrojecidos ojos brotaron chispas de odio hacia todos los ebrios que insultaban con palabras y ofendían con sus miradas cargadas de lujuria, a la Doctora. Controlando la primera impresión, el cerebro de "Scorpio" acostumbrado a condiciones extremas, trataba de encontrar una explicación lógica de la extraña situación.

¿Qué había sucedido? Y si todo lo relatado por Jovanka,

¿era sólo una pantalla de sus verdaderas actividades? ¿Realmente podía ser una bailarina de Table Dance? ¿O una pinche prostituta drogadicta?

Todos esos malos pensamientos quedaron borrados de inmediato como una ráfaga de fuerte viento que levanta una hoja de papel. El Auditor se arrepintió de sus duros y apresurados juicios hacia la linda y buena mujer.

No, definitivo. La Doctora nunca haría nada parecido, a menos que... ¡la obligaran!! Más claro ni el agua, ¡malditos sean!!! ¡Lo pagarán caro!!! — pronunciando esta última frase con un grito salvaje.

— ¿Qué demonios te pasa amigo? — dijeron sus camaradas — Cálmate, no es para tanto. ¿Eres nuevo en esto, verdad? ya te acostumbrarás, este lugar es famoso por presentar muy buenas nalgas, sobre todo de Europa del Este.

— ¿Eso que dijiste de "lo pagarán caro", significa que participarás en la subasta? Parece que sabes lo que dices, hay que pagar muy caro para gozar a esa hembra — mencionó otro sujeto de la mesa.

— Pues… sí, claro que me gustaría participar, espero que acepten mi credit card (tarjeta de crédito) — replicó, fingiendo reír.

— ¡Cheers! — brindó con todos, ordenando otra ronda de copas.

Jovanka se mecía como entre nubes, al ritmo de la música sensual, de pronto en un cambio de dirección de las luces, vio al secuestrador sentado a la mesa principal. ¡El tipo había sido "invitado de honor" por el dueño del antro para el debut de "La Princesa"! Desviando sus lindos ojos, miró en la mesa de al lado, a ¡Kadir!, quedando helada, sufriendo un desmayo. Perdido el conocimiento, cayó al suelo de manera espectacular, fracturándose la muñeca derecha, como lo reconocería la misma Doctora después.

Media docena de parroquianos y dos meseros, corrieron para auxiliar a la chica demasiado tarde. Dos segundos antes, "Scorpio" levantándole en vilo con gran cuidado, la condujo al sencillo cuarto usado como oficina, bajo la desconfiada mirada del propietario del local, que llegaba sosteniendo un vaso con agua.

— ¡Largo de aquí haraganes, no es nada serio! ¡Regresen al trabajo malparidos! ¡El show debe continuar o la casa pierde!— insultó el patrón a los meseros y guardias de seguridad.

— Los llamaré si los necesito, ¡hijos de la chingada!!

— ¡Vamos perra maldita! — gritó el tipo— Has jodido la noche, ¡pendeja! ¡Por tu pinche culpa, voy a perder mucho dinero! ¡Zorra cabrona!, ¡despierta ya! — golpeándole en la mejillas con sus sucias manazas y arrojando la mitad del agua en el rostro.

"Scorpio" cogió el vaso con agua y cauteloso lo llevó a los labios de Jovanka, dándole el líquido en sorbitos. Considerando que había bebido el agua suficiente, con un rápido movimiento, rompió el vaso de cristal en el duro piso de cemento y con limpio tajo en el cuello, degolló al sujeto, que se ahogó a borbotones de su propia sangre, sin emitir un quejido.

La Doctora entreabrió sus hermosos ojos con afecto. Le pareció ver medio borroso el rostro amigable de Kadir que le hablaba. Cuando pasados dos minutos se recuperó, notó un fuerte dolor en la muñeca emitiendo un leve gemido. Médico que era, se diagnosticó fractura del hueso radio de la mano derecha.

Como de rayo, pidió algo para entablillar, procediendo a colocarse un cepillo plano para el cabello, en cada lado de la muñeca, sujetados firmemente con cintas para envolver regalos tomados de cajas de chocolates enviados a las bailarinas por sus admiradores.

— Oh, he sufrido tanto, por favor sácame de aquí, ¡estoy secuestrada! — dijo Jovanka llorando.

— En la mesa, al lado de la tuya está el maldito que me asaltó, por su culpa he sido golpeada y violada, ¡¡es una pesadilla!!

Pero ya el hombre había despejado la salida, haciendo a un lado el cuerpo del muerto, cubriéndolo con una vieja cortina.

— ¿Lo has matado? — interrogó ella.

— Fue en defensa propia — mintió él.

— Ya te explicaré. Debes esperarme unos momentos, por favor cierra la puerta con llave y no abras a nadie, les diré que el dueño está contigo y no quiere que lo molesten.

Regresó al salón con sus amigos que disfrutaban de bellas compañías, como si nada hubiera pasado.

— Se desmayó por el stress y la mala alimentación que les proporcionan en lugares como éstos— informó el Contador

— Se está recuperando y debo contarles que la he comprado por esta noche, un poco costoso mi capricho, pero creo que lo vale, ya que mañana regreso a mi País — chocando las copas una vez más, observando de reojo al miserable bandido instalado en la mesa de junto.

El maleante, alcoholizado se levantó del asiento dando traspiés para ir al sanitario. Segundos después, "Scorpio" entró al baño simulando orinar.

Cuando el tratante de blancas subió el cierre de su humedecido pantalón, se miró al espejo, inclinándose en el lavabo para refrescar la sudorosa cara, instantes que aprovechó EL AUDITOR DE LA MUERTE para cogerle de la cabeza, azotándola contra el borde de cemento del surtidor, con toda la fuerza que la furia humana puede acumular.

El criminal dio un grito de dolor y agonía que nadie oyó. Afuera, sólo se escuchaba el potente sonido de la música y el ruido que suelen hacer los alegres concurrentes en los bares.

Con el cráneo roto y masa encefálica expuesta, el bastardo secuestrador, violador y traficante de esclavos, murió sin saber quién lo atacó. "Scorpio" lavó la sangre que manchaba sus manos, derramó suficiente jabón líquido del despachador sobre el piso y zapatos del muerto, saliendo del baño.

Quiso el destino que el siguiente en ingresar al maloliente y sucio WC (baño) fuera Mobutu, el encargado del antro. Al ver el fiambre ensangrentado, decidió cerrar el cuarto con seguro y colocar el letrero "Out of service" (fuera de servicio).

La clientela masculina debía usar también el baño de las mujeres. Era el procedimiento habitual cuando había descompostura o un muertito por riña en el negocio. Lo último que harían el dueño y él, era dar parte a la Policía.

Al despedirse, Kadir pagó la cuenta en efectivo, llevándose media botella de Ron — para el camino, explicó— depositando una muy generosa propina en la mano del mesero, declarando que había pagado al dueño el alto precio que pidió por la muchacha.

Retornó al cuarto y cargó a la Doctora sobre su hombro izquierdo, vaciando un poco de ron sobre la ropa de ella, cerrando la puerta con el seguro interior.

— Puta de mierda, se pasó de tragos, ¿qué te parece?

— manifestó al portero, regalándole varios billetes como gratificación.

Caminó despacio hasta el vehículo de la compañía, colocándola amorosamente en el asiento posterior, subió al lugar del chofer y puso en marcha la camioneta Jeep Grand Cherokee, perdiéndose entre el laberinto de calles, hasta el Aeropuerto.

Usando el teléfono celular se comunicó con el Piloto, empleado del Despacho, quien se encontraba siempre a disposición.

El Capitán del Jet era muy conocido por los Oficiales del Aeropuerto de Luanda, siempre procuraba obsequiarles "gadgets" — novedades electrónicas— o juguetes para sus hijos, que el Despacho le proporcionaba en cada viaje, digamos de buena voluntad, pero que lograban pequeños favores, fila especial para revisiones rápidas, pocas preguntas, amabilidad en el trato y otras.

Por ello, no sorprendió a Kadir la velocidad en los trámites de salida del País Africano, ante la mirada atónita de Jovanka.

Joao Mobutu era un hombre corpulento y de todas las confianzas del dueño del Club de Extranjeros "Desires".

Hijo de un indigno Sacerdote Portugués quien llegó al Continente Africano para difundir el Evangelio y dispersar también sus propias semillas, fecundando los vientres de varias aldeanas.

Estaba orgulloso del color de su piel, más clara que la de sus compañeros, creyendo estúpidamente que por ese simple hecho sería superior a los demás.

La vida, no tardó mucho en hacerle ver que no es el color de piel lo que puede hacer la diferencia entre los hombres, sólo el estudio, trabajo, honradez, lealtad, valor, generosidad, y otra docena de valores distinguen al hombre de la bestia, haciendo mejor al ser humano.

Joao Mobutu había recibido siempre — pese a su apariencia— un trato de esclavo. Había hecho los trabajos más duros en el campo y en las instalaciones petroleras, ganando una miseria.

Había conseguido el trabajo en el "Desires" por casualidad. Una noche, evitó un asalto callejero y desde entonces se convirtió en guardia de seguridad del que resultó ser propietario del cabaret, que después de un año, lo hizo Encargado del Congal.

En el fondo, era un hombre ambicioso y rencoroso. Había sufrido todas las carencias y humillaciones posibles, soportándolas en silencio. El Jefe lo trataba peor que perro. Lo que mas deseaba era tener algún día su propio negocio.

Cuando entró a la habitación buscando a su patrón y hallarlo muerto, Mobutu tuvo el primer impulso de avisar a las autoridades. Pero lo pensó mejor, por su cerebro pasaron varias ideas, el Jefe no tenía familia, mmm......

Desconcertado decidió cerrar con llave el cuarto y regresar al salón, como si nada hubiera pasado. Él estaba a cargo ahora. Esta vez el destino ponía en sus manos, la oportunidad de ser el patrón, después de tantos años — se dijo— lo merecía.

Cerró el club a la hora acostumbrada, hizo las cuentas pagando a músicos, bailarinas y meseros, quienes no extrañaron la presencia del cabecilla, quien muchas veces abandonaba el club para divertirse con alguna otra mujer.

Una vez que todos salieron, se quedó, alegando tener trabajo que hacer. Y no era mentira, le llevó tres horas, cavar en el pequeño jardín una fosa de dos metros de largo, uno de ancho, y tres metros de profundidad, sepultando ambos cadáveres boca abajo, como si fornicaran toda la eternidad, una venganza añejamente acariciada.

Distribuyó la tierra sobrante y limpió muy bien los sitios de los crímenes: la oficina del Jefe y el baño de Hombres, quemando la vieja cortina usada como mortaja.

Sí señor, Joao Mobutu era el nuevo y flamante propietario del Club de Extranjeros "Desires". Como sucede en muchos casos, la Policía ni se enteró.

La versión — inventada por él — de que el patrón decidió irse a vivir con la "Princesa Grettel" a su nórdico País, fue aceptada por todos.

Desaparecer con una hermosísima mujer, sería la mejor fantasía de muchos. Clientes, empleados y proveedores, se alegraron de no tener que soportar más al tirano y déspota lenón.

En cuanto al raptor, se corrió la versión que simplemente desapareció, tal vez huyendo, nadie lo extrañó, ni sus propios compinches, que gozarían de la mayor parte de los 800,000 Kwanzas guardados en el escondite que bien conocían.

París, Francia

El vuelo a París fue de lo más tranquilo, el buen tiempo cayó de perlas a los pasajeros que lograron dormir unas horas. Jovanka había revisado el bien surtido botiquín de primeros auxilios del jet, administrándose analgésicos para soportar el dolor, aseando la superficie fracturada colocando un mejor soporte y vendaje para inmovilizar el brazo.

A su arribo a la Ciudad Luz, fueron recibidos por personal del Despacho, que condujeron a los pasajeros al American Hospital, uno de los mejores hospitales de París, ubicado en la exclusiva zona de Neuilly, donde repararon a la perfección el brazo de Jovanka, sometiéndola a toda clase de análisis y estudios, incluyendo el NMR de todo su cuerpo — Nuclear Magnetic Resonance (Resonancia Magnética Nuclear).

Con todo y sus protestas, quedó internada en el sanatorio, bajo estricta vigilancia de Enfermeras y Médicos, encantados de tener como paciente a la hermosa mujer.

Al día siguiente por la tarde, la linda chica recuperada por completo, fue dada de alta del nosocomio cubriendo Kadir todos los gastos, que Jovanka aceptó solamente como un crédito, ofreciendo pagarle lo más pronto posible, pues en su cautiverio, la despojaron de todo el dinero, cheques de viajero y tarjetas bancarias.

Con señales de no haber dormido muy bien, la hospedó en el Hotel D. Louvre, de arquitectura estilo Segundo Imperio, situado al sur de la Plaza Malraux, en el corazón de la ciudad y cercano al famoso Museo, retirándose con la mayor urbanidad, argumentando otras ocupaciones, tal vez volvería más tarde.

Al entrar a la Suite, Jovanka emitió un gritito de alegría y sorpresa; estupendo canasto con flores frescas y frutas la esperaban. Quedó maravillada, cuando abrió las puertecillas del clóset vestidor, encontrando tres vestidos de calle, dos de coctel, dos sacos a juego, tres jeans, tres pantalones de vestir, doce blusas en alegres colores, tres pares de zapatos de tacón alto, tres de medio tacón, dos pares de calzado deportivo, dos sweaters, dos chamarras deportivas y dos de vestir, un medio abrigo ligero de lana, dos sacos y abundante ropa íntima, todo a su medida, de las mejores marcas y gusto exquisito. Un juego de prácticas maletas de color rosa, completaban el ajuar.

— ¡Sprukangadye! — soltó Jovanka en un dialecto aldeano de su Patria, algo así como — ¡Demonios, no puedo creerlo!

Tomó el segundo baño del día, esta vez sumergida en la tina llena de aromáticas burbujas, cuidando de no mojar la enyesada mano derecha. Escogió del frigobar una pequeña botella de vino blanco Francés, bebiendo directo. Mientras disfrutaba de las tibias aguas y el sabor del vino, pensó en su amigo Kadir, esbozando una amplia sonrisa como de triunfo.

Recordó la noche anterior en el hospital, cuando creyó que ella dormía, le había tomado de la mano besándola con ternura, ¿o sería amor?

Sí, por supuesto que era amor porque ¿cómo podía explicarse los peligros que compartió con ella al rescatarla y ayudarla en todo? ¿Y cómo rendido de cansancio, permaneció sentado en el sillón del cuarto toda la noche, cuidándola?

Eso es amor, concluyó, no bull shit — (mierda de toro) — mala palabra aprendida de uno de sus colegas Norteamericanos. De súbito, se dio cuenta que se estaba emocionando al pensar en su amigo. En realidad no lo conocía bien.

¿Tendría esposa, hijos, novia?

Le había hablado un poco de su trabajo como Contador Público Auditor, pero presentía algo más. Nunca conoció a un oficinista, de portafolios, que hiciera frente a situaciones peligrosas.

Siempre tuvo la impresión de que los Contadores eran rutinarios y hasta aburridos hombres de negocios, que actuaban en forma mecánica, fríos, sin sentimientos y emociones, como si fueran de plástico… hasta hoy.

Su salvador era todo lo contrario, poseía carácter duro, resuelto y en los ojos, la genuina expresión apasionada del amor. Y vaya que ella conocía del tema, estaba acostumbrada al eterno asedio de los hombres de todas edades y condiciones sociales, que rehusaba.

Había conocido y rechazado en su corta vida, a docenas de

admiradores que la colmaban de costosos regalos, atenciones, ofertas de magníficos trabajos y ventajosos matrimonios con ricachones.

En su profesión de Médico, había tratado con pacientes y sus familias, terminando siempre con invitaciones, desde simples cenas hasta cruceros en yates particulares.

Recordó con picaresca alegría, el ofrecimiento de un Jeque, dispuesto a darle un edificio en Londres, uno en París y otro en Nueva York, un Lote de valiosas Alhajas depositadas en el Credit Swiss Bank, una Cuadra de Caballos Árabes Pura Sangre y cien Camellos, con tal de ingresar a su Harem como la nueva Favorita.

Sonó el dorado teléfono de la habitación. Era Kadir pidiendo permiso para subir a la Suite. El corazón de la joven se aceleró, ¡por fin había llegado su Héroe!!!

— Dame unos momentos, por favor — suplicó ella.

Presurosa, sin que la mano lesionada le hiciera mucha falta, como pudo deshojó las rosas del cesto, regando los pétalos, como si fuera un camino hasta el cuarto de baño, continuando hasta el dormitorio, depositando otros más en forma de corazón, sobre el blanco edredón de la cama King Size.

Anotó en la libretita de recados, las palabras "Go Ahead" (sigue adelante) con unas flechas dibujadas.

Por último, retiró el vino blanco y en su lugar sirvió dos copas de champaña helada, entreabrió la puerta y se metió desnuda en las cálidas aguas del jacuzzi, cubriéndose de espuma perfumada, procurando dejar fuera el antebrazo enyesado.

EL AUDITOR DE LA MUERTE cruzó la puerta divertido por la ocurrencia de Jovanka, recorriendo el camino obedeciendo fielmente las instrucciones.

De pronto leyó "Puedes quitarte la ropa aquí" indicación que siguió al pie de la letra.

Desnudo, entró al cuarto de baño y sin decir nada, se introdujo en la tina abrazando emocionado a Jovanka, besando la magnífica boca que le ofrecía entreabierta.

Los jóvenes no necesitaron hablar, ni decir nada. Se amaron con pasión como si fuera el último día de su vida juntos, el futuro no les importaba, se tenían por completo en lo físico y en lo sentimental; en esos momentos creyeron estar hechos la una para el otro.

Enfundados en las blancas batas, recibieron la cena enviada por el Concierge del Hotel, que siguiendo las instrucciones recibidas, encargó las viandas al magnífico restaurante La Tour d'Argent (La Torre de Plata) uno de los más famosos y antiguos de la ciudad.

La procesión de elegantes meseros depositaron en la mesa: sopa, pasta, ensalada, carnes, postres, café, cubo con otra botella de champagne, una botella de cognac y la especialidad, el exquisito Pato a la Sangre, preparado en forma secreta cuya receta nadie ha revelado jamás. Los enamorados comieron y bebieron como náufragos.

Una sola cosa impedía a Kadir ser feliz para siempre al lado de su adorada Doctora: su tétrica ocupación de asesino profesional.

Recién había aceptado el contrato para ajusticiar al temido y cruel asesino de su pueblo, el "General" Rodion Petróvic, ignorando que era el padre de Jovanka.

Ambos perdieron la noción del tiempo, haciendo el amor repetidas veces hasta el amanecer, como un Tsunami — olas gigantescas consecuencia de un maremoto Japonés — que arrasaba con todo: Tiempo, Espacio, Personas, Costumbres, Religión, Trabajo, Leyes.

La Doctora dormía — por fin— plácidamente, los primeros rayos del sol inundaban la alcoba que a pesar de las cortinas, dejaban pasar una tenue iluminación amarillenta que al posarse sobre el escultural cuerpo desnudo, semejaba una estatua de oro, descubrió el amante con admiración.

"Uno" se vistió en silencio y escribió una nota de despedida. "Un millón de gracias, he sido el hombre más feliz en la historia. Regreso a mis labores habituales, podría quedarme desempleado si me presento otro día."

"Siento mucho no poder quedarme más. Nos veremos en otra ocasión, espero que en Nueva York".

"Siempre estarás conmigo en mis pensamientos, te dejo parte de mi corazón, domicilio y teléfonos del Despacho, así como del celular, puedes llamarme cuando quieras, estoy a tu servicio. Con todos los besos del Universo, Kadir."

Pagó la cuenta del hotel, dejando un sobre con suficientes euros "en calidad de préstamo", explicaba en nota aparte y los datos de Raoul, de la oficina en París, por si necesitase cualquier cosa. Tenía instrucciones de ponerse a su disposición, sería un honor.

El auto del Despacho pasó por él puntual, rumbo al Aeropuerto Internacional Charles De Gaulle, abordando de inmediato el avión privado de Hartford, Mellon & Fletcher, directo a Nueva York.

New York City

E n su confortable y lujosa oficina, situada en la esquina del piso 15 con
vista panorámica al Central Park, Kadir se encontraba concentrado
en la revisión de los Informes Financieros y Administrativos de la última
visita de su equipo de expertos al más grande fabricante de automóviles a
nivel Mundial, con sede en la ciudad de Detroit, Michigan. O al menos
eso era hasta hace poco, pues las firmas automotrices Japonesas se habían
encargado de desplazar al coloso Norteamericano, a un segundo lugar
en ventas. En realidad, no le gustaba en lo más mínimo el tener que
reportar a su Jefe las enormes pérdidas del año en curso que sumadas
a las de ejercicios anteriores, mostraban un panorama desolador con
riesgo de quebranto.

Parte de los problemas financieros se debía entre otras causas, a que
los procesos administrativos eran lentos en extremo, la mala selección
de dealers (distribuidores), los excesivos gastos en demasiadas líneas
de producción y nóminas, altos inventarios, abastecimientos fuera de
tiempo y la gigantesca complejidad en refacciones y accesorios, así
como los pagos exorbitantes por primas, bonos y compensaciones a
los Ejecutivos, gastos de viaje, de representación, publicidad y otras
erogaciones descomunales y desde luego las pesadas emisiones de deuda.

Por si fuera poco, los Ingenieros de la Planta se enfrascaban en
desafíos casi personales con otras marcas de la competencia para
producir automóviles y camionetas cada vez más potentes de 8, 10 y
hasta 12 cilindros con 300, 400 y 500 caballos de fuerza, rezagando la
investigación y producción de automotores híbridos — que auxiliados
por motor eléctrico, reducen el consumo de gasolina a menos de la
mitad. Con la crisis energética en puerta su opinión y la del equipo era
simple: Pésima Administración.

El peligro de la temida bancarrota asomaba a las empresas del
poderoso grupo. Era de esperarse un crack en las Bolsas de Valores con
pérdidas importantes para los Accionistas y los Inversionistas de los ·
Fondos de Pensiones.

Absorto en su trabajo, no reparó en la presencia de su secretaria, quien silenciosa como siempre le dejó una nota en su escritorio anunciando la visita de una persona. Cuando Margaret salía del privado casi a hurtadillas, la miró con el rabillo del ojo y sin levantar la vista gruñó algo como...

— ¿Qué desea señora?

— Sólo decirle que hay en la recepción una señorita que quiere verlo con urgencia. Le he dicho que el día de hoy no será posible, acatando sus instrucciones de esta mañana, pero ha sido tanta su insistencia que... bueno yo... ¡Es muy guapa! — dijo finalmente Margaret, que lo conocía muy bien y sabía que era una palabra mágica, como el: ¡Ábrete sésamo! y no se equivocaba. Sí era sensible, lo era mucho más con las mujeres bonitas, podría decirse que eran su debilidad.

El Auditor la reconoció al encender la pantalla de seguridad, solicitando pasarla a la salita de su privado, separada de su área de trabajo por un murete de madera maciza con aplicaciones octagonales y le ofreciera agua o una taza de café.

Con intención, la hizo esperar cinco minutos. Lo último que deseaba era mostrarse ansioso. Transcurrido el tiempo de espera, cogió el artístico frasco negro de loción Dalí, que muestra labios de mujer entreabiertos y se roció con moderación, ajustó la corbata, se colocó el saco y entró al saloncito.

— Hola preciosa — dijo tendiéndole la mano y acercando su boca a la mejilla derecha de la rubia, que correspondió con el mismo afecto, besándolo también en la otra mejilla, a la usanza Europea.

— Hola — saludó ella — perdona que haya venido así, sin cita, pero estoy de paso y... han sucedido muchas cosas en estos últimos meses, que... disculpa, creo que soy una tonta será mejor que me vaya...

— Primero que todo, ¡muchas gracias! No hay palabras suficientes para decirte lo agradecida que estoy contigo por salvarme la vida en África, cada vez admiro más tu valor... caballerosidad, creo... que... ¡te amo! ¡te adoro! — dijo llorando, al tiempo que sacaba del bolso un cheque que pretendió entregarle.

— ¡Tómalo por favor!, es el pago del préstamo que me hiciste en Paris.

— ¡De ningún modo! ¡No me insultes! Lo de Paris no fue préstamo ni limosna, ahora soy yo el que humildemente te pide olvidarlo. Lo hice por el deber y gusto de auxiliar a una dama y también, sí, ¡por amor! —expresó él, abrazándole.

— Jovanka, ¿por qué no te calmas? Tengo tiempo de sobra para escucharte — mintió.

— Vamos, seca esas lágrimas y dime qué pasa. Quiero ayudarte. Justo me preparaba para el lunch, ¿deseas acompañarme? Me daría un gran placer que aceptaras mi invitación. Después de todo, no siempre salgo con doctoras tan lindas. Conozco una pequeña Trattoria muy cerca de aquí donde podemos hablar a nuestras anchas, además la comida es excelente. Pocas cosas hay en la vida que una copa de buen vino no pueda aliviar. Así que… ¡andando!

Y uniendo la acción a la palabra, tomó con delicadeza la cintura de Jovanka quien dócil, se dejó conducir hacia la salida.

La Trattoria estaba a media calle del edificio, así que caminaron en silencio hasta la elegante puerta con cristales emplomados con la figura del Palacio del Dux de Venezia.

Giaccomo su propietario y capitán de meseros, saludó efusivo y los acomodó en un rinconcito con vista a la avenida, sirviéndoles de inmediato —al más puro estilo Italiano— unos platitos con aceite de oliva y pan recién salido del horno.

Hablando mitad inglés y mitad italiano, les recomendó Ensalada de Pomodoro y Setas, Penne a la Arrabbiata y el Vitello tonnato (ternera con atún y anchoas), rociados con sendos vasos de Chianti Colli Senesi, no sin antes quejarse del clima, la carestía y los impuestos. La pareja aceptó la sugerencia con tal que se marchara el Signore Giaccomo hacia la cocina.

Jovanka hasta ahora callada, no aguantó más y disparó a quemarropa.

— He pasado muchos años fuera de la casa de mis padres. Cuando falleció mi madre, no tuve las fuerzas para quedarme sola al lado de esa repugnante bestia, pues siempre lo consideré culpable de los muchos sufrimientos de ella, que siendo una campesina conoció al maldito cuando una partida de soldados saquearon e incendiaron la aldea donde vivía. Salvó la vida gracias a su espléndida belleza que cautivó de inmediato al Oficial al mando, que salvajemente la ultrajó, resultando después ser mi progenitor.

— Su carácter belicoso y violento, hizo que mi pobre mamá viviera aterrorizada. Su embarazo lejos de agradar a Rodion — mi padre — lo encolerizó, pensando que era una pesada cadena que lo ataba. Cuando nací, imagínate el disgusto porque fui niña.

— En su ignorancia — pues su origen es proletario— culpó de ello a su pareja llenándola de insultos y ofensas al extremo de golpearla en varias ocasiones. Los vecinos me contarían varios años más tarde, que intentó primero violarme y después venderme, cosa que mi madre defendió con su vida. Cuando mamá murió, escapé de la casa pasando hambre y frío. Pidiendo limosna en la puerta de un templo, gracias al Cielo, logré conocer al matrimonio sin hijos que me brindó un hogar, dándome su apellido Malajevic. Ellos me ayudaron con mis estudios y un buen día apliqué para una beca, en Francia. Así que empaqué mis cosas y me dediqué a estudiar el idioma con intensidad logrando que la prestigiada Escuela de Medicina de la Sorbona me aceptara. Con todo cariño, cada año sin falta voy a visitar a mis padres adoptivos, los quiero mucho y viven bien.

— Nunca volví a saber de la hiena, hasta hace seis años. La televisión mundial lo presentaba como el líder Serbio que salvaría al País.

— Como sabes, a la muerte del Presidente Josip Broz Tito, Yugoslavia se desintegró como Nación y se produjo una guerra civil entre las distintas facciones étnicas, religiosas y culturales que habían estado agrupadas.

— La guerra — como todas— ha sido cruel y sanguinaria. Los más fuertes en número y armamento, han intentado exterminar a todos aquellos que no son de su misma raza y religión. ¿Y adivina quién es el líder Serbio que asesina, cercena, atormenta y bombardea pueblos enteros?

— ¡Rodion Petrovic!! ¡Mi padre! Yo trato de salvar una que otra vida y él de un plumazo ¡mata a miles!! ¿Dónde está Dios? ¡No es justo! ¡No es justo! ¡El Creador tiene que castigarlo! ¡No merece vivir!!!

Jovanka rompió en sollozos, gruesas y abundantes lágrimas derramaron sus verdes ojos.

Kadir no sabía qué hacer. Optó por dejar que desahogara su dolor. Casi siempre el llanto es una forma de terapia, mientras él se reponía de la sorpresa. ¡Con cien mil millones de coños!, he prometido matar nada menos que ¡a su padre! No podía saberlo… yo… tengo que pensar…

Con suma delicadeza, "Scorpio" tomó una de las heladas manos de Jovanka, la acarició suave y tierno. Sintió cómo poco a poco sus dedos le proporcionaban algún calor. Sacó de su bolsillo un blanquísimo pañuelo de algodón egipcio impregnado con el aroma de una gota de Pashá de Cartier, ofreciéndolo a Jovanka quien lo tomó y secó sus lágrimas. De los manjares servidos comieron sólo un poco, ambos habían perdido el apetito.

Don Giaccomo, estaba acostumbrado a ver discusiones de parejitas que pasaban por la etapa del llanto y después de un rato, casi siempre terminaban en abrazos y besos. Era normal. Así que al ver la escena del cavalieri (caballero) y la hermosa rubia, tuvo buen cuidado en no acercarse. Cuando su cliente lo llamó levantando la mano, acudió presuroso empujando el carrito de postres. Se sintió un poco decepcionado cuando levantó el servicio casi intacto y ordenaron sólo la cuenta. Al salir del restaurante fueron recibidos por rachas de viento frío del atardecer. Eran casi las cinco.

— ¿Tienes dónde hospedarte? Si no, te ofrezco una habitación en mi casa. Hay espacio de sobra.

— Iré si me prometes portarte como un caballero. ¡Recuerda que siempre tengo a la mano el bisturí! Riendo se tomaron de la mano y se dirigieron al estacionamiento del soberbio edificio de oficinas. Abordaron la Mercedes ML500 y salieron con rumbo a los suburbios. Treinta y cinco minutos después llegaban a la antigua casa de Kadir en Lynbrook, donde arrojándose sobre la mullida alfombra, volvieron a vivir su tórrido romance como los leños que ardían en la chimenea.

— ¿Qué planes tienes Jovanka? ¿A dónde vas ahora? — preguntó a la mañana siguiente.

— ¡Oh!, no lo sé amigo, hay Misiones en Asia, Sudamérica y Australia — dijo ella — tal vez deje la ciudad mañana, después de visitar a una amiga que conocí en París en mis tiempos de estudiante.

— Fue una de las mejores cosas que me han sucedido porque sin importarle su alta posición social y económica, siempre me trató con sencillez y afecto, claro aparte del buen sexo que hemos tenido tú y yo.

— Quisiera verla. Tal vez puedas decirme cómo llegar. Mira, aquí tengo su dirección.

Se atragantó cuando miró el papel, sin duda ¡¡era la casa de Ruth en Long Island!!

FORT MYERS, FLORIDA

E l CO-14 era el contrato que le ofrecían a Kadir — alias "Scorpio"— por un poderoso grupo de Ultra Derecha que habían intentado todo para frenar la popularidad y eventual candidatura Presidencial de Ovidio Balderas. En los más reaccionarios y extremos círculos del Poder Político y Empresarial, existía el temor, que en caso de llegar al más alto cargo Ejecutivo Federal, no sólo cancelarían oportunidades para seguir haciendo negocios, sino de materialmente perder sus influencias y propiedades mal habidas.

En su gestión como Jefe de Gobierno, Balderas había recuperado tierras arrebatadas por particulares al Bosque de Chapultepec, y otorgado ayuda económica mensual a las personas mayores de 60 años, como ejemplos de su Administración.

"Scorpio" había recibido la "invitación para solucionar un problema" al través de su dilecto socio, el Ex Fiscal Benjamín Weitzner. Sólo por ese conducto aceptó entrar en diálogo con los extraños. Lo había invitado a su casa en Fort Myers, en La Florida para presentarlo a sus amigos.

"Scorpio" había asistido por curiosidad y más que nada por volver a ver a Ruth, a quien ya admiraba. No le agradaron los compañeros de Ben. Llegaron a las 9 p.m., en limusinas Lincoln versión Stretch, vistiendo trajes Italianos y Franceses, corbatas de seda China y zapatos Austríacos. Los relojes Cartier y Vacheron et Constantin, reflejaban una ostentación innecesaria.

Las presentaciones de rigor: Alvin Siegel Carrington, de la Cámara de Comercio Ibero-Americana; Eduardo de Iturbe y Roiz, de la Asociación de Banqueros; Guillermo Méndez de la Canal, de la Unión Nacional de Industriales; Pedro Canabás y Duarte, Líder Nacional del Partido Oficial — en el poder hacía 70 años— ; Manuel Pérez Chípuli, Dirigente Nacional de la Federación Unida de Sindicatos Mexicanos; Camilo Sánchez Alegría, Líder Nacional de los Profesores — con más de un millón de afiliados— ; Martín Segura Delfín, Dirigente Nacional del principal Partido de oposición (de Ultraderecha); Juan José Arellano

Galaz, Coordinador de la Mayoría Parlamentaria y el Arzobispo, Doctor Arturo Rincón de las Heras, principal Líder Religioso Nacional.

— Ya nos conocimos — dijo Arellano, a quien "Uno" reconoció como el Gordo "José," de la entrevista en la Ciudad de México.

— Es como les dije, un profesional de primera, garantizado – recordando como liquidó a sus dos guardaespaldas.

Kadir, alias "Uno", alias "Scorpio", estaba impresionado. Nunca soñó tener tan cerca a tantos sinvergüenzas hipócritas juntos. Los dueños del dinero y del poder político, ni más ni menos.

Controló su natural rechazo y pensando no hacerle una trastada a su amigo, escuchó con atención y paciencia.

— Señor mío — inició el Arzobispo después de "bendecir la reunión"— el amigo Ben comparte genuina preocupación por el destino de nuestra Nación. Nos ha informado que usted es Mexicano y por lo tanto, no dudamos de su Patriotismo. De tal suerte que…

— Queremos ofrecerle un trato — terció el Banquero — y pagaremos sus honorarios sin regateos — intervino el Representante de la Cámara de Comercio.

— El asunto es difícil, así que entenderemos si decide negarse — continuó el Líder del Congreso.

— ¡Basta señores!— intervino enérgico Ben, levantando sus manos para hacerlos callar — ¿Por qué no empiezan por decirle de qué se trata? Conozco a mi invitado, de seguir así, terminará por salir de aquí mandándonos a todos ¡al diablo!

— Tiene razón— dijo el Líder Político de la Oposición — sugiero hacer un pequeño receso y tomar una copa, nos vendrá bien a todos.

Logrado el consenso de los allí reunidos, Benjamín llamó con una campanilla de plata al servicio. Sorpresivamente se presentó en la sala Ruth, que lucía — como siempre — espléndida.

— Padre— dijo con dulzura — sólo estoy yo. Recordarás que diste el día de asueto al personal de la casa, por tu junta de trabajo.

— Pero lo he prevenido todo — y dirigiéndose a los invitados dijo con voz firme: — Por favor señores, es autoservicio. Oprimiendo un botoncillo en la pared, se corrió un ligero muro divisorio para dar paso a un magnífico buffet con cubos de champaña helada.

— Al ataque, compañeros. ¡Atásquense ahora que hay lodo! — dijo el Líder Obrero.

A "Scorpio", le disgustó la forma en que los asistentes miraban a Ruth. Los ojillos de aquellos tipos brillaban con lujuria contenida. Por segunda vez en su vida, los celos lo lastimaron.

Respiró aliviado cuando la preciosidad ante la protesta generalizada, emprendió la graciosa huida, creyendo ver en los azules ojos, una tierna mirada de compasión.

A los postres, el Arzobispo propuso un nuevo brindis con champaña.

— ¡Por el éxito a obtener! ¡Por la Justicia!

"Scorpio" sólo había humedecido los labios con el líquido de burbujas, quería estar alerta para lo inesperado, ¿cuál sería el asunto? No le inspiraba confianza, pero por otro lado, ¿por qué Ben se prestaba a ello? Había gato encerrado, así que los dejó correr.

Al filo de las diez de la noche, habían comido, bebido y charlado de boberías, así que "Scorpio" decidió presionar un poco.

— Bueno muchachos, ha sido agradable convivir un rato con ustedes, pero me retiro. Tengo que trabajar muy temprano. Au revoir (Adiós) — dijo "Scorpio" en tono de mando.

— Por favor, espere— dijo angustiado el Líder Nacional del Partido Oficial — Disculpe si hemos abusado de su tiempo. Iremos al grano, ¿están de acuerdo?

Todos asintieron con gravedad y a quemarropa dijo: — Tenemos una piedra en el zapato. Deseamos eliminarla para siempre.

— Sería un servicio a su Patria— dijo el Líder Empresarial

— Si Ovidio Balderas llega a la Presidencia de la República, será el caos, la ruina del País y de nosotros por supuesto.

— Hay simpatía de muchos grupos políticos para que suceda un accidente a Balderas — dijo el Banquero— debemos evitar la quiebra de la Nación, a cualquier precio.

— Las ideas de Balderas envenenan a los niños y jóvenes — terció el Líder Nacional de los Maestros.

— Le pagaremos muy bien, muy bien, si lo quita del camino —

dijo el Religioso— además le garantizo perdonar sus pecados — y todos soltaron las carcajadas.

"Scorpio" observaba a cada uno de los presentes y cada vez le desagradaban más. Eran como una manada de lobos hambrientos que se lanzaban sobre un solo hombre. El dinero y el poder eran su religión. También notó que su amigo tenía la mano izquierda vendada.

Haciendo gala de diplomacia, "Scorpio" prometió estudiar el asunto y ponerse en contacto muy pronto. Necesitaba hablar a solas con Ben y aclarar un par de cuestiones.

Comedido, se despidió de todos, sintiendo no poder hacerlo de Ruth, que horas antes se retiró a sus aposentos.

Sin darle la mano a nadie, sólo a Ben, le miró a los ojos y captó por una milésima de segundo la súplica de silencio y amargura de su viejo amigo que le abrazó como un padre y susurró en su oído: — Mañana, aquí a desayunar — y elevando la voz— Buenas noches, gracias por venir.

Cuando "Scorpio" se fue, la expresión de los invitados se transformó radicalmente. Varios de ellos, cuestionaron con dureza al anciano Ex Fiscal. El Arzobispo, mostrando un enojo reprimido, casi zarandeó a Benjamín, reprochándole que su recomendado no era la persona que buscaban. Parecía tener conciencia y remordimientos, sentimientos indeseables en un asesino profesional. El Líder Parlamentario, fue más allá, amenazó al otrora poderoso Fiscal, con hacerle grave daño a Ruth, si "Scorpio" — como le llamaban— no aceptaba el encargo.

Como un aviso, hacía un mes exacto, secuestraron a su querida hija a la salida del Centro Comercial. Cuatro sujetos encapuchados la habían subido por la fuerza en un santiamén a la camioneta de una lavandería y después de manosearla a su antojo la golpearon, robándole su bolso y reloj, para fingir un asalto.

Cuando Ben quiso acudir a las Autoridades para denunciar, se encontró con la amenaza telefónica: — Si enteras a la Policía tu niña morirá.

Quince días después, Alvin Siegel Carrington, Presidente de la Cámara de Comercio y antiguo amigo, le explicó el plan. Sus socios Mexicanos tenían un problema. Ben en un momento de soledad y extrema debilidad le había confiado sus planes de contratar un profesional para hacer Justicia, empezando con los asesinos de su esposa.

Ben Weitzner y Alvin Siegel, se conocían desde hace años. Jugaban al golf, solían ir de pesca en temporada de salmón a los ríos del norte y acudían a la misma sinagoga.

Cuando perdió en trágicas circunstancias a su querida esposa, Alvin había estado siempre con él, apoyándolo en todo.

Coordinó los servicios fúnebres y religiosos, llevándolos a las terapias Psicológicas, pese a sus reiteradas protestas, a revisiones médicas para él y su hija. Ben y Ruth, valoraban en alto su ayuda en momentos difíciles.

Por esta razón, Benjamín no tuvo inconveniente en aceptar conocer a los "amigos Mexicanos" de Alvin, para ejecutar un único trabajo, concediendo una primera reunión en su propia casa, de lo que se arrepentiría toda la vida. Abrió su hogar a un grupo de fanáticos criminales que lo amenazaron con arrojar ácido corrosivo al rostro de su hija y cuando le cortaron el dedo meñique de la mano izquierda — congelado y posteriormente reimplantado— no tuvo más remedio que convocar a la segunda reunión donde estaría presente "Scorpio".

Al día siguiente, "Scorpio" se presentó puntual a las 8:00 a.m., en casa de Benjamín. El desayuno estaba servido en el jardín junto a la alberca. Una chica centroamericana, uniformada como azafata pensó "Scorpio", iba y venía llevando jarras de jugos de naranja, toronja y tomate fríos, luchando por descorchar una botella de champaña. Varios platos de fruta fresca fueron puestos en la mesa octagonal que parecía estrenar un mantel amarillo canario con servilletas a tono. Kadir notó sólo dos lugares y más se extrañó cuando en lugar de Ben, llegó a la mesa Ruth, con una minifalda color beige que hacía un hermoso contraste con sus blanquísimas y bonitas piernas. Una playera deportiva blanca con la figura de un pez Marlín cruzaba sus lindos pechos, amenazando con pinchar el izquierdo, razonó atrevidamente. Un par de mocasines Tomahawk completaban su atuendo.

— Hola. Veo que no te pierdes un desayuno gratuito nunca, ¿verdad?— y lo besó en ambos lados de la cara. Él no pudo decir nada, sólo gruñó de genuino placer.

— ¿Y tu padre?

— Está indispuesto, parece que la cena de anoche le cayó mal. Me ha pedido atenderte y... explicarte algunas cosas. De cualquier forma, si no estás de acuerdo...

— Claro que acepto — contestó rápido — ese viejo mañoso de tu papá, no podría conseguir un mejor representante. Sabe de antemano que no podría negarte nada.

— ¿Es verdad lo que dices o es pose de actor? — refirió mientras cruzaba las piernas traviesa, con elegancia.

— Sabes que sí —sentenció "Scorpio"— lo único, fíjate bien, lo único que ahora podría negarte, es el matrimonio — y estallaron ambos en sonoras risotadas.

En tono de disculpa, le contó sobre la gran amistad de muchos años entre su padre y Carrington. Le hizo ver el valioso apoyo moral recibido de su parte en los momentos más duros de sus vidas cuando murió su madre, por lo tanto, no pudo negarse a realizar la reunión, que fue muy desagradable. Le recordó también la libertad de elegir si aceptaba o no el contrato, aunque ella le pedía considerarlo.

Estaba convencida de que el "trabajo" que le solicitaban a Kadir, tenía que ver con maniobras Financieras, de Contabilidad y de Impuestos en sus respectivas Empresas para especular sin piedad, en las Bolsas de Valores, que sin duda reportarían magníficas ganancias a los amigos de su padre, liquidando en esa forma, la deuda de amistad con Alvin Siegel Carrington.

La chica era muy inteligente y su cerebro intuía algo peligroso y quizá ilegal. De lo contrario, ¿por qué tanto secreto?

¿Y el inusual nerviosismo de su papá? Con toda seguridad el famoso trabajo que le ofrecían a su amado, entrañaría riesgos para el Despacho Profesional de Contadores Públicos Auditores. Ésa era la preocupación de la pobrecita, que tal vez nunca conocería la verdad. Resultaría imposible calcular la reacción de la bondadosa mujer y sus consecuencias, si se enterara que su amadísimo señor Padre, el recto hombre Ex Fiscal General de los Estados Unidos, fuese el cerebro que planeaba, junto con Kadir, las matanzas de otros asesinos en supuestos actos de Justicia.

— ¿Por qué razón debería hacerlo? — dijo fríamente "Scorpio".

— Porque te lo pedimos mi padre y yo, ¿no es suficiente?

— dijo con cierta amargura.

— Por favor no mientas más. Estoy seguro que hay mar de fondo. ¿Qué estas ocultando? — reaccionó "Scorpio".

— ¡Oh, es tan complicado! Se supone que no debo decírtelo. No me presiones a hacerlo, por favor — dijo ella, secando sus lágrimas que a "Scorpio" le parecieron genuinas. No pudo evitar un ligero estremecimiento corporal. Sin embargo, decidió atacar.

— ¿Y por qué lloras? ¿Acaso el asunto es de tal gravedad para ponerte así? ¿Dónde está tu fortaleza de especialista en conducta humana? Te ruego seas sincera conmigo. Estoy preparado para escuchar lo que sea. Hace unos momentos te expresé que no te podría negar nada, así que habla, por favor.

— Querido, en mi interior sólo soy una mujer y una mujer que te estima. Perdona este momento de debilidad, no me di cuenta que estoy hablando con el "Señor Piedra" — por ningún motivo le hablaría del intento de secuestro, y sollozando dio media vuelta yendo hacia el interior de la residencia. "Uno" corrió a su lado y la envolvió en un afectuoso y tierno abrazo.

— Lo siento mucho, es que todo esto es tan extraño… sabes, no sólo te aprecio mucho, sino que ¡te amo! Te adoro con locura y desesperación, en silencio desde hace mucho. El temor al rechazo y perder tu amistad y la de tu padre, me han contenido.

— Sabes, conozco los riesgos pero tenía que decírtelo…

— y acarició su rubia cabellera, rozando sus mejillas con los labios.

Se apartó brusca, lo miró fijamente a los ojos y colocando sus blancas y finas manos, lo atrajo hacia sí, besándolo con una gran dulzura primero, para dar paso a una encendida pasión.

— ¡Te amo yo también! Pensé que nunca me lo dirías — exclamó jubilosa. Fundidos en un nuevo abrazo lleno de amor, quedaron inmóviles por unos momentos. Mientras por la ventana de la planta alta, Ben sonreía complacido. Ahora podía morir tranquilo, los muchachos tomados de la cintura, regresaron a la mesa de jardín, a desayunar con gran apetito.

En el momento del café, apareció Ben en bata, que por su consistencia y calidad, afelpada en algodón purísimo, sin duda era de fabricación Turca, con fama Mundial.

— Dulzura — dijo el recién llegado— ¿Podrías dejarnos solos un momento? Creo que al señor le agradaría hacerme algunas preguntas.

— A disgusto me voy, pero qué remedio, ¡son unos canallas

machistas misóginos, los aborrezco!!! — exclamó en tono festivo la rubia y caminando con gran señorío, se alejó por la empedrada vereda.

— Estoy amenazado de muerte y ella también, aunque no lo sabe. Ese grupo de malditos secuestraron hace un mes a mi hija para advertirme. Observa esta mano, me cortaron el dedo meñique, aunque les agradezco que lo pusieran en hielo y me lo reimplantaron con éxito.

— El reporte Oficial fue un accidente en mi taller de carpintería casero, versión que también conoce Ruth. Es gente peligrosa, no deseo obligarte a aceptar el contrato. He pensado tal vez llevarme a mi pequeña y desaparecer, en algún lugar de Europa, Israel o Nueva Zelanda. Te repito, no sientas ningún compromiso de aceptar nada.

— Ahora que conoces la verdad, no te preocupes por nosotros.

Tomado por sorpresa, "Scorpio" tardó en comprender la magnitud del asunto. El dilema era que aceptar el contrato CO-14 significaba cumplirlo y por lo visto sería como si triunfaran los malos. No veía ningún acto de Justicia por allí, sino perversidad, ambición sin límites, poder y dinero. Y él, bueno, sí era un asesino profesional, pero tenía sus principios. No mataba inocentes.

Sólo retiraba del Mundo de los vivos, a los grandes criminales, a la basura de la humanidad, en una cruzada de limpieza social para que los seres humanos vivieran mejor.

En cierto sentido, sentía ser un Médico Cirujano que extirpaba tumores cancerosos del cuerpo social.

Por otra parte si se negaba, pondría en peligro a Ben, Ruth y él mismo, conocía suficiente la maldad del hombre como para descartar su venganza. Él podría cuidarse, pero... ¿su amada y el padre?

No era un problema menor. Así que decidió solicitar el consejo de la única persona en que confiaba ciegamente.

¡Claro que lo consultaría de inmediato! Así lo hizo saber a Ben, despidiéndose a toda prisa, sintiendo la necesidad urgente de ver a Gregor, su propio padre.

Kadir y su papá eran muy unidos, pensaban y actuaban en forma semejante. Cierta noche años atrás, el joven estudiante lo acompañó a visitar a uno de sus ex compañeros de armas que se encontraba postrado por una penosa enfermedad quien vivía por el rumbo de la Colonia Portales, un barrio bravo de la Ciudad de México.

Gregor salió muy contento de ver a su amigo que estaba recuperando poco a poco la salud y por haberle entregado — muy discretamente— un sobre de papel con ayuda económica que el enfermo se negaba aceptar. Al final, su esposa, mujer práctica, puso fin a la discusión tomando el dinero.

— Las medicinas están carísimas — mencionó— mil gracias.

Salieron de la modesta casita y abordaron su coche, cuando de súbito fueron rodeados por varios pandilleros armados con palos y cadenas que salieron de la nada.

Uno de ellos empuñaba un viejo revólver Smith & Wesson calibre .38 especial y otro una automática, al parecer Browning de 9 mm.

A golpes, los atacantes rompieron parte del parabrisas y el cristal lateral derecho.

Los pasajeros no se amedrentaron. Aceleró el vehículo y Gregor desenfundó su reglamentaria Colt .45 soltando un disparo como advertencia.

Los tipos lejos de intimidarse, abrieron fuego y alcanzaron el hombro izquierdo de Gregor, que no obstante continuó disparando logrando abatir un enemigo.

Detuvo el auto a unos veinticinco metros, sacó de la guantera la magnífica pistola Mexicana marca Trejo modelo 2 Especial calibre .22 LR (long rifle) bajando del vehículo.

Pie a tierra, movió la palanquilla a modo de ráfaga, rociando con plomo caliente a los atacantes que se acercaban corriendo.

Los fogonazos de la lluvia de balas iluminaban por momentos la semioscura y solitaria calle. Una de las balas impactó el muslo de Kadir, que con la segunda ronda de tiros acabó con toda la pandilla.

Las heridas recibidas fueron menos graves que su apariencia. El padre tuvo mejor suerte y la bala pasó en sedal.

El hijo necesitó de una pequeña intervención para limpiar, desinfectar y suturar el agujero de la bala que atravesó limpiamente el músculo de la pierna.

Tuvo que usar una muleta de apoyo por dos semanas, órtesis que cambió por un bastón que usó por espacio de un mes.

Sesenta días más de ejercicios de rehabilitación, le dejaron la pierna como nueva.

— Tuvieron suerte muchachos — dijo el Coronel Médico Cirujano Jesús Campos, quien atendió a los heridos en casa del Mayor Abelardo Witt, por el rumbo de San Jerónimo.

— Por favor amigos, ni una sola palabra a nadie, en particular a Doña Lolita, ¿estamos? ¡Estamos! — expresaron los Militares al llevarlos a casa.

— Del auto me encargo yo — aseguró el Mayor.

La inesperada aventura sirvió para unir aún más, a Padre e Hijo en secreta complicidad.

— Hemos tenido un accidente de tráfico con pequeñas lesiones, no te asustes — explicó Gregor a su esposa Lolita, que quiso averiguar todo.

En el trayecto a casa, los dos hombres habían ensayado la versión del accidente, así que no hubo contradicciones en los acostumbrados interrogatorios que solía hacer por separado Doña Lolita.

Y el incidente se olvidó, al menos ellos siempre lo creerían.

La nota roja de los diarios del día siguiente narró el suceso, coincidiendo en afirmar que fueron cinco los delincuentes de largo historial, que murieron en el enfrentamiento con pandillas rivales.

MEXICO CITY

La Plaza Principal de la Ciudad de México era conocida como el Zócalo. Es una enorme plancha de concreto usada para toda clase de actos masivos. Muchos años atrás fue el lugar favorito de las familias Mexicanas de las diversas clases sociales, donde convivían armónicamente españoles, criollos, mestizos e indígenas.

Una parte parecía un gran mercado ambulante donde se ofrecían frutas, dulces, pasteles, panes, nieves, helados y toda clase de mercaderías baratas pero era también, junto con la Alameda Central, el paseo y sitio de reunión preferido por los jóvenes, para conocer siquiera de lejos a las muchachas, que ordenadas caminaban en círculos, intercambiando miraditas y discretas risitas hacia los muchachos, que según la costumbre, transitaban también en círculos, pero en sentido contrario.

Con toda seguridad hubo gran cantidad de episodios románticos que se vivieron en la Plaza entonces poblada por sauces, eucaliptos, pinos y otros grandes árboles que hacían del lugar un bello cuadro que se plasmó en infinidad de lienzos de pintura por artistas nacionales y extranjeros.

La explanada, situada frente al Palacio Nacional y la Catedral Metropolitana, fue remodelada varias ocasiones, casi siempre en perjuicio.

Al día de hoy, los árboles desaparecieron, los jardines y flores también; en su lugar surgieron metros y metros de aburrido cemento, para ser ocupada por multitudes acarreadas para protestar o aclamar a personas, Partidos Políticos o Gobierno — según conveniencia de los organizadores.

Ese colosal centro de reunión, tiene la capacidad para ser llenado hasta por cien mil personas, aunque los medios, mencionaban a veces, la presencia de un millón de personas — cosa físicamente imposible.

Otro uso del zócalo, era la gran concentración humana para celebrar el aniversario del inicio de la Guerra de Independencia — la mayor ceremonia cívica de México— que tenía lugar todos los años la noche del 15 de septiembre, fecha en que un Sacerdote Católico, Don Miguel Hidalgo y Costilla al frente de un grupo de habitantes de un pequeño pueblo llamado Dolores en el estado Mexicano de Guanajuato, en 1810 inició la lucha armada en contra de la Corona Española que desde el año de 1518 había conquistado a México, llamado en la época como Nueva España, con los consabidos abusos, saqueos de oro, plata y explotación del hombre por el hombre.

El Presidente de la República en turno, hacia tañer una campana, lanzando vítores a los héroes de la Patria, como lo había hecho el cura Hidalgo, en su parroquia.

El pueblo en catarsis total de patriotismo, coreaba y aplaudía la arenga Presidencial comenzando de inmediato la verbena popular con fuegos artificiales, música, baile, comida y bebida.

Este formidable acto cívico se replicaba al mismo tiempo, en las capitales, ciudades y pueblos en todo el territorio nacional, incluso en ciudades de los Estados Unidos, donde trabajan y viven numerosas comunidades de ascendencia Mexicana.

Al día siguiente, los festejos por la Independencia terminaban con un espectacular desfile Militar, donde contingentes representativos del Ejército, Armada, Fuerza Aérea y Escuelas Militares, acompañados por cornetas, tambores y bandas de música marciales, mostraban gallardía y entrenamiento ante el Presidente de la República, su Gabinete, Cuerpo Diplomático y pueblo en general, que emocionados aplaudían sin cesar.

Daba la nota de nostalgia y admiración cerrando el desfile, una representación de los bravos indígenas de Zacapoaxtla, armados con machetes y una brigada de jinetes al estilo charro, elegante traje típico usado por la gente del campo.

Frente al Palacio Nacional, cruzando la plaza en la acera poniente, estaba el Hotel Majestic. Kadir observaba con atención desde la terraza del restaurante, el mitin político convocado por Ovidio Balderas. Calculó que asistían unas cincuenta mil almas, cosa respetable aun para políticos.

"Scorpio" había investigado a Balderas desde su página en Internet, hasta los comentarios y opiniones de taxistas, vendedores ambulantes, pensionados, desempleados hallados en los parques, meseros, empleados de comercios, fábricas y bancos.

Las opiniones, aunque divididas, favorecieron en gran proporción a Balderas.

Lo consideraban un buen Mexicano, idealista y honesto. Quizá equivocado en su actuar y decir, a veces violento. Había llegado a ser Alcalde de una de las más pobladas Capitales del planeta, con una gran diferencia de votos sobre su más cercano rival del Partido en el poder.

La principal crítica a la que se enfrentaba Balderas en su labor de Gobernante, era la clase de gente que le rodeaba en su Gobierno, algunos de ellos, destacados "porros" (pseudoestudiantes golpeadores en las Universidades).

Denuncias de corruptelas, abuso de poder y enriquecimiento ilícito de malos Funcionarios, empañaban sus buenas obras. Sin embargo, Balderas vivía en la "Medianía Republicana" sin ostentación ninguna, practicando la austeridad. Su labor al frente del Gobierno de la enorme ciudad no le fue fácil.

Manejar los problemas y servicios públicos para atender a una población de nueve millones de habitantes, con presupuesto de País pobre, a todas luces insuficiente.

Sus ideas de igualdad de oportunidades y redistribución de la riqueza, no eran del agrado de las minorías acomodadas. La Ciudad Capital, era de contrastes.

Se ven zonas residenciales de superlujo al lado de casuchas de lámina y cartón en las Zonas de Santa Fe, San Jerónimo y muchas más.

Cuando hay supermillonarios clasificados dentro de los más ricos del orbe y su Patria está hundida en la pobreza, algo anda muy mal en el sistema económico de su Nación.

Ovidio proponía en su plan de Gobierno, que los ricos fueran un poco menos ricos y los pobres un poco menos pobres. En el sistema económico actual, es al contrario. Los ricos aumentan su fortuna personal y los pobres son cada vez más numerosos y con necesidades primarias de alimento, trabajo, vivienda, salud y educación, cada vez más lejanas de sus posibilidades.

Balderas lanzaba una alerta semejante a la frase lapidaria de un famoso Mandatario Mexicano de los años setenta:

— "O les damos un poco más a los pobres o nos lo quitarán por la fuerza" — discurso del Presidente Luis Echeverría frente a las cúpulas

Empresariales a raíz del nuevo gravamen Federal del cinco por ciento sobre las Nóminas de Salarios para la Vivienda Popular. (Creación del Instituto del Fondo Nacional para la Vivienda para los Trabajadores, INFONAVIT).

Kadir, alias "Uno", alias "Scorpio", alias "Antonio", tomó una muy peligrosa decisión: Simularía aceptar el CO-14 sin cumplirlo, aun conociendo el riesgo de perder su propia vida al negarse ejecutar a un inocente. Pero era preferible antes de cometer una injusticia que lo marcaría para siempre en su conciencia.

La explicación era simple. "Uno" no podía liquidar a un hombre idealista y bien intencionado por el solo hecho de pensar y actuar diferente de los hombres que ahora ostentaban el poder económico y político. No sería justo, bajo ningún punto de vista, sacrificar a Balderas para beneficio de unos cuantos cabrones.

El resultado de las indagaciones que realizó, le mostraron el perfil de un hombre básicamente bueno, nada que ver con los despiadados criminales de los que se encargaba. Ya pensaría cómo cancelar el contrato tomando las medidas necesarias para ello, librando del inminente peligro a Ben, Ruth y a él mismo.

Gregor escuchó con atención el relato de su hijo sin hacer ningún comentario.

Siempre le había concedido todo el tiempo que necesitaba para explicar sus ideas y proyectos, de este modo buscaba compensar la dureza con la que había educado al hijo primogénito.

Cuando Kadir cumplió quince años pidió que le regalaran una pistola Heckler And Koch calibre .380 Parabellum, solicitud que por supuesto fue denegada principalmente por su madre, que amonestó con severidad a padre e hijo.

No obstante, las prácticas de tiro continuaban cada vez que su padre tenía tiempo disponible, Gregor disfrutaba de enseñarle los secretos de la buena puntería. En cuatro ocasiones el joven participó en torneos, compitiendo con Militares y Policías experimentados, logrando algunos terceros y cuartos lugares en la prueba de tiro con pistola .22 a veinticinco metros y el certamen de rifle .22 con distancia de setenta y cinco metros sobre siluetas metálicas.

El Club de Tiro Sparta premiaba a los ganadores, con magníficos pavos crudos de doble pechuga que casi siempre los tiradores preferían obsequiar a los empleados, antes que exponerse a un pleito con sus mujeres pidiéndoles los cocinaran. Kadir siempre llevó las aves a su madre quien las preparaba de manera deliciosa con relleno de picadillo de carne con pasas, almendras y rosados piñones, que la familia entera comía con gusto.

Explicó a su querido padre, los motivos que le habían obligado para fingir aceptar el contrato, que los supuestos "amigos" de Ben le ofrecieron, dejando claro su intención de no llevarlo al cabo, informándole al detalle de todos los hechos que rodeaban el caso, destacando de modo especial el secuestro express de Ruth, la amputación del dedo de la mano del Ex Fiscal General de los Estados Unidos y las amenazas de muerte para toda su familia cercana.

Al llegar a este punto, Gregor se puso furioso, pues como Militar y hombre de honor, no podía concebir que tanta maldad quedara impune. Apuró de un sorbo el escocés y con voz firme aconsejó a su hijo.

— Hiciste bien en aceptar el contrato, pues por lo que me dices, esa gente es de peligro y seguramente con grandes influencias en ambos lados de la frontera. Si te hubieras negado, tu vida y la de nuestros queridos amigos siempre estarían en riesgo de perderse. En forma inmediata debemos elaborar un plan para eliminar a todos los que se entrevistaron contigo en La Florida. Yo diría que es urgente.

Cuando llegó la hora de la cena, padre e hijo, ya tenían su plan.

Había que actuar muy rápido.

La casa de estilo Mexicano se levantaba majestuosa sobre un gran terreno ubicado en las faldas del Cerro del Ajusco al sur de la ciudad.

El Ingeniero y Mayor Retirado del Cuerpo de Comunicaciones del Ejército Abelardo Witt, había comprado esa propiedad cuando eran terrenos rústicos muy alejados de la urbanizada ciudad y se llevó largo tiempo de su vida esperando la introducción de los servicios de agua, alcantarillado, electricidad y calles pavimentadas.

Otro tanto de tiempo para la construcción. Había servido bajo las órdenes del hoy General retirado Gregor Aiza, al que guardaba gran respeto y afecto, pues buena parte de los conocimientos adquiridos en la especialidad y su carrera dentro de las Fuerzas Armadas se los debía al Jefe. Sin su recomendación, el ingeniero Witt no habría estudiado el idioma inglés y mucho menos obtener la beca para estudiar en el Centro Avanzado de Comunicaciones de la Agencia Aeroespacial de los Estados Unidos que en conjunto con otros Países desarrollaban tecnología de punta.

— Hola muchacho, vaya que has crecido, creo que me estoy volviendo viejo, pues te conocí cuando usabas pañales; por favor considérate bienvenido en esta casa. Estoy solo así que podemos charlar el tiempo que desees.

— ¿Quieres tomar algo? Yo necesito un buen ron. Como sabes, mi familia es de Córdoba y durante generaciones han producido magníficos aguardientes de caña de los fértiles campos Veracruzanos, que con la fórmula secreta de la Casa y el añejamiento adecuado han hecho una bebida de sabor extraordinario que ahora compite en los mercados internacionales con licores producidos en Jamaica, Puerto Rico y Cuba.

Abelardo sirvió raciones generosas de la exquisita bebida en dos vasos altos con mucho hielo agregando refresco de cola y agua mineral en partes iguales.

Instalados a gusto en los equipales del corredor disfrutaron por unos momentos en silencio de la belleza del bien cuidado jardín y de la pequeña fuente circular de piedra maciza colocada en el centro que llenaba y rebosaba de agua de arriba hacia abajo tres cántaros de barro de tamaños diferentes.

Después de charlar animadamente por unos minutos, Abelardo preguntó a Kadir el motivo de su visita, aclarando que su padre sólo le pidió recibirlo.

— El punto es que mi papá y yo, deseamos establecer un negocio del ramo de las Telecomunicaciones, a invitación de un grupo de científicos y hombres de empresa de la ciudad de Houston, quienes poseen tecnologías de nueva generación y necesitan de socios Mexicanos para operar en nuestro País Sistemas con Satélites de Órbita Baja y

Banda Ancha para comercializar servicios de telefonía, Internet, radio y televisión.

— El problema que enfrentamos aparte de los naturales obstáculos de las Leyes y Reglamentos para obtener concesiones sobre Espectros Electromagnéticos, están las dificultades técnicas para evitar los bloqueos de señal que los monopolios existentes tratarán de hacernos para borrar la competencia.

— Todo eso está muy bien, pero ¿qué necesitan con exactitud? — preguntó Witt.

— Mi padre dice que usted ha desarrollado un sistema de ondas, capaz de neutralizar y de incluso anular cualquier señal de Radiotelefonía. Quisiéramos comprar su invento.

— Muy bien acepto, a condición que me incluyan en el negocio — el viejo Witt sabía que no le estaba diciendo toda la verdad así que decidió seguir el juego.

— ¿De cuánto sería mi participación?

— Tengo entendido que son inversiones que producen mucho dinero, ¿no es verdad? — dijo maliciosamente.

— Es correcto — respondió con suavidad— le pagaremos muy bien, pero no podemos ingresar otro socio, los Americanos no lo aceptarían.

— Si a usted no le interesa buscaremos a otra persona, creo que usted tuvo un ayudante de apellido Peña, él se llevaría el dinero, que no es poco...

— De ningún modo — reaccionó Witt— ese miserable robó parte de mis investigaciones, de buena gana le daría una paliza.

— De acuerdo, lo haré yo mismo, lo último que quisiera es enriquecer al maldito hijo de puta; por otra parte aprecio demasiado a Gregor para fallarle ahora. Por favor dile que cuente conmigo, aunque la sarta de mentiras que me has dicho no eran necesarias...

Esa misma noche, Kadir comunicó a Ben que la reunión con "sus queridos amigos" sería al mediodía del siguiente martes en la ciudad de Houston, Restaurante Palm de la avenida Westheimer.

"Scorpio" conocía muy bien los hábitos de los millonarios y gente de poder. Cuando viajaban en grupo, solían hacerlo utilizando un solo avión privado propiedad de alguno de ellos, generalmente el más nuevo y mejor equipado.

El anfitrión se sentía muy satisfecho de mostrar a sus socios la valiosa adquisición y no reparaba en proporcionarles lo mejor de lo mejor, creyendo ejercer una especie de liderazgo.

El Auditor no se equivocó. El grupo se reunió en el sitio reservado para las aeronaves de Uso Oficial.

Todos los presentes sabían de la última compra hecha por el Gobierno para el transporte aéreo de altos funcionarios del régimen. Siempre había sido así. Los hombres en el Gobierno se aprovechaban y tratándose de su seguridad, con mayor razón. Después de todo, "los abnegados padres de la Patria", "merecían" sólo lo mejor.

¿Qué podía significar para la Tesorería Nacional los cuarenta millones de dólares que pagaron por el Jet Ejecutivo Bombardier Challenger 605, más los casi tres millones de dólares por la póliza de seguro? No, de ninguna manera la Federación podía evitar ese desembolso.

La seguridad de todos los importantes pasajeros que movería ese avión, lo justificaba todo. Por otra parte ningún Organismo Oficial presente ni futuro, podría cuestionar legalmente la compra, ya que al destinarse el moderno aparato al transporte de Diputados y Senadores, contaba con la bendición — aprobación— del Congreso.

El líder Parlamentario se deshacía en explicaciones sobre las bondades del jet ejecutivo mostrándolo todo: la cabina, finamente alfombrada, el espacio amplio y comodísimo para trece pasajeros, dos pilotos y azafata, confortables asientos en piel color gris muy claro, la cocineta, equipada con un refrigerador repleto de toda clase de jugos de frutas y otras bebidas refrescantes, con sección especial para vinos y champaña, cafetera Krupps, capaz de moler finos granos y preparar exquisitos capuchinos y expressos con la rapidez de una cafetería como Starbucks.

Tenía dos baños, el de la tripulación y el de viajantes, este último con muebles sanitarios y grifería de superlujo. En la parte posterior un buen compartimento para equipaje, que los encargados de negociar y cerrar la adquisición, se preocuparon que fuera de buen tamaño, para las compritas libres de impuestos que siempre realizaban los funcionarios, familiares y amiguitas.

El político, pidió al piloto principal diera explicaciones técnicas acerca de los reactores, velocidad de crucero, dispositivos de seguridad y combustible que los invitados escucharon a medias. En el fondo, les molestaba que Pedro Canabás hiciera la clásica caravana con sombrero ajeno. El líder empresarial comentó con sarcasmo: — Es bueno ver que nuestros Impuestos están trabajando — y la comitiva rió de buena gana.

El pájaro de acero tocó tierra en el Aeropuerto Internacional George Bush, en la terminal Mickey Leland a las once horas treinta minutos del día prefijado. Completaron los trámites de rigor de la sección VIP de Migración y Aduana, abordaron la inmensa limusina Cadillac Escalade blanca que les esperaba, despidiendo a la tripulación hasta la hora del retorno a la Ciudad de México.

El chofer conocía la ciudad de Houston como la palma de su mano, conduciendo con experiencia los llevó por la autopista 45 sur y empalmó con la 610 oeste y después 610 sur, saliendo por la Avenida Westheimer hasta el Restaurante Palm.

Los aviadores tomaron un taxi en el aeropuerto decidiendo acercarse a la zona comercial de Galleria, donde dejaron a la guapa sobrecargo de vuelo sin siquiera insinuar invitación alguna para que les acompañara, pues conocían perfectamente el tipo de relación que la bella chica veinteañera sostenía con su Jefe.

Enfrascados en conversaciones banales, nunca notaron la presencia de la hermosa rubia que a bordo de un Honda Civic les seguía a prudente distancia conforme indicaciones de Ben, quien le informó del arribo de sus "amigos".

El invento desarrollado por el Mayor Witt, estaba basado en un avanzadísimo y sofisticado sistema de Radio Control Remoto, con lo último en Tecnología y Ciencias del Espacio que aprendió muy bien en forma Oficial, en las instalaciones de la NASA sobre las Naves No Tripuladas con monos, ratones y otros animales de laboratorio, las Sondas enviadas a la Luna, Marte, Saturno y todos los Satélites que orbitan el Planeta Tierra.

Los conocimientos que al inicio se conservaron bajo estricto control del Gobierno, fueron primero compartidos con Países amigos, pero al paso del tiempo sirvieron para iniciar lanzamientos con cohetes portadores de satélites de comunicaciones e investigaciones espaciales de Naciones consideradas no industrializadas, como la India, Pakistán y México, que gastan gran parte de su presupuesto en ello.

Resultaba increíble que a miles de kilómetros en el espacio, los Sistemas de Dirección, Descenso y hasta Destrucción de Naves Interplanetarias, fuera posible hacerlo desde Tierra.

La principal razón de prohibir el uso de Teléfonos Celulares, Aparatos de Radiolocalización y otros Artículos Electrónicos a bordo de aviones de todas las Aerolíneas del orbe, es precisamente que pueden interferir con los Sistemas de Navegación. Imaginemos que gran parte de los pasajeros hablaran de manera simultánea en las maniobras de aproximación, despegue y aterrizaje de las aeronaves. Sería un caos que puede causar accidentes de fatales consecuencias. Eso explica el rigor de las Leyes Federales Internacionales.

HOUSTON, TEXAS

"Uno" arribó al restaurante 30 minutos antes de la hora convenida y reservó un saloncito con mesa para once personas. Mientras llegaban los demás, se retrepó en la alta silla del bar y pidió el acostumbrado vodka Zubrovka ahora con agua carbonatada y un toque de limón sobre dos rocas de hielo.

Dio un sorbito a su bebida experimentando gran placer. Si todo salía conforme al plan, mañana todos ellos, estarían haciendo fila para entrar en el infierno. En los minutos siguientes se dedicó a identificar los nombres y caras de clientes, estampadas en los blancos muros del exclusivo restaurante. Los nombres de celebridades mundiales se mezclaban con desconocidos, constituyendo la única decoración.

El compacto grupo entró al restaurante, con el político a la cabeza. "Uno" no se había equivocado, viajaron en su avión.

El aparato, según había investigado, era un Challenger 605 nuevo, equipado con lo último en seguridad, lujo y confort. La joven tripulación, había sido reclutada cuatro meses atrás, por una compañía outsourcing (subcontratación), más atentos a sus honorarios que a la comprobación de las aptitudes y capacidades del personal de vuelo.

Los aviones fabricados por la firma canadiense Bombardier, gozaban de la bien ganada fama de no haber tenido nunca un accidente por fallas del aparato, los poquísimos habrían sido errores humanos, por lo cual pasajeros, pilotos y sobrecargos, confiaban ciegamente en su seguridad.

La junta fue rápida. "Scorpio" les hizo saber las condiciones del "negocio". Cobraría cuatrocientos millones de dólares. La mitad ahora, depositados como donación en la cuenta bancaria de la Fundación y la mitad al cumplimiento del contrato.

El trabajo se realizaría en el menor tiempo posible, no más allá de tres meses, desde luego antes de las elecciones.

Mientras tanto, no aceptaría presiones de ningún tipo. La única forma de comunicación se haría vía anuncios en la sección de clasificados del diario de mayor circulación en la Ciudad de México, bajo el rubro de Coleccionistas de Música de Jazz Progresivo.

Si el asunto tuviera que abortar, el dinero les sería reintegrado descontando sólo un veinte por ciento que cubriría los gastos. Si cumplido el compromiso, los clientes no pagan, el alma del Obispo volaría al Cielo.

Los términos fueron aprobados sin chistar por todos los presentes, ellos sabían que el precio aunque muy elevado, resultaba una ganga. Con Balderas muerto, la Presidencia y la Nación entera pertenecerían al Grupo.

Las airadas protestas del Religioso, fueron acalladas por los demás, convenciéndole que la garantía de su vida era sólo una formalidad, puesto que ellos al cumplimiento del convenio pagarían sin demora los honorarios pendientes.

De manera que los allí presentes autorizaron por unanimidad los requisitos de "Uno".

El banquero puso en la mesa su Hewlett Packard portátil, tecleó la contraseña y códigos de seguridad para acceder a las secretas cuentas bancarias en Qatar.

"Uno" le pasó una tarjetita con el nombre del banco, números de cuenta y SWIFT/ABA (CLABE Interbancaria), de la Fundación.

En cinco minutos, Ben checó la transferencia en su Tablet iPad (Tableta Electrónica de la marca Apple), apareciendo el depósito de doscientos millones de dólares en la cuenta.

Cerrado el trato, todos comenzaron a beber. Ben y "Uno" los acompañaron con un trago y se despidieron cortésmente, abandonando el recinto con precaución.

— Un momento amiguito — dijo el representante sindical— ¿cómo lo harás?

— Secreto profesional, como los magos — reviró "Uno".

Los presentes estaban muy contentos. Habían decidido desde el principio, que una vez ejecutado el contrato o no, "Uno" y Don Benjamín serían asesinados.

Los alegres compinches invitaron a Carrington para que viajara con ellos a la Ciudad de México y correrse una buena parranda en su honor, gracias a él habían contactado a uno de los mejores pistoleros que acabaría con su gran problema común: Ovidio Balderas.

Con gran regocijo Guillermo Méndez anunció que los esperaban lindas chicas vestidas de colegialas y otras de monjas para tener una fiesta inolvidable, como pocas veces en la vida.

A poca distancia del Palm, los Capitanes del Challenger atacaban un enorme plato de ostras, camarones y calamares, especialidad del restaurante Willy's. Bebían limonada y charlaban con entusiasmo, mirando con atención a la hermosa rubia que recién entraba, acomodando su lindo trasero en el asiento de la mesa próxima.

Los dos aeronautas, decidieron hacerle compañía. Era un desperdicio de la vida que estuviera tan sola.

— Hola — saludó Luis.

— ¿Qué tal? — dijo Roberto.

Los pilotos aviadores como muchos individuos que usan uniforme, se creen irresistibles ante las mujeres, no dejan escapar la oportunidad de hacer nuevas amistades.

Era un patrón de conducta, diagnosticado por la psicóloga Ruth, que aceptó de buen grado, la compañía de los dos jóvenes.

— Hola muchachos — respondió con fingida alegría.

— ¿Qué hacen en la ciudad?, ¿son Policías? — bromeó y echaron a reír.

— Por mala suerte no lo somos, porque si así fuera, te daría una fuerte multa por exceso de belleza — dijo Roberto.

— Yo te arrestaría por volver locos a los que te miran — completó Luis, robusto treintañero de mediana estatura y todos rieron nuevamente.

— Somos pilotos de jet — presumió Roberto, el más alto, delgado y moreno.

— Y de los buenos — remató Luis— tripulamos un avión ejecutivo.

Platicaron sobre distintos tópicos, con una Ruth que coqueteaba discretamente a los dos amigos, calculando que sin darse cuenta, ambos entrarían en competencia para impresionarla.

— A propósito he ordenado un Martini, ¿desean acompañarme? — dijo graciosa la rubia haciendo señas al mesero.

— No sabes cuánto lo sentimos dulzura, estamos de servicio. Sólo tomaremos más limonada, aun a riesgo de enfermarnos de insuficiencia alcohólica — y volvieron a reír con estruendo.

— Apuesto que eres Ejecutiva de algún Banco — dijo el gordito, mirando como distraído las hermosas y rosadas rodillas que asomaban con timidez por la falda poquito corta.

— Estás equivocado, nuestra amiga debe ser Maestra de Pintura, ¿no es así? — preguntó el moreno— aunque viéndolo bien puedes ser una Top Model o artista de televisión.

— O quizá estamos ante la señorita Estados Unidos y somos unos tontos — dijo el otro, mirando con descaro el hermoso surco del nacimiento de sus senos.

Durante los minutos siguientes, ella sentada en medio de los dos, tocaba ocasionalmente las manos de ambos con cualquier exclamación o comentario, logrando su objetivo a plenitud.

Los tenía allí, a su lado, deseándola con intensidad. Conocía muy bien a los hombres, sólo querían llevarla a la cama. Debía ser cuidadosa, darle juego a los dos, sabía perfecto que el ego les haría soltar la sopa.

— Basta de elogios amigos, soy "Karin", una simple asistente de cocina de Kitchen Air — aclaró ella, ofreciendo su blanca mano a cada uno, cuidando de retenerla breve pero suficiente para ponerlos nerviosos.

— ¿Cómo es eso? — exclamaron a coro los varones.

— Pues sí, lamento decepcionarlos, mi trabajo es confeccionar los menús de los alimentos servidos en las aerolíneas internacionales, está de sobra decir que además de sanos deben ser agradables y… bueno también no demasiado costosos, sin descuidar la calidad.

— Soy nutrióloga — explicó la rubia.

— Debe ser un trabajo interesante. ¿Quieres hablar de ello? — interrogó Luis.

— Sólo si te interesas en balances de carbohidratos, proteínas, minerales y te agrada oler a cebolla, ajo y especias — dijo "Karin".

— Les aseguro que mis labores no tienen nada de romántico, en cambio el trabajo de ustedes suena muy emocionante, por favor, háblenme de ello, ¿si? — y dibujó una sonrisa tan cautivadora que electrizó a los pilotos.

Por los siguientes 20 minutos, los jóvenes aviadores hablando sin cesar atropelladamente primero y lento después, incontenibles, explicaron a "Karin" las características del avión, su funcionamiento, anécdotas de vuelos, personas y lugares que habían conocido, respondiendo a ocasionales y candorosas preguntas de "Karin" que demostraba gran interés en escucharlos, considerándola en su fuero interno como la clásica rubia estúpida.

Cuando Roberto bajó la mano para acariciar su rodilla, lo rechazó con gentileza. Lo mismo hizo con Luis que rozaba con insistencia su pantorrilla.

Sabía el juego de la exploración. No quería parecerles una mujer fácil, pero tampoco inaccesible, así que interrumpiéndolos bruscamente, les preguntó si podían quedarse esa noche. Habría una pequeña fiesta de cumpleaños de una de sus amigas azafatas de Lufthansa.

Con caras de frustración, los tripulantes se deshicieron en disculpas por no poder asistir, en unos minutos tendrían que ir al aeropuerto para alistar el vuelo, prometiendo volver pronto.

El muchacho alto consultó su reloj, tenían que marcharse ya.

Ambos dejaron sus tarjetas, solicitando a "Karin" la suya.

Ella sonrió diciendo:

— Lo siento, soy casada, yo les llamaré — besando a cada uno en la mejilla en señal de adiós.

Los Capitanes partieron felices, pensaban que era una nueva conquista, la mejor de sus vidas. El próximo viaje, disfrutarían del mejor sexo con "Karin" y sus amigas. Por lo pronto, describirían a sus amigos una versión fantasiosa, fruto de imaginación calenturienta, narrando extraordinario sexo oral con la hermosa mujer.

Pagó la cuenta y se retiró. Para entonces estaba enterada de la hora en que despegaría el Challenger hacia la Ciudad de México, el número de matrícula y hasta la frecuencia de radio de la aeronave.

Si hubiera deseado saber la marca de los cepillos de dientes que llevaban a bordo, también se lo hubieran dicho.

El conductor del automóvil Honda Civic Hybrid color beige común, acudió al llamado telefónico de Ruth.

Era un trayecto corto pero la chica pidió al chofer alejarse un poco del distrito comercial internándose hacia el Memorial Park, haciendo tiempo para volver al Hotel Westin Oaks donde la esperaba ansiosamente su amado Auditor.

Tomó el ascensor al piso 12 y descendió por la escalera de emergencias hasta el piso 9 mirando de vez en vez la retaguardia por su espejito de mano, asegurándose que no la siguieran.

Tocó la puerta que Kadir abrió enseguida. Lo primero que vio fue un hermoso arreglo de flores y al lado, una mesa cubierta con mantel blanco, servicio para la pareja, varios portaviandas en la superficie, destacando dos enormes langostas que salían de los platos. Una brillante cubeta dorada, enfriaba una botella de champaña Dom Pérignon Rosé.

Se lanzó a los brazos del Contador, buscando sus labios, besándose con pasión.

— Siento suspender esto querida, pero necesito tu información para enviarla a nuestro amigo en México. Aunque es probable que ya tenga los datos, prefiero confirmarlos, será cosa de un momento — suplicó.

— De acuerdo, aquí los tienes — dijo la joven entregándole una hoja de papel.

— Mientras me asearé un poco — aceptó, caminando voluptuosa a la toilette.

El celular vibró dos veces y el Ingeniero Witt reconoció en la pantalla quién le llamaba, contestando de inmediato.

— Hola "tío" — dijo— llamo para decirte que voy en autobús a Beaumont, que sale el día de hoy a las 6:30 p.m., el número de placas es XC-UZM. Por favor avisa a mi tía y si pueden vayan por mí a la estación, saludos.

— Entendido "sobrino", me dará mucho gusto servirte. A propósito, ¿cuál es la estación de radio donde escuchas esa música country que me gusta tanto?

— Tío, es la XEN en el 105.3 del cuadrante de FM. Cuando nos veamos, te llevaré algunos discos de Dolly Parson y John Denver, ¿OK?

— OK, hasta pronto.

Terminada la conversación, soltó un suspiro prolongado y se dejó caer en un sillón. Justo en ese instante salió del tocador, ¡sólo en ropa interior!

Y volvieron a amarse con la pasión contenida de dos jóvenes que por fin se encuentran, tal vez para ser felices por el resto de sus vidas.

MEXICO CITY

El edificio Windsor se alzaba orgulloso. Veintiséis pisos en el hermoso Paseo de la Reforma, casi al entronque con la vía rápida conocida como Anillo Periférico. En la azotea, al pie de la poderosa antena de telecomunicaciones propiedad de una conocida compañía de cable, se hallaba agazapado el Ingeniero Witt, enfundado en overol de trabajo color arena oscuro con su caja de herramientas al costado. La torre estaba conectada a una fuente de poder dentro de una pequeña caseta de concreto celular con puerta de aluminio natural. El candado no fue ningún obstáculo para él quien adentro, enchufó su multicontacto proveído de regulador de voltaje. En la penumbra de la tarde capitalina, la maniobra que intentaba Abelardo Witt era alimentar con energía eléctrica controlada, un sofisticado artefacto de apariencia delicada del tamaño de una máquina de escribir, como las portátiles de marcas Olympia u Olivetti. Con paciencia, se colocó los auriculares que salían de un compacto y poderoso radio multibanda desplegando una pequeña antena de cobre en forma de telaraña. Completó su tinglado interconectando un puñado de cables rojos, amarillos y negros a su ordenador tipo laptop.

Era una labor muy peligrosa, si un rayo cayera sobre la instalación o la menor equivocación, el Mayor Witt quedaría carbonizado al instante por recibir una descarga de miles de kilovatios. Conforme avanzaba la tarde, el cielo de la Ciudad de México se tornaba gris negruzco. Grandes formaciones de nubes Cumulus Nimbus (abundante lluvia) se presentaban amenazadoras cubriendo la bóveda celeste. Sin duda eran presagio de descargas eléctricas.

El especialista calculó los riesgos, escuchaba con atención su potente radio sintonizado en la frecuencia de la Torre de Control del Aeropuerto Internacional. El pronóstico del tiempo anunciaba nublados altos y vientos del noreste de 25 a 35 kilómetros por hora con probabilidad de lluvias de mediana intensidad y tormentas eléctricas para la noche, incrementando la precipitación pluvial hacia las primeras horas de la madrugada.

El Ingeniero Witt se sobresaltó cuando algunas gotas de agua empezaron a caer, cuidando de tapar sus equipos con el plástico impermeable que siempre llevaba consigo para proteger sus valiosos aparatos de los rigores del intemperismo. Un fuerte aguacero se desató por unos minutos, suficientes para empapar la losa de azotea. Dadas las condiciones, pensó en abortar el plan, pero decidió esperar un poco. Como Militar no se rendía tan fácil. Por fortuna la lluvia cesó y los nubarrones comenzaron a alejarse de la zona gracias a la velocidad del aire. El Mayor Witt observó que la tubería colocada en los bajantes pluviales del edificio funcionaba a la perfección, desalojando rápidamente el agua depositada en el piso de la azotea. Respiró aliviado, después de todo, era posible cumplir con la misión y cobrar otros siete y medio millones de dólares, la segunda mitad de sus honorarios profesionales.

La torre de control del Aeropuerto Internacional no cesaba de dar instrucciones para el despegue y aterrizaje de la gran cantidad de aviones que usan esa terminal aérea. El viejo campo de aviación construido en los años cincuenta, había tenido varias ampliaciones y remodelaciones, si bien ahora contaba con las terminales A y B, el aeropuerto seguía teniendo el mismo número de pistas y desde hacía años estaba dentro de la ciudad, el crecimiento de casas y edificios lo tenían rodeado.

El movimiento promedio de llegadas y salidas es intenso con un avión cada 90 segundos, que coloca al Aeropuerto Internacional Benito Juárez entre los de mayor tráfico en el Mundo, con todo y que pocos años atrás, las autoridades aeronáuticas decidieron desviar las naves privadas al aeropuerto de Toluca, a poco más de 70 kilómetros de distancia de la Ciudad de México con excepción de los aviones del Gobierno, que tienen autorización para usar la saturada terminal aérea de la capital Mexicana.

El avión proveniente de la ciudad de Houston donde viajaban los conspiradores, era propiedad del Gobierno y tocaría tierra en el Aeropuerto principal.

Las rutas de aproximación al puerto aéreo habían sido trazadas muchos años atrás, constituyendo verdaderos corredores del aire por donde forzosamente tenían que transitar las aeronaves para efectuar las maniobras, previas al aterrizaje, pasando casi encima del edificio Windsor. La torre de control daba órdenes precisas de seguridad, condiciones del tiempo, altura, velocidad, etc., manteniendo contacto simultáneo con todas las naves que sobrevolaban el área.

El control de tráfico aéreo, es difícil, complicado y delicadísimo, siempre es realizado por personal altamente capacitado, responsable y eficiente. La mejor prueba es el ínfimo porcentaje de accidentes por fallas del sofisticado sistema, que son casi inexistentes.

La aeronave aparecía en la pantalla de radar de la torre de control. Los pilotos lejos de concentrarse en las maniobras, hablaban estupideces en lenguaje vulgar y majadero, como lo sabrían las autoridades al revisar las grabaciones de cabina, durante las investigaciones.

Abelardo consultó su reloj. Era tiempo de actuar. En seis minutos el pequeño avión pasaría muy cerca de su posición, a una velocidad de 150 nudos, lo que le daría muy poco tiempo para enfocar y dirigir la potente señal de radio que alteraría y haría nulos los instrumentos de navegación, dejando en sus manos — por así decirlo— el destino del Bombardier Challenger.

El Ingeniero Witt, se armó de valor, Kadir y Gregor le habían dicho toda la verdad. Era gente malísima y en asuntos de vida o muerte, sabía que eran ellos o nosotros.

Escuchó a su conciencia. ¡Hazlo, no merecen vivir. Esto es una guerra y en toda guerra hay bajas! Así lo había aprendido desde la Escuela Militar.

Convencido, accionó los instrumentos, encendió el programado regulador para tener energía suficiente, orientó el compacto discoantena telaraña hacia las coordenadas precisas que indicaba la computadora, oídos pegados a los audífonos escuchando a la torre de control y a la cabina de pilotos, sin poder evitar una mueca de disgusto al oír el podrido lenguaje usado por la tripulación.

El ruteador encendió una luz verde al localizar la nave en el espacio y Witt oprimió el botón negro simultáneo con el botón rojo…

En el jet, los pilotos entraron en confusión primero y en pánico después. No sabían dónde estaban, el mapa del avión señalaba que volaban sobre otra ciudad. El altímetro estaba girando sin motivo. No podían reducir la velocidad como les ordenaba la torre de control, según los instrumentos estaban sin combustible y entonces sucedió.

Como si alguien hubiera manejado el avión a control remoto, se precipitó a tierra en forma vertical, cayendo sobre postes de alta tensión y edificios en la avenida produciendo una gran explosión, incendiando a su paso varios vehículos. La zona de desastre ocupada en su mayor parte por oficinas, debido a la hora estaban vacías, de otra suerte el accidente habría cobrado cientos de vidas.

El primer parte Oficial —siempre inexacto— diría que fueron ocho o nueve víctimas fatales que viajaban en el avión y un número desconocido aún de heridos, con diferentes grados de lesiones.

En la confusión, entre gritos histéricos, fuego, chisporroteo de cables, sirenas de ambulancias, Policías, vehículos incendiados, humo, cámaras de televisión, periodistas y cientos de curiosos, nadie se percató del señor de edad madura vestido con una gabardina que se alejaba despacio en dirección contraria.

A bordo de su camioneta, Witt respiró agitado muchas veces. Puso en movimiento el vehículo y se marchó del área. Necesitaba un gran trago.

El escándalo fue de los grandes.

Las voces de todos los sectores se alzaron para exigir al Gobierno explicaciones sobre el mortal accidente. Partidos Políticos, Agrupaciones Empresariales, Federaciones Obreras y el pueblo en general pedían una investigación rápida y ejemplar castigo a los responsables.

Tenía que haberlos, por comisión o por omisión. La prensa nacional y la internacional presionaban a los funcionarios clamando por un pronto esclarecimiento de los hechos. Diversos voceros Oficiales de alto nivel aparecían todos los días en los medios, apoyados por supuestas cintas con grabaciones, mapas de rutas y opiniones de expertos, que coincidían en afirmar que "hasta el momento, no existían elementos para sospechar un atentado terrorista". Al público, le parecía precipitado que a pocas horas del avionazo, políticos y funcionarios descartaran la posibilidad de un sabotaje.

El Gobierno trataba por todos los medios a su alcance de tranquilizar a la población, argumentando que se habían contratado ya, investigadores expertos de otros países especialistas en percances aéreos, para auxiliar a sus colegas Mexicanos, debiendo presentar sus informes y conclusiones, en un plazo aproximado de 90 días.

A la "Vox Pópuli" le resultaba extraño que de pronto, en menos de una semana en "forma milagrosa" aparecieran y se descifraran las "cajas negras" de la aeronave, siendo que desde el principio, las Autoridades advirtieron que las investigaciones tardarían varios meses.

El apresurado Informe Oficial decía que se trató de un lamentable accidente, debido a la turbulencia provocada por los reactores de un gran jet que pasó momentos antes por la ruta del avión caído y que los aviadores — muertos — no estaban lo suficientemente capacitados para volar ese tipo de aparato, destapando culpas a diversos burócratas menores encargados de contratar al personal de vuelo y de mantenimiento.

Pasado un mes la intensa fuerza de la publicidad, convenció con dificultad a la opinión pública de "esa verdad". No hubo demandas o reclamaciones espectaculares por parte de los deudos:

Laura Siegel, la tercera esposa de Alvin, se alegró muchísimo por librarse del vejete y quedarse con sus millones, por fin viviría feliz con su amante secreto en otra ciudad.

La familia De Iturbe, cobró los jugosos seguros y se fue a vivir a Argentina.

Los hijos de Méndez De La Canal — divorciado dos veces— se repartieron la herencia en partes iguales.

Pedro Canabás, fue substituido de inmediato por el suplente.

La inmensa fortuna de Pérez Chípuli, se la disputaban la esposa y media docena de concubinas, todas con hijos.

Los hermanos y sus familias políticas organizaron novenarios a Camilo Sánchez y se quedaron con todo.

A Martín Segura que no tenía familia, el Gobierno le incautó sus bienes.

Al Arzobispo, después de un mes de misas y homenajes de sus fieles, nombraron a su sucesor y la Iglesia le guardó su dinerito.

Por último, Juan José Arellano fue cremado en tiempo récord, subiendo al poder su más implacable adversario político.

La Comisión de Fiscalización de Funcionarios Públicos después de una veloz pesquisa, lo acusó de malversación confiscando su dinero y… el caso se cerró.

— Todos salimos ganando — concluyó "Uno", frotándose las manos de gusto.

HOUSTON, TEXAS

Ruth preguntó a su padre, los motivos para sonsacar la información a los Pilotos acerca del tipo de avión, horario de vuelo, frecuencia de radio, número de matrícula y otros. Le manifestó su desconcierto al saber que unas horas después, murieron todos los ocupantes de la nave en el trágico accidente.

— Demasiada coincidencia papá — afirmó la mujer.

— Bueno, los accidentes suceden y están fuera del control de los humanos. Como lo afirman los peritajes ordenados por el Gobierno, se debió a una serie de circunstancias desafortunadas: falta de mantenimiento, inexperiencia de los tripulantes y la fuerte turbulencia que provocó a su paso un gran Avión que sacudió al pequeño Jet Ejecutivo. Está muy claro — concluyó Benjamín.

— Papá, no me has dicho el porqué tuve que desempeñar el papel de moderna Mata-Hari —la famosa espía— afirmó con desconfianza, mirándole fijamente a los ojos.

— Te lo voy a decir, pero te ruego no reclamar nada a Kadir. Quise hacerle un favor. Dos "respetables" hombres de negocios a bordo de ese avión, eran grandes y escurridizos defraudadores que tenían cuentas pendientes con Empresas clientes del Despacho de tu amado y con el Fisco Mexicano.

— Con la información que conseguiste y que transmitió a su oficina en la Ciudad de México, las Autoridades Judiciales los esperaban en el Aeropuerto para arrestarlos. Eso es todo — terminó Benjamín. Los demás datos obtenidos, son intrascendentes y fueron solo para despistarlos y no levantar sospechas.

— Gracias papacito, quedo tranquila, llegué a pensar que tú y Kadir…

— Oh! no me hagas caso, es imposible, ¡soy una paranoica! — soltó la bella chica abrazándolo.

— Una sola pregunta más y te prometo archivar el asunto. En el accidente murió también Alvin, nuestro amigo. ¿Por qué no lo sentimos?

— Creo que fuera del pésame vía telefónica a sus familiares, no hicimos nada más, debimos...

— Un momento linda — interrumpió — No tienes idea del cambio de actitud de nuestro amigo en el último año.

— Su ambición, le hizo rodearse de sujetos malísimos que lo estaban involucrando en asuntos turbios, que tarde o temprano le acarrearían grandes desgracias.

— Créeme, fue mejor así. En cuanto a que no hicimos nada, estás equivocada.

— Alvin estaba quebrado según me informó nuestro Rabino.

— A través de uno de mis Abogados, liquidé la hipoteca de su casa y todas sus deudas, además me hice cargo del funeral y constituimos un fideicomiso con veinte millones de dólares para dejar bien a su esposa.

— Si deseas ayudar más... — invitó Benjamín.

— Gracias papá, ¡qué bueno eres! ¡Es suficiente!

MEXICO CITY

Algo inquietaba a "Scorpio". Tenía una de esas sensaciones como de una molesta astilla de madera clavada en un dedo. Y la astilla tenía nombre: "María".

Ella había presenciado cuando el Chino lo asaltó en el aeropuerto y fue testigo de la cuchillada que le dio al atacante que a la postre le causó la muerte. Además, la hermosa mujer en el verano de su vida, fue el contacto inicial para la negociación del Contrato CO-14 con aquél grupo de hijos de puta, que habían pasado a mejor vida en el "accidente aéreo".

Ese era un cabo suelto y no pendejadas. Desde luego, si la mujer quisiera, no tendría ningún problema para denunciarlo. Hasta el momento no tenía noticias de ella, lo más probable con todo lo sucedido, es que estuviera huyendo.

¿Y si no fuera así?, ¿si estuviera planeando una especie de venganza o chantaje?

Definitivamente — pensó "Scorpio"— debía cerrarse muy bien ese capítulo.

El Auditor confió en su instinto y suerte. Durante los tres días y dos noches que le restaban de su estancia en la Ciudad de México, se dedicó a comer y cenar en los mejores restaurantes de moda con el ánimo de encontrarla. Leyó las páginas financieras, de sociales, nota roja y hasta los obituarios, pero no halló nada. Como si se la hubiera tragado la tierra.

Jamás imaginó que sus "clientes", ese puñado de maleantes sin escrúpulos, al día siguiente de la primera entrevista en el Hotel, la había desaparecido para siempre en un bosque de la cordillera del volcán Popocatépetl, bajo tres metros de tierra.

Meses después de vivir con la zozobra, "Scorpio" llegó a la conclusión de que ni "María" ni nadie, intentarían nada, porque ya lo habrían hecho y si adelante surgiera algún lío, lo enfrentaría con arrojo.

— "París bien vale una Misa" — se dijo, alegrándose de haber enviado a los conspiradores al ¡eterno fuego del infierno!

NEW YORK CITY

Mr. John Kelly, Director General de Operaciones y Jefe de Kadir, lo convocó para una reunión urgente en su elegante oficina que ocupaba en el piso 18 del edificio situado en Park Avenue, cuartel general del despacho Hartford, Mellon & Fletcher, de alcance mundial.

Resultaba inusual la prisa con la que había sido citado, teniendo que dejar pendiente y en manos de su segundo al mando, el trabajo que estaba supervisando en una importante planta cervecera Texana.

Una docena de ideas le surgieron durante el vuelo. ¿La junta sería para despedirlo? ¿El Departamento de Control de Confianza lo estaría investigando? ¿Era posible que alguien cercano hubiese sospechado de sus actividades secretas? Y lo que más le preocupó, ¿la Policía o la Oficina de Impuestos lo tenían en la mira?

Haciendo acopio de un gran aplomo, desechó esos malos pensamientos, bien conocía la Ley de la Atracción: SI TE CONCENTRAS REITERADAMENTE EN ÉXITOS O FRACASOS, ACABARÁS POR TENERLOS.

El Jet Ejecutivo bajó en el Aeropuerto La Guardia a las 8.00 a.m. Lo esperaba uno de los vehículos de la flotilla propiedad de una empresa arrendadora filial del Despacho. La todoterreno Acura se desplazó velozmente hacia la Gran Manzana empleando sólo el tiempo suficiente para que tomara a bordo, un jugo de tomate e hiciera una llamada a su querida Ruth.

— Nena— dijo con ternura — estoy en la ciudad, fui llamado por mi Jefe y desconozco la agenda del día, sabes que disfrutaría mucho estar contigo. Te llamaré después.

— Claro cariño— respondió— sólo espero que no se trate de otro más de tus trucos para justificar no verme. Con seguridad saldrás con alguna de tus golfitas, eres un canalla, pero aún así te amo.

"Uno" conocía la importancia que sus Jefes le concedían a la apariencia y cuidado personales. Esa mañana se presentó con traje

Christian Dior de casimir peinado 100% lana australiana en color gris claro, camisa blanca y corbata color tinto. Calzaba mocasines Florsheim Comfortech modelo Colebrook negros, tan suaves y resistentes, que podía caminar o estar de pie durante horas, con el mínimo cansancio.

Al entrar al edificio, saludó a los guardias de seguridad y mostró su identificación por simple rutina, tomando el ascensor reservado para los Funcionarios del Despacho y sus invitados, que únicamente accedían a los pisos superiores mediante el reconocimiento digital de la mano derecha del usuario.

Salió del elevador y se anunció con la madura señorita Sanders, secretaria de su Jefe de toda la vida, quien al conducirlo a la sala de juntas no pudo evitar aspirar la refrescante fragancia francesa Bourbon Homme, que le hizo recordar su no muy lejana juventud.

Walter Mellon en persona recibió a Kadir y a su Jefe inmediato, John Kelly.

Sin rodeos fue al grano. Uno de los clientes importantes de la Firma les consultaba sobre la posibilidad para la inversión industrial en Cuba.

Tenía información de las empresas Españolas que arriesgaron su dinero en hoteles y restaurantes. Sin embargo, los negocios no estaban ganando lo suficiente por los Contratos de Asociación con el Gobierno Cubano, que se llevaba la tajada del león.

La Junta Directiva se comprometió con su cliente Europeo, hacer todo lo posible por lograr Contratos con los Gobernantes de la Isla en mejores condiciones, ofreciendo no sólo la vital inyección de Recursos Financieros frescos, sino además y muy importante, la Ciencia y Tecnología.

Sobre todo en el campo de la Medicina y fármacos contra el cáncer, VIH, insuficiencia renal y enfermedades del corazón, lo que debería significar mucho para los Cubanos, pues eran años de investigaciones muy costosas que ahora pudieran aprovechar sin ningún desembolso.

Mister Mellon con voz pausada le dijo: — Has sido seleccionado para visitar la Isla.

— La recomendación de John es amplia, tu ascendencia Mexicana y el dominio del idioma Español te facilitarán el acercamiento y eventualmente conseguir lo que deseamos para nuestro cliente.

— No omito decirte que no llevarás la representación de nuestra Firma por razones obvias.

— Te acreditarás como negociador de alto nivel de parte de la empresa Francesa Duval-Neuilly. ¡Es la oportunidad que esperabas!, ¿no es así?

— Como siempre, tienes Carte Blanche (sin límite) en los gastos.

La Habana, Cuba

Gracias a su pasaporte Mexicano, Kadir pudo pasar sin dificultad los estrictos trámites de las Oficinas de Migración y Aduanas del Aeropuerto José Martí. No buscó ni deseaba trato preferencial, que podía haber invocado como Miembro del Cuerpo Diplomático, pues parte de su tiempo, colaboraba en forma gratuita, con la Embajada de México en Washington, D.C., impartiendo cursos de capacitación a los Empleados de Alto Rango que integraban las numerosas Misiones Comerciales y de Turismo.

Los temas eran sobre Economía, Finanzas e Impuestos. El reto era enseñar a jóvenes egresados de profesiones diferentes, los pequeños secretos de los Negocios Internacionales.

Sus contactos con importantes Líderes Empresariales, Banqueros y Funcionarios de los Departamentos de Comercio, Agricultura y del Tesoro, hacían que sus servicios fueran altamente valorados por el Gobierno Mexicano, pues ayudaban a establecer y mejorar las relaciones comerciales bilaterales. Tan solo la promoción de los bellísimos lugares de la República Mexicana para convenciones y vacaciones en general, llenaba parte de su abultada agenda. Pero lo hacía con gusto. Le resultaba muy agradable mostrar las ciudades coloniales de Mérida, Guadalajara, Morelia, Puebla, San Luis, Guanajuato, Oaxaca y tantos otros lugares que contaban con las instalaciones perfectas para recibir a convencionistas.

Por otra parte, promocionaba los destinos de playa de Los Cabos: San José y San Lucas; Cancún, Playa del Carmen, La Riviera Maya, Acapulco, Vallarta, Veracruz, Mazatlán, Huatulco y muchos sitios más que resultan un paraíso, con atracciones para todas las edades y bolsillos.

La Oficial de Migración le hizo varias preguntas de rutina. Era una mujer de unos treinta y tantos años, alta y delgada con el típico uniforme verde olivo Militar. Selló la hoja que contenía la visa Cubana y recortó por la línea punteada el talón, devolviéndole la matriz con indicaciones que debía entregarla a la salida.

La República de Cuba es de los pocos Gobiernos, que otorga Visa de Turista en cada viaje.

Sin embargo, las agencias que ofertaban viajes a la bella isla, tenían permiso para expedir Visas de Turista en pequeñas formas Oficiales, mediante el pago de los derechos correspondientes. De tal suerte, que desde el bloqueo económico impuesto a Cuba por los Estados Unidos, las autoridades Cubanas de manera inteligente, no sellaban los Pasaportes para evitarles a los Turistas problemas posteriores con sus Gobiernos.

Gracias a esta medida, aunada a la belleza natural de la isla y la cordialidad de sus habitantes, el flujo de personas que viajaba a Cuba iba en aumento, recibiendo visitantes de Europa, Asia, Norte, Centro y Sudamérica, cuyos Dólares canjeados a Pesos Cubanos Convertibles (CUC), con buena ganancia en el tipo de cambio para el Gobierno Cubano, eran uno de los pilares económicos de la Nación.

"Uno" salió al vestíbulo principal y abordó un taxi, que lo llevó al Hotel Meliá Cohiba, en el Distrito de Vedado.

El moderno Hotel, propiedad de inversionistas Españoles en sociedad con el Gobierno Cubano, se levantaba orgulloso en el malecón, con la vista extraordinaria color azul verde del mar Caribe.

Eligió una habitación estándar, que contaba con todas las comodidades de cualquier Hotel Americano o Europeo de Cinco Estrellas.

Cuando se sintió descansado llamó a su amigo Óscar, quedando en verse a las 6 de la tarde en el lobby del Hotel.

Óscar Espinosa era un "Utility Man" (hombre multitrabajos), reconocido "cicerone" (guía de turistas), chofer, tramitador de lo que sea, comerciaba con todo, hasta ayudante de seguridad en caso necesario. Era un tipo alto y robusto cercano a los 50 años y escaso de cabello entrecano. A su decir, había sido funcionario de Turismo, representante de artistas y administrador de bares del Estado. Solía mostrar con orgullo viejas fotografías con personajes del ambiente artístico y de la política de varios países de Latinoamérica.

Tipo pintoresco, conocía la Isla como pocos y su carácter festivo y servicial, lo hacía indispensable para aquel que quisiera conocer todo sobre Cuba.

Kadir lo conoció, cuando un grupo de sus compañeros de Harvard, había festejado una Bachelor Party (despedida de soltero) en La Habana.

El individuo como siempre, se retrasó un poco. Al llegar se disculpó a satisfacción. Sus justificaciones fueron aceptadas pues se hacía acompañar de dos hermosas jóvenes que frisaban los 22 años.

— Hola chico — saludó con afecto Óscar — ¿Cómo has estado? Tanto tiempo… pensé que no volverías más. La güera es Caridad y la morenita Yurani, son muy buenas amigas que nos pueden acompañar a la cena, ¿qué opinas?

— Claro que sí, prefiero invitarlas a ellas que a ti, pedazo de cabrón — aprobó el Auditor caminando hacia el vehículo Asiático marca KIA.

— ¡Joder!, si no fuera por mí, no conocerías a estas bellezas. Te aclaro que Yurani es mi novia, así que ten cuidado

— dijo en guasa el guía.

— Cuando me case será con ella.

— Y ¿qué dice ella?, puedes ser su padre.

— Bueno, eso no es muy grave por aquí. Si observas con atención descubrirás que las más jóvenes y bonitas, son acompañadas por respetables caballeros que peinan canas.

¡Lo importante es el amor! (y bajando la voz le dijo) a ti o a tu billetera — y soltó una estruendosa carcajada.

EL AUDITOR DE LA MUERTE se percató que las chicas casi no hablaban. Cayó en cuenta del idioma. Dejó el Inglés de lado para conversar en buen Español.

Las muchachas resultaron de lo más simpáticas. Se expresaban muy rápido y no pronunciaban la letra "r". Era muy gracioso escucharlas.

— ¿A dónde quielen il? — preguntó Caridad.

Era una mozuela de mediana estatura, bien formada con un rostro angelical, como de los anuncios de cereales o jugos de fruta de la televisión americana. Sus ojos verdes, aunque pequeños, reflejaban cierto candor de adolescente. Una naricita hermosa, cejas pobladas, tenía unos simpáticos hoyuelos en las mejillas como duraznos y su barbilla partida. Vestía a la usanza local, con una camiseta que ocultaba sus pechos medianos y turgentes, un estrecho pantalón a la cadera que mostrando una delgada franja de cintura, dejaba adivinar un muy bonito trasero. Remataba con zapatillas de tacón que sin ocultar el tiempo de uso, resaltaban las bellas formas de sus pantorrillas, ágiles y fuertes.

— Eres hermosa — dijo el Auditor con sinceridad.

— Glacias, helencia de mamá. Si la conocielas, es una mujel malavillosa. Es enfelmela de quilófano.

Él no pensaría jamás conocer a la madre de Caridad. No sabía lo pronto que el destino lo llevaría a ella.

Óscar enfiló rumbo a Don Cangrejo. Conocía los gustos de su amigo. Era uno de sus restaurantes favoritos. El local de modestas proporciones seguro habría tenido mejores momentos. Sin embargo, la cocina seguía siendo magnífica y los muebles rescataban algo de su pasado esplendor.

Se dieron un atracón de langostas y pescados preparados en diferentes formas. "Uno" la pidió al carbón, con una brizna de mayonesa y limón. Óscar y las muchachas las comieron a la mantequilla. Los pescados abiertos en canal habían sido barnizados con una secreta fórmula de la casa a base de aceite de oliva, ajo, especias varias, aromáticas hojas de laurel y hierba santa, ahumados en hoguera con selectos trozos de leña.

"Uno" observaba a Óscar y las chicas que comían con un entusiasmo nunca antes visto. Era una paradoja. Mientras la gran parte de la población Cubana sufría racionamientos de alimentos, los Turistas tenían acceso a los deliciosos manjares.

Disfrutaron de varios 'Mojitos', bebida local preparada a base de buen ron blanco, hielos, hojitas de menta, jugo de limón y sal escarchada en el vaso. Mezclados convenientemente, hacen un trago refrescante muy agradable al paladar.

Alias "Uno", alias "Scorpio", alias "Antonio", fue informado por el mesero, que podían aceptar el pago con tarjeta de crédito si lo deseaba, con excepción de aquellas emitidas por Empresas o Bancos Norteamericanos. Por el contrario las tarjetas de Bancos Europeos o Latinoamericanos, eran

bienvenidas.

— ¡Qué cosa! — pensó y prefirió pagar en efectivo. Anocheciendo salieron del lugar ya integrados como parejas. Óscar y Yurani muy abrazados, "Antonio" y Caridad tomados de la mano, aunque en el restaurante se besaron en varias ocasiones.

— Bueno la noche es joven, ¿a dónde vamos?

— La última vez fuimos a un lugar muy bueno para bailar

— dijo "Antonio".

— ¡Ah! Claro, es el Café Cantante. Pero es temprano todavía. Si estás de acuerdo, iremos a mi bar, El Gato Tuerto. Tomaremos un copetín y hacemos tiempo.

— ¡Blavo!, ¡así se habla! — exclamaron las muchachas. El Gato Tuerto era un bar muy conocido en La Habana, del que Óscar presumía haber sido administrador hacía tiempo. La verdad es que el personal de seguridad y meseros lo saludaron con afecto y condujeron al grupo a una buena mesa próxima al escenario. Pidieron otra tanda de mojitos a tiempo que empezaba a cantar una señora entrada en años, pero con una voz y estilo sensacionales, interpretando boleros, música romántica de Cuba y Latinoamérica.

Permanecieron por espacio de dos horas conversando, bebiendo y cantando. Kadir estaba contento con sus nuevas amistades. Eran chicas además de lindas, muy sencillas, abiertas y francas.

— Si quieles velme mañana me encantalía, pelo tendlás que conocel a mi mamá. No te asustes. No hablo de nada selio, solamente nos tenemos la una a la otla y le aglada sabel quiénes son mis amistades. ¿Lo halás pol mí? — dijo Caridad en tono de súplica.

— Clalo que si no quieles, no hay ploblema ¡mi amol!

— Al rato te digo baby, aún no sé qué voy a hacer mañana.

Déjame organizar mis cosas, ¿OK?

— OK — dijo ella — ahola te dalé un glan beso. Te lo has ganado.

Experimentó una mezcla de sentimientos encontrados. El suave y dulce sabor de los labios de la joven, que pegaba su cuerpo con una pasión como si no lo hubiese hecho en largo tiempo, disfrutando del aroma a frescas flores que despedía su cabello rubio mal cortado, pero delgado y sedoso que se mecía al compás de los graciosos movimientos de su cabecita. Por otra parte, aunque la diferencia de edades no era elevada, sí en cambio la sentía chiquilla en sus conversaciones. Por último pensaba que él no podía ofrecerle nada duradero, ni mucho menos permanente. Cerró los ojos y se dejó llevar. La disfrutaría como los amores de estudiante en verano.

Terminó la parranda en el Salón de Baile acordado. Qué lugar tan extraordinario. Docenas de parejas danzando con música de un grupo Cubano que ejecutaba con maestría los ritmos de son, salsa, rumba, mambo y merengue.

El lugar estaba lleno. Como de costumbre, el Cubano se las arregló para conseguir una mesa de pista que en un santiamén surtieron con una botella de Havana Club acompañada de aguas minerales y servicio completo.

Sin pensarlo mucho se levantaron y bailaron con gran sabrosura dos o tres melodías seguidas, los cuatro dominaban el arte de Terpsícore.

Casi al amanecer se retiraron al Hotel. Subió a su habitación por los elevadores principales del lobby. Caridad fue conducida por un elemento de Seguridad (ya gratificado), por el elevador de servicio.

Ésa era una de las cuestiones que molestaban a los Extranjeros que visitaban La Habana. La falta de derechos de sus habitantes. Pero con todo, Cuba había desafiado a la mayor potencia Mundial y sobrevivía con muchas limitaciones. Era un espectáculo ver circular en sus calles, automóviles Americanos de los años 40's y 50's, funcionando a la perfección.

— ¿Y las refacciones?, ¿cómo las obtienen?

Óscar le explicó que el ingenio de los Cubanos no tenía fronteras, fabricando refacciones en talleres caseros de manera artesanal muy efectiva.

Por otro lado, la República de Cuba, había concentrado sus esfuerzos en áreas como la Educación, Medicina, Deporte y Defensa Nacional, cosechando la admiración y el reconocimiento Internacionales.

Se amaron dulcemente. Para sorpresa de "Antonio", Caridad se mostró a ratos ingenua, a ratos experta, pero siempre ardiente.

Al marcharse acordaron reunirse al mediodía. Óscar pasaría por ella.

El Auditor no se durmió enseguida. Comenzó a formular su plan. En una semana tendría que presentar el Informe sobre las verdaderas y reales oportunidades de la inversión extranjera y la seguridad financiera de la Isla. Las Autoridades Cubanas empezaban a hablar de ello, flexibilizando su añeja posición de rechazo de más de 40 años al capital privado.

España había sido el pionero, efectuando grandes coinversiones en el sector Turismo, con la construcción de excelentes Hoteles en Varadero, La Habana y otros sitios. El Mundo era otro y los Jefes Revolucionarios entendían que el cambio era inevitable. Los recursos financieros del capital privado Internacional le harían mucho bien a Cuba, mientras el Gobierno mantuviera el control.

Enterado por la Fundación Weitzner, el segundo motivo de la presencia de Kadir en Cuba, era personal y secreto: Rodion Petrovic, El Carnicero de los Balcanes, atravesaba graves dificultades económicas. La Guerra Civil en la ex Yugoslavia, había costado más de lo calculado en tiempo, dinero y vidas humanas.

Tres semanas antes, la Prensa Oficial anunció la visita a la Isla del Líder Serbio, en forma discreta, que arribaría en tres días más. No creyeron conveniente publicitar al personaje señalado por las Naciones, como un gran criminal y por mutuo acuerdo, la estancia del impopular tipo, se mantendría en lo posible de incógnito, sin protocolos diplomáticos.

Las demoras en las entregas del petróleo crudo por sabotajes de los rebeldes, habían ocasionado la pérdida de la mayor parte de su clientela regular, aunado a la abundancia de otros Países productores, que vendían en mejores condiciones.

Su pensamiento antiimperialista, le había ganado la simpatía de los Comandantes Cubanos, quienes necesitaban con urgencia asegurar el abasto de petróleo. Por el retiro y posterior caída de la Unión Soviética, los apoyos también se terminaron y fue necesario diversificar mercados, evitando los bloqueos económicos en su contra que mantenían los Estados Unidos desde hace años.

¿Cómo ajustaría cuentas a ese hijo de puta, ahora que lo tendría cerca? — razonó "Uno".

Y sumido en sus reflexiones sin darse cuenta, se quedó dormido.

Usando el alias de "Antonio" se despertó muy temprano, después de dormir como un tronco escasas dos horas.

Corrió las cortinas y contempló extasiado el mar Caribe con sus tonos verde y turquesa.

Tenía un poco de sueño, pero nada le impedía hacer su ejercicio diario. Más tarde usaría el gimnasio, se prometió. Se duchó y afeitó con esmero, vistiéndose con pantalón kaki, camisa azul cielo y mocasines color café claro. Desayunó en su habitación y fue al Lobby, donde esperaba Óscar arrellanado en un enorme sofá.

— Buenos días matador — saludó Óscar con picardía — Parece

que has hecho una buena faena. Caridad me ha llamado dos veces ya, pidiendo verte hoy. Le he dicho que no sé. Háblale tú, porque me tiene loco. ¿Has desayunado? Yo no he tenido tiempo de hacerlo y esperaba que me invitaras. Conozco un sitio cerca de aquí…

— Ya es tarde — cortó "Antonio" — Otro día será con mucho gusto. Ahora llévame en silencio al Ministerio de Economía Nacional. Necesito concentrarme. Puedes citar a las chicas para la noche. Pero antes debo explicarte algo. Un cliente muy importante de mi oficina, llegará mañana a La Habana. Se trata de un hombre de negocios Europeo que visita Cuba por vez primera y como sabes, después de las horas de trabajo buscará divertirse de lo lindo.

— No hay problema, ¿dime qué necesitas?

— Nuestro amigo es especial, es un mujeriego y le gustan las aventuras salvajes con ellas.

— ¡Caramba!, no será un psicópata que las torture y asesine, ¿verdad? — replicó Óscar.

— No, claro. Nada de eso. Sólo que le agradan los juegos sexuales. Es famoso por ello.

— Mira chico eso se puede hacer. Una vez tuve que complacer a uno de mis clientes que es enano. No sabes la dificultad para encontrar alguien a su gusto de la misma estatura. En otra ocasión un albino Europeo, pidió una compañera igual. Ésos han sido verdaderos desafíos que he resuelto yo. Lo que me pides es pan comido — presumió Óscar.

— No tanto, se necesitarán dos muy buenas hembras, bonitas, jóvenes, dispuestas a todo. ¿Puedes hacerlo? El dinero no es un problema — dijo "Antonio".

— Lo intentaré amigo. Ya te avisaré. Tengo que empezar a buscar esta misma tarde y no podré acompañarte hoy ni mañana — reflexionó Óscar.

— Me parece muy bien — señaló "Antonio"— pero también quiero intentarlo por mi cuenta. Es una persona muy especial y casi prefiero hacerlo yo. Me tiene confianza. Si tú intervienes, puedes echar a perder mi negocio sin proponértelo. La verdad es que la última vez buscaste compañeras mayorcitas, ¿lo recuerdas?

— Oye chico, cualquiera puede fallar alguna vez, yo te aseguro que hoy es distinto, tengo…

El Contador lo interrumpió cortante.

— Sólo déjame las llaves del auto y márchate cuando antes. Aquí tienes — y le dio 500 pesos Cubanos Convertibles— como anticipo de tus honorarios de guía de turistas. Hasta pronto.

— Bueno hombre, promete que si necesitas algo me llamarás, ¿OK? — pidió caminando a la salida del hotel.

— OK.

"Antonio" condujo el automóvil con holgura. El auto compacto KIA de manufactura Coreana, tenía el equipo y comodidades de un vehículo de mayor tamaño y precio, moviéndose con agilidad dentro del escaso tráfico del mediodía.

El Ministerio de Economía se encontraba en el centro de la ciudad y Kadir disfrutó de la vista, admirando la bella arquitectura de los edificios. Gracias a fondos especiales de Organismos Internacionales algunos inmuebles ya habían sido restaurados, mientras que otros estaban en proceso.

Pasó frente al antiguo Palacio Presidencial, hoy Museo de la Revolución, observando la magnífica fachada del edificio, imaginándolo 70 años atrás en todo su esplendor. Cruzó la avenida y estacionó para bajarse del vehículo y ver a través del cristal que lo protege, el famoso yate Granma donde Fidel Castro y su reducido grupo de seguidores salieron del puerto Mexicano de Tuxpan para desembarcar en Cuba, dando inicio a la Revolución Cubana en julio de 1952.

El edificio del Capitolio, réplica del mismo de la ciudad de Washington D.C., es majestuoso. Las impresionantes escalinatas, columnas y cúpulas, hacen una delicia visual para cualquier turista. Se prometió visitar el Centro Histórico algún día, con más tiempo.

Llegó al Ministerio y anunció su visita en perfecto español, entregando una tarjeta del Consorcio Francés Duval-Neuilly reales y efectivos clientes de su despacho, con domicilio en París.

Fue recibido en la austera oficina del Viceministro de Economía Nacional, después de hacer antesala un tiempo considerable. Sabía que estaban verificando su autenticidad.

Levantó la mirada y apreció la fotografía del líder Cubano y una pintura al óleo que representaba el asalto al Cuartel Moncada. Al centro, una gran Bandera presidía el privado.

El funcionario Cubano amablemente le ofreció un café que saborearon con gran deleite. Kadir explicó el motivo de su viaje. El Grupo Europeo que representaba tenía interés en invertir en los campos de la Salud y Hotelería. El consorcio, era líder en Francia en investigaciones de la industria farmacéutica y otra de sus divisiones, son los desarrollos para turismo Internacional AAA.

Los inversionistas Franceses, Suizos y Alemanes, esperaban recibir la información Oficial de primera mano, sobre las posibilidades de hacerlo en la bella República de Cuba.

— Como usted conoce bien, señor Ministro, el moderno sistema de Pensiones en el viejo continente, hace posible que los ciudadanos de Francia, Suiza, Alemania, los Países Bajos y Escandinavos, puedan viajar y permanecer largas temporadas en lugares de clima tropical, huyendo de los rigores del invierno de Europa.

— El monto inicial de la inversión, sería de unos cinco mil millones de euros. Los accionistas están a la espera de una respuesta de las Autoridades Cubanas a la brevedad posible — explicó, entregándole una carpeta que contenía una breve presentación del Grupo Inversionista y Plan de Negocios, describiendo en lo general la construcción de un sistema de diez Hoteles de cinco estrellas, 20 Centros de Retiro para Extranjeros, tres Laboratorios de Investigación Médica y Producción Farmacéutica y uno de Medicina Veterinaria y Zootecnia (cría, multiplicación y mejora genética de animales para alimento humano), adecuadamente distribuidos dentro del territorio Cubano.

—Me parece en lo personal acertado — argumentó el Viceministro— pero nuestras Leyes son un poco, digamos exigentes en cuando a capital privado. El pueblo no ha olvidado la opresión, sufrimientos y explotación que sufrimos durante muchos años por parte de las grandes empresas extranjeras, especialmente Norteamericanas.

— Sin embargo, nuestro Sistema Socialista, ha demostrado a la Humanidad que funciona. Claro está con sacrificios en la economía popular, pero eso nos ha permitido desarrollar un ejemplar Sistema Educativo, eficaz red de Salud Pública, grandes recompensas en Deportes, Danza, Música, así como ser respetados y reconocidos en los círculos Internacionales.

— Por lo tanto, amigo mío, no puedo decirle ahora nuestra respuesta. Eso lo decidirá en los meses por venir el Consejo de Ministros. Basta por ahora mencionar que vemos con simpatía que otras regiones del Globo se interesan en nuestro País, sobre todo de Europa. Las experiencias con los Españoles han sido magníficas. ¿Por qué no hacerlo con Francia? — terminando de un sorbo su taza de café— Quedo en espera de mayor información a la brevedad posible.

Entendió el fin de la entrevista, agradeciendo al Viceministro su tiempo y comprensión.

— Hasta luego. Ha sido un placer. ¿Puedo hacer algo más por usted? — preguntó el Funcionario.

— Seguro que sí, quisiera conocer de cerca alguna Escuela y un Hospital. ¿Sería posible? — pidió.

— Claro — aprobó el Cubano, escribiendo de su puño y letra en una hoja de papel con el Escudo del Ministerio, la autorización correspondiente.

— Sólo muestre este permiso a los Guardias y Camaradas Directores de los establecimientos. Ha sido un gusto.

— Gracias otra vez, señor Ministro. Hasta pronto.

Al dejar el edificio, llenó sus pulmones con aire fresco. Fue una gran experiencia tratar con un Alto Funcionario del Régimen Comunista. Había sido su primera vez y la consideró muy agradable.

Abordó el KIA y regresó al hotel. En su habitación, llamó a Caridad para invitarla a comer, que aceptó eufórica.

— ¿Conoces la nevelía Coppelia? — preguntó ella.

— Creo que la he visto, te alcanzo allí. ¿Está bien en una hora? — opinó él.

— Sí mi amol — aceptó la bella chica — ¡Muelo pol velte!!

Caridad estaba sentada en una banca de cemento fuera de la gelatería. Lo vio llegar y se arrojó a sus brazos, colmándolo de besos, que "Antonio" correspondió con pasión.

— Mi amol, cleí que no vendlías más. Eles un homble impoltante y yo....

— Nada de eso, aquí estoy, me gusta mucho estar contigo, pequeña — dijo estrechando su cintura breve, que dejaba ver su blanco pantalón a la cadera.

— ¿Dónde quieres comer?

— Mila caliño, hay un sitio que es obligado a conocel pala los tulistas. Es un lestaulancico pequeñín en el centlo de La Habana Vieja. Se llama La Bodeguita del Medio. ¿La conoces?

—Sólo por el nombre, me agrada la idea, vamos para allá. Aparcaron cerca del lugar. Caminando tomados de la mano, pasaron frente a una antigua Iglesia y cruzaron a un costado de la plaza, continuando por una estrecha callejuela. A mitad de la calle estaba el restaurante.

Por fuera parecía un lugar muy popular. En la barra del bar, se apretujaban los parroquianos hablando cada uno de temas diferentes, lo que hacía del pequeño lugar un pandemónium. Un angosto pasillo lateral conducía al comedor. Pequeños muebles de madera corriente presentaban obstáculos que las personas sorteaban con habilidad. La jefa de camareras les ofreció escoger mesa en planta baja o alta.

Se decidieron por la baja, acomodándose en un rinconcito. Las blancas paredes del lugar con pintas de plumón negro, indicaban nombres y firmas de infinidad de artistas, poetas, políticos, escultores y otras personalidades, parecido a los muros del Restaurante Palm de Houston Texas donde se muestran nombres y rostros de personajes diversos, recordó "Antonio".

A ruego de Caridad, escribieron sus nombres en un pequeño espacio.

Al instante una mesera les llevó la carta de alimentos y bebidas, pidiendo un par de los famosos "mojitos". La nena pidió permiso para ordenar los alimentos, quería agasajar a su "novio".

La comida llegó toda al mismo tiempo, como era costumbre del lugar. "Antonio" se detuvo a observarla con desconfianza, parecía muy apetitosa, pero no sabía qué iban a comer.

Con mimos, Caridad acercó el tenedor a la boca de "Antonio" con un trozo humeante que tenía un olor envolvente, él cerrando los ojos probó la vianda y se dejó llevar por las sensaciones de su paladar.

Descubrió que tenía un gran sabor, disfrutó su consistencia y sin más, se sirvió una buena porción en su plato. Estaba delicioso.

En forma simultánea daba grandes sorbos al fresco mojito. Los moros y cristianos, completaban el festín.

El postre a base de tiras de bananas fritas bautizadas con una cremosa y dulce sustancia, terminó con la dieta que los jóvenes amantes seguían, sin provocarles mayor remordimiento, pues la experiencia sensorial lo justificaba todo.

Decidieron caminar un poco por las calles aledañas que enseñaron a "Antonio" la otra cara de la moneda. Edificios que dejaban ver el paso de los años, sin mantenimiento alguno, casi en ruinas, sus habitantes sumidos en la pobreza, niños y jóvenes jugando en las calles y todos mostrando los signos inequívocos de la mala alimentación.

Las viviendas daban la impresión de descuido en el aseo, los muebles viejos y en mal estado. Las callejuelas invadidas de una mezcla de aromas de cocidos de verduras y frijoles, drenajes antiguos y basura. Definitivamente, esa zona no era un lugar para turistas. De regreso al coche, pasaron por una casa taller donde fabricaban abanicos. Caridad pidió entrar un momento argumentando que a "Antonio" le podría ser de interés. Fueron atendidos por una simpática matrona pasada de kilos que se movía con dificultad, balanceando su cuerpo de un lado a otro como barco en altamar.

Puso sobre la mesa del mostrador una gran variedad de abanicos, hechos en madera y carey con telas estampadas de estupendas pinturas hechas a mano allí mismo, de gran colorido en las que destacaban figuras humanas, flores, paisajes y edificios, los trazos eran de la más alta calidad artesanal, juzgó "Antonio", que obsequió a Caridad un par, uno para ella y otro para su señora madre. La chica agradeció el detalle con amorosos besos.

— Glacias papi, están muy bonitos. A mamá le encantalán, ¿quieles dálselo tú mismo?

— Claro que sí bonita, vamos allá.

En el camino, le mostró a Caridad el permiso del Viceministro para conocer hospitales, cosa que la alegró mucho. No tendrían problemas con el temido personal de seguridad.

— ¿Qué te ha palecido la comida? — interrogó con malicia.

— Bastante buena, pero creo que al lugar podrían darle mejor aspecto.

— ¿Y la plobalías de nuevo? Me lefielo a la calne.

— Claro que sí, es riquísima, ese tasajo con seguridad es de ganado Angus/Aberdeen.

Caridad no se contuvo y empezó a carcajearse.

— ¡Qué bueno que te gustó! Sólo espelo que no lelinches y te pongas blonco. Acabas de comelte al ganadol del Delby de Kentucky.

— ¡Maldita sea! ¡Por qué no dijiste eso antes!

— Polque no lo hubielas plobado. El caballo es una calne muy sana que se come mucho pol aquí, además es lica en nutlientes y sabol. Tú mismo lo has complobado.

— Esperaré a mañana el veredicto final de mi estómago y si enfermo, ya verás lo que te espera. Como estaré en cama, te haré el amor todo el día en castigo — afirmó "Antonio".

— Enfélmate entonces caliño, estalé a tu lado dispuesta pala hacelte feliz, ¿me peldonas? — alegó sellándole la boca con un auténtico y dulce ósculo que evocó la escena del postre.

— Nena, no dispongo de mucho tiempo para mi estancia en tu bello País, así que vayamos de prisa a saludar a tu madre, aprovecharé para conocer el Hospital, estoy muy interesado en observar los nuevos tratamientos para enfermedades como la Diabetes, el SIDA y Cáncer.

El Hospital Civil era una antigua construcción del tipo conservador y su fachada reclamaba a gritos una mano de pintura. "Antonio" mostró a los guardias el permiso otorgado por la Autoridad y entraron a las instalaciones. Se sorprendió de la limpieza y orden que allí imperaban. Si bien era cierto que no tenían lujos, sí en cambio el ambiente hospitalario daba confianza al visitante.

— Hola Caridad, ¿qué haces por aquí pequeña?— saludó la Oficial del mostrador que conocía muy bien a la joven—

¿Deseas ver a tu madre? Le avisaré en el acto.

— Espela un poco — alcanzó a decir la muchacha — el señol viene en visita autolizada.

"Antonio" extendió su mano y presentó sus respetos a la señora que aunque amable, parecía enérgica, enseñándole la hoja del permiso.

— Haga el favor de tomar asiento señor mío, llamaré a mis superiores, no siempre recibimos la visita de personas importantes. Chica, tú puedes pasar, no necesito indicarte el camino.

— Plefielo espelal aquí, venimos juntos, ¿de acueldo?

— solicitó.

— Está bien. Me tomará sólo un momento.

Por lo avanzado de la tarde, el movimiento del Hospital se había reducido un poco, como lo explicaba Caridad, quien nerviosa, articulaba frases como un modo de controlarse. Le preocupaba la primera impresión que pudieran causarse mutuamente "Antonio" y su madre.

— Pol cielto, no te mencioné el nomble de mi mamá, ¿veldad? Se llama Estlella. Es muy bonito, ¿no lo clees? Estoy segula que se agladalán mis dos amoles. Ella es una mujel fantástica y apalte de habelme dado la vida, siemple se ha saclificado pol mí al glado de dejal de comel pol alimentalme y también es mi amiga, mi mejol amiga, soy muy afoltunada, glacias a Dios.

— Ya vienen — dijo con emoción Caridad y cuando estaba cerca corrió a sus brazos.

— Es mi novio — le susurró al oído.

— Todo está en regla señor. Mis superiores han comisionado aquí a la camarada Rodríguez para guiarlo en su visita. Lo dejo en sus manos — ordenó la Oficial.

Estrella y "Antonio" se dieron la mano con afecto como si se conocieran de años, repitiendo las acartonadas frases de *mucho gusto y cómo está usted*, mezcladas con la pronunciación de sus nombres, que por lo rápido no se entendieron. Estrella resultó ser como su nombre, una verdadera experta en asuntos de Hospital. Con una experiencia de casi veinticuatro años en asuntos de Salud Pública, conocía al dedillo todo lo relacionado con la organización y funcionamiento, desempeñando labores de Jefa de Enfermeras de quirófano y otras de carácter Administrativo que tenían copado su horario.

El recorrido fue de lo más interesante, percatándose de lo bien atendidos que estaban los enfermos tomando en cuenta las limitaciones en medicamentos.

Después de casi dos horas, Estrella los invitó a su pequeña oficina para beber una taza de café y descansar un poco los pies. En realidad no iban preparados para una caminata tan larga, sobre todo Caridad a quien los zapatos con tacón de 10 centímetros de altura, la atormentaban.

Haciendo gala de confianza, sorbió su aromática bebida y se declaró fuera de combate.

— Si van a continual, yo los espelo, cleo que tengo una pequeña ampolla — se quejó.

— Por supuesto mi niña — le dijo amorosamente su madre, quien después de la breve escala, reanudó la "excursión".

El pabellón de pacientes contagiosos, fue el único sitio que no visitaron. Se requerían trajes especiales y todo un proceso de descontaminación con duchas y todo eso que podía tardar horas.

Terminaron la visita en el Departamento de Control y Seguimiento de Enfermedades Terminales, en donde Estrella mostró a "Antonio" con entusiasmo el interés del Estado por sus compatriotas afectados de gravedad.

—No los abandonamos a su suerte como en otras partes del Mundo — comentó con cierto sarcasmo la Enfermera en Jefe.

— Me tendrá que disculpar por un momento, ¿puedo llamarle Antonio?— tengo que ir al tocador.

— Por supuesto, no se preocupe, tome su tiempo — contestó él, cogiendo un manoseado y añejo ejemplar de la revista Salud y Bienestar.

"Antonio" había tomado nota de la ubicación de los servicios sanitarios. Quedaban en el extremo opuesto del largo pasillo, a buena distancia del saloncito donde estaban ahora, calculando que disponía de un máximo de cinco minutos para consultar los archivos que necesitaba.

Dejó la revista y rápido como un rayo abrió los cajones de los archiveros metálicos un tanto maltratados que contenían los respaldos impresos de la información de las computadoras, que estaban al día, pues con las frecuentes interrupciones de electricidad que padecía la Isla, era necesario guardar todos los expedientes clínicos.

Habían pasado casi tres minutos y no lograba encontrar lo que buscaba. Su entrenado sentido del oído le alertó con el rítmico y suave rechinido de la suela de goma del calzado contra el brillante piso de material plástico. ¡Doña Estrella volvía del baño! Sin desesperarse, continuó consultando las carpetas hallando al fin en un grueso folder marcado CONFIDENCIAL, los datos de dos jóvenes y atractivas prostitutas contagiadas del Síndrome de Inmuno Deficiencia Adquirida conocido como SIDA, copiando a toda prisa sus nombres y domicilios.

La calificada enfermera regresó justo al terminar las anotaciones hechas por "Antonio", apenada por el tiempo que lo dejó solo.

— Lo siento, pero el llamado de la naturaleza no es posible evitarlo. Espero me disculpes. No quisiera tu menor queja al Ministerio, podrían arrestarme — dijo con seriedad, la Enfermera.

— No te preocupes por eso, si te castigan Caridad me desollaría vivo, así que por favor olvídalo. Claro que presentaré un montón de querellas ante tus Jefes si te niegas a acompañarnos a cenar esta noche. ¿Qué me dices?— bromeó.

— No me lo perdería por nada, mi hija habla maravillas de ti y quisiera comprobarlo, tienes una cara de pillo de siete suelas — respondió a la broma la señora Estrella.

Salieron del nosocomio muy alegres y se dirigieron al estacionamiento, retirando del parabrisas un ticket de multa por haber excedido el tiempo de free parking (estacionamiento gratuito). "Scorpio" no movió un músculo de su cara, la sanción significaba una prueba de su prolongada presencia en el Hospital, en cumplimiento de su trabajo.

Cenaron en el Hotel Nacional, sitio que siempre quisieron disfrutar Estrella y Caridad. La señora había escuchado muy buenos comentarios de algunas de sus amigas y había deseado conocerlo.

Los impedimentos de no tener el dinero suficiente y la discriminación que sufrían por ser Cubanas, les negaron el acceso en el pasado.

"Antonio" hizo su entrada triunfal — a juicio de las damas — dejando el auto al empleado en la puerta misma del Hotel para que lo llevara al estacionamiento. El portero uniformado les abrió presuroso la pesada puerta del estupendo edificio de señoriales fachadas de herencia Española.

Con gran seguridad, "Antonio" condujo a sus invitadas hacia el gran salón del restaurante, profusamente iluminado y decorado a la usanza Ibérica.

El capitán de meseros los recibió y pretendió llevarlos hacia el interior. El Auditor en forma amable pero decidida, pidió que les sirvieran en la terraza, para disfrutar la suave brisa nocturna, la maravillosa vista de los bien cuidados jardines, al fondo el mar y la Fortaleza del Morro, de gran riqueza histórica y leyenda.

Acompañaron la riquísima colección de platillos de la gastronomía internacional y nacional, una botella de vino tinto Pesquera, de la Ribera del Duero enfriado a la temperatura de diecisiete grados centígrados.

Avanzado el banquete, aparecieron dos guardias del servicio de Policía Turística que observaban de cerca a los comensales, "Antonio" presintiendo dificultades se anticipó a los Oficiales, presentando su pasaporte Diplomático del Gobierno Mexicano y el permiso del Viceministro de Economía Nacional.

Los guardias se alejaron casi despavoridos, juzgó el Contador Público.

A la media noche se retiraron del elegante lugar. Las propinas distribuidas por el anfitrión al Capitán, Meseros, Portero y Valet, operaron la magia.

Caridad y Estrella nunca olvidarían esa noche, donde fueron tratadas como princesas.

Al dejarlas en la puerta de su modesta vivienda, Estrella se despidió con un abrazo y besó en ambas mejillas a "Antonio". Sinceramente agradecida y con prudencia se alejó, otorgando unos minutos a los jóvenes enamorados, quienes aprovechando la obscuridad del punto, se besaron con lujuria, fundiéndose en un abrazo interminable, prometiendo verse al día siguiente.

Caridad estudiaba en las mañanas Contabilidad, pero faltaría a la Escuela para pasear con su amado.

En repentino cambio de planes, el varón pidió permiso a la señora Estrella para llevar a Caridad a escuchar un poco de música.

La madre otorgó su anuencia complacida. Durante la cena, sus ojos expertos encontraron a un buen hombre, decente y educado que no podía causarle ningún daño a su querida hija.

— No regresen muy tarde — pidió, conociendo de antemano, lo inútil de su recomendación.

Los jóvenes celebraron jubilosos y a bordo del auto enfilaron al club Dos Gardenias. "Antonio" había estado una vez allí y le pareció un lugar romántico donde podían conversar y divertirse un poco. Necesitaba relajarse.

El lugar estaba en la planta alta de una casa que conservaba algo de su pasada grandeza. El salón más bien pequeño, iluminado con luces indirectas, albergaba con comodidad unas doce o quince mesitas redondas con cuatro sillas cada una.

En el improvisado escenario, se apretujaban los músicos y cantantes que prometían un programa musical de primera clase.

Pidieron una jarra de mojitos, con la petición especial de "Antonio" para sustituir el Ron Havana Blanco, por Vodka Ruso, que el mesero aceptó, un poco desconcertado.

Tocó el turno a la primera vocalista, una madura señora con ajustado vestido verde — que alguna vez le habrá quedado de maravilla— ahora por unos kilitos más, luchaba por no romperse de las caderas y pechos.

Pero su figura y vestimenta quedaron atrás, en el olvido, su voz era tan magnífica que acariciaba los oídos como si fuera un guante de seda. Las dulces notas de las melodías románticas, hacían las delicias del auditorio, creando el ambiente propicio para los enamorados. Cantó primero "Sin Ti" con extraordinario acompañamiento de un trío de guitarras, siguió con "Voy a Apagar la Luz", continuó con "Escándalo", "Chan Chan" y varias más que los asistentes coreaban con la artista.

Ambos abrazados, se cantaban al oído el uno al otro, pedacitos de canciones, cuyas letras sabían.

El Auditor no pudo resistir la tentación de tocar — por debajo de la mesa— las hermosas rodillas y muslos de la joven, quien respiraba agitada y devolvía su pasión besándolo emocionada.

Quién sabe qué hubiera pasado en esa mesita y en varias más si la dama seguía con ese género musical, pues casi en todos los asientos, se apreciaba en la penumbra, una sola figura presente. No es que fuera así, las parejas se fundían en abrazos que semejaban un solo cuerpo.

Las alegres notas de "Guantanamera" tocadas magistralmente por el grupo tropical, se dejaron oír en el salón sirviendo de pausa a los excitados clientes, que aprovecharon el momento para respirar y refrescarse.

Los enamorados no esperaron el siguiente número. Él pidió la cuenta abonando generosa propina y salieron muy juntos del lugar. En el interior del automóvil, se volvieron a besar como locos.

Con dificultad, "Antonio" encendió el motor y gentil, colocó el cinturón de seguridad a Caridad, que desbordada, le daba pequeños mordiscos indoloros en su cuello, al tiempo que su manita derecha, acariciaba el bulto de su entrepierna.

— Calma nena — dijo él— nos arrestarán si seguimos así, vámonos ya — conduciendo rumbo al Hotel Meliá Cohiba.

Al llegar al lobby se dirigieron al bar y pidieron un mojito más, preparado con vodka, y Caridad aguardó sola unos instantes, mientras el Contador hablaba con dos Agentes de Seguridad, apostados, uno en la puerta de la calle y el otro en los ascensores. Los doscientos pesos CUC que Kadir obsequió a cada uno de los guardias, obraron milagros. La chica podía acompañar al extranjero con todo el respeto y cortesía otorgada a "una distinguida turista", desde luego por la puerta y elevadores principales.

Entre tanto, la belleza hacía estragos entre los clientes del bar, que con toda caballerosidad trataban, sin conseguirlo, de agradar a la hermosa muchacha, enviándole copas de champaña, flores y recaditos con el mesero, que la joven rechazaba de plano. Respiró aliviada cuando la imponente presencia de "Antonio", ahuyentó a los lobos.

— Oh mi cielo, palece que esta gente no ha visto una mujel — se quejó.

— ¿Te han faltado al respeto? Sólo dime quién — dijo el Auditor cerrando el puño con fuerza.

— No, nadie lo ha hecho. Sólo algunas invitaciones. El vestido que me has legalao, es el culpable, es muy bonito, glacias. ¿Nos vamos mi amol? — invitó coqueta.

— La cuenta por favor — ordenó él, recorriendo con mirada desafiante a los varones cercanos que bajaron la vista, volviéndola a subir para contemplar a la muchacha alejándose.

— Qué buena hembra trae ese cabrón. El tipo debe ser millonario — dijo uno de los clientes a sus amigos.

— Ella no parece de aquí, te aseguro que es Colombiana o Mexicana. El pendejo que la acompaña se nota que es de los malos.

— Sí, tuvimos suerte de no tener bronca con el sujeto. Me pareció que anda armado.

— Tonterías, olvidemos el asunto — dijo el otro— si están calientes, vámonos de aquí. Conozco un lugar...

En la suite, la nena corrió a la ducha, pidiendo a "Antonio" no entrar. A solas, se desnudó dándose un baño caliente en la tina que llenó con jabón de burbujas. Encendió una vela y apagó la luz. Usando el atomizador perfumó el cuarto con aroma a flores y frutos silvestres.

Terminando los preparativos, llamó a su pareja quien permanecía en camisa y pantalón, sólo se había quitado el calzado.

El hombre se acercó y besó dulcemente a la hembra, quien desnuda y mojada, procedió a retirar el cinturón, desabotonó la camisa de "Antonio", tiró del pantalón y del calzón de su amado atrayéndolo, sin dejar de besarlo con toda la pasión de su sangre joven.

El Contador disfrutó al máximo el baño, la linda mujer le acariciaba todo su cuerpo frotando con una esponja, provocándole gran excitación.

Levantándola en vilo, salieron del jacuzzi, secándose un poco con las toallas y así, medio empapados, la depositó en la cama y le hizo el amor. Caridad se entregaba de manera total y llegaron juntos al éxtasis.

No hubo secretos ni limitaciones. Los jóvenes enamorados hicieron todo lo permitido entre un hombre y una mujer, amándose con toda la fuerza y deseo que eran capaces, esa noche resultaría inolvidable para los dos. Hablaron de sus vidas y proyectos, de sus alegrías y tristezas. Pero tenían que despedirse. Alguna vez se encontrarían de nuevo.

Amanecía cuando la llevó a casa. La señora Estrella los recibió en bata, en unas horas se iría a trabajar. No dijo una palabra. El galán no supo qué decir, sólo articuló las palabras: — Ha sido un honor, estaré siempre a disposición. Gracias.

Caridad resolvió la tensión del momento. Con la simpatía que poseía, abrazó y besó a su madre diciendo: — Mamá, hoy he sido la mujel más feliz del Mundo, glacias a mi novio.

— ¿No te alegla esto, vel a tu muchachita contenta?

Estrella abrazó a su chiquilla y dijo por fin — ¡Mi pequeña bebé, si tú eres feliz, yo también lo soy! Muchas gracias, "Antonio". Hasta pronto, no nos olvide.

El varón sintió un nudo en la garganta. Las despedidas siempre le afectaban, su instinto protector lo hacía sentir como si las abandonara a su suerte. Ya pensaría después cómo ayudarlas. Él también había estado inmensamente dichoso.

Por la mañana, Caridad y "Antonio" acompañados por Óscar y su novia del día, fueron a la playa.

El Auditor debía regresar en tres días más a Nueva York y no disponía del tiempo que hubiera querido tener para estar con Caridad. La joven tenía un encanto difícil de encontrar en personas de esa edad.

Su alegría era contagiosa y lo hacía sentir libre de preocupaciones. A veces, mostraba con toda seriedad una madurez en su pensamiento, con visión del futuro, que impresionaba. Se sorprendía al verla siempre contenta y optimista haciendo planes de su vida y familia, pero muy consciente de la situación, con los pies sobre la tierra.

"Antonio" adivinaba — que como casi todo el pueblo de Cuba— padecían dificultades, sin embargo, la bella jamás, sí jamás, se había quejado de carencias, ni mucho menos le pedía nada. En conclusión, era una niña bonita excepcional. El guía por su parte, siempre elogiaba a la chica y a la señora Estrella, destacando sus buenos principios y valores de honradez y lealtad, tan escasos por estos días, no sólo en

Cuba, sino en todo el planeta Tierra.

En función del tiempo disponible, no fueron a Varadero, el hermoso balneario. Óscar los llevó a un sitio más cercano, de bellísimas playas que quedaban en el camino, llamado Mar Azul. Allí acamparon.

Como siempre, conocía al encargado del pequeño restaurante, que los acomodó en una mesita bajo la sombra de frondosas palmeras.

Minutos antes, en la misma zona, visitaron una pequeña tienda del Estado que ofrecía a los turistas gafas para sol, trajes de baño, toallas, bloqueadores, gorras, bronceadores solares y otros artículos. "Antonio" les obsequió algunas prendas pagando con su tarjeta de crédito emitida por el Banco Santander, institución Europea bienvenida en toda la Isla.

— El restaurancito — había dicho Óscar— tiene una cocina espléndida, y solicitó a su amigo libertad para elegir la comida.

— Permiso concedido — respondió el aludido— pídela para dentro de dos horas por favor.

Obtenido el visto bueno, Óscar pidió cocteles de camarón y cangrejo, agujas de pescado y cuatro langostas a las brasas. Sacó del maletero del auto, la hielera con cuatro botellas de Lancers — vino blanco Portugués semi espumante— compradas por "Antonio" en la tienda para turistas situada

frente al Meliá Cohiba.

El primer brindis, lo hicieron con cerveza Cubana muy fría.

— Por el gusto — dijo la novia de Óscar.

— Por los buenos amigos — completó él.

— ¡Pol la vida! — expresó Caridad y corrigió: — ¡Pol ti, mi vida!

— sellando con inesperado beso la boca de "Antonio". El afortunado levantó la botella mirando con afecto a todos y la chocó levemente contra las demás, sin decir nada. No era necesario.

En seguida, Caridad y su enamorado cogidos de la mano, saltaron hacia la blanca y finísima arena de la playa, metiéndose en el agua hasta la cintura.

Es una playa enorme, que permite introducirse cincuenta metros o más de la orilla, sin dejar de pisar el fondo — ni traicioneras fosas— lo que proporciona una gran comodidad y seguridad a los bañistas.

"Antonio" tomó en sus brazos el frágil cuerpo, que abrazándolo mordisqueaba su cuerpo y besaba su boca, con gran sensualidad.

El vaivén de las olas, hacía que el blanco y sonrosado cuerpo se meciera voluptuoso sobre manos, brazos y tórax del Auditor, quien experimentaba placer en abundancia, correspondiendo a la chica con la misma emoción, sin sentir siquiera, ninguno de los dos la temperatura del agua que por la época del año, estaba fría.

Gozaron del mar, con sus colores azul y verde, como dos niños traviesos. La transparencia del agua permitía ver pequeñas bandas de pececillos que nadaban a su lado.

— Espero que no sean pirañas — dijo riendo.

— Clalo que no, ésas son de lío, no de mal — aclaró la cubanita.

Se tendieron sobre las toallas en la arena, directo al sol. Caridad cubrió todo el musculoso cuerpo de su novio con protector solar y luego él hizo lo mismo con ella que se quitó el sostén acostándose boca abajo.

El señor Contador, se dio gusto frotando la crema por toda la carretera del hermoso cuerpo de la mujer, especialmente en las curvas, donde se detenía para masajear un poco más. Revisó con la mirada a su alrededor, no había testigos, así que introdujo sus dedos por debajo del calzoncito retirando la mínima prenda, encontrando un par de firmes y tersas colinas que cubrió lento con la encremada mano, haciendo emitir a Caridad grititos de placer. Ella se volvió de súbito mostrando al astro rey toda la espléndida lozanía de su mocedad.

"Antonio" no pudo más y así, desnuda la llevó al agua, donde la penetró y meciéndose al ritmo de las olas, rindieron tributo al amor.

El macho exhausto fue por el bikini de Caridad y salieron chorreando agua y felicidad, tumbándose muy juntos otra vez en la suave arena. A los diez minutos, "Antonio" — siempre en vigilia— observó a un cansado Policía caminando en la arena calcinándose al sol, que se aproximaba a donde ellos descansaban.

Al pasar a tres metros de distancia, se detuvo unos momentos para encender un cigarrillo, mirando a la pareja.

Caridad acurrucada sobre su pecho, no pudo ver nada, pero escuchaba las instrucciones de él, para no levantar la vista ni moverse.

— Tranquila está por marcharse. No hagas nada por favor. A sesenta metros, bajo la sombra de las palmeras, Óscar vio al agente y caminó veloz hacia él llevando un refresco frío.

— Hola camarada, ¿cómo estás? — preguntó Óscar ofreciéndole la limonada.

— Gracias Óscar, ¿son tus amigos? Me pareció ver con los gemelos (binoculares) una pareja desnuda y tú sabes que está prohibido.

— Sí, son mis amigos. Están comprometidos. Van a casarse pronto, pero ellos no han sido los encuerados. Vamos a la sombra compañero, ¿o quieres agarrar color, Negrón?

Se refugiaron en el arbusto más próximo y platicaron un rato. Finalmente, el vigilante con el uniforme azul marino descolorido, se retiró. En su bolsillo llevaba un billetico de cien pesos CUC.

Durante la magnífica comida, Óscar platicó a sus compañeros del incidente.

— De buena nos salvamos — dijo con presunción — Esa locura que hicieron, le hubiera costado a ella por lo menos, seis meses en prisión. Por fortuna el cuidador me conoce. Tendrás que reembolsarme los gastos — alegó Óscar.

— Por supuesto que sí. Ahora pide la cuenta y vámonos. Ah, y muchas gracias amigo, ya te compensaré — declaró con autoridad.

Por la tarde Caridad, Óscar y su novia, lo acompañaron al hotel, estaría ocupado el resto del día y necesitaba dormir.

Caribbean Network es el nombre de una de las pocas empresas autorizadas por el Gobierno Revolucionario de Cuba, para el envío de remesas de dinero a la Isla.

"Antonio" se encargaría que cada mes, llegara a manos de Caridad, la cantidad de tres mil pesos cubanos convertibles, como una colaboración para sus estudios universitarios, cantidad que ella y Estrella se negaban a recibir. Convencidas, decidieron aceptar la ayuda al darse cuenta que lo hacía con la mayor buena fe. Las estimaba y deseaba fervientemente su bienestar.

El avión de aerolínea Checa, tocó suelo en Haití. Allí lo esperaba el moderno yate propiedad de un magnate Ruso, que interesado en explotar los yacimientos de gas y petróleo de Serbia, colmaba de atenciones al "General" Petrovic. El crucero lo llevaría a La Habana con fondeo en la magnífica Marina Hemingway.

Las lujosas naves provenientes del Caribe, Sudamérica y Europa anclaban en el náutico que contaba con atracaderos de primera clase, capaces de recibir embarcaciones de hasta trescientos pies de eslora, con canales de navegación de gran profundidad, aguas limpias y transparentes. Era un espectáculo asomarse a ellos y ver la cantidad de peces bajo la superficie.

— El año pasado — contaba con orgullo uno de los empleados— llegó a la Marina, una enorme y lujosísima embarcación de recreo de nombre Grand Bleu, con los más modernos equipos de navegación GPS, sonar profundo, dos helicópteros Robinson de pistón y dos yates de 27 pies con camarotes en la cubierta. Al costado, un enorme garaje alojaba 4 motos acuáticas, 3 lanchas de remos y vela, 4 kayaks, 3 motos Suzuki para tierra y un hermoso, bien surtido bar al aire libre.

El yate MOCKBA, penetró en aguas territoriales escoltado por dos cañoneras Cubanas armadas hasta los dientes. Al amarrar, fueron abordados por los Oficiales quienes respetando el trato Diplomático, sólo saludaron y se fueron, poniéndose a sus órdenes. El Jefe Serbio gruñó y dijo algo en su idioma con una sonrisa.

Si los Militares Cubanos hubieran entendido el lenguaje, sabrían que los estaban enviando a la chingada.

El Coronel del Servicio Secreto pronunció algunas palabras en Ruso, que aprendió cuando la Unión Soviética tuvo gran presencia Militar en la Isla, dejando su tarjeta y ofreciendo a nombre del Gobierno de la

República su ayuda para lo necesario. Con saludo de soldado chocó los tacones de sus botas y se retiró.

Como acordaron, Petrovic no había aceptado el recibimiento con los honores de un Jefe de Estado, pues deseaba privacidad. Después de varios años de guerra en su País, tenía el sistema nervioso a punto de colapso. Por otra parte, a los líderes Cubanos tampoco les hacía gracia recibir a un torturador y genocida, justo en los momentos que iniciaba un cambio en su política interior y exterior. El régimen Cubano, había suspendido las ejecuciones y restablecían, aunque lentamente, la Justicia y el respeto a los Derechos Humanos.

Pero los energéticos, eran los energéticos. La República los necesitaba como el oxígeno los hombres. Era un elemento clave para la producción y el desarrollo económico. El intercambio de gas y petróleo de Serbia por azúcar, tabaco, ron y café de Cuba, les resultaba muy atractivo.

Después de la cena a bordo, Petrovic y sus secuaces bebieron vodka hasta quedar en sueño profundo. Al día siguiente por la mañana, les esperaba una intensa actividad Oficial y por la noche… tendría una gran diversión. Había escuchado todo acerca de las hembras de este País. Organizaría una orgía sensacional, como nunca la había tenido en su vida… sin sospechar que sería la última.

Días antes del arribo de Rodion Petrovic a La Habana, la Policía Secreta del Estado había dispuesto personal extra para escoltarlo. El Ministro del Interior, acostumbrado a la eficiencia de sus elementos de seguridad, estaba confiado pero alerta, de cualquier indicio que significara amenaza para la integridad de su visitante. El Coronel Tovar, a cargo, sabía de los pésimos antecedentes del huésped incómodo, al que llamaban "el Carnicero de los Balcanes". La verdad, no le hacía ninguna gracia recibirlo y cuidarlo. De buena gana lo arrojaría a los tiburones, que abundaban en aguas que rodean la Isla de la Juventud.

Órdenes son órdenes. Las recibió directas del Ministro. Su misión era complacer al "camarada" Petrovic en todos sus gustos y caprichos, velando por su seguridad.

— Tantos años en el servicio y me ordenan cuidar a un

¡pinche puto!, ¡coño! — se quejaba con su mujer.

— Pues no lo hagas, déjalo en manos de tus jodidos ayudantes buenos para nada — vociferaba la esposa.

— Bastante atrasados están los libros en casa, bien te haría ponerlos al corriente, ¡viejo impotente!

Un bofetón selló la boca de la mujer, reventándole el labio inferior.

— ¡Maldito seas, uno de estos días te mataré!, ¡pedazo de mierda!

Un nuevo golpe, ahora en el estómago acabó con la resistencia de la mujer, que sollozando pidió perdón a su hombre, acariciándole el bulto que sobresalía de la entrepierna. El fornido tipo, dejó de ser humano por unos momentos para convertirse en bestia y le hizo el amor a su mujer con violencia, lastimándola, irónicamente ella se retorcía de placer.

Por segundo día consecutivo, Óscar contestó furioso el teléfono de su casa que repiqueteaba sin cesar. La mañana anterior, lo despertó Kadir, ¿ahora quién demonios sería? Vaya costumbre de cabrones por levantarse temprano, dialogaba consigo.

— ¿Quién habla? ¡Váyase al carajo!

— Soy tu padre, hijo de la chingada. ¡Habla Tovar!

— Coño — dijo apenas perceptible — Coronel, nunca pensé que fueras tú. ¿A qué debo el honor?

— Mira pedazo de pendejo, atiende bien. Ahora soy yo quien te necesita. ¡Ven al cuartel de inmediato!

— Claro mi Jefe, voy para allá — dijo Óscar con cautela, pues sabía de lo que era capaz su "amigo".

La oficina del Militar era un cuarto de paredes despintadas donde se acomodaban con dificultad un viejo escritorio de madera, un archivero, cuatro sillas de pino y dos teléfonos. El rojo, de línea directa con el Ministro del Interior y el negro para todo uso.

— A tus órdenes Ché Coronel — se regocijaba íntimamente Óscar, pues era una abreviatura sólo conocida por él de "Pinche Coronel".

De mejor humor, Tovar le pidió dos "jineteras" (prostitutas) para uno o dos días y noches consecutivas.

— ¡Ni eso puedes hacer! — respondió Óscar.

— Escucha lamebolas. Deben ser muy especiales. En primer lugar no conocidas, bonitas, limpias, jóvenes, discretas y muy complacientes, que estén dispuestas a todo, que sean abiertas y deseosas de tener una aventura con límites desconocidos. Tendrán una jornada de muchos placeres, deberán emborracharse y meterse algunas drogas. ¿Estás entendiendo?

— Ah chingaos, está cabrón.

— El dinero no es problema. Te daré suficiente y tú les pagarás el triple de lo usual, aparte de las propinas que les den. ¿Puedes hacerlo? ¡Las necesito hoy mismo! y cuidáo con robarte un peso ¡hijo é puta!

— ¿Y qué gano yo con eso?

— Debes preguntarte mejor, qué perderás si no lo haces. Puedo meterte a la cárcel por una buena temporada o una bala en tu estúpida cabeza. Así que, ¡hágale, no quiero errores!

Muy temprano por la mañana del día anterior, "Antonio" llamó a su amigo por el teléfono celular.

— ¿Quién demonios habla? — rugió Óscar — No es hora de conversar, ¡maldito seas!

— Soy tu conciencia, ¡despierta ya holgazán pedazo de escoria!

— ¡Mierda! ¿Qué haces? ¿Acaso estás en la cárcel o algo así? — replicó el Cubano semidespierto.

— Perdona pero no conoces lo golosa que es mi noviecita. He trabajado horas extras y a mi edad… pero dime chico,

¿en qué puedo servirte? Iré lo más pronto posible — afirmó la voz ya recuperada del guía de turistas.

— Tienes una hora. Nos veremos en el lobby de mi hotel, descuida que tendré a la mano suficientes vitaminas para que te repongas y de paso te invitaré un buen caldo de erizo, que según dicen es un gran reparador. ¡Date prisa!

El remedio anunciado por Kadir, era muy popular en México y sentaba muy bien al estómago después de una noche de parranda. Después de ingerirlo, Óscar literalmente resucitó.

— Gracias compañero, te debo una.

— ¿Quieres ir a la playa? Varadero es un lugar muy agradable y estoy seguro que te vas a divertir de lo lindo. Podemos llevar a nuestras amigas o buscar otras, conozco a una vieja buenísima que te gustará, le encanta lucir un bikini pequeñito de color azul que le queda de pelos — dijo Óscar muy animado.

— Hoy no — respondió seco el Auditor — tenemos algunas cosas que hacer. Por favor llévame al mercado de herbolarias.

Se sorprendió de la frialdad con la que estaba tratando a su amigo, empezaba a molestarle la insistencia de Óscar para salir con otras chicas. ¿Qué le pasaba? Tal vez se estuviera enamorando de Caridad, ¿era posible? Claro que no, sólo era como un romance de verano — se mintió a sí mismo.

— Lo siento Óscar, es que mi trabajo es tan exigente que siempre estoy bajo presión de tiempo. ¡Ya tendremos ocasión de irnos de juerga!

Sonrieron ambos satisfechos y abordando el automóvil se dirigieron al famoso mercado de hierbas medicinales. Óscar conducía a través de intrincados laberintos de callejuelas que a "Antonio" le parecían iguales.

El mercado abarcaba casi una cuadra y los puestos estaban colocados en ambos lados de los largos pasillos. Al entrar, pidió a su amigo dejarlo allí para buscar a gusto las raíces, hojas y hierbas que necesitaba para los análisis científicos de los Laboratorios de la respetable firma Francesa Duval-Neuilly para la que trabajaba.

— Por favor, pasa por Caridad a su casa, no asistirá a la Escuela por acompañarme — extendiendo diez billetes de cien pesos CUC.

— Tómalos a cuenta de gastos — lo que iluminó el rostro de Óscar.

No sabía por dónde empezar ni qué buscar. Había leído hacía poco tiempo en una revista de Investigaciones Médicas, que existían algunas hierbas con propiedades terapéuticas que estaban revolucionando algunos tratamientos a pacientes con enfermedades del riñón, corazón, pulmones, próstata, ovarios, hipertensión, diabetes y otras, así como productos naturales para aliviar dolores de huesos, musculares, con poderosos anestésicos y reconstituyentes.

Todo ello, al decir de la publicación, estaba logrando el auge de la llamada Medicina Alternativa, sobre todo en América Latina.

El científico mencionaba en su documentado trabajo, que si bien la Herbolaria era una práctica común antiquísima en muchos pueblos de la Tierra con resultados aceptables, podría resultar peligroso dejarla sin control por parte de las Autoridades, pues hasta la fecha y bajo el disfraz de Suplementos Alimenticios o Complementos Nutricionales, gozaban de producción y venta libre sin Prescripción Médica.

En su parte final el distinguido Médico autor del estudio, prevenía sobre la cantidad de venenos y drogas que algunas plantas contenían, cuyo uso o abuso, pudieran causar la muerte.

Caminó un poco dentro del mercado, fijando su atención en montones de flores de todos colores y dimensiones. Más allá, un puesto con raíces y tubérculos parecidos a las patatas y camotes, pensó "Scorpio". En otro sitio el aroma de diversas hojas invadía el lugar, grandes pedazos de tallos secos asomaban sobre el mostrador improvisado.

Reflexionó un momento y sacó en conclusión que podía estar horas en el mercado sin saber qué comprar. Así que se decidió. Marcó el número de su amigo Javier Elizondo, alias el Tiburón, quien se graduó de Ingeniero Químico en uno de los mejores Institutos Tecnológicos de los Estados Unidos.

La última vez que lo había visto, estaba haciendo investigaciones sobre antídotos contra mordeduras de serpientes venenosas, en particular la Mamba, el Coralillo y la de Cascabel.

— Hola Javier, habla Kadir, casi tu padre, cabrón, años hace que no me buscas.

— Santíssima Madona — ¡Esto sí es sorpresa! Déjame adivinar: necesitas dinero o estás en un lío gordo de faldas, pues es a lo único que te dedicas, según se afirma.

— ¿Quién lo dice? — dijo intrigado.

— Pues los compañeros, la vieja pandilla de Lynbrook, por ejemplo, pero sobre todo Ruth, ¿te recuerdas de ella? Era la más bonita del grupo, lástima que…

— Continúa por favor.

— Resulta que se ha mudado del barrio, creo que ahora vive en La Florida con su padre, la última vez que la vi parecía muy contenta, me dijo que estaba enamorada. Es una verdadera lástima porque siempre me gustó, espero que sea muy feliz — concluyó el Tiburón.

— Bueno amigo, el destino es el destino. No era para ti. Con seguridad encontrarás alguna chica preciosa y de buenos sentimientos. Sólo busca de día.

Creyó conveniente callar por el momento su relación con Ruth. Si la mencionaba ahora, su amigo se negaría a colaborar. Ya habría mejor ocasión.

— ¿En qué puedo ayudarte? — dijo Javier, "El Tiburón".

— Hay una gran plaga de roedores en casa de mis padres que los tienen como locos, se han reproducido tanto en tan poco tiempo que ha sido imposible acabar con ellos.

Las compañías exterminadoras han intentado trampas, venenos, gas y otros procedimientos clásicos que han funcionado parcialmente. El problema fundamental es que las madrigueras principales están justo debajo de la casa y la reproducción de los animalitos es muy superior a las bajas en la batalla. Por consiguiente, la población ratonil crece en proporciones geométricas.

— ¿Y qué tengo que ver en eso? — preguntó Javier con extrañeza.

— ¿Recuerdas la vez que fuimos de campamento y tuvimos un ataque de animales del bosque que por las noches devoraban nuestra comida?

— Claro que me acuerdo, como que guardamos estricta dieta durante tres días— ¡Creo que nunca habíamos estado tan hambrientos!

— ¿Y cómo los ahuyentamos al cuarto día? — dijo aguantando la risa.

— Sí, encontré unas hierbas silvestres que trituré en un tazón, mezclando con aceite de oliva, jabón de almendras y tónico de ginseng que llevaba Arturo el "Flaco Valencia", al que su mamá mimaba en exceso. Remojé la última pieza de jamón que quedaba y nos fuimos a dormir. Al amanecer, el poderoso veneno había actuado de manera implacable, matando no sólo a los roedores sino a todo bicho, hormigas y cucarachas incluidas, que habían tenido contacto con la carne. Un pajarillo que osó pararse sobre el bocado, acabó también muerto por contacto.

— Y fuiste muy felicitado por ello, gracias a ti, pudimos comer otra vez al resurtir la despensa — expresó con simpatía.

— Javier, ¿podrías decirme el nombre de las hierbas y el porcentaje de los ingredientes?, te lo apreciaría mucho.

— Te sugiero un intercambio— dijo el referido — Tú posees algo que siempre quise tener: El Trofeo Heisman. ¿Puedes enviarlo? Lo cuidaré como si fuera mío. Necesito presumir con las mujeres de cuando en cuando.

— Hecho — y empezó a tomar nota de la fórmula.

— Ten cuidado — advirtió Javier — si aumentas la dosis de las hierbas puedes matar a un Cristiano en el acto, pero si lo que deseas es un efecto residual diferido, deberás agregar un anticoagulante, como Warfarina en un veinte por ciento. Creo que es lo que te conviene pues al contacto con el veneno el animalito no muere en el acto, convirtiéndose en portador, llevando la muerte al centro mismo de la colonia de roedores.

— Espero el Trofeo, he pensado invitar al estadio a una linda compañera de laboratorio que es fanática de los New York Giants, después la llevaré a mi departamento para cenar, enseñarle el premio y tomarle fotos, que tal eh?

— Hasta pronto y muchas gracias, ya te contaré el final de la guerrita contra la plaga. En una semana tendrás lo tuyo, puedes quedártelo. ¡Buena pesca!

— Ciao Amico e grazie — se despidió "El Tiburón", que siempre quiso parlar Italiano.

Desde 1935, el Trofeo Heisman es el máximo galardón que se entrega cada año por parte del acreditado Downtown Athletic Club de Nueva York, al Jugador Más Valioso del Fútbol Americano Colegial de los Estados Unidos, conocido al inicio como DAC Trophy, cambiando su nombre en honor a John Heisman, gran jugador y después Coach de la Universidad de Pennsylvania.

Kadir lo había ganado no en el campo de juego, él estudió en la Universidad Nacional Autónoma de México (UNAM) y ciertamente participó dentro del equipo de su Alma Máter en la posición de corredor de poder. Lo único que había cosechado en el emparrillado, aparte del gusto, orgullo y satisfacción que sólo proporcionan las victorias, eran tres cicatrices en piernas y brazos, dos fisuras de hueso y suficientes golpes contusos con transitorios cardenales.

Un buen día tomando cerveza con un grupo de amigos en casa de uno de ellos, se improvisó un concurso de fuerza física conocido como pulsos o vencidas. En la competencia los dos participantes sentados uno frente al otro, apoyan los codos en una mesa y levantan el antebrazo para colocar la muñeca junto a la del oponente en forma de cruz, cerrando el puño. A la voz de arranque, ambos jugadores tratan de aplicar toda su fuerza para vencer al adversario, hasta que uno de ellos, logra bajar el brazo del rival, doblándolo hasta tocar la mesa.

El dueño de la casa, había ganado el famoso Trofeo Heisman en su paso por la Universidad de Michigan varios años atrás, estando muy orgulloso de merecerlo. Sin embargo, la vanidad de ser siempre el primero y el mejor, lo llevaba a extremos; como que su vida era siempre una montaña de duelos personales.

Era el mejor en vencidas, tennis, carrera, campeón en beber cerveza, el que comía más hamburguesas en menos tiempo, el que tenía mayor número de novias y así establecía sus propios desafíos cotidianos. Era su forma de vivir.

En esa ocasión, James estaba eufórico. Era el ganador del primer lugar en su compañía, como Corredor de Bolsa, cerrando inversiones millonarias que le producirían altas comisiones y un estupendo bono adicional de cinco dígitos.

De los amigos presentes, James había desafiado y derrotado a todos, incluyendo al temible Bubba, un gigante rubio con extremidades como troncos.

Sin más encaró a Kadir, quien opuso resistencia. No deseaba enemistarse con su amigo. Lo conocía bien y sabía que en caso de ganarle, no se lo perdonaría nunca.

Así que declinó, argumentando dolores en el hombro. Las protestas del grupo no se hicieron esperar, el pueblo exigía sangre.

Ante la reiterada negativa, James aumentó la apuesta: el Trofeo Heisman. Después de todo, estaba confiado en ganar y de paso le quitaría mil dólares.

Entonces sucedió, envalentonado provocó al "Turco" llamándole cobarde y falto de huevos, ante el júbilo de los demás, que festinando, parecían comparsas.

El Auditor se levantó pausadamente del sillón que ocupaba y sin decir palabra se dirigió a la cuadrada mesa que utilizaban para jugar cartas tomando asiento, ante el aplauso de la concurrencia.

Campeón y retador cruzaron los brazos a la altura de las muñecas sostenidos por Bubba — el fortachón — quien dio la voz de iniciar la contienda.

Sudorosos, con el rostro enrojecido y las venas del cuello dilatadas por el tremendo ejercicio, cada uno aplicaba toda su fuerza tratando de doblegar al enemigo deportivo, con dominio alterno. Cuando se veía que uno de los competidores, estaba a punto de perder, increíblemente se recuperaba y ponía en dificultades al otro.

Después de dos larguísimos minutos la batalla llegó a su fin. James fue sometido, llevándose como recuerdo la pérdida de su preciado Trofeo, el orgullo herido y una lastimadura muscular, que tardaría una semana en sanar. ¡El Rey ha muerto! ¡Viva el nuevo Rey! — exclamaron los amigos jubilosos.

Lista en mano, se apresuró a comprar las hierbas dictadas por Javier, "El Tiburón": Asperula, Saponaria, Belladona, Amanita y todo lo necesario. Justo a tiempo apareció Caridad escoltada por Óscar.

— Mi amol— dijo la joven— ¿Dónde quieles il? ¿Qué haces aquí?

— Sólo curiosidad por ver toda Cuba. Aproveché para comprar algunas hierbas medicinales para el reumatismo que padece una de las secretarias más antiguas de mi oficina — contestó con inocencia.

— Quisiera conocer la Marina Hemingway — solicitó, cambiando de tema.

Óscar era una de esas personas que no se preocupaba demasiado por nada, su religión era vivir y dejar vivir.

Ese día estaba angustiado de verdad, la llamada de Tovar lo inquietó a tal grado que — contra su costumbre— estuvo encerrado el resto de la tarde cavilando la manera de poder cumplir el encargo.

Sabía que de no hacerlo, el Coronel lo encerraría en prisión por una larga temporada después de quebrarle algunos huesos. No, no podía fallarle, recordó con dolor cuando estuvo en la cárcel hacía unos años cumpliendo una condena por delitos de estafa al Gobierno. Se había quedado para su beneficio personal con algunos pesos provenientes del Tercer Festival de Música Tropical, que le tocó organizar con los mejores grupos artísticos de Cuba, Puerto Rico, Colombia, Panamá, México y la gran sorpresa, la Orquesta de la Luz representante de Japón, que tuvo una brillante participación. Vino a su memoria que guardó para él un poco de dinero, que en ese momento lo consideró como un pago extraordinario por sus servicios, pues el acontecimiento fue un sonado éxito artístico y económico. Sólo alcanzó a enviar al extranjero con amigos, el equivalente a treinta mil dólares. Alguien lo delató, fue detenido e interrogado por el hijo é puta de Tovar, a quien le debía la dolorosísima extracción sin anestesia, de dos piezas dentales y la confiscación del resto del dinero, unos diez mil dólares más.

Pocas horas después del amanecer, Óscar acudió puntual a la cita en el lobby del hotel, notando el Auditor, de inmediato, la mezcla de tensión y tristeza en la cara de su amigo.

— ¿Dónde fue el funeral? — comentó "Antonio" — Pareces muerto fresco.

— Todavía no se celebra — balbuceó el Cubano con amargura — Si no resuelvo esto pronto, con seguridad será el mío. Invitado estás de antemano.

— No será tan grave, sabes que puedes contar conmigo. Tomemos un buen jugo verde y café bien cargado, dime qué pasa — lo confortó.

Bueno chico, el asunto es que… ¡Maldita sea! — exclamó Óscar— Estoy metido en un lío gordo amigo, lo peor es que no le veo salida.

— ¿Por qué no lo dices?, tal vez pueda aconsejarte. ¿Se trata de dinero? — sondeó con cuidado.

— No se trata de dinero, se trata de mi vida, si no cumplo en el plazo establecido, estoy seguro que será mi fin.

— Habla de una vez, Kameraden — pronunció "Antonio" en alemán, tratando de ser gracioso.

— Sucede que un visitante distinguido hijo de la chingada, ha solicitado al Oficial a cargo de su Seguridad que es un cabrón elevado al cubo vestido de lo mismo, diversión especial para mañana en la noche a bordo de su muy exclusivo yate anclado en la Marina que has conocido — explicó Óscar.

— No veo la dificultad, ¿no es acaso tu especialidad?

— Por supuesto que sí, pero espera a conocer los requerimientos, creoqueesunperfectodegeneradosadomasoquista.

— ¿Y cuál es tu problema? Sigo sin verlo — rió.

— Es que el hijo é puta, quiere a dos hembras de buena clase que puedan jugar con toda clase de artefactos eróticos y estén dispuestas a todo, incluso a los azotes y torturas. Es cierto que conozco algunas putas que se prestarían a ello, pero no son jóvenes que digamos y tampoco muy bonitas como las quiere el desgraciado. La verdad es que he hablado con varias amigas y no he tenido suerte. Están asustadas desde la última vez que un extranjero ahorcó con el cinturón a una muchacha después de haberla golpeado en forma brutal. La infeliz fue cortada en sus partes más íntimas, el clítoris vamos, porque en su país, las mujeres no deben tener placer. Lo único bueno fue que Seguridad lo desapareció — finalizó un Óscar desolado —.

— Veré la forma de ayudarte —, no te preocupes tanto, si es necesario ¡las traigo de los Estados Unidos! Ahora vete a descansar, te necesitaré más tarde.

A solas en su cuarto, el Auditor celebró ¡su buena suerte! El destino ponía a tiro al Carnicero de los Balcanes.

Después de haberse despedido de Caridad y Estrella por la tarde anterior, despachó a Óscar en un taxi y simuló dirigirse a descansar a su hotel. Sacó de su bolsillo la hoja de papel con la dirección de las dos putitas que había obtenido del archivo en el Hospital, asombrado que además de jóvenes y bonitas eran mellizas.

Estuvo rondando con precaución el domicilio de las muchachas, siguiendo la corazonada de verlas salir, era la hora apropiada para ejercer sus actividades nocturnas.

A la quinta vuelta, su paciencia fue ampliamente recompensada. Las chicas vestidas con ropas ligeras muy atractivas, caminaron por la angosta calle hasta llegar a la avenida principal. Anticipó el movimiento y aceleró el automóvil dando un pequeño rodeo a la manzana, para esperarlas casi al llegar.

Al pasar al lado del auto, se detuvieron un momento para sonreír y saludar. Kadir descendió del vehículo y abriendo la portezuela, les invitó a pasar.

— Buenas noches niñas, ¿puedo llevarlas? Es un placer conocerlas.

— Claro que sí, papito. Vamos a donde quieras — contestaron las hermanas.

— Soy un turista Mexicano y ustedes deben decidir, si lo desean, podemos comer, beber y tal vez bailar un rato, ¿les apetece?

— Aceptamos, sólo si nos invitas a las dos, somos hermanas como podrás notar y formamos un equipo de lo mejor. No te arrepentirás — dijo una de ellas.

— Además, te daremos un buen precio — completó la otra mujer.

— Me gustan los tríos, así que no hay problema y con el dinero tampoco, he ahorrado casi un año para estas vacaciones — afirmó.

— En ese caso vamos a donde sea — dijeron al unísono las hermosas jineteras (prostitutas).

— Me llamo "Antonio" — mintió — ¿Cuáles son sus nombres?

— Es una larga historia nene, mi padre que en el infierno arda, era un Español que tuvo el gusto de preñar a nuestra madre, cuando nacimos gemelas, nos puso los nombres de unas jovencitas Españolas que conoció, llamadas Pilar y Milagros, famosas en el medio artístico de su época como Pili y Mili. Al poco tiempo nos abandonó a la suerte, no sin antes robarnos hasta el último peso dejándonos en la peor de las miserias. Mi pobre madre que era muy linda, tuvo que vender su cuerpo incontables ocasiones para sobrevivir. Para terminar, cuando cumplimos quince años, enfermó de gravedad y murió, dejándonos pobres y desamparadas.

— Gracias al Departamento de Protección a Menores pudimos acudir a la escuela, tener alimentos, servicio médico y un techo para vivir en el orfanatorio.

Gruesas lágrimas que "Antonio" consideró sinceras, corrieron por las pintadas mejillas de las chicas, que apenadas por la súbita confesión, se disculparon. Se parecían como dos gotas de agua. Sólo mirando con mucha atención, podía distinguirse que el pabellón del oído izquierdo de una de ellas, era un poquitín más grande que el de su hermana, así como una minúscula variación en el tono de voz. Pero era todo, estatura, color de ojos, cabello, piel, nariz, cejas, mejillas, cuello, labios y resto del cuerpo, idénticos.

— Cariño, preferimos que nos llames por nuestros nombres digamos, profesionales: Yo soy Caty — dijo la de voz más aguda— Y yo Paty— concluyó su gemela.

Pasado el mal momento de los amargos recuerdos, todos recuperaron el sentido del humor y con alegría se fueron a la Casa de la Música, uno de los mejores lugares para divertirse, donde docena y media de agradables jovencitas ofrecían su grata compañía a los varones que entraban al lugar, a cambio de que les invitaran el costo del ticket (boleto) de admisión. En el salón, tomaron y bailaron hasta el cansancio, dejando el lugar en las primeras horas de la mañana.

Las gemelas aunque cansadas, querían complacerlo con sexo — a su decir, el mejor que hubiera tenido en su vida — cosa que él evitó argumentando agotamiento. Sin embargo pagándoles generosamente, ofreció salir con ellas después de unas horas de descanso que todos necesitaban. La propuesta fue aceptada con débil resistencia de las damas.

Al día siguiente se reunieron en el hotel Óscar y "Antonio" quien sonrió y dijo a su amigo: — ¿Y si te dijera que tengo la solución a tu problema?

— ¡Coño!, pues te lo agradecería toda la vida, como que mi existencia depende de complacer a esos hijos de su putísima madre— dijo Óscar.

— Pues ya está. Conozco un par de hembras sensacionales que además de hermosas y dispuestas a todo, son gemelas. Imagina la mente enferma de tu cliente al saber que son hermanas, no podría tener una fantasía mejor. Además son jóvenes y están tremendas, amables y complacientes. Aunque no me has dicho el porqué te importa tanto quedar bien con ese cabrón. ¿Te tiene agarrado de los huevos? Confiesa o no te ayudaré — exclamó.

— La verdad es que debo favores al Coronel Tovar encargado de la seguridad del visitante. Si no lo ayudo, su huésped se quejará con los Superiores por otras razones claro está, pero finalmente él pagará las consecuencias y me atacará con todo, puedo ir a las mazmorras o incluso morir en un accidente. No los conoces, son capaces de todo —farfulló el guía de turistas.

— Me has convencido, te ayudaré, pero sólo si me prometes invitarme una deliciosa cerveza China Tsingtao.

Después de beber dos helados tarros del espumoso líquido, lo puso al corriente sobre las gemelas que conoció "por casualidad" la noche anterior, omitiendo los detalles.

— ¿Estás seguro que aceptarán la invitación? Déjame tratar el asunto, no puedo arriesgarme sin más. ¿Te parece? — suplicó el Cubano.

— No, no estoy de acuerdo. Son chicas especiales y creo que puedo convencerlas. Dame un poco de crédito compañero, recuerda que si en alguna materia tuve buenas notas, fue en la relativa a hembras — dijo con fingida petulancia.

— No te preocupes, las conocerás pronto, pero el trato déjamelo a mí, ¿de acuerdo? — finalizó el Contador.

— Un momento —interrumpió Oscar— ¿No son acaso las viejas que deseabas contratar para atender a tu importante cliente?

— Por supuesto, has adivinado, pero primero es tu vida, el hombre de negocios puede esperar a otro día, si no quieres...

— ¡Carajo! Claro que acepto, muchas gracias, te debo la vida.

Eran las cinco de la tarde y "Antonio" estaba llamando al teléfono móvil de Caty. Las citó para las seis con treinta en el bar del Meliá Cohiba, pidiéndoles que se vistieran poco atractivas, como si fueran a la Iglesia, cosa que las mellizas aceptaron a regañadientes.

Con la información sobre el sitio del encuentro que le proporcionó Óscar, las puso al día de la situación, cosa que en vez de asustarlas, las emocionó, por el hecho de estar juntas en la misma cama con un extranjero que a su decir, por la pequeña fotografía publicada en el periódico Granma, parecía interesante y hasta guapo.

— ¿Estaremos los cuatro haciendo el amor? — preguntó Paty— Se antoja delicioso.

— Amorcito — dijo Caty— yo sólo estaría contigo.

— Lo siento mucho — dijo "Antonio"— tengo que cerrar un

importante negocio con esa persona y les pido por esta ocasión hacerlo disfrutar y gozar como nunca en su puñetera vida lo ha hecho. Yo pagaré muy bien y prometo que una vez que se largue de la ciudad, les haré el amor sin prisas, pero sin pausas. La verdad es que me gustan mucho las dos, no sabría con cuál de ustedes empezar.

— Eso mi niño, puedes dejarlo a nosotras. Te complaceremos en todo. Eres un encanto — dijo Paty contando los cuarenta billetes de cien pesos CUC que les daba el turista.

— Este pago es sólo la mitad. Si hacen un buen trabajo y no hay quejas de su comportamiento, les abonaré el resto.

Sólo deben preocuparse por seguir mis instrucciones.

— De acuerdo papacito, te escuchamos.

— Como saben, el tipo es extranjero. Es un personaje importante en su País y por lo tanto, las medidas de privacidad y seguridad son un poco, digamos extremas. Se dice que en su Gobierno ha despachado a cientos de personas que se oponen por el hecho de no pensar como ellos. El sujeto se siente un iluminado redentor de su pueblo, sacrificando, según él, las vidas de algunos, por el bienestar de muchos, o sea que el fin, justifica los medios.

— A pesar de todas las protestas Internacionales, ha logrado ser aceptado y reconocido por algunos Gobiernos, gracias a la importancia que su País tiene en el mercado de los energéticos, precisamente ahora se encuentra de visita en esta ciudad, para comercializarlos.

— ¿No se han asustado? Parece un monstruo — finalizó "Antonio", como ellas lo conocían — Si creen que es demasiado para ustedes, yo lo entendería...

— No digas estupideces mi rey. Con peores sujetos nos las hemos visto. Se nota que sólo conoces la parte buena de La Habana... — respondió Paty.

— Claro que lo haremos, por ti y por el dinero — dijo triunfal Caty— por nosotras no te preocupes, lo dejaremos fuera de combate y agotado en un rato.

— Una cosa más — dijo "Antonio" — a mi cliente le agradan los masajes antes de tener sexo, con aplicación de lociones y bálsamos afrodisíacos por todo el cuerpo, le ayudan a tener una buena erección, según lo comenta él mismo, recomendándolo a todos sus amigos.

— Eso es pan comido — exclamó Caty — estaba pensando en látigos, cadenas y esas cosas. Hasta eso tenemos en casa disponible. La última vez hicimos feliz a un asiático que sólo se excitó cuando sangró de la espalda con los pinchos de metal que tienen los cueros para arrear bueyes en regiones ganaderas.

— Basta de palabras y pasemos a la acción, estamos ansiosas de conocer a tu misterioso personaje. Pero no te pondrás celoso, ¿verdad cariño? — exclamó Paty, acariciando la entrepierna de "Antonio".

— Claro que no — dijo él — después me daré un banquete con ustedes dos, lo he prometido — tocando el bajo vientre de Caty, que se estremeció de placer.

— Tengo un bálsamo que me regaló una amiga que conocí antes que a ustedes. Lo he comprobado y produce un efecto maravilloso al frotarse en el pene. Aquí lo tienen, con ello, su cliente disfrutará como nunca y les dará una gran propina. ¿Quieren probarlo? — preguntó sin mostrar insistencia.

— Ya lo creo — dijo Paty— nos ahorrará tener que conseguir alguna otra medicina en la farmacia — y todos rieron a carcajadas.

— Después de usarlo deberán guardarlo y enterrar la botella a buena profundidad, pues contiene sustancias prohibidas y si la encuentra Seguridad del Estado, pobres de ustedes.

— Así lo haremos, no queremos pasar vacaciones en la cárcel.

Estaba anocheciendo y disuadió a las muchachas con dificultad. A toda costa querían guerra. Las convenció de aguantar hasta otro día, pues esperaba al representante del importante funcionario para ultimar los detalles. Gentilmente, les solicitó su ayuda y comprensión, ya tendrían tiempo de sobra para hacer el amor, entregando otros dos mil pesos CUC a cada una por sus servicios, que las féminas aceptaron con gusto, guardando el dinero en sus bolsos de imitación de reconocidas marcas de diseñador.

Óscar y "Antonio" reunidos con las gemelas en La Maison, ultimaron detalles. En ese lugar se puede gozar de la buena cocina criolla y contemplar desde las mesitas colocadas en el jardín, a las bellas chicas de la pasarela, que desfilan modelando ropa formal, casual, trajes de baño y lencería. Terminado el desfile de modas, se refugiaron en el interior del restaurante. El aire refrigerado, la música romántica y suave del lugar, favoreció las conversaciones, con un Óscar muy animado al saber que su problema estaba casi resuelto. En contra de su costumbre, pues era hosco y hasta agresivo con las mujeres, Óscar procedió con cautela otorgándoles un trato respetuoso buscando ganar su confianza. Necesitaba que el plan funcionara a la perfección. Su vida dependía de ello.

Caty y Paty, comprendieron muy bien lo que tenían que hacer. En el fondo, se trataba de hacer feliz a un tipo más, lo harían sentir importante, dominante o dominado, según quisiera, y sobre todo, gozaría de los más oscuros secretos del sexo. Sí señor, sería inolvidable.

Eso mismo pensó Tovar cuando Óscar le llamó para contarle. La idea de que fueran hermanas gemelas además de ser jóvenes y hermosas, llenó de gozo al "ilustre invitado", cuando fue enterado por su Jefe de ayudantes, quien autorizó un generoso pago extraordinario para el eficiente organizador de la orgía particular de su patrón.

Era de madrugada, Kadir se encontraba sentado frente a su ordenador portátil terminando la Carta de Intención que entregaría en el Ministerio de Economía Nacional, a nombre de su representada, la importante firma Francesa Duval-Neuilly, con sede en París.

Su Jefe inmediato John Kelly, al recibir las primeras informaciones de la entrevista con el alto funcionario del Gobierno Cubano, las hizo del superior conocimiento de Mister Mellon, quien a su vez efectuó lo propio con sus importantes y ansiosos clientes, que autorizaron en abierto al Despacho Hartford, Mellon & Fletcher para presentar el Proyecto detallado del Plan de Negocios ante las Autoridades de la Isla. Por la mañana, fue recibido sin demora por el Viceministro que le estrechó la mano con simpatía al tiempo que le preguntó: — Dígame amigo mío, ¿cómo le han tratado en mi País? Si tiene alguna queja, tiene que hacérmela saber para remediarla de inmediato.

— No señor Ministro, por el contrario, sólo he recibido atenciones por parte de todas las personas con las que he tratado, la verdad es que la he pasado muy bien y perdone la expresión, pero tienen ustedes un gran diamante en bruto, habrá que pulirlo.

— Totalmente de acuerdo con usted — dijo el Ministro.

— El Supremo Comandante está un poco enfermo y cansado.

Créame, no ha sido fácil mantener una línea política y económica en un Mundo global donde abundan los grandes tiburones que siempre desean devorar a los peces pequeños.

— Nuestro régimen ha sobrevivido por muchos años y hemos demostrado que el socialismo es posible. No obstante, estamos en vísperas de algunos cambios que lógico, se darán cuando sean convenientes para la Patria.

— Sólo puedo adelantarle que los nuevos dirigentes de esta Nación Soberana, planean un socialismo como el modelo de algunos Países Europeos y la misma China, con grandes progresos en todos los campos beneficiando a su pueblo, llevándolos a mejores niveles de vida.

— Voy a sellarle de recibido sus documentos formales y espero verlo pronto para brindar por el Acuerdo. La Investigación Científica y la Tecnología que ustedes ofrecen, es quizá lo más importante para nosotros, sin dejar de lado la substancial inversión de capital para la creación de mayor riqueza del Estado y su correcta distribución hacia las familias Cubanas.

Al despedirse, el Funcionario le obsequió un libro denominado "La Lucha Social", escrito por él, plantando una dedicatoria: "Al amigo Kadir, moderno Marco Polo, con el deseo de que las Negociaciones resulten Exitosas, para el Progreso y la Amistad de nuestros Pueblos".

"Uno" salió de la oficina del Funcionario ebrio de contento. Los asuntos Oficiales marchaban viento en popa, en este momento redactaría y enviaría a sus Superiores el Informe completo elaborado con toda precisión, sin dejarse llevar por el optimismo exagerado.

Aliviada su carga emocional, se concentró en la secreta y arriesgada misión de liquidar a Rodion Petrovic, El Carnicero de los Balcanes. Tenía plena confianza en que las cosas salieran bien, las dos chicas eran muy inteligentes y estaba seguro que ejecutarían su trabajo a la perfección. El poderoso estímulo económico de cuatro mil pesos CUC ya cubiertos a cada una, había terminado con cualquier tipo de duda o miedo que pudieran echar a perder el plan.

A propósito de planes, "Antonio" diseñó el Plan B, que aplicaría sin ninguna consideración o remordimiento, si fuera el caso de algunas muertes más, para alcanzar el objetivo superior: Ejecutar al "Carnicero".

Envenenaría el sistema de agua potable del lujoso yate MOCKBA.

Las jóvenes se presentaron en punto de la hora convenida en el muelle donde anclaba el imponente yate, acompañadas por Óscar, quien las dejó en manos del Coronel, retirándose en el acto. Tovar no pudo dejar de admirar a las hermosas mujeres, sintiendo al mismo tiempo desprecio por el bastardo Serbio que las gozaría a sus anchas. Con la envidia corroyendo las entrañas, las hizo pasar. Por un momento pensó en su mujer, mirando a las nenas masculló: — Qué porquería, qué porquería... lo que tengo en casa.

¡Qué gran noche le esperaba al maldito extranjero! Sería memorable. El Oficial no podía suponer cuánto. Pronto me tocará disfrutarlas —se reconfortó— soñando con su particular orgía.

Caty y Paty, lucían bellísimas esa noche, más de lo acostumbrado, estaban radiantes. Los últimos días habían comido proteínas, vitaminas y minerales como Reinas y sus cuerpos llenos de energía, aun víctimas del VIH, mostraban la gran recuperación de la juventud.

El Coronel Tovar ataviado con su uniforme Militar y botas de combate recién lustradas, enseñaba a las mujeres en el bar, los detalles de buen gusto y refinamiento que poseía la embarcación, como si fuera de su propiedad, haciendo tiempo para presentarlas al anfitrión.

El corpulento Petrovic salió del jacuzzi con llaves de oro y se colocó una bata de seda china que "casualmente" encontró en el armario de finas maderas. Se dio casi un segundo baño vaciando el contenido de la loción Herrera for Men, que también halló de "casualidad". Cepilló sus dientes con esmero, verificando el brillo del pequeño diamante incrustado en el colmillo derecho y pulió el diente de oro que despedía brillos de pésimo gusto, al abrir su bocaza.

Por un momento dudó en ponerse el peluquín en su calva cabeza — como auténtica bola de billar— decidiendo no hacerlo, recordando a una prostituta Italiana que le dijo lo sexy que se veía pelón, como un pene gigante.

Calzó zapatos de playa y abandonó la habitación, encontrándose de frente con el par de estupendas chicas, escoltadas por el Alto Oficial.

— Go home please, we are okay alone, fucking you (¡Lárgate idiota, estamos muy bien solos, jódete!) — ordenó Rodion al Coronel Tovar, en un inglés de niño de escuela elemental. El referido, que soñaba compartir al menos una bebida en compañía de las hermosas muchachas, con un gesto de frustración y rabia obedeció la indicación y se retiró de inmediato. Hijo de su puta madre, pensó Tovar, el bastardo no fue para darme siquiera las gracias o invitarme un pinche trago. Que se le pudra el culo, viejo impotente. Al salir dio a las hembras una tarjetita con su nombre y teléfono con instrucciones de llamarle en caso de surgir problemas, con la remota esperanza de poder verlas de nuevo.

— Brother don't worry. Take your money and get out now, hurry (hermano no te preocupes, toma tu dinero y lárgate de prisa) — le dijo el Jefe de guardaespaldas del "carnicero" entregándole un abultado sobre cerrado.

— I will call you tomorrow (te llamaré mañana).

Tovar salió del yate encabronado. No estaba acostumbrado a ese tipo de trato. En su trabajo, había tenido contacto con toda clase de personas importantes y nadie, pero nadie le había hablado de ese modo. Lo que más le dolía, era que lo humillaron delante de las hermosas mujeres. Los desgraciados se largarían de Cuba en unos días, pero las chamacas se quedarían en la Isla y lo más probable es que soltaran la lengua, arrastrando su nombre y grado Militar por el lodo que significaba la prostitución.

En definitiva, no podía arriesgarse a tal ridículo, que por otra parte, de llegar a oídos de la Superioridad, pudiera costarle desde un arresto, hasta la vergonzosa destitución. Tendría que hallar el modo de silenciarlas a perpetuidad.

Al abordar el Land Rover Oficial, regocijado abrió el paquete y extrajo el grueso fajo de billetes de colores verde, azul y naranja, de 500 Dinares Serbios, sumando 500,000 (súper devaluados), que ingenuamente creyó una fortuna sin saber que en la isla carecían de valor y nunca podría gastarlos como le informarían una semana después en la oficina de Cambio.

— ¡Maldito puto bastardo! — gritaría Tovar, a todo pulmón, sufriendo tremendo ataque al corazón.

El gordo Rodion dispuso que la cena fría y las bebidas fueran servidas en el comedor privado de sus aposentos, despidiendo a los sirvientes y personal de seguridad una vez que registraron y manosearon a placer a Caty y Paty, concluyendo que estaban limpias.

No llevaban armas ni objetos que pudieran servir como tales, sólo portaban artículos personales propios de las mujeres de su clase: cepillos para el cabello, lápiz de labios, sombras para ojos, brochitas para el maquillaje, pasta para dientes, enjuague bucal, lociones, diminutas tangas conocidas como hilo dental, aceites para masajes y condones.

Satisfechos con el nada peligroso inventario y el haber tocado a gusto a las fantásticas féminas, los gorilas se fueron a la cocina a disfrutar un poco la buena vida. La advertencia del General Petrovic fue muy clara: — Si los necesito, llamaré; inteligente orden, no quería testigos.

Comenzaron a beber magnífico vodka Ruso, el General lo tomaba solo en un vaso con hielo. Las muchachas lo pidieron mezclado con jugo de naranja.

La barrera del idioma era importante, las mellizas comprendían un poco el Inglés y el Serbio nada de Español. Rodion medio explicó en su mal Inglés completando con señas, que estaba muy a gusto y conocerlas, había sido lo mejor de su visita a la Isla de Cuba.

Esperaba que se sintieran como en su casa y las invitó a conocer Serbia algún día, cuando terminara la guerra.

Para agradar, presionó un botón blanco de la mesita lateral y la música brotó de un extraordinario sistema de sonido. Un toque de otro botoncito amarillo y las luces disminuyeron su intensidad, pulsó el color verde y las cortinas se cerraron, apretó el rojo y en la gran pantalla LCD alta definición se proyectó una película porno.

Caty y Paty miraban al Serbio con recelo. Sabían de la clase de persona que era el tipejo. Parecía un oso salvaje, que pudiera lastimarlas si las cosas llegaban demasiado lejos. Caty tranquilizó a su hermana recordándole el entrenamiento Militar obligatorio que recibieron en las Fuerzas Armadas hacía poco tiempo, como parte de sus deberes ciudadanos.

Paty preguntó en su Inglés precario: — ¿Can we to eat something first? We are hungry (¿Podemos comer alguna cosa? Tenemos hambre).

— Of course darling, go ahead. You can eat while I kiss your pussycat, jo, jo, jo, (por supuesto querida, adelante). Puedes comer mientras yo beso tu cosita, jo, jo, jo).

Caty comenzó a quitarse la ropa y observó los vivaces ojillos del gigante. Deliberadamente se paseó moviendo al compás de la música, sus hermosas caderas.

Al pasar a su lado besó con cierta repulsión la calva y sudorosa cabeza, recibiendo una fuerte nalgada con las manazas de la bestia, provocando agudo chillido.

Imitando a su hermana se despojó de la indumentaria para quedar en cueros, ante los ojos enrojecidos por el deseo del Serbio.

Por su parte Caty, ya acariciaba con los senos el rostro del gigante, invitándole a besarlos, cosa que el tipo hizo de inmediato, succionando lujurioso los pezones rosados de la mujer. Paty tomó el cinturón de cuero de su short y golpeó con suavidad el trasero de Rodion quien pidió aplicar un poco más de fuerza, mientras su bocaza se llenaba plena del hermoso busto de la gemela.

Azotó con mayor vigor las enormes nalgas del sujeto quien lanzó un rugido de fiera herida arrojándose sobre su agresora, cogiéndola de los cabellos hasta hacerla arrodillar a sus pies, colocando sus manotas sobre la nuca, para obligarla al sexo oral.

Caty tomada de sorpresa, completó su desnudo y se unió a la pareja besando en los regordetes labios al cliente, que correspondió mordiendo la boca de la chica. — ¿Con que éstas tenemos, eh? — masculló ella— Ya verás lo que te espera maldito gordo… — y uniendo la acción a las palabras tomó el tubo de desodorante de su bolsa lo llenó de aceite lubricante y lo introdujo con fuerza en el ano del gigante que lanzó un bramido de dolor y placer, lanzando una bofetada que alcanzó de lleno la mejilla de Caty que se derrumbó como si la hubiera tocado un rayo.

Su hermana Paty, abandonó su bucofaena, tomó una de las toallas todavía húmedas del baño y azotó con fuerza la enorme espalda con las peores intenciones de hacer daño. Para su sorpresa, el Serbio se quedó quieto por un momento disfrutando del castigo, tiempo que aprovecharon las gemelas para empezar a darle un vigoroso masaje con el aceite afrodisíaco que les recomendó "Antonio".

— Wait a minute (esperen un poco) — dijo Rodion — I need

bring something for you, nice bitches (necesito traer algo para ustedes, putas bonitas).

Se levantó del sillón y se dirigió al closet, abriendo una maleta. Al regresar, las chicas habían devorado un poco de salmón y arenque con pan negro y habían servido champaña en tres copas tipo flauta.

— Very well, girls. Your can eat. I see your hungry, jo, jo, jo. (Muy bien muchachas. Pueden comer, las veo hambrientas, jo, jo, jo.)

— Thank you, bastardo, (gracias bastardo) — contestaron ellas.

Rodion empuñaba en su mano derecha, un pequeño látigo de cuero de cinco puntas alarmando un poco a las jineteras, que se tranquilizaron al notar en su mano izquierda un grueso paquete abierto de mariguana. Conocían los efectos de fumar la yerba, se transportarían al infinito irreal de las drogas y los golpes del cuero de arriar reses, los resentirían menos.

El coloso comenzó por ofrecerles los cigarros que preparaba como experto. En pocos minutos la habitación se llenó con el humo de los tres fumadores. Al poco tiempo, aspiraron el blanco polvo de cocaína, sintiéndose eufóricos, comenzando a golpearse unos a otros con frenesí, lanzando gritos de placer y maldiciones en los idiomas Serbio, Inglés y Español.

Una botella de champaña Cristal fue derramada sobre el blanco vientre de Paty que corrió por su cuerpo como pequeño arroyo inundando las íntimas cavidades que fueron sorbidas por la voraz lengua de Rodion. Caty por su parte, decidió terminar con el trabajo inconcluso de su hermana y se atragantó con el enorme pene del Goliat, que vociferaba en un lenguaje, para ellas incomprensible, pero que sin duda eran alaridos de lujuria. El Serbio resultó ser un buen amante a juicio de las muchachas. Pasaron la noche haciendo el amor repetidas veces y disfrutaron de todos los excesos en comida, bebida, drogas, sexo y sadomasoquismo.

A la once de la mañana del siguiente día, salieron del yate felices de la vida, aseadas y vestidas con tres mil dólares cada una, pagados por el jefe de ayudantes de Rodion Petrovic, como gratificación especial por haber disfrutado como nunca. Habían valido la pena los golpes y maltratos, siempre los soportaban por mucho menos dinero. Esa misma tarde, en la playa, cavaron con sus palitas de juguete un hoyo de un metro de profundidad aproximadamente, donde sepultaron el envase del ungüento prohibido.

NEW YORK CITY

John Kelly, Jefe directo de Kadir estaba en su residencia trabajando en la amplia oficina que había sido uno de los pequeños triunfos concedidos por su esposa, quien diseñó la casa, los muebles y por supuesto, la decoración. Los jardines tipo Japonés y la alberca, también eran de su creación.

La señora Kelly era graduada en Arquitectura de Interiores y había ejercido por corto tiempo su profesión. Conoció a John cuando la compañía para la que trabajaba, obtuvo el contrato para el diseño de espacios, mobiliario y ornamento de las antiguas oficinas de Hartford, Mellon & Fletcher que se ubicaban en el piso 38 del Empire State Building, atrapándolo en tiempo récord para contraer matrimonio, tener hijos y ser una madre al cien por ciento.

Cuando la Firma HM & F se mudó a las nuevas instalaciones frente al Central Park, la señora Kelly insistió en adornar sin paga, la oficina de su marido, sólo por el placer de hacerlo, cuestión a la accedió John por amor a su consorte. La señora Kelly siempre estaba pendiente de que su cónyuge no trabajara en exceso.

— Ya no estás muy joven que digamos cariño, tómalo con calma, no quisiera verte en el hospital. ¿Has checado últimamente tu presión arterial? ¿Y tus pruebas de laboratorio para saber tus cantidades de colesterol, azúcar, triglicéridos y todo lo demás? ¿Has revisado la próstata? Apuesto que no. Eres una calamidad, te llevaré al Médico mañana mismo, ¡irresponsable! — profirió la señora molesta de verdad.

— Tengo los resultados de hace dos años y todo salió bien

— protestó débilmente John.

— Y como si fuera poco — arremetió la mujer — te atreves a traer a casa un montón de trabajo. Hablaré con el señor Fletcher, tu Superior, para quejarme. No es justo que te mates de esta manera después de tantos años de trabajo honesto y fiel. Que pongan más personal a tus órdenes.

— Camilla — dijo por fin John — tú no harás nada de eso. Estoy por jubilarme de la Empresa y necesito dejar todos mis asuntos al día, lo sabes muy bien pues ha sido tu idea, si por mí fuera, continuaría trabajando varios años más. Me siento fuerte todavía.

— Ahora, hazme el favor de disponer un ligero refrigerio y una taza de ese riquísimo café que preparas, anda vete a la cama, te alcanzaré lo más pronto que pueda — y selló sus palabras con un tierno ósculo, que desarmó a la pendenciera dama.

A las cinco de la madrugada, Camilla Kelly bajó al estudio oficina de su marido con intenciones de reprenderlo con dureza.

Lo encontró recostado en el escritorio, sobre montones de papeles en aparente desorden. La taza de café yacía en el piso con muestras de haber derramado su contenido.

— ¡Dios mío! — profirió— El muy necio se ha quedado dormido y ha tirado el líquido sobre mi valioso tapete Turco

— aproximándose para iniciar una pelea.

La matrona lanzó un grito desgarrador, su compañero estaba inconsciente, había sufrido un ataque al corazón.

La secretaria ejecutiva del señor Kirk Fletcher, localizó al Auditor en su teléfono móvil, conectándolo enseguida.

— Regresa a la oficina cuanto antes. Nuestro amigo Kelly está en el Hospital luchando por su vida. Ha tenido un infarto al miocardio, dejando asuntos urgentes sin resolver. Queremos que te hagas cargo de inmediato, son cuestiones que no pueden esperar. ¿Has comprendido bien? Te esperamos mañana, enviaré el avión de la compañía. ¿Necesitas algo más? — informó el señor Fletcher.

— Nada señor, allí estaré, siento mucho lo de John, es un buen hombre. ¿Se recuperará?

— No lo sabemos aún pero se encuentra estable, estamos orando por él, hasta luego — contestó el señor Fletcher, cortando la comunicación.

— Maldición — exclamó "Uno" — Estoy tan cerca y… ahora esto. ¿Qué hacer?

— Acelerar los acontecimientos. Es el único camino. Tengo que hacerlo hoy, hoy, hoy — se dijo a sí mismo parodiando a un conocido Ex Presidente Mexicano.

Dos horas antes de la cita en el Despacho Hartford, Mellon & Fletcher, Kadir visitó a su amigo John en el Hospital, estaba en la Sección de Terapia Intensiva, con acceso exclusivo para personal Médico. En la cómoda salita de espera estaban la señora Kelly con sus dos hijas, cuyos rostros reflejaban preocupación.

Estrechó cálidamente entre los brazos a Doña Camilla y a sus herederas, balbuceando sentimientos de pesar por lo ocurrido, ofreciendo ayuda en lo que fuese necesario y preguntando por el estado actual.

— Los Médicos opinan que se recobrará, aunque su progreso será lento. Le han colocado una especie de puente para saltar la parte tapada de las arterias del corazón. El bloqueo era ya del noventa por ciento en tres de ellas. Es un verdadero milagro que no haya muerto en el acto — informó la señora Kelly.

— Pobre papá — manifestó la hija mayor — lo que más duele ha sido el egoísmo de mi parte al salirme de la casa hace años para emprender aventuras en varias partes del Mundo, he querido disfrutar la vida sin importarme los demás, abandonando a los que más amo, a mis queridos padres; les he negado muchas horas de felicidad. Perdóname mamá — llorando con intensidad.

— Yo he permanecido a su lado, rebelde y fría, creyendo tener siempre la razón, que los viejos son obsoletos. Fui perezosa en la Escuela y nunca permití que me prohibieran nada, he metido la pata en varias ocasiones sin reconocerlo. Cuánta razón han tenido mamá, ahora lo comprendo, hay que seleccionar a las amistades. Te prometo que cambiaré contigo, quiero que seamos las mejores amigas, por favor, por favor, — anunció la menor de las muchachas Kelly, abrazando con fuerza a madre y hermana.

Kadir había pasado a formar parte de los muebles, era la hora de las confesiones y reconciliaciones, optando por retirarse discretamente. Por lo menos, la grave enfermedad de John Kelly, había traído un poco de paz, unión y felicidad a su familia.

Le dieron alcance en el corredor.

— Mil gracias por tu visita, discúlpanos, han sido demasiadas emociones en tan poco tiempo. Promete que volverás — dijo la hija menor, estampando un besito en la mejilla que sintió muy cerca de su boca.

— Claro que sí — respondió optimista, al conocer que su Jefe saldría de ésta.

— Hasta pronto.

En el ascensor reparó en la caricia prodigada por la hija de su amigo, no, de ninguna manera— se dijo— no puede ser tan coqueta en momentos como éstos, aunque por otra parte, no estaba nada mal, sus botas color tabaco resaltaban la blancura de sus piernas como desafiantes columnas Dóricas que por su esplendor y firmeza parecían sostener todo un palacio, enmarcadas por una falda corta color arena. La cara era como de un ángel arrancado de un lienzo de Rubens. Se avergonzó por un instante, no era el momento de pensar en ello pero la mujer estaba muy bien, es más, con todo respeto para John y su familia, era una auténtica belleza.

El CPA entró a la antesala como siempre, un poco antes de la hora de la cita, tiempo que aprovechó para echar un vistazo a las noticias del día que publicaba The New York Times. En su tercera página el columnista Mark Heines, comentaba acerca de un misterioso accidente donde perdieron la vida dieciocho jóvenes pertenecientes a importantes familias de la ciudad de Boston y sus alrededores, criticando a la Policía del lugar por no tener siquiera idea de lo ocurrido.

Heines abundaba en que según parecía, era una especie de ejecución en masa realizada por una pandilla contraria que debía investigarse, opinando que la versión del suicidio colectivo que sostenían las autoridades, era una mentira.

El principal argumento para fundar su sospecha, era que los suicidas cuando determinan quitarse la vida, escogen los métodos menos dolorosos físicamente para ellos, por ejemplo, venenos, gases tóxicos, inyecciones inductoras de sueños eternos y otros. Culminaba su redacción, con datos duros de casos semejantes — que abundaban en los Estados Unidos — extraídos de los archivos de la Policía a nivel

Nacional. Nunca un grupo de personas se había arrancado la existencia en forma colectiva sometiéndose a los tormentos del infierno.

Frankie Adams y Edwin J. Keller, Jefe de la Brigada de Robos y Homicidios y el Comisionado de Policía del Condado de Dukes, en ese orden, declaraban por su parte que las investigaciones hechas por los expertos arrojaban conclusiones sobre los hechos reales, que reiteraban, se trataba de una secta demoníaca que pregonaba la purificación de las almas mediante el fuego. Ésa era la verdad y no las suposiciones que imaginaba el periodista, que según mostraron en conferencia de prensa, había sido internado en un Hospital psiquiátrico en su juventud durante un año por padecimientos de paranoia.

Kadir arrojó el diario sobre la mesita de centro de la sala de espera tranquilizándose. La información no hablaba de sospechosos, estaba a salvo.

Los socios de la firma casi llegaron juntos. Walter Mellon saludó con afecto y lo invitó a pasar a la fabulosa sala de juntas. Al entrar, lo primero que vio fue una inmensa mesa ovalada para treinta y un personas, con sillones ergonómicos de respaldo alto en piel color vino importados de Italia, según explicaba Mellon, obsequio de un cliente internacional dedicado a la fabricación de tubos de acero sin costura, para la industria petrolera.

Frente a cada asiento, un personalizador de mármol con una plaquita en oro, indicaba el lugar de cada quién, además computadora portátil con servicio de Internet inalámbrico, teléfono individual con línea privada, un block para apuntes, lápices, una base de ónix con bolígrafo Sheaffer de mango en oro de 18 quilates y un diminuto micrófono con su pedestal conectado al sistema de baffles de alta fidelidad. En la pared del fondo, una pantalla Samsung de 100 pulgadas para proyecciones conectada al sistema de videoconferencias remotas con capacidad para enviar, recibir y enlazar comunicaciones de imágenes, datos y sonido al planeta

entero.

El bar, era una joya artesanal logrado en finas maderas, importado de Inglaterra, con grandes espejos y anaqueles que enseñaban toda clase de licores provenientes de muy diversos lugares del globo.

Con razón, recordó, el Gobernador en una visita a la firma, expresó que la cantina de Hartford, Mellon & Fletcher, era la mejor surtida de todo el Estado de Nueva York.

Los estantes de los libreros — del más refinado estilo Inglés, lucían bellas ediciones lujosamente encuadernadas de los más variados libros y revistas relacionados con los negocios.

Además estaban por supuesto, las Enciclopedias Americana, Británica, Francesa y Española. Las obras completas de Legislación Federal de los Estados Unidos y sus correlacionadas de cada uno de los Estados de la Unión, de los Países Europeos, América Latina, Asia y África, destacando los principales tratados de Contabilidad, Auditoría, Finanzas, Recursos Humanos, Mercadotecnia, Impuestos y Teleinformática.

Los enormes ventanales orientados hacia el Central Park, eran a prueba de balas y mostraban la belleza de la gran ciudad.

— Para terminar, los muros y puertas están revestidos de un material especial antirruidos, que por otra parte no permite escuchar nada a la gente fuera de la sala.

Una batería de refrigeradores adosados al muro, alojaba vinos provenientes de las mejores regiones vinícolas del planeta que, conservados a la debida temperatura, invitaba a disfrutarlos. Otro mueble con puerta de cristal transparente, helaba cervezas de calidad.

— ¿Qué te parece muchacho? Te aseguro que ni el Presidente mismo disfruta de tantas comodidades y espera a conocer a las edecanes, son unas verdaderas obras maestras de la naturaleza. Éste es el único lugar donde podemos verlas, espero por tu bien que guardes el secreto — profirió Mellon.

La reunión se inició puntual con el riguroso Orden del Día. Agotados los puntos introductorios y reglamentarios, usó de la palabra Cecil Hartford, dirigiéndose a Kadir.

— Seré breve. A nombre del Consejo Directivo te ofrecemos el puesto de nuestro buen amigo y colaborador John Kelly, que como sabes está grave en el Hospital víctima de un ataque al corazón. A Dios gracias está mejorando, pero dudamos que pueda volver al trabajo.

— Por otra parte y también lo sabes, había decidido jubilarse a petición de Camilla su esposa, han planeado viajar y disfrutar un poco más de la vida, que bien lo merecen.

— El Consejo Directivo decidió ofrecerte el puesto de John para el año próximo, por la recomendación del mismo hacia tu persona, pero los acontecimientos se han precipitado, lo que nos hace adelantar el nombramiento.

Walter Mellon solicitó el uso de la palabra, adhiriéndose a lo expresado por su socio, urgiéndolo en cierto modo para aceptar el cargo.

Por su parte, Kirk Fletcher reconoció los méritos del Auditor, expresando que no obstante su juventud, había demostrado lealtad, capacidad de trabajo y entusiasmo, haciéndolo el candidato ideal para sustituir al amigo enfermo, quien realizó un magnífico papel durante todo el tiempo que colaboró con la Firma.

En su turno, los veintisiete Asociados más se unieron a la propuesta y por unanimidad lo designaron Socio Junior y Director General de Operaciones con residencia en Nueva York. — El salario al año es de siete dígitos, un bono navideño por cantidad equivalente, gastos de representación, chofer, vehículo del año y el derecho de ser admitido como Miembro del "King's Club". El pago de membresía y anualidad es por nuestra cuenta. Los seguros médicos, dentales, pensión por incapacidad o retiro y demás prestaciones, ya las disfrutas.

— Necesitamos tu respuesta de inmediato — sentenció Cecil Hartford.

— Creo que me iría mejor con los Jets, escuché que buscan un corredor de poder, los golpes que recibes son menores ahí y es bastante mejor la paga, sin contar a las bellísimas porristas — denotó Kadir dibujando una amplia sonrisa.

— Claro que acepto — dijo con determinación.

— Al brindis entonces — opinó Mellon — que se descorche la champaña.

— Creo que debemos beber la primera copa aquí, para tomar el lunch en el "King's", ¿les parece? — dijo Hartford, como si en realidad le importara la opinión de los demás.

El "King's" era uno de los mejores y más exclusivos clubes de los Estados Unidos y posiblemente de Europa. Estaba ubicado en los elegantes suburbios de la ciudad de Nueva York, contando con tres campos de golf de 18 hoyos, dos restaurantes con carta de alimentos internacionales, cuatro de comida étnica, seis cafeterías y un centro de comidas rápidas que eran la delicia de los niños y que funcionaba sólo los fines de semana, días de fiesta y vacaciones.

Cuatro albercas al cubierto, dos de ellas olímpicas de aguas templadas y cuatro más de tamaño semi, al aire libre con playas de arena y olas artificiales, foso profundo de clavados y seis canales de quinientas yardas cada uno, para nado largo.

Las dieciocho canchas de tennis, seis de ellas bajo techo, estaban equipadas con máquinas entrenadoras automáticas, que podían lanzar bolas con la velocidad y efectos que programara el usuario.

El Club se levantaba en más de diez mil acres de terreno que era cruzado por arroyos con tranquilas aguas, poblados por cantidad de peces de la región.

El lago artificial surcado sólo por botes de remo y vela — no contaminantes— el circuito para caminata, bicicleta y paseos a caballo, figuraban entre los sitios favoritos de los adinerados socios.

El polígono de tiro, se encontraba situado en el sótano de uno de los edificios separado del resto de las instalaciones, con paredes aislantes de ruido, sistema automático de dianas y retornos, cabinas individuales, montículos de arena y paredes con recubrimiento especial para amortiguar, incluso absorber impactos de balas mal dirigidas por los tiradores.

El Club era inmenso, significaba un verdadero privilegio pertenecer a él. El Comité de Admisiones sesionaba una vez al año analizando con lupa a los candidatos, que deberían reunir, no solamente muchos millones de dólares, sino también una reputación intachable de hombres de negocios. La aportación de membresía familiar se pagaba una sola vez al ser aceptado, costando unos cien millones de dólares.

En los últimos dos años no había ingresado nadie, fueron rechazados media docena de aspirantes por no llenar los rigurosos estándares para su posible ingreso. Entre otros, estaban dos nobles europeos que se consideraron no productivos, unos mantenidos y buenos para nada.

En el caso de Kadir, alto funcionario de la poderosa y honorable firma Internacional "Hartford, Mellon & Fletcher", se anticipaba su admisión con beneplácito. El Auditor se preguntaba qué sucedería de saberse la verdad, estaban dando entrada ¡a un asesino profesional!

El "King's", a diferencia de otros Clubes, ni siquiera establecía cuotas mensuales. La Tesorería sumaba todos los gastos e inversiones del año y los dividía a partes iguales entre los Socios que debían pagar al recibir la cuenta, cosa que hacían sin formular una sola objeción. Si alguien se inconformaba, se le consideraba "non grato" (inconveniente) y era amonestado por el Comité de Honor y Justicia, causando baja en caso de reincidencia.

Se recordaba el caso de un empresario extranjero que reclamaba el porqué tenía que pagar su elevada cuota que incluía gastos de los restaurantes, si él casi no asistía y por tanto consumía muy poco.

El Comité lo echó del Club, sin miramientos. Los rigurosos Estatutos así lo ordenaban.

El pleno de Socios de HM & F, pidió al Concierge del Club el Salón Western, que era una réplica exacta de las tabernas donde los vaqueros que conquistaron los territorios del oeste, se reunían a beber, jugar al poker, pelearse a puñetazos y resolver sus pleitos y problemas a balazos.

La comida era extraordinaria, un trozo gigante de queso Cheddar servido al centro de la burda mesa de tablones y un gran cuchillo para cortar cada quién la porción a su gusto, con una crujiente hogaza de pan recién sacada del primitivo horno de leña, todo ello acompañado de vasitos con whiskey de Tennessee y todos los buenos tarros de cerveza helada que increíblemente sostenía en sus brazos la rolliza mesera — como en Munich — observó el recién promovido.

Una bella chica vestida de corista de la época, trepada en un adornado columpio ejecutaba sus movimientos de ir y venir con singular habilidad y gracia, mostrando sus lindas piernas enfundadas en medias negras caladas, con un sujetador en la parte alta del blanco muslo en forma de flor de color rojo encendido.

El ambiente era de lo mejor y la mesera los invitó a pasar a la cocina para escoger los cortes de carne, el término de su cocción a las brasas y las guarniciones de vegetales, cosa que hicieron muy contentos.

Terminada la comida, todos se despidieron felicitando al nuevo Socio Junior de la Firma, quien expresó su agradecimiento a los Jefes por la confianza, prometiendo hacer el mejor esfuerzo para cumplir con sus importantes obligaciones.

Se dirigió al empleado del Valet Parking aprovechando que los Patrones continuaban en animada charla, sin muchas ganas de irse, tal vez esperando que alguno de ellos invitara otra ronda de bebidas.

Tenía prisa por contarle todo a Ben, era urgente replantear la situación. El nuevo cargo requería su presencia casi de tiempo completo en las oficinas del cuartel general de HM & F, ya no tendría la movilidad de viajar con frecuencia y no atendería eficazmente los asuntos de la Fundación. Quizá tendría que renunciar a ella.

El siguiente fin de semana, Benjamín Weitzner acompañado de Ruth, viajaron a Nueva York para entrevistar al Auditor, que envió por ellos a un chofer de la compañía, con instrucciones de llevarlos de inmediato a donde se le indicara, advertido de no cruzar más palabras que las indispensables, sobre todo por ningún motivo debía comentarles sobre su nuevo cargo en la empresa. Si abría la boca, sería despedido.

Fue un verdadero tormento para Ben, el tener que mentirle una vez más a su hija sobre el motivo de la apresurada visita.

Terca como de costumbre, la bella rubia insistía una y otra vez a su Padre sobre el verdadero objetivo de cruzar parte del País — de Florida a New York — sólo para "saludar" al engreído de su ex novio.

— Vamos papá, dime la verdad — rogó ella — sabes que terminarás por decírmelo tarde o temprano. Si no lo haces, me iré de compras a Saks, Bloomingdale y otras tiendas que me encantan y llegaré el límite de mis tarjetas de crédito. ¿Qué te parece, eh?

— Mira pequeña— explicó — hay ciertas cosas que no estoy en posición de revelarte todavía, prometo que lo sabrás pronto, pero no hoy, te ruego que me sigas teniendo confianza y creas en mí. Pienso encargarle una Auditoría a las empresas, que requieren supervisión.

— En cuanto a él, si es tu novio o ex novio, me tiene sin cuidado, nunca me gustó para ti— concluyó, sabiendo que decía la segunda mentira del día, que era necesaria.

— Conociendo a su querida hijita lo necia y obstinada que era, si elogiaba al amigo, sería peor.

Siempre le había resultado mejor, dejarla que tomara sus propias decisiones en cuestiones importantes de la vida. En el fondo, sabía la verdad del pleito de enamorados que suponía, una tormentita.

El Ex Fiscal General encontró a Kadir tijera en mano intentando podar un rebelde arbusto que crecía pese a todo, obstaculizando la entrada a la casa, haciéndolo muy mal por supuesto.

— No te contrataría por nada. Un asno a mordidas, lo haría mejor — se burló Ben.

— Yo tampoco aceptaría trabajar para ti, conozco lo tacaño que eres para pagar — reviró el muchacho.

— He llegado lo más pronto posible pero no hubo manera de venir solo, ya conoces lo tenaz que puede ser Ruth. Insiste en no permitirme viajar solo, dice que soy un queso añejo, ¿cómo ves?

— Ya que lo dices no me parece, creo que la consientes demasiado y se ha convertido en una niña caprichosa. Vamos, ¿en dónde quedó ese Hombre de Hierro de hace pocos años? Tienes que retomar tu autoridad, de lo contrario poco a poco irá avanzando hasta convertirte en su esclavo sin dejarte decidir nada y bueno… creo que hasta la Fundación cerraría sus puertas.

— Sugiero que no le dejes meter las narices en tus asuntos privados —propuso Kadir.

— No lo dirás en serio — protestó— sabes que es mi único apoyo y confío en ella a ciegas, aunque reconozco que no tiene aún la madurez de criterio para comprender y menos compartir la filosofía de la Fundación. Pero tienes algo de razón, por ahora no debe interferir en nuestros planes, ahora el mezquino eres tú, invítame un buen trago.

Dentro de la casa hablaron claro y directo de las preocupaciones. Le contó todo a Ben que lo escuchó con suma atención, interrumpiendo en dos ocasiones por accesos de tos y una para felicitarlo con gran emoción por su importante ascenso.

— Lo que me dices complica un poco las cosas — denotó

— pero no tanto. Como yo lo veo, puedes continuar trabajando para la Fundación reduciendo tu territorio al Estado de Nueva York o tal vez sólo a la ciudad, estoy seguro que materia prima no faltará, conoces los altos índices de delincuencia que hay por aquí.

— Por otro lado, debemos planear tu futuro, has estado demasiado tiempo activo y será necesario irte alejando de las trincheras para transformarte en un planeador que me quitará la silla, en cuyo caso buscaríamos a un nuevo elemento desconocido para realizar el trabajo de campo.

— Sobre todo ahora— continuó Ben con su análisis — por lo que sabemos, nos hemos topado con una Organización poderosa extendida en casi toda la Nación que por insólito que sea, goza de simpatía y apoyo en altos círculos del poder económico y político. Nuestros amigos del FBI, así lo han dicho cuando los visité la semana pasada en Quantico.

— Su más reciente ataque ha sido en el Museo del Holocausto en Washington. Un fanático pronazi de casi ochenta años de edad asesinó al guardia y fue abatido a tiros por la escolta. ¿No es una locura?

— Por cierto, están agradecidos por la información que les hice llegar y es seguro que muy pronto tendremos noticias.

— Tienes buen olfato, tu estimado Zar de la televisión, está metido hasta las orejas en este asunto, los muchachos del Bureau ya lo investigan discretamente, no quieren alarmarlos.

— En otro orden de ideas, los investigadores en Boston han tenido que soportar una campaña de fuertes críticas, por el famoso suicidio colectivo de los dieciocho tipos que murieron quemados.

— He tenido que tocar algunas puertas de arriba, para proteger a nuestros amigos. Los he convencido que son ataques de políticos que aspiran a sucederlos en sus cargos.

— La prensa más obstinada lo olvidará en unos días, hemos comprado mucho espacio por adelantado para promover las campañas de reelección de Gobernador, Alcalde, Concejales y Jefe de Policía.

— Sin embargo, por mi experiencia de bastantes años, la Organización extremista a la que pertenecían las víctimas, no olvidará y estará buscando venganza, lo cual significa que debemos cuidarnos — señaló Ben con gravedad.

— La idea de convertir a Dieter en una planta, lleno de tubos dentro de su cuerpo, incapaz de valerse a sí mismo y ser transformado en lo que siempre despreció y humilló, será una muerte lenta y espantosa.

— Bien hecho, lo merecía el hijo de la gran puta.

— Me sentí tan aliviado con la ejecución de toda esa bola de cabrones, que he dispuesto un bono súper especial para ti, si checas tu cuenta encontrarás un regalito de setenta millones más, espero que con ello, la falta de dinero para poder casarte con Ruth, se resuelva—finalizó el buen viejo, con grandes risotadas. — A propósito, ella cree que te solicitaré el servicio de Auditoría a dos de mis empresas. Por supuesto, tendrás que consultarlo con tus Jefes. ¿OK?

— Eso dependerá de lo que ella quiera — se defendió — tú sabes que la amo sin importar lo regañona y gastadora de dinero que es — alegó con alegría y levantando su copa brindó: — A su tiempo.

— A su tiempo — contestó Benjamín.

Los dos amigos sellaron un pacto no escrito. La Fundación reduciría sus operaciones secretas por una temporada, limitando el territorio a la ciudad y otras poblaciones del Estado de Nueva York.

En fines de semana o vacaciones, "Scorpio" atendería misiones en otros Estados de la Unión. No la mezclarían en nada, salvo lo que hoy realiza: obras de caridad y beneficencia con fondos especiales de la Fundación.

Kadir desempeñaría su nuevo cargo en Hartford, Mellon & Fletcher y todo parecería normal.

Estarían en comunicación constantemente usando el lenguaje clave que ambos conocían y Benjamín estaría muy pendiente de los avances de la investigación del FBI.

Martha's Vineyard, Massachusetts

Se presentó el día de cobrar los honorarios que Kadir convino con su "clienta" por la Auditoría del establecimiento propiedad de Mireille, que consistían en un viaje de fin de semana y que la chica aceptó llena de regocijo.

Conduciendo la camioneta Mercedes Benz rumbo al aeropuerto La Guardia, preguntó la nena: — ¿A dónde iremos? Muero por saberlo, dímelo por favor — pidió, con el dulce tono que utilizaba para salirse con la suya.

— Ya lo sabrás — dijo el Auditor con firmeza — decírtelo ahora, echaría a perder mi pequeña sorpresa — sin imaginar ni por un instante, que el sorprendido, iba a ser él.

"Scorpio" no quiso impresionar demasiado a su novia y viajaron en el vuelo regular de US Airways Express que los llevó a la Isla en poco tiempo. En algún momento pasó por su cerebro la idea de pedir el avión del Despacho para transportarlos, pero la desechó. Prefirió que lo amara con sencillez y mostrarse tal como era.

La isla es una preciosa colonia de verano habitada por unas 10,000 personas de alto perfil económico donde viven músicos, políticos, empresarios famosos y sólo se llega por aire o por mar, es un lugar especial para la gente que desea disfrutar de las bellezas naturales y del relajamiento total, con gran variedad de actividades recreativas y vida social.

Hay para todos los gustos, desde carreras de motos acuáticas y veleros, festivales de música, bailes, torneos de pesca, la feria agrícola, el festival de iluminación, los viñedos, el mercado de pulgas y las playas con temperatura ambiente en el verano de 32 grados centígrados, que hacen las delicias de chicos y grandes. La Isla fue escogida por los cineastas para filmar la película "Jaws" (Tiburón).

Disfrutaron como colegiales de un largo paseo en bicicletas rentadas y se tendieron agotados sobre el mullido césped para refrescarse con agua embotellada.

— Debimos alquilar una cuatrimoto, estoy cansadísima — se quejó la hermosa.

— Te recuperarás en unos momentos, eres muy joven y además el ejercicio ayudará a eliminar esa pequeña llantita de tu cintura — dijo riendo, ofreciendo su mano para ponerla de pie.

— ¿Me estás diciendo gorda? Eres un grosero, ¡te odio!— declaró, acercándose peligrosamente al hombre. Cuando lo tuvo cerca, lo abrazó con fuerza y lo derribó con tremenda tacleada, cayendo encima del muchacho, cubriéndole de besos que lo dejaron sin aliento.

Se revolcaron sobre el pasto tocándose a su gusto durante algunos minutos, hasta que oyeron una vocecita infantil a sus espaldas: — ¡Mami, mami, hay una pelea, ven pronto!

Roja la cara de vergüenza, se incorporaron como de rayo y explicaron al infante que sólo estaban jugando.

Los amantes subieron a sus bikes (bicicletas) y se alejaron del lugar, pedaleando como locos hasta llegar al puesto de alquiler para devolverlas.

Muertos de la risa, se tomaron de la cintura, comprobando que se había equivocado, no había tal llantita en el talle, por el contrario, era estrecho y delicado, terminando en un par de nalgas perfectas, que con solo imaginarlas, sintió una fuerte erección en su miembro viril.

— Vamos a comer, tengo tanto apetito que me zamparía una ballena — declaró la rubia.

— Te llevaré a un sitio especial, está en el muelle sur, tendremos que tomar un taxi — dijo él.

— Siento desfallecer — protestó ella — mira, en esa callecita hay un anuncio de restaurante, llévame allí, ¡te juro que si no lo haces, te muerdo ahora mismo! — amenazó.

— Muy bien, muy bien — aceptó él, dirigiéndose al lugar señalado.

El restaurante era pequeño. Muy al estilo Inglés antiguo, con sólidas mesas y sillas de tosca madera. A la entrada, una barra de buen tamaño enseñaba un extenso surtido de vinos y licores.

Decidieron sentarse en la terraza, bajo la sombra de un parasol de colorines.

Comieron ostras, calamares y tortitas de cangrejo que compartieron. El plato fuerte de una enorme bogavante con ensalada de lechuga baby, aceitunas negras y ajos fritos en aceite de oliva, formaron el menú, alimentándose el uno al otro, como auténticos enamorados.

Entre caricias, bebieron buen vino blanco muy frío, producido en el único viñedo sobreviviente de la Isla y al liquidar la cuenta más la estupenda propina, la dueña del restaurante que estuvo observando los besitos y arrumacos de la parejita, les obsequió una botella de "champaña" de California y dos copas de cristal, felicitándolos por creerles recién casados.

Caminaron hasta su hotel disfrutando de la puesta del sol.

— ¿Por qué no le aclaraste a la señora que no somos matrimonio? Siento que la engañamos. ¿Te gustaría que así fuera? Si me lo pides aceptaré casarme contigo — afirmó sincera, como era ella.

Recién llegados a la Isla habían caminado descalzos sobre la arena mirando el oleaje del Océano Atlántico. Encontraron un pequeño establecimiento de souvenirs que se llamaba como la boutique de Mireille "Stuffs" (cosas), donde adquirieron gorras deportivas con el bordado de una gran langosta roja y sandalias de cuero como las usadas por los hippies en los años cincuenta.

Tras el cristal del mostrador, se exhibían algunas pulseras, collares y anillos en oro y plata. A Kadir le pareció buena idea obsequiar a su novia un bonito juego de collar, pulsera y aretes en oro de 18 quilates a magnífico precio. Ella por su parte, compró argollas de matrimonio, en oro blanco a la medida del dedo anular de cada uno, sorprendiendo al Contador. Salieron de la tienda y de nuevo recorrieron un trecho de playa, deteniéndose ante un paisaje maravilloso.

— ¿Alguna vez te has casado? En realidad no sé grandes cosas de ti, casi no me has contado nada de tu vida y amores, borra los amores — rectificó ella — Me agradaría conocerte más.

— Te advierto que no importa lo que digas, ¡estoy segura que te amo y quiero ser la compañera ideal para toda la vida! — anunció radiante.

— Si accedes, podemos contraer nupcias por aquí. Al llegar he visto una hermosa capilla, sería una linda boda, muy original, ¿no crees mi amor? — amenazó la bella.

Con cien mil millones de coños, pensó, ¿por qué todas quieren casarse tan rápido? Con todo gusto lo haré pero necesito más tiempo, todavía no puedo realizarlo, tengo varios contratos que cumplir con Benjamín Weitzner, reflexionó.

— Yo te amo también preciosa, pero no creo que precipitarnos sea lo correcto. Recuerda que tus papás son moralistas conservadores y te han educado con rigidez. Ponte a pensar que todos los progenitores desean ver el enlace de sus retoños, pero no así, en secreto. No debemos quitarles los momentos de felicidad que tanto significan para ellos.

Desde conocerse las Familias, el pedimento de mano y el consentimiento de los Padres de la Novia, la planeación de la boda, la alegría de participarlo a parientes y amistades, el orgullo de ver a su hijita luciendo un hermoso vestido blanco de novia, el banquete, los invitados, los regalos, la fiesta…

— No, no creo que sea lo más conveniente por ahora. Por otro lado, somos jóvenes y no tenemos ninguna prisa. Por mi parte no quisiera lastimar los sentimientos de Lolita y Gregor, mis padres, y pienso que tú tampoco deberías hacerlo con los tuyos. Vamos a planearlo mejor, ¿qué te parece mi vida? — explicó, acariciando con ternura el rostro y cabello de Mireille, rematando con un tierno beso de larga duración.

— Lo peor es que tienes razón. Posees un poder de argumentación y convencimiento que ¡podrías remover montañas! — y borrando la expresión de frustración que tuvo por momentos, correspondió a su novio, con calidez.

— Te propongo algo. Aquí frente al mar, los dos solos con Dios como único testigo, quiero que hagamos un juramento de amor para siempre, ¿aceptas? — dijo la hermosa mujer entornando los ojos.

De inmediato, sacó del estuche los aros de matrimonio y procedieron a colocárselos en los dedos adecuados, muy despacio, sin decir nada. Sellaron su virtual compromiso fundiendo sus bocas y cuerpos en uno solo, como lo dice la Biblia. No hicieron falta palabras.

El cielo, el sol, el mar, la arena y el viento fueron los padrinos de la rústica ceremonia de amor.

Se alojaron en un hotelito encantador, donde los dueños, un matrimonio otoñal y sus hijas atendían a los pocos huéspedes, pues sólo disponían de diez habitaciones ricamente decoradas con todas las comodidades, incluyendo una cama de colchón especial Happy Dreams (sueños felices) y almohadas diseñadas para el descanso más placentero, de aquellas que se inflan al colocarlas sobre la cabecera, amoldándose al cuello y cabeza de las personas de manera tan natural, que induce al sueño profundo y reparador.

La habitación disponía también de un "couch" (sofá cama) en el recibidor y se apresuró a ocuparlo para no comprometer a su novia a dormir juntos. Sobre el armario, colocó la botella de regalo que beberían en otra ocasión a la salud de la simpática matrona dueña del restaurante del mediodía.

Al percatarse del caballeroso comportamiento, la linda muchacha fingió no darse cuenta sin decir una palabra. El novio lo interpretó como la confirmación de que respecto a esa noche, habría separación de cuerpos y tendría que "escribir tarjetas postales a mano".

Bajaron al lobby bar del pequeño hotel. Una mesa profesional de billar desocupada, les invitó a jugar un rato. Mireille desafió a Kadir que aceptó el reto si apostaban algo.

Alegres y cansados, suspendieron la partida pagando el Contador la suma de veinticinco dólares por cinco derrotas consecutivas que le propinó su novia.

— Vaya con la chiquilla— exclamó — juegas muy bien, esperaba dejarte sin dinero, incluso sin la boutique. Hubert y Carole debieron revisar más frecuente tus calificaciones en la Universidad. Sospecho que tus amistades ¡eran unos vagos!

— Por supuesto, pero muy divertidos, en especial el Padre André y la Hermana Simmone. Da gracias al Creador que no subimos las apuestas, eres un jugador pésimo.

En eso tenía toda la razón. Kadir se había dedicado durante su niñez y juventud atendiendo a los deportes y los juegos de salón poco le interesaron.

Pidieron a la habitación, una botella de champaña "Veuve Clicquot Rosé" y una canastita de fresas, higos y peras frescas, con rebanaditas de quesos europeos y dorados panecillos tostados al ajo, que la pareja de enamorados disfrutó con fruición, acompañados de la bellísima música y voces de la ópera "Tosca" de Giacomo Puccini, que transmitía la televisión por satélite en blanco y negro, sobre la extraordinaria función con María Callas y Tito Gobbi de muchos años atrás.

A las dos de la mañana, se despidieron con otro largo beso y el hombre tuvo que hacer un esfuerzo sobrehumano para retirarse a dormir solitario.

Agotado por lo intenso de la jornada, se durmió enseguida como un tronco.

Después de unos pocos minutos de descanso, sintió el cálido cuerpo de la mujer, que desnuda se metió bajo las sábanas del sofá, royendo eróticamente su cuello y espalda.

— ¡Sorpresa! — celebró la chica— ¡Te invito a mi cama! Es mucho más confortable.

No podía creerlo. Todo ese sermón sobre el tesoro de la virginidad que la madre de Mireille repetía hasta el cansancio y la férrea voluntad de conservar su doncellez, ¿qué estaba ocurriendo?

Por un instante creyó estar soñando.

La hermosa, al darse cuenta del efecto emocional que le causó, con dulces palabras dijo a su oído: — Estamos casados ante Dios, no ante los Hombres, recuerda la ceremonia de esta mañana, para mí es suficiente porque te amo y es lo más importante.

Y no se habló más. Le hizo el amor, con toda la ternura y delicadeza, como un noble caballero, como debe ser siempre, sobre todo cuando la mujer entrega su preciada joya carnal al amor de su vida.

Esa noche resultaría imborrable para los dos. La doncella radiante de felicidad aprendió los secretos del sexo que su experimentado maestro se encargó de enseñarle.

Perdieron la noción del tiempo, espacio y sociedad dedicándose a desahogar los más puros sentimientos de amor físico y espiritual. Lo hicieron dos o tres veces hasta el amanecer.

Los primeros rayos de sol del nuevo día bañaron de luz sus firmes cuerpos sin ropa con figura de estatuas Griegas en mármol. Estaban abrazados, exhaustos, mostrando una cara de paz y satisfacción.

"Scorpio" luchaba en su fuero interno para no enamorarse demasiado. Le angustiaba tener que ocultarle su gran secreto, el "trabajo especial" que tenía en la Fundación. Si ella se llegara a enterar que mataba personas por contrato, no imaginaba el daño que haría a su amada y no podía prever las consecuencias.

En ese caso, ella lo mandaría al diablo, por supuesto, pero ¿lo contaría a su familia? ¿Lo delataría a la Policía? O por el contrario, ¿guardaría silencio?

Por otra parte, la relación con la chavala estaba llegando a extremos peligrosos, pues tenían relaciones sexuales con frecuencia y ella, por motivos Religiosos se negaba a tomar píldoras anticonceptivas o intentar cualquier otro medio artificial para control de fertilidad, incluso el preservativo, invento del famoso Doctor Condom. El único cuidado era el método del Ritmo.

— Todo está en manos de Dios — decía ella — hay que respetar su voluntad.

A Kadir le agradaban los niños. Recordaba los muchos momentos felices cuando jugaba con sus hermanitos menores y las travesuras que hicieron juntos, como aquella de practicar el tiro al blanco con sus tirapiedras de goma rompiendo las bonitas macetas de barro del jardín de Doña Lolita — su querida madre — que les costó media semana de no ver televisión, tremendo castigo de la época.

Pero tener un hijo, era otra cosa. En su opinión, es un acto de gran responsabilidad que merece una planeación y preparación adecuada de los futuros padres. "No son enchiladas" — se dijo, refiriendo al popular dicho Mexicano, que significa: *"No es tan sencillo"*.

En unos días más cumplirían tres meses de estar juntos, a un ritmo de fornicación tal, que además de tener agotado al hombre, el riesgo de embarazo era enorme.

Por si fueran pocas las preocupaciones, ambas Familias presionaban por conocerse entre sí y formalizar el feliz noviazgo de sus hijos.

EL AUDITOR DE LA MUERTE tenía que tomar una de las decisiones más trascendentes y lacerantes de su vida.

NEW YORK CITY

Convaleciente del disgusto al saber del viaje de fin de semana de los novios, Georges Samper tuvo el tiempo necesario para planear su estrategia. Como siempre, acudió a su Asistente de confianza y Jefa de Enfermeras Melba Collins. Le contó todo lo relacionado y no conforme, todavía le pidió consejo sobre lo que debía hacer para ganar el amor de aquella divina mujer.

Tan emocionado estaba el Doctor narrando su caso, que no pudo advertir que en los ojos de la Collins, se formaron gruesas gotas de lágrimas que ocultándose enjugó con su pañuelo, como si secara el sudor de la frente. No pudo percatarse — era imposible — la magnitud del daño que estaba provocando en los sentimientos de su Asistente, que salió del paso con señorío: — Déjeme pensarlo, estoy segura que hallaremos el modo de conseguir su propósito. Necesito un poco de tiempo para diseñar un plan infalible.

— Ya lo verá y… gracias por la confianza — finalizó la Enfermera con falsa sonrisa.

Para colmo de males, el Doctor besó la mejilla de la dama, expresando agradecimiento, porque según explicó — ¡ahora sí estaba enamorado de verdad! ¡¡Mireille era el amor de su vida!! Palabras que para Melba, fueron los últimos clavos que se hundieron en el ataúd de su corazón, para enterrar definitivamente, su secreta pasión por el Médico.

Esa noche en la soledad de su domicilio, la televisión transmitía un viejo programa musical donde el grupo Español "Mocedades" cantaba la triste canción denominada "Secretaria", que describe el gran amor imposible de una empleada hacia su jefe, al que ayudó en todo para crecer, trabajando mucho más de lo debido, sirviendo de celestina con las jóvenes amantes, enviando flores… exactamente como Melba Collins, que se identificó con la grabación y lloró lágrimas de "sangre".

La dolorosa herida inflingida por el Doctor Samper le hacía pensar en forma contradictoria. Deseaba vengarse, pero su estricta formación como profesional de la Salud le marcaba límites.

En otras palabras no sabía qué, ni cómo hacer, para castigar al — según ella — canalla traidor.

El zumbido del timbre de la puerta, rompió el pesado silencio de la casa. Desconfiada, asomó por la ventana para contemplar los inconfundibles chispazos de luces azules y rojas de dos patrullas de la Policía.

— ¿La señorita Melba Collins? — inquirió el Oficial de mayor rango.

— Soy yo, ¿en qué puedo ayudarles?, ¿hay algún accidente por aquí? Soy enfermera del New Hope Hospital — dijo ella nerviosa.

— Lo sabemos, cálmese por favor, no es nada de eso. Tenemos una Orden de presentación para solicitarle algunos informes. ¿Puede acompañarnos por favor? — pidió el segundo patrullero.

— Bueno — protestó— me disponía a acostarme, me levanto muy temprano a trabajar y no quisiera… ¿Puede ser mañana?

— No lo creo, la diligencia es urgente, tenga la bondad de venir con nosotros ahora, no le quitaremos mucho tiempo — explicó el guardia.

— Si no hay más remedio, vamos — dijo ella recuperando su aplomo, tantas veces probado en los quirófanos, con sangre salpicando por todos lados.

— ¡Voy por mi abrigo!

La sala de interrogatorios del Noveno Precinto, era un cuarto de unos quince metros cuadrados de forma rectangular con una mesa metálica y cuatro sillas, ancladas por las patas en el piso que hacían imposible que algún reo utilizara el mobiliario para golpear a los Detectives. En los extremos de la mesa, soldadas a la cubierta estaban unos sujetadores de muñeca en acero, conocidos en el ambiente penal, como "esposas" — tal vez por el fuerte vínculo matrimonial.

En la parte superior del muro del fondo, un sistema de circuito cerrado de televisión grababa con imagen y sonido, el curso de los interrogatorios que otros Detectives podían ver en cubículo anexo. Una de las paredes laterales tenía empotrado un grueso cristal de regular tamaño tipo espejo, por el que se podía observar en el cuarto adjunto, en vivo las sesiones de preguntas y respuestas.

Y era todo. No había ningún mueble más. Al entrar al recinto, Melba sintió un poco de frío y se estremeció.

El Consejero Legal del Doctor Coodlidge Westwood III había invertido unas pocas semanas y dinero saliendo con una antigua amiga periodista del mayor diario sensacionalista de la ciudad. Por supuesto le había proporcionado copia de la información sobre la negligencia grave y supuesta complicidad que implicaba al— hasta ahora modelo de virtudes — Doctor Georges Samper.

El informe no sólo contenía datos sobre el caso del Cirujano Plástico, sino casi una cronología de las aventuras galantes del Médico, narradas al detalle por su asistente de "confianza" Melba Collins.

— ¡Esto es una bomba! — exclamó la "periodista".

— Vale un buen fajo de billetes para ti, querida — aclaró el Abogado — pero te advierto que no trates de negociar con el tipo, que te pagaría bastante bien, pero la suma que convengas con él, significa una bagatela de lo que podemos ofrecerte si lo publicas en tu periódico y en algunos otros medios de nota roja.

— No estoy muy segura de hacerlo, ¿tengo mis principios sabes...? Pero claro, tu amistad es importante para mí y puedo ser flexible si la cantidad es suficiente para comprar algunas conciencias y en esta vida, casi todo tiene un precio.

— ¿De cuánto estamos hablando?

— No acostumbro trabajar con bajo presupuesto, los riesgos son enormes, porque descubierta la mierda del pastel, los involucrados desean silenciarnos ¡para siempre! — sentenció la "reportera".

— Mi cliente está dispuesto a pagar cien mil dólares, mitad ahora y...

— Lo haré por doscientos mil, sin regateos. Tómalo o déjalo — reclamó ella, interrumpiendo al Abogado.

— Muy bien — aceptó él — Pero quiero resultados rápido o te

aseguro que la siguiente visita te la harán los "muchachos" — amenazó el Consejero.

—Trato hecho, quiero la plata ahora mismo — desafió la muchacha, ocultando su nerviosismo, pues conocía a los golpeadores profesionales al servicio de su "amigo" el Abogado. El sujeto llenó un cheque a nombre de una tercera persona que le indicó la chica, por la mitad de la suma convenida y se retiró preguntando: — ¿Cuándo?

— Muy pronto, ya te enterarás. Una cosa más amigo, si la televisión se ocupa del seguimiento del juicio, entrevistas y esas cosas que suben el "rating" (teleauditorio), mis honorarios aumentan en un cincuenta por ciento más. ¿Estás de acuerdo?

— It's a deal (es un trato) — replicó el Abogado, estrechando la mano. Ya pensaría cómo deshacerse de ella cumplido el trabajo.

Tres publicaciones especializadas en escándalos en la vida de Artistas, Políticos, Empresarios y hasta de encumbrados miembros de los Gobiernos Nacionales y Extranjeros, dieron la noticia: "ACUSAN A SAMPER DE CÓMPLICE", "EL DOCTOR GEORGES SAMPER CON UN PIE EN LA CÁRCEL", "SAMPER SOBORNADO POR LA DELINCUENCIA". Los tres pasquines reproducían la información del caso del Cirujano Plástico amigo de Samper, que transformó el rostro de un sujeto, sin dar aviso a las autoridades, resultando que el paciente era un delincuente buscado por los gobiernos de tres Países. El haber ocultado los hechos, era una prueba — según los diarios — que seguramente por un soborno millonario, el Cirujano y el Jefe inmediato, pasaron por alto su obligación de reportarlos.

Durante una semana, los tres periódicos estuvieron ahondando en la vida profesional y personal del Doctor Samper, dando a conocer su debilidad por las mujeres. Uno de los tabloides se refirió al Doctor como "Saint George" que en vez de "bautizar con agua a sus pupilas, lo hacía con whiskey".

El interrogatorio a la señorita Collins empezó con buenos modos, le ofrecieron una taza de té con edulcorante artificial por su incipiente Diabetes Mellitus, con las preguntas clásicas de nombre completo, nacionalidad, domicilio, ocupación, estado civil, grado de estudios, tiempo de conocer y de trabajar con el Doctor, explicación de sus labores en el Hospital, etc., hasta llegar a presionarla con preguntas duras sobre su vida íntima: — ¿Desde cuándo ha tenido relaciones sexuales con el Doctor Georges Samper?, ¿cuántas veces han tenido coito anal? ¿Le agrada hacerle al Doctor el sexo oral? Aparte de la oficina, ¿dónde lo han hecho? ¿Cuáles son los juguetes erótico-sexuales que usan ustedes? ¿Con cuátas mujeres sin contar a usted, ha tenido sexo el Doctor en sus oficinas? ¿Por qué no avisó usted de la cirugía de cambio de cara que le hicieron al criminal? ¿Cuánto dinero recibió usted de manos del Jefe de Cirugía, por su silencio? ¿Qué drogas consumen?

Agobiada, desesperada, la Collins se derrumbó. Lloró desconsolada, jamás imaginó tanta humillación. No acertaba a poner en orden sus ideas, el trato con el Doctor Westwood no incluía que ella, estuviera ahora en el banquillo de los acusados soportando preguntas y afirmaciones provenientes de los malditos detectives. Ellos no sabían nada, nunca podrían entenderla. Optó por guardar silencio y pidió la presencia de un Abogado. El Oficial tuvo que respetar ese Derecho que la Constitución de los Estados Unidos les otorga hasta a los peores delincuentes, así que le autorizó la llamada.

— Abogado, habla Melba Collins. Estoy detenida por la Policía y me están preguntando ¡cosas horribles! Por favor ven de inmediato.

— Cálmate, ¿sabes en cuál Precinto?

— Me dicen que es el Noveno, rápido, no puedo más.

— No digas una sola palabra. No pueden obligarte a nada.

¡Son unos cerdos! ¡Voy enseguida! Y… cierra la boca o no podré ayudarte, ¿está claro? — advirtió el Jurisconsulto, colgando de golpe la bocina del teléfono.

Treinta minutos después de que los libelos publicaran la historia, El Consejo de Directores del New Hope Hospital, sesionaba a puerta cerrada. La decisión fue unánime, el Doctor Georges Samper, Jefe del Departamento de Cirugía y la señorita Melba Collins, Enfermera en Jefe y Asistente Personal, a partir de este momento, cesaban en sus cargos para no entorpecer las investigaciones, a reserva de ser despedidos, si resultaran culpables. Dese aviso a todo el personal del Hospital, especialmente al Departamento de Seguridad, para prohibirles la entrada a las Instalaciones.

Uno de los Directores pidió, no obstante la aparente culpa de los dos indiciados: — Que uno de los Abogados del Hospital, coadyuve en la defensa y nos mantenga informados. Por lo pronto, tendremos que negar todo conocimiento de este penoso asunto.

La moción fue aprobada por unanimidad. El Abogado designado trabajaba para la firma "Hartford, Mellon & Fletcher", siendo amigo de Kadir.

El experto Penalista revisaba el expediente con sumo cuidado. De entrada, parecía un caso bastante simple que a la hora del Juicio con toda seguridad ganaría. No encontraba pruebas documentales lo suficientemente sólidas que una buena perorata no echara por tierra. El cargo que hacía el Fiscal sobre complicidad criminal, caía por sí mismo. El Juicio que enfrentó semanas antes el Cirujano Plástico acusado de Soborno del Crimen Organizado, Obstrucción Deliberada a la Justicia, Ocultamiento de Información y otros cargos menores, habían resultado vagos e inconsistentes, demostrando el acusado que su única culpa fue la extemporaneidad — por unas horas — del aviso a las Autoridades, proporcionando el Expediente Médico Completo con las fotografías de ANTES Y DESPUÉS. Gracias a ello, los uniformados arrestaron al delincuente que convalecía en el Hospital.

Terminado el proceso, el Juez declaró al Cirujano NOT GUILTY (NO CULPABLE) aplicándole una multa de veinticinco mil dólares por la falta administrativa de la tardanza. Como es de explorado Derecho, "Lo Accesorio Sigue la Suerte de lo Principal". El especialista en Derecho Penal, confiaba en la inocencia de sus clientes.

El Consejero Legal de Westwood III cometió el grave error de subestimar a Melba Collins, decidiendo presentarse hasta la mañana siguiente. Acorralada en la Comisaría, temblando de miedo y frío, estoicamente resistió hasta donde pudo, pero al amanecer, cansada y sin dormir, perdida la esperanza de ver al Abogado que nunca llegó, aceptó el trato que le ofreció el Ayudante del Fiscal. A cambio de la promesa para recomendar una sentencia mínima por encubrimiento, tendría que soltar toda la información que guardaba en su cerebro y en su computadora personal.

A las siete de la mañana, regresó a casa escoltada por un Detective. Se bañó, desayunó y vació los archivos de su ordenador relacionados con Samper, Westwood y el Hospital. De la conversación sostenida con el Abogado ofreciéndole dinero a cambio de mentir, acusar y extraer documentos privados, tenía la cinta grabada, incluyendo la intimidación y violencia en su contra, pero no dijo nada. Pensó que podía serle útil más adelante.

En el Hospital, entraron por la parte de atrás, y el Detective logró el permiso para accesar a la máquina y escritorio de Collins. Regresaron al Precinto donde formularon una declaración que fue ratificada por el puño y letra de Melba Collins, señalando con índice de fuego a Westwood y a su Abogado, acusándolos de conspirar contra el Doctor Samper y el New Hope Hospital, robo de medicamentos con droga, violencia psicológica y amenazas de muerte si no cooperaba con ellos, entregando la grabación.

Mediahoradespués, llegóel Consejero Legalde Westwood.

Demasiado tarde, la puta bruja de la Collins, ¡había cantado!

El competente Abogado designado por el Bufete Harford, Mellon & Fletcher para representar ante la Ley al Doctor Georges Samper y la Enfermera Melba Collins, miembros del New Hope Hospital, preparó la defensa del caso. No sólo echó por tierra las acusaciones que les imputaban, sino que contrademandó a sus adversarios por difamación, calumnias, amenazas. Como Representante Legal del Hospital, presentó denuncia penal contra el Doctor Coodlidge Westwood III por robo de medicamentos.

En efecto, la señorita Collins, declaró aquella madrugada en la Comisaría, que recién tenía la sospecha que el Doctor Westwood como encargado de la proveeduría, alteraba los inventarios de medicinas para su provecho.

Ese dato bastó para que la Dirección General del Hospital iniciara una exhaustiva Auditoría a los almacenes de medicamentos, con enfoque a los llamados "controlados" — que contienen pequeñas dosis de drogas — anfetaminas, heroína, cocaína y otras sustancias peligrosas para la salud.

Las pruebas aportadas por el Sanatorio al través del Despacho

Hartford, Mellon & Fletcher, fueron contundentes y más que suficientes para condenar a varios años de cárcel, al drogadicto Coodlidge Westwood III, que fue despedido del Hospital, expulsado de la Sociedad Médica del Estado de Nueva York y revocada su Licencia para ejercer la Medicina en toda la Nación Americana.

Coodlidge "Cody" Westwood II estaba furioso. Su querido vástago bueno para nada, lo había puesto en ridículo. El viejo con toda una vida de conducta criminal, ahora limpiando su dinero, se esforzaba para ser aceptado por la mejor sociedad de Nueva York y en otros Estados de la Unión. Gracias a sus jugosas donaciones a Fundaciones y Patronatos de Ayuda a los Pobres, Escuelas para Sordomudos, Bomberos, Museos, Hospitales y Asilos, era frecuentemente invitado a reuniones donde se codeaba con Empresarios, Congresistas, Alcaldes y gente del Jet Set (élite social).

Y ahora, por una estupidez, su único hijo había pisado la cárcel junto al parásito del Abogado. Pero lo terrible fueron las dos semanas donde los periódicos amarillistas dieron rienda suelta a toda clase de informaciones torcidas y exageradas, que exhibieron los vicios y escandalosa forma de vida del retoño. Las insinuaciones de los medios de comunicación sobre la supuesta homosexualidad de su heredero, estaba volviendo loco al pobre anciano. Le preocupaba además el riesgo, que estando expuesto a la piqueta de la opinión pública, los malditos reporteros decidieran ampliar sus investigaciones hasta sus negocios y vida personal con el peligro de indagaciones Federales. Tenía que frenarlos.

Así que decidió darles la sangre que pedían. Como cordero ofrecido en sacrificio para calmar la ira de los Dioses, "Cody" Westwood dejó en la cárcel por un tiempo a su hijo para castigarle.

El joven Médico fue trasladado a la Franklin Correctional Facility, ubicada en el pueblo de Malone, Nueva York.

Consideró que un poco de tiempo en prisión — con ciertas comodidades, donde los reos por delitos menores hacen Servicio Comunitario dentro y fuera de la Prisión — le haría reflexionar y apreciar todo lo que podía perder para siempre. Otro hubiera sido el caso si lo hubieran enviado a una de las Prisiones de Máxima Seguridad dentro del Estado, hogar y "escuela" de los delincuentes de la peor clase.

Como una medida disciplinaria, le mandó decir al delfín, que por el momento, a partir de esa fecha, quedaba fuera del Testamento y los emolumentos que había venido disfrutando en los negocios, se reducían a una quinta parte.

También le explicó, que las medidas eran sólo temporales, condicionadas a la recomposición de su forma de vida, con la esperanza de que aprendida la dura lección, retomara el buen camino.

En caso contrario, quedaría desheredado definitivamente. Una semana más duró el escándalo. Otras noticias desviaron la atención del público, siempre ávido de novedades; todo el tiempo sucede así. La detención y proceso judicial de Westwood III y su Abogado, la declaratoria de No Culpable al Doctor Samper y los detalles de su vida íntima, pasaron a formar parte de la Historia.

Sin concederle importancia al hecho de haber traicionado a Westwood y a su Abogado dejándoles en prisión, la señorita Collins creyó estar a salvo y se mudó con su dinero al barrio de Tribeca, al sur de Manhattan. Dos meses después, fue hallada muerta a puñaladas en un oscuro rincón de la calle White al oponer resistencia al asalto cometido por un solitario pandillero, rezaba el reporte Policíaco. No hubo detenidos y el crimen quedó impune.

El noviazgo de Mireille y Kadir continuaba con sus altas y bajas. Los recientes sucesos habían afectado un poco su relación. La delicada sensibilidad de la hermosa muchacha no podía olvidar el haber atropellado a Sandra y ser responsable quizá, de su muerte.

Tampoco podía apartar de sus pensamientos que su novio, pudiera ser capaz de matar a balazos a las asaltantes. ¿Por qué usaba pistola casi siempre? ¿A qué le temía?

Por otro lado sus padres seguían empujando para legitimar el noviazgo. En varias ocasiones lo había planteado al galán, quien se valía de toda clase de tretas para eludir el bulto. Lo amaba mucho, pero tenía que enfrentarlo: le pediría que le contara toda la verdad acerca de su vida y familia.

Y luego, esos viajes seguidos y repentinos, con explicaciones nebulosas, a veces fantásticas versiones, que sólo una mujer enamorada como ella, podía creer.

Libre de culpas, reivindicado por el Hospital, el Doctor Samper gozaba de una licencia de trabajo por seis meses a medio sueldo, que la Dirección General consideró conveniente para que los pacientes y sus familiares, olvidaran el penoso asunto.

Georges no perdió el tiempo. Aprovechaba los viajes de su rival para frecuentar a la bella. Experto en lides sentimentales, escogió muy bien su papel de "sufrida víctima" para explotar en todo su potencial los sentimientos de compasión y consuelo salidos del noble corazón de la chica.

Sus técnicas le dieron buenos resultados. Ahora, la hermosa chica le dispensaba mayor confianza y disfrutaba de las veladas familiares que Georges se encargaba de hacerlas amenas y divertidas, con sus largas conversaciones en Francés y juegos de mesa inteligentes. Los padres, ¡estaban felices con las visitas del Doctor Samper!!

Una tarde en que la familia estaba reunida cenando las costillas de cerdo barbecue cocinadas por Georges, llegó Kadir de improviso a la casa de Mireille. Lo que contempló y escuchó, no le agradó en lo más mínimo y tuvo un terrible presentimiento. Veía un feliz ambiente hogareño, sintiéndose por primera vez, fuera de lugar.

— Hola cariño, bienvenido a casa, adelante por favor — expresó ella con voz neutra — no te has tomado la molestia de llamarme en toda una semana, estamos celebrando precisamente tu desaparición — reprochó con sarcasmo.

— Es claro que andabas de parranda amigo, ¡eres incorregible! — dijo Georges tratando de apabullar a su adversario

— Traes una carita de…

— No lo molesten — intervino Madame Duclaud— tendrá una buena explicación, que no está obligado a decirnos, sean amables con nuestro amigo.

— ¿Qué tal un buen trago? El Doctor me ha obsequiado un magnífico licor llamado "Armagnac" producido en Francia por sus familiares, en una región cercana a Cognac — Monsieur Duclaud sirvió copitas para todos de una botella de forma triangular con la etiqueta adherida "SAMPER".

La reunión se prolongó durante dos horas más. Kadir se había retirado una hora antes, pretextando cansancio acumulado tras largas horas de trabajo y viaje. En realidad, no le gustó nada encontrar a su amigo, el Doctor Samper, de visita en casa de su todavía novia.

Por un instante pensó en hacerle un vigoroso reclamo de su conducta y decirle que el haberlo librado de la cárcel se lo debía a él, quien insistió que el caso lo llevara el Abogado más eficaz del bufete Hartford, Mellon & Fletcher. Como si fuera poco, intervino ante su Jefe, Kirk Fletcher, quien era un importante Miembro del Consejo de Directores del Hospital, para evitar el despido que otros Directores demandaron aplicar al "conflictivo Médico Georges Samper".

Y por último y muy importante, los revisores, a su mando, recabaron las pruebas de faltantes en inventario y documentos falsos, sobre las medicinas con droga, hurtadas por Westwood III.

En la cocina de su casa, destapó una cerveza Corona y la tomó a grandes sorbos, sintiendo que el helado líquido apagaba el fuego interno de frustración y coraje que lo consumía. Más calmado después de la segunda cerveza, recapacitó. No haría, ni diría nada. Dejaría correr los acontecimientos, después de todo era un egoísta, porque no pensaba legalizar su noviazgo antes de dos años.

Estaba lleno de trabajo en el Despacho y una boda apresurada le impediría acceder a niveles superiores dentro de la Firma. El matrimonio le ataría a las patas de la cama y no tendría la facilidad para desplazarse como hasta ahora y poder cumplir con los Contratos de Benjamín Weitzner. La ausencia y falta de comunicación en la última semana, se debió al "Acto de Justicia" contra el "General" Rodion Petrovic, en la República de Cuba.

¿Y los Contratos que faltaban? No, definitivo. No podía ni debía tener esposa e hijos con un empleo como el suyo, siempre tratando con gente peligrosa de la peor calaña. Celebrar su matrimonio sería un acto irresponsable poniendo en alto riesgo a la familia. Al término de la tercera cerveza Mexicana, tomó la dolorosa decisión que venía posponiendo. Le dejaría el camino libre a Samper, dando motivos suficientes para que ella y sólo ella, terminara su relación sentimental. Gruesas lágrimas surcaron el curtido rostro del Profesional. Era una durísima prueba de amor, dejar en libertad a su amada, para que tuviera una vida normal y tranquila, casada y llena de pequeños hijos jugando y corriendo por el jardín, que pudieran salir de vacaciones sin temor, dos veces por año como las familias comunes. En cuanto a su amigo, el Doctor Samper, estaba seguro que dejaría de ser un Casanova para dedicarse en cuerpo y alma a hacer feliz a Mireille.

Ajeno a todo, el Médico retornó a su vida habitual. Ahora que la moza estaba a punto de mandar a su contrincante a freír espárragos y que emprendió largo viaje al Continente Africano dejándola sola, fue el momento que aprovechó para declarar su gran amor a la hermosa muchacha, quien destrozada por su reciente fracaso, le pidió tiempo y paciencia.

Mireille Duclaud D'Arcy sentía una gran confusión. Algo no encajaba en su relación. Ella amaba a su prometido, pero no entendía las razones que esgrimía para tratar de alejarla lentamente de su vida. Le molestaba muchísimo que fingiera gran indiferencia hacia su persona cuando debía darse cuenta de los coqueteos de Georges Samper, quien se vanagloriaba ser amigo de su novio. Con esta clase de amigos quién necesita enemigos, reflexionaba la linda muchacha.

A su modo de ver, Samper traicionaba la confianza y ese primordial detalle, sumado al Síndrome del Pavo Real — presuntuoso, ostentoso y vanidoso — la hizo resistir los ataques que durante semanas intentaba el Doctor. En ocasiones llegó a pensar que ella se había convertido en algo así como un trofeo que se disputaban los dos amigos, ¿o ya no lo eran? ¿Por qué demonios Samper la llenaba de galanterías conociendo que su gran amor era Kadir, como se lo había mencionado hasta el cansancio? ¿Y por qué el muy estúpido dueño de su corazón lo permitía?

Había escuchado comentar a sus amigas sobre los romances fugaces en la Escuela, donde era práctica común que en un año escolar, grupos de amigos intercambiaban novias y ¡todos contentos!

¿Éste sería el malévolo plan de los dos infames? ¡Vaya con los hombres! ¡No los entiendo! Al Médico en verdad, lo había tratado poco, no estaba segura si sería capaz de una cosa así, era amable, entretenido pero hasta allí, en cambio a su hombre lo conocía en la intimidad y estaba enamorada de él.

Convencida estaba que su pareja era un caballero y nunca lo pensaría siquiera, desechando la idea de su linda cabecita rubia.

En diálogo interno, abatida, reconoció el error de aceptar la amistad de Georges Samper para despertar celos en su enamorado, pero había fracasado. Si en algún momento se sintió incómodo, lo disimuló muy bien. Al contrario, cada día se ausentaba más y más. ¿Estaría enojado? Algo gordo escondía el Auditor, una sombra importante que le impedía ser feliz. No quería perderlo y estaba dispuesta a averiguarlo, ¡Vive Dios! La hermosa chica tomó una valiente decisión: mañana temprano cuando salieran a correr al parque, hablaría en definitiva con Georges Samper en lenguaje directo y llano, para cortarle las alas.

Le dejaría en claro — procurando no lastimarlo — que sería mejor para todos que lo comprendiera, desapareciendo de su vida.

Antes, esta misma noche — se dijo— enfrentaría a su todavía novio y con lágrimas en los ojos le miraría fijamente para preguntarle si la amaba como ella a él, sin condiciones y pedirle, suplicarle si fuese necesario, que contestara ¡con toda la verdad, de una vez por todas, por desgarradora que fuera! ¡No podía seguir jugando con el corazón! ¡Creo que no merezco este sufrimiento! ¡Virgen Santa, ayúdame por favor, dame la fuerza necesaria...!

Monsieur y Madame Duclaud se vistieron elegantes para asistir en compañía de otro matrimonio amigo, al Metropolitan Opera House que presentaba la Opera "Carmen" con un gran reparto estelar, destacando el gran Tenor Español/ Mexicano, Plácido Domingo y la eximia Soprano Rusa, Ana Netrebko.

— Au revoir (Adiós) — se despidieron — ¿Estás segura que no quieres ir con nosotros?

— Merci (Gracias), pero estoy cansada y Kadir vendrá a cenar un sándwich a casa. ¡À Bientôt! (Hasta pronto).

Por su parte, el Contador Aiza estaba preocupado. Dos veces le había llamado Samper dejando mensajes que ignoró. Pensó que era mejor dejar pasar un poco de tiempo para aplacar los sentimientos de ira, decepción y otros que le acosaban. Ya se encargaría de buscar otra ocasión para el reencuentro con su amigo, después de todo casi le puso en bandeja de plata a su amada, renunciando a ella por sentirse sucio y manchado de sangre.

Pero el tono de voz utilizado por la preciosa para invitarle a una cena informal en su casa, era inusual en ella. Comenzó como una orden dada por un Sargento, para segundos más tarde azucarar la vocecita, que parecía el ronroneo en su oído de una fina gatita de Angora.

Por supuesto, el hombre no pudo negarse.

Él también había padecido bastante, pues encontró a una mujer virtuosa, bella, con buenos sentimientos, inteligente y culta, que sin embargo podía escurrírsele como agua entre las manos a causa de su "segundo trabajo", el que desempeñaba muy bien, el Ejecutor de Delincuentes.

Estaba convencido que la rubia nunca se tragó por completo el cuento que le narró, para justificar la posesión del arma, con la que disparó a las mujeres asaltantes aquella noche, en el estacionamiento a la salida del Teatro y su cerrazón para no ir directo al hospital a reparar las heridas que recibió en el atraco.

Kadir, alias "Uno", alias "Scorpio", alias "Antonio", también tomó una decisión importante. Como un golpe de Timón, confiaría en su nena contándole todo. En una apuesta total, conseguiría comprensión y perdón, o furia y desprecio. El amor de su novia era lo más valioso para él y lucharía por conservarlo. Tomaría el riesgo, toda su vida lo había hecho y ¡estaba acostumbrado!

Si las paredes de la suntuosa sala del apartamento del matrimonio Duclaud-D'Arcy pudieran hablar, relatarían el bellísimo capítulo de una de las mejores historias de amor contemporáneas, que tuvo lugar en el mullido sofá color arena.

Los jóvenes amantes se dijeron todo.

— Entonces, debo entender que la frialdad, distanciamiento y casi arrojarme en brazos de tu amigo, ¿fue por amor?, ¿que no te comprendería? ¡Eres un maldito mentiroso y asesino, aun si sólo matas a los peores criminales!

— No sé... ¡Soy una estúpida! Confiaba ciegamente en ti, ¡me has traicionado, canalla! ¡Te desprecio...! — expresó, tratando de secar el abundante llanto que a raudales salía de sus primorosos ojos verde esmeralda.

— Por supuesto cariño, te lo juro, ¡por mi madre que estaba dispuesto a sacrificar mi gran amor por ti!

— El miedo de implicarte y hacerte daño involuntario, hasta ¡poner en peligro tu vida y la de tus padres! Mi conciencia aconsejó dejarte fuera y desearte una vida tranquila, al lado de un buen hombre, sin los altísimos riesgos que supone vivir con un tipo como yo, ¡siempre expuesto a hechos violentos, sangre y objetivo de terribles venganzas!

— Perdóname, ¡te amo demasiado para hundirte conmigo en los infiernos! Siempre he querido lo mejor para ti, eres demasiado buena y noble, ¡no te merezco...! — balbuceó, entre lágrimas, cayendo a los pies de la dama.

Mireille le tomó de las manos ayudando a ponerlo en pie, examinando el curtido rostro de su adorado novio, que desprendía sinceridad por cada uno de los poros de la piel y sus ojos — hoy sin el brillo acostumbrado, sólo indicaban amor y clemencia como el peor de los condenados.

— Baby, prometo... — y el Auditor no pudo hablar más. La novia selló su boca con un dulcísimo beso lleno de comprensión, cariño y... perdón.

La hermosa mujer expresó enérgica: — No toca a mí juzgarte. Dios en su infinita misericordia estoy segura, te absolverá, ¡promete que te arrepentirás y dejarás lo malo para siempre!

Él sintió un nudo en la garganta, sólo pudo articular: — Por favor, te lo suplico... necesito tiempo.

Hubo más reclamos, rebeldía, enojo, lágrimas, ternura, toneladas de caricias; emociones encontradas del amor al odio y del odio al amor, que culminaron en el Supremo Acto de Amor, cuando las almas y cuerpos se funden entrando al Paraíso prometido, donde el tiempo, espacio y universo no cuentan para nada: La Sagrada Fornicación del Hieros Gamos, la Boda Santa se había consumado.

Terminaron exhaustos y satisfechos de su recíproca entrega total y Fusión Divina. De rodillas en el balcón, se encomendaron al Dios Único, implorando su bendición, cada uno a su manera, contemplando la inmensa bóveda celeste que pareció festejarles con miles de brillantes estrellas, jurándose esperar el tiempo necesario y amarse "Hasta Que La Muerte Nos Separe".

Entre cumplir los "contratos" eliminando hampones y su ardua labor de Contador Público, la ausencia de Kadir se prolongó por más de seis meses.

Tan sólo cinco de ellos había empleado en los importantes, complejos y delicados trabajos de Auditoría Financiera y Administrativa practicados a la Compañía Petrolera propiedad del Gobierno de Angola, hechos en forma paralela con la Auditoría Técnica, produciendo un documento final muy completo sobre la situación financiera actual, comparativa con los últimos cinco años, el análisis de los resultados de sus operaciones por el mismo lapso, las proyecciones de flujo de efectivo, producción, ventas, costos y utilidades para los próximos siete años, las reservas probadas de gas y crudos livianos, pesados, así como Futuros del Mercado Internacional.

Como un anexo, se incluyó el Reporte de Especialistas, sobre el avance de la producción de energías alternativas, que tarde o temprano podrán sustituir al petróleo como combustible.

Todo ese costoso esfuerzo multidisciplinario, (unos tres mil millones de dólares americanos) para que el Gobierno local, contara con un documento sólido y confiable e invitar como inversionistas asociados a las gigantescas compañías petroleras Norteamericanas, Inglesas, Rusas, Noruegas, Brasileñas, Mexicanas y Españolas, para competir en la exploración, extracción y producción de los riquísimos mantos petrolíferos de la Nación Africana, en la refinación y distribución de combustibles y la industria petroquímica. El aceite estaba allí, a veinte mil metros de profundidad, había que sacarlo, procesarlo y venderlo ahora, cuando todavía es el energético de mayor demanda mundial.

En pocos años, el precio del llamado "Oro Negro" bajaría de modo brusco ante el avance de las investigaciones y la producción de petróleo "limpio" en fábricas proveniente de biomasa, combustibles alternos, como el alcohol, etanol, hidrógeno líquido y otras fuentes de energía como la solar, atómica, eólica, eléctrica, etcétera.

Por eso era tan importante para el País incrementar su producción de petróleo, que requiere de enormes recursos económicos y avanzadas tecnologías, que las compañías transnacionales estaban en condiciones de aportar.

Si estos planes se cumplían, la República tendría un gran desarrollo económico y social, con trabajo y buenos salarios para su pueblo.

En tanto, el Doctor Samper avanzaba muy poco con la preciosa mujer, impaciente por la lentitud de sus progresos. No entendía el porqué, si — según él— la chica había roto su compromiso y prácticamente estaba disponible, no aceptaba su cortejo.

Estaba próximo a desistir. Llevaba varios meses de rondarla, teniendo más atenciones y mimos con ella, que con todas sus novias anteriores juntas y aún así, se le seguía resistiendo, a él, que se consideraba ¡¡Playboy Internacional!!

Pobre muchacho, jamás conocería la magnitud del amor entre Mireille y Kadir.

"Cody" Westwood llamó por teléfono a su amigo Walter Mellon, pidiendo ser recibido. Tragándose el orgullo y lleno de vergüenza, acudió a sus oficinas en busca de consuelo y consejo. Tenía plena confianza en Mellon que siempre le había asesorado para bien.

— Nueve meses en prisión deben ser suficientes para que el hijo cambie, creo que tu deber como padre, es tratar de sacarlo de la cárcel. Dejarlo más tiempo allí con el sistema penitenciario que conocemos, es arriesgarlo demasiado y puede ser que el remedio sea peor que la enfermedad — sentenció Mellon.

"Cody" Westwood, se gastó treinta millones de dólares en Abogados y "gratificaciones" para conseguir un nuevo juicio y comprar a un pobre diablo del Almacén General del Hospital, que a cambio de cuatro millones adicionales, se declaró culpable de los robos de los medicamentos que contienen drogas.

El Alto Juzgador de la Suprema Corte, convencido de la "$$$$$ inocencia" del presidiario, promovió con sus colegas el Auto de Libertad a favor del ciudadano Coodlidge Westwood III. Para bien o para mal, los elevados cargos de la Corte Suprema, son vitalicios. Habría Magistrado Gaetano para mucho tiempo más.

Georges y Mireille tenían dos meses de correr juntos muy temprano por los arbolados andadores del parque Bryant.

Una fría mañana de nublados bajos, un imprudente motociclista que conducía su robusta y pesada máquina a exceso de velocidad, perdió el control y súbitamente invadió el sendero peatonal, impactando con fuerza los cuerpos de ambos deportistas, dándose a la fuga sin que nadie pudiera anotar la placa de la moto y mucho menos identificar al conductor, que con ropa común y oscura visera del casco, escondió sus facciones.

El sujeto subió el caballo de acero por una rampa ad hoc a la furgoneta estacionada a corta distancia del accidente y desapareció del sitio, en un santiamén. Mireille falleció a bordo de la ambulancia a consecuencia de las gravísimas heridas recibidas en la cabeza y tórax. Georges Samper tuvo mejor suerte, recuperándose de golpes, contusiones, fracturas y cortadas. La rodilla derecha quedó destrozada y tras dos delicadas cirugías, terapias de rehabilitación y ejercicios apropiados, pudo volver a caminar, si bien los deportes le quedaron vedados para siempre.

Las malas noticias vuelan. Kadir había terminado su trabajo en África, y estaba regresando de Boston después de triunfar en su misión. Dicen los que lo vieron, que al recibir la noticia de la muerte de su amada, se encabronó tanto, que se puso como loco dentro del avión, gritando, azotando los periódicos sobre el mullido piso, apretando con tal fuerza que hizo añicos el vaso con agua que sostenía, ganándose una cortada del filoso vidrio en la palma de su mano izquierda, salpicando la alfombra con agua y gotas de sangre. Llegó a su casa rompiendo puertas, cristales y toda clase de objetos que halló a su paso, profiriendo todas las maldiciones que conocía.

El Contador Público se convirtió otra vez en "Scorpio", el implacable vengador. No necesitaba averiguar mucho para saber de parte de quién fue el atentado. Una simple llamada telefónica al Abogado Penalista del Despacho, le confirmó el Auto de Libertad dictado por el hijo de puta de Gaetano a favor de otro igual, Coodlidge Westwood III.

Una docena de formas de ajusticiar al cobarde autor del asesinato de su adorada, llegaron a su cerebro como potros desbocados. Era un hecho que castigaría de manera dolorosa a Westwood III, pero lo haría como siempre, con inteligencia, sin los arrebatos que la cólera ciega le mal aconsejaba en ese momento.

Haciendo un esfuerzo por enfriar su cabeza y pensar adecuadamente, se metió a la ducha de agua fría del baño de su casa. "Scorpio" solía despejar la mente en esta forma y procuró dormir unas horas. Esa noche necesitó de una pastilla de Tafil de 0.50 miligramos para conciliar el sueño. Estaba seguro que con el descanso, hallaría la mejor solución.

"Scorpio" era un profesional del crimen y no podía cometer el error de actuar con encono, ni apresurarse. Con Mireille en el Cielo, "Scorpio", no tenía ninguna prisa.

El Cementerio Francés abría sus puertas a las nueve de la mañana. "Scorpio" compró un hermoso ramo de flores en el kiosco cercano y lo depositó con amor en la tumba de su adorada Mireille. El duro Auditor, no pudo controlar sus lágrimas y lloró como un niño durante unos momentos en los que no supo si vociferar, orar o guardar silencio.

Optó por orar, reconociendo ante Dios que él era un gran pecador y que tal vez sus ruegos por la paz eterna de su amada, no serían escuchados.

La rebeldía manifiesta de "Scorpio" no podía concebir el porqué los buenos perdían las batallas contra el mal. Una hora después se retiró del mausoleo, jurando "hacer Justicia" pronto. Por la tarde, visitó al apesadumbrado matrimonio Duclaud-D'Arcy presentando sus condolencias, acompañándoles en el llanto, prometiendo usar a todos sus Abogados, contactos Judiciales, contratar detectives privados y hacer hasta lo imposible, para capturar y llevar ante la Ley al responsable del "accidente," como ingenuamente creyeron los padres.

Después de dos terribles días, "Scorpio" recuperó el aplomo y la sangre fría necesaria para planear su misión. Tenía que parecer un infortunio, pues de lo contrario enfrentaría al viejo "Cody" Westwood que no descansaría hasta encontrar al asesino de su hijo, poniendo hasta el último dólar de su inmensa fortuna para lograrlo.

"Scorpio" no subestimaba la sagacidad y terquedad del anciano, que con su dinero, resultaría un formidable enemigo. ¿Para qué correr riesgos innecesarios?

Claro que iba a ser una desventura mortal y original.

En el trópico húmedo de varias regiones de la Tierra, existen animalitos pequeñitos que resultan letales para el ser humano. Entre ellos, un parásito unicelular microscópico denominado Trypanosoma Cruzi, llamado así en homenaje al Investigador Oswaldo Cruz, Maestro del célebre Doctor Brasileño Carlos Chagas, descubridor del causante de la enfermedad conocida como el "Mal de Chagas" o Tripanosomiasis Cruzi Humana.

El insecto adulto portador del contagio, es una chinche que mide casi tres centímetros de largo, de cabeza alargada posee un par de ojos saltones, el cuerpo es de color negro y patas amarillentas (Triatoma Infestans).

El peligroso bicho vive en gallineros, palomares, conejeras y se aloja en humildes viviendas con pisos de tierra en las comunidades más pobres, en regiones de clima cálido, templado o seco. La infección es producida por inoculación, penetrando por la piel humana al torrente sanguíneo, ocasionando graves lesiones cardíacas y accidentes cerebrovasculares. Se calcula que hay 18 millones de personas infectadas en el Mundo, concentrándose en América Latina y algunas zonas de los Estados Unidos y España.

La cardiopatía Chagásica se produce con mayor intensidad en personas jóvenes. La muerte puede llegar pronto o después de un tiempo de padecimiento. Se recuerda la infección fulminante que costó la vida del Doctor Argentino Mario Fatala Chaben y que por tratarse de un delicado problema de Salud Pública, el Gobierno de ese País, ha creado el Instituto Nacional de Diagnóstico e Investigación de la Enfermedad de Chagas "Doctor Mario Fatala Chaben". Tenemos viajes Interplanetarios pero todavía no existen, vacunas ni antídotos para este mal.

Gran parte de las Arañas que viven en los Estados Unidos no son peligrosas, excepto las conocidas popularmente como "Viuda Negra" y la "Violinista". La primera es pequeña de color negro brillante de forma redonda. Sus colmillos liberan una toxina que daña el sistema nervioso del ser humano y requiere tratamiento Médico de emergencia. Después del piquete, de inmediato aparecen síntomas como dolor, ardor, hinchazón, calambres y rigidez muscular del pecho, hombros y espalda, con extrema debilidad y parálisis, entre sudoración, náuseas y vómito, causando la muerte.

La Araña Violinista toma su nombre por la forma de su cuerpo, con un dibujo semejante al conocido instrumento musical en su caparazón. Su tamaño, es de hasta tres centímetros de largo. No obstante, aunque el piquete es tóxico, existen tratamientos Médicos eficaces que salvan la vida del enfermo. Investigadores de la Universidad Nacional Autónoma de México desarrollaron un contraveneno muy avanzado.

El Doctor Alejandro Alagón, Científico del Instituto de Biotecnología, explicó: — El antídoto está sintetizado y clonado a partir de las sustancias que producen las especies de arácnidos más venenosas que se conocen: La Viuda Negra, La Capulina y la Violinista

En los mares tropicales de Australia, las Islas Filipinas y Vietnam, vive una medusa (Chironex Fleckeri) considerada la criatura más peligrosa de las especies. Se le conoce como "Avispa Marina" y ocasiona la muerte de un ser humano en tres minutos máximo. Se desplaza a gran velocidad — casi dos metros por segundo— es transparente con sus colores verde y azul, que hace casi imposible detectarla por los bañistas. El roce de sus largas patas — como cabellos — no se siente y a los pocos minutos la víctima muere sin remedio, triplicando el ritmo cardíaco, la presión de la sangre se duplica y causa embolia en el corazón.

"Scorpio" se decidió por la Araña Viuda Negra. Sería más fácil de conseguir, con seguridad en La Florida y muchísimo más eficaz para su propósito.

— Hola Benjamín — saludó con el afecto de siempre.

— Vaya con el chico listo — reclamó el buen viejo — es un milagro que me llames, ¿necesitas algún dinero? — preguntó divertido el hombre.

— No gracias, quiero saludarte en persona, ¿es posible el próximo fin de semana?

— Invariablemente bienvenido, no importa que Ruth y tú hayan terminado. He sido tu amigo y lo seré siempre, ¿de acuerdo?

— Te veré allá — se despidió — y... muchas gracias, yo también tengo un gran aprecio por ti. Hasta entonces.

FORT MYERS, FLORIDA

B enjamín Weitzner recibió a Kadir en su residencia, disculpando a su hija, que salió a efectuar algunas compras.

Después de escucharlo, no sólo le concedió permiso para cumplir su plan de venganza contra Westwood, sino que le prometió surtirle un ejemplar de la venenosísima araña, que podía capturarse viva con enormes riesgos, en la zona pantanosa de los Everglades.

— Tendrás que darme cinco mil dólares, es muy peligroso. Es la gratificación que entregaré a Ramiro, el gigante de ébano Dominicano que es mi chofer y ayudante de confianza por años, al que tendré que decirle que la Fundación Weitzner está colaborando con Instituciones de Investigación en México, para obtener un antídoto.

— Según estoy informado por el Discovery Channel, estos bichos abundan allá y no tendrá ninguna dificultad para atraparla. Déjame hablar con él, creo que la tendrá para mañana por la noche. ¿Qué piensas de esperarla unas horas y te la llevas de una buena vez?, aunque te advierto que debes tener muchas precauciones, un descuido tuyo sería fatal.

— Sólo pido que cumplido tu objetivo, te asegures de eliminarla, por el peligro que representa para los seres Humanos. En envase aparte, te daré a su depredador natural. Él se encargará de comérsela.

— Por cierto, Ruth está muy lastimada. Sigue sin entender el porqué si ustedes se aman, no deseas el matrimonio. Algún día se lo contaré todo, abrigo la pequeña esperanza que nos perdone, ella y Dios.

Ramiro resultó un verdadero genio para atrapar la araña. Llevó consigo un pequeño aspirador de baterías de los usados para limpiar vestiduras y alfombras de automóviles.

Antes de partir a su viaje, consiguió un tapón de corcho de botellón y cauteloso, con su navaja Victorinox, escarbó hasta lograr una pequeña cavidad del tamaño suficiente para alojar al peligroso arácnido, atravesando la improvisada prisión, con varios alfileres comunes a modo de reja, por un lado y arriba del corcho.

Cuando llegó a los manglares, localizó a su presa que se balanceaba plácidamente en su resistente telaraña.

Con un movimiento rápido, encendió la aspiradora que en instantes succionó al pequeño animal, depositándolo en el fondo de la bolsa de polvo. Selló con cinta canela todos los resquicios del aparato eléctrico y partió del lugar.

El gigante negro, no tenía la menor intención de servir de cena a los caimanes que abundaban por allí.

Se había ganado la paga de cinco mil dólares, que pensaba gastar en una pulsera de oro con brillantes para su esposa, en su cumpleaños.

NEW YORK CITY

Coodlidge Westwood III se reconcilió con el viejo. La amenaza de quedar fuera del testamento, lo hizo ser discreto en el consumo de drogas, simulando ser un "nuevo" hijo, merecedor de la confianza de su padre, con un modo de vida austero, alejado de escándalos y trabajando en uno de los negocios familiares, como le gustaba al progenitor.

También escogió la práctica del ejercicio diario, para recuperar la salud física y mental. Hizo un recorte de antiguas amistades "non gratas" (inconvenientes), para demostrar que sus intenciones de cambio, eran genuinas.

Cuando cansado de fingir, deseaba mandar todo a la chingada y volver a su ritmo de vida, recordaba los miles de millones de billetes verdes que dejaría escapar. Tenía que esperar, tener paciencia, la muerte de su padre podría estar cercana y tal vez, sólo tal vez, él pudiera darle un "empujoncito" acelerando el proceso natural.

Con la recomendación de una veintena de distinguidos socios, encabezados por Walter Mellon, Cecil Hartford y Kirk Fletcher, el regalo de ciento cincuenta carritos eléctricos nuevos para Golf — uno para cada socio — y novecientos millones de dólares donados para la construcción del Centro de Convenciones Internacionales del King's Sporting Center, "Cody" Westwood logró ser admitido en el muy exclusivo Club junto con su vástago, en una reñida votación histórica — ganó por un voto — del Comité de Admisiones, que finalmente condicionó su ingreso para mantenerlo en observación, sobre todo al hijo, que era la preocupación.

Durante veinticuatro días, el joven Westwood III acudió al Club para ejercitarse, sujetándose al eficiente programa del entrenador del gimnasio, alternando con natación y jogging.

Un mediodía, al dirigirse a su baño vestidor privado, casi topa con un fornido ejemplar masculino que le encantó. Era Kadir, regresando por el pasillo. Después de ducharse y afeitarse, secó su cuerpo frente al espejo, admirando sus formas, tomó el par de finos mocasines Italianos marca Santoni en piel de cabra, de 450 Euros, introduciendo el pie derecho dentro del zapato. Sintió un pinchazo como de aguja, en el "toe" — dedo gordo — y de inmediato sacó su extremidad, sacudiendo el calzado.

Una pequeña y redonda araña negra salió corriendo tratando de escapar, muriendo aplastada por el certero zapatazo de Westwood. Sentado en la banca, revisó la pequeña herida, no parecía de importancia, aún así, quiso vestirse y visitar el Servicio Médico del Club, pero no tuvo el tiempo.

La muerte lo sorprendió colocándose el pantalón.

La noticia del fallecimiento de Westwood III acaparó los titulares de la prensa por dos días. Las Autoridades del Departamento de Salud ordenaron cerrar el Club por una semana estableciendo un cerco sanitario, procediendo a la fumigación integral de las instalaciones y campos deportivos, incluyendo lotes aledaños, de donde probablemente provino el mortal espécimen. Comprobada la defunción por el poderoso veneno del arácnido y a petición del influyente padre de la víctima, hubo dispensa de necropsia.

"Scorpio" brindó a solas por el éxito obtenido, alternando enojo, risa y lágrimas, muchas lágrimas. Siempre recordaría a Mireille, el conocerla y disfrutar plenamente de su compañía. ¡Maldición! Si era de las personas ¡más buenas y nobles del Universo! No merecía morir en esa forma. Tenía la absoluta certeza que su muerte se debió por estar cerca del objetivo del asesino, en el tiempo y lugar equivocados.

Le quedaba claro que arrollarlos con la motocicleta, fue un plan para liquidar al Doctor Samper. Muerto el autor intelectual, faltaba el ejecutante.

— Por qué Dios mío, tuvo que partir ella...— y el hombre frío y calculador, el "Señor Piedra" como le habían llamado antes, el implacable asesino profesional, se derrumbó y volvió a lagrimar durante largo tiempo. Jamás la olvidaría.

Marcó a su amigo en Fort Myers y en lenguaje clave le agradeció el favor por haberle "enviado" un espejo lateral — difícil de encontrar —

para su camioneta. Le informó además que la segunda refacción ya no fue necesaria, prometiendo verlo en la primera oportunidad.

"Scorpio" dejó pasar varios días antes de ponerse en contacto con Georges Samper. Era muy importante localizar al asesino material. La reunión fue en la oficina del Médico a la hora del lunch.

— Hola — dijo el galeno sin malicia.

— Que tal, te noto recuperado de tus heridas — respondió sin rencor — necesito respuestas breves y concisas. Por favor, dime lo que recuerdes del accidente donde perdió la vida nuestra muy querida Mireille. Cualquier detalle que puedas aportar es importante por pequeño que sea, tengo amigos en el Departamento de Policía que han prometido investigar y atrapar al culpable para llevarlo a juicio.

— Bueno, todo sucedió tan rápido que no pude fijarme muy bien. Esa mañana salimos a trotar por el sendero del parque, como lo estuvimos haciendo varias semanas, cuando de pronto, un motociclista subió a la vereda a gran velocidad y nos embistió, golpeándonos fuertemente. Al parecer el primer impacto lo recibió la pobrecilla — relató Georges con amargura.

— ¿Pudiste ver la cara del sujeto? — inquirió.

— No, llevaba un buen casco con visera filtrasol, que por cierto son muy costosos — afirmó el Médico.

— ¿Cómo lo sabes?

— Porque soy aficionado al motociclismo. Muchas veces te invité a pertenecer a la Demon Motorcycle Fraternity cuando estuvimos en Harvard, pero claro, tú tenías otras ocupaciones, sobre todo de faldas. Gracias a ello, pude conocer lugares maravillosos dentro y fuera del País, deberías experimentarlo alguna vez. Circular por las carreteras es una sensación de Poder y Libertad inigualables. La lluvia, el sol, el viento, la nieve, incluso el polvo del camino, te hace conectarte íntimamente con la Naturaleza y sentirte vivo, con la capacidad de apreciar los valles, ríos, lagos, montañas, mares y todas las maravillas de la Creación — finalizó Georges.

— Eso está muy bien, pero concéntrate. ¿Pudieras decirme por lo menos la clase de motocicleta que los arrolló? — insistió.

— La he visto en mis pesadillas varias veces. Era una de las más potentes y costosas del mercado.

— ¿Como cuáles? — presionó.

— Con seguridad era de máquina poderosa, digamos de unos 1,000 centímetros cúbicos o más de cilindrada, del tipo pesado como por ejemplo las usadas en los noventas. Las modernas son construidas con materiales mucho más resistentes y ligeros. Podría ser una Indian o tal vez una Harley-Davidson, pero de modelos clásicos — concluyó el Doctor Samper — aunque pensándolo bien... pudiera ser una Ducati, que también es pesada y vale un dineral.

— Muchas gracias por la información, deseo que te recuperes por completo — dijo con sinceridad.

Esa misma noche, el Auditor habló con Benjamín Weitzner pidiéndole ayuda para investigar en el Departamento de Tráfico del Estado, los nombres y domicilios de propietarios de motocicletas de las marcas Indian, Harley-Davidson y Ducati de los modelos denominados "clásicos" usadas en los años noventas.

Era una corazonada, que el asesino muy confiado, cometiera el error de utilizar una moto con matrícula del Estado de Nueva York. Pero era una posibilidad y tenía que agotarla. Con un poco de suerte, la encontrarían.

Benjamín Weitzner era un hombre metódico, escrupuloso y exacto, además de perseverante. Durante sus años como Fiscal General de la Nación, había hecho investigaciones durante largos meses y al final, aprehender a los culpables.

Estaba tan acostumbrado a seguir pistas, que le agradó la idea de poner la inteligencia y olfato de fino sabueso, para localizar al asesino y así ayudar a su gran amigo y colaborador. Es increíble la tecnología moderna. En cuestión de pocas horas, Ben estaba llamando para enviarle vía fax una lista de 486 personas radicadas en la ciudad de Nueva York; 171 propietarias de motocicletas Indian modelos de 1999 a 2003, año de su última producción y de su reinicio de 2008 a 2011; 269 propietarios de las Harley-Davidson de los mismos años y 46 afortunados poseedores de las Ducati.

La lista de sospechosos se redujo a más de la mitad, cuando se eliminaron de la búsqueda las máquinas de cilindrada inferior a 1,000 centímetros cúbicos. En la revisión de escritorio se borraron los nombres de mujeres, reduciéndose el listado de presuntos culpables en un cuarenta por ciento más. En el memorando de Benjamín, se agregaba un comentario de su hija, la brillante Psicóloga Criminalista que opinaba sobre la personalidad del agresor, concluyendo sus observaciones con un señalamiento enfático: "Fue un homicidio por encargo y su ejecutor material debe ser un motociclista consumado, seguramente drogadicto y pobre, al que le facilitaron todo; la moto, el casco, el traje y dinero, mucho dinero, por eso lo hizo, necesitaba dólares para sus vicios, puede ser un ex presidiario a quien el autor intelectual conoció en prisión y que recién haya salido de la cárcel. Busca por allí, besos de Ruth."

"Uno" decidió seguir la conseja. Buscaría primero en los dueños de las Ducati. ¿Acaso el millonario y hoy finado Westwood III, no había sido el autor intelectual del crimen? Por tanto, podía darse el lujo de tener la costosa motocicleta y muy capaz de pagarle bien al asesino. En la lista de felices poseedores de los finos "Caballos de Acero" apareció el nombre del propietario de la motocicleta, Ducati Monter 916S4, cilindrada 916 cc, modelo 2004 y... su domicilio: nada menos que el Abogado de confianza del "doctorcillo".

— ¡Eureka! — exclamó — ¡¡¡Le arrancaré la verdad así tenga que cortarle las bolas!!!

"Scorpio" vigiló la casa del Consejero Legal. Descubrió que vivía en franco amasiato con un adolescente Afroamericano que por su edad debía ser estudiante de High School. La rutina del homosexual, era asistir temprano al gimnasio cercano al apartamento del Abogado. Aguardó a que el jovenzuelo saliera del edificio para lograr entrar al vestíbulo.

El barrigón portero uniformado, conocedor de los vicios sexuales del inquilino del departamento 4-D, permitió entrar al recio y pecoso pelirrojo que lucía una entallada playera sin mangas de los Mets, dejando al descubierto sus poderosos bíceps, que portaba una bolsa de papel con una botella de vino rojo.

Un billete verde de veinte dólares a modo de propina, hizo que hasta le acompañara al elevador: — Cuarto piso a la izquierda — le indicó guiñando el ojo de complicidad.

El Abogado no tuvo desconfianza en abrir cuando miró por el ojillo de la puerta. Al contrario, se entusiasmó al ver al desconocido y bien parecido joven, que se dijo amigo de su amante que le enviaba de sorpresa una botella de vino.

— Oh, my goodness, it's great! Thank you. Come in, please — invitó el Abogado, cerrando la puerta. (Oh, Dios mío, es magnífico, gracias. Pasa por favor.)

Como tenazas de acero, las manos de "Scorpio" apretaron sin piedad el cuello del Abogado, interrumpiendo su respiración para que no alcanzara a emitir sonido alguno.

Una vez en el suelo, le advirtió que sólo deseaba información. Si cooperaba lo dejaría vivir, en caso contrario o si gritaba, lo mataría en el acto.

El tipo habló bien y bonito. Le contó que Westwood había contratado a un sujeto que conoció en la prisión para matar al Doctor Samper, pagándole mucho dinero. La muerte de la chica que lo acompañaba la mañana del atentado, había sido casual y por supuesto, desafortunada. También le proporcionó el santo y seña del delincuente, quien por haber fallado y temiendo represalias, era probable que ya no viviera en la ciudad.

"Scorpio" cumplió su promesa y se retiró, amenazando con regresar y esta vez matarlo, si ponía denuncia o hablaba con alguien del incidente. Era mejor para todos olvidarlo, como si nunca hubiera pasado. Salió del edificio sin prisas, despidiéndose del portero. El Jurisconsulto, temblando de miedo abrió la botella de vino y bebió la mitad directo de la botella, manchando su bata casera con unas gotas del rojo líquido. Se arrodilló y rezó, agradeciendo a Dios, haber conservado la vida. No tenía ninguna intención de decirle a nadie.

El drogadicto se había mudado. La pestilente vivienda del callejón, alojaba ahora un puñado de viciosos que morían, presos de la desnutrición y las drogas que mermaban poco a poco sus organismos. Nadie pudo informar su nuevo domicilio.

— ¡¡Con un millón de coños vírgenes!! — gritó "Scorpio"

— ¿Dónde diablos lo encuentro? De pronto, recordó que a los prisioneros que salen de la cárcel, el Gobierno les da un poco de dinero para sostenerse algún tiempo y vigila su comportamiento, procurando conseguirles empleo honrado, utilizando para ello a un Oficial de Custodia que tiene la obligación de mantener localizado al recién liberado, pues en caso de fugarse, regresa sin remedio al penal.

Tendría nuevamente que recurrir a su amigo, el Ex Fiscal Benjamín Weitzner.

El Oficial custodio, creía de verdad en la redención y luchaba por ella. En su Iglesia, el Pastor domingo a domingo les enseñaba las virtudes del arrepentimiento y del perdón. Si Jesucristo en su Majestad, perdonaba a los pecadores,

¿quiénes eran los insignificantes humanos para no dar otra oportunidad a sus hermanos? ¿Por qué no poner la otra mejilla?

Cuando se dio cuenta de la forma de vida en los arrabales, decidió que era menester sacar a su protegido de ese medio sucio y hostil, llevándolo a vivir a una pequeña y limpia casita en un vecindario decente, que había heredado de su madre. Estaba convencido que ese "refugio" le serviría como una especie de Casa de Medio Camino, utilizadas en los Centros de Rehabilitación de Adictos, para ir "acostumbrando" al sujeto a iniciar una nueva etapa en su vida, libre de vicios y maldad. El sendero era el estudio del Evangelio, la búsqueda de Dios, el trabajo honesto, alimentación sana, el ejercicio rutinario y la penitencia.

El toxicómano estaba feliz. Ganaba el sustento podando el césped y los arbustos de la casita y de sus vecinos. Pintaba cercas y fachadas, lavaba autos, estando disponible para ejecutar sencillas reparaciones domésticas. El buen Oficial custodio, también estaba satisfecho. Presumía de ello a sus compañeros Celadores que eran por lo general, escépticos y desconfiados. Qué lejos estaba de saber que el delincuente recién salido de presidio, había sido capaz ¡de asesinar!

La furgoneta de la Compañía Telefónica aparcó frente a la casa, descendiendo un hombre de pelo rojizo enfundado en un "overall" (overol, ropa de trabajo) color naranja con el logotipo de la empresa y

caja de herramientas en mano. Timbró y cuando fue atendido, explicó que se encontraban realizando labores de mantenimiento de rutina en las instalaciones. Asimismo le extendió un formulario tamaño media carta para contestar siete sencillas preguntas con fines de Control de Calidad en el servicio, obsequiándole un bonito bolígrafo por la molestia.

"Scorpio" simuló revisar la línea y el aparato, mientras el confiado vicioso se apresuraba a llenar el cuestionario. En un segundo, "Scorpio" se colocó detrás del delincuente sujetándole con fuerza, aplicando sobre nariz y boca una franela empapada en cloroformo que hizo perder el sentido al enclenque hombrecillo. Con una banda elástica rodeó el brazo izquierdo, localizando la Vena Humeral, pinchándola con la aguja de una jeringa hipodérmica de 20 mililitros que contenía solamente aire, repitiendo la dosis cuatro veces más. Los cien mililitros de aire llegaron al corazón haciéndolo trabajar en falso, causando la muerte del tipejo por Embolia fulminante.

A gran velocidad, buscó sistemático en la recámara y baño, la jeringa con la que el drogadicto se inyectaba heroína, encontrándola debajo de una falsa duela debajo del tapete salto de cama.

Acto seguido, "Scorpio" sacó una bolsita con droga — comprada con facilidad en Central Park — para terminada la fuerte preparación, pincharla en el mismo brazo, dejando al lado del cuerpo inerte el hallazgo. La Policía aseguró al día siguiente, que el tipo murió por sobredosis de estupefacientes.

Con toda calma, subió al vehículo y se marchó a baja velocidad. A cinco kilómetros de distancia se despojó del overol, gorra, guantes de látex, estuche de inyección y papelería, colocándolas dentro de una bolsa de papel de supermercado. Despegó los lienzos superpuestos con el nombre y emblemas de la compañía telefónica, metiéndolos también en la bolsa. Al llegar a su casa, los incineró.

La camioneta — comprada en un lote de autos usados a nombre falso — la donó al "Salvation Army" (Ejército de Salvación), uno de los organismos de beneficencia que en multitud de ocasiones recibe ayudas anónimas, por lo que el obsequio no llamó la atención de nadie. El Contador confiaba que ninguna persona hubiera anotado el número de placa de la camioneta durante el breve tiempo que estuvo estacionada frente al domicilio del ajusticiado.

Kadir entró a las oficinas de John Kelly y le entregó el Informe Completo de su visita a la isla de Cuba, que con anterioridad le había enviado por Internet.

Su Jefe le felicitó invitándole a servirse una taza de café que siempre tenía sobre un mueble especial surtido con azúcar, edulcorantes artificiales, galletas frescas y biscottis — riquísimos panecillos italianos en barra, aderezados con pistache, nueces o chocolate — tomó uno de ellos y lo saboreó con placer, violando la dieta deportiva que siempre seguía.

Kelly le interrogó por los detalles y sobre todo, aparte de los hechos ya conocidos, quiso saber la impresión personal de su hombre de confianza.

— ¿Crees que pueda concretarse algún trato con los Cubanos? Tu opinión es importante para redactar mi informe a Mister Mellon. Tiene que comunicarlo a los Franceses lo antes posible.

— John — su Jefe le autorizaba a tutearlo— creo que las Autoridades Cubanas ven con buenos ojos la propuesta que se les entregó. Me lo dijo el Viceministro en persona. Es cuestión de tiempo, sentí en el ambiente la necesidad de cambios en el Sistema de Gobierno, pudiera decirse que están ansiosos de ofrecer al pueblo la libertad de tener su propia casa, y muchas cosas más. Un informante del hospital que conocí, me ha dicho que las Autoridades están por hacerlo muy pronto y potencialmente sea el inicio de una digamos, revolución económica silenciosa, como ha sucedido en la República Popular China.

— Mi apreciación personal — continuó— es que debemos esperar un poco y no exhibirnos demasiado interesados o codiciosos. Se les ha hecho llegar un buen proyecto y lo autorizarán, estoy seguro.

— En conclusión, creo que debemos mostrarnos moderadamente optimistas y confiados. Será conveniente visitar Cuba, tal vez en tres meses, para un correcto seguimiento — finalizó, convencido de sus palabras, recordando por un segundo los tibios brazos de Caridad.

— ¿Me disculpas un momento? Se lo diré ahora al señor Mellon, está reunido con sus socios en el Green Hall — no te alejes, puede que deseen escucharlo de ti y formularte algunas preguntas — dijo Kelly, saliendo de su magnífica oficina. Kadir se acomodó en el amplio sillón de cuero de la sala y cogió el ejemplar del World Today. En la página dos, la noticia de la muerte de Rodion Petrovic, el Carnicero de los Balcanes, ocurrida cuando regresaba de su gira Internacional, ocupaba un cuarto de plana. Había muerto de cirrosis, el hígado se le derritió, literalmente.

En su País, celebraban con gran alegría la muerte del tirano. El principal líder de la oposición, con el apoyo de los trabajadores y el ejército, tomaron el poder. Restablecida la Paz y el orden, convocarían a elecciones lo más pronto posible, comenzando a soplar vientos de libertad y democracia en aquel sufrido pueblo. Una gran sonrisa se dibujó en el rostro de un vencedor satisfecho.

Al finalizar la Junta entre Cecil Hartford, Walter Mellon y Kirk Fletcher, Socios Principales de la Firma Transnacional, invitaron a John y Kadir para cenar esa noche en la residencia del primero en punto de las siete de la noche.

— Estaremos nosotros y las esposas, nadie más. Es una buena ocasión para conocer a tu novia, te aseguro que las mujeres se mueren de ganas de conocer quien te pondrá los grilletes finalmente — dijo Fletcher.

— Claro que será bienvenida, espero que le agrade la carne, yo cocinaré— remató Hartford.

—Y te prometo que no será muy criticada, sólo lo acostumbrado— dijo Mellon entre risas.

— Muy honrado en aceptar su amable invitación. No faltaré — se despidió, pensando a quién llevar a la reunión.

La Mercedes ML 500 negra giró rumbo a Long Island, para convidar primero a Ruth, aunque dudó un poco. La amaba mucho. ¿Pero tanto para presentarla ante las muy conservadoras esposas de sus Jefes, como su novia? Con toda seguridad las respetables damas ilustres descendientes de las más puras ramas Luteranas, estarían pensando en matrimonio y si no se casara con ella por cualquier causa, ¿se lo perdonarían? La nena las cautivaría y si la relación no terminaba en boda, él dejaría de agradarles a las distinguidas señoras, con las consiguientes represalias, pues conocía la adoración que sentían los Jerarcas por sus mujeres y la influencia que ellas ejercían ante los poderosos hombres de negocios para quienes trabajaba.

Hundido en estas reflexiones, llegó a su casa y guardó el vehículo en el garaje cerrando el portón eléctrico. Justo al descender de la camioneta, timbró el celular extra, a base de tarjetas prepagadas que usaba casi siempre para no dejar huella alguna de llamadas entrantes y salientes. Era un servicio un poco más costoso que el tradicional de contrato, con la ventaja de que no había registros ni estados de cuenta comprometedores. Al otro lado de la línea, se oyó la voz de una operadora solicitando autorización para conectar a Óscar quien llamaba por cobrar desde La Habana.

— Que tal Óscar, me da gusto oír tu voz.

— Hola chico, perdona que te moleste a tu móvil, pero aquí hay un poco de lío y necesito tu consejo — dijo en tono preocupado el Cubano.

— Te escucho.

— A los dos días de tu salida, han muerto las dos hembras que llevé al barco y el Servicio Secreto ha iniciado investigaciones. No saben nada, pero aún así tengo miedo.

— ¿Te han interrogado? — preguntó el Auditor con cautela.

— Claro que no. Estoy hablando contigo, de otra forma estaría preso. Por si fuera poco, hace un rato el imbécil de Tovar de quien te hablé, se ha pegado un tiro. Parece que lo relacionan de algún modo con las difuntas, pero sobre todo se dice que andaba grave del corazón y más torcido que una palma de coco.

— No te preocupes. No tienes culpa de nada. ¿Cuál fue la causa de la muerte de las jineteras? ¿Un accidente?

— No. La autopsia reveló que el hígado les reventó. De todos modos al decir de los Médicos, estaban condenadas a morir pronto, tenían SIDA. Espero que no te las hayas cogido camarada, porque estaban bastante enfermas.

— No lo parecían— dijo — al contrario se diría que estaban saludables. Es una pena, pobres muchachas, descansen en paz— musitó con sinceridad.

— Bueno amigo estás enterado, pero dime: ¿qué debo hacer? — suplicó Óscar.

— Nada. No hagas nada. Por lo que dices el suicidio del Coronel ha sido una suerte, allí se acaban las pistas, no creo que la investigación siga más allá, básicamente porque su amigo el gigante, ya sabes a quién me refiero, también ha pasado a mejor vida y los sucesores están borrando todo indicio de su persona.

— Han derrumbado estatuas, quemado fincas y capturaron a los cómplices del dictador para llevarlos ante la Justicia de su País, tratando de enterrar a toda costa el terrible y sanguinario episodio que vivieron.

— Okey "Antonio", me tranquilizas, ¿cuándo vienes por aquí?

— Trataré de ir lo más pronto posible. Hasta entonces, amigo.

Al cortar la comunicación, respiró hondo. Ese asunto estaba cerrado. No tuvo ningún remordimiento, ni su querida amiga Jovanka — hija del sátrapa tirano— sentiría pena.

Asistir a una cena en casa del Socio Principal no era un asunto ordinario. Algo se estaba cocinando, la presencia de los otros dos Socios fundadores, la hacían más que sospechosa y estaba también la invitación a la novia.

— Demonios — pensó— tendré que llevar a Ruth bien aleccionada. No puedo arriesgarme a presentarles alguna otra amiga, son capaces de celebrar mi matrimonio allí mismo y de pensar en boda, indiscutiblemente en su momento, lo haré con ella.

La cena transcurrió sin contratiempos y al pasar a la sala de música, la señora Hartford se sentó al piano Steinway color marfil para tocar algunas piezas de su amplio repertorio, seleccionando obras de Beethoven, Chopin, Bach y Mozart, recibiendo un gran aplauso de los oyentes al final de sus magníficas ejecuciones.

— Ruth querida, ¿quisieras deleitarnos con alguna melodía?— dijo la señora Fletcher — Tu novio nos ha contado que tocas como los propios ángeles.

— Claro que sí, sólo que no esperen un concierto, no he practicado mucho últimamente — contestó ella, lanzándole al enamorado una mirada llena de dardos, que divertido valoraba la armoniosa combinación de inteligencia y belleza, ¡tan difícil de hallar!

— Lo haré más tarde con mucho gusto.

— No quiero ser descortés — dijo Mellon— pero si no tienen inconveniente las damas, sugiero que mientras toman el té, los varones vayamos a la terraza a platicar algunas cosillas de negocios que son un poco aburridas para ellas.

— Cuidado y hablan de mujeres — tronó la esposa de Mellon.

John Kelly que había estado muy callado durante la cena, por fin explicó.

— Kadir, llevo muchos años de mi vida trabajando en varias compañías. Tan solo en HM&F cumplí veintinueve años de un total de cincuenta. He presentado mi renuncia a los señores Hartford, Mellon & Fletcher para disfrutar mi jubilación ahora que puedo todavía gozarla un poco.

— La aceptamos con todo el dolor de nuestro corazón— expresó Hartford — en realidad no quisiéramos dejarlo ir. Sin embargo comprendemos sus razones y son muy válidas. Nosotros mismos deberíamos hacer lo mismo, ¿no lo crees, Walter?

— Absolutamente, ojalá se pudiera pronto, nos hemos dedicado a los negocios demasiado tiempo sacrificando a nuestras familias— respondió Mellon.

— ¿Qué piensas Kirk?, nos gustaría saberlo — cuestionó Cecil.

— Que nos hemos demorado bastante para hacerlo— contestó Fletcher — estoy muy de acuerdo en iniciar a la brevedad posible la búsqueda de nuestros sucesores, comenzando con nuestros propios hijos.

— Eso es harina de otro costal— dijo Cecil Hartford — para mi mala fortuna, al único hijo varón, le ha gustado la arquitectura, ahora mismo estudia una especialidad en Italia y después quiere irse a Dubai. Las dos hijas se han graduado, una en Alta Cocina y la otra en Diseño de Automóviles Deportivos.

— Puedes heredar tu cargo a uno de los yernos — dijo provocador Walter.

— Ni lo mande Dios. Son una partida de zánganos, buenos para nada — exclamó Cecil con enojo.

— Nosotros procreamos sólo dos hijas y estoy en situación semejante a ti Cecil — explicó Walter Mellon— te mencioné a los yernos porque coincido contigo, son un montón de inútiles, pero me han dado cuatro nietos que son mi adoración. He llegado a pensar junto con Odette, que es el mejor regalo que nos ha dado la vida.

En su turno, Kirk Fletcher se unió al coro de quejas.

— Tenemos tres hijos varones, pero ninguno de ellos se ha interesado jamás en algo parecido o relacionado con nuestra profesión. El mayor, tiene grandes cualidades para el deporte. En su paso por la Universidad, practicó básquetbol, fútbol, natación, tennis, tae kwon do, boxeo y no había deporte en que no participara. Como saben, representó a nuestro País varias veces en diversas competiciones.

— El segundo, quiso ser productor de televisión. Vive en California con una chica bonita que es estrella de una de las series relativa a la Guardia Costera.

— Y el tercero, mi gran esperanza para sucederme, estudió para Certified Public Accountant (Contador Público Auditor), hizo su Master of Business Administration (Maestría en Administración de Empresas), tomando varios Cursos de Especialidad en Finanzas, Impuestos y Tecnologías de Información, obteniendo en ello altas calificaciones y toda clase de honores académicos. ¿Y saben qué? Es Profesor Titular en la Escuela de Negocios de Harvard University, Profesor Huésped de varias Universidades del País y del Extranjero y ha escrito cuatro libros, dos de ellos, de lectura obligada en esos centros de estudio. No podría contar con ninguno de ellos en caso necesario — concluyó con cierta nostalgia.

— La próxima junta la tendremos en Jerusalén— propuso jocosamente Cecil— no tendremos ninguna dificultad para encontrar el Muro de las Lamentaciones.

El agudo grito de la señora Hartford — que gustaba de cantar en su Iglesia — convocaba a los caballeros a la sala de música para escuchar a la dulce y bella Ruth, que por fin se animó a tocar el piano.

La velada concluyó avanzada la noche, pues como había previsto, las distinguidas damas estuvieron encantadas con la novia, prometiendo invitarla a la brevedad, porque a diferencia de las ejecuciones impecables de música clásica de Edna Hartford, la Weitzner había interpretado melodías populares, logrando hacer cantar a las damas y también a los hombres. Las canciones románticas de Francia, Italia, México, España, Israel y los Estados Unidos acapararon los aplausos esa noche.

Cuando al fin se retiraron y como si hubieran celebrado un secreto convenio, cada consorte recomendó a Kadir como el sucesor idóneo del señor Kelly. Hasta la señora Mary Fletcher, descendiente de Cuáqueros conocidos por su gran devoción al trabajo, moral y espiritualidad que había mantenido sus reservas hacia el simpático Auditor, por sus orígenes Mexicano-Turco-Sefaradí, terminó por admirar su inteligencia, preparación y personalidad, convirtiéndose en una más de sus fans (admiradoras).

Por su parte Odette Mellon, casi ordenó a su marido el inmediato nombramiento del candidato para reemplazar a John Kelly.

— Deja ya de preocuparte. Ahí tienes la solución. Es tiempo de refrescar esa añeja oficina. Es un joven encantador y su novia mucho más, no permitas que lo gane la competencia, hazlo y punto.

En la intimidad de su alcoba, los Hartford comentaban el éxito de la reunión. Edna, normalmente reticente a mezclar trabajo y diversión, había estado muy contenta y consideró un gran acierto de su esposo — cosa rara en ella — efectuar la cena en casa.

Cecil acostumbraba tomar en cuenta las opiniones de su esposa, que aun no teniendo una gran educación universitaria como él, a cambio poseía una especie de sexto sentido que se anticipaba a los acontecimientos con éxito, la mayor de las veces. Sin confesarlo, había organizado la reunión en su hogar, para que la señora Hartford con su ojo clínico y sentido práctico de las cosas, analizara y dictaminara, si el invitado sería digno de confianza. Las capacidades y habilidades profesionales del aspirante, habían sido y seguirían siendo evaluadas por los Socios.

Le interesaba el criterio de Edna, porque casi nunca se equivocaba al juzgar a las personas.

¿Y bien, qué te ha parecido el candidato? — exploró Cecil con precaución.

Creo que de los tres que has mencionado, sin duda Kadir es el mejor. Tiene un no se qué, que inspira bondad y confianza, pero a la vez carácter firme. Mira siempre de frente hacia los ojos y pude ver la pureza de sus sentimientos. Por otra parte, es educado y tiene experiencia como hombre que ha viajado. ¿Te percataste de su loción? Apuesto que no claro, como que tú no cambias de la misma fragancia Bijan, que francamente está pasada de moda.

Regálame una nueva entonces, das la impresión de conocedora de aromas de hombre — bromeó él.

Mañana mismo la tendrás, pero tienes que prometerme usarla por la noche, hace tanto tiempo que no estamos juntos…..

En la puerta principal de la residencia Weitzner, los enamorados se despidieron.

— Gracias mi amor, la he pasado de maravilla, qué personas tan agradables, me asombra la sencillez en su trato, nadie se imagina que con la riqueza que tienen, sean tan gentiles. Quedé fascinada con la elegancia y finas maneras de las señoras, que dicho sea de paso, te examinaron como bicho raro, ¿te diste cuenta?

Por supuesto que no, sólo tuve ojos para ti muñequita linda, pero sí observé la mirada de los Jefes, una combinación de admiración, deseo, respeto y envidia, mucha envidia, no esperaban que uno de sus empleados tuviera tanta suerte como yo. De cualquier manera la reunión fue impactante, creo que tendré un buen aumento en mi salario.

— Eso espero — declaró— el dinero siempre ha sido un pretexto para formalizar nuestra relación. Si quisieras, mi padre estaría más que encantado de ayudarnos, siempre que puede me recuerda su edad y los enormes deseos de ser abuelo.

— Eso no es posible— alegó.

— No lo haría jamás. El dinero lo he de ganar con mi trabajo, después de la Universidad no he aceptado ni necesitado ayuda económica de mis padres, para que lo sepas— exclamó un poco disgustado.

— Lo siento querido, no lo dije con intención de molestar, sólo que mi padre tiene tanto, que nos vendría bien su apoyo, así podríamos casarnos de inmediato, ¿no lo quisieras? — argumentó la rubia.

— Ni una palabra más sobre este asunto — sostuvo— cuando esté listo te pediré casarte conmigo y no antes.

— Ignoro si esté disponible para entonces — refirió, asombrada de su rudeza.

— Ya lo veremos en su tiempo, creo que no te urge el matrimonio, ¿verdad?

— Definitivamente no — manifestó furiosa — tengo muy buenos pretendientes, ¿no te había contado?

— Aprovecha entonces y cómprate uno de ellos si lo deseas, imagino que no buscarían el interés sino el capital— adujo molesto.

— Adiós entonces, vanidoso engreído — insultó.

— Hasta la vista Baby — se despidió.

A bordo del vehículo, enjugó dos lágrimas que brotaron de los ojos aceitunados. Le remordía la conciencia haber tratado con tanta soberbia a su querida Ruth. Pero sabía que de no ser así, ella presionaría para un rápido matrimonio, que en estos momentos no era conveniente para sus propósitos.

Ya se encargaría de darle toda clase de explicaciones a Ben, sobre la ruptura del noviazgo con su hermosa hija.

Le recordaría que ejerciendo actividades secretas, no podría hacerla feliz, contándole mentiras todo el tiempo, no poder llevarla como acompañante en sus misiones a distintas ciudades, pero sobre todas las cosas, exponerla a los peligros derivados de los Contratos para Matar, que le encargaba la Fundación creada por Benjamín Weitzner.

La bella dio rienda suelta a su frustración llorando. Como profesional de la Psicología no entendía el súbito cambio en la actitud de su amado.

¿Otra mujer? ¿Quién pudiera ser?, o ¿ella había tenido la culpa sin darse cuenta? El beso en la mejilla de Cecil fue de lo más inocente, ¿serían acaso celos?

Rumiando su pena, se quedó dormida, *después de la tempestad viene la calma*— se dijo a sí misma.

Le contaría todo a su padre, que le aconsejaría hacer lo correcto.

FORT MYERS, FLORIDA

Sentado en su poltrona favorita, Benjamín Weitzner leía con atención las últimas noticias relacionadas con la muerte del carnicero de los Balcanes, experimentando un gran placer. Por fin el maldito había tenido su merecido. Estaba satisfecho con los resultados de la Fundación. Recordó con júbilo, la impecable ejecución de Wamba en Londres y la eliminación del grupo de asesinos en el "accidente aéreo", entre otros casos exitosos.

"Scorpio, "Uno" o "Antonio" — nombres clave de Kadir— había resultado ser mejor de lo esperado. Su eficacia y eficiencia demostraban que el reclutamiento representó un gran acierto.

Por otra parte su amada hija, manejaba la Fundación con gran destreza. Incansable, recorría los Asilos para Indigentes, visitaba Hospitales, Escuelas, Centros Comunitarios y Hogares para Ancianos y de manera especial, los establecimientos de Rehabilitación Infantil de niños afectados con discapacidades físicas y mentales. El último trimestre, había dispuesto ayudas por más de cien millones de dólares, que representaban, calculó Benjamín, los intereses bancarios netos que su enorme capital de cincuenta mil millones de dólares, ganaba en un mes.

Finiquitados todos sus asuntos mundanos, sólo le preocupaba su heredera. Era tan dulce y buena niña… Lo que más deseaba en esos momentos era verla venturosa, casada, con hijos, teniendo la protección y seguridad de un buen esposo. Si lograba eso, podía irse tranquilo, quisiera reunirse en el Cielo con su adorada esposa, padres y abuelos, lo antes posible.

Pensó en Kadir como el candidato ideal para ella. Los había visto siempre risueños, contentos y enamorados creyó él, hasta ese día que Ruth — bañada en lágrimas — le comunicó el rompimiento de su relación sentimental.

Maldijo en silencio, eso no estaba en sus planes, pero tenía la seguridad de arreglar el asunto. *Sabe más el diablo por viejo que por diablo,* se convenció con optimismo y presto tomó el teléfono para llamar a su nominado yerno.

Hola, qué agradable sorpresa, ¿te sientes bien? — exclamó "Uno".

Por supuesto que sí, hace rato que no te veo, ¿te apetece visitarme este fin de semana? Es posible que venga Ruth.

¡Carajo! — pensó. — Mira Ben, de eso quería hablarte y es confidencial, creo que es mejor por ahora que ella no esté presente, tú sabes que la amo demasiado y trato de evitarle cualquier sufrimiento, hemos terminado nuestra relación porque creo que así nos conviene a todos en este momento, no puedes imaginar lo doloroso que ha sido para mí. Estoy de acuerdo contigo, es preciso que hablemos.

Tienes razón — confirmó— será mejor que ella esté ausente, ¿llegarás para la cena el viernes? Puedo encargarte ese carpaccio de pulpo que te gusta tanto.

Quisiera, pero no me da tiempo, ya sabes cómo se de moran los vuelos los fines de semana. Si no hay inconveniente te veré el sábado para el desayuno, ¿OK?

OK — asintió el buen viejo.

¿Cuál es el motivo por el que terminaron? — quiso saber Ben, justificando la pregunta por el interés de un padre amoroso hacia todo lo que afecta a su hija.

Querido amigo, me extraña que no lo entiendas, sabes perfectamente la clase de persona que soy ahora. No me arrepiento para nada, pero hemos acordado mantenerla fuera de esto. Si ella se entera de nuestro "trabajo", no lo comprenderá, destilando odio y desprecio hacia nosotros dos, hacia nosotros dos — repitió con insistencia.

— La conozco lo suficiente para darme cuenta que jamás lo justificaría y menos lo perdonaría. En pocas palabras, la perderíamos para siempre. ¿Eso quieres? — manifestó número "Uno".

— Tal vez deberíamos dejar todo por la paz y retirarnos del negocio por completo.

Ben no articuló palabra. Estaba absorto escuchando y pensaba a la velocidad que sus cansadas neuronas se lo permitían.

— Eso no es posible por ahora— sostuvo con insospechada firmeza— tenemos algunos trabajos más por realizar, creo que te agradará encargarte. Después de ello, hablaremos del retiro, te lo prometo.

— Acerca de tu noviazgo con mi hija, no necesito decirte que siempre te he aceptado y hasta con gusto, diría yo, si hubiera algo de gozo en pensar que un pelafustán se lleve al tesoro que has cuidado toda la vida —dijo en tono de chiste el Ex Fiscal— pero esta vez tienes razón. Por ningún motivo podemos contarle los verdaderos objetivos de la Fundación, nos mandaría al infierno y nunca la volveríamos a ver.

— Ella desea contarme todos los detalles de la ruptura pronto, por ahora le dirás si todavía la quieres, que las nuevas responsabilidades del nuevo cargo, te mantendrá alejado por un tiempo, versión que coincide en su totalidad con lo que Ruth oyó en la cena que ofrecieron tus superiores, parece que te darán un buen ascenso, ¿no es verdad?

— Te lo agradezco mucho, tu hijita se ha convertido en alguien muy importante para mí. Lo haremos a tu manera — reiteró "Uno".

— A trabajar entonces — anunció con súbita jovialidad.

Ben mostró un expediente con la información disponible sobre el asesino serial que tenía aterrorizados a los habitantes de la ciudad de Boston, Massachusetts y Palo Alto, California.

El criminal solitario, escogía a sus víctimas entre los jóvenes estudiantes que abundan en los campus universitarios, con predilección enfermiza hacia hombres y mujeres con alguna discapacidad física.

Mister Weitzner había pasado los últimos treinta y pico de años de su vida sirviendo a la Justicia. Durante el largo camino recorrido hasta ser el Fiscal General de los Estados Unidos, conoció a cientos de personas que trabajaron a sus órdenes, desde Uniformados, Detectives, Jefes, Fiscales de Distrito y Comisionados, a quienes dejó gratos recuerdos por su honestidad, eficiencia y humanismo, cosechando amistades de costa a costa de la Unión Americana. Gracias a eso, Ben podía pedir pequeños favores a los diferentes Cuerpos Judiciales, incluyendo al famoso Federal Bureau of Investigation o FBI, como era conocido en todo lugar.

Las pesquisas del caso del presunto asesino en serie, apuntaban sobre una persona joven de sexo masculino, pues los crímenes se cometían con gran fuerza y saña, que requerían poderosos músculos de uno o varios varones.

Las fotografías de los cuerpos lo estremecieron. Las víctimas eran molidas a palos, presumiblemente con un bate de baseball, que destrozaban huesos desde la cabeza hasta los pies, para después ser colgados — todavía con el corazón latiendo— en ganchos de metal, como de carnicería, hasta escurrir la última gota de sangre, falleciendo en medio de espantosos sufrimientos. Al final, depositaban los cadáveres en un hoyo y los cubrían de cal viva, que carcomiendo carne y huesos, los dejaba irreconocibles.

— Han localizado una pista — señaló con gravedad— pero no la Policía. He pedido a un Detective Privado que me debe algunos favores la tarea de buscarlo. Ahora mismo se cree que está en Boston. Con toda seguridad atacará esta misma semana a estudiantes de la Universidad de Harvard. Es urgente detenerlo. Te suplico aceptar este Contrato, como te prometí sólo serán unos pocos más.

— ¿Cuánto quieres esta vez? No hay límite — dijo el Ex Fiscal.

— Me conoces lo suficiente para saber que lo haré sin paga— expresó número "Uno".

— No obstante, si deseas abonar algún dinerillo a mi cuenta de retiro en Islas Cayman, te lo agradezco, me vienen encima un montón de gastos.

— ¿Piensas... casarte? — preguntó con malicia.

— ¿Por qué la pregunta? — replicó.

— ¿Me presentarás alguna bella chica? Sabes que tu hijita me mandó a freír patatas.

— Ya se arreglarán. Esta misma semana, haré una transferencia por digamos… ¿unos sesenta millones?

— Es demasiado, pero cincuenta estarían bien — indicó "Uno" despidiéndose del anciano con un afectuoso abrazo.

— Como siempre, puedes destruir los antecedentes, los he memorizado.

Ben había consultado a Ruth, sobre el perfil psicológico de él o los asesinos, después de todo, la Psicología Criminal era uno de sus fuertes.

— ¿No estás retirado papá? ¿Por qué te interesa tanto este caso? ¿No querrás regresar al Servicio, verdad? Sabes que si lo piensas siquiera, me disgustaría tanto que viajaría muy lejos de aquí, para ser amante de un Árabe, solamente por molestar — amenazó Ruth que conocía a la perfección los añejos conflictos entre Árabes y Judíos que le parecían una gran estupidez.

— Nada de eso pequeña — declaró abrazando a su hija — la verdad es que estoy mucho tiempo solo y tengo que entretenerme en algo. Conoces mi debilidad por todo lo que signifique Justicia y creo que si puedo ayudar con algunas ideas desde casa, no estaría nada mal, pero en fin, no te obligo a nada.

— Papacito de mi alma — adujo — claro que lo haré con mucho gusto, no pensé que fuera tan importante para ti, pero tienes razón, lo que menos deseo es que enfermes de tristeza, depresión o que a tu edad, te decidas por el Alemán, ya sabes el Alzheimer o el Italiano, Franco Deterioro — cerró la joven, con gracia.

— En cuanto a tu soledad, te prometo trabajar en ello para elaborarte un plan completo de actividades físicas, mentales y sociales, propias de tu edad. Quizá te inscriba en algún Club de Baile, con lindas señoronas para hacer conquistas y ejercicio al mismo tiempo, ¿qué te parece? — retó — Y perdóname por ser tan egoísta, he tenido una semana pésima.

— ¿Qué te sucede nena? — indicó con cariño— Lo que sea puedes decírmelo, soy tu padre, pero también creo que soy amigo.

— Se trata de Kadir — detalló — es un maldito traidor, alguien en que no puedes confiar jamás, he sido una tonta de marca mayor. Lo malo del caso es que sigo amando al infeliz. Ya decía yo, era demasiado bello mi romance para ser verdad. ¡Oh papá!, soy tan desgraciada, lo peor de todo es que no me dio un solo argumento convincente para romper nuestra relación. Si lo hubieras visto, evasivo, mentiroso, supongo que no sólo mal interpretó lo que le dije, exagerando la reacción y tomando como pretexto su estúpido orgullo de macho Mexicano.

— ¿Mencionaste algo fuerte que le molestara a tal grado para arruinar el bonito noviazgo que tienen? Perdona que lo diga, pero siempre hay pequeñas tormentas en las relaciones hombre-mujer ya sean amigos, novios, casados o divorciados, aunque la intensidad de los meteoros se incrementan en ese orden.

— Vamos chiquilla, ánimo.

— Papá, lo único que hice fue ofrecerle la posibilidad de tu ayuda económica en el caso que no gane salario suficiente para casarnos, por Dios, no es para tanto — sollozó.

— Recuerda que las mujeres son de Venus y los hombres somos de Marte. Lo que te parece una nimiedad sin importancia, para cualquier hombre de honor es un insulto.

— Me sorprende que no te haya puesto una demanda — riendo con tal fuerza, que le brotaron algunas lágrimas.

— No te inquietes mi cielo, creo que un poco de tiempo y espacio no les vendrá mal a los dos y terminará por volver a ser como antes. No sabemos por otra parte, qué tipo de preocupaciones de fondo pueda tener en su trabajo o familia, compréndelo por favor— exclamó Ben.

— Hombres, todos son iguales de tapaderas — reconoció la rubia, con auténtica alegría, las palabras de su padre la confortaron.

— Pienso que necesitamos un buen trago — sirviendo escocés en dos vasos cortos sin hielo.

— ¡Lechaym! — brindaron, dando un gran sorbo a sus bebidas.

El diagnóstico de la brillante Psicóloga sobre el perfil del asesino era muy claro. El sujeto era varón, de raza blanca, complexión atlética, de unos veinte a veinticinco años, mal estudiante, proveniente de una familia desarticulada, padre o madre alcohólicos, propensos a violencia intrafamiliar, con hermanos menores, tal vez uno de ellos muestre discapacidad física o mental.

El papá pudiere trabajar en algún lugar relacionado con la matanza de animales, donde el hijo observó con repulsión primero obligado por el padre y por gusto después, el salvaje método para desangrar cerdos, reses, pollos, pavos y patos.

El sospechoso y recalcaba el singular, debía medir entre 1.80 a 1.90 metros de estatura con peso aproximado de 80 a 100 kilos, vestiría de jeans y camiseta del tipo T-Shirt, con seguridad de marca reconocida— que agradan a las chicas de su edad.

Calzaría zapatos tennis y su cabeza de corte cepillo o rapada, en cuyo caso, usaría una gorra deportiva.

El sujeto podía ser identificado, por usar a diario camisetas con estampados de conjuntos de rock del tipo casi diabólicos, o de las que muestran calaveras, esqueletos, sangre o leyendas obscenas. ¿Y por qué no? quizá utilice algunos símbolos, como swásticas nazis, cruces templarias, rosacruces o semejantes.

No tiene automóvil, pero se traslada en motocicleta de modelo atrasado pero de gran potencia. Se las ingenia para transportar a sus víctimas con ayuda de alguien en un vehículo prestado y tiene acceso a refugios alejados de la ciudad que pudieran ser granjas, talleres o bodegas abandonadas, donde las sacrifica.

— La motivación que lo impulsa a cometer estos crímenes, es obvio, la venganza contra inocentes, por el solo hecho de padecer una discapacidad que los hace diferentes a los demás y que para algunas mentes enfermas, están de sobra en nuestra sociedad — informó la Doctora Ruth Weitzner.

—Vaya cátedra — reconoció Benjamín — ¿Dónde lo encontramos?, o mejor dicho — corrigió — ¿Dónde lo puede arrestar la Policía?

— Eso es labor de los Detectives padre, tú deberías saberlo, pero pueden comenzar por revisar las cintas de video de las cámaras de seguridad dentro de los campus y calles aledañas, después interrogar a los compañeros de clase de las víctimas, mostrando claro está, el retrato hablado que deberá elaborarse.

— Olvidaba decirte que el sujeto tiene facciones finas, ojos claros, cabello rubio, nariz recta, cejas pobladas y su cara es casi cuadrada con mandíbulas fuertes. Sus manos son enormes, poderosas, con dedos largos, huesudos y las orejas de pabellón grande bien conformadas tipo "S", casi pegadas al cráneo — remató Ruth.

— ¿Cómo puedes saber tanto en tan poco tiempo? — exclamó el padre.

— Top secret (Máximo secreto) — respondió risueña la doctora— sólo puedo decirte que la inversión que hiciste en mi educación profesional, ha dado frutos.

— En realidad es por su modus operandi (forma de actuar). El odio que siente el asesino por los inválidos, nos lleva a pensar en conceptos como pureza de la raza, limpieza étnica y eliminación de los enfermos y débiles como la Naturaleza actúa entre los animales, donde sobreviven los fuertes.

— No es nada original, lo han hecho los Espartanos, el Holocausto nazi y recientemente en la Ex Yugoslavia.

— Por último, recomienda a tus amigos, vigilar retrato en mano los dos campus donde opera, aunque es posible que intente en un tercero, puede ser el MIT (Instituto Tecnológico de Massachusetts).

— Una cosa es segura: el desgraciado volverá pronto para torturar y asesinar a más inválidos.

Boston / Cambridge, Massachusetts

Un solitario atleta en la McCurdy Track (Pista McCurdy) de la Universidad de Harvard corría a media velocidad como practicando la carrera de resistencia. Cubría su rostro con una sudadera de gorra para frío, pues la mañana estaba sin sol y soplaba un viento helado proveniente del lago. "Uno" estaba reconociendo el terreno donde más tarde los atletas paralímpicos en sillas de ruedas, realizarían sus rutinas de preparación para las próximas competencias. Sin pensarlo, recordó que paradójicamente, en México, su querida Patria, los discapacitados ganaban más medallas de oro y plata, que los deportistas sanos con todo a su favor. Era el colmo— gruñó Kadir por dentro.

A la hora posterior, un nutrido contingente de jóvenes sentados en modernas sillas de ruedas, se adueñaron de la pista, dando principio a sus entrenamientos bajo la atenta mirada del profesor. "Uno" observaba a corta distancia acurrucado en una de las sillas, luciendo vendaje blanco con pequeñas gotas rojas en la mano izquierda. Su falsa lastimadura, lo dejaría fuera del ejercicio con tiempo suficiente para vigilar con unos pequeños binoculares — como los usados en el teatro — a todos los deportistas, entrenadores y curiosos, con la esperanza de que el criminal saliera de su escondrijo.

La mañana siguiente repitió la operación de vigilancia, sin éxito. El entrenador se acercó a él para preguntarle su nombre pues no lo había visto antes y quiso checar la lista de estudiantes que estaban a su cargo. Con su acostumbrada serenidad contestó que apenas estaba iniciando los trámites de matrícula y todo eso, pero deseaba observar de cerca los entrenamientos.

— Si hay algún problema me voy de aquí enseguida, no quiero causarle complicaciones.

— No, de ningún modo. Me alegra tener un futuro alumno más. ¿Qué tipo de lesión tienes?, luces saludable.

— Accidente de automóvil señor, con fractura de vértebra lumbar que interesó la médula espinal arruinando mis piernas, he quedado parapléjico. Por ello, no pude moverme lo suficiente para evitar hace un rato, el corte de un cristal que se desprendió de una ventana de mi casa, causándome una herida profunda, pero nada que no pudieran reparar cinco puntadas.

— Okay, cuando estés listo avísame— dijo el entrenador, volviendo a sus quehaceres.

Era la tercera mañana consecutiva y el sospechoso homicida no aparecía por ningún lado. "Uno" había recorrido los vestidores y baños, el almacén de utilería, la sala de pizarrón y proyecciones. Nada.

La vida, le había enseñado que en muchas ocasiones la perseverancia para lograr un objetivo rinde dividendos. La cuestión era: ¿hasta cuándo se mostraría el asesino? ¿En dónde? ¿A qué hora?

Desde muy joven aprendió que el último golpe del marro, es el que derrumba el muro. Debía ser paciente.

Kadir había solicitado unos días de permiso a su Jefe, John Kelly para terminar con algunos trámites respecto al grado académico de MBA (Master of Business Administration) que cursó, aduciendo que dos distinguidos profesores le escribieron apoyándolo para cursar el prestigiado Doctorado en Filosofía conocido como PhD. Kelly le otorgó una semana, recomendándole descansar un poco. A su regreso tenía que entregarle el encumbrado puesto y había mucho quehacer.

El día cuatro, "Uno" decidió montar guardia mañana y tarde. ¿Cómo no se le ocurrió antes? De acuerdo al performance (modo de ejecutar algo) del asesino, era más probable que atacara a los inválidos por la tarde, las penumbras le facilitarían su labor.

Ese día como a las quince horas hizo presencia el ayudante de entrenador, un joven que respondía al retrato hablado descrito por Ruth, con la diferencia del cabello, que era rojo, y los ojos, éstos eran gris acero, con el brillo y la frialdad del metal.

El sujeto se llamaba Dieter, sin poder ocultar su origen germánico. Era becario de la Universidad con la obligación de auxiliar en el Campus, en labores que no interfirieran con sus deberes académicos. Por su condición física fue asignado al Departamento de Atletismo donde muy pronto se ganó el rechazo de los deportistas por la rudeza con la que trataba a todos.

"Uno" no tardó demasiado en conocer la atormentada personalidad del tipo que se consideraba superior a los que le rodeaban. Cuando el

Director de Atletismo incluyó en sus entrenamientos a los discapacitados, Dieter montó en cólera y varias veces — según otros compañeros le informaron

— insultó a los que practicaban deportes en sillas de ruedas. Un empleado de limpieza, señor muy conversador, contó haberlo escuchado maldecir y denostar a quienes él llamaba lastras de la sociedad.

"Uno" no quería equivocarse, así que decidió abordar al mismo Dieter para conocer en directo su trato. Pidió el favor de llevarlo al servicio sanitario explicando no poder hacerlo por sí mismo, mostrando sus piernas muertas y el brazo herido.

El tipo explotó: — Son of a bitch, get out (Hijo de puta, lárgate).

Sin perder compostura, "Uno" lo provocó aún más, hablando en español:

— Por favor ayúdame, necesito orinar, te tomará sólo un momento.

— Just go, piece of shit (Vete ya, pedazo de mierda) — empujando con fuerza la silla de "Uno", que cayó al suelo "gritando de dolor", recibiendo de parte de Dieter una patada en el estómago y una sonora carcajada, alejándose de inmediato.

"Uno" permaneció tirado por un tiempo, hasta que un par de chicas acertaron a pasar por allí y lo levantaron con dificultad sentándole en su silla de ruedas.

— ¿What happened? ¿Are you OK? (¿Qué te pasó? ¿Estás bien?)

— ¡Oh, don't worry please! I am OK. Thank you so much. (Oh, no se preocupen por favor, estoy muy bien, muchísimas gracias).

No había ninguna duda ya, el hijo de su chingada y putísima madre, no era el sospechoso, claro que no, era el miserable asesino en serie, dictaminó "Uno". A las cinco de la tarde, después de dar dos vueltas lentas a la pista, el entrenador en Jefe le alcanzó diciendo: — Te felicito, no esperaba tan rápido tu recuperación, espero tenerte en el equipo pronto. Hasta entonces — y se retiró, seguido de Dieter que mal disimuló su disgusto.

En los vestidores, los jóvenes lisiados se aseaban en compartimentos individuales provistos de barras y toda clase de instalaciones diseñadas para ellos. Las Leyes protegían y vigilaban que las personas de capacidades diferentes tuvieran dentro de lo posible, igualdad de oportunidades y fueran aceptadas por la sociedad. La discriminación, era una falta que la Justicia castigaba con severidad.

Por fortuna, en los últimos años, se ha desarrollado toda una cultura Internacional para auxiliar a las personas con problemas congénitos, secuelas de accidentes, enfermedades o medicamentos que les afectan física o mental, sin mencionar la gran cantidad de personas heridas en las guerras y actos terroristas, con mutilaciones de manos, brazos, piernas, ceguera. Aún se recuerda con horror, la terrible poliomielitis — hoy extinguida— y la cantidad de niños nacidos sin ojos, manos o piernas, producto de medicinas tomadas por sus madres durante la gestación, como la Talidomida, tardíamente prohibida.

Por las dudas que hubiera cámaras de video, "Uno" terminó de lavarse la cara con su mano sana recibiendo ayuda de su otra mano, que torpe — por la fingida lesión— le llevó un buen rato, oyendo salir a todos. Grande fue su desconcierto y angustia, al escuchar en el compartimento más distante del suyo, los gritos de dolor de un joven indefenso que recibía golpes de Dieter, al tiempo que se burlaba con saña. El infeliz muchacho no alcanzó a proferir un sonido más, perdido el conocimiento, cayó de bruces al suelo mojado.

Medio escondido, por la sorpresa y la rapidez del atacante, "Uno" no pudo impedir que Dieter cometiera su fechoría. Estuvo a punto de intervenir en ese momento y hacerle pagar caro el cobarde ataque, pero ¿qué lograría? ¿Entregarlo a los guardias de seguridad del campus? El maldito estaría en la calle a los pocos meses y volvería a matar.

De súbito entraron al desierto vestidor dos tipos más uniformados del servicio de mantenimiento, que para asombro de "Uno", ayudaron a Dieter a meter en una bolsa de lona a la víctima cargando con el cuerpo hacia una furgoneta que ostentaba el anuncio American Plummer.

— Mahoma — masculló "Uno", tiene cómplices, debe tratarse de una banda bien organizada y quién sabe hasta dónde lleguen las raíces. La gravedad del caso requiere de un buen plan para darle la solución final. Esto es cosa de locos, increíble.

Rápido tomó sus ropas del casillero y se vistió, echando a correr hacia el lote de estacionamiento abordando el Mini Cooper rentado a su servicio.

El autito, veloz como pocos, no tardó en seguir a prudente distancia a la camioneta que se dirigía a la salida por la Noth Harvard Street.

La luz roja del crucero con la Soldiers Field Road hizo detener el vehículo de los hampones, que a la distancia con sus pequeños prismáticos "Uno" identificó a seis desgraciados. Iban a su fiesta macabra y nadie quería perdérsela.

El camioncito dobló por la Avenida y giró para continuar por la Western Avenue, cruzando el puente saliendo del Campus. A velocidad moderada, siguió por esa vía subiendo a la Autopista, para recorrer unos veinte minutos, tomar la salida 82B y meterse en una zona despoblada, aparcando frente a una pequeña construcción de madera en ruinas, donde ya se encontraban cuatro vehículos más. Una veintena de jóvenes tomaban cerveza fuera de la bodega que en la parte central tenía instalados instrumentos de tortura, como sacados de las mazmorras medievales, como lo vería posteriormente.

"Uno", también llamado "Scorpio", contemplaba la maniobra agazapado entre los crecidos arbustos a unos cincuenta metros del lugar, produciendo litros de adrenalina y bilis por no poder actuar de inmediato como quisiera, para impedir que siguieran maltratando al infeliz muchacho.

Con gran salvajismo el pobre joven fue sacado en vilo de la camioneta y azotado en el suelo como bulto de carbón arrastrándole hacia el interior, propinándole unos cuantos puntapiés con las botas tipo Militar de los cabrones.

"Uno" decidió que era el momento para atacar y terminar para siempre con todos ellos. Ahora o nunca — se dijo— tal vez jamás se presentaría la oportunidad de tener juntos a tantos criminales. Como relámpago pasó por su mente la posibilidad de llamar a la Policía, pero su entrenado cerebro rechazó la idea. El objetivo esencial de la Fundación, es hacer Justicia arrancando de cuajo la maldad.

No había tiempo que perder, estaba solo y sin armas, pero tenía que entrar en acción.

Con agilidad felina se acercó a la vieja bodega y logró ver el macabro espectáculo que recién comenzaba, conteniendo con dificultad la rabia que lo invadía, comprendió que ya nada podía salvar al lisiado. Le estaban quebrando los huesos con tubos de fierro.

Recogió del suelo ocho botellas cerveceras de vidrio vacías y regresó a su auto. Abrió la cajuela del equipaje, sacó una delgada manguera de plástico del compartimento de herramientas, un bidón y dos manojos de estopa. A gran velocidad, quitó el tapón del tanque de gasolina de su vehículo introduciendo el delgado tubo de plástico, colocando en su boca el otro extremo para succionar hasta que el combustible comenzó a fluir, alejándolo de sus labios para llenar el contenedor.

Siempre escondido, llenó las botellas de cerveza con gasolina y las selló con trozos de estopa, produciendo ocho hermosos artefactos explosivos caseros, conocidos como bombas Molotov, favoritas de anarquistas en alborotos populares.

Rellenó otra vez el bidón con combustible de su auto, cruzando hacia el almacén. Con cuidado, fue rociando con gasolina la seca y vieja madera de puertas, ventanas y muros.

Con una tea improvisada hecha con una vara y el resto de la estopa, prendió fuego en derredor, cuyas llamas devoraron en instantes la vieja construcción. En forma simultánea encendió, una a una, las temibles bombas Molotov que arrojó con fuerza por las ventanas provocando un verdadero infierno de explosiones y lumbre. Un auto pequeño que había empujado minutos antes hasta la puerta, bloqueaba la salida como una gran fogata, que al estallar, logró una verdadera pared de fuego.

Dentro del recinto, se mezclaban los gritos de dolor de los condenados quienes corrían quemándose cual antorchas humanas buscando una salida. Los pocos que lograron hacerlo a trompicones, cayeron sobre la seca y crecida hierba, que terminó de asarlos en su propio jugo.

— ¡Justicia divina! — rugió salvajemente "Scorpio".

Casi cesaban los gritos de los moribundos, cuando distinguió la enorme figura de alguien que escapaba, no necesitó mucho para reconocerlo, era el líder de la secta, Dieter.

Por un segundo quiso darle alcance y estrangularlo con sus propias manos, pero no lo hizo. Había pensado tratarlo de otra manera. La Muerte no era suficiente castigo para él. Lo dejó irse, siguiéndole con prudencia. Necesitaba investigar su domicilio, sabía que Dieter no acudiría a la Policía, ni pondría ninguna denuncia ante las Autoridades, bastante sucia tenía la cola, concluyó "Scorpio". Ya le ajustaría

cuentas.

Dieter abordó la furgoneta visiblemente herido, sus torpes movimientos así lo denotaban, encendió el motor y salió disparado del lugar, dejando una columna de polvo al transitar por el sendero.

Con gran sigilo, "Uno" lo seguía con las luces apagadas. Cuando la camioneta entroncó con la autopista lo dejó correr un poco antes de hacer lo mismo, podía darle alcance en cualquier momento.

El asesino racista continuó por la highway, doblando en la salida siguiente para retornar a la ciudad, acelerando un poco sin rebasar la velocidad permitida de 60 millas por hora del señalamiento. Al llegar a los límites de la ciudad salió por la Beacon Street que marcaba el inicio de la elegante zona residencial de Beacon Hill.

Se detuvo frente a una gran verja de hierro vigilada por una cámara de circuito cerrado. Pulsó el botón rojo y balbuceó una contraseña. Una luz color violeta iluminó el enrojecido rostro de Dieter que acercó su frente para la lectura óptica de ambos ojos.

Concluido el escaneo se encendió una luz verde abriéndose los pesados portones, penetrando la camioneta de Dieter con rapidez, desapareciendo en el camino que obvio, llevaba a la puerta principal del palacete.

"Scorpio" pasó por el frente de la residencia y memorizó el número exterior, marchándose en seguida. Ya investigaría a su propietario, como lo haría con Dieter, que quizá viviría modestamente en otra zona de la ciudad.

Esa noche en su habitación, repasó los acontecimientos del día, todo había sido muy lógico hasta que Dieter se refugió en la mansión. Su desarrollada intuición le avisaba que algo importante había de fondo.

"Scorpio" volvió a la pista de atletismo a la mañana siguiente, montado en su silla de ruedas que girando a baja velocidad, recorría los cuatrocientos metros reglamentarios. No estaba seguro si Dieter se presentaría a su trabajo para no despertar sospechas. No fue así, las quemaduras le habían dejado marcas difíciles de explicar.

Tenía que apurarse. La presa podía volar y no lo volvería a encontrar. Era preciso ajusticiarlo pronto. Cogió el teléfono móvil y marcó el número de Ben.

—Hola, necesito tu ayuda para completar mi tarea de la Universidad.

— Soy todo oídos "hijo".

— "Papá", requiero de un nuevo ordenador portátil, no traje el mío— expuso en clave "Uno".

— Mmm, déjame ver... dame unos minutos, llamaré para que alguien de esa ciudad pueda ayudarte y te facilite una buena computadora móvil, no veo la necesidad de comprar otra "hijo" — reiteró el viejo.

— Gracias "padre", te hablaré en treinta minutos, ¿OK?

— OK. Bye.

Veinticinco minutos después, "papá" Ben llamó a su "hijo", proporcionando el número telefónico de Frankie Adams, Jefe de la Brigada de Robos y Homicidios del Condado de Dukes.

Dos horas después, "Uno" portaba dentro del bolsillo de su chamarra deportiva con el logo de la Universidad, la Colt Cobra calibre .38 decomisada a un delincuente que había estado preso por robo a mano armada, purgado su condena y actualmente en libertad condicional.

El alto Jefe Policíaco no hizo preguntas, limitándose a entregar el arma, pero exigió su pronta devolución. Los inventarios de los almacenes de evidencias, eran dos veces al mes. El préstamo era por tres días. "Uno" no podía saber que Frankie Adams, el adusto Comandante, debía su ascenso al buen trabajo sin duda, pero la recomendación del entonces poderoso Fiscal General de los Estados Unidos, había pesado para su nombramiento.

Muy temprano "Uno" estaba en la Oficina del Registro Público de Propiedades, consultando los archivos electrónicos para conocer al dueño de la mansión marcada con el número 2256 de la Avenida Somerville.

La residencia aparecía construida hace diez años y su dueña era la famosa modelo de televisión Stephanie Ward, casada con el magnate de los medios de comunicación Gustav Wilke bien conocido por sus excentricidades, como el mantener un pequeño zoológico particular en extensos jardines de su casa, la colección de amantes y automóviles antiguos y modernos, que eran su orgullo.

Las generosas Grants (donaciones) para obras sociales y desarrollo de su comunidad, le hacían fama de benefactor del Condado y sus relaciones con el Alcalde y Concejales eran de lo mejor.

El año pasado había sido distinguido por la Asociación Nacional Filantrópica por haber construido un Hospicio, la Biblioteca de la Escuela Pública y el regalo de un millón de dólares al Fondo de Becas para el Avance de la Ciencia.

Por su parte la señora Ward, participaba cuando sus compromisos se lo permitían, en organizar presentaciones de premieres, cenas de gala, desfiles de modas, exhibiciones de pintura y escultura, recaudando dinero dirigido a incrementar el Fondo de Pensiones para Policías y Bomberos. Eran una pareja muy estimada en los círculos sociales y de Gobierno.

"Uno" no estaba convencido del todo. ¿Por qué un matrimonio, ante el público ejemplar, tenía amistad y por lo visto confianza, con un asesino como Dieter? ¿Podía tratarse de extorsión, amenazas, parentesco, o complicidad?

¿Y si Dieter fuera una especie de perro fiel a su amo y se concretaba a seguir un programa de exterminio diseñado por Wilke?

"Uno" consultó su reloj.

— ¡Demonios!, eran casi las doce del día. Se le fue la mañana recabando informes y las referencias eran impecables. De pronto se le iluminó el cerebro, contaba con Ben y sus amigos los astutos investigadores del FBI. Les dejaría a ellos esa tarea.

Liberado de esas preocupaciones se dedicó a elaborar el esquema del ataque final, dando solución a las premisas Quién, Cómo, Cuándo, Dónde, Por qué y Para Qué, la Ruta de Escape y desde luego el Plan B.

Dorchester, barrio pobre donde vivía Dieter, era una zona densamente poblada, atiborrada de pequeños comercios de toda clase y edificios de viviendas que se apretujaban casi uno encima del otro.

Se trataba de la parte vieja de la ciudad y las construcciones eran tan antiguas y faltas de mantenimiento que parecían un auténtico ghetto — apreció "Uno".

En las calles, se observaban pequeños grupos de jóvenes vestidos como prototipo de pandilleros de Los Ángeles, sus jeans descoloridos con jirones en rodillas y valencianas deshilachadas, muchos de ellos enseñando tatuajes en los bíceps. Las mujeres mostrando piercings en sus ombligos perfectos, maquilladas con exageración en ojos y labios.

La tarde anterior compró en el mercado de baratillas su indumentaria y estaba vestido para la ocasión: zapatos Converse de medio uso — la marca favorita de las pandillas— pantalones Pepe, muy gastados, una camiseta T-Shirt del grupo de rock Iron Maiden mostraba seres diabólicos en su pecho.

Chamarra café de piel corriente, descolorida, con una gorra medio grasienta de los Red Sox que dejaba escapar desordenados y largos mechones de cabellos rubios de su peluca. Un par de baratos lentes obscuros tipo piloto de avión, completaban su disfraz.

En contra de su costumbre encendió un cigarrillo para disimular, escupiendo al piso, como lo hacían los delincuentes juveniles.

Cuando comprendió que ya formaba parte del paisaje urbano de la calle, se encaminó pausadamente al edificio donde habitaba Dieter. Subió por la desvencijada escalera hasta el tercer piso, deteniéndose frente al número 3G. Giró su cuello para observar si estaba algún testigo inoportuno.

Pegó el entrenado oído a la puerta para detectar algún sonido, escuchando gruñidos que enseguida identificó como ronquidos de alguien que dormía en el "quinto sueño" (profundo).

"Uno" presintió que la presa estaba allí, a su merced. Siempre vigilante, sacó su pequeña navaja Suiza Victorinox y maniobró por unos instantes con la cerradura, que como todo el edificio, era antigua y en mal estado.

Abrirla no representó gran problema para él, que recordaba sus lecciones de cerrajería aprendidas en México, cuando el robo a los Chinos.

Las bisagras de la puerta — tal vez nunca lubricadas — emitieron un agudo chirrido que pudo despertar al ocupante del departamento, pero no, para su fortuna, el tipo mostraba signos de asquerosa borrachera.

El cuarto estaba casi a oscuras, con las desgarradas cortinas que dejaban pasar un poco de luz por la ventana. Tuvo un espasmo en el estómago al aspirar el fétido olor mezcla de alcohol, mariguana, gases intestinales y vómito.

Dieter estaba postrado boca abajo, su enorme bocaza llena de baba, mojaba la sucia almohada. Con un gesto de repulsión, "Scorpio" se acercó a la destartalada cama, sacó el revólver con su enguantada mano y lo envolvió rápido con una bolsa de plástico.

De repente, el sujeto masculló algo inaudible cambiando de posición queriendo incorporarse, derrumbándose sobre el camastro y moviendo sólo la cabeza que recostó del otro lado del cojín.

El Auditor estaba listo para matarlo en el acto, cosa que arruinaría su plan.

Cogió el teléfono celular de Dieter y dominando el asco que le producía, llamó a Emergencias reportando un herido de bala, teniendo el cuidado de fingir la voz y proporcionar la dirección exacta de la casa.

Tomó una almohada, puso el arma en su interior y le disparó en la parte posterior del cuello, sobre la vértebra cervical.

El proyectil calibre .38 de la Colt, causaría al desalmado criminal, una lesión irreparable de la médula espinal por rompimiento, dejándole cuadripléjico para siempre.

A las ocho de la mañana, abordó el avión. Había dormido muy bien, como no lo había podido hacer en varias noches. La sobrecargo, le acercó una taza de café recién hecho, jugo de tomate y un ejemplar del periódico local.

La emoción y el gusto de haber eliminado a la banda de fanáticos asesinos y castigar a su líder visible, lo llenaron de alegría y satisfacción.

Hubiera podido dar muerte al hijo de puta de Dieter. Pero el dejarlo en silla de ruedas, sin movimiento de brazos y piernas, con su mente intacta para darse perfecta cuenta que lo más odiado, su razón de ser, el desprecio y la crueldad hacia los discapacitados, los abusos y la saña que tuvo siempre hacia esos seres humanos, que insultaba refiriéndose a ellos como fenómenos y aberraciones de la naturaleza, ahora y para siempre, sentiría en carne propia el rechazo y las humillaciones de la gente como él, comenzando por sus propios compinches, si hubieran más.

Y qué decir de sus necesidades fisiológicas: alimentación parenteral

— por vía intravenosa— , evacuaciones por colostomía — salida de desechos en bolsa portátil mediante tubo— y orina por dolorosa sonda en la uretra.

Nunca más tendría sexo y al decir de la prensa, la bala le había afectado también la tráquea y cuerdas vocales, dejándole también sin habla. Hasta el día de su muerte, estaría atormentado por saber qué le pasó.

El diario de la ciudad dedicó un gran espacio para informar el suicidio colectivo de una Secta Satánica que practicaba ritos macabros. Los cadáveres encontrados estaban tan quemados que su identificación resultaría difícil. Una reducida nota narraba el ataque a Dieter, producto de venganza entre los viciosos que frecuentaba.

Lo más probable era que los familiares de los asesinos estuvieran enterados de sus actos con secreta complicidad y por su propia conveniencia, no presionarían al gobierno, que después de cierto tiempo y ante el exceso de trabajo y poco personal que siempre tenían, archivaría el caso como no resuelto.

Antes de despegar se despidió por teléfono del Jefe de Robos y Homicidios, pidiéndole el gran favor de recoger con el Concierge del Hotel Hyatt, perfectamente empaquetada la "Laptop" (computadora portátil) que le prestó agradeciendo a nombre de su "papá" la valiosa ayuda.

Consultó en la BlackBerry los últimos movimientos de su cuenta bancaria. El balance había aumentado en cincuenta millones de dólares, más una prima especial por ¡¡igual cantidad!!

—¡Carajo! — exclamó "Uno" — se nota que Ben desea una boda rápida con Ruth.

— Necesito poner pies en polvorosa antes ¡que sea demasiado tarde!

QUANTICO, VIRGINIA

Los Agentes Especiales destacamentados para investigar al magnate de la televisión Gustav Wilke y su linda esposa Stephanie Ward, mostraban los resultados preliminares a Ethan Warner, Jefe de Grupo de Agentes Especiales, quien complacido, los felicitó por su celeridad.

El laureado benefactor era en realidad un delincuente de cuello blanco con antecedentes de fraude y falsificación en dos Estados de la Unión Americana, sospechoso lavador de dinero y del homicidio — nunca probado— de su primera esposa, con varios cargos sobre consumo y tráfico de narcóticos.

Las mujeres era su comercio favorito, poseyendo varios burdeles de lujo en Holanda, Romania y Dinamarca.

En su juventud, fue expulsado de la Universidad por diversas agresiones a estudiantes extranjeros provenientes de países Africanos, Asiáticos y Sudamericanos, mostrando reiteradamente actitudes xenofóbicas.

— Chief — dijo Warner por teléfono a Benjamín — nombrándole así por la costumbre de haber servido bajo sus órdenes cuando fue Fiscal General — te informo lo que sabemos hasta el momento.....

PLAINS, GEORGIA

Los trece individuos ocupaban sus lugares en la mesa, esperando al guía espiritual. Cubrían las cabezas con grandes conos forrados de tela blanca que apenas dejaban ver sus ojos y los orificios de la nariz, vistiendo unas capas rojas por encima de sus ropas. Colgados de las paredes del recinto lienzos alusivos a la Creación y al Apocalipsis, copias de reconocidos pintores.

Protegido por la penumbra del salón, hizo su entrada el dirigente principal, poniéndose de pie todos los demás, prodigándole un breve saludo.

— Hermanos — anunció el líder — nos han descubierto. Diecinueve de nuestros soldados han sido asesinados por las fuerzas de seguridad del Estado y su capitán, nuestro querido Dieter ha quedado convertido en un vegetal, muerto en vida.

— La Fiscalía, ¿qué ha dicho? Necesitamos dar con los culpables y cortarlos en pedacitos, tenemos que vengarnos

— dijo un encapuchado.

— No es tan fácil hermano, si la Policía local está implicada la investigación es imposible. Hablaremos con nuestros amigos de arriba, disponemos de cientos de simpatizantes en todos los niveles de Gobierno — informó El Gran Dragón. La secta, con antigüedad de más de ciento cincuenta años contaba con importantes ramificaciones por toda la Unión Americana y se extendía ya por el continente Europeo, bajo la apariencia de organizaciones ciudadanas con nobles propósitos para la superación moral y material de la humanidad, siendo en realidad, grupos de enfermos mentales con poder económico, político y religioso, que ambicionaban una sociedad de hombres y mujeres perfectos para lo cual era necesario — según sus cerebros criminales — limpiar a la raza humana de los defectos de la naturaleza, eliminándolos y evitando a toda costa su multiplicación.

Estaba dirigida por un Consejo de catorce personas, presidido por el Gran Dragón, estableciendo sus grados y categorías de los miembros de acuerdo a los años de militancia y cumplimiento de sus perversas obligaciones.

Varios de los fundadores habían sido dirigentes distinguidos del Ku Klux Klan, organización creada por veteranos descontentos de los Estados Sureños vencidos en la Guerra de Secesión, Grupos Racistas, Neonazis, Fascistas Ultraconservadores y otras Organizaciones Secretas prohibidas desde siempre por las Leyes de todos los Países del Mundo, que desafortunadamente continuaban activas.

Los integrantes de la Sociedad Secreta organizada como una pirámide tipo Militar, empleaban títulos estrafalarios como Caballero del Fuego, Gran Comendador, Guardián de la Pureza, Guerrero de la Luz, entre otros y el de mayor jerarquía, el Gran Dragón.

El símbolo del Trígono, representaba en sus lados, La Libertad, El Orden y El Progreso, que disfrazaban con efectividad sus verdaderos y desalmados propósitos.

Cada uno de los Jefes del Supremo Consejo— como se hacían llamar — tenía a su cargo una gran responsabilidad: Destruir por la forma que fuera a los individuos pertenecientes a los grupos sociales que les fueran asignados por el Gran Maestro — equivalente a los Capo di Tutti Capi, de las mafias Sicilianas.

El Gran Maestro o Gran Dragón como le denominaban con respeto y solemnidad a su investidura, era invisible para la mayoría de los afiliados de la Organización. El poderoso Hermano — como también se dirigían a él sus fanáticos — presidía las Asambleas a través de un sofisticado sistema de comunicación satelital que transmitía imagen y voz, desde muy diversos puntos de origen, apareciendo en pantalla con una capucha roja que cubría por entero su cabeza con orificios para ojos, nariz y boca. Un distorsionador de sonidos profesional, hacía que su voz sonara como de ultratumba.

La distribución de las "Sagradas Tareas" o "Deberes Divinos" — información descubierta por el FBI meses después – era la siguiente:

Locos y otros enfermos mentales. Toda raza. Estados de Connecticut, las Dakotas, Missouri, Mississippi; Hermano Tom.

Homosexuales y Lesbianas. Toda raza, excepto la Blanca. Estados de California, Oregon, Washington; Hermano Peter.

Prostitutas y proxenetas. Toda raza, excepto la Blanca. Estados de

California, Florida, Louisiana, Arkansas, Oklahoma, Kansas; Hermano Jerry.

Indigentes, vagabundos y gente pobre. Toda raza. Estados de Utah, Tennessee, Virginia, Maine, Washington DC.; Hermano Lukas.

Enfermos terminales. Toda raza. Estados de Texas, Nueva York, Florida, Minnesota; Hermano Randy.

Discapacitados congénitos, por enfermedad o accidente. Toda raza. Estados de Idaho, Indiana, Las Carolinas, New Hampshire, Massachusetts, Iowa; Hermano Jonathan.

Alcohólicos y drogadictos. Toda raza, excepto la Blanca. Estados de Nueva York, Nueva Jersey, Pennsylvania, Michigan, Minnesota, Nevada, Kentucky, Alabama; Hermano David.

Delincuentes en Prisiones. Toda raza, excepto la Blanca. Estados de Texas, California, Nueva York, Alaska; Hermano Terence.

Negros y sus familias. Toda la Nación, Hermano Simon.

Latinoamericanos y sus familias, excepto blancos. Estados de Florida, California, Illinois, Texas, Arizona, Nuevo México, Nueva York, Colorado, Louisiana, Hermano Martin.

Asiáticos y sus familias, excepto blancos. Estados de Orgon, California, Georgia, Nevada, Montana, Wyoming, Hermano Alan.

Pederastas en libertad. Toda raza, excepto la Blanca. Territorio Nacional; Hermano William.

Violadores de mujeres Blancas. Toda la Nación; Hermano Lionel.

El concilio terminó y el Gran Dragón citó para quince días después. Cada Consejero se movería con todos los recursos humanos y financieros a su alcance para investigar lo sucedido, dar con los responsables y castigarlos ejemplarmente, sin piedad, a ellos y las familias.

El Supremo Consejo no podía creer jamás el cuento del suicidio.

Los soldados eran "patriotas" elegidos cuidadosamente y estaban bastante bien aleccionados, la sola idea de haberse quitado la vida por su voluntad, era una aberración.

Los habían sacrificado y la Organización estaba en riesgo, quién sabe hasta dónde sabrían sus enemigos.

La ciudad, con apenas un mil habitantes están repartidos en una extensión de una milla cuadrada. Posee un hospital de primera clase y lugar destacado en educación elemental y media. La economía depende en su mayoría de la producción y venta del cacahuate y las granjas productoras son de las más rentables del Estado.

Su aparición en el mapa fue porque un ciudadano distinguido del lugar, Jimmy Carter, había llegado a ser el Presidente número 39 de los Estados Unidos de América, y ganador del Premio Nobel de la Paz, que bien dejó de serlo regresó a vivir a casa, que puede verse a la entrada de su amado pueblito.

Al otro lado de las vías del ferrocarril, una bodega abandonada que había servido de casa de campaña del entonces candidato a la Presidencia era uno de los lugares favoritos de reunión del Supremo Consejo de la Divinidad Humana.

El sitio se escogió y compró por su discreción. Eran vísperas del Peanuts Fest — Festival del Cacahuate— que cada año en el mes de septiembre atraía a gran número de forasteros. La presencia de los "asambleístas" y sus vehículos, no llamarían la atención de nadie, ellos como otros clientes comprarían algunas cosechas de maní.

En el articulado de su Declaración de Principios y Normas de Acción, se establecía que el Hombre había sido creado a imagen y semejanza de Dios y por lo tanto, debía aspirar a la perfección. El Señor no había creado seres defectuosos, era responsabilidad de los procesos naturales eliminar a plantas y animales por la ley del más fuerte.

No había sitio para los débiles de cuerpo y alma, la naturaleza misma mostraba el camino para su limpieza. Es por eso que los hombres, para ser dignos del Reino Celestial, deberían ser física y mentalmente aptos. No había espacio para personas diferentes, que se consideraban — según ellos — una carga para el resto de la humanidad. Habría que erradicarlos.

El Magistrado de la Corte Suprema, "Honorable" Salvatore Gaetano entró a la pequeña villa de Plains, a bordo de su pick up Lincoln Mark IV que gustaba de conducir. Le acompañaba un guardián de la ciudad Americus, distante a 10 millas del lugar. Pasó por la estación de gasolina y contempló la gran escultura de cinco metros de altura, que representaba un gran cacahuate, luciendo blanca dentadura, tal vez sugiriendo la famosa sonrisa del ex Mandatario de la Nación, como símbolo de la Feria Anual.

— Qué pendejada— dijo entre dientes.

Su presencia obedecía al compromiso hecho 15 días atrás, para estudiar la gravedad del caso y actualizar la situación.

Sus informantes le dijeron que el FBI había destacado a cuatro de sus mejores Agentes Especiales para investigar todo lo relacionado con la Organización secreta que él presidía.

No eran momentos para andarse por las ramas, tenía que enfrentar el problema y solucionarlo — como siempre lo había hecho — en persona.

Estaba rodeado de un hatajo de imbéciles — se convenció — la secrecía seguiría siendo una prioridad, pues con la capucha, nadie lo podría identificar jamás.

El inocente Policía que le acompañaba era un hombre de color que le brindaría seguridad hasta llegar a la junta y allí mismo sería ejecutado con extrema crueldad como primer acto de la función, acusándolo de cómplice en los asesinatos perpetrados contra sus 19 "Soldados" en Boston. El gran maestro tenía que levantar el ánimo de sus seguidores.

Recién entró el uniformado, fue noqueado a traición con fortísimo golpe dado en la cabeza con un marro de albañilería, que le fracturó el lóbulo parietal derecho, bañándole con un chorro de sangre.

Amarrado de pies y manos, amordazado con trapos sucios y cartón, fue sentado en una desvencijada silla de metal en medio de un círculo para ser sometido a "juicio" ante el júbilo de los presentes.

— Hermanos míos — dijo El Gran Dragón con capucha roja— traigo ante ustedes a uno de los malditos asesinos de nuestros queridos compañeros que cayeron en cumplimiento de su deber.

— Tendrá un juicio justo y de ser condenado por este "Tribunal", habrá de sufrir los dolores más terribles que pueda tener un animal como él. Pagará con su cochina vida el daño que nos ha hecho — terminó Gaetano entre aplausos.

— Sin embargo, debo decirles que primero debemos tratar el delicado asunto que deseo someter a su consideración— explicando a los demás Miembros del Consejo la información disponible, reservándose algunos datos para él.

El Consejo en pleno y por unanimidad, votó por la guerra total, sus Legiones arrasarían con todos los mencionados en la Lista de Obligaciones Morales, causando la muerte tal vez de cientos o miles de personas inocentes.

Cada uno de los Hermanos cumpliría con su deber, el dinero no era ningún problema, ni las armas y sicarios, tampoco.

— Un momento queridos fraternos — dijo con autoridad el Gran Maestro — les pido un poco de razón.

— Soy el primero en sentir la indignación y la rabia que todos comparten, pero no es inteligente hacerlo así por ahora.

— ¿Qué deseamos para la Organización, enfrascarnos en un conflicto de fuerza con el Gobierno que nos supera en todo, haciendo un escándalo nacional y que nos haría perder los apoyos de gente muy importante?, o ¿actuar con astucia y resolver nuestros problemas callada pero eficaz, como siempre lo hemos hecho?

Un murmullo de aprobación de los asistentes, acalló la voz del Líder, quien retomando el control del grupo sentenció:

— Ordeno la contratación inmediata de un par de asesinos profesionales para eliminar uno a uno a nuestros enemigos.

— ¡Aprobado! — gritaron todos.

— ¡Gracias Maestro por tu sabiduría!

El Signore Gaetano se retiró, sin quedarse a la ejecución.

Había participado en muchas.

Dos jovencitos que caminaban por un sendero buscando cosechar algunos cacahuates, encontraron el cuerpo putrefacto lleno de moscas y gusanos del infortunado servidor público, huyendo despavoridos hacia el pueblo.

Asustados por el espeluznante hallazgo, lo contaron a sus padres, dando parte al Comisario, quien había recibido aviso del Jefe Policíaco en la vecina ciudad de Americus, sobre la desaparición de un guardia, hace tres días.

La única testigo, una septuagenaria corta de vista que compraba frutas de los canastos sobre la acera de la tienda Tony's Grocery, proporcionó información a medias que no resistió el menor análisis.

Habló de un vigilante que subió a un vehículo, sin poder precisar marca, modelo, color y mucho menos número de matrícula, sexo y características de los ocupantes.

En el precinto le mostraron fotografías de los delincuentes fichados, señalando a dos de ellos como sospechosos, con la circunstancia de que uno de ellos estaba en prisión y el otro había muerto en una riña a puñaladas.

En resumen, la Policía no tenía nada.

New York City

Salvatore estaba tranquilo, había recibido los informes de sus secuaces acerca de la fallida averiguación sobre el asesinato del Policía negro.

Buen cuidado había tenido al levantar al Agente de la ley en su paso por la ciudad de Americus, identificándose con su credencial y chapa que lo acreditaba como Magistrado de la Suprema Corte de Estados Unidos, que lo impresionó, cuando le pidió acompañarle al cercano pueblo de Plains, para una visita sorpresa al Juez Local.

El uniformado no tuvo inconveniente ni sospecha alguna, pues había escuchado sobre las inspecciones sin aviso que efectuaban algunas Autoridades Judiciales para detectar irregularidades en los Juzgados.

Ahora estaba muerto y su caso sería archivado pronto, las autoridades, sin evidencias, no se esforzarían mucho en aclararlo.

Al recrear las escenas, el desgraciado Juez gozaba como poseído del demonio. Sin duda así era.

Hizo algunas llamadas de su receptor privado en línea directa. Los Altos Funcionarios de Gobierno tenían teléfonos satelitales de banda segura, equipados con accesorios a prueba de intervenciones y gozaban de la Enmienda Constitucional de la más alta secrecía por Seguridad Nacional, que entre otras cosas, no registraba llamadas entrantes ni salientes.

— Pronto — dijo una voz masculina en Italiano.

— Soy el Maestro.

— Necesito dos toneles medianos de aceite de oliva de la mejor calidad que pagaré al recibirlos en Nueva York, ¿tienes en existencia?

— Sabes que las ensaladas que preparo son las mejores y ofreceré un banquete importante en pocos días. Aquí no se consigue un aceite igual. Puedes enviarlos en avión.

— Seguro, mío amico— respondió la voz con marcado acento Siciliano — pero el precio ha subido un poco desde la última vez, ¿capisci? (¿entiendes?)

— No es problema, conozco los precios del mercado, pero además por la urgencia te pagaré el doble, ¿di acordo?

— Completamente, e grazie, arrivederci— se despidió el tipo.

La segunda llamada fue para sus amantes. El Juez estaba contento y quería verlas para celebrar esa noche.

Al colgar, ya estaba imaginando gozar con las dos sensuales mujeres en las cálidas aguas del jacuzzi en su residencia de Long Island, lejos de miradas indiscretas.

La llamada número tres fue a su casa, indicándole a Rocco el mayordomo, que cenaría en casa con dos invitadas.

El empleado de confianza sabía qué hacer, preparar una buena cena, las mejores bebidas, darle noche libre al personal de servicio y seguridad e irse a casa. El Juez no gustaba de testigos.

En el fondo preocupaba al pérfido Magistrado, que el FBI estuviera husmeando por allí como le avisaron sus amigos infiltrados.

Pero esa noche, olvidaría todo y se dedicaría a los placeres de la carne que tanto le gustaban, convencido que se lo había ganado. Mañana, sería otro día.

FORT MYERS, FLORIDA

B en Weitzner leyó el correo electrónico en su computadora personal Hewlett Packard. El mensaje cifrado provenía de sus contactos del FBI en Quantico, comunicando una extraña llamada del Alto Magistrado Salvatore Gaetano a un pequeño poblado llamado Montelepre en Sicilia, detectada por el novísimo y sofisticado Sistema Satelital del Gobierno de los Estados Unidos denominado ECHELON, que operaba en secreto vigilándolo todo, movimientos de tropas en el extranjero, desarrollo de nuevas armas y tecnologías de punta, comunicaciones nacionales e internacionales, localización de focos terroristas, hasta datos precisos sobre formación de huracanes, tornados y otros fenómenos naturales, incluidos los peligrosos deshielos de los casquetes polares por el calentamiento global.

ECHELON operaba con la autorización expresa del Presidente de la Nación, que ordenaba mirar todo, escuchar todo, sin excepciones, anteponiendo la Seguridad Nacional a la privacía personal.

Los datos recabados por el Sistema, eran analizados por un reducido equipo formado por selecto personal de Inteligencia del Ejército y Marina, auxiliados por una docena de científicos expertos en Biología, Geografía, Informática Avanzada, Química, Astronomía, Telecomunicaciones, Oceanografía, Industria Bélica y otros.

Los resultados de sus diarias observaciones y sugerencias eran presentados ante el Comando Militar Conjunto, órgano responsable de tomar las decisiones procedentes clasificando y jerarquizando la información, enviándola directo a la Oficina Presidencial, que una vez examinada la turnaba según los asuntos de su competencia; a la Agencia Central de Inteligencia, Seguridad Nacional, Agencia Federal de Investigaciones, al Pentágono, Departamentos del Tesoro, Inmigración, Agricultura, Energía Atómica, Comercio y en general a los Jefes de cualquier organismo que se considerara debía estar enterado y tomar las acciones preventivas o correctivas correspondientes.

Ben leyó el escueto mensaje varias veces para no equivocarse. No podía creer lo que vio, nada menos que su viejo "amigo", estaba contratando a dos Sicilianos del pueblo de Montelepre, célebre por sus efectivos pistoleros a sueldo. Ante el inminente peligro, se autodeclaró en Alerta Roja.

Recordó que durante su paso por la Procuraduría de Justicia conoció varios casos relacionados con mafias Norteamericanas integradas por peligrosos y eficaces matones Sicilianos y Calabreses. Montelepre es un antiguo y pedregoso pueblo perteneciente a la Provincia de Palermo, Sicilia, construido alrededor de una Torre de Defensa y sus difíciles accesos montañosos han retrasado su desarrollo urbano.

Es reconocido por ser cuna de terribles bandoleros, como el tristemente célebre Salvatore Giuliano alias "Turiddu", Gaspare Pisciotta y otros que aterrorizaron Sicilia en los años cuarenta. En 1950, fue necesaria una fuerza de mil Carabinieri para combatirlo, cayendo muerto en la lucha el primero de los nombrados, mientras que el segundo, fue capturado poco después y encarcelado, revelando que había asesinado a su compañero por instrucciones del Ministro del Interior, versión contradictoria del parte Oficial.

Ben también recordaba con aflicción, que después de tantos años intentando apresar y llevar a los tribunales al podrido Magistrado, nunca logró nada.

Desde luego el mal parido estaba involucrado hasta el cuello, su padre y abuelo habían sido dirigentes de la Cosa Nostra y Salvatore Gaetano heredó el mal, desde su nacimiento.

Pero en esta ocasión, el maligno Juez se equivocó, tal vez era la oportunidad para atraparlo y hacer Justicia a la manera de la Fundación.

New York City

El riguroso análisis de la situación macroeconómica que sus superiores le solicitaron con urgencia, estableció como principal causa de las dificultades financieras de las empresas, la falta de liquidez de los compradores derivada del desempleo, contracción del mercado y la reducción sustancial del crédito bancario. En efecto, los Bancos estaban perdiendo a su vez, la disponibilidad de dinero por la falta de pago oportuno de capital e intereses derivados de préstamos hipotecarios otorgados al público en general, a veces con garantías insuficientes. Por otra parte y no menos importante, el Gobierno había implementado una política de hipotecas populares concedidas a sujetos insolventes, en un afán de proporcionarles vivienda a una gran cantidad de personas, con tintes populistas-electorales.

Por si fuera poco, el déficit Gubernamental era enorme y en aumento, además, la participación en conflictos armados en Países remotos, significaba para la Nación, grandes costos políticos y económicos. En conclusión, de no intervenir drásticamente el Gobierno Federal apoyando a los Bancos y a las Empresas, en poco tiempo, a más tardar en un año, los Estados Unidos de América, el País de la economía más fuerte del planeta, estaría en una tremenda crisis que afectaría a todos los Pueblos donde hubiera su presencia económica, como inversionista en compañías transnacionales y como comprador de materias primas. Los Bonos del Tesoro, antaño garantía sólida de inversionistas, ahora bajaban su calificación crediticia alarmando a los Sistemas Financieros Internacionales.

Reunidos en la sala de juntas de la Firma, Kadir presentó las conclusiones a los socios, quienes por unanimidad, decidieron poner en conocimiento de todos sus clientes el Informe, agregando la voluntad de continuarles asesorando si lo deseaban.

La junta terminó esta vez sin brindis, no había nada que celebrar.

Estaba un poco triste por los acontecimientos que agobiaban a las compañías y al País entero. Le preocupaban los miles de trabajadores que se estaban quedando sin empleo, aunque en los Estados Unidos una de las buenas obras del Gobierno es la ayuda económica a personas sin trabajo, que por lo menos, les alcanza para alimentos y otras necesidades primarias. El sistema de Seguridad Social a través del Medicare y Medicaid, les proporciona servicio médico y medicinas aun en hospitales de lujo.

Inmerso en sus reflexiones no escuchó la primera alarma de su radio Nextel por tenerlo con el volumen mínimo de audio.

El que llamaba lo hacía con insistencia y no descansó hasta que el Auditor contestó.

— ¿Estás dormido? ¿Por qué no respondes? — dijo en tono de fingido enojo su buen amigo Benjamín.

— En verdad lo siento, estaba muy distraído revisando papeles, ya sabes sobre la crisis y esas cosas, pero estoy a tu servicio, me alegra escucharte — reiteró.

— Necesito verte lo más pronto posible, se puede decir que es urgente, me siento un poco mal de salud y como eres mi único pariente, recurro a ti. ¿Es posible el día de mañana? Nos veríamos a las 10 a.m., en tu oficina, necesito un buen Médico — concluyó hablando en clave.

— Puede ser el día pero no la hora ni el lugar, estoy muy ocupado en el trabajo — precisó — pero me dará gusto encontrarme contigo para el lunch a las 12.30 digamos en el restaurante Golan, hay comida muy sana cocinada con recetas tradicionales Semitas. Estoy seguro que te agradará y dispongo de una hora con treinta para escuchar tu lista de achaques y enviarte con los Médicos especialistas, Psiquiatra incluido, claro está. ¿Conoces el sitio?, de lo contrario te mandaré al chofer.

— No te preocupes, me llevará Ruth que como siempre ha venido pegada conmigo como si fuera una estampilla de correos, pero me dejará en la puerta, no tengas pendiente. Me ha dicho que no quiere verte — aclaró.

Magnífico — pensó — de otro modo la entrevista se vería limitada a hablar del tiempo y cosas por el estilo, adivinaba la gravedad del caso y no era conveniente por ningún motivo, que ella se enterara de nada. Ya habría tiempo para endulzar su tribulación, como siempre lo había hecho con otras mujeres de peor carácter.

Ambos "socios" consumieron sus alimentos y dieron tiempo al mesero para retirar el servicio, saltando el postre y tomando una taza del aromático y fuerte café Turco.

— Nuestros amigos del FBI han descubierto como ya sabes, una gran conspiración que extiende su influencia por toda la Nación, contando con militantes y simpatizadores hasta en los altos niveles de Gobierno, por lo cual debemos ser cautelosos en extremo y no confiar en nadie.

— Atraparon extrajudicialmente, al "bondadoso y generoso" magnate de la televisión Gustav Wilke, le aplicaron el interrogatorio de primer grado que conoces bien y el angelito cantó como si fuera el tenor Luciano Pavarotti, fuerte y claro — afirmó Ben. Los muchachos de Quantico hicieron muy buen trabajo, se maquillaron, vistieron y hablaron como auténticos negros enmascarados, haciéndose pasar por integrantes de la Organización del Poder Negro, enemigos de los grupos racistas.

— Se ha distribuido la orden general para descubrir y asesinar a los culpables de haber enviado al averno a sus activistas en Boston y han conseguido a dos temibles asesinos provenientes de Sicilia y lo mejor de todo, adivina quién está detrás de todo esto.

— No tengo la menor idea. Por tu cara de niño después de una travesura, afirmaría que es algún conocido.

— Nada menos que el Motherfucker de Gaetano (hijo de puta de Gaetano) — le susurró al oído.

— ¡Bull shit! (mierda de toro) — exclamó— Ese hijo de mil padres es un ser miserable como ninguno conocido, no merece vivir un minuto más, soy capaz de renunciar a todo y ocuparme de...

— Cálmate. Estoy de acuerdo contigo pero tenemos que hacerlo bien. Recuerda que nos siguen la pista no sabemos cuántos ni quiénes, sin contar a los expertos asesinos profesionales que han contratado para matarnos. Te pido sólo un poco de paciencia, tal vez veinticuatro horas para diseñar un plan de ataque que no esperan, ¿OK? — sometió Ben.

— OK — aceptó el Contador Público, llamando al mesero para liquidar la cuenta, dejando al viejo en el restaurante unos minutos más por seguridad. Le pedirían un taxi.

Salvatore Gaetano estaba inquieto, sus dos jóvenes amantes se esforzaban por hacerlo feliz. Alegres, chapoteaban desnudas en el inmenso jacuzzi diseñado sobre pedido en Italia, para dar cómoda cabida a ocho personas. Como novedad, aparte de todas las instalaciones de agua fría y caliente, llaves para olas y borbotones de agua para masajes, tenía incrustado en su lado derecho, un mueble que escondía un minibar bien surtido con todos sus accesorios, incluyendo una reluciente cubeta de acero inoxidable pulido para helar cervezas y botellas de champaña. A su lado, una docena de vasos y copas irrompibles de policarbonato, para evitar accidentes y charolas laterales plegables para sostener platos del mismo material — que aparentaba fino cristal — para botanas o cenas informales.

Un mueble también abatible del lado izquierdo de la enorme tina, contenía finas toallas, shampoo para baño de burbujas con delicados aromas Franceses, cremas y lociones para bronceado. En un pequeño cajón, píldoras anticonceptivas conocidas como "para el día siguiente" y condones de látex ultrasensibles para hombres en las marcas "Force", "Sico" y "Trojan". En cajita aparte los usados sólo por él, "Louis Vuitton" en color café, importados de Francia a un costo de 75 dólares cada uno. Los había también para mujer, "Simon", "Terra" y "Vitalis".

Encendió con el mando remoto la televisión Sharp de 108 pulgadas Full HD (alta definición) de más de 2 millones de pixeles, integrado a un moderno Home Theater Sony con fabuloso sonido y reproductor de video Blu-ray.

También con su control, bajó la intensidad de las luces tipo antorcha hasta lograr oscuridad total, rota por los cambiantes colores de la iluminación del fondo de la tina, con efectos fantasmales altamente eróticos.

Las candentes escenas de una cinta impúdica aparecieron en pantalla, excitando a las chicas que comenzaron a jugar entre ellas, esperando que su rico anfitrión despejara su mal humor.

El tipejo contemplaba impávido el espectáculo, sin emoción alguna. Estaba incómodo. Sabía que el FBI como perro de presa, una vez en el camino no se detiene, hasta el final.

Los asesinos pagados por él, llegarían en la mañana y tenían instrucciones de alojarse en un hotel barato al centro de la ciudad, por la calle Battery, con reserva para los comerciantes en aceite de oliva Vincenzo Totti y Luca di Marco.

Muy en contra de su voluntad, tuvo que retirarse de la pequeña orgía sin disfrutarla siquiera, lo primero era lo primero, ya tendría pronto una segunda función, así lo prometió a las nenas que en el fondo se lo agradecieron, eran más felices entre ellas, que tener sexo desagradable con el viejo, gordo, calvo y medio impotente, Salvatore Gaetano.

El chofer de confianza llegó al hotelito, entregando un pesado paquete para los recién llegados señores Totti y Di Marco, que recibió sin preguntar nada el empleado de mostrador. El lugar era propiedad de una compañía inmobiliaria de inversiones que formaba parte de La Hermandad y todo el personal pertenecía a ella. El sitio era ideal para conocer gente que pudieran resultar víctimas para los siniestros fines del grupo de fanáticos.

El dependiente entregó el bulto en manos de Totti, largándose raudo. Los asesinos encontraron dentro de la caja de grueso cartón, dos pistolas Pietro Beretta calibre 9 milímetros corto con cuatro cargadores abastecidos, dos silenciadores, cien cartuchos de punta hueca y dos teléfonos celulares con tiempo aire pagado por adelantado, con un número pregrabado a donde podían llamar a cualquier hora del día o de la noche, para pedir instrucciones o lo que necesitaran. Cincuenta mil dólares en efectivo en billetes pequeños, eran — según la nota adjunta — pocket money (poco dinero a la mano), para los primeros gastos. Los elevados honorarios convenidos, ya estaban depositados en la cuenta bancaria de su patrón, en Italia. Escritas en idioma Italiano, estaban sus órdenes: Una lista de "targets" (objetivos para matar) con sus respectivas fotografías y datos para su localización. Encabezaban la nómina, el matrimonio formado por el "honorable" señor Gustav Wilke y su bellísima esposa, la Top Model Stephanie Ward, cuya muerte significaría un verdadero desperdicio, habían pensado, con lujuria, los gángsters.

Uno de los agentes del precinto, simpatizante de la "Hermandad", escuchó parte de la conversación sostenida por su Jefe, el Capitán

Frankie Adams con el alto mando del FBI, cuando le comunicaron los datos disponibles hasta el momento revelados por el famoso magnate televisivo sobre la maligna secta. Era urgente cerrar la bocaza de Wilke, antes que revelara mayores secretos.

El líder ignoraba hasta dónde sabían los agentes de la Ley, ordenando ultimar a la pareja. Las instrucciones dejaban en libertad a los profesionales del crimen para actuar según su criterio, pero recomendaba prudencia y no llamar demasiado la atención, no querían avivar el fuego.

Los siguientes "objetivos" de la lista, eran los dos Funcionarios de la Policía de Boston, nada menos que el Capitán Frankie Adams y el Comisionado Edwin J. Keller. El Signore Gaetano decidió que eran tantos los delincuentes enviados a prisión por los Jefes Policiacos, que sus enemigos abundaban.

Había una orden especial para todos los casos: antes de matarlos debían ser entregados para interrogatorio a un tal señor Jonathan, en el lugar que se indicaría en su momento. Edwin J. Keller era un Norteamericano extraordinario.

Sus antepasados Afroamericanos habían sido Líderes Civiles y Religiosos, defensores y promotores de los Derechos de las Minorías Étnicas, eficaces colaboradores del inmortal luchador social Dr. Martin Luther King, trágicamente asesinado.

Pero su sacrificio no fue en vano. Ahora los Norteamericanos de color, gozan de los mismos derechos y oportunidades que los blancos. Keller era un ejemplo en su comunidad.

Graduado con Honores en Yale como excelente Abogado, según las encuestas sería elegido Alcalde de Boston en fecha próxima. Su eficacia y honradez le aseguraban una aplastante victoria.

BOSTON, MASSACHUSETTS

El vuelo 9056 con destino a la ciudad de Boston, aterrizó puntualmente, llevando entre sus pasajeros a uno de los asesinos.

El otro, alquiló una camioneta Van de carga que manejó de Nueva York a Boston, llevando las armas y todo lo necesario para su misión. Lo primero que hicieron al llegar a la ciudad, fue contratar un servicio de tour (paseo) para conocer los lugares de interés, haciendo un poco de tiempo hasta la noche, para colarse en la residencia de Wilke.

A las siete con treinta, penetraron en la casa trepando por la barda lateral empleando cuerdas y ganchos como de alpinistas. El mastín denunció a los intrusos con un solo ladrido, no pudo hacerlo más, la bala .380 de la Beretta con silenciador, lo calló para siempre destrozándole el cerebro.

Vestidos de negro, los criminales se acercaron a toda velocidad a la puerta de empleados de la residencia, volando con certeros disparos la cerradura que saltó en pedazos. La cocinera y el mayordomo que preparaban la cena cayeron acribillados, desplomándose en medio de un charco de sangre. Los pobres murieron sin saber por qué.

La señora Ward entró a la cocina justo en el momento en que el empleado soltaba la charola de plata que llevaba las bebidas causando un gran estrépito, sin dar crédito a sus ojos y presa de un gran shock, no alcanzó a proferir sonido alguno que brotara de su garganta de cisne, perdiendo el conocimiento.

El corpulento Vincenzo Totti la tomó con sus fuertes brazos sujetándola con firmeza, mientras Luca Di Marco introdujo una blanca servilleta de tela en su carnosa boca, sellándola con cinta canela que sacó de su bolsillo. Con el mismo material, la ató recio de manos y pies, arrojándola al piso, que al caer, dejó a la vista sus hermosas pantorrillas y muslos que excitaron a los rufianes.

A una enérgica seña de Totti, salieron de la cocina para dirigirse al comedor, sin encontrar al empresario. Rápidos, los asaltantes se dividieron por la casa. Totti subió por la elegante escalera hacia las habitaciones y Di Marco revisó la planta baja, encontrando a su presa en la biblioteca, al parecer no se había dado cuenta de nada.

Quantico, Virginia

En el edificio de la Unidad de Campo, dentro de los 385 Acres de bosques que ocupa la Academia del Federal Bureau of Investigation, los cuatro Agentes Especiales comisionados para investigar el caso, informaban con lujo de detalle a su Jefe el Inspector Ethan Warner, de los últimos acontecimientos.

US Inmigration and Naturalization Services y Department of Homeland Security (Servicio de Inmigración y Naturalización de los Estados Unidos y el Departamento de Seguridad Nacional) reforzados con brío después de los atentados terroristas a las Torres Gemelas, reportaban a petición del FBI, sobre el ingreso a los Estados Unidos vía aérea en el Aeropuerto John F. Kennedy de la ciudad de Nueva York, de todos los ciudadanos Italianos provenientes de Europa en los últimos ocho días, que fueran nativos de Sicilia.

Encontraron a dos pasajeros que según sus declaraciones cuya copia les anexaban, eran originarios, uno de ellos del pueblo de Castellamare y el otro de Montelepre, ambos de la Isla de Sicilia.

Las fotografías mostraban a dos sujetos con sonrisas ensayadas y rostros de mala catadura.

Habían verificado los datos que proporcionaron al Oficial de Inmigración y no coincidieron con la ocupación de vendedores de aceite que dijeron.

La oficina de Interpol en Roma había informado que los dos sujetos eran sospechosos de pertenecer a bandas de maleantes, encargados de amedrentar y golpear a comerciantes para extorsionarlos.

Habían sido detenidos en una ocasión por una denuncia anónima que los acusó de asesinato, pero nunca se presentó Oficialmente ni mucho menos se ratificó el ilícito.

En otras palabras, todo parecía indicar que eran gente mala que había evitado la cárcel y andaba en las calles, en libertad, como tantos y tantos delincuentes.

Por otro lado, las confesiones arrancadas a Gustav Wilke y las revelaciones del sistema ECHELON, les alertaba que algo gordo sucedería pronto, tenían que actuar de inmediato. Ethan Warner se retrepó en el sillón acariciando su barbilla, como lo hacía cuando tenía preocupación.

Y no era para menos, tenía en sus manos la punta del iceberg que apenas asomaba a la superficie, sin saber en realidad su peso y tamaño.

Warner estaba muy interesado en investigar y resolver el caso, por una parte si todo salía bien, representaba la oportunidad de obtener un buen ascenso en su carrera, quizá alguna Subdirección Regional y en segundo lugar, ayudar y proteger a su amigo Benjamín, a quien debía tantos favores profesionales y de paso, quedar como héroe ante la bellísima Ruth.

New York City

— abla Ben, ¿cómo estás amigo?

— De lo mejor — declaró Warner — esto se pone bueno, sucede que….. durante los siguientes diez minutos lo puso al corriente de la investigación, enfatizando el haber logrado identificar a los temibles Sicilianos.

— Trataremos de ubicar su paradero en la Gran Manzana, he pedido ayuda a los muchachos del FBI de allá, creo que pronto tendremos noticias de su arresto. Mientras tanto, te recomiendo no arriesgarte por ahí y mantenerte oculto, hasta que pase el peligro — advirtió Warner.

— Así lo haremos, te lo agradezco — mintió deliberadamente, ¡la Fundación tenía que hallarlos primero!

— Por favor dale mis saludos a tu hija, hace siglos que no la veo, debe ser una lindura, a propósito sigo soltero y ella ¿se ha casado?

— Todavía no. Creo que el matrimonio no está dentro de sus planes inmediatos — señaló con cuidado.

— Magnífico — festejó Warner — ¿puedes darme su número telefónico? Me complacería mucho hablarle.

— Claro que sí — dijo, proporcionándole lo solicitado, experimentando un sentimiento como de traición a su amigo Kadir, aunque viéndolo bien, una pequeña competencia que podría darse entre los dos jóvenes caballeros disputando la mano de Ruth, no estaría mal.

— Hasta pronto y muchas gracias.

— Hasta pronto — contestó, emocionado por contarle a su hija sobre Ethan Warner, que además era de su misma raza y religión.

Asombrado por adelantarse tanto a los acontecimientos, Ben reaccionó para disponerse a estudiar la información recibida y diseñar un plan de acción que le permitiera liquidar a los asesinos importados de Italia, destruir la gigantesca red de fanáticos racistas y ajusticiar de una vez por todas al genio del mal, el discípulo preferido de Satanás y su enemigo de toda la vida, el perverso Magistrado de la Suprema Corte

Salvatore Gaetano. El tiempo operaba en su contra. No deseaba que el FBI capturara a los criminales antes que él. Los someterían a juicio y quedarían en libertad en lo que canta un gallo pues no había pruebas suficientes.

— Cuando los acusen, Ruth y yo estaremos muertos y seremos las pruebas que necesite el jurado para condenarlos — reconoció; la cárcel no era una buena opción, "Scorpio" tenía trabajo urgente.

"Scorpio", recibió la llamada cifrada de parte de su "padre".

— "Hijo mío", debemos apresurar el pedido de los medicamentos de que te hablé, mi salud está empeorando y los Médicos me dicen que tengo dos amenazas contra mi salud. Por favor, avísame cuando las consigas y puedes enviarlas a casa por mensajería lo más pronto que puedas. Son costosas, como trescientos dólares, si necesitas dinero para comprarlas, dímelo sin tapujos, ¿OK? La farmacia está por el rumbo del centro de la ciudad creo que en la calle de Battery, si puedes compra también un reloj de imitación para regalo en broma, de los que venden los ambulantes del parque.

— Descuida "papá", conozco dónde comprarlas, ¿y qué marca de reloj prefieres?

— Lo que elijas estará bien para mí, sólo envía las medicinas pronto, los dolores de mi artritis reumatoide son insoportables — finalizó el buen viejo.

— Así lo haré — confirmó "Scorpio".

En el rumbo señalado por Ben, había tan solo tres hoteles de medio pelo donde pudieren estar alojados los maleantes. Llamó al que estaba más próximo del parque, de parte del Servicio de Inmigración y Naturalización, para comprobar si estaban hospedados dos ciudadanos Italianos de apellidos Totti y Di Marco. La empleada de recepción, verificó sus registros y contestó que no.

Con el siguiente hotel, "Scorpio" tuvo mejor suerte.

La parlanchina empleada del mostrador informó que dos caballeros de esos nombres estaban hospedados allí, preguntando si deseaba dejar mensaje porque no estaban en ese momento en sus habitaciones, habían salido con una pequeña maleta explicando que harían un viaje corto regresando en un par de días. "Scorpio" le agradeció sus atenciones comentando que sólo era un chequeo de rutina.

— ¡Por Tutatis! — maldijo invocando una deidad de los Galos— Se han puesto en movimiento y con seguridad rumbo a Boston. Tengo que inventar una excusa para viajar, hoy apenas es jueves.

Cuando le pidió permiso para ausentarse el resto de la jornada y el día siguiente, sorpresivamente Kirk Fletcher se lo negó, razonando que el viernes a las once horas estaría de visita el cliente más importante de la Firma, del sector Turismo, principal accionista de la mayor cadena hotelera del País para una reunión que se prolongaría hasta entrada la tarde.

Cecil Hartford invitaría a cenar y quizá en la noche, tocaría a Kadir acompañar al ilustre visitante a divertirse en algún exclusivo club de Table Dance.

— Nuestro cliente viaja solo y comprende que tú eres el único soltero que puede llevarlo a esos lugares. Después de mañana, pienso concederte unos tres días de descanso, es un buen trato, ¿no crees?

— Está bien, lo haré con mucho gusto — aceptó, sin demostrar contrariedad.

— Las medicinas que solicitas no las tienen aquí, han checado por computadora y las encontraron en una farmacia de Massachusetts, donde ayer localizaron las últimas dos cajas, en unos días más parece ser que el proveedor surtirá nuevamente aquí en Nueva York. Como te urgen mucho, tendré que ir por ellas, pero mi Jefe no me da permiso, ¿qué hago "papá"?

— Pide perdón, no permiso — dictó Ben — Hablaré con tus Jefes, ¿sabrás que son amigos míos, verdad?

— No lo sabía "papá", pero ahora entiendo muchas cosas, ya hablaremos.

— Te mantendré informado, gracias "hijo"— se despidió.

— Un momento — pidió "Scorpio" — ¿Recuerdas el microscopio electrónico con todos sus accesorios que nos gustó tanto la Navidad pasada? Quisiera tenerlo como pasatiempo, es apasionante la observación de los insectos, ¿dónde podría conseguirlo?

— No te preocupes, te lo enviaré tan pronto lo compre, por el conducto de siempre. Tu "mamá" aprovechará para incluir en la caja una buena dotación de galletas que tanto te gustan. Nos vemos pronto, un abrazo.

— Gracias "padre" y agradece también a "mamá" con un beso de mi parte — cortó el Auditor.

A las siete de la noche, la secretaria ejecutiva de su Jefe estaba llamando a Kadir, anunciando que después de haberlo pensado mejor el señor Fletcher decidió concederle el permiso solicitado. No podía saber que "papá" Benjamín obtuvo la anuencia, mencionando a Kirk, que quizá hoy o mañana, Kadir pidiera la mano de su querida hijita. Enterado el viejo zorro de la negativa por la visita al Despacho del valioso cliente, le sugirió que una de las bellas edecanes de la Firma acompañara a cenar, al teatro y tal vez a tomar la copa en un elegante bar al importante hotelero, idea que Fletcher adoptó con beneplácito.

Una de las ventajas de haber sido Fiscal General durante varios años, era sin duda la cantidad de amigos y conocidos que había ganado y que estaban dentro y fuera de la Ley.

Aunque pareciera ilegal, los contactos y soplones ayudaban a prevenir, investigar y arrestar a toda clase de delincuentes.

Si se llevaran estadísticas confiables, tal vez de las aprehensiones y juicios exitosos, el veinticinco por ciento o más, tenían su origen en informaciones provenientes de prostitutas, vagos, cantineros, pandilleros, traficantes en pequeño y chulos, que cobraban sus servicios en efectivo o con pequeños disimulos de los Agentes de la Ley, para dejarlos operar con límites, sus negocios ilegales.

Ian "Paddy" O'Hara era el prototipo de Irlandés peleonero. Se inició en la Policía de la ciudad de Nueva York hacía veinte años como agente de tráfico y su honradez, fuerza y lealtad lo llevaron a escalar posiciones en diversos precintos de la ciudad, hasta llegar a ser Detective, Jefe de área, Subjefe de Estación y Comandante del Escuadrón en la "Gran Manzana".

Usaba la rudeza controlada con los delincuentes y bajo las órdenes del Alcalde había logrado disminuir los índices de criminalidad.

Era temido, respetado, admirado, despreciado y odiado por igual, pero tenía fama de justo y en casos excepcionales, despiadado.

Varias veces en su carrera, fue acusado por el Departamento de Asuntos Internos por aplicar fuerza excesiva en arrestos e interrogatorios y de obtener información por medios nada ortodoxos.

Sin embargo, nunca había sido suspendido pues su brillante hoja de servicios, número de detenciones y buenas investigaciones, le daban un magnífico promedio de efectividad ejemplar, a juicio de sus superiores y de la opinión pública.

Paddy, recordó con gran afecto al amigo y protector de siempre, el Fiscal General Ben Weitzner, quien ahora le llamaba para pedirle un pequeño servicio, que por supuesto lo haría con todo gusto.

A eso de las diez de la noche de ese jueves, "Scorpio" disfrazado de indigente, recogió del atestado contenedor de basura del callejón al lado del mercado de pescados y mariscos, una caja de cartón envuelta en plástico verde y algunos envases desechables de refrescos y cerveza, soportando el penetrante hedor y la amenaza del Policía de punto, que tolete en mano le conminaba de mala manera para largarse de allí.

Caminó despacio simulando estar cojo hasta desaparecer dando vuelta en la esquina. Una patrulla lo enfocó con un potente reflector, ordenándole detenerse, cosa que hizo "Scorpio" sin chistar.

Confiaba en que la bolsa con pestilente basura, restos de comida y la ropa sucia que vestía, desalentaran al agente que se bajó del vehículo a revisar lo que portaba.

El pobre novato tuvo una fuerte contracción en el estómago, al acercarse y respirar de lleno el fétido olor a mariscos en estado de descomposición, vomitando en la banqueta, ante la mirada y fuertes burlas de su compañero motorizado.

El agente recuperado, abordó el vehículo maldiciendo, ¡bull shit!, ¡larguémonos de aquí!

"Scorpio" subió al tren subterráneo ocupando un asiento en el último vagón, que por la hora iba casi vacío, bajando en la estación cerca de Battery, encaminándose a su coche.

Abrió el maletero y guardó la bolsa verde con cuidado. Fue al callejón y se quitó la ropa de vagabundo que tenía sobrepuesta arrojándola dentro de un depósito de desperdicios, junto con los envases desechables que trajo en un bulto mugroso.

Abordó la todoterreno y pasó frente al hotelito de marras. Quería conocer su fachada pero también los edificios del frente, en particular las azoteas, calculando el mejor punto para un francotirador por si se presentaba el caso.

De regreso a su casa, "Scorpio" disfrutó de un buen baño, se mudó de ropa, hizo una pequeña maleta de viaje y se lanzó a la carretera. Tenía prisa por llegar a Boston, pero conduciría con precaución, no podía exponerse a la más ligera infracción y menos revisión de su camioneta.

BOSTON, MASSACHUSETTS

Los Sicilianos no necesitaron torturar mucho al opulento hombre de negocios. El tipo volvió a soltar la lengua en presencia del siniestro individuo identificado como Jonathan, que armado de un bolígrafo y block de apuntes tomaba nota de todo lo que decía.

Gustav Wilke, el hombre poderoso siempre seguro de sí mismo, temblaba ahora como una hoja al viento. Tenía esperanza de conservar su vida, si como le ofrecieron, cantaba la verdad. Estaba dispuesto a darles todo, informes, joyas, dinero y hasta a su esposa, si la quisieran. La mujer le importaba un rábano, putas como ella había muchas.

Jonathan escuchaba en silencio la narración detallada de Wilke. Le desconcertaba el tema del interrogatorio hecho por los negros, ¿sería posible? Si así fuera significaría iniciar la guerra contra el movimiento del Poder Negro que contaba con cientos de miles de militantes, siendo un gigantesco y aterrador enemigo. Una cosa era asesinar desde las sombras a la gente de color y otra muy distinta, un enfrentamiento directo y al descubierto, en donde estaban sin duda, en desventaja.

Pero no, sus secuaces infiltrados en los altos círculos del poder, habían alertado sobre una investigación abierta sobre una especie de Logia sin precisar con claridad cuál de ellas, pues aparte de la suya, existían unas cuarenta o cincuenta más: Rosacruces, Masones, Illuminati, Gnósticos, Templarios, Legionarios de la Verdad, Hermanos Arios, Mein Kampf, Caballeros del Santo Grial, La Tríada, Guardianes de la Fe, Yakuza, Hijos del Sol, Soldados del Redentor, Ejército del Profeta, Septiembre Negro, entre otras, todas clandestinas con muy diversos objetivos y fuera de las Leyes de los Hombres.

Terminó sus conclusiones. Tenía que comunicarlas urgentemente al Gran Dragón, él decidiría el camino a seguir. Por lo pronto, dio la orden de ejecutar a Wilke y a su esposa allí mismo, autorizando a los asesinos a robar todo lo que pudieran de la residencia. Él se encargaría de que los medios y los detectives establecieran como móvil, el robo con violencia.

Se quedó a participar del espectáculo. Después de ultrajar a la hermosa mujer, asesinaron al matrimonio, con sendos balazos en el centro del corazón.

"Scorpio" se sintió en la obligación de alertar al Capitán Adams sobre el inminente peligro que corría junto con su familia, poniéndole al día sobre las investigaciones que realizaba el FBI.

Para su sorpresa, el Jefe de la Brigada de Robos y Homicidios poseía alguna información y estaba preparado para iniciar una verdadera cacería de los asesinos importados de Sicilia.

Se habían distribuido docenas de avisos con fotografías, ofreciendo recompensas en efectivo a quien proporcionara datos que llevaran a la detención de los delincuentes.

En cuanto a su familia, la envió a otra ciudad para unas vacaciones de dos semanas, tiempo suficiente según el Capitán, para descubrir y arrestar a los asesinos.

Quedaba pendiente el Comisionado, quien como buen político no deseaba ocultarse, rechazando protección especial, por el contrario presidiría un acto de entrega de las primeras doscientas casas para Agentes de la Policía, que había conseguido financiar con las compañías hipotecarias del Gobierno, a largo plazo y baja tasa fija de intereses.

El acto se llevaría a cabo al día siguiente en la Plaza Hatch Shell — espacio diseñado para conciertos y actos masivos, situado al lado del Charles River, casa de la célebre orquesta Boston Pops — al filo de las once horas, con la presencia del Alcalde, Concejales, toda clase de Funcionarios y público en general.

Estaba invitado el Gobernador del Estado, pero se dudaba de su asistencia por los múltiples compromisos de su elevado cargo, pero también porque el evento era organizado para lucirse, por el Partido Político diferente al suyo. Enviaría un funcionario subalterno.

"Scorpio" recorrió el lugar en un vehículo para turistas primero y después a pie por sus alrededores. Observó que cinco calles atrás, se encontraba un alto edificio de estacionamiento público. Abordó su Mercedes ingresando al local rodándolo en su totalidad, aparcando en el último nivel de azotea.

Descendió del vehículo y contempló la bella vista de la ciudad, llena de árboles, lagos, parques, iglesias, construcciones antiguas y modernas. A la izquierda, se notaba el campus de la Universidad con sus hermosos edificios clásicos.

Con ayuda de excelentes prismáticos Leica Geovid equipados con distanciómetro láser, sus ojos entrenados, calcularon la longitud hasta donde un grupo de trabajadores del Ayuntamiento, levantaban a toda prisa el estrado, mamparas, luz y sonido para el multitudinario evento.

— Casi seiscientos metros— se dijo — será una buena práctica.

"Scorpio" no estaba seguro si los asesinos escogerían esa jornada pública para liquidar al Comisionado. Pensaba que sería una locura que los Sicilianos atentaran contra Edwin

J. Keller, que estaría rodeado de una buena parte de la fuerza pública del Condado, aunque visto de otro modo, esos locos tendrían a su favor el elemento sorpresa que tantos dividendos rendía.

Se armaría tal alboroto que aprovechando la confusión podrían huir, pero ¿cómo podrían acercarse a su objetivo? Los pistoleros Sicilianos tenían fama de buenos tiradores a corta distancia, pero en los anales del crimen, se conocían muy pocos asesinatos perpetrados por mafiosos a larga distancia. Seguían un modo de operación, que daba la sensación que gustaban ver la agonía de sus víctimas, a la vez que sentían cierto digamos, "honor y orgullo criminal", si ello fuera posible.

"Scorpio" lo decidió. Estaría vigilando y si la oportunidad se presentaba, acabaría con ellos de una buena vez.

En su habitación, echó los seguros de la puerta, corrió la cortina y desempacó con cuidado el contenido de su maleta. Durante la siguiente media hora, estuvo estudiando el arma que habían puesto a su disposición en el basurero. Se trataba de un rifle Barrett M82 de precisión, pavonado mate antirreflejos, de superficie rugosa antideslizable, calibre 12.7 mm proveído de un gran silenciador, mira telescópica Bushnell Holosight de III Generación, dos cargadores con diez cartuchos Finlandeses Lapua Match punta de acero, para máxima velocidad, con ignición limpia, alcance de más de mil quinientos metros y magnífica cadencia de fuego, nada menos el sistema para disparos más rápido que se tiene noticia, capaz de penetrar blindajes metálicos hasta de un cuarto de pulgada.

Con paciencia, armó y desarmó varias veces el mortal artefacto.

Complacido, guardó el fusil bajo la cama, cenó ligero en su habitación y se durmió. Las horas por venir, serían difíciles.

"Scorpio" se levantó a las 7.00 a.m. Hizo sus treinta minutos de ejercicios combinados de brazos, piernas, estómago, cuello y espalda. Desayunó generosamente y visualizó la escena. ¡Claro!, los asesinos sólo podrían acercarse burlando la seguridad, con falsos gafetes y uniformes, pero… ¿de qué? Descartó a francotiradores y vigías. Conocía bien la rutina de los equipos de vigilancia que situaban sus retenes y colocaban hombres en edificios y calles en una manzana a la redonda. Estaba a salvo, a mucha mayor distancia. Sólo en giras del Presidente realizaban una mayor cobertura.

"Scorpio" salió a la calle con su disfraz de estudiante que le sentaba muy bien. Negra peluca melenuda, camiseta de la Universidad de Harvard color vino, destacando en el pecho la letra "H" blanca, un gastado pantalón de mezclilla, zapatos deportivos y una chamarra ligera de gabardina color beige. Gafas enormes, le daban el aire intelectual que buscaba. Colgaba en su espalda una mochila común entre los jóvenes trotamundos. Un postizo de bigote y barbilla en forma de candado, le picaba un poco la piel.

Abordó su vehículo dirigiéndose al estacionamiento después de una vueltecilla por el escenario, donde los carpinteros daban los últimos toques a la plataforma que serviría de presídium.

Otro grupo de trabajadores colocaban unas seiscientas sillas plegables — estimó "Scorpio"— y cuatro pantallas gigantes distribuidas dos en los costados y dos al frente.

La televisión local hizo acto de presencia con sus vistosos camiones blancos con grandes letras rojas que identificaba el canal de trasmisión.

Dos empleados luchaban con una maraña de cables de audio y video para conectar las pantallas al cerebro principal.

Todo eso observaba, hasta que un agente de tráfico le indicó salir de allí, comenzaban a bloquear las calles de acceso a la Concha.

A las once menos treinta, "Scorpio" estaba instalado en la azotea del edificio de estacionamiento. El día era feriado y en los Estados Unidos es usual aprovecharlos para ceremonias, con el propósito de no suspender las jornadas de trabajo, por lo cual, ese día el estacionamiento tenía poco movimiento. Un solitario y aburrido empleado, vigilaba entre bostezos la salida del edificio, para cobrar la tarifa correspondiente.

Con los poderosos binoculares revisó la plaza, los edificios que la rodeaban, el campanario de la Iglesia cercana y no vio nada fuera de lugar. Camiones repletos de uniformados llegaban al sitio y en orden pasaban a ocupar sus lugares.

Los invitados especiales, prensa y público, tomaban sus asientos conducidos por jóvenes edecanes de faldas cortas, que mostraban sus lindas extremidades.

El tirador maldijo, no podía distraerse con nada. Vuelto a concentrar, observó a un Policía que llegaba en silla de ruedas, al que por supuesto, las edecanes lo llevaron al extremo derecho del escenario en primera fila — espacio reservado para inválidos — donde ya estaban tres veteranos más, como era usual en los Estados Unidos, donde los discapacitados tienen las mayores atenciones y facilidades.

La Banda de Música del Ayuntamiento lanzaba al aire las marciales notas de marchas Militares del laureado compositor Norteamericano John P. Sousa, que inundaron el ambiente con emoción, las famosas piezas "The Thunderer", "The Washington Post", y "El Capitán" inflamaban el corazón de los presentes.

El lugar estaba colmado de banderas con las barras y estrellas que imprimían un sentimiento patriótico a la multitud que llenaba la plaza. Un montón de globos de colores azul y rojo, aguardaban el momento de ser liberados para elevarse al cielo, majestuosamente.

En punto de la hora, la comitiva hizo su aparición entre aplausos, encabezada por el Alcalde de Boston, Concejales y el Comisionado, Edwin J. Keller.

El conductor del evento presentó a los Miembros del Presídium e Invitados Especiales, cediendo el micrófono al Alcalde quien inició su discurso: — Amigos, hoy estamos aquí para honrar a nuestros defensores de la Ley…

A quinientos ochenta y cinco metros de distancia, "Scorpio" había localizado a uno de los asesinos. El corpulento Totti sentado en silla de ruedas, con uniforme reglamentario, ocupaba un lugar de privilegio para cumplir su misión de matar a Keller. Disfrazado a la perfección estaba autorizado para portar su arma, no podía fallar.

El plan de los Sicilianos era simple. Reloj en mano y simultáneamente a los disparos sobre Keller, el segundo sicario detonaría a control remoto, cuatro potentes artefactos explosivos como distracción, escondidos cerca de la Plaza, provocando una verdadera estampida de parte de un público que vivía — sin acostumbrarse por supuesto — con miedo de atentados masivos.

El pistolero, aprovechando el pánico botaría la silla de ruedas, corriendo hacia la salida hasta el punto de reunión acordado con su compinche, metiéndose en la camioneta tipo panel de puerta lateral deslizable, para quitarse el uniforme enseguida, quedando vestido de paisano. A diez calles de allí, abordaría un auto común y ambos se reunirían en el refugio, una hora después.

"Scorpio" dejó los gemelos y empuñó el rifle Barrett calibre .50 moviendo el cerrojo para cargar la recámara de la potente arma. Minutos antes había ajustado la mira a la distancia correcta y medido la velocidad del viento con el aditamento "Portable Wind Control" (control de viento portátil) para corregir la "Deriva" en minutos de ángulo. Desplegó con rapidez el pequeño tripié para apoyar el largo cañón, centrando su mirada hacia la cabeza del Siciliano, que a diferencia de la fotografía en su poder, había cambiado la abultada melena, por un corte de cabello tipo Militar.

Apuntó con la carabina. Por un instante tuvo la inquietud de no matarlo. Bien podría alojarle una bala en cualquier parte del cuerpo para herirle y arrancarle una confesión, pero ¿qué ganaría? Ya sabían lo principal, ¡el cerebro de todo era Gaetano!

Comenzaba a presionar el gatillo de la poderosa arma, cuando oyó el inconfundible rugido del motor de un vehículo deportivo subiendo por la rampa.

Totti el Siciliano, estaba impaciente. El Alcalde emocionado alargaba sin necesidad su discurso, remontándose incluso, al espíritu de los Padres Fundadores de la Nación Americana. Pero era un asesino profesional de los mejores y debía aguardar con resignación. No tardaría mucho el Alcalde en sentarse y pasar al estrado su objetivo: Keller, el Comisionado de Policía que conforme al Programa era el siguiente orador, después de una pieza musical.

Por otra parte, el maldito polizonte estaba sentado en la parte izquierda del Presídium, el malhechor debía asegurarse de meterle dos balas en la cabeza y necesitaba tenerlo más cerca para mayor precisión en los disparos. Tendría una sola oportunidad y no podía equivocarse.

En la azotea del piso 14, el inesperado cliente irrumpió ruidosamente en el estacionamiento, aparcando a unos quince metros del lugar de "Scorpio", que encubierto, miraba con atención al intruso.

La mujer descendió del Lamborghini Diablo color rojo encendido y cámara digital en mano contempló extasiada el panorama de la ciudad, fotografiando con ayuda de magnífico lente zoom, sus objetivos. El viento hacía ondular la finísima mascada que adornaba su cuello.

Como felino, se asomó hacia la plaza y miró con los prismáticos. Su corazón dio un salto. El Alcalde agradecía la ovación del público cautivo, caminando a su asiento.

— ¡Con cien mil millones de coños!! — maldijo en silencio

— A buena hora viene esta pinche turista a interrumpir.

De pronto, tuvo una idea. Fingiendo ser otro visitante de la improvisada torre-observatorio, se acercó a la joven, saludando de lejos, para no asustarla.

— Hola— dijo con su mejor sonrisa.

— Hola — respondió la muchacha — ¿Qué haces por aquí?

— Bueno, me pareció interesante ver la ciudad desde un punto diferente de los tours, veo que pensaste lo mismo.

— Claro — dijo ella — me he separado del grupo para explorar un poco por mi cuenta, rentando este cacharro. ¿Qué te parece?

— No está nada mal — pero te aconsejo no conducir a exceso de velocidad, en esta ciudad los Policías son implacables — sentenció "Scorpio", un poco nervioso.

— Vamos, te tomaré algunas fotos, puedes escoger el paisaje.

— Oh gracias, eres muy amable, creo que es una buena idea. La primera será con el fondo de la Catedral, la segunda con el Lamborghini y la tercera que se vea el Campus de la Universidad de Harvard. Pronto ingresaré a ella, ¿OK?

— OK — contestó con resignación.

Tomó las imágenes y se despidió con toda cortesía, estrechando su blanca mano.

— Me quedaré un rato más.

Ella, agradecida le anotó su teléfono en una tarjetita.

— Por si algún día podemos vernos otra vez — dijo al retirarse, en un Español perfecto.

La Banda de Música ejecutaba con maestría "Semper Fidelis", cuando por fin, la chica desapareció de la azotea. "Scorpio" llenó de aire los pulmones y revisó su entorno sin que hubiera nada de qué preocuparse. Tomó el fusil y en la mira apareció la cabezota de Totti, el Siciliano, no había por qué esperar más.

Concentrado como estaba, no reparó en la presencia de la muchacha que regresaba a la azotea para invitarle una cerveza.

— ¿Qué haces? — exclamó la bella joven, justo en el momento que Kadir apretó el gatillo fallando el disparo. El proyectil se incrustó en el piso un metro delante del cuerpo de Totti, levantando una pequeña nubecilla de polvo.

Como una víbora, se volvió sólo para taparle la boca con la mano, derribándola con delicadeza en el piso de cemento, al tiempo que trataba de tranquilizarla hablándole en idioma Español, lo más dulce que pudo.

La joven luchaba con ahínco por zafarse, comprendió que era inútil razonar con ella en ese momento, así que le oprimió con fuerza el cuello pegado a la arteria Carótida.

La opresión del Nervio Vago, causa el Reflejo Vagal, que al disminuir la frecuencia del Corazón, ocasiona la pérdida del conocimiento de uno a dos minutos.

Como un relámpago, levantó el Rifle, centró el objetivo en medio de las coordenadas de la mira telescópica, aspiró profundo y contuvo la respiración, apretando y no jalando, el gatillo.

La bala cruzó la distancia con velocidad de ochocientos metros por segundo, penetrando el cráneo del asesino nativo de Sicilia por la parte occipital, haciéndole saltar la cabeza en mil pedazos.

Los minutos siguientes fueron de locura. Cuatro explosiones

sucesivas en distintos puntos de las calles cercanas, sacudieron el lugar. Los Agentes de seguridad corrían de un lado para otro, esforzándose en controlar a la multitud histérica que salía de la Plaza en completo caos.

El Alcalde y su comitiva, abandonaron con rapidez el sitio, escoltados por una docena de agentes y tres Detectives alejándose a gran velocidad en la caravana de vehículos.

Los trescientos uniformados protegían primero a sus esposas e hijos presentes en la ceremonia, con lo cual, se redujo considerablemente la fuerza de búsqueda y detención de culpables. Sólo la guardia élite del Alcalde alcanzó a detener a dos sospechosos que en silla de ruedas trataban de huir del violento escenario. Los radios de la Policía se congestionaron al igual que los teléfonos.

Parece mentira pero hasta en los actos terroristas más sangrientos, hay personas que llaman al 911, exclusivo de emergencias, para embromar.

— Hola, habla Al Qaeda, ¿qué les pareció malditos?

— Es el vengador. Los imperialistas morirán.

— Soy Joe. Odio a mis padres y al Presidente. Puse las bombas para matarlo.

— Esto es el principio. Atacaremos todo lo que se pueda.

Hablan los Hijos del Sol.

— Vigilen sus hogares, ¡hijos de puta! Cambiaremos sangre por sangre.

El Alcalde estaba furioso y convocó en su despacho para una reunión urgente. Se destinaba ochenta por ciento del personal Policíaco y presupuesto ilimitado para descubrir a los culpables del ataque. Solicitaría la ayuda del FBI, la CIA y la DEA, elaborando un comunicado de prensa para informar al pueblo que un grupo terrorista hasta ahora desconocido había atentado contra la vida de Funcionarios Públicos, sin éxito, muriendo uno de los criminales en el intento.

El muerto era unos de los asesinos más buscados por la Interpol y el FBI. "Fue abatido por las fuerzas del orden cuando sacó de entre sus ropas, la pistola Beretta 0.380 mm que fue decomisada como prueba", mintió el boletín Oficial. El tipo pertenecía a una organización criminal de Sicilia y pronto estarían en condiciones de dar mayor información.

"Scorpio" guardó rápido en el maletero de su vehículo el rifle, cartuchos y tripié recogiendo el par de casquillos de los dos disparos hechos por él. Una vez bien ocultos, intentó despertar a la muchacha que aún dormía como anestesiada. Secó el sudor de su frente y se acicaló un poco, despertándole con suavidad.

— Hola preciosa. ¿Has dormido la siesta? — preguntó en Español, dando golpecitos en las mejillas con ternura.

La desconocida abrió desmesuradamente sus grises ojos y soltó un gritito de terror, que fue sofocado por la pesada mano de "Scorpio" en su boca.

— No grites, no temas por favor, no te haré ningún daño, sólo te pido ¡entender esto! Te juro que después de oírme, podrás ir a la comisaría y acusarme. Estás en todo tu derecho. Te pido por lo que más quieras que me des la oportunidad de hablar. Las cosas no son como piensas — trató de explicar.

— ¡Eres un asesino!, te he visto disparar a la gente. ¡Los asesinos deben estar en prisión!

— Si prometes callarte y escuchar lo que te diga, no te lastimaré — repitió.

— Después tomarás con libertad tu decisión. O me comprendes y cierras la boca o me denuncias y voy a la cárcel de por vida. Tú escoges.

La chica lo miró a los ojos, hizo un escrutinio de su rostro y modales. Si quisiera matarme, ya lo habría hecho — pensó

— los suicidas que se lanzan desde las alturas son comunes y nada le impediría arrojarme al vacío. Creo que vale la pena oír sus razones, después de todo necesito ganar tiempo, algo se me ocurrirá para escapar. Puede ser un asesino psicópata.

— ¿A qué has venido? ¿Te pagaron por espiarme?

— Regresé a invitarte un buen tarro de cerveza helada, ¡nunca pensé que fueras un maldito matón!

— ¡No soy asesino! — gritó — Soy una especie de fumigador que ataca sólo a las plagas — objetó con energía.

— Te denunciaré, juro que te denunciaré. No te creo una palabra — entre lamentos y sollozos echó a correr fuera de sí.

— ¡Por Belenos! — maldijo "Scorpio", invocando a otra Deidad de los Galos — No seas necia, escúchame por favor,

¡hasta los peores delincuentes deben ser oídos! — y alcanzándola, le dio una bofetada no muy fuerte para hacerla reaccionar.

El golpe en la mejilla obró milagros. La joven, llorando de rabia, dolor y emoción, abrazó al Auditor y lo estrechó con fuerza, pegando su vientre plano. Las lágrimas humedecieron su sedoso cabello negro.

"Scorpio" no esperó más. Posó su boca entre los carnosos labios entreabiertos de la joven que respondió la caricia con inusitado frenesí de besos apasionados con sabor a sal.

La pareja permaneció besándose por varios minutos, como si se conocieran de años, dando rienda suelta a su juventud, mirándose a los ojos como si buscaran conocer todo su pasado.

— ¿Es verdad la invitación de la cerveza? — reclamó.

— Claro que sí — respondió ella — vamos ya. Quiero escuchar la letanía de mentiras que me contarás. Aun así, me muero por saber. A propósito mi nombre es Vittoria, soy Mexicana de ascendencia Italiana, ¿y tú?

— Puedes decirme "Antonio", desciendo de Mexicanos también, tal vez te revele algún día mi verdadero nombre. Cuando esté seguro que me has comprendido y perdonado, ¿OK?

— OK — aceptó Vittoria — pero sólo por el momento, ¿eh? Cada uno bajó del edificio de estacionamiento en su propio vehículo buscando un Bar en la calle Boylston.

El segundo criminal, Luca Di Marco era un torpe y rudo campesino ignorante, que no podía pasar desapercibido. Su corpachón de casi 130 kilos de peso, lo diferenciaba fácil del resto de la gente. Después de provocar las explosiones, se fue al punto de encuentro acordado con su socio Vincenzo Totti, esperándolo inútilmente más de una hora.

No podía saber que no llegaría jamás, había muerto en la Plaza. Las sirenas de la Policía, Bomberos y Ambulancias hacían que su sistema nervioso se alterara más a cada momento. Sin saber qué hacer, se le ocurrió refugiarse dentro de un bar para tomar un trago, lo necesitaba con urgencia. No esperó más, arrancó el vehículo y se perdió por la calle Boylston.

Estacionó su auto frente al primer bar que encontró, entrando con decisión. Escogió un asiento en la barra. Pidió en su Inglés rudimentario un vaso de Sambuca — fuerte licor italiano de sabor amargo que el barman despachó enseguida. Para él, no era nada raro atender a sujetos como el recién llegado, en una ciudad turística y de universitarios, abundaban toda clase de tipos con distinta calaña: estudiantes, maestros, vendedores, hippies, empleados de oficinas, escritores, pintores, traficantes y otros ejemplares.

El Bishop's Pub era un bar muy popular, pues aparte de los buenos tragos, los precios eran razonables y el ambiente era una mezcla de juventud y bohemia, como en el Greenwich Village de Nueva York.

Anunciado como boletín especial, el aparato de televisión situado en el extremo de la barra desplegaba imágenes del ataque terrorista en la Hatch Shell, con tomas espectaculares por tierra y aire, que mostraban a la multitud desordenada y frenética huyendo del lugar, atropellando todo en su carrera por estar a salvo.

Apareció en pantalla la maquillada reportera que narraba con intensidad los detalles, recalcando una y otra vez que nadie había resultado muerto o herido, con excepción del autor del ataque, un delincuente extranjero identificado como Vincenzo Totti de nacionalidad Italiana.

El criminal había sido "abatido a tiros por los Agentes del orden" y más adelante se daría a conocer el informe Oficial completo del Comisionado y el FBI.

Luca Di Marco no pudo controlar su reacción.

— ¡Porca misseria de la vita! ¡Santíssima Madonna! — gritaba, al tiempo que golpeaba con fuerza la barra de madera maciza.

Por la hora, el bar estaba semivacío, siete parroquianos se dieron cuenta de su violenta crisis.

El boletín continuaba con datos sobre el caso, presentando en el monitor, las fotografías de los dos Sicilianos que buscaba la Policía. Una pertenecía al difunto atacante y la otra a su cómplice todavía prófugo.

Se exhortaba al teleauditorio a denunciarlo, enfatizando que habría recompensa.

El cantinero despegó la vista del televisor para mirar al gorila que tenía enfrente, topándose con el negro cañón de la Beretta con silenciador.

Di Marco hizo un disparo hacia el espejo de la contrabarra que se hizo añicos, ordenando a todos los presentes a tirarse al piso con las manos en la cabeza, amenazando con matar al desobediente.

De un tirón, arrancó de cuajo el teléfono y se colocó de espaldas a la puerta maniobrando con la mano izquierda para encontrar el seguro y poner el letrero de CLOSED (cerrado) que no alcanzó a colocar.

En ese momento, la puerta del Bar se abrió, entrando muy contentos "Scorpio" y Vittoria.

NEW YORK CITY

El Juez Salvatore Gaetano no podía creer lo que veía en televisión. Había estado eufórico el día anterior al enterarse de la ejecución del despreciable traidor Gustav Wilke, dueño de varias estaciones de televisión, que por supuesto hicieron un escándalo, presionando al Alcalde para detener a los ladrones que además, violaron y mataron sin piedad a su esposa y dos sirvientes, saqueando la residencia. Pero hoy era distinto, los Agentes de la Ley habían dado muerte a uno de sus hombres de confianza.

— El muy imbécil cometió un error y pagó con su vida — masculló, no le importaba mayor cosa, lo preocupante era que habían logrado identificar a los dos Sicilianos contratados y no tardarían mucho en atrapar al prófugo sobreviviente.

Si lo agarraban vivo, pudiera declarar muchas cosas a cambio de un trato con el Fiscal, que pondrían en peligro a toda la organización, empezando por él. Sabía que la Omertà sellaría la boca al Siciliano.

Era un Código no escrito de Silencio entre los mafiosos que respetaban casi siempre, pero conocía de muchas infracciones a esa ley mordaza. No podía arriesgarse más, tenía que aniquilarlo ya.

El despreciable Juez, pensó eliminar al delincuente en el momento mismo de su aprehensión, para ello tomó el teléfono celular y marcó el número grabado en el directorio como "Servicio Eléctrico Ángel". Un verdadero Ángel, pero del demonio.

— Necesito un trabajo urgente de electricidad, toma nota...

— En la zona deprimida del Bronx, contestó la llamada el asesino. Sí, lo haré con mucho gusto, sólo que esta vez le costará cincuenta grandes y diez para mi ayudante.

— ¿Qué? Sí, tengo la herramienta en buen estado. Necesito transporte, una moto rápida estaría bien. ¿para cuándo lo necesita?

— No me joda, ¿tiene que ser hoy?

Boston, Massachusetts

Dentro del Pub (bar tipo Inglés), reinaba el miedo y la confusión. Recién entrada, el gigantesco mono agarró con fuerza a Vittoria de los cabellos, quien profirió gritos de dolor, obligándola a callar y tomándola como escudo, puso la pistola en su cabeza, ordenando a "Antonio" echarse al piso como los otros, momento que aprovechó el barman para tratar de sacar por debajo de la barra un garrote formidable, ganándose un plomazo en medio de los ojos en el intento, provocando algunos gritos apagados de los rehenes.

— ¡Silenzio! ¡O tutto morte! (¡Silencio o mueren todos!) — rugió Di Marco.

— Ma che cosa, paisano, ¿che sucede? Io no capisco. Soy Italiana, ¿puedo ayudarte? — preguntó Vittoria— Me haces daño, suéltame por favor.

— ¡Cierra la boca perra maldita! ¡Quizá sirvas de traductora para este montón de idiotas miedosos! — respondió el Siciliano.

— Vamos a ver zorra— dijo Di Marco, jalando con mayor fuerza el cabello hasta que sus asquerosos labios rozaron las delicadas orejitas de Vittoria.

— Puedes empezar por decirles que son mis prisioneros, necesito todo su dinero. Si alguno grita o no obedece mis órdenes, lo mato en el acto. Tú me acompañarás y nadie debe moverse o salir del bar antes de veinte minutos.

— Tengo un amigo que vigila la puerta. Si alguien abandona el lugar antes de ese tiempo, lo matarán. ¿Está claro? El señor de cabello rojizo que estaba muy cerca del asesino, perdió la compostura, se levantó gritando, corrió a la puerta y murió de un certero disparo en la espalda baja, que le reventó el riñón.

"Antonio" se incorporó de un salto felino y el fornido hampón Siciliano quiso impactar el cañón de la pistola en su cara, quien una fracción de segundo antes levantó el brazo izquierdo por acto reflejo recibiendo el tremendo golpe en el dorso de la mano, que crujió al romperse el hueso Metacarpo.

Gritó de dolor, moviendo su brazo derecho en apoyo de la mano rota, lanzando una perfecta patada a la entrepierna del asesino, que con los testículos estrellados rugió como fiera herida. Sin soltar el arma disparó dos veces al bulto fallando la puntería.

Propinó un segundo puntapié directo a la mano del hampón, cayendo el arma al suelo y con su mano sana, forcejeó intentando apoderarse de la pistola, pero no pudo hacerlo; Di Marco se recuperó pronto con la corpulencia y fuerza de un oso Grizzly.

La mano izquierda del criminal estaba libre. Con el fuerte golpe que recibió en los bajos había soltado a Vittoria, agarró al Auditor y levantándolo en vilo como muñeco de trapo, lo arrojó por encima del mostrador, sobre los pedazos de espejo y botellas de licor de la contrabarra, causándole diversas heridas en el cuerpo con los vidrios rotos.

Los demás clientes estaban demasiado asustados como para intervenir, escogiendo el cómodo papel de simples y cobardes espectadores. Medio atontado, "Antonio" agarró un picahielo del entrepaño de la barra en el momento que Di Marco asomaba la cabeza buscando sorrajarle un tiro para rematar a su adversario.

El gigante se desplomó como fulminado por un rayo, lanzando un alarido tan fuerte que aterrorizó a todos. Tenía clavado el picahielo hasta la empuñadura en su ojo izquierdo, brotando chorros de sangre que salpicándolo todo, formaba con rapidez un gran charco rojo en el piso del establecimiento.

— El peligro ha pasado, por favor entiendan que tengo que irme, sólo declaren a la Policía que fue en defensa propia y no han visto muy bien, que estaban todos ustedes tendidos boca abajo. ¡Les he salvado la vida!

— ¡No digan nada más! — exigió.

Antes de que reaccionaran los clientes del bar, tomó de la mano a Vittoria y dijo:

— ¡Ah, y aún no salgan, recuerden que hay alguien más fuera que puede asesinarlos!

La pareja salió del Pub caminando a ritmo normal dirigiéndose a sus vehículos, decidió conducir el Lamborghini y acompañar a Vittoria que estaba pálida, temblorosa y fría. Con seguridad, la abrazó paternalmente, manchando con sangre, sin querer, los asientos del automóvil, ropa y cabello de la chica. El vehículo avanzó algunas calles que el Contador tuvo la precaución de recorrerlas en zigzag, para evitar que los siguieran.

— ¿A dónde quieres ir? — preguntó con cautela, aguantando los intensos dolores.

— Vamos a casa de mis tíos — dijo ella dejando de llorar.

— Tengo la llave, han salido de viaje y regresarán en unos tres días. Estoy hospedada con ellos. Allí llamaré a un Doctor.

El Hermano Jonathan, encargado del Estado de Massachusetts, entre otros, estaba preocupadísimo. De los objetivos sólo había podido eliminarse al primero a un costo demasiado alto. La Policía, el FBI y no sabía cuántos más estaban buscando pistas para llegar al corazón mismo de la Hermandad.

Para colmo de males, el Gran Maestro no contestaba sus llamadas y los demás miembros del Consejo Supremo estaban ocultos en espera de que las cosas se enfriaran.

Tomó la decisión de huir del Estado para refugiarse en California con el Hermano Jerry, él era su amigo y no le negaría esconderlo por una temporada.

La residencia de los tíos de Vittoria era más bien pequeña, pero lujosa y confortable. En el camino se detuvieron en una farmacia para comprar materiales de curación y que ahora dentro de la morada, la bella se empeñaba en atender las múltiples heridas en rostro, manos y brazos que mostraba "Antonio". Vittoria era una de esas niñas consentidas que ver sangre les infundía pavor. Sin embargo, esa tarde había recibido su bautizo y bienvenida al Mundo real, en escasos minutos había visto cometer hechos sangrientos y por si fuera poco conoció a un asesino que ahora estaba en casa y que trataba de curar. Familia y amigas, no se lo iban a creer jamás.

La lógica le aconsejaba correr pidiendo ayuda y denunciar los hechos a las Autoridades, pues quedarse a su lado y fingir que no pasó nada representaba un peligro latente, el desconocido podía violarla, incluso torturarla y matarla, lo había visto hundir el picahielo en los ojos del bandido sin ningún remordimiento. Cierto que le debía la vida, pero no podía saber qué vendría después. De continuar así, lo menos malo para ella, sería la acusación de la Ley por cómplice de homicidio.

Distraída con sus reflexiones no se dio cuenta de que estaba lastimando a su compañero, que sin quejarse la miraba con resignación.

Viejo Lobo de Mar tratándose de heridas, le pidió antes que nada una pastilla de Supradol, potente analgésico sublingual no narcótico, para mitigar el dolor de la fractura.

Enseguida la instruyó para inmovilizar la mano, ya desinfectada con alcohol, usando un par de tablitas para picar que tomó de la cocina, lavadas con agua y jabón y sanitizadas también con alcohol, terminando su labor con un fuerte vendaje cruzado.

— Creo que está bien por ahora, me siento mejor — dijo el Auditor— muchas gracias por todo.

— La que debe agradecerte soy yo, la verdad es que tuve tanto miedo... pensé que el loco me mataría. No sabes lo que es tener una pistola sobre la cabeza— reiteró Vittoria.

— Creo que merezco una explicación, lo prometiste — insistió ella.

— Claro que sí, lo haré a su debido tiempo, creo que por hoy has tenido suficiente— replicó él.

— Está bien, no te presionaré más, pero por lo menos, ¿puedes decirme tu nombre real?

— "Scorpio", me llamo así por mi signo del Zodíaco. Fui el primer bebé de la familia y ya debes suponer lo que significa en las costumbres Mexicanas, donde los padres, abuelos, tíos y demás parentela emiten toda clase de opiniones que van desde el nombre del niño, lo que deberá estudiar, cuándo y con quién contraer matrimonio, hasta el número de hijos.

— Mis padres solucionaron el problema imponiendo el nombre de "Scorpio", ¿no te gusta? — finalizó con la intención de cerrar el tema.

— Sí me agrada, sólo que es muy raro, me parece que escondes algo terrible que no quieres decirme. Pero tienes razón, no me conoces y confiar en mí puede resultarte peligroso — manifestó coqueta besando precavida la cortada boca del herido que le correspondió con ternura.

— Sigo esperando la cerveza que me invitaste — comentó él, tengo seca la garganta.

— Tienes razón pero la beberemos aquí, estar contigo en las calles es atraer el peligro, yendo hacia el refrigerador del bar balanceando el hermoso trasero.

"Scorpio" le dio alcance y con torpeza destapó un par de botellas de cerveza Budweiser muy frías que paladearon en silencio. No terminaron su contenido, se fundieron en un abrazo besándose como locos. La tomó de la cintura levantando el frágil y liviano cuerpecito con un solo brazo sentándola en la mesa, bajando el zipper del pantalón de Vittoria que apasionada, le quitaba la camisa salpicada de sangre seca.

La mano derecha tocaba con suavidad los senos de Vittoria que suspirando retiró el cinturón, deslizó el cierre metálico, zafando el botón para dejar caer el pantalón y calzoncillos, palpando el miembro viril con delicadeza, provocando un hondo suspiro del joven. Las manos del varón, maniobraron con habilidad para despojar a la mujer de las prendas de ropa, dejando al descubierto un cuerpo sensacional, acariciando sus redondos y perfectos glúteos.

Ella por su lado, excitadísima, devoraba con su boca los labios de su compañero que no sentía el dolor de sus lesiones. Hicieron el amor sobre la mesa, él subido en la gruesa guía telefónica como peldaño, para alcanzar la altura adecuada en la penetración a la preciosa chamaca, quien acomodó sus piernas abiertas sobre los hombros del amante, entregándose en un rito de amor puramente salvaje y animal, sin importarles nada ni nadie, como un tributo a la vida, estaban vivos de milagro.

Satisfechos, se fueron a la cama donde repitieron el acto de amor esta vez con calma, tiernamente, que les resultó más placentero.

A las cinco de la mañana, se vistió sin hacer ruido y salió de la residencia dejando una sentida nota de agradecimiento y despedida a la hermosa nena, que en su parte final decía: "Espero comprendas que por tu bien es mejor así, dejémoslo como algo maravilloso que surgió de pronto y que guardaremos en nuestros corazones para siempre. Sólo deseo silencio y comprensión, haciendo votos por ese brillante futuro feliz que te aguarda. Prometo que si el destino me lo permite, el día menos pensado, retornaré. Agradecido siempre, "Scorpio".

Subió a un taxi con rumbo a la calle Boylston para recoger la Mercedes que permaneció parqueada cerca del bar, enfilando a la dirección —indicada por Benjamín vía mensaje celular— a devolver la fantástica arma de francotirador. Me gustaría quedármela, razonó, conociendo lo imposible de su deseo.

El sitio era un cafetín muy agradable, abierto desde muy temprano atendido por la amable señora O'Hara, quien acostumbrada a guardar discreción, recibió la maleta sin hacer ninguna pregunta, ofreciéndole café recién hecho y una dona de chocolate que el Auditor aceptó de buen grado preparados para llevar, intentando pagarlos, cuestión que la dueña rechazó gentilmente.

— Mi padre y yo, estamos muy agradecidos por habernos facilitado el equipo de cómputo, haga el favor de expresarle nuestros respetuosos saludos. Nuevamente gracias por todo, hasta pronto —recibiendo de la otoñal y guapa señora, una sonrisa de entendimiento.

Vittoria se despertó con los primeros rayos del sol buscando a su acompañante sexual. Cuando leyó el mensaje, no pudo menos que soltarse a llorar un buen rato. Hubiera querido conocerlo mejor, pero ella cumpliría su promesa, no diría una sola palabra sobre todo el asunto, pues entendió a la perfección su papel de cómplice en un homicidio.

Informar a las Autoridades sólo le ocasionaría tremendos líos, que por lo menos impedirían su ingreso a la Universidad y adiós estudios.

Eso sin contar con la cárcel, escándalo y el enorme disgusto a sus padres y demás familiares, sobre todo a Astorre, su millonario pretendiente Italiano. Mis labios están sellados, concluyó.

A esa misma hora, "Scorpio" circulaba por la autopista con destino a sus oficinas en Nueva York, haciendo una escala Médica en la primera ciudad que encontró, donde le arreglaron la mano fracturada.

Durante el trayecto, no dejó de pensar en Vittoria. Era muy hermosa pero no la conoció bien. Por el momento no debía verla más, tenía trabajos pendientes y no podía mezclarla.

Por un instante reflexionó sobre su vida.

Tenía un magnífico trabajo que le llenaba de satisfacción profesional, una fortuna garantizada que crecía a diario, disfrutaba de la dicha de convivir con su familia en México, tal vez no con la frecuencia que deseaba, compañeros por doquier y varias amigas bonitas con derechos, con las que salía a divertirse de lo lindo.

Por si fuera poco, gozaba de excelente salud.

Pero sentía que algo le faltaba: el gran amor de una mujer para formar una familia y tener hijos, permaneciendo a su lado el resto de la vida.

¿Lo lograría?

— ¡Claro que lo haré en su momento! — se lo prometió con energía, delirando tener en el hogar —macho egoísta— a una inteligente mujer, preciosa, dócil y ama de casa, que le diera ¡media docena de hijos varones!

Entristecido por darse cuenta que otra beldad, de la cual enamorarse y ser dichoso, se le escapaba nuevamente de las manos, por falta de tiempo para tratarla y por supuesto, su peligrosa vida asesinando delincuentes en nombre de la Justicia.

New York City

El Magistrado Gaetano tuvo un episodio de risa. No necesitaba preocuparse más por el Siciliano prófugo. El noticiero de la tarde anunciaba sobre los dos sucesos violentos el mismo día en la ciudad de Boston. El ataque terrorista en la Plaza Hatch Shell, donde murió el primer pistolero y la batalla en el Pub (Bar) que culminó con la muerte de dos inocentes y el segundo asesino.

Canceló el "servicio de electricidad". No necesitaba mover nada, alguien le había hecho el favor de mandar al infierno a los dos pendejos Sicilianos. Sabía que su proveedor en Montelepre estaría avergonzado del fracaso de sus muchachos, pero aceptaría el generoso pago de sus honorarios, con lo cual quedaba zanjado el asunto. Sin embargo olfateaba peligro, necesitaba tiempo y distancia para que poco a poco se olvidaran los últimos acontecimientos. Pensó en tomarse unas vacaciones, practicar un poco la pesca, bucear, nadar, comer y dormir bien, una nueva hembra o dos, le servirían muchísimo para recuperar la tranquilidad y poner orden en su cerebro. Tenía que pensar muy bien los siguientes pasos para que la Hermandad continuara trabajando sin problemas, sacrificando a los seres humanos de capacidades y colores de piel diferentes, que según él, eran una carga para la Sociedad.

Por un instante pasó por su enfermiza mente, la posibilidad de retirarse de la vida pública y heredar el liderazgo de la Organización, nombrando a un títere incondicional. Propietario de inmensa fortuna, podía muy bien dedicarse a viajar y divertirse a lo máximo, quizá vivir en otro País, donde pasaría desapercibido y a salvo de cualquier amenaza a su persona. Desechó la idea enérgicamente, reprochándose ese momento de debilidad.

Lo haré después de cumplir mi deseo de ser el próximo Presidente de la Suprema Corte de los Estados Unidos, tengo todo a mi favor: "honesta" trayectoria profesional, sabiduría jurídica, suficiente dinero, influencias y amistades políticas, ¡lo merezco! Dicen que "la ambición rompe el saco". ¿Lograría el corrupto Juez, sus propósitos?

Llamó a su oficina y ordenó a su secretaria hacer las reservaciones para la aerolínea, hotel y renta de auto por una semana, en la ciudad de Boca Ratón, Florida.

FORT MYERS, FLORIDA

El Ex Fiscal General no se había dormido en sus laureles, estaba en contacto diariamente con Ethan Warner del FBI, para intercambiar informes sobre la secreta sociedad patibularia, comandada nada menos que por el corrupto Magistrado Salvatore Gaetano.

Los Agentes Federales con los recursos casi ilimitados a su alcance, harían una incursión extraoficial en la casa del Juez para obtener evidencias, si como lo sospechaban, los archivos de la secta estaban allí.

Por otra parte, Ben había convencido a su amigo, para no ahondar demasiado en las muertes de los dos delincuentes Sicilianos, después de todo habían resultado muy convenientes y a cambio, tenían mucho que hacer para desmantelar una red de asesinos de alcance nacional.

El FBI accedió a dejar la investigación en manos de la Policía local, por la sólida argumentación de Benjamín dejando claro que la "Hermandad" significaba una gran conspiración delictiva con numerosos miembros infiltrados en el Gobierno y Empresas, transformándose en un problema de Seguridad Nacional.

¿Qué sucedería si decidieran aliarse con redes terroristas para cumplir con sus locos propósitos? Era una prioridad investigarlos y terminar con esa amenaza.

Ese sábado lleno de sol, Benjamín recibía en su casa la visita de Ethan Warner a quien invitó para hablar del asunto, que aceptó placentero con el anhelo de saludar a la fantástica hija.

Pasaron un agradable fin de semana, jugando al tennis, nadando y por las noches jugando cartas después de la cena, como una verdadera familia — pensó Benjamín.

El Oficial se despojó de toda la dureza que implicaba su trabajo y se dedicó a ser todo lo simpático que podía, para impresionar a la bella joven, hija de su amigo.

La velada continuó cuando el Jefe Policiaco, tocó la guitarra que

Ruth mantenía sin usar en un rincón, interpretando varias canciones del estilo country y del género romántico.

Al final de su actuación, hizo sonar los contagiosos y vivos acordes de "If I Were a Rich Man" (Si Yo Fuera Rico) del gran éxito teatral de Broadway "El Violinista en el Tejado" que muy animados, todos cantaron.

El viejo no perdía el menor detalle de las miradas de los jóvenes, sobre todo deseaba adivinar si en los ojos de su querida hija, brillaba la hoy apagada chispa del amor.

Ben se despidió de Ethan, que agradecido se retiró de la residencia acompañado por Ruth a quien deseó las buenas noches con un beso en la mejilla que ella devolvió de igual manera.

— Hasta pronto, estar en tu casa es lo mejor que he tenido en años — sostuvo el cumplido Agente Federal, con sinceridad.

— Ha sido un gusto volverte a ver después de tanto tiempo, la he pasado muy bien, saludos a tu esposa — exploró con picardía.

— No tengo esposa, ni siquiera novia. He dedicado mi vida al estudio y trabajo, pero ahora que lo dices sería bueno pensar en ello, ¿estás de acuerdo?

— Disculpa si te hice sentir incómodo, no era mi intención, soy una preguntona — mintió la chica.

— El preguntón soy ahora yo. ¿Tienes novio? ¿Estás comprometida? — atacó a fondo Ethan.

— Para mí será un milagro que no lo estés, eres preciosa.

— Oh gracias, pero realmente no lo sé. Conozco a alguien, hemos salido varias veces y creo que estamos enamorados o por lo menos lo estuvimos, hasta que bueno, por su intenso trabajo quiero creer, hemos dejado de vernos un tiempo.

— Tuvimos una pelea, es terco y orgulloso, el muy tonto.

Lo siento, no tienes que escuchar esto — se disculpó.

— Perdonada si aceptas salir conmigo la próxima semana. Podríamos vernos en Washington, ¿qué te parece?

— Déjame pensarlo, te llamaré y gracias por la invitación, suena muy interesante.

Como era su costumbre, el anciano a escondidas miraba por la ventana de su habitación a la pareja.

Si el torpe de Kadir no regresaba pronto al campo de juego, entraría un bateador de la banca como emergente — razonó Ben con cierto temor.

New York City

El brillante Médico Georges Samper, considerado por la prestigiosa Revista The Medicine YTT (La Medicina de Ayer, Hoy y Mañana) como uno de los mejores cirujanos del New Hope Hospital y de todo el Estado de Nueva York, se encontraba abatido. La inesperada y dolorosa muerte de Mireille, todos esos líos y batallas legales por culpa de Westwood III, la mala publicidad de algunos medios que dañaron su imagen, lo tenían con los nervios de punta. Como si fuera poca la carga que venía soportando, el recuerdo de la bella chica no podía apartarse de su mente.

Por otro lado, seguía sintiéndose culpable — cada vez con mayor intensidad — de haber intentado quitarle la novia a su gran amigo. En su defensa, recordaba que varias veces los dos camaradas se habían disputado el amor de las mujeres en cerradas competencias, sin hacer mella en su amistad. Pero este caso fue distinto. Honestamente no se dio cuenta del grado de locura de amor que la hermosa chica y su compañero, se profesaban.

— Fui un completo idiota — se recriminó — he perdido la amistad de Kadir, pero pasado un tiempo, tengo la intención de presentarle mis disculpas y tratar de reanudar nuestros lazos fraternales.

— En tanto llega la ocasión, ¡ánimo! ¡Basta de lamentos! ¡Desecharé la autocompasión! Necesito unas buenas vacaciones aprovechando el próximo Congreso Médico.

Georges Samper fue uno de los invitados de Honor al Noveno Congreso Internacional de Traumatología y Ortopedia. Sus valiosas aportaciones para lograr el primer implante de prótesis de pierna y pie completos, basado en modelos de simuladores — casi humanos y usados para la práctica de cirugías en las Facultades de Medicina — resultaría un gran progreso para los pacientes que por las guerras, accidentes o enfermedades, han sufrido amputación de sus extremidades inferiores. La avanzada tecnología de articulación, fortaleza, resistencia, duración de los materiales y el aspecto exterior, como piel humana, restablecerían la autoestima de las personas, con posibilidades de reincorporarse al medio laboral y productivo.

MIAMI , FLORIDA

Al llegar por la tarde al Aeropuerto de Miami, rentó un Ford Mustang amarillo descapotable y se dirigió al Hotel Intercontinental en Miami Beach, sede del importante evento científico, instalándose en una confortable habitación con sensacional vista al Atlántico.

Bajó al espacioso lobby. Una docena de eficientes empleadas con elegantes uniformes, procedían al registro de los participantes, entregando un gafete con el logotipo del reconocido Mercy South Miami Hospital, anfitrión del Congreso de Médicos Especialistas.

— ¿Todo en orden Doctor Samper?— preguntó una voz femenina un poquitín chillona, pero agradable.

— Sí, gracias — respondió Georges, contemplando a la atenta joven, calificándola de inmediato con nueve punto cinco en la escala del uno al diez.

— Entonces si no necesita nada me despido, nos veremos después — dijo la muchacha, haciendo sonar un taconeo que a Samper le pareció sensual.

— Un momento, por favor — pidió el Médico— ¿cómo es que me conoce?

— Bueno, no es difícil reconocer a un hombre famoso que apareció en la portada de varias revistas de circulación Nacional — respondió la atractiva trigueña.

— Ah, debe saber que los periodistas a veces no tienen noticias y están obligados a publicar algo, no crea todo lo que dicen — intentó bromear — y pensándolo bien, se me ofrece cenar algo de la cocina local, ¿aceptaría mi invitación?, le prometo hacer mi mejor esfuerzo para no aburrirle.

— No sé qué decirle, es tan precipitado y no quisiera que se llevara la mala impresión que soy de esas mujeres fáciles que van a la cama con el primero que encuentran…

— Nunca lo pensaría, tiene usted una clase, que… estoy seguro que es especial, perdone si la he ofendido.

— Acepto, con la condición de terminar temprano, como sabe, el Congreso se inicia mañana y tengo mucho quehacer, estoy a cargo de la Coordinación de Relaciones Públicas del Hotel — sentenció la hermosa chica mirando su reloj.

— Falta una hora para terminar mis labores.

— La esperaré en el bar mirando la televisión. Creo que juegan los Marlins — dijo el facultativo — a propósito tu nombre Ximena, ¿de dónde es? — posando la vista en el gafete metálico de la chica y de reojo, los desafiantes senos.

— De España, por supuesto. Los antiguos dueños de la península de La Florida, que fue descubierta por el explorador Don Juan Ponce de León el año de 1513, entregada a la fuerza a los Estados Unidos en 1819, a cambio de cinco millones de dólares no pagados, argumentando reclamaciones Estadounidenses pendientes contra España.

— Por cierto se rumora, sin tener certeza, que en el Tratado Transcontinental de Amistad firmado por España y los Estados Unidos llamado Adams-Onís, se acordó que el dominio sería temporario, por lo que si así fuera, el territorio de La Florida debería pasar a su legítimo dueño, España, en el año 2055. ¿Qué te parece?

—Tremenda historia. No la sabía — replicó el cirujano tímidamente y asombrado por sus conocimientos.

— Nos veremos a las 7.30 p.m. — ordenó la dama y caminando con mucha elegancia se alejó de prisa, dejándolo boquiabierto al contemplar las hermosas pantorrillas y magnífico trasero marcado por la ajustada minifalda.

Disfrutaron de la riquísima cocina de un restaurante Español que tenía un "Tablao" (pequeña pista de madera) donde presenciaron bellísimos cuadros de bailes Flamencos, ataviadas las hermosas mujeres, con ropajes de lunares multicolores y zapatones especiales para taconear con fuerza y gracia; los hombres, con ajustados trajes y botines negros que zapateaban al ritmo de guitarras y sonidos hechos con "castañuelas" (dos piezas de fina madera especial que caben en la palma de la mano de las danzarinas y que al chocar, producen agradable resonancia) mientras otras bailarinas y el público llevan el ritmo, con las palmas de sus manos.

Al terminar el vistoso espectáculo, se abrió la pista para que la clientela bailara al ritmo del popular "paso doble", donde las parejas se abrazan con movimientos de cuerpo y pies sincronizados. Ximena consumada bailarina, invitó a Georges para ejecutar la danza, quien con torpes movimientos trataba de seguir la cadenciosa música Española. En una vuelta dada con gran salero, la zapatilla de Ximena salió disparada cruzando toda la pista de madera, perdiéndose en la penumbra bajo las mesas.

Roja la cara de vergüenza, se refugió en su silla, mientras entre la risa general del público el galante especialista, de rodillas trataba de localizar la prenda perdida. La búsqueda tuvo su recompensa, pues Georges aprovechó para mirar de cerca algunas finas rodillas de las damas y algo más.

Recuperado el zapato, el conquistador acudió a su mesa y en un acto teatral, calzó a su dama, como una moderna Cinderella, ante el aplauso del respetable. Al incorporarse golpeó con su cabeza la charola de bebidas de uno de los meseros cayendo vasos y bandeja al suelo con gran estrépito, no sin antes derramar las finas bebidas sobre el bellísimo vestido de la Cenicienta, ganándose la segunda ovación de la noche.

Muy contentos y riendo hasta dolerles el estómago por los incidentes, salieron del lugar con una botella del californiano vino tinto Robert Mondavi a medio consumir, para continuar la farra, prometiendo el Galeno reponerle la prenda a la brevedad posible adicionado de un pasaje para visitar Tenerife, en las Islas Canarias, a dónde él estaría en dos meses más.

Incumpliendo su promesa de regresarla antes de media noche, llevó a su casa a la bella Ximena Díaz a las 2.30 horas del día siguiente. La habían pasado muy bien y se despidieron con un solo beso, largo y apasionado, prometiéndose seguir saliendo juntos, los días por venir. Ximena estaba feliz. Su reciente fracaso amoroso, con un falso hombre de negocios y estafador profesional, estaba por ser sepultado para siempre. Por su parte, Georges creyó encontrar por fin, alguien a su manera.

Le pareció que la Españolita era una persona digna de confianza, moral y decente, además de poseer cara, senos, nalgas y piernas, de campeonato mundial.

— ¡Aleluya!!!! — exclamó el Cirujano, Traumatólogo y Ortopedista — Tiene buen esqueleto.

A esa cita siguieron muchas más. El Doctor visitaba La Florida dos veces por mes, los fines de semana. La pareja estaba tan enamorada que a los seis meses estaban planeando la boda.

El Médico todavía no se daba cuenta, pero había encontrado a su domadora, una hembra hermosa, posesiva y de gran carácter, que le ayudaría a seguir escalando profesionalmente en su noble tarea. El prometido viaje a Las Canarias, bien podía ser su Luna de Miel.

Fue Ximena quien conociendo la historia, aconsejó a Georges reunirse con Kadir, acompañándole a Nueva York. Cuando los dos amigos estuvieron frente a frente sin pronunciar una palabra, se abrazaron como hermanos, dejando atrás cualquier resentimiento. Pasado el momento, el Médico hizo las introducciones.

— Camarada, ella es mi prometida Ximena.

— Te felicito, es mucho más bonita que la anterior, la que me presentaste la semana pasada — dijo en tono de broma.

— ¿Es verdad eso, sinvergüenza...? Ya, me doy cuenta, ¡vayan a paseo los dos gañanes!! — dijo la Gallega riendo.

— Os invito una copa de buen vino.

— ¡Vamos! — respondieron los dos con entusiasmo.

Fort Myers, Florida

B en Weitzner recibió eufórico la noticia enviada por su amigo Ethan del FBI.

De modo que su archienemigo y líder de la secta infernal estaba de vacación en La Florida. La oportunidad que le brindaba el destino era única, por lo que se apresuró a informar a "Scorpio", llamándole en lenguaje cifrado.

— "Hijo mío", por fin tenemos la oportunidad de adquirir el Edificio de Departamentos que tantas veces deseamos. Es un precioso inmueble de diez pisos ubicado en Boca Ratón, sobre la playa, muy cerca del Hotel Schiff, ¿lo recuerdas?

— Además, cuenta con membresía pagada por cinco años de su propio Club de Yates y del Club de Golf. ¿Qué te parece?

— Suena muy atractivo "padre", ¿sabes el precio?

— Eso es lo mejor de todo, con motivo de la crisis inmobiliaria, lo venden a menos de la mitad de los cuarenta millones que cuesta, con facilidades de pago.

— ¿Puedes venir a conocerlo?, lo más rápido que puedas, la oferta expira en dos días más, según me dicen — explicó Ben.

— Cuenta con ello, llevaré a mi prometida, pero necesitaré algunas cosas allá, ya sabes lo delicada de la piel que es ella, por favor consigue un bloqueador de sol del número 100 como el que me detallaste hará unos cuatro meses en tu casa, ¿lo tienes presente?

— Claro que sí, es el mejor del mercado aunque es difícil hallarlo, creo que podré conseguirlo— confirmó Ben.

— OK, "papá", nos vemos pronto.

El Ex Fiscal cortó la comunicación con "Scorpio" y llamó a otro de sus amigos.

— Hola General, habla Benjamín Weitzner. Hace tiempo quiero invitarte a comer para recordar los viejos tiempos, ¿pudiera ser hoy a las siete? … ¿Entonces aceptas? Te prometo pagar la cuenta… sí, en el lugar de siempre, hasta pronto.

El General era un buen amigo de Ben. Habían sido compañeros de armas en la guerra de Vietnam y establecieron una cordial relación personal y de cooperación profesional durante el tiempo que había sido Fiscal General de los Estados Unidos y el Militar hasta la fecha, Comandante de la Fuerza Táctica del Atlántico Sur, con sede en la ciudad de Fort Lauderdale, Florida.

Lo solicitado por su amigo, era un delicado asunto.

Le pedía prestada una nueva arma clasificada como ultra secreta, que sólo la utilizaban en forma limitada, el Cuerpo de Marines de los Estados Unidos y los buzos de combate de Alemania, Inglaterra, Holanda, Dinamarca, Noruega e Israel.

Se trataba de la Pistola Submarina Heckler & Koch P11 para disparos de hasta quince metros bajo el agua, con un cargador tipo piña con capacidad de cinco dardos calibre 7.62 milímetros, no accionada por pólvora, sino por dos baterías eléctricas alojadas herméticamente en la empuñadura. El arma, de carácter experimental, no estaba en uso regular para todas las Fuerzas Militares. El principal inconveniente, era que agotada la dotación de proyectiles en el tambor tipo revólver, el arma debía enviarse al fabricante

para su recarga.

El General tenía sus dudas. Estimaba mucho a Benjamín, pero sustraer un arma secreta del almacén del Ejército bajo su custodia, significaba arriesgar su libertad y pensión, pues en caso de ser descubierto, podría ser acusado de traición a la Patria, pasando sus últimos años en la cárcel.

No, categórico, esta vez no podía ayudar al amigo… Pero existía una opción, que le hizo saber a Ben.

Tres meses atrás, la fábrica de armas había lanzado una alerta confidencial a todas las dependencias Oficiales, sobre la desaparición de algunas novedades en pistolas, rifles, subametralladoras y cartuchos, incluida una pistola submarina P11, escamoteadas en apariencia por una bien organizada banda mediante la antigua técnica del robo hormiga.

Aunque nunca atraparon a los ladrones, se sospechaba de un

Sudamericano especialista en traficar con armas que vendía al mejor postor, conocido únicamente por su apodo de "Tigre" que fue detectado en la ciudad de New Orleans.

Los dos amigos se dieron la mano con afecto, prometiendo verse pronto.

— Gracias por todo General, te debo una — mencionó Ben.

— Me conformaré con otra buena comida — dijo el General.

— Hasta luego y… suerte.

El Ex Fiscal llamó de prisa al Jefe de Agentes Federales a su teléfono móvil, poniéndolo al corriente de todo. Le pidió ayuda para localizar al delincuente conocido como "Tigre" en la ciudad de Nueva Orleans, recomendando que lo hiciera en persona, por la urgencia y gravedad del caso, no podía haber errores o filtraciones.

New Orleans, Louisiana

La eficiencia del FBI no se hizo esperar, esa misma noche Ethan Warner acompañado de otro Agente Especial, volaban en el avión Oficial que tomó pista en la ciudad a las 23.30 horas.

En el hangar del Gobierno lo esperaba un vehículo con dos Agentes más con instrucciones para ponerse a sus órnes. La ciudad es la más grande del Estado de Louisiana y el principal puerto del Río Mississippi, con abundante población multicultural de Afroamericanos, Franceses, Españoles y Latinoamericanos. La urbe es mundialmente conocida por sus Festivales, Música de Jazz y la Cocina Criolla, denominada Cajún. En el trayecto, los Agentes locales advirtieron que la ciudad estaba de fiesta celebrando con gran entusimo el Mardi Gras, llamado en otros países Carnaval.

Le reportaron asimismo que el sujeto conocido como el "Tigre", era un delincuente de altos vuelos con contactos de buen nivel que le permitían operar casi con impunidad dentro de los Estados Unidos, especializado en mercancía difícil de conseguir en el mercado y que vendía a buen precio a clientes Nacionales o Internacionales sin importar bandera o convicciones políticas. La Oficina Regional del FBI no le había podido probar nada en años, siendo un escurridizo y mañoso hampón con buenos abogados.

Los soplones del Bureau, reportaron la semana pasada sobre un importante envío de armas a un grupo extremista en Medio Oriente, operativo conjunto del FBI y la Policía local que fracasó, por haberse equivocado de fecha. Sin embargo, la amante favorita del "Tigre", pasada de copas festejando el "Martes Gordo" en la calle Broadway aflojó la lengua, presumiendo de haber comprado un nuevo piso nada menos que en Madrid, España, invitando a sus amigas a visitarlo con gastos pagados.

Uno de los Agentes encubiertos comisionados para seguirla, coqueteó un poco con la suripanta, parrandearon y para terminar, la llevó a la cama en donde hizo una gran faena, que le rindió información de primera mano. El contrabandista se encontraba hospedado en el Hotel Westin de la calle Canal reponiéndose de una borrachera de aquéllas y dos sesiones de sexo consecutivas.

El "Tigre" estaba dormido como muerto, los agentes del FBI se identificaron despachando a las prostitutas en silencio y despertaron al traficante, encendiendo el televisor con alto volumen de sonido. Asustado primero e indignado después, el "Tigre" trató de resistirse al arresto, asestando potente puñetazo en el rostro a uno de sus captores, teniendo que ser sometido con dos fuertes cachazos de pistola en cabeza y cara.

Esposado por detrás lo sentaron en la cama y procedieron al interrogatorio, golpeándolo varias veces en estómago y vientre para que comprendiera la gravedad de su situación. Llamó en vano por sus nombres a sus tres guardaespaldas que fueron dominados minutos antes. Ethan inició las pguntas muy directas.

— ¿Dónde están las armas que robaron? — exigió.

— No sé de qué me hablas— dijo el "Tigre".

Un formidable derechazo de Warner, le rompió el tabique de la nariz.

Sangrando, el delincuente resopló para decirle: — Hijo de puta, te costará el trabajo, no sabes con quién tratas, desgraciado.

— Sería bueno saberlo — dijo riendo el Agente Especial, propinando otro porrazo, ahora con un tolete en el pómulo que crujió, astillándose.

— Disfrutaremos así todo el tiempo que quieras, o puedes ahorrarte el sufrimiento y decirnos lo que queremos saber. Tú decides, pedazo de basura— remató Warner, saliendo de la recámara hacia la salita de la alcoba.

El más joven de los Federales, en su rol de Policía "bueno", habló sereno con el prisionero, ofreciendo intervenir a su favor para lograr un trato, cosa que desdeñó el sujeto entre escupitajos con sangre.

Warner apareció en escena llevando consigo un filoso cuchillo cebollero que cogió de la cocina de la suite, con semblante amenazador.

— ¡No lo hagas! — gritó el Agente "bueno".

— Claro que lo haré y colocó en la oreja la punta de la hoja. Es tu última oportunidad, antes de comenzar a destazarte, hijo de la chingada — insultó Warner.

— Será mejor que digas lo que sepas — intervino conciliador el Agente "bueno" simulando detener la mano del Agente "malo".

Warner dio un violento y ensayado empellón al joven Agente derribándolo, al tiempo que los otros dos hombres sujetaban con fuerza la cabeza de "Tigre", haciendo un corte en la oreja desprendiendo el pabellón, que arrojó al cesto de basura diciendo: — Para alimento de los perros, ja, ja, ja, — rieron todos.

Aullando de dolor "Tigre" se rindió. Contestó el rápido interrogatorio informando a los Agentes todo lo que quisieron. Como si fuera un bono especial y a cambio de la prometida inmunidad, les dio datos completos sobre vendedores, compradores, almacenes y sistema de entrega.

Muy pronto toda la red estaría desmantelada y sus miembros serían huéspedes distinguidos de las prisiones de alta seguridad.

El mercader afirmó que la sofisticada pistola submarina Heckler & Koch, no la vendió. Después de mostrarla a sus clientes la conservó para sí, ofreciendo conseguirles una partida de quinientas unidades, una vez que el sistema fuera perfeccionado.

Ethan Warner pidió al joven Policía que lo acompañara a buscar el arma al lugar señalado por "Tigre", ordenando a los demás la Operación Limpieza, que en lenguaje Oficial consistía en desaparecer al criminal sin dejar rastro, borrar huellas y evidencias, en pocas palabras, limpiar todo, hasta sus conciencias.

A cambio de facilitarle el arma en calidad de préstamo, Benjamín Weitzner ofreció a Ethan Warner toda la información y archivos que tenía disponible sobre la Hermandad, cosa que el Jefe de Agentes Especiales del FBI aceptó, pues tenía todo por ganar, además de la exitosa investigación y captura de la banda criminal de "Tigre".

En su momento, devolvería la mortífera arma secreta a sus superiores y completaría las investigaciones sobre los asesinos miembros de la Organización con los arrestos masivos correspondientes, poniendo al descubierto a los corruptos y malos políticos, funcionarios y empresarios implicados.

Todo lo anterior significaba un gran éxito para el FBI y sus Agentes Especiales, que junto con él, seguro recibirían un ascenso en sus carreras.

La otra motivación era sin duda el favor a su amigo y protector Benjamín Weitzner.

Confiaba en él y aunque no estaba enterado del uso que le daría a la estupenda pistola submarina, conocía de antemano, lo que fuera, sería bueno para la Nación.

Ése siempre había sido el pensamiento rector de la conducta de Ben y quién sabe, tal vez ganaría puntos para conquistar y contraer matrimonio con su hermosa y única heredera, la archimillonaria Ruth.

El ambicioso Agente era en realidad, un lobo con piel de cordero.

El respeto hacia el Ex Fiscal, no reñía en ningún modo con ganar bastantes millones de dólares como precio por soportar a la vanidosa, déspota, mal educada y consentida rubia. Ya se encargaría de meter en cintura a la impertinente mocosa.

Hizo sus indagaciones y conoció muy bien los orígenes, monto aproximado de la descomunal riqueza y estado de salud del anciano Ex Fiscal General de los Estados Unidos. Probablemente viviría unos cinco años más y con un poco de suerte, mucho menos tiempo.

Por fin, el destino estaba a su favor. Seré el Rey del Mundo, pronosticó.

Fort Myers, Florida

El acuerdo con Ben señalaba como sitio para entrega de la pistola submarina, su casa en Fort Myers. A las diez de la mañana, con el traje arrugado, desvelado y sin afeitar, Ethan se presentó ante su amigo que lo abrazó paternal.

— Aquí tienes tu juguete, no necesito recordarte lo delicado de todo este asunto. Espero sepas lo que haces. Lo requiero lo más pronto que puedas, ¿crees que cinco días son suficientes para ti? — expresó Warner.

— Sí, me parece bien — respondió con agradecimiento.

— ¿Deseas ducharte, desayunar o algo? Por favor, estás en tu casa.

— Gracias, pero tengo que regresar a la oficina, no sabes lo tiranos que son allá— se disculpó Ethan; lo último que deseaba es que Ruth lo viera con el aspecto de vagabundo que lucía esa mañana.

— Nos veremos otro día con mucho gusto.

— Cuando quieras hijo, buen viaje y de nuevo gracias, cumpliré con mi parte del trato.

Al despedirse, se dio cuenta que lo llamó hijo, ¿será un presagio?, se preguntó cerrando la puerta.

No obstante, el buen señor tenía sus sospechas. Es demasiado bueno que un Agente Especial —generalmente desconfiados— se muestre tan colaborador con la P11, sin preguntar el uso que se le dará.

Mmm... no soy tan simpático, estoy pensionado y sin el Poder.

A menos que lo haga apostando ligarse a mi querida hijita y pretenda matrimonio. Vale la pena observarlo de cerca y antes de otorgarle mayor confianza, preguntarle a Ruth, ella como estudiosa de la conducta humana, podrá diagnosticar su sinceridad.

La Psicóloga, normalmente acertada en perfiles y apreciaciones, era posible que, como todo ser humano, cometiera una equivocación.

BOCA RATÓN, FLORIDA

S alvatore Gaetano se hospedó en el elegante Boca Ratón Resort & Beach Club, ubicado sobre la playa.

Era conocido por sus excentricidades que le permitían, gracias a las generosas propinas que repartía a manos llenas, pero siempre con discreción, entre todos los empleados y gerentes que le atendían.

Para esa tarde, había solicitado la presencia en la Suite Imperial, de dos edecanes ejecutivas clase Premier que por cincuenta mil dólares cada una, pagados por anticipado, estaban bien dispuestas a complacer a tiempo completo, hasta el mínimo detalle del importante huésped durante su estancia de seis días.

El Concierge del Hotel, acatando las instrucciones había reservado para cuatro días el hermoso yate "Spirit of Florida" equipado con lo último en sofisticados equipos para la pesca y el buceo.

Una de las novedades de la tecnología aplicada a los yates de recreo, era sin duda la posibilidad de su fácil manejo directo por el interesado y sus invitados, que no requería, como antaño, de una tripulación desconocida a bordo.

Éste era un gran atractivo para el Juez, que acostumbraba no tener testigos incómodos durante sus aventuras.

Esa noche, después de un masaje reparador que le proporcionaron las dos chicas, el chapoteo en el jacuzzi de la terraza frente al mar y una cena espléndida, le hizo el amor a la exuberante fémina pelirroja, con la ayuda de la preciosa trigueña y doble ración de pastillas contra la disfunción eréctil.

Había dormido bien. El sueño reparador le devolvió la seguridad y confianza en sí mismo. Sabía que hasta el más violento terremoto o tifón llegaba al tope y después volvía la calma, así siempre había sido, conocía muy bien a los burócratas y su falta de continuidad en los asuntos que se les presentaban.

Estaba seguro de poder arreglar todo en poco tiempo. Se levantó casi a media mañana complacido de ver a las dos hermosas y calientes muchachas desnudas que abrazadas, yacían en la cama king size. Las despertó golpeando sus nalgas con la pantufla.

— Vamos par de golfas a desquitar la paga— riendo con crueldad. Las pobres chicas adormiladas corrieron a la ducha, mientras el viejo preparaba café.

Llamó al Club Náutico para saber si estaba todo listo para salir en el yate, ordenando surtir el refrigerador con todo lo necesario y checar el equipo para una buena excursión de pesca y buceo.

A las dos de la tarde se hicieron a la mar, el gordo maniobraba el yate con pericia, auxiliado de los avanzados aparatos instalados en la moderna embarcación. Los sistemas de radar, sonar, de navegación, música, televisión, jacuzzi y piloto automático entre otros, hacían una delicia estar a bordo. Una de las chicas descorchó una botella de champaña Dom Pérignon, sirviendo sólo dos copas, al Signore Gaetano le gustaba beber directo de la botella. Brindaron repetidas veces y comieron algunos bocadillos del refrigerador. El anfitrión fijó el rumbo hacia los arrecifes famosos por su belleza, con abundantes peces de brillantes colores y tamaños, así como toda clase de vida submarina que hacían del lugar un verdadero paraíso acuático.

El sitio elegido para anclar la embarcación no es para novatos. Eran aguas profundas y violentas corrientes, pero los potentes rayos de sol penetraban las penumbras a esa hora del día lo suficiente para admirar el espectáculo y practicar la pesca con arpón. Las dos acompañantes lucían unos bikinis diminutos que resaltaban sus magníficos senos, nalgas y vientres planos, cincelados como obras maestras por afamados cirujanos plásticos de California.

Gran parte de su tiempo la pasaban en las playas de moda, siempre a la caza de millonarios como su nuevo amigo Salvatore, a quien hacían creer, que era lo máximo. Por tal motivo las chicas eran consumadas deportistas en nado, buceo, surfing y tablavela, que entusiastas se colocaron el equipo para el descenso, no sin antes llenar de caricias sexuales no correspondidas, al agotado y gordo Salvatore quien se sentía el Capitán del enorme yate.

Al lado de la lujosa nave, circulaban varias embarcaciones menores y motos acuáticas que al pasar, los conductores levantaban los brazos en señal de saludo o lanzando besitos al aire para las hermosas muchachas que los ignoraban, para no despertar inconvenientes celos de su adinerado amante. Nadie se fijaba demasiado en nadie. Era un panorama común, incluso la presencia de buques de la Guardia Costera, siempre alertas para prestar auxilio en caso necesario.

Kadir recibió la flamante pistola submarina y el nombre del Hotel en casa de Ben, donde saludó brevemente a Ruth, marchándose enseguida. Cuando ella interrogó a su padre sobre la extraña conducta de su ex novio, el buen anciano se limitó a levantar los hombros sin decir una palabra. Hablaría con ella después para explicarle todo, cada día era más difícil ocultarle las cosas a la inteligente muchacha. Faltaba poco para terminar los peligrosos asuntos de la Fundación y rogaría a Dios que ella perdonara a los dos.

Semanas antes, el Ex Fiscal General mandó seguir al Magistrado con discreción. En esa forma, la "sombra" (detective privado) supo del paradero, apresurándose a informar al Chief Weitzner.

"Scorpio" salió disparado, tuvo que rentar un taxi aéreo para transportarlo al Boca Ratón Airport y alquilar una camioneta Pathfinder 4 x 4 para llegar hasta un hotelito cercano al Club Náutico. Durante el vuelo, memorizó el instructivo del nuevo juguete que conocía sólo de oído. Cuando el pequeño avión aterrizó, tenía dominada el arma.

Estuvo en su cuarto por unos momentos, que aprovechó para refrescar la cara y contemplar a gusto el prodigio de tecnología. Guardó su cartera y pertenencias en la caja de seguridad del clóset. Ocultó la pieza dentro de su maletín de playa, cambiando de ropa, para lucir una florida camisa, short traje de baño en vivos colores y zapatos de goma especiales para caminar en la caliente arena sin rostizarse ni lastimarse los pies con piedrecillas bajo el agua. Con gorra de fútbol de los Miami Dolphins y lentes oscuros, "Scorpio" era un turista más.

En la tienda, rentó una rápida moto acuática Yamaha de manufactura

Japonesa y un equipo completo para sumergirse, cuestión harto normal en ese sitio de recreo.

Aprendió el buceo desde muy joven, cuando sus padres vacacionaban en Cancún, México — uno de los mejores destinos turísticos Internacionales— y en Veracruz, Boca del Río y Antón Lizardo, poblaciones de su querida Patria, ricos en bellezas naturales que también poseen grandes y hermosos Arrecifes de Coral, que atraen a deportistas extremos de todo el Globo Terráqueo.

Simulando mortificación por llegar tarde a la embarcación de sus "amistades", "Scorpio" fue informado del único yate que partió en las últimas dos horas, el "Spirit of Florida", llevando a bordo a un pedante tío panzón acompañado de dos muy buenos culos.

— El viejo cabrón, ¡ni siquiera nos dio propina! — dijeron los lancheros Cubano-Americanos.

— Gracias, pero no es mi nave, tal vez no vinieron... saldré a dar una vuelta por aquí — respondió "Scorpio"— hasta luego muchachos, aquí les dejo un billetito para que se tomen una cerveza.

"Scorpio" llamó por su teléfono celular a Ben, solicitando la pronta localización del yate "Spirit of Florida". En menos de cinco minutos, Benjamín la encontró mediante el poderoso y eficaz buscador GPS informando las coordenadas exactas de su ubicación.

Kadir — llamado "Scorpio", "Uno" o "Antonio" en sus misiones — verificó el equipo y la carga de oxígeno de los dos tanques, se puso los arneses, aletas y reloj submarino con medidor de presión y profundidad, enfilando al mar a mediana velocidad primero, acelerando al salir de la rada.

A seis millas de distancia, divisó la aerodinámica figura del "Spirit of Florida" que fastuoso, se balanceaba manso sobre las azules aguas del Caribe Americano. Detuvo la moto y apagó la máquina quedando por un momento a merced de las olas. Observó con los prismáticos la cubierta de la embarcación, sin poder ver a nadie. Sus ojos recorrieron todo el barco, notando que la escalerilla de descenso no había sido bajada, lo que significaba que no estaban buceando. Tenían que estar a bordo dentro de los camarotes.

No quedaba más que esperar, atacar el bote sería muy arriesgado, ignoraba de cuántos hombres era la tripulación y los invitados.

De pronto oyó el sonido de una lancha motora, era un navío ligero del Servicio de Guardacostas en su recorrido regular. Con un altavoz le preguntaron que si tenía problemas con la Yamaha, podían remolcarlo, advirtiéndole que estaba en aguas profundas.

Contestó que estaba descansando un poco, poniendo en marcha la moto acuática y agradeciendo su aviso, simuló regresar rumbo a tierra firme.

Cuando la nave se hubo retirado lo suficiente, se acercó a prudente distancia para continuar su vigilancia. Se dio cuenta que otra barca, ahora de recreo, se acercaba con rapidez. Giró 180 grados para ver de frente a los inoportunos visitantes. Se trataba de un bote con varios hombres y mujeres que resultaron ser matrimonios jóvenes, que estacionando junto a "Scorpio", lo invitaron a unírseles para festejar ruidosamente.

— Somos de Wisconsin, y ¿tú? — preguntó uno de ellos.

— Soy de Nueva York, estoy de vacaciones cortas — respondió.

— Estás muy lejos de la orilla amigo, nos han dicho los guardias que son aguas profundas — remarcó una de ellas.

— Pertenecemos a un club de buceo, por eso vinimos aquí — aclaró el más alto — ¿Quieres unirte a nosotros?

— Me alegra saberlo, no me sumergiré en solitario, los arrecifes están cerca, si gustan los llevaré allá — nadar y bucear en grupo le resultaría muy conveniente para sus planes, era un golpe de buena suerte.

Ataron la moto al yate y subió por la escala a la cubierta, donde se doraban al sol, cinco muchachas de buen ver con los pechos al aire.

— Esperamos que no seas anticuado amigo… ¿cómo te llamas?

— Anthony, por favor díganme Tony — pidió "Scorpio", aceptando una cerveza.

— Bien "Tony", somos un grupo de matrimonios, con excepción de Maggie, que es nuestro chaperón, acaba de mandar al diablo a su marido millonario y está de un humor de perros. Espero que le alegres la fiesta, ja, ja, ja.

"Tony" saludó a los ocupantes de la lancha recibiendo una cálida bienvenida de todos menos de la referida Maggie, que continuaba en su pose de diva, mirándole con desprecio.

Comprendió lo inútil de ser atento con ella y simplemente la ignoró el resto del brindis, cosa que terminó de molestar a la colosal hembra.

— ¡Barco a la vista! — dijeron dos de las chicas con entusiasmo.

— Es muy lindo — aceptó la trigueña.

— Vale la pena visitarlo, ¿no creen? — exclamó una de las rubias.

— Vamos — asintieron los muchachos — quizá nos inviten algo.

— Podría ser peligroso, comentó la segunda rubia— no sabemos quiénes pueden ser y creo que…

— No hay problema — dijo el fortachón rapado — somos muchos y tenemos suficientes arpones, ¿no querían aventuras? Es la oportunidad, ¡cúbranse los senos!

Al aproximarse al "Spirit of Florida", Gaetano contempló la motora llena de alegres vacacionistas que saludaban botella en mano. No percibía ningún peligro en charlar unos momentos, pues entre los aficionados al mar, existe una maradería semejante a los montañistas que cuando se encuentran en el volcán, con gran alegría comparten alimentos y bebidas festejando juntos por un rato para después continuar con su camino.

Hizo un gesto de resignación y los invitó a su yate para tomar un trago, que encantó a las jóvenes parejas con excepción de Maggie y "Tony" que permanecieron en el bote visitante, sin cruzar palabra.

Al terminar la segunda ronda de copas, se disculpó argumentando que avanzaba la tarde y no podrían bucear mucho tiempo, razón que entendieron todos retirándose, pues ellos también deseaban hacerlo, retornando a su lancha alejándose del lugar.

Los entusiastas turistas bajaron los primeros seis metros encontrando un cardumen de peces tropicales que en perfecta formación nadaban en fantástica sincronía captando con sus cámaras fotográficas las escenas maravillosas.

Por su lado, el Magistrado y sus amigas, descendieron cerca del arrecife para arponear un jurel de buen tamaño que subieron al yate con dificultad.

El ventrudo Juez se movía con agilidad dentro del agua y no tardó en localizar un pez cherna, que abriendo su bocaza, devoraba un banco de sardinas. Al sentir la presencia humana huyó, tratando de esconderse al otro lado del muro de coral. Lo siguió con tenacidad, pensaba que sería un gran trofeo que llevaría al taxidermista, imaginando verlo sobre la chimenea de su residencia en Long Island.

A veinte metros de distancia, un buceador separado del resto del grupo portaba un tipo de arpón muy singular, en vez de cargar puntiagudas flechas, parecía un revólver raro con cinco dardos cortos y chatos calibre 7.62 mm.

Entonces apareció. Un enorme tiburón blanco de porte aristocrático se paseaba con la seguridad de ser invencible, con la arrogancia de un emperador — reconoció "Scorpio"— quedándose quieto por unos minutos, hasta que el monstruo se retiró.

Existen dos versiones encontradas sobre los tiburones. La primera los considera animales peligrosísimos que atacan todo lo que se mueve, teniendo predilección por la carne humana; y la segunda, la más generalizada, que los tiburones sólo atacan cuando tienen hambre o son provocados, pero todos concuerdan que son los animales depredadores más temibles del océano, atraídos en primer lugar, por la sangre. Doce metros arriba de Salvatore, las dos chicas se disponían a descender por segunda vez. Hacía un buen rato que su obeso cliente no subía a la superficie, pero no se preocuparon. Les contó acerca de sus hazañas en el buceo deportivo y gran destreza para practicar los deportes acuáticos. Conformes con ello, decidieron aprovechar los últimos rayos del sol, tumbándose en la cubierta, bebiendo sus copas de otra botella de champaña helada, rociando sus juveniles cuerpos con el preciado líquido, acariciando y besándose mutuamente.

El enorme pez cherna se movía con gran rapidez, escondiéndose en las cavernas de coral, bajo la mirada del deportista que aceptaba el desafío del animal.

Concentrado como estaba no alcanzó a ver al tiburón tintorera, que curioso se acercaba al arrecife en silencio.

"Scorpio" vio al escualo y nadando despacio se acercó a diez metros del cuerpo de Gaetano y disparó. El proyectil se incrustó en el muslo del Magistrado que sangró profusamente, el segundo disparo pegó en el voluminoso abdomen y el tercero acertó en medio del velludo pecho. Como una saeta, el tiburón blanco atacó el cuerpo con ferocidad inaudita, sacudiéndolo como un muñeco de trapo, partiéndolo en dos, entre borbotones de sangre que tiñeron de rojo, por un momento, las claras aguas del magno santuario natural. En segundos, llegaron al banquete tres depredadores más.

Sigiloso, "Scorpio", se alejó del lugar ascendiendo lento, vigilando la descompresión. Al llegar a la lancha de sus nuevos amigos, los encontró a bordo follando con sus mujeres en un rito semejante a los practicados por los antiguos Romanos.

Tratando de no interrumpir, se despidió con señas y bajó para abordar su aquamoto donde para su sorpresa, lo esperaba montada, la enojona señora Maggie.

— ¿Puedes llevarme a tierra?, no te hagas ilusiones, te pagaré el pasaje en efectivo.

— No acostumbro cobrar "flete" ni tampoco llevar a mujeres feas, pero contigo haré una excepción, son cien dólares por adelantado — profirió "Scorpio", mostrando su perfecta dentadura.

— Es el caso que no traigo dinero encima, lo haré al llegar, lo que deseo es apartarme rápido de aquí, te pagaré el doble.

— A crédito es el triple, lo tomas o lo dejas — declaró con dureza.

— Vaya con el tío, creo que me quedaré y muchas gracias cabrón — insultó ella — espero te hundas. Pero no pudo bajarse, "Scorpio" arrancó a toda velocidad.

Los esbeltos y bronceados brazos de Maggie rodearon el musculoso cuerpo del joven, lleno de cicatrices, que disfrutaba del mal momento hecho pasar a su hermosa pasajera, pero era lo menos que merecía, alguien tenía que ponerla en su lugar.

Por su parte, ella trataba de ordenar sus pensamientos. Su reciente divorcio había aniquilado la capacidad de relacionarse con la gente, estaba atravesando una mala época en la que se cree que el Mundo está en tu contra. Después de todo, ¿qué culpa tenía ese joven desconocido que trató de ser agradable con todos a bordo? ¿Acaso no fue ella la que inició las hostilidades con el trato soberbio y agresivo? Tomó la decisión de disculparse llegando a tierra —si no la ahogaba antes— se lo había ganado.

Arribaron al muelle sin novedad, el viajecillo había transcurrido en silencio, cada uno estuvo absorto en sus pensamientos. "Scorpio" gentilmente ofreció su mano para auxiliar a Maggie, quien aceptó la ayuda de buen grado con una sonrisa.

— Muchas gracias, tienes que aguardar unos momentos, necesito ir a mi habitación por algún dinero para pagarte el pasaje — alegó.

— El viaje fue gratis, no ha sido tan desagradable tenerte a bordo. Ahora si me disculpas…

— Permite entonces invitarte una bebida por lo menos, estoy agradecida contigo, la verdad es que invadí tu moto porque no aguanté más, todos mis amigos gozando en pareja y yo, bueno ya conoces mi situación. Te debo una gran disculpa, fui muy grosera contigo.

— Disculpas aceptadas, todos podemos tener un mal rato, por favor olvidemos el incidente, ¿qué te parece si comenzamos de cero? — propuso él.

— Genial, iniciaremos por conocernos, soy Margaret, mis amigos me llaman Maggie, nacida en un pueblecito de Suecia llamado Malmö, mi padre fue pescador que emigró a América cuando yo tenía cinco años más o menos, soy Norteamericana y tú, ¿qué me dices?

— Digo que tengo hambre y sed, vamos por esa bebida que prometiste — exclamó "Tony".

Bebieron y comieron como náufragos, al final tomaron sendas tazas de café latte con diminutas galletitas de nuez. Maggie insistió en pagar la cuenta.

— Ha sido maravilloso conocerte — aclaró "Tony" — pero creo que es mala ocasión para los dos. Por mi parte, estoy en medio de algo, que hasta terminarlo, no tengo cabeza para pensar en otras cosas y tú necesitas tiempo y espacio para recuperarte de esa amarga experiencia del pasado matrimonio, en verdad lo siento.

— Tienes razón, no debí preguntar nada personal, es la costumbre cuando dos personas se conocen, pero coincido contigo, no es tiempo para contarnos un montón de historias que pueden resultar dolorosas o por lo menos aburridas — finalizó ella.

— En mi familia, se acostumbra arrojar las copas vacías hacia atrás de la espalda, para tirar lo malo de nuestras vidas y ver siempre el futuro con optimismo — continuó hablando Maggie.

— Ni más ni menos que el Existencialismo de Sartré — mencionó "Tony" — el pasado ya no existe y no podemos cambiar nada, el futuro es incierto, no podemos adivinarlo, así que sólo tenemos el presente, hay que vivirlo con intensidad como si fuera el último día de nuestra vida, *Vivir bien y Hacer el Bien* — sentenció con solemnidad.

— Y si pensamos lo mismo, ¿por qué no mandamos al diablo todo y nos dedicamos un rato a nuestras personas? — propuso ella con audacia.

— De acuerdo, vamos a festejar, estamos vivos y sanos lo cual es un gran motivo, nos veremos a las ocho de la noche en el lobby de tu hotel, prepárate para una gran parranda — exclamó eufórico, retirando la silla de la Sueca que se levantaba destilando sensualidad. Se pronosticaba un fuerte temporal de sexo, como huracán.

El bote de las amistades de Maggie, amarró en el muelle iluminado en abundancia, que le daba un bello aspecto. Ebrios de placer y alcohol, descendieron con algarabía, dirigiéndose al Hotel.

No había preocupación por ella que les advirtió sus intenciones de regresar con "Tony" y la olvidaron, dedicándose en cuerpo y alma a lo suyo, en nueve meses más, lo más probable, estarían arrullando bebés.

A las siete cincuenta y ocho, la Oficina de la Capitanía del Servicio de Guardacostas había recibido un mensaje por radio del yate "Spirit of Florida" comunicando la desaparición de una persona buceando.

El Oficial a cargo despachó enseguida una lancha motora y un helicóptero con personal experto en rescate submarino. Las fuertes corrientes del lugar y la oscuridad hicieron muy difíciles las maniobras de los buzos que provistos de grandes reflectores escudriñaban el área metro a metro.

Empotrado en una pequeña caverna de coral asomaba uno de los tanques de oxígeno vacío, que mostraba un gran agujero como mordida, en el metal. A unos cinco metros del hallazgo, apareció el visor roto y una de las aletas amarillas. Los rescatistas encontraron restos de un brazo que devoraban varios cangrejos, el reloj de buceo estaba intacto.

Las chicas, temblando de miedo y de frío, fueron arropadas y trasladadas a tierra por el helicóptero del Guardacostas, donde se les permitió asearse, usando provisionalmente pantalones y casacas limpios, tipo Militar. Estaban retenidas en el cuartel para las investigaciones, con instrucciones de proporcionarles agua y alimento, sin ninguna visita o comunicación con el exterior hasta nueva orden.

La misma noche del "accidente", las estaciones de radio y televisión de todo el País transmitían como boletín especial la noticia de la desaparición del Alto Magistrado de la Suprema Corte Salvatore Gaetano, los medios impresos lo harían por la mañana.

El Comandante de la Guardia Costera recitaba una y otra vez, el parte Oficial con los datos que tenía a la mano, prometiendo a los medios de comunicación mantenerlos al tanto de las investigaciones.

Todo indicaba que la víctima sufrió un evento mortal cuando se encontraba buceando en los arrecifes de Boca Ratón, Florida, atacado por tiburones que despedazaron el cuerpo.

Sus acompañantes estaban siendo interrogadas por Agentes Especiales comisionados por el FBI en estrecha colaboración con el Departamento de Policía del Condado de Palm Beach.

Ben Weitzner estaba contemplando extasiado la buena noticia. Por fin el maldito, corrupto y asesino Salvatore Gaetano, tuvo la muerte apropiada, cuando repiqueteó el teléfono de su casa. Era "Scorpio" comunicándole en clave, que el pedido de medicamentos había sido despachado completo por el servicio de paquetería de costumbre.

Esperaba el reembolso del valor de las medicinas más el cargo por empaque y manejo, a su mejor conveniencia.

— Te quiero "papá" — se despidió cariñosamente.

— "Hijo", mañana mismo te depositaré en tu cuenta, gracias por conseguirlas, me sentiré mucho mejor con ellas. Un abrazo…

NEW YORK CITY

La noche de la secreta visita practicada por el FBI al domicilio de Gaetano, "Scorpio" había tenido la intención de hacer lo mismo, pero la cordura lo detuvo. El hijo de putana sería el emperador de los idiotas si almacenara evidencias de sus actividades criminales en su casa y no lo era, para nada.

Conociendo que sería el primer lugar de búsqueda de los detectives en caso de resultarles sospechoso, escogería el sitio más seguro para esconder los secretos: ¡Su propia oficina! Nadie tenía acceso a las instalaciones y gozaba de toda la seguridad y confidencialidad que su elevado cargo Judicial le confería.

Cualquier Autoridad — incluido el Presidente de la Nación — que necesitara datos, debía fundar y motivar su solicitud ante la Corte Suprema. Sólo el Magistrado Presidente podía autorizar la petición y acceder a la información de los Casos Judiciales que se ventilaban en el Alto Tribunal.

En América, la división de Poderes del Gobierno, es real. Pensó a toda prisa cómo pudiera hacerse de la información contenida en el ordenador del Funcionario, estaba segurísimo que todos los archivos que buscaba estaban ahí.

Se le ocurrieron tres soluciones: Entrar a la oficina por la noche y robar la información, elección que descartó enseguida por la cantidad de guardias, rejas y puertas de seguridad, alarmas de todo tipo y vigilancia electrónica de cámaras grabadoras y rayos infrarrojos. No era una opción.

La segunda posibilidad era buscar a piratas cibernéticos — también llamados "Hackers" que entrando — ilegalmente por supuesto — a las computadoras, podían extraer cualquier información.

Recordó que apenas unos meses atrás, descubrieron a un "hacker" colado en los protegidos sistemas de la Defensa Nacional. Los piratas eran muy buenos. Anonymus, Wikileaks y otros, son ejemplos de vulnerabilidad.

La tercera vía era el soborno.

Podía intentar comprar la cooperación del personal de confianza allegado al señor Juez, que con toda seguridad había recibido ofensas graves del viejo patán y que en plan de venganza, pudieran facilitarle el escrutinio, sobre todo si lograba convencerlos del bien que harían a su País, recolectando evidencia para el inmediato despido y arresto del corrupto y asesino Magistrado que deshonraba a la Nación. Sería enjuiciado y condenado a la cárcel de por vida o tal vez hallado culpable de asesinatos, le aplicarían la pena de

muerte.

Ben Weitzner enterado del plan de "Scorpio", recomendó visitar a la señorita Adler, Jefa de Personal en la Oficina del "Honorable" señor Magistrado Salvatore Gaetano, quien resentida, mantenía añejo odio en su contra.

Benjamín sabía la historia porque acudían a la misma Sinagoga y cuando él enviudó, charlaban largo rato después de los servicios religiosos. Candace Adler, lo veía como el padre que nunca conoció, le tenía confianza pidiendo de vez en vez consejos, que casi nunca aplicó.

Muchos años atrás, cuando ingresó al Supremo Tribunal como becaria, se dejó seducir por el Jefe convirtiéndose en su amante y esclava sexual por necesidad monetaria, complaciéndole en todo, obligada a prostituirse y tener aventuras con destacados personajes amigos de Gaetano, que aprovechaba para videograbarlos en situaciones comprometedoras que guardaba para filtrar a la prensa, en caso necesario.

Candace, a quien agradaba más que la llamaran Candy, admiraba al Juez y estuvo perdidamente enamorada de él durante años, creyendo las promesas de hacerla su esposa, que jamás cumplió.

Por el contrario, un buen día la botó como un mueble viejo a la basura, iniciando un nuevo romance con otra mujer, veinte años más joven que ella.

En realidad, el resentimiento de Candy contra su Jefe, no era por el cambio de modelito. Ella estaba consciente en su papel de concubina y siempre tuvo la angustia de saber que al paso de los años, dejaría de estar en cartelera.

No, ésa no era la causa principal. Fue la manera tan brutal, vil y cobarde de hacerlo, destrozándole el corazón. Recordaba con rabia, las burlas e injurias que el maldito había proferido a gritos, delante de sus amigas.

La llamó puta, degenerada, alcohólica, basura, escoria, vieja, piltrafa, gorda y todos los peores insultos que puedan hacerse a una mujer. Despotricó que no la despedía por lástima, sin importarle que ella le hubiera entregado todo, a cambio de prácticamente nada.

Pero lo peor, había sido que la nueva manceba, era nada menos que su sobrina, la querida niña que ella tuvo a su cuidado durante años, aquella pequeña que perdió a sus padres en un accidente, la tierna jovencita toda inocencia y candor, que el cabrón hijo de la chingada de Gaetano sedujo en su propia casa. Sintió deseos de matarlo como animal ponzoñoso, pero fue cobarde, lo había sido toda la vida... ¡¡Hasta hoy!!

Por fin el destino le ofrecía una venganza dulce, claro que lo haría, nada ansiaba más que ver a su verdugo tras las rejas.

El viejo miserable era uno de aquellos sujetos que, ebrios de poder, creen erróneamente que su dinero, fuerza física, amenazas y temor de sus víctimas, son la mejor garantía de silencio.

Conocedor de la naturaleza humana, aún confiaba en el amor de Candy, que con una caja de chocolates Belgas, un besillo en el cachete, pellizco de nalga, una loción o alhajita de bajo precio, el cretino creía que volvía a ser su eficaz colaboradora.

La entrevista se pactó en la Sinagoga.

"Scorpio" explicó a la madura señorita Adler, los pormenores del caso, ante una incrédula mujer que no podía pronunciar palabra por el escalofriante relato.

Cuando pudo hablar, reveló que accedió a platicar con él por ruego de su amigo, el respetable Benjamín Weitzner a quien apreciaba mucho.

— ¿Cómo está? ¿Por qué no ha venido? Hace un buen tiempo que no lo veo.

— Está muy bien para su edad, con los achaques propios de los años, justo ahora tiene una cita Médica. Me ha dicho que pronto estará con usted, le manda un regalo.

— ¿Puedo saber qué es? — dijo rasgando el papel de la envoltura, abriendo el pequeño estuche.

— ¡La Menorah! — exclamó Candace con entusiasmo, la hermosa

alhaja en oro de 18 karats (quilates) con incrustaciones de diamantes de corte baguette, lució magnífica con su cadena en el todavía lozano cuello de la dama.

El célebre candelabro de Siete Brazos es considerado uno de los símbolos más antiguos del Judaísmo y representa los arbustos en llamas que Moisés vio en el Monte Sinaí y que según la historia se halló en el Templo de Salomón.

Aprovechando las cortas vacaciones que se tomaría el Magistrado, Candy copió todas las carpetas del ordenador del funcionario, que entregó a "Scorpio".

Al día siguiente, la señorita Candace Adler casi se desmaya de la impresión al recibir aviso de la Fundación Weitzner, sobre un depósito en su cuenta del JP Morgan Chase Bank de once millones novecientos mil dólares, por haber ganado el Premio anual otorgado a los Mejores Servidores Públicos de la Nación, como contribución para su Fondo de Retiro.

Quantico, Virginia

Ethan Warner no podía conciliar el sueño. La noticia de la muerte de Gaetano, lo sorprendió completamente.

Qué desafortunada coincidencia, pensó. Justo en el momento que las investigaciones sobre la Secta infernal se documentaban, al pinche Juez se le ocurre morirse sin haber sido citado a declarar.

No era nada fácil proceder en contra de un Alto Funcionario Judicial, cualquier equivocación le costaría el puesto. Se había arriesgado hasta el cuello al allanar en secreto sin autorización Judicial, la residencia en Long Island sin obtener resultados.

Escuchó el bip de su computadora personal y checó el correo electrónico.

Quedó anonadado al recibir la lista completa de los archivos secretos de Salvatore Gaetano, con nombres, direcciones, cuentas bancarias, contactos y alias, de los integrantes de la plana mayor de la Hermandad, acompañada de un anexo detallado de miembros, simpatizantes y colaboradores.

Pero lo que impactó más, fue la bitácora de muertes inducidas y causadas por cada uno de los cabecillas, como si fueran récords deportivos y eran bastantes.

— ¡Con cien mil millones de coños! — gritó, imitando sin saber, la maldición favorita de Kadir, escuchada en alguna ocasión de labios del Ex Fiscal General, su futuro suegro, según él.

— Esto lo dice todo, por fin la búsqueda tiene pies y cabeza, gracias Dios mío, el largo brazo de la Justicia los alcanzará a todos.

No había remitente, sólo unas palabras: "Acepta por favor este obsequio. Recomiendo acción inmediata. Los responsables pueden huir como ratas."

"Felicidades por tu próximo ascenso. Lo mereces. Un ciudadano."
— What???? (¿Qué?)

Fort Myers, Florida

Con la venia de Benjamín, EL AUDITOR DE LA MUERTE llamó por teléfono a su retoño para concertar una cita, trataría de explicarle los poderosos motivos de su aparente frialdad hacia ella, ahora que todos los pendientes estaban terminados.

La entrevista fue protocolaria en la salita de espera de la suite del Lee Memorial Hospital.

Jamás le perdonaría sus mentiras pero sobre todo el sucio trabajo que desempeñaba en sus horas libres. Estaba súper furiosa.

— Espero que estés satisfecho. Me has decepcionado y mi vida está arruinada, las dos personas que más he amado me mintieron y cometieron en siniestra complicidad crímenes brutales.

— ¿Dónde quedó la moral y la decencia?, ¿dónde los buenos principios? En estos momentos los detesto a los dos, pero Ben es mi padre y sé que lo perdonaré algún día, pero a ti, no quiero verte jamás, me has dañado para siempre, ni te imaginas lo que has hecho, eres un maldito canalla, ¡asesino, asesino…!

— Mi padre está siendo atendido de urgencia, su estado es delicado. ¡Es tu culpa! — golpeando con los puños el pecho del Auditor.

Las abundantes lágrimas de Ruth y sus terribles palabras, estremecieron a Kadir que abrazó a la bella chica con delicadeza, mientras musitaba en los oídos sentidas frases a modo de disculpas y llorando depositó un beso en las mejillas, saliendo del recinto y de su vida para siempre, sintiéndose mutilado.

La siguiente visita fue a Benjamín. Estaba acostado en su cama de terapia intermedia del Sanatorio por instrucciones del Médico, recuperándose de la tremenda subida de presión arterial que casi lo envía a la tumba, ocasionada por las violentas discusiones con su hija, que encrespada, no entendía los motivos que lo habían llevado a planear el peculiar sistema de "Justicia".

Estaba inquieto porque conociendo lo terca y necia que era su amadísima hija, ignoraba el curso de los acontecimientos.

Le dijo claramente que él, su padre, era único responsable de todo y que si bien Kadir había colaborado, no era tan culpable, a lo que ella respondió: — Las manchas de sangre están en las manos de ese bellaco, no en las tuyas, ya está grandecito para saber lo que hace.

Benjamín recordó que nunca en su vida, la vio tan encabronada.

Mala hierba nunca muere — musitó el anciano con sorna, sintiéndose mejor de salud.

— Bien — dijo con tristeza — supongo que es todo por ahora, he transferido a tu cuenta novecientos millones en tres partidas a modo de gratificación o compensación por antigüedad y retiro — manifestó el enfermo intentando ser simpático — y gracias, muchas gracias, sólo nosotros podemos apreciar lo realizado y sentirnos satisfechos de haber ayudado un poco a la raza humana, arrancando las raíces podridas.

— ¡Y de qué modo! — aclaró el caballero — Pero lo hecho, hecho está. Lo importante ahora es lograr tu reconciliación con Ruth, creo que debes contarle que Gaetano ordenó la libertad de los asesinos de su querida madre y esposa tuya Ben. Eso ayudará.

— Por mi parte, te informo con dolor que ella ha decidido condenarme y terminar nuestro noviazgo.

— Estoy conforme porque siempre estarían presentes los malos recuerdos, como fantasmas que se interponen en nuestras vidas impidiéndonos ser felices. Es mejor así, estoy seguro que muy pronto, encontrará la dicha plena que merece.

— Hasta siempre, querido amigo, espero que visites a mis padres en la primera oportunidad, ahora que estás desempleado— concluyó Kadir, alias "Scorpio", alias "Uno", alias "Antonio" — Llámame si necesitas algo.

— Una cosa más — cuestionó EL AUDITOR DE LA MUERTE.

— ¿Cómo explicaste a Ethan Warner la desaparición de la Pistola Submarina? ¿Hubo preguntas o problemas?, ya no mencionaste nada — concluyó.

— Bueno — respondió el Ex Fiscal— razoné con él y le convencí que había sido fundida, antes que cayera en manos equivocadas, como ya había sucedido con el "Tigre", sin dejar de mencionarle que esa arma, si apareciera, lo vincularía en directo con el asesinato del criminal en Nueva Orleans y perdería su carrera. Lo entendió a la perfección y punto.

El detective privado que ayudó a ubicar primero a Dieter, el asesino serial, en Boston y al cabrón de Gaetano en Boca Ratón, ¿no es un cabo suelto? – dijo Kadir.

No te preocupes por él, es un querido pariente mío y excelente amigo de toda confianza. He pagado generosamente sus honorarios, es una tumba, créeme – finalizó Benjamín.

New York City

En las oficinas de Hartford, Mellon & Fletcher se recibió con júbilo la noticia de recuperación integral de John Kelly. Había librado la muerte por esta ocasión.

Gracias a los progresos en cardiología, los Médicos le habían colocado en tres arterias una especie de malla de metal en forma de cilindro conocida como "Stent", que impide el cierre de las mismas, como si fueran diminutos anillos acerados que en macro, se usan para trabes de concreto en la construcción.

Los medios de comunicación informaron que el Presidente de la Nación enviaba al Congreso la solicitud para disponer de fondos en una primera partida de setecientos mil millones de dólares para refaccionar a la Banca apoyando a las fábricas automotrices y otras consideradas estratégicas para el País, protegiendo la producción, empleo, ahorro y consumo.

La medida considerada acertada, hizo renacer las esperanzas de recuperación económica para todos los estratos sociales.

El Congreso con mayoría de Legisladores del mismo Partido Político del Presidente, anticipaba su aprobación.

Kadir recordó que México hizo algo parecido hace varios años para resguardar los ahorros de los ciudadanos, evitando la quiebra de los Bancos.

El próximo día viernes, el Despacho cumpliría cincuenta años de haberse fundado y con ese motivo, los Socios habían previsto una fastuosa celebración.

La Gala se llevaría a cabo en los elegantes salones del Hotel Waldorf Astoria.

Se habían enviado con toda anticipación quinientas invitaciones para dos personas, distribuidas entre clientes, autoridades, amistades y principales colaboradores de la Firma. Ruth Weitzner mandó una cariñosa felicitación a los integrantes del prestigiado Bufete, lamentando no asistir por los recientes problemas de salud de su señor padre. En lo más profundo, detestaba la idea de toparse con su ex novio.

El sarao tuvo lugar y John Kelly fue recibido con una ovación.

Emocionado tomó asiento en la mesa reservada para él, cercana a los Socios de la Corporación.

A los postres, descendieron dos enormes pantallas donde se proyectó un bien elaborado documento sobre el nacimiento de la Firma y algunos momentos espectaculares de su crecimiento, como la ceremonia de colocación de la primera piedra del actual edificio, visitas de Gobernadores y Congresistas, entrega de Certificaciones a Empresas en las Bolsas de Valores y por supuesto, inauguraciones de sucursales y corresponsalías en varias partes del Mundo.

Capítulo aparte, se mostraban cantidad de Certificados avalando Distinciones y Premios Profesionales ganados por diversas personas del Despacho y toda clase de Membresías a Organismos Nacionales e Internacionales.

La proyección terminó entre aplausos, usando de la palabra Cecil Hartford para decir lo acostumbrado en ese tipo de eventos, destacando el retiro de su eficiente colaborador y amigo John Kelly, haciendo entrega de Diploma en metal, un finísimo juego de plumas Dupont en oro de 18 quilates con su nombre grabado, reloj de pulso Piaget edición especial de aniversario y cheque por cantidad no revelada, seguramente de bastantes millones de dólares.

El galardonado subió al escenario llevando a su preciosa hija menor como escolta, expresando frases cargadas de emoción y agradecimiento a todos, hasta que Helen tomó el micrófono para decir destilando simpatía: — Eso es todo amigos. No queremos otro infarto — los presentes aplaudieron a rabiar.

Kadir ocupando su lugar en la mesa destinada a los Directores, no perdía detalle de la sencilla ceremonia, máxime la fresca hermosura de Helen.

Justo en ese momento, la orquesta comenzó a tocar una suave

melodía y el joven decidió ir a su mesa, saludar a su ex jefe y amigo e invitar a bailar a la muchacha, cuando se detuvo en seco.

Un tipejo alto y flaco, la interceptó, la tomó de la mano y la condujo a la pista de baile con familiaridad, como si se conocieran bien.

Sintió celos. ¿Quién demonios era el sujeto? Adivinaba sus intenciones: hacerse el simpático, conversación inteligente, una que otra mentirita, demostrar interés en todo lo que diga la niña, etc., etc.

Para su disgusto, el tipo la estaba pasando de maravilla, claro con esa belleza, cualquiera lo haría. ¿En qué momento se cansaría de bailar? O ¿ir al servicio sanitario?

Habían transcurrido veinte minutos pero le parecieron horas.

El grupo musical tomó un respiro y las parejas retornaron a sus lugares. El Auditor que estaba muy pendiente, se apresuró a llegar a la mesa de Mister Kelly y presentar sus respetos a la familia, con dedicatoria primordial a Doña Camilla, que llevaba los pantalones en casa y era muy fijada en los protocolos sociales que Kadir dominaba a la perfección. Zalamero, simuló besar los finos dedos de la distinguida dama, sin rozarlos, elogiando su vestido, galantería que encantó a la señora Kelly.

Pidió permiso para sentarse un momento, cosa que le agradó aún más al matrimonio y comenzaron a charlar sobre la fantástica recuperación de John, lo merecido de su homenaje y otros pequeños temas, vigilando con el rabillo del ojo a los danzantes que tardaban en llegar a la mesa.

Cuando por fin hicieron acto de presencia, "Scorpio" se levantó como resorte para saludar a Helen, plantándole un beso en la cara bajo la fría mirada de su acompañante.

La guerra entre los dos hombres, estaba declarada.

Cada quién refería interesantes comentarios y anécdotas, tratando de captar la atención de la bella y su familia.

Al primer compás de la música, Kadir solicitó respetuoso al matrimonio Kelly su anuencia para invitar a bailar a Helen, que tomada por sorpresa aceptó de inmediato. Echando mano de toda la audacia y experiencia, no paró de bailar con ella el resto de la noche, sintiendo en la espalda, las docenas de cuchillos que mentalmente le lanzaba el adversario rubio. En cierto momento, volvieron para reposar un poco y refrescar la garganta con una copita de champaña y Helen hizo las presentaciones.

El sujeto se llamaba Harvey Frost V, hijo del dueño del Centro Médico donde estuvo internado el papá de Helen, por estar lleno el "New Hope Hospital".

La conoció en la cafetería y desde entonces quedó prendado de su belleza y simpatía convirtiéndose en su más ferviente admirador. Las invitaciones a su velero, montar caballos pura sangre, conducir autos deportivos importados, jugar golf, polo y tennis, eran frecuentes.

Tenía enfrente un buen competidor.

Conocía a la familia Frost, propietaria de una cadena de grandes hospitales, periódicos, centros comerciales, bancos, acerías y de quién sabe cuántos negocios más, mencionados muchas veces en las revistas especializadas del ámbito empresarial y selectos clientes de la compañía.

Aunque poseía una importante riqueza, nunca hacía ostentación, parte de su dinero lo canalizaba a la Fundación que patrocinaban sus padres en Veracruz, México, para otorgar ayuda a personas necesitadas en educación, salud, trabajo y vivienda.

Fue ganando terreno poco a poco. Los paseos con Helen eran al campo, llevando una cesta de comida sencilla y sentados en el césped descalzos, platicaban durante horas algunos fines de semana. A veces, gustaban de visitar museos, monumentos y plazas en la ciudad, contemplando en el parque la belleza de los atardeceres.

En ocasiones, el Contador Público llevaba a Helen a los partidos de fútbol y de béisbol, renunciando a los asientos del palco que la Firma compraba cada temporada para sus ejecutivos y clientela.

Mezclados entre el público común, tomando cerveza y comiendo salchichas, le explicaba los juegos, con paciencia de santo.

Otros domingos, la bella lo acompañaba para verlo jugar Soft Ball, donde jamás entendió nada, pero le agradaba verlo en el terreno de juego, luciendo el uniforme de su equipo luchando por ganar el partido.

Transcurrieron varios meses y los dos galanes compitieron como caballeros.

No hubo golpes bajos, mentiras o traiciones. Helen estaba confundida, en efecto le gustaban los dos pretendientes — confesaba a sus amigas — cada uno tenía lo suyo y no deseaba lastimar a ninguno de los dos.

Concluyente, la preciosa hija menor de John y Camilla Kelly, la muñequita viviente de los ojos azules y piel blanquisima, la señorita del cuerpazo sensacional, libre de cirugías, la mujer de noble corazón y buenos sentimientos, de inteligencia clara y comprensión total, se decidió por El Auditor.

Harvey Frost V, fue el primero en felicitarlos, era todo un gentilhombre y había perdido en buena lid.

Según dijo después a sus padres y amigas — con la exageración propia de una mujer enamorada — que Kadir ganó su corazón por la nobleza de sentimientos y acciones, por el gran amor a ella tantas veces demostrado, a los valores humanos, la familia, niños y ancianos, por su naturalidad y transparencia, bondad, educación, capacidad de trabajo, honradez, lealtad y claro está por sus atractivos físicos y fuerza, como la de un animal salvaje que pedía a gritos ser domesticado con cariño.

De eso, ella se encargaría, ¡faltaba más!

THE END.
(FIN)

KADIR

Se terminó de imprimir en octubre de 2014.
por Comercializadora Hong.
Barranquilla 117,
Lindavista, G.A.M. D.F.
Se tiraron 5 000 ejemplares.